GOLDMANN

W0251953

Buch

Zwei kriegerische Stämme, die Kindred und die Norakamo, bekämpfen sich schon viele Jahre, und aus dem Kampf wird schließlich eine schreckliche Blutfehde. Doch eines Tages, mit dem Anbrechen der großen Klimaveränderung, müssen die beiden Stämme das Kriegsbeil wegen einer weitaus größeren Bedrohung begraben: Barbarische Krieger dringen nämlich in ihre Jagdgründe ein und wildern die überlebenswichtigen Rentiere mit einer unbekannten Waffe. Aus existentieller Not beschließen die Stämme, ihren Frieden mit einer Allianz zu besiegeln: Alane, die schöne Tochter des Norakamo-Anführers, wird Nardo, dem jungen Anführer der Kindred, zur Frau gegeben – eine Heirat, die zunächst auf sehr viel Haß und Mißtrauen gegründet ist, da der jahrelange Krieg der Stämme sich nicht so schnell vergessen läßt. Doch Alane und Nardo lernen mit der Zeit, sich zu respektieren, und es gelingt ihnen schließlich gemeinsam, ihre Stämme aus dem gnadenlosen Griff der barbarischen Horden zu befreien.

Autorin

Joan Wolf gilt neben Jean M. Auel als die erfolgreichste Autorin großer Urzeit-Romane. Sie lebt in Milford, Connecticut/USA.

Bei Goldmann sind bereits erschienen:
Die Tochter des Hirsch-Clans · Roman (41470)
Die Herrin der Pferde · Roman (42878)

JOAN WOLF

UNTER DEM RENTIER MOND

◆

EIN
PRÄHISTORISCHER
ROMAN

Ins Deutsche übertragen
von Elke Bartels

GOLDMANN VERLAG

Originaltitel: The Reindeer Hunters
Originalverlag: Dutton, a division of Penguin Books USA Inc., New York

Umwelthinweis:
Alle bedruckten Materialien
dieses Taschenbuches sind chlorfrei
und umweltschonend.

Der Goldmann Verlag
ist ein Unternehmen der Verlagsgruppe Bertelsmann

Deutsche Erstveröffentlichung Januar 1996
© der Originalausgabe 1994 by Joan Wolf
© der deutschsprachigen Ausgabe 1996
by Wilhelm Goldmann Verlag, München
Umschlaggestaltung: Design Team München
Umschlagillustration: Ferenc Regös
Satz: Uhl + Massopust, Aalen
Druck: Graphischer Großbetrieb Pößneck GmbH
Verlagsnummer: 41579
Lektorat: Silvia Kuttny
Redaktion: Angela Kupper
Herstellung: Stefan Hansen
Made in Germany
ISBN 3-442-41579-9

1 3 5 7 9 10 8 6 4 2

Für Joe,
der schnelle Pferde liebt

Einleitung

Vor fünfundzwanzigtausend Jahren befand sich unser Planet noch im eisigen Griff der letzten Eiszeit, dem Pleistozän. Gletscher bedeckten das gesamte nördliche Europa; die Eisgrenze reichte im Süden bis nach England und Nordfrankreich. Diese Gletscher schlossen so viel Wasser ein, daß der Meeresspiegel beträchtlich niedriger war, als er heute ist, und der Ärmelkanal war damals trockenes Land.

Man würde nicht denken, daß eine so unwirtliche Welt der Weiterentwicklung menschlicher Kultur förderlich gewesen wäre, aber genau während dieser Periode des späten Pleistozäns tauchte eines der kreativsten und erfolgreichsten prähistorischen Völker in Südfrankreich und den Pyrenäen auf. Es handelte sich um die Cromagnonmenschen, in der modernen Anthropologie auch als Magdalénier bekannt.

Das Magdalénien, eine Stufe der Altsteinzeit, war möglicherweise das goldene Zeitalter des Steinzeitmenschen. Diese Periode zeichnete sich nicht nur durch Verbesserungen der Werkzeuge und Jagdwaffen aus, sondern auch durch großartige Höhlenmalereien in den Höhlen von Lascaux, Niaux und Altamira. Ich habe dieses Zeitalter in meinen beiden vorangegangenen prähistorischen Romanen, *Die Tochter des Hirsch-Clans* und *Die Herrin der Pferde*, aufgezeichnet.

Die Menschen des Magdalénien waren Jäger und Sammler, und in dem eisigen Klima, in dem sie lebten, gab es eine Vielzahl von Tieren der Kaltzonen. Mammuts und felltragende Rhinozerosse waren in den Tälern des eiszeitlichen Frankreich heimisch. Hauptsächlich jedoch gab es Rentiere – große Herden von Rentieren –, die durch die Tundra und die spärlichen Waldgebiete jener Zeit zogen. Jagen und Sammeln kann Menschen eine äußerst existenzfähige Lebensweise ermöglichen, wenn die Jagdbeute so reichlich ist, wie sie es während des späten Pleistozäns war.

Ironischerweise war es tatsächlich die Klimaerwärmung, die die erfolgreiche prähistorische Jagdgesellschaft in eine Krise stürzte. Vor ungefähr zwölftausend Jahren begannen die Gletscher zu schwinden, so daß die Eisgrenze schließlich nur noch bis Mittelschweden und bis zum südlichen Finnland reichte. Diese Zwischeneiszeit wird Interglaziale genannt, und während dieser Zeit waren die Temperaturen wahrscheinlich annähernd so hoch wie in der Gegenwart. Man sollte annehmen, die Menschen hätten diese wärmere Welt als weitaus angenehmeren Ort empfunden als das arktische Pleistozän.

Aber den Tieren der Kaltzonen behagte dieses mildere Klima nicht. Die großen Winterwanderungen der Herden in Gebiete wie Südfrankreich und England hatten ein Ende, als die Rentiere, die dem kalten Wetter und den Gletschern folgten, immer weiter in den Norden zurückwichen und somit den Menschen, die sie jagten, die Hauptquelle für Nahrung und Kleidung entzogen.

Dies ist die Zeit, in der mein Roman spielt. Wie in meinen vorhergehenden prähistorischen Romanen habe ich die Sprache der Charaktere in modernes Englisch »übersetzt«. Der Schauplatz der Handlung ist die französische Seite der Pyrenäen.

Die Personen dieses Romans

Stamm der Norakamo

Tedric:	der Häuptling
Adah:	Tedrics Ehefrau
Alane:	Tedrics Tochter
Rune:	Tedrics ältester Sohn
Stifun:	Tedrics zweiter Sohn
Fenris:	Tedrics dritter Sohn
Loki:	Nevins Mörder
Vili:	Lokis Cousin, Neffe des Schamanen
Hagen:	der Schamane, Onkel von Loki und Vili
Larz:	junger Mann vom Stamm der Norakamo
Irek:	Anführer der Schwarzen Hälfte des Stammes
Piet:	Anführer der Roten Hälfte des Stammes
Nita:	Runes Frau

Stamm der Kindred

Rorig:	der Häuptling, im Adler-Clan geboren
Nardo:	der Sohn des Häuptlings, im Wolfs-Clan geboren
Mara:	Nardos Mutter, im Wolfs-Clan geboren
Nevin:	Nardos Onkel, im Wolfs-Clan geboren
Riva:	Nardos ältere Schwester, im Wolfs-Clan geboren
Pier:	Rivas Ehemann, im Rotwild-Clan geboren

Liev:	Nardos zweite Schwester, im Wolfs-Clan geboren-
Tyr:	Lievs Ehemann, im Rotwild-Clan geboren
Tora:	Maras Schwester, im Wolfs-Clan geboren
Harlan:	Toras Ehemann, im Bären-Clan geboren
Mano:	Toras Sohn, Ratsmitglied für den Wolfs-Clan
Haras:	Toras Sohn, im Wolfs-Clan geboren
Nessa:	Toras Tochter, im Wolfs-Clan geboren
Adun:	Nessas Ehemann, im Rotwild-Clan geboren
Lora:	Toras Tochter, im Wolfs-Clan geboren
Dane:	Loras Ehemann, im Rotwild-Clan geboren
Varic:	Nevins Sohn, Ratsmitglied für den Adler-Clan
Freddo:	Ratsmitglied für den Rotwild-Clan
Nat:	Ratsmitglied für den Bären-Clan
Hamer:	Ratsmitglied für den Leoparden-Clan
Matti:	Ratsmitglied für den Fuchs-Clan
Lina:	Matriarchin des Rotwild-Clans
Fara:	Linas Tochter, geboren im Rotwild-Clan
Pettra:	Linas Tochter, geboren im Rotwild-Clan
Rilik:	Häuptling der Atata-Kindred
Crim:	Mann der Atata-Kindred

Die Redu

Kerk:	der Häuptling
Paxon:	der Sohn des Häuptlings
Madden:	Unterhäuptling
Wain:	Unterhäuptling
Aven:	Paxons Freund
Cuch:	Unterhäuptling

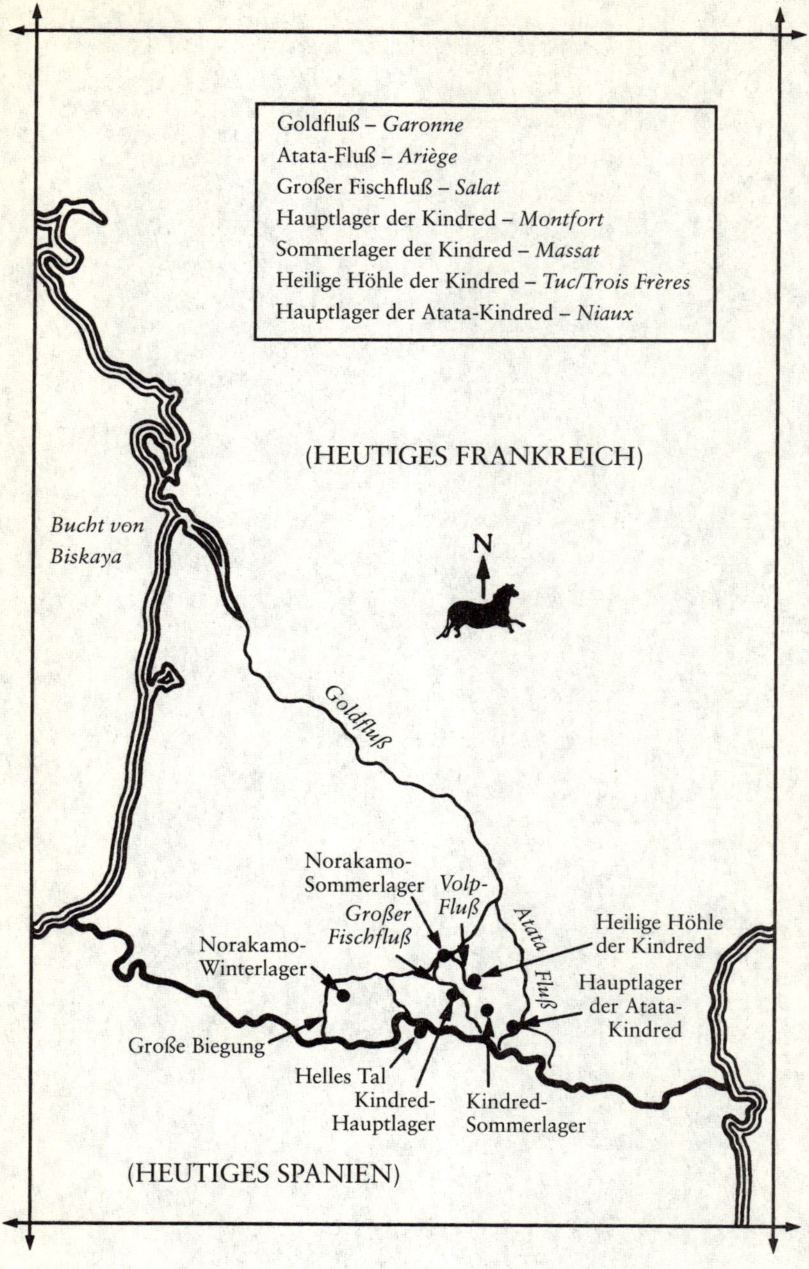
Goldfluß – *Garonne*
Atata-Fluß – *Ariège*
Großer Fischfluß – *Salat*
Hauptlager der Kindred – *Montfort*
Sommerlager der Kindred – *Massat*
Heilige Höhle der Kindred – *Tuc/Trois Frères*
Hauptlager der Atata-Kindred – *Niaux*
(HEUTIGES FRANKREICH)
Bucht von Biskaya
N
Goldfluß
Norakamo-Sommerlager
Volp-Fluß
Großer Fischfluß
Atata Fluß
Heilige Höhle der Kindred
Norakamo-Winterlager
Hauptlager der Atata-Kindred
Große Biegung
Helles Tal
Kindred-Hauptlager
Kindred-Sommerlager
(HEUTIGES SPANIEN)

Erster Teil

Die Norakamo

1

Nardo schlängelte sich durch das hohe Gras, sein Bauch so dicht am Boden, daß er unsichtbar wäre für jeden, der ihn vom Norakamo-Lager aus beobachten könnte. Er fühlte einen leichten Schlag auf seiner linken Schulter und gab das Zeichen sofort an Dane auf seiner anderen Seite weiter. Innerhalb weniger Augenblicke hielt das gesamte Überfallkommando inne.

Nardo lag völlig reglos da, den frischen, süßen Duft von nassem Gras und Blumen in der Nase, während er zusah, wie das erste graue Licht des Morgens den östlichen Himmel erhellte. Seine Kleider aus Rentierleder waren feucht vom Tau, und der Boden unter ihm war kalt, dennoch empfand er keinerlei Unbehagen.

Schließlich tauchte der rote Strahlenkranz der Sonne am Horizont auf. Die zwölf Männer im Gras hoben die Köpfe zu dem aufsteigenden Gott und sprachen das Gebet der Morgenröte in der Stille ihres Herzens. Dann, mit Nevin an der Spitze, begann der ganze Trupp erneut vorwärts zu kriechen.

Die Pferdeherde war ebenfalls erwacht und begrüßte den neuen Morgen. Als das perlmuttfarbene Licht des Morgengrauens allmählich in den Tag überging, wechselte das Fell der Pferde von einheitlich schattigem Grau zu unterschiedlichen Schattierungen von Braun und Kastanienbraun. Fohlen reckten die Köpfe, um am mütterlichen Milchquell zu trinken, während ihre Mütter die dicken, kurzen Hälse beugten und das üppige Gras des Tals zu rupfen begannen. Nardo und die

Männer der Kindred befanden sich in Windrichtung der Herde, so daß die Pferde friedlich grasten, ungestört vom Geruch der Fremden.

Die Räuber musterten die Herde mit Kennerblick. Ihr Ziel war einfach: Jeder Mann sollte eine Stute einfangen und sie zur Großen Furt zurückreiten, wo der Rest des Überfalltrupps mit frischen Pferden wartete. Anschließend würden sich die Männer der Kindred wieder auf den Weg zu ihren sicheren Sommerweiden im Hochgebirge machen und ihre Herde mit den Norakamo-Stuten und -Fohlen aufstocken.

Nardo hatte gerade beschlossen, sich um eine stämmige, kastanienbraune Stute mit einem dunklen Fohlen an ihrer Seite zu bemühen, als die friedliche Morgenstille durch ein schrilles, durchdringendes Wiehern zerstört wurde. Die Stute, auf die Nardo es abgesehen hatte, hob ruckartig den Kopf, und ihre Nüstern blähten sich alarmiert.

Der stets ungeduldige Varic hatte sich zu hastig bewegt!

Mit finsterem Gesicht sprang Nardo vorwärts und packte die kurze, steife Mähne, als die verängstigte Stute vor ihm zurückwich. Er schwang sich auf ihren Rücken, ohne sich erst die Zeit zu nehmen, ihr das Halfter anzulegen, das er über seiner Schulter trug. Die Stute schnaubte angstvoll, als sie sein Gewicht auf ihrem Rücken spürte, dann bäumte sie sich auf der Hinterhand auf. Das Fohlen, abrupt von den mütterlichen Zitzen verdrängt, fiel auf die Knie. Nardo grub der Stute die Fersen in die Seiten und verlagerte sein Gewicht nach vorn, um sie niederzudrücken. Als ihre Vorderhufe erneut den Boden berührten, warf er einen schnellen Blick in die Runde, um zu sehen, wie der Rest des Überfallkommandos zurechtkam. Genau in dem Moment erblickte er die Gruppe von Männern, die aus dem dunstigen Morgenlicht in scharfem Galopp auf sie zupreschten.

Nicht nur die Kindred, auch die Norakamo bevorzugten den

Tagesanbruch für einen Beutezug, denn die frühe Stunde bot gewöhnlich die beste Möglichkeit, um den Gegner zu überrumpeln. Nicht jedoch heute. Heute waren die Norakamo bereits zu Pferde und verteidigungsbereit. Fluchend ließ Nardo seinen Blick über die Pferdeherde schweifen auf der Suche nach seinem Onkel, dem Anführer des Überfallkommandos. Sie mußten so schnell wie möglich von hier weg!

Die kastanienbraune Stute schnaubte, erschreckt von dem Geräusch galoppierender Pferde und dem Fremden auf ihrem Rücken. Das Fohlen, das die Angst seiner Mutter spürte, wieherte leise und preßte schutzsuchend seinen Kopf an ihre Seite. Die Stute schwang auf der Hinterhand herum und tänzelte nervös auf der Stelle. Endlich hatte Nardo seinen Onkel ausgemacht. Nevin hatte keine Stute eingefangen, sondern bewegte sich zu Fuß am Rande der Herde, während er seinen Männern Befehle zurief. Voller Schrecken sah Nardo die Reiter direkt auf die einsame, unberittene Gestalt zuhalten.

»Nevin!« Es war Nardo unmöglich, die verängstigte Stute ohne Halfter in seine Gewalt zu bekommen, und so glitt er hastig von ihrem Rücken und begann zu laufen.

Nevin war der berühmteste Pferderäuber seiner Zeit. Seit drei Handvoll von Jahren hatte er den Norakamo Pferde gestohlen, und an diesem Morgen schien es, als hätten die Norakamo beschlossen, seiner Laufbahn schließlich ein Ende zu setzen. Sie kümmerten sich nicht um den Rest des Trupps, ignorierten sogar den möglichen Verlust ihrer kostbaren Pferde, sondern waren eindeutig darauf aus, Nevin gefangenzunehmen.

Wieder wieherte die Leitstute der Herde schrill und durchdringend und begann dann, durch das Tal davonzugaloppieren. Der Rest der verstörten Stuten folgte augenblicklich. Rufe stiegen von den Kindred-Reitern auf, als diese hilflos von der in Panik davonstürmenden Herde mitgerissen wurden. Nur die Tatsache, daß sich Nardo außerhalb der Herde befand, rettete ihn davor, von den donnernden Hufen zu Tode getrampelt zu werden. Eine der Stuten rempelte ihn jedoch im Vorbeirasen und ließ ihn kopfüber in das nasse, aromatische Gras stürzen.

Bis Nardo wieder auf die Füße kam, hatten die Norakamo seinen Onkel bereits umzingelt. Nardos Finger schlossen sich fester um seinen Speer, als er die Situation abzuschätzen versuchte. Nevin drehte sich vorsichtig inmitten des Kreises seiner Feinde herum, seinen kurzen Speer wurfbereit erhoben, aber er saß in der Falle. Alles in Nardo drängte danach, seinem Onkel zu Hilfe zu eilen, doch er war realistisch genug, um einzusehen, daß sein einzelner Speer nichts am Ausgang dieses Zusammenstoßes ändern würde.

Die Norakamo würden Nevin gefangennehmen und eine große Anzahl von Pferden für seine Freilassung fordern. Falls Nardo ebenfalls überwältigt wurde, würde sein Vater die Hälfte der Herde verlieren.

Dann, während Nardo mit angehaltenem Atem dastand und die Szene beobachtete, sprang einer der Norakamo-Reiter in den Kreis vor, seinen Speer wurfbereit in der erhobenen Hand. Einer der anderen Männer brüllte: »Loki, nicht!«, aber die Speerspitze hatte sich bereits in Nevins Brust gebohrt. Nevin krümmte sich vornüber und brach dann langsam in dem kniehohen Gras zusammen.

Ein Schwall von Farbe, rot wie Nevins Blut, verschwamm plötzlich vor Nardos Augen. Ein wilder Schrei der Wut und der Qual entrang sich seiner Kehle. Er machte einen Satz vorwärts, blitzschnell, geschmeidig und tödlich wie ein Puma im Morgenlicht, sprang geradewegs auf den Mann zu, der seinen Onkel getötet hatte. Ein Gefühl tiefer Befriedigung erfüllte Nardo, als sich sein Speer in lebendiges Fleisch grub, bevor sich der Kreis von Pferden bedrohlich um ihn schloß.

Alane brachte gerade das Wasser für die Morgenwäsche vom Fluß herauf, als ihr Vater und seine Männer zum Lager zurückkehrten. Sie führten drei Pferde mit sich, auf deren Rücken schlaffe Körper festgebunden waren. Alane eilte so schnell vorwärts, daß das Wasser aus dem Korb auf ihrem Kopf spritzte und ihr Haar durchnäßte. Ihr Vater brüllte den Namen seiner Frau: »Adah! Komm schnell! Einer dieser Männer ist verletzt.«

»Jaaa!« Alanes Mutter schlüpfte aus ihrem Zelt und kam herbeigelaufen. Die restlichen Frauen im Lager riefen ihre Kinder zusammen, und alle verharrten in angespanntem Schweigen vor den Eingängen ihrer Zelte und beobachteten die Szene, die sich vor ihren Augen abspielte. Die Zelte bildeten einen großen Kreis, so daß jeder einen guten Blick auf die Männer hatte, während diese einen der Körper losbanden und ihn vorsichtig auf die Erde legten.

In der Stille stieg ein Schwarm Wildgänse wie Rauch vom Fluß auf, und ihre Schwingen peitschten die Luft, als sie in den Himmel hinaufflogen.

»Dieser hier ist verletzt«, hörte Alane ihren Vater sagen. »Die anderen beiden sind tot.« Der Schatten der fliegenden Gänseschar fiel einen kurzen Moment lang auf die Männer und die Pferde, und Tedric fügte grimmig hinzu: »Einer der Toten ist Nevin.«

Alanes Herz begann zu hämmern. Dann hob sie die Hände zu dem Korb auf ihrem Kopf und setzte ihn vorsichtig auf dem Boden ab. Ihre Hände zitterten, und noch mehr Wasser ergoß sich auf das flachgetretene Gras des Lagerplatzes.

»Ich dachte, du wolltest ihn nur als Gefangenen nehmen«, sagte Adah, und ihre Stimme war scharf vor Furcht.

Tedric wies mit einer Handbewegung auf den Toten, der quer über dem Rücken des dritten Pferdes lag. »Loki muß von einem bösen Geist besessen gewesen sein. Er hat Nevin mit seinem

Speer durchbohrt. Der verletzte Mann hat Loki aus Rache getötet.«

Ein schriller Schrei ertönte von einem der Zelte her, als Lokis Mutter vom Schicksal ihres Sohnes erfuhr. Sie eilte herbei, und die Männer hoben Lokis Leichnam von dem Pferd und legten ihn behutsam ins Gras nieder. Seine Mutter fiel vor ihm auf die Knie und stimmte eine laute Totenklage an. Ein paar der übrigen Frauen fielen in ihr Wehklagen ein.

Alane klopfte das Herz bis zum Hals. Sie betrachtete das grimmige Gesicht ihres Vaters und fragte sich insgeheim, ob er überhaupt einen Versuch unternommen hatte, Lokis Leben zu retten.

»Wir wollen nicht, daß dieser hier auch stirbt«, sagte Adah und zeigte auf den Mann, der bewußtlos auf dem Boden ausgestreckt lag. Sie erhob ihre Stimme, um das gramerfüllte Schluchzen der trauernden Mutter zu übertönen, und befahl den Männern: »Bringt ihn in das Medizinzelt. Ich werde mich um ihn kümmern.«

Eine der klagenden Frauen schaute auf und verlangte zu wissen: »Wo ist der Schamane?«

»Ich bin hier.« Die Stimme war melodisch und tief, die Stimme eines Sängers. Der hagere Mann, der sich dem Mittelpunkt des Lages näherte, trug einen weiten Umhang aus Pferdehaar, der anzeigte, daß er gerade mit einer religiösen Zeremonie beschäftigt gewesen war. Sein Gesicht war schmal, fast ausgemergelt, mit tiefen Falten rechts und links der Mundwinkel.

Lokis Mutter hob ihr tränenüberströmtes Gesicht. »Hagen!« rief sie ihrem Bruder zu. »Loki ist getötet worden!«

Der Schamane blieb stehen und blickte Tedric an. Seine finsteren grauen Augen bohrten sich in die des Häuptlings. »Wie ist das passiert?« fragte er barsch.

Bevor Tedric antworten konnte, gab er seinen Söhnen bedächtig ein Zeichen, die sich daraufhin bückten, um den verletzten Mann an Schultern und Füßen hochzuheben. Dann traten zwei weitere Männer vor, um ihn in der Taille zu halten, als wäre sein Gewicht zu schwer, um nur von zweien getragen zu werden. Die Sonne schien hell auf das Hemd des Bewußtlosen, das mit Blut durchtränkt war.

Während sich die Prozession zu einem der Zelte fortbewegte, schilderte Tedric dem Schamanen mit knappen Worten, was geschehen war. Schweigend machte Hagen kehrt und ging, um den Körper seines toten Neffen zu untersuchen.

Der Rest der Männer stand nervös daneben, betrachtete den dunkelhaarigen Toten, der an Händen und Füßen gefesselt über dem Rücken der kastanienbraunen Stute lag.

»Ich bin sicher, daß die Kindred nicht ohne Nevins Leichnam nach Hause zurückkehren werden«, sprach Tedric gegen den gebeugten Rücken des Schamanen. »Und sie werden auch über das Schicksal dieses anderen Mannes Bescheid wissen wollen.«

»Wir wollen den Toten aber nicht hierbehalten, bis sie kommen!« sagte einer der Männer.

»Nein, auf keinen Fall«, stimmten die anderen heftig zu. Die Norakamo fühlten sich immer unsicher im Angesicht des Todes. Die Geister der gerade Verstorbenen waren dem Körper einfach noch zu nahe, als daß sich die Lebenden hätten sicher fühlen können.

Hagen erhob sich langsam. »Legt ihn auf das Floß und bringt ihn zur anderen Seite des Flusses«, befahl er. »Das Wasser wird seinen Geist von uns fernhalten.«

Die Männer nickten und beeilten sich, seiner Aufforderung nachzukommen.

»Alane!« Es war Adah, deren Stimme von der offenen Klappe ihres Medizinzelts her ertönte. »Bring das Wasser her.« Als sich

Alane bückte, um den Wasserkrug auf ihren Kopf zu heben, wandte sich Adah an den Schamanen. »Kommst du bitte her und siehst dir den Verwundeten an, Hagen?«

Der Schamane warf einen letzten Blick auf den Leichnam seines Neffen. »Ich komme«, murmelte er.

Der Fremde bewegte sich unruhig und seufzte, und Alane hastete an seine Seite, um zu sehen, ob er endlich aufwachte. Doch nach einem kurzen Moment fiel er erneut in tiefen Schlaf.

Sowohl ihre Mutter als auch Hagen hatten gesagt, daß es nicht die Speerwunde an seiner Schulter sei, sondern die große Quetschwunde an seiner Schläfe, die seinen Geist daran hinderte, wieder in das Land der Lebenden zurückzukehren.

»Er ist wie ein zorniger Bulle in unsere Mitte gestürzt«, hatte Alanes Vater berichtet. »Er brachte es fertig, Loki zu töten und Oden und Larz zu verwunden, bevor ich ihn schließlich mit meinem Speergriff niederschlagen konnte.«

Alane rief sich jetzt diese Unterhaltung ins Gedächtnis zurück, während sie in das Gesicht des bewußtlosen Mannes hinunterstarrte. Die Haut an seiner Schläfe war von Tedrics Schlag aufgeplatzt, und unter dem schartigen Riß hatte sich eine gewaltige Schwellung gebildet. Ihre Mutter hatte ihr geraten, die Wunde mit feuchten Lappen aus Wildleder zu kühlen, und Alane tauchte jetzt ein frisches Stück Leder in den Wasserkorb, der mit Lachshäuten ausgeschlagen und wasserdicht gemacht worden war. Sie nahm den inzwischen warm gewordenen Lederlappen von seiner Stirn und ersetzte ihn durch den gerade ausgewrungenen. Der Fremde rührte sich nicht. Alane nahm wieder ihren Posten am Lager des Verletzten ein.

Alle Norakamo kannten den Kodex der Blutfehde, und deshalb wußten sie, daß es im besten Interesse des Stammes war, diesen Mann am Leben zu erhalten. Lokis Mord an Nevin hatte die Regeln geändert, nach denen die Stämme ihre Überfälle verübten, und die einzige Hoffnung der Norakamo, eine verheerende Blutrache zu verhindern, lag im Überleben dieses Mannes: Loki hatte Nevin getötet; daraufhin hatte dieser Fremde Loki umgebracht. Wenn er am Leben blieb und seinem Stamm gesund zurückgegeben werden konnte, dann würden sich die Kindred vielleicht damit zufriedengeben, daß der Rache bereits Genüge getan war.

Er ist noch jung, dachte Alane, während ihr Blick auf dem Gesicht des Fremden ruhte, obwohl die dunklen Bartstoppeln anzeigten, daß er kein Junge mehr war. Dann schweifte Alanes Blick über seine breite, nackte Brust und die muskulösen Schultern. *Holla, der ist aber stark!* schoß es ihr durch den Kopf. Ganz sicherlich konnte ein Mann von solcher Statur nicht von einem Schlag gegen die Schläfe getötet werden. Sie streckte die Hand aus und spreizte ihre kühlen Finger auf seiner gesunden Schulter. Seine Haut war viel dunkler als ihre, und sie fühlte sich verdächtig heiß an. Alane runzelte die Stirn.

Er sollte trinken. Es ist nicht gut, so heiß zu sein und nichts zu trinken, überlegte sie.

Sie füllte ein Antilopenhorn mit Wasser und ließ sich neben dem Mann auf die Knie nieder. Dann schob sie einen Arm unter seinen Nacken und hob ihn ein wenig an, lehnte seinen Kopf gegen ihre Schulter. Sein Kopf war sehr schwer, seine Augenwimpern schienen erstaunlich lang und dicht gegen die harte Linie seiner Wangen. Alane hob das Horn an seine Lippen.

»Trink«, befahl sie. Jahrhunderte zuvor hatten die Norakamo ihre eigene Sprache gesprochen, aber nach vielen Jahren im Land der Kindred hatten sie nach und nach die Sprache des anderen Stammes angenommen. Ihre ursprüngliche Sprache benutzten sie heute nur noch bei bestimmten Gebeten.

Der Fremde zeigte keinerlei Reaktion, und Alane tröpfelte

schließlich ein wenig Wasser auf seine geschlossenen Lippen. Es rann an seinem Kinn herunter, aber nach einem Augenblick bewegten sich seine Lippen. »Gut«, sagte sie weich. »Nun komm schon. Trink.« Wieder hielt sie das Horn an seine Lippen, drückte den Rand gegen seine Unterlippe, um ihn zu ermutigen, den Mund zu öffnen. Sie lächelte, als sie ihn schlucken sah.

Ein Schatten fiel auf sie. Sie blickte hoch und sah Hagen zwischen sich und dem Licht stehen, das zur offenen Zeltklappe hereinfiel. Um seinen Hals lag die Stola aus Federn, die er bei der Heilung von Kranken und Verwundeten trug.

»Du solltest diesen Mann nicht im Arm halten«, sagte der Schamane mit kalter Stimme.

Alane fühlte, wie Hitze in ihre Wangen kroch, und ärgerte sich im gleichen Augenblick über ihre eigene Reaktion. Sie tat schließlich nichs Unrechtes! »Meine Mutter hat gesagt, daß er trinken muß«, gab sie zurück.

»Deine Mutter sollte dich nicht mit einem Kindred-Mörder allein lassen«, erwiderte der Schamane, seine Stimme noch eine Spur kälter.

»Er wandert immer noch im Land der Geister«, erklärte Alane. »Er bedeutet keine Gefahr für mich, Hagen.« Vorsichtig senkte sie den Kopf des Mannes, bis er wieder flach lag. Dann blickte sie erneut zu Hagen auf, ihr Gesicht eine Maske der Ruhe.

Alane war sich des lang anhaltenden Machtkampfes zwischen ihrem Vater und dem Schamanen wohl bewußt. Beide waren starke, dominante Männer, und jeder hatte das Gefühl, der andere versuchte beständig, in seinen Machtbereich vorzudringen und seine Autorität zu untergraben. Hagen hatte kürzlich vergeblich versucht, Alane als Ehefrau für einen seiner Neffen zu gewinnen, und Tedrics Weigerung wurmte ihn immer noch.

Die Stimme des Häuptlings schallte von draußen in das Zelt herein, dann war das Geräusch näher kommender Schritte zu hören. Zwei junge Männer eilten über die Türschwelle und gingen neben dem Mann auf der Bettstatt aus Rentierfellen in die Hocke.

»Nardo!« sagte der größere der beiden Männer eindringlich. »Nardo, ich bin's, Dane! Varic ist auch hier. Kannst du mich hören?«

»Er ist noch im Land der Geister«, erklärte Hagen im selben kalten Tonfall, in dem er kurz zuvor mit Alane gesprochen hatte.

»Er ist so blaß«, erwiderte der Mann namens Varic besorgt. Sein dunkelbraunes Haar fiel nach vorn über seine Wangen, als er sich über den bewußtlosen Körper seines Stammesgenossen beugte.

»Verdammt«, knurrte Dane. »Wenn er sterben sollte!« In seiner Stimme schwang Qual mit.

»Er wird nicht sterben«, versicherte der Schamane. »Sein Herzschlag ist stark. Er ist dabei, Kraft von den Geistern zu schöpfen, um seinen Körper zu heilen. Sobald er kräftig genug ist, wird er aufwachen.«

Varic hob den Kopf, und Alane sah, daß seine braunen Augen weit auseinanderstanden, was ihm ein seltsam kindliches Aussehen verlieh. Als er jedoch sprach, war seine Stimme hart und voller Drohung. »Um deinetwillen, Schamane, und um deines Stammes willen hoffe ich, daß du die Wahrheit sprichst.«

Alane schauderte unwillkürlich.

Ihre unfreiwillige Geste zog Varics Aufmerksamkeit auf sich, und er musterte Alane zum ersten Mal, seit er das Zelt betreten hatte. »Du pflegst meinen Cousin?« wollte er wissen.

Als er sprach, kam Adah zur Zeltöffnung herein. Alanes Blick schweifte hilfesuchend zu ihrer Mutter, und Adah reagierte darauf, indem sie die Frage des Fremden an Alanes Stelle beantwortete. »Sie ist die Tochter des Häuptlings. Sie hat bei deinem Verwandten Wache gehalten, während ich mich um andere Dinge gekümmert habe.«

Varics weit auseinanderstehende Augen ruhten weiterhin unverwandt auf Alanes Gesicht. »Es wird Nardo gefallen, aufzuwachen und dich zu sehen«, sagte er, und Alane senkte verlegen den Blick bei der unverhüllten Bewunderung in seinen Augen.

»Wenn du versuchst, ihn zu bewegen, Mann der Kindred, wirst du ihm Schaden zufügen«, erklärte Adah. »Es wird das beste sein, ihr laßt ihn hier in unserer Obhut, bis er wieder genesen ist.«

Der Mann namens Dane hob den Kopf und warf Adah einen durchdringenden Blick zu. Alanes Mutter fuhr in beschwichtigendem Ton fort: »Wir wissen nur zu gut, daß es zu unserem Vorteil ist, wenn er wieder gesund wird. Ihr könnt uns vertrauen.«

Varics Stimme war von tiefer Bitterkeit erfüllt. »Euer Verrat hat meinen Vater das Leben gekostet. Wie könnt ihr da von uns erwarten, daß wir euch vertrauen?«

Alane betrachtete ihn, zutiefst überrascht. Wenn Nevin der Vater dieses Mannes war, dachte sie, warum hat dann jemand anderer Rache für seinen Tod geübt?

Es entstand eine Bewegung am Zelteingang, und Tedric trat ein. Offensichtlich hatte er Varics letzte Worte gehört, denn er verschränkte die Arme vor der Brust und sagte gelassen: »Mein Befehl lautete, Nevin gefangenzunehmen, und nicht etwa, ihn zu töten. Loki hat nach eigenem Gutdünken gehandelt, und er hat dafür bezahlt. Dieser Mann ...«, Tedric deutete auf die reglos daliegende Gestalt, »... hat Loki getötet. Ein Leben ist für ein anderes Leben gegeben worden. Somit ist die Sache beendet.«

Alane warf Hagen einen unwillkürlichen Blick zu. Sein Gesicht war wie aus Stein gemeißelt. Er sprach nicht.

Langsam erhob sich Varic auf die Füße. »Die Sache ist noch nicht beendet«, erklärte er dem Häuptling der Norakamo. »Erst dann, wenn der Sohn der Schwester meines Vaters gesund und wohlbehalten zum Haus seiner Mutter zurückgekehrt ist.« Er hielt inne und fügte dann mit kalter Überlegung hinzu: »Und zum Haus seines Vaters, des Häuptlings Rorig.«

Eine Weile herrschte angespanntes Schweigen. Es war Adah, die schließlich fragte: »Dieser Mann ist der Sohn eures Häuptlings?«

»Ja. Sein Name ist Nardo, und er ist der Sohn unseres Häuptlings.«

»Ich höre dich«, murmelte Tedric finster.

Wieder blickte Varic in das Gesicht seines bewußtlosen Cousins hinunter. »Ich denke, ihr habt recht, wenn ihr sagt, es wäre schädlich, ihn zu bewegen. Deshalb werde ich ihn hier bei euch zurücklassen und den Leichnam meines Vaters mit nach Hause nehmen.« Er richtete sich erneut auf, und dieses Mal schaute er Alane an. »Sorge gut für ihn«, befahl er.

Alane nickte stumm. Dane berührte den Bewußtlosen behutsam mit einem Finger an der Wange, dann erhob er sich, um seinem Stammesgenossen aus dem Zelt zu folgen.

In grimmigem Schweigen luden die Männer der Kindred Nevins Leichnam auf eines ihrer Pferde und trabten dann den Pfad flußabwärts zu der Großen Furt hinunter. Nachdem der Leichnam außer Sichtweite verschwunden war, ging Hagen – in seinen Umhang aus Pferdehaar gehüllt – im gesamten Lager herum und verspritzte Wasser zum Zweck der Reinigung. Anschließend sang er Beschwörungsformeln, während er vier Speere warf: einen in Richtung des Altas im Süden; einen zu den Ebenen im Norden; einen Richtung Osten, wo die Sonne aufging;

und einen nach Westen, wo die Sonne unterging. Die Speere, so erklärte er dem Stamm, würden Nevins Geist in die Flucht jagen, sollte er versuchen zurückzukehren.

»Und jetzt«, verkündete Tedric, als er zu seiner Frau in das Zelt zurückkam, »muß dieser Mann wieder gesund werden!«

Adah übernahm die Krankenwache und überließ es Alane, sich um das Essen für ihren Vater und ihre Brüder zu kümmern. Es war noch Wildfleisch von der gestrigen Jagd übrig, und Alane würzte es mit wilden Zwiebeln und Thymian und garte es in einer mit Steinen gesäumten Feuergrube. Dazu servierte sie einen Salat aus Sauerampfer und Beeren von Rotdornbüschen.

Die Männer aßen hungrig, während Alane sich schweigend um die Feuerstelle bewegte, mehr Fleisch anbot und ihre Tassen mit Pfefferminztee füllte. Erst als die Männer ihre Mahlzeit beendet hatten, nahm sie selbst etwas Nahrung zu sich. Es war schon immer Sitte bei den Norakamo-Frauen gewesen, erst dann zu essen, wenn die Männer gesättigt waren.

»Vater«, sagte sie, nachdem sie ihr erstes Stück Fleisch verzehrt hatte, »warum hat nicht Nevins Sohn seinen Tod gerächt?«

Tedric schlürfte seinen Tee und hielt ihr dann die leere Tasse hin in der schweigenden Aufforderung, sie erneut zu füllen. »Wahrscheinlich war er in der Herde gefangen, als die Tiere plötzlich in Panik davonstürmten.« Er wartete, bis Alane ihm Tee nachgeschenkt hatte, dann fügte er hinzu: »Aber selbst wenn das nicht passiert wäre, wäre die Grundpflicht der Rache immer noch Nardo zugefallen.«

»Ich verstehe nicht«, sagte Stifun, Alanes Bruder.

»Der Stamm der Kindred zählt Verwandtschaft nicht auf die gleiche Weise, wie wir von den Norakamo es tun«, erklärte Tedric. »Sie richten ihre ersten Gebete an die Erdenmutter, und für sie ist es die mütterliche Blutslinie, die die wichtige verwandtschaftliche Verbindung kennzeichnet. Ein Mann der Kindred gehört zur Verwandtschaft seiner Mutter, nicht zu der seines Vaters.«

Alanes ältester Bruder, Rune, strich sich mit den Fingern durch seine blaßblonden Ponyfransen, die ihm fast bis über die Augenbrauen fielen. »Das wissen wir längst, Vater, aber ich begreife immer noch nicht…«

»Nevin war der Bruder der Mutter dieses Mannes. Für die Kindred ist das die engste aller verwandtschaftlichen Bindungen unter Männern«, erklärte Tedric.

»Noch enger als die Verbindung zwischen Vater und Sohn?« fragte Fenris, der jüngste Sohn, ungläubig.

»Richtig, noch enger als die Verbindung zwischen Vater und Sohn«, kam die Antwort.

Stille breitete sich aus, während Tedrics drei Söhne einen so seltsamen Brauch zu begreifen versuchten. Dann sagte Alane: »Er ist der Sohn des Häuptlings. Geht bei den Kindred das Amt des Häuptlings vom Vater auf den Sohn über, so wie es bei uns üblich ist?«

»Ja«, erwiderte Tedric grimmig. »So halten sie es auch.«

Alane räumte gerade die Antilopenhörner weg, in denen sie das Fleisch serviert hatte, als Irek und Piet, die Ältesten der beiden Stammeshälften, in dem offenen Zelteingang erschienen. Tedric winkte sie mit einer knappen Handbewegung herein. Gleich darauf folgte Hagen, der von seinem Neffen Vili begleitet wurde. Tedric runzelte verärgert die Stirn, als er Vili erblickte, der kein Recht hatte, einer Ratsversammlung beizuwohnen. Er erhob jedoch keine Einwände gegen die Entscheidung des Schamanen, sondern saß in mißbilligendem Schweigen da, während Alane allen Männern Tee anbot. Dann zog sie sich mit Stifun und Fenris in eine Ecke des Zelts zurück und machte sich daran, weiter an dem Korb zu arbeiten, den sie flocht.

Schließlich eröffnete Tedric die Diskussion. »Also«, begann er ernst, »es sieht so aus, als läge das Leben des Häuptlingssohns in unserer Hand.«

»Bist du sicher, daß er sich wieder erholen wird, Schamane?« wollte Irek wissen.

Hagen nahm einen kleinen Schluck Tee. »Ich denke schon«, antwortete er.

»Du hast den Männern der Kindred versichert, daß er sich ganz bestimmt erholen würde!« fuhr ihn Tedric an.

Hagen zuckte die Achseln, völlig ungerührt vom Wutausbruch des Häuptlings. »Das sollte er eigentlich. Aber manchmal passieren unvorhergesehene Dinge. Ihr alle wißt das.«

Er windet sich wie ein Aal, dachte Alane frustriert. Ihr Kopf war über den Korb gebeugt, doch ihren Ohren entging kein Wort dessen, was gesprochen wurde.

Tedric schaute von Irek zu Piet, dann schweifte sein Blick zu Hagen und Rune. Vilis Anwesenheit nahm er ganz bewußt nicht zur Kenntnis. Die Sommersonne war noch nicht untergegangen, deshalb waren die Gesichter der Männer deutlich erkennbar im Licht, das durch die offene Zeltklappe fiel. Tedrics Blick kehrte wieder zu Hagen zurück. »Der Mann muß einfach überleben«, sagte er bedächtig. »Wir wollen keine Blutfehde mit den Kindred. Sie sind ein wesentlich größerer Stamm als wir.«

»Wir sind genauso gut wie sie, wenn es um Pferdediebstahl geht!« rief Vili wütend. Tedrics absichtliche Beleidigung war ihm nicht entgangen. Wie sein Onkel hatte Vili ein schmales, ausgemergeltes Gesicht, aber seine Lippen waren im Gegensatz dazu seltsam voll. Er war der Ehemann gewesen, den der Schamane für Alane vorgeschlagen hatte, und sie war unendlich erleichtert gewesen, als ihr Vater die Verbindung verweigert hatte. Vili hatte etwas an sich, was sie abstieß.

Tedric fuhr sich mit den Fingern durch seinen dichten Bart.

»Pferdediebstahl ist ein Spiel«, erwiderte er. »Eine Blutfehde ist etwas sehr Ernstes.«

Vili schob trotzig das Kinn vor. »Ich habe keine Angst vor den Kindred.«

Was für ein Dummkopf Vili ist, dachte Alane wütend. Ihre Finger flogen mechanisch über den Korb. Sie konnte ihre Arbeit auch ohne die Aufmerksamkeit ihres Verstandes verrichten.

»Falls die Kindred eine Blutfehde fordern, werden wir nicht zurückweichen«, sagte Rune zu Vili. Seine blauen Augen hefteten sich auf das Gesicht des Schamanen. »Aber wir wären ausgemachte Narren, wenn wir nicht alles tun würden, was in unserer Macht steht, um einen Rachefeldzug zu vermeiden.«

»Mein Neffe Loki ist tot, und meine Schwester verzehrt sich vor Kummer«, entgegnete Hagen mit ausdruckslosem Gesicht.

»Loki hat zuerst getötet«, warf Irek ein. »Ich war dabei, ich habe es gesehen.«

»Loki war ein Norakamo!« Vili brüllte fast. »Sein Mörder, der unserer Gnade ausgeliefert ist, ist ein Mann der Kindred!«

Ein Dummkopf und ein Feigling obendrein, dachte Alane, *sich einen hilflosen Mann zunutze machen zu wollen!* Sie schaute von ihrem Korb auf, und ihr Blick begegnete dem ihres Bruders Stifun. Er zog ein angewidertes Gesicht, und Alane nickte in schweigender Zustimmung.

»Wie denkst du über diese Sache, Hagen?« fragte Piet ohne Umschweife. »Bist du der Ansicht, wir sollten den Sohn des Kindred-Häuptlings töten?«

Alane lächelte still vor sich hin. Jeder wußte, wie sehr es der Schamane haßte, sich offen und unumwunden äußern zu müssen. Er zog es vor, sich hinter Andeutungen und Vermutungen zu verschanzen. Ihr war durchaus klar, daß er Vili mitgebracht hatte, damit dieser die schmutzige Arbeit für ihn verrichtete, die Dinge aussprach, die Hagen nicht selbst sagen wollte.

Auf dem Gesicht des Schamanen zeigte sich jedoch keinerlei Unbehagen, als er Piets Blick erwiderte. »Ich bin Heiler und kein Mörder«, sagte er. »Ich habe gesagt, dieser junge Mann wird wieder genesen, und das wird er auch. Aber ich dachte, es wäre gut für euch, die Denkweise von Lokis Familie zu verstehen. Loki hat damals den Stamm von seinem größten Feind befreit; es ist hart, mit anzusehen, wie sein Tod ungerächt bleibt.«

Vili äußerte knurrend seine Zustimmung.

»Ich verstehe deinen Kummer durchaus«, erwiderte Tedric, »aber Loki hat es vorgezogen, gegen meine Befehle zu handeln. Unter diesen Umständen hat er kein Recht auf Rache.«

»Der Meinung bin ich auch«, warf Irek, der Anführer der Schwarzen Hälfte des Stammes, ein.

»Ich auch«, sagte Piet, der Anführer der Roten Hälfte.

Hagen erhob sich, und Vili tat es ihm hastig nach. »Der Stamm hat gesprochen«, sagte Hagen. Er legte seinem Neffen eine Hand auf den Arm.

Alane schaute den beiden Männern einen Moment nach, als diese hinausgingen, dann suchten ihre Augen das Gesicht ihres Vaters. Tedrics Miene war grimmig.

»Mutter sitzt bei dem Kindred-Mann«, sagte Rune in die Stille hinein.

»Sag ihr, sie soll weiter Wache bei ihm halten«, erklärte Irek. »Nur um sicherzugehen.«

2

Jemand schlug ihn hart auf den Kopf. Der Schmerz war unerträglich, und Nardo stöhnte tief und öffnete langsam die Augen. Er mußte der Sache ein Ende bereiten.

Sonnenlicht strömte durch die offene Zeltklappe herein. Nardo verengte seine Augen gegen die blendende Helligkeit und stellte zu seiner Überraschung fest, daß er allein war. Niemand schlug ihn. Vorsichtig, ohne den Kopf dabei zu bewegen, ließ er seinen Blick umherwandern und schaute sich in der fremden Umgebung um.

Er befand sich in einem Zelt. Es war allerdings kein Kindred-Zelt, wie er sofort bemerkte. Dieses Zelt war kreisförmig, verengte sich nach oben hin zu einem schmalen, kleinen Rauchabzug.

Wo bin ich?

Er biß die Zähne zusammen gegen das fürchterliche Dröhnen und Hämmern in seinem Kopf, während er sich mühsam aufzusetzen versuchte, und erst in dem Moment fühlte er den Schmerz in seiner Schulter. Er blickte an sich herunter und sah die Bandage aus Hirschleder, die um seinen entblößten Oberkörper gewickelt war. Bis zur Taille war er mit einer Decke aus Rentierfell zugedeckt. Prüfend ließ er eine Hand unter die Decke gleiten und stellte fest, daß er nackt war. Vorsichtig legte er sich wieder auf das Lager zurück.

Was ist mit mir passiert?

Nardo litt unter quälendem Durst. Er fuhr sich mit der Zungenspitze über seine trockenen, aufgesprungenen Lippen. Es war warm in dem Zelt, und die Luft war vom bittersüßen Duft von Heilkräutern erfüllt.

Er versuchte, seine Gedanken zu sammeln, aber das letzte, an das er sich erinnern konnte, war, daß er mit Nevin und den anderen ausgezogen war, um Pferde zu stehlen. Alles, was danach passiert sein mußte, entzog sich seiner Erinnerung.

Eine Frauenstimme ertönte vom offenen Zelteingang her. »Du bist wach. Gut.« Nardo machte erneut Anstalten, sich aufzurichten, doch die Frau eilte sofort an seine Seite und legte ihm eine Hand auf die Brust, um ihn behutsam zurückzudrängen.

»Ich bin verletzt«, sagte er, seine Stimme kaum mehr als ein Krächzen.

»Ja, du bist verletzt. Aber du bist auf dem Weg der Besserung. Es ist wichtig, daß du ruhig liegenbleibst.« Sie sprach seine Sprache, ihr Akzent klang jedoch unvertraut.

»Was ist passiert?« verlangte er zu wissen. »Wie bin ich verletzt worden? Wo bin ich? Wer bist du?«

»Langsam, langsam«, sagte sie beschwichtigend. »Ich werde alle deine Fragen beantworten, aber zuerst mußt du etwas Wasser trinken.«

Er ignorierte das schmerzhafte Pochen in seinem Kopf, als er sich mühsam auf einen Ellenbogen stützte, und sie hielt ihm das Antilopenhorn an die Lippen. Er trank durstig.

»So ist es gut«, sagte die Frau.

Nachdem er getrunken hatte, ließ er sich erschöpft wieder auf die Bettstatt aus Rentierhäuten zurückgleiten, dann sagte er: »Ich will aufstehen.«

»Du kannst in einer Weile aufstehen.«

Sein Mund verzog sich störrisch. »Jetzt.«

»Willst du denn deine Fragen nicht beantwortet haben?«

Nardo schaute in das Gesicht der Frau. Sie war nicht mehr jung; ihr blondes Haar wies graue Strähnen auf, in den Winkeln ihrer blauen Augen und um ihren Mund herum hatten sich Falten eingegraben. Blondes Haar und blaue Augen …

»Bist du eine Norakamo?« fragte er barsch.

»Ja.«

Er starrte zu dem hohen, kegelförmigen Zeltdach hinauf. »Erzähl mir alles«, drängte er.

Es entstand eine lange Pause. »Du erinnerst dich an nichts?«

»Ich weiß noch, wie ich mit Nevin das Lager verlassen habe«, erwiderte Nardo besorgt. »An alles danach erinnere ich mich nicht mehr.«

»Ihr wart gekommen, um unsere Pferde zu rauben.«

Das überraschte Nardo nicht. Schon seit Generationen hatten sich die Norakamo und die Kindred gegenseitig ihre Pferde gestohlen. Die Überfälle dienten dem Zweck, die Pferdeherde des Räubers zu vergrößern, aber der Hauptgrund für diese Beutezüge war, daß sie den jungen Männern beider Stämme neben der Jagd eine wichtige Gelegenheit boten, ihre Männlichkeit zu beweisen.

Der entfernte Klang lachender Kinderstimmen drang durch die offene Zeltklappe herein. Das Geräusch eilender Schritte und das Lachen wurden lauter. »Mein Mann, der Häuptling, hatte schon auf euch gewartet«, fügte die Frau jetzt hinzu.

Es entstand eine Pause, während Nardo die Information in sich aufnahm. Dann fragte er: »Woher hat er gewußt, daß wir kommen würden?«

»Wir haben zwei eurer Männer bei unserem letzten Beutezug verwundet. Mein Mann war sicher, Nevin würde sich schnell dafür revanchieren.«

Ein Muskel zuckte an Nardos Kinn, als er erkannte, wie exakt der Norakamo-Häuptling die Handlungsweise seines Onkels vorausgesehen hatte. Die Frau fuhr fort: »Mein Mann rief unsere Männer zusammen. ›Wir müssen Nevin gefangennehmen‹, erklärte er ihnen, ›Rorig wird viele Pferde als Lösegeld zahlen, um einen so wertvollen Mann zurückzubekommen.‹«

Nardo erwiderte nichts.

»So lautete sein Plan«, berichtete die Frau weiter. »Und sie hätten fast Erfolg damit gehabt. Sie waren bereit für Nevin, sie sonderten ihn vom Rest seiner Stammesangehörigen ab, sie hatten ihn bereits umzingelt. Dann ...« Ihre Stimme brach. Sie räusperte sich. »Weißt du nicht mehr, was als nächstes passiert ist?«

»Nein«, sagte er schroff. Er hatte ein ungutes Vorgefühl bezüglich dessen, was er als nächstes zu hören bekommen würde.

»Einer unserer Männer widersetzte sich den Befehlen seines Häuptlings und tötete Nevin mit seinem Speer«, erklärte die Frau.

Nardo lag wie zu Stein erstarrt da und blickte schweigend an die Zeltdecke.

»Du hattest den Vorfall beobachtet«, fuhr Adah nach einer Weile fort, »und du kamst angerannt, um den Tod deines Onkels zu rächen. Du warst wie ein wütender Bulle, erzählte mein Mann. Du hast Loki getötet, den Mann, der zuvor deinen Onkel umgebracht hatte, und du hast noch zwei weitere von unseren Männern verletzt, bevor dir mein Mann mit seinem Speergriff einen Schlag auf den Kopf versetzte und dich niederstreckte.«

Angespanntes Schweigen breitete sich aus.

»Dann ist Nevin also tot?« fragte Nardo schließlich.

»Ja. Nevin ist tot. Und Loki, sein Mörder, ist ebenfalls tot.«

Wieder herrschte Schweigen. Die Kinderstimmen draußen wurden lauter und schriller, als ein Streit ausbrach.

»Wo sind die übrigen Männer, die mit uns auf Beutezug gekommen waren?«

»Sie waren hier, um den Leichnam deines Onkels heim zu seinen Verwandten zu bringen.«

»Sie haben mich hier bei euch zurückgelassen?«

»Es war zu gefährlich, dich zu transportieren, und sie wußten, wir würden gut für dich sorgen«, sagte Adah.

Nardo schloß schweigend die Augen. *Nevin ist tot*, dachte er. *Nevin ist tot. Warum kann ich mich einfach nicht daran erinnern?*

»Du solltest jetzt ein bißchen schlafen«, hörte er die Frau sagen. »Wenn du das nächste Mal aufwachst, darfst du auch etwas essen.«

Ich werde niemals schlafen können, wenn mein Kopf so entsetzlich hämmert, dachte Nardo, kurz bevor er wieder in Bewußtlosigkeit versank.

Als Nardo das nächste Mal erwachte, schmerzte sein Kopf immer noch, aber das schreckliche Pochen hatte zum Glück aufgehört. Er schlug die Augen nieder und sah eine andere Frau neben seiner Bettstatt sitzen. Ihr Kopf war über den Mokassin gebeugt, an dem sie nähte, und eine glänzende Strähne des hellsten Haares, das Nardo jemals gesehen hatte, war ihr in die Stirn gefallen und verbarg ihr Gesicht.

»Ich bin durstig«, sagte er.

Die junge Frau hob überrascht den Kopf.

»Du bist aufgewacht. Das ist gut. Ich habe Wasser für dich mitgebracht.« Ihre Stimme klang tief, aber sehr deutlich. Die Hand, die sie prüfend auf seine Stirn legte, fühlte sich angenehm kühl an. Sie goß etwas Wasser in das Antilopenhorn und kniete sich neben ihn. »Kannst du dich ein bißchen aufsetzen, oder soll ich dir helfen?«

Nardo ertappte sich dabei, wie er in das hübscheste Gesicht hinaufstarrte, das er jemals erblickt hatte. »Hilf mir«, erwiderte er.

Sie schob einen Arm unter seinen Kopf und hob ihn hoch, dann hielt sie das Horn an seine Lippen. Ihre Bewegungen waren so geschickt, so mühelos, daß Nardo wußte, sie hatte ihm schon des öfteren so zu trinken gegeben. Er ließ seinen Kopf schwer gegen ihre Brüste sinken und trank alles Wasser, das sich in dem Horn befand.

»Noch mehr?« fragte sie.

»Nein.«

Er ließ sich von ihr wieder auf die Rentierfelle zurücklegen. »Wie lange liege ich hier schon?«

Sie hob zwei Finger hoch. »So viele Tage.«

»Das muß aber ein ganz schöner Schlag gewesen sein, den euer Häuptling mir verpaßt hat«, bemerkte Nardo und schaute voller Faszination zu, wie leichte Röte in ihre Wangen kroch.

»Mein Vater wollte dich davon abhalten, noch mehr von unseren Männern zu töten«, sagte sie. Sie wandte die Augen ab, offensichtlich verlegen durch die Art, wie er sie anschaute.

»Dein Vater? Dann bist du die Tochter des Häuptlings?«

»Ja.«

Ihre Haut war so rein und zart wie die eines kleinen Kindes. »Wie heißt du?« wollte Nardo wissen.

Sie warf ihm einen schnellen, erschrockenen Blick zu. »Das ist keine Frage, die ein Mann meines Stammes einer Frau stellen würde.«

Er hatte bereits gehört, daß die Norakamo sehr streng mit ihren Mädchen waren. »Du pflegst mich seit zwei Tagen«, erklärte er betont nüchtern. »Da ist es doch sicher nicht ungehörig, wenn ich mich nach deinem Namen erkundige.«

Sie ließ sich seine Bemerkung kurz durch den Kopf gehen, sichtlich unsicher. Schließlich erklärte sie: »Ich heiße Alane.«

»Alane«, wiederholte er, während er das Wort genußvoll auf seiner Zunge zergehen ließ. »Ich möchte aufstehen, Alane.«

Sie vergaß ihre Verlegenheit über ihrer Erschrockenheit. »Du kannst nicht aufstehen!«

»Ich kann nicht aufstehen, bis du hinausgegangen bist«, stimmte er zu. »Ich habe keine Kleider an.«

Sie schüttelte den Kopf. »Du darfst nicht aufstehen«, wiederholte sie. »Du wirst fallen, und bei dem Sturz wird die Wunde an deiner Schulter aufplatzen.«

»Schon möglich.« Vorsichtig zog Nardo sich in eine sitzende Position hoch. Seine Schulter schmerzte, und sein Kopf pochte unangenehm, aber er wußte, daß er durchaus in der Lage war aufzustehen.

»Ich dachte, du könntest noch nicht mal den Kopf heben, um zu trinken!« rief sie verblüfft.

Er grinste sie an. »Sei ein braves Mädchen und geh hinaus, damit ich aufstehen kann.«

Alane fühlte einen Stich von Wut, daß sich dieser Kindred-Mann einbildete, er könne sie so einfach fortschicken. »Ich werde meinen Vater holen«, erklärte sie steif.

»Gut.«

Sie erhob sich und ging mit stolz erhobenem Kopf zur Zeltöffnung. Nardo schaute ihr bewundernd nach, bis sie aus seinem Blickfeld verschwunden war. Dann machte er sich an die anstrengende Aufgabe, auf die Füße zu kommen.

Als Tedric das Zelt des verletzten Mannes betrat, stellte er zu seiner Überraschung fest, daß Nardo es tatsächlich geschafft hatte, sich ohne Hilfe von seinem Lager zu erheben. Das erste, was der mißmutige, schwarzhaarige junge Mann sagte, war: »Mein Vater wird dir kein einziges Pferd für meine Rückkehr geben. Du bist ihm mein Leben schuldig, Häuptling der Norakamo.«

Nardos Worte überraschten Tedric nicht im geringsten. Beide Stämme zeichneten sich durch eine fanatische Hingabe an Pferde aus, und Tedric wäre aufrichtig überrascht gewesen, hätte Nardos erster Gedanke einer anderen Sache gegolten. Bei diesem Thema deckte sich ihre Denkweise. Der Name Norakamo bedeutete tatsächlich »Herren der Pferde«, und die Schamanen unter Tedrics Leuten erzählten, daß es vor langer Zeit die Norakamo gewesen waren, die dem Volk der Kindred die Kunst des Reitens beigebracht hatten.

»Ich hatte auch nicht die Absicht, eine Bezahlung für dich zu verlangen«, erwiderte Tedric jetzt. »Einer meiner Männer hat deinem Onkel das Leben genommen, und du hast dich dafür gerächt, indem du den Mörder getötet hast. Damit ist die Sache beendet. Wenn du wieder soweit wohlauf bist, daß du reiten kannst, werden wir dich deinem Vater übergeben.«

»Bist du sicher, daß die Sache damit beendet ist?« wollte Nardo wissen. Seine Stimme klang barsch, seine braunen Augen blickten feindselig. »Was ist mit der Familie des Mörders? Werden sie nicht mein Leben als Blutrache für seines fordern?«

»Es wird keine Rache geben«, erwiderte Tedric. »Ich bin das Oberhaupt dieses Stammes; mein Vater und mein Großvater waren vor mir die Häuptlinge. Ich habe die Angelegenheit für abgeschlossen erklärt, und meine Leute haben mich gehört.«

Nardos Blick bohrte sich in die Augen des Norakamo-Häuptlings. Dann nickte der jüngere Mann. »Ja. Ich sehe, daß du ein Stammesoberhaupt bist.« Er schwankte leicht, und seine mißmutige Miene kehrte zurück.

»Du solltest nicht stehen.« Tedric trat rasch auf ihn zu, um ihn zu stützen.

Nardo wehrte ihn mit einer Hand ab. »Mir war nur kurz schwindlig. Jetzt geht es mir wieder gut.« Er machte einen Schritt vorwärts, um seine Behauptung zu beweisen, und stolperte prompt.

Tedric schlang einen Arm um Nardos Rücken und stützte ihn mit seiner Schulter. Unter seinen Leuten war Tedric einer der größten, doch der junge Mann überragte ihn um fast einen halben Kopf. »Holla!« murmelte Tedric. »Du bist wahrlich kein

Leichtgewicht, Sohn des Rorig. Wir wollen dich lieber wieder zu deiner Bettstelle zurückbringen, bevor du hinfällst.«

Nardo fluchte unterdrückt, aber er fühlte deutlich, daß er sich nicht mehr lange würde aufrecht halten können. In seinem Kopf pochte es schon wieder schmerzhaft. Mit Tedrics Hilfe ließ er sich auf die Rentierfelle auf seinem Lager nieder und schloß die Augen.

»Ich werde meine Frau holen«, hörte er Tedric sagen. Dunkelheit umgab Nardo erneut, und er ließ sich in Bewußtlosigkeit sinken, dankbar für einen Ort, wohin er vor dem unerträglichen Hämmern hinter seinen Schläfen fliehen konnte.

Alane kehrte gerade vom Fluß zurück; sie ritt auf einem der Pferde ihres Vaters und zog zwei andere, die sie zum Tränken mitgenommen hatte, am Zügel hinter sich her, als sie den ersten Reiter um die Biegung des Flusses kommen sah. Beim Lager der Norakamo war der Goldfluß ziemlich breit, und das süße Wiesengras wuchs an beiden Ufern geradewegs bis zum Rand. Die helle Sommersonne glitzerte auf dem klaren Wasser und ließ den Strom wie ein breites Band von Gold schimmern, als wollte sie auf diese Weise demonstrieren, wie der Fluß zu seinem Namen gekommen war.

Eine ganze Kette von Reitern tauchte jetzt in Alanes Blickfeld auf, jeder von ihnen führte zwei zusätzliche Pferde an langen Leinen mit sich. *Kindred*, dachte sie, als sie sie durch das hohe Gras näher kommen sah. Überall um die Reitergruppe herum flogen Schmetterlinge und kleine Vögel aus den Wiesenblumen auf, und auf dem Fluß schrie eine Gänsemutter ihren Küken zu, als wollte sie sie warnen. *Sie kommen wegen des Häuptlingssohns*, dachte Alane. Sie drückte ihrem Pferd die Fersen in die Seiten, trieb es zu einem schnellen Kanter an und strebte in die Sicherheit des Lagers zurück.

Auch andere hatten die Reiter inzwischen bemerkt. Als Alane in das Lager ritt, sah sie Norakamo-Frauen ihre Kinder zusammenrufen und eilig in die Zelte treiben. Wenige Augenblicke später lag der kreisförmige Platz im Mittelpunkt des Lagers, auf dem kurz zuvor noch reges Leben und Treiben geherrscht hatte, während Frauen und Kinder ihren Beschäftigungen nachgegangen waren, verlassen da. Ein riesiger Bartgeier schwebte über das verlassene Lagergelände und warf seinen Schatten auf das niedergetrampelte Gras. Alane schauderte und formte hastig einen Kreis mit den Fingern, um das Böse abzuwehren.

Gleich darauf trat Tedric aus seinem Zelt, marschierte zur Mitte des Kreises, verschränkte die Arme vor der Brust und blieb abwartend stehen. Seit seine Leute den verwundeten Sohn des Häuptlings ins Lager gebracht hatten, war er nicht mehr mit auf die Jagd gegangen und hatte auch keine der Gruppen begleitet, die die Pferdeherde auf die höhergelegenen Weiden trieben. Er hatte gewartet, wie Alane in diesem Moment begriff. Ihr Blick schweifte zurück zu der Gruppe von Reitern, die inzwischen ein kleines Stück flußabwärts angehalten hatte. Sie beobachtete, wie einer der Männer einem seiner Begleiter die Zügel seiner beiden zusätzlichen Pferde in die Hand drückte und schließlich allein weiterritt.

Tedric schaute seine Tochter an. »Versorg die Pferde, Alane, und dann sieh zu, daß du ins Zelt kommst.«

Alane blickte auf den rasch näher kommenden Reiter, dann wieder auf ihren Vater. Sie wollte gern hören, was gesprochen würde. *Wenn ich mich beeile, schaffe ich es vielleicht*, überlegte sie. Sie preßte die Schenkel zusammen, schnalzte auffordernd mit der Zunge, und schon sprengte ihre Stute in wildem Galopp davon. Die beiden Pferde, die sie an langen Seilen mit sich führte, wieherten laut und galoppierten dann nebenher. Stirnrunzelnd blickte Tedric seiner Tochter nach.

Alane band die drei Stuten an dem dafür vorgesehenen Pfosten hinter dem Zelt ihres Vaters an, rannte zur Vorderseite herum und schlüpfte genau in dem Moment in das Innere, als der einzelne Reiter auf den Lagerplatz trabte. Ihre Mutter und ihr jüngster Bruder Fenris waren ebenfalls im Zelt; sie standen neben der Türklappe, offensichtlich begierig, das Gespräch zu belauschen. Alane schloß sich ihnen an.

»Ich grüße dich«, hörte sie die Stimme ihres Vaters erklingen. »Ich bin Tedric, der Häuptling, Sohn von Hal, Sohn von Urik, geboren in der Schwarzen Hälfte des Stammes der Norakamo.«

Der Fremde antwortete, indem er sich ebenfalls mit seinem Namen und seiner Familienzugehörigkeit vorstellte. »Ich bin Rorig, der Häuptling, Sohn von Berta, Enkelsohn von Mira, geboren im Adler-Clan des Stammes der Kindred.«

Schweigen breitete sich aus, während sich die beiden Männer gegenseitig forschend musterten. Tedric ergriff als erster das Wort. »Du bist gekommen, um deinen Sohn zu holen.«

»Richtig«, erwiderte der andere. »Ich möchte meinen Sohn heimholen. Ist er inzwischen aufgewacht?«

»Er ist aufgewacht«, bestätigte Tedric. »Ich werde dich zu ihm bringen.« Seine Stimme wurde lauter, als er sich zu seinem Zelt umwandte. »Fenris!« rief er. »Komm her und halte das Pferd des Häuptlings.« Alanes Bruder grinste sie kurz an, bevor er aus der Zeltöffnung herausflitzte, um der Aufforderung seines Vaters nachzukommen.

Seit der Verletzte aus seiner Bewußtlosigkeit erwacht war, hatte man Alane nicht mehr erlaubt, sein Zelt zu betreten; sie hatte ihn jedoch an den letzten Tagen im Fluß baden sehen, zusammen mit ihrem Bruder Rune. Ihre Mutter hatte ihr erklärt, er sei inzwischen auf dem Weg der Genesung. Sie warf Adah einen schnellen Blick zu, dann spähte sie aus der Zeltklappe heraus und stellte fest, daß der Trupp der Kindred-Reiter immer noch in einiger Entfernung wartete. Den neugierigen Beobachtern an den Türöffnungen jedes Norakamo-Zelts schien die Zeit viel zu langsam zu vergehen. Schließlich kam der Kindred-Häuptling jedoch wieder aus dem Medizinzelt heraus, gefolgt von seinem Sohn. Hinter ihnen erschienen Tedric, der Schamane und Rune.

Eine rasche Bewegung unter den Kindred-Reitern erregte Alanes Aufmerksamkeit. Offensichtlich hatten sie Nardo erkannt. Rorig gab ihnen ein Zeichen mit der erhobenen Hand, woraufhin einer der Reiter auf ihn zugaloppierte, eine wunderschöne langmähnige graue Stute am Zügel neben sich herführend. Alane brauchte nicht lange, um den Reiter als Dane wiederzuerkennen, den Mann, der so bekümmert gewesen war, Nardo bewußtlos vorzufinden. Dane zügelte sein Pferd, glitt von seinem Rücken und bückte sich mit verschränkten Händen, um seinem Freund beim Aufsteigen behilflich zu sein.

Nardo machte eine wegwerfende Handbewegung, schwang sich mühelos auf den Rücken der grauen Stute und ergriff die Zügel. Sein Vater sagte etwas zu ihm, und er grinste, seine Zähne hoben sich weiß gegen sein dunkles Gesicht ab. Dann trabten die drei Männer zu der wartenden Gruppe ihrer Stammesangehörigen zurück.

Tedric und Rune schauten ihnen einen Moment nach. Schließlich wandten sich die beiden Norakamo-Männer ab und gingen zu dem Zelt zurück, wo ihre Frauen sie erwarteten.

Rorig hatte sich bereit erklärt, später am Tag eine Mahlzeit mit den Norakamo einzunehmen, aber vorläufig ritten die Kindred-Männer ein kurzes Stück flußabwärts zurück und schlugen ihr eigenes Lager auf. Nachdem die Pferde an den Füßen gefesselt worden waren und friedlich grasten, ging eine Gruppe von Männern den ganzen Weg bis zur Großen Furt zurück, in der

Hoffnung, einen Hirsch zu fangen, wenn dieser den Fluß zu überqueren versuchte. Sie wollten etwas Fleisch als Gastgeschenk zu dem Festmahl mit den Norakamo mitbringen. Rorig und Nardo waren unter denjenigen, die zurückblieben – Nardo, weil er noch zu schwach für die Jagd war, und Rorig, weil er mit seinem Sohn sprechen wollte. Während sich der Rest der Männer mit kleinen Arbeiten beschäftigte, lehnten sich Vater und Sohn gegen ihre zusammengerollten Schlafhäute und schauten den Pferden beim Grasen zu.

Die beschauliche Szene vor ihnen wurde von keiner einzigen Wolke überschattet. Der Himmel über ihnen erstrahlte kobaltblau, und die Pferde grasten friedlich zwischen bunten Wiesenblumen und flatternden Schmetterlingen. In Nardos Augen jedoch lag ein dunkler Schatten, und ein Schmerz, der nicht physischer Natur war, klang in seiner Stimme mit, als er fragte: »Wie geht es meiner Mutter?«

»Sie leidet sehr«, erwiderte Rorig. »Nevin war ihr einziger Bruder.«

Nardo machte ein finsteres Gesicht. »Sie haben uns überrumpelt, Vater. Sie waren zu Pferde und hatten schon auf uns gewartet. Tedric sagte, sein Plan wäre gewesen, Nevin gefangenzunehmen. Er hatte nicht vorgehabt, ihn zu töten.«

Rorig nickte schweigend. Er war ein gutaussehender Mann mit dunkler, ledriger Haut über stark ausgeprägten Wangenknochen. Sein schwarzes, von grauen Strähnen durchzogenes Haar fiel lose auf seine Schultern herab, und um seine Stirn trug er ein breites Band aus Wildleder, das mit drei vollendet geformten Muscheln verziert war. Sein Blick unter den schweren Lidern war auf die grasenden Pferde gerichtet. »Glaubst du, Tedric sagt die Wahrheit?« wollte er wissen.

»Ja«, erwiderte Nardo fast widerwillig. »Sie waren ängstlich um meine Genesung bemüht. Selbst Mutter hätte mich nicht besser pflegen können, als es Tedrics Frau getan hat. Ich denke, sie wollen keine Blutfehde mit uns, und sie müssen gewußt haben, daß sie mit Nevins Ermordung eine Fehde herausfordern würden.«

Rorig wandte den Blick ab. »Es tut mir aufrichtig leid, Nardo. Ich weiß, wie schmerzlich du Nevin vermissen wirst.«

Ein grimmiger Zug umgab Nardos Mund. Er nickte stumm.

Nach kurzem Schweigen meinte Rorig: »Ich will auch keine Fehde mit den Norakamo.«

Nardo hob überrascht die Brauen beim energischen Ton seines Vaters.

Auf der gegenüberliegenden Seite des Flusses erschien eine kleine Gruppe Rotwild, drei Hirschkühe und drei Kitze, die sich zum Trinken ans Ufer begaben. Nardos graue Stute hob kurz den Kopf, um sie zu beobachten, dann senkte sie ihr Maul erneut in das üppige Gras. »Während du bei der Herde im Hochgebirge warst«, begann Rorig, »bin ich beim Sommertreffen an der Großen Flußkreuzung gewesen.«

Nardo warf seinem Vater einen nachdenklichen Blick zu. »Gewöhnlich machst du keine solche Reise.«

»So ist es«, stimmte Rorig zu. »Aber ich habe Geschichten von den Händlern gehört, die mich beunruhigten, und da dachte ich, ich sollte besser an dem Treffen teilnehmen und mich selbst von dem Wahrheitsgehalt überzeugen.«

Nardo wartete schweigend.

»Die Welt jenseits unserer Berge ist im Wandel begriffen«, erklärte Rorig schließlich. »Bäume wachsen jetzt auf dem Grasland, wo früher einmal Auerochse und Büffel und Pferdeherden gegrast haben.«

»Ja?« fragte Nardo leise.

»Die Leute, die in den Flußtälern nördlich von uns leben, werden allmählich hungrig, Nardo.«

Nardo zuckte die Achseln. »Die Pferdeesser haben die Erdenmutter beleidigt, und sie hat sie dafür bestraft. Warum sollte dich das beunruhigen, Vater?«

Rorig gab keine Antwort.

Eines der Kitze auf der anderen Seite des Flusses hatte zu trinken aufgehört. Es stellte sich dicht neben seine Mutter und spähte unter ihrem Bauch hindurch, beobachtete die Pferde auf der gegenüberliegenden Flußseite. Nardo lächelte leicht bei dem drolligen Anblick.

»Das Wetter verändert sich«, sagte Rorig schließlich und hob das Gesicht zum Himmel. »Du spürst ja selbst, wie warm die Sonne ist. In den Tagen meiner Kindheit war es niemals so warm wie jetzt.«

»Warmes Wetter ist ein Segen«, entgegnete Nardo. »In der Wärme des Frühlings kehren die Lachse in unsere Flüsse zurück. Es ist warm, wenn die Rentiere ihre Kälber zur Welt bringen und die Stuten ihre Fohlen. Bei warmem Wetter schmilzt der Schnee auf den hochgelegenen Weiden, und Mutter Erde segnet uns mit frischem grünem Gras für unsere Herden.«

»So ist es für uns, die wir in den Bergen leben«, stimmte Rorig zu. »Unsere Rentiere ziehen noch immer jeden Sommer zu den Hochgebirgsweiden hinauf und kehren in die tiefer gelegenen Hügel zurück, wenn der Schneefall einsetzt. Es ist in den Bergen immer noch kalt genug für die Rentiere. Aber sie kommen nicht mehr in die Flußtäler herunter, Nardo.«

Rorig blickte seinen Sohn aus düsteren Augen an. »Ich habe gehört, daß viele Stämme bereits ihre alten Jagdgründe verlassen haben, um den Rentieren weiter nach Norden zu folgen.« Braune Augen schauten in braune Augen. »Ich fürchte, eines Tages wird einer dieser Stämme, die ihr Wild verlieren, davon erfahren, wie gut wir hier immer noch leben. Ich fürchte, sie werden vielleicht sogar mit Gewalt versuchen, in unsere Berge einzudringen.« Er hielt einen Moment inne. »Und in dem Fall möchte ich die Norakamo lieber zu meinen Freunden zählen als zu meinen Feinden.«

Rorig sah Verständnis in den Augen seines Sohnes dämmern. Lange Zeit herrschte Schweigen. Dann meinte Nardo: »Hältst du ein solches Eindringen für möglich?«

»Es ist leider nicht auszuschließen.«

»Wir wollen keine Pferdeesser in unseren Bergen!«

Beide Männer starrten mit besitzergreifendem Blick auf die wunderschönen Tiere, die so friedlich und anmutig am Ufer des goldenen Flusses grasten.

»Ich fühle es in meinem Herzen, daß es klug wäre, Frieden mit den Norakamo zu schließen«, erklärte Rorig. »Keine Blutfehden mehr.« Und nach einer Pause fügte er hinzu: »Keine weiteren Pferdediebstähle.«

»Keine weiteren Pferdediebstähle?« wiederholte Nardo erstaunt. »Aber, Vater, womit sollen wir uns dann vergnügen, wenn wir ihre Pferdeherden nicht mehr überfallen dürfen?«

Rorig gab keine Antwort, und nach einer Weile seufzte Nardo ergeben. »Es sind aber zwei nötig, um Frieden zu schließen. Glaubst du, die Norakamo werden dazu bereit sein?«

»Ich glaube, sie werden sich mit allem einverstanden erklären, wenn sie dadurch eine Blutfehde mit uns vermeiden können«, erwiderte Rorig.

»Ja«, meinte Nardo düster. »Ich glaube, damit hast du recht.«

Die Norakamo brieten große Hirschkeulen über einem offenen Feuer in der Mitte des Lagerplatzes, als die Kindred-Männer erschienen. Ihre Pferde wurden von einigen Jungen weggeführt, und die Besucher wurden eingeladen, sich dem Kreis der Männer anzuschließen.

Nardo konnte sich an keine frühere Begebenheit erinnern, bei der sich diese beiden Stämme freundschaftlich getroffen hätten, und die Stimmung der Versammlung war dementsprechend gespannt. Nevins Tod lastete wie ein düsterer Schatten auf dem Bewußtsein jedes einzelnen. Auch Nardos Gedanken wurden von ihm beherrscht, aber dann erinnerte er sich an die Worte seines Vaters, und er wandte sich an Rune, der neben ihm saß, und stellte ihm einige Fragen über seine Pferde. Rune strich sich mit den Fingern durch seine langen Ponyfransen und schaute sich etwas unsicher im Kreis um, bevor er antwortete und schließlich noch eine schmeichelhafte Bemerkung über Nardos graue Stute hinzufügte. Nardo grinste breit und beugte sich vor, um den Kommentar an Dane weiterzugeben und ihn auf diese Weise in die Unterhaltung mit einzubeziehen.

Nardo gegenüber saß der Schamane, in grüblerisches Schweigen versunken. Nardo hatte Hagen nur selten zu Gesicht bekommen, seit er aus der Bewußtlosigkeit erwacht war, da dieser die Krankenpflege hauptsächlich Adah überlassen hatte. Nardo hatte jedoch die Feindseligkeit des Norakamo-Schamanen deutlich gespürt. Als Nardo ihn jetzt beobachtete, beugte sich der junge Mann neben Hagen vor und flüsterte ihm etwas ins Ohr. Beide blickten daraufhin zu Tedric hinüber, und Hagen erwiderte etwas. Beide Männer hatten den Kindred-Männern rechts und links von sich unhöflich den Rücken zugekehrt.

Aber die Häuptlinge Rorig und Tedric unterhielten sich offensichtlich freundlich und gut gelaunt, und Nardo fühlte, wie sich die Spannung in der Gruppe allmählich etwas lockerte.

Das Fleisch wurde herumgereicht, und die anfänglich recht gezwungene Unterhaltung wurde lebhafter, als die Männer Jagderlebnisse auszutauschen begannen und sich ausführlich über Pferde ausließen. Die allgemeine Stimmung der Versammlung war zwar nicht direkt freundlich, aber zumindest auch nicht unverhohlen feindselig. Der Schamane und sein Trabant hockten schweigend da, doch niemand schien den beiden besondere Beachtung zu schenken.

Die Sonne stand schon tief am westlichen Himmel, als Tedric Rorig und seinen Sohn um ein vertrauliches Gespräch bat. Der Kindred-Häuptling nickte ernst und machte Nardo ein Zeichen. Rune erhob sich ebenfalls, und die beiden jüngeren Männer folgten ihren Vätern in die Abgeschiedenheit von Tedrics Zelt.

Adah war dort, um sie willkommen zu heißen, und Nardo schaute sich in dem großen Zelt sofort suchend nach Alane um. Er fühlte einen Stich der Enttäuschung, als er sie nicht entdeckte. Während der Tage seiner Genesung hatte er nur hin und wieder einen flüchtigen Blick auf die schöne Tochter des Häuptlings werfen können, und er hatte gehofft, heute mehr von ihr zu sehen. Erbittert dachte er, daß diese Norakamo wirklich sehr streng mit ihren Mädchen umgingen.

Die vier Männer setzten sich um die mit Steinen ausgelegte Feuerstelle, während Adah den Teekessel von dem kleinen Feuer nahm. Nardo hatte erfahren, daß die Norakamo ihren Tee mit Minze statt mit Salbei zubereiteten, und er hatte auch einiges über ihre Bräuche, Tee zu servieren, gehört. Während Adah jetzt feierlich eine einzelne große Tontasse mit der heißen Flüssigkeit füllte, murmelte er seinem Vater ins Ohr: »Trink nur ein paar Schlucke und gib ihr die Tasse dann wieder zurück.«

Rorigs Gesicht blieb ausdruckslos, aber als Adah ihm die Tasse reichte, tat er, was Nardo ihm geraten hatte. Adah nahm sie wieder in Empfang, kehrte zum Teekessel zurück, füllte sie erneut und brachte sie daraufhin Nardo. Er sog genüßlich den pfefferminzartigen Duft ein, trank zwei Schlucke und reichte Adah die Tasse zurück. Adah wiederholte das Ritual, bot die Tasse daraufhin ihrem Ehemann an und zuletzt ihrem Sohn.

Dann zog sie sich in den hinteren Teil des Zeltes zurück. Tedric räusperte sich vernehmlich – ein Zeichen für die anderen, daß sie nun zum eigentlichen Zweck der Zusammenkunft kommen würden.

Nardo saß schweigend da und hörte aufmerksam zu, als Tedric seinem Vater versicherte, daß die Norakamo keine Blutfehde wollten. Tedric äußerte seinen Wunsch mehrmals und in aller Ausführlichkeit, und nach einer Weile fühlte Nardo seine Aufmerksamkeit schwinden. Statt dessen blickte er Rune an, der ihm gegenüber auf der anderen Seite des kleinen Herdfeuers saß.

Es konnte kaum zwei Männer geben, die in körperlicher Hinsicht so verschieden waren wie die beiden, die sich jetzt über die steinerne Feuerstelle hinweg musterten. Das hellblonde, sonnengebleichte Haar des Norakamo war zu langen Ponyfransen über seiner Stirn geschnitten und mit einem Band aus dem abgeworfenen Bast von einem Hirschgeweih im Nacken zusammengebunden. Sein Gesicht war schmal mit einer dünnen, geraden Nase und weit auseinanderstehenden hellblauen Augen. Er hatte einen schlanken, geschmeidigen Körper, der den Eindruck erweckte, niemals den Unbilden und Härten eines Jägerlebens gewachsen zu sein, aber Nardo – dessen Cousin Varic von ähnlicher Statur war – wußte, wie sehr solche Zierlichkeit täuschen konnte.

Jetzt begann Rorig zu sprechen, und Nardo konzentrierte seine Aufmerksamkeit auf die Worte seines Vaters. Rorig sprach von dem sich langsam erwärmenden Klima und von seinen Beobachtungen, daß sich das Wild aus den Flußtälern immer weiter in den Norden zurückzog. Der Ausdruck auf Tedrics zerfurchtem Gesicht ließ Nardo vermuten, daß Rorigs Schilderung keine Neuigkeit für den Norakamo-Häuptling war.

»Wir gehen nicht zu der Versammlung an der Großen Flußkreuzung, wir nehmen an einem Treffen weiter westlich teil, aber dort habe ich das gleiche gehört«, sagte Tedric. »Unter den Pferdeessern herrscht große Unruhe.« Bedächtig legte er seine Hände auf die Knie. »Ich bin der Ansicht, daß in diesen schwierigen Zeiten Freundschaft zwischen unseren beiden Stämmen herrschen sollte, und nicht Feindschaft.«

»Das ist auch meine Meinung«, erklärte Rorig.

Tedric sah erfreut aus. »Die Norakamo und die Kindred sind beide Kinder des Gottes der Pferde. In der Vergangenheit haben wir uns dadurch entzweien lassen; ich denke, es ist an der Zeit, daß uns diese Tatsache wieder vereinen sollte.«

»Deine Worte hören sich gut an«, gab Rorig zurück, »aber wie soll dieser Freundschaftsbund geschlossen werden? Unsere Leute sind seit vielen Generationen Gegner gewesen. Es ist nicht leicht, die Gefühle des Herzens zu ändern.«

Tedric strich sich nachdenklich über seinen blonden Bart. »Es ist wahr, daß die jungen Männer des Stammes nur widerwillig ihre Pferdediebstähle aufgeben werden. Wir müssen diese Freundschaft zwischen uns mit etwas Verbindlicherem als bloßen Worten festigen.«

»Das denke ich auch, aber wie sollen wir das tun?« wollte Rorig wissen.

Stille breitete sich aus. Die Luft im Zelt war vom Geruch der Minzeblätter erfüllt und anderer Kräuter, die von den Zeltstangen zum Trocknen herabhingen. Das Zelt des Häuptlings war sehr groß, aber in Nardos Augen, der an die unordentliche Anhäufung im Haus seiner Mutter gewöhnt war, sah es fast unmöbliert aus. Schlaffelle waren an einer Wand entlang aufgestapelt, die Kochgeräte waren auf einem großen, flachen Stein in der Nähe der Feuerstelle angeordnet. Zwei Handvoll große Körbe standen entlang der Wände; Nardo nahm an, daß darin die restliche Habe der Familie verstaut war.

Schließlich sprach Tedric: »Wir müssen unsere Stämme durch verwandtschaftliche Bande einander näherbringen«, sagte er. Seine blauen Augen waren fest auf Rorigs Gesicht gerichtet. »Das ist die einzige Möglichkeit. Und zu diesem Zweck werde ich meine Tochter deinem Sohn zur Ehefrau geben.«

Verblüfftes Schweigen trat ein, als Rorig und Nardo den Norakamo-Häuptling anstarrten. Schließlich fand Rorig seine Stimme wieder. »Wie soll das machbar sein? Mein Sohn wird der nächste Häuptling unseres Stammes werden. Er kann nicht unter den Norakamo leben.«

Tedric blieb unerschütterlich. »Unter meinen Leuten ist es nicht üblich, daß Männer bei den Familien ihrer Frauen leben. Wir würden von deinem Sohn nicht erwarten, daß er bei uns lebt. Bei den Norakamo ist es Brauch, daß sich eine Frau der Familie ihres Ehemannes anschließt.«

Draußen vor dem Zelt ertönten gleichmäßige Trommelschläge. Gleich darauf war die tiefe, hypnotische Stimme des Norakamo-Schamanen zu hören.

»Ich glaube, du verstehst nicht.« Nardo spürte, wie sich sein Vater darum bemühte, geduldig und freundlich zu sprechen. »Bei den Kindred gehört ein Kind zum Clan seiner Mutter. Da die Kinder deiner Tochter zu ihrem Clan gehören würden, nicht zu unserem, hätten sie keinen Platz unter uns. Die verwandtschaftlichen Bande, von denen du sprichst, wären dadurch also nicht zu schaffen.«

Tedric schien von diesem Einwand nicht im geringsten verunsichert zu sein. »Die Norakamo haben keine Clans wie die Kindred«, erwiderte er. »Wir zählen Verwandtschaft nach der Zugehörigkeit zur jeweiligen Hälfte des Stammes. Die Kinder aus einer Norakamo-Ehe gehören jedoch grundsätzlich zur Stammeshälfte ihres Vaters. Meine Tochter hat immer gewußt, daß ihre Kinder einmal zum Geschlecht ihres Vaters gehören würden. Wäre es in diesem besonderen Fall nicht möglich, daß ihre Kinder zum Clan deines Sohnes gehörten? Zum Wohl unser beider Stämme?«

Rorig blickte erstaunt. »Ich glaube, du begreifst nicht, was du da von deiner Tochter verlangst«, erklärte er. »Zuerst schlägst du vor, sie in die Fremde fortzuschicken, wo sie getrennt von all den Frauen ihres Blutes leben soll. Als nächstes sagst du, daß selbst ihre Kinder nicht ihr gehören werden. Wie kann man ihr oder irgendeiner anderen Frau ein solches Leben zumuten?«

Tedric zuckte die Achseln. »So ist das nun einmal für ein Mädchen der Norakamo. Sie wird ihr Alter nicht in dem Zelt erleben, in dem sie geboren wurde. Ihr Schicksal ist es, einem Mann zur Frau gegeben zu werden, und nicht, an der Seite ihrer Mutter alt zu werden.«

Nardo fühlte Mitleid für das schöne Mädchen, das er nur so kurz gesehen hatte. Draußen vor dem Zelt hob und senkte sich die Stimme des Schamanen in beschwörendem Tonfall, und die Trommelschläge wurden immer schneller.

»Wenn ich dieser Eheschließung tatsächlich zustimme«, begann Rorig langsam, »was wirst du dann von mir verlangen?«

Tedric lächelte und wedelte herablassend mit der Hand. »Nichts, was nicht üblich wäre. Du mußt mir nur den Brautpreis für sie zahlen, das ist alles.«

Der Schamane sang jetzt von der Erschaffung des Raben, eine Sage, die allen Kindred geläufig war. *Dann haben wir also doch einige Gemeinsamkeiten*, dachte Nardo.

»Den Brautpreis«, wiederholte Rorig nachdenklich. »Du willst damit sagen, daß du von mir ein Geschenk für deine Tochter erwartest?«

Tedrics dichte blonde Brauen schossen in die Höhe. »Ist es in eurem Stamm nicht Sitte, einen Brautpreis zu bezahlen?«

Rorig schüttelte den Kopf.

Tedrics blaue Augen weiteten sich überrascht. »Dann gebt ihr eure Töchter umsonst weg?«

Rorigs dunkles Gesicht war ausdruckslos. »Wir geben unsere Töchter nicht weg«, erwiderte er. »Anders als bei euch werden unsere Frauen tatsächlich in dem Zelt alt, in dem sie geboren wurden. Es sind unsere Männer, die in einen anderen Haushalt übersiedeln, wenn sie heiraten.«

Nardo blickte über die Feuerstelle hinweg und sah Runes ungläubigen Ausdruck. Offensichtlich waren die Heiratsbräuche der Kindred für ihn ebenso verwunderlich wie jene der Norakamo für Nardo.

»Wie hoch wäre denn der Brautpreis, den du von mir erwarten würdest?« erkundigte sich Rorig.

Wieder lächelte Tedric. »Fünf Handvoll Pferde.«

»*Was?*« Nardo mußte an sich halten, um nicht entrüstet aufzuspringen. »Du mußt verrückt sein.«

Tedric überhörte die letzte Bemerkung und nickte. »So ist es üblich. Es sollte noch wesentlich mehr sein, aber ich bin ein großzügiger Mann, und ich verstehe, daß euch unsere Sitten fremd sind. Deshalb werde ich nur um fünf Handvoll bitten.«

Nardo wollte erneut etwas sagen, aber Rorig warf seinem Sohn einen warnenden Blick zu. Nardo schloß den Mund.

»Dein Angebot ist in der Tat großzügig«, sagte Rorig zu dem anderen Häuptling. »Müssen die fünf Handvoll Pferde alle auf einen Schlag bezahlt werden?«

Tedric strich sich über seinen Bart und überlegte einen Moment. Schließlich antwortete er etwas widerstrebend: »Der Preis wird in drei Raten bezahlt, bei jedem Abschnitt der Heiratszeremonie.«

Dieser Sohn einer Hyäne hat zuerst daran gedacht, alle Pferde auf einmal zu verlangen, dachte Nardo wütend.

Mit vollendeter Höflichkeit bat Rorig: »Würdest du das bitte näher erklären?«

Tedric fuhr fort, über seinen Bart zu streichen, offensichtlich damit beschäftigt, seine Gedanken zu klären. »Zuerst sollte ich dir wohl folgendes erklären: Es ist zwar wahr, daß eine verheiratete Frau bei den Leuten ihres Ehemanns lebt, dies geschieht aber nicht sofort. Zu Beginn der Ehe muß der Ehemann erst eine Weile bei der Familie seiner Frau leben.« Sein Blick schweifte zu Nardo. »Es dient dem Zweck, eine Beziehung zum Vater und zu den Brüdern seiner Ehefrau aufzubauen«, fügte er hinzu.

Das ist völlig unmöglich, dachte Nardo. *Ich kann nicht unter den Männern leben, die meinen Onkel getötet haben.* Er blickte wieder Tedric an, aber seine Miene blieb ausdruckslos.

»Und wie lange bleibt der Ehemann bei der Familie seiner Frau?« wollte Rorig wissen.

»Bis zur Geburt des ersten Kindes.«

Rorig nickte.

Tedric lächelte zufrieden; er hatte das Gefühl, seine Sache gut zu machen. »Der Brautpreis wird also in drei Raten gezahlt«, fuhr er fort und hielt einen Finger hoch. »Die erste, wenn beide Seiten der Eheschließung zugestimmt haben.« Er streckte einen zweiten Finger hoch. »Die zweite am Tag der Verbindung, wenn der Ehemann zur Familie seiner Frau übersiedelt.« Nun kam der dritte Finger. »Und die dritte, wenn das erste Kind zur Welt gekommen ist. Das ist der Zeitpunkt, wo die Frau wahrhaftig seine Ehefrau ist. Daraufhin verläßt sie die Familie ihres Vaters und schließt sich der Familie ihres Ehemannes an.«

Nachdenkliches Schweigen breitete sich aus. Tedric drehte sich herum und gab seiner Frau einen Wink, worauf Adah herbeigeeilt kam und noch einmal mit dem Teezeremoniell begann. Als sich Adah wieder in ihre Ecke des Zelts zurückgezogen hatte und die Männer erneut allein um das Feuer herumsaßen, räusperte sich Rorig und sagte: »Ich möchte mich nur vergewissern, daß ich alles richtig verstanden habe. Wenn mein Sohn deine Tochter heiraten sollte, würdest du von ihm erwarten, daß er bei euch lebt, bis ihr erstes Kind geboren wird?«

»So ist es.«

»Ich müßte dir einen Teil des Brautpreises zahlen, wenn ich dein Angebot annähme, den zweiten Teil, wenn die beiden zusammenzuleben begännen, und den dritten Teil, wenn ihr erstes Kind zur Welt käme.«

»Ja.«

»Und zu dem Zeitpunkt würde deine Tochter zu uns kommen, um bei uns zu leben, und ihre Kinder würden zum Wolfs-Clan gehören, dem Clan meines Sohnes.«

»Richtig.«

»Ich verstehe.« Rorig erhob sich. »Ich werde über dein großzügiges Angebot nachdenken, Häuptling der Norakamo, und dir morgen meine Antwort geben.«

Die anderen erhoben sich ebenfalls. Erst als Nardo gerade durch die Zeltklappe hinausschlüpfen wollte, besann er sich und drehte sich noch einmal zu Tedric um. »Wir sprechen von deiner Tochter Alane?« wollte er wissen.

Der Häuptling kreuzte die Arme über seiner breiten Brust. »Richtig, wir sprechen von meiner Tochter Alane.«

Die Männer, die Rorig im Lager am Fluß zurückgelassen hatte, hatten in der Zwischenzeit am Ufer einen provisorischen Korral aus den Seilen aus ungegerbtem Leder gebaut, die sie immer mit sich führten, und einigen Holzpfosten, die sie aus Baumstämmen des Wäldchens weiter östlich geschlagen hatten. Nachdem die Rückkehrer ihre Pferde versorgt und zu den anderen gebracht hatten, rollten sie ihre Schlaffelle entlang der Korralumzäunung aus und legten sich zur Nachtruhe nieder.

Nardos Schulter schmerzte nach dem langen Tag, als er flach auf dem Rücken lag und zu der schmalen Sichel des Fohlenmondes am Himmel hinaufstarrte. Grillen zirpten laut im hohen Gras, im Fluß quakten Frösche. Irgendwo auf einem Baum schrie eine Eule, und von den Pferden im Korral drangen Ächzer herüber, als diese sich zur Ruhe ins Gras legten. Der Geruch frischen Dungs stieg Nardo in die Nase, ein vertrauter und tröstlicher Geruch. Die Männer hatten an jedem Ende des Pferdekorrals ein großes Feuer entfacht, um Eindringlinge abzuschrecken. Sie würden sich während der Nacht abwechselnd darum kümmern und frisches Holz nachlegen.

Rorig sprach mit gedämpfter Stimme auf seinem Schlaffell neben dem von Nardo. »Ich finde, eine solche Eheschließung wäre für unsere beiden Stämme eine gute Sache.«

Nardos Blick war auf den Mond gerichtet. »Sie wollen, daß ich bei ihnen lebe, Vater. Ich kann nicht mit den Leuten zusammenleben, die meinen Onkel umgebracht haben.«

Rorig bewegte sich einen Moment lang unruhig und lag dann still. Er verstand Nardos Einwand nur zu gut. Bei den Kindred war nicht etwa der Vater der wichtigste männliche Verwandte für einen Jungen, sondern der Bruder seiner Mutter. Rorig gehörte zum Adler-Clan und Nardo zum Wolfs-Clan, dem Clan seiner Mutter. Ihn und seinen Vater verband nach der Auffassung der Kindred keinerlei Verwandtschaft. Das Blut, das zählte, das mütterliche Blut, hatte er mit Nevin geteilt, seinem Onkel. Nevin war derjenige gewesen, der Nardo Jagen und Reiten beigebracht hatte, der ihn in allen seinen religiösen Pflichten unterwiesen hatte. Nevin war es auch gewesen, der ihn gefördert und unterstützt hatte, als Nardo initiiert worden war, zuerst als Heranwachsender und später als Mann. Rorig hatte diese Dinge ebenfalls getan, aber für die Söhne seiner Schwester, nicht für Nardo.

»Tedric hatte recht, als er sagte, ein verwandtschaftliches Band zu knüpfen sei die einzige Möglichkeit, um Frieden zwischen unseren Stämmen zu schaffen«, sagte Rorig jetzt mit leiser Stimme. Nardo gab keine Antwort; seine dunklen Augen waren unverwandt auf den Mond gerichtet. Rorig fuhr fort: »Es wäre sicherlich von Vorteil für dich, eine Weile unter den Norakamo zu leben, Nardo. Wie Tedric schon sagte, würdest du die männlichen Blutsverwandten deiner Ehefrau besser kennenlernen. Deine Cousins würden dich besuchen, und auch sie würden lernen, sich mit diesen Leuten anzufreunden. Es ist die beste Möglichkeit, um einen Zusammenhalt zwischen unseren beiden Stämmen zu schaffen.«

Ein Pferd wieherte irgendwo auf der anderen Seite der Koralabsperrung, dann ertönte das Geräusch scharrender Hufe. Die beiden Männer horchten angestrengt, aber die Herde blieb ruhig.

»Und was werden meine Mutter und meine Schwestern zu einer solchen Eheschließung sagen?« murmelte Nardo nach einer Weile.

»Du solltest nicht vergessen, daß nicht Tedric der Mörder deines Onkels war. Du hast den Mann getötet, der Nevin umbrachte. Ein Menschenleben wurde für ein Menschenleben gefordert.« Rorigs Stimme klang jetzt etwas lauter, als hätte er den Kopf in Nardos Richtung gewandt. »Du hast dich schon ein wenig mit Tedrics Sohn angefreundet, wie ich beobachtet habe.«

»Ja. Rune ist ein guter Mann.«

»Es wird nicht so unmöglich sein, unter diesen Leuten zu leben. Es wäre ja auch nur bis zur Geburt deines ersten Kindes. Weniger als ein Jahr.«

»Und meine Mutter? Wird sie es verstehen?«

»Deine Mutter und deine Schwestern beten dich regelrecht an«, erwiderte Rorig. »Ich bin mir ziemlich sicher, daß sie für jede Eheschließung stimmen werden, die es dir ermöglicht, weiter in ihrem Haushalt zu leben.«

Aus der Nähe drang das Geräusch von Gras, das abgerupft wurde, als sich mehrere Pferde zum Grasen entschlossen. Am gegenüberliegenden Flußufer heulte ein Schakal. Ein anderer antwortete, und gleich darauf verwandelte sich das Geheul in aufgeregtes Bellen, als die beiden einander begrüßten.

Nardo betrachtete den nächtlichen Himmel, während er sich die Worte seines Vaters durch den Kopf gehen ließ. Wenn er dieses Norakamo-Mädchen heiratete, würde das bedeuten, daß er nicht aus dem Haus seiner Mutter wegziehen müßte. Er würde der geteilten Loyalität entgehen, mit der alle Männer seines Stammes leben mußten: Ehemänner in einem Haus zu sein und Söhne und Brüder in einem anderen.

Das war eine erfreuliche Vorstellung. Und Alane war ein sehr schönes Mädchen. Der Gedanke, sich von fünf Handvoll Pferden trennen zu müssen, machte ihn jedoch wütend.

»Ich glaube nicht, daß Tedrics Angebot besonders großzügig ist«, sagte Nardo. »Ich habe den Eindruck, er verlangt wesentlich mehr Pferde, als er von einem Mann seines eigenen Stammes für seine Tochter bekommen würde.«

»Wahrscheinlich hast du recht«, kam die nüchterne Antwort.

»Aber Vater! Wir können es uns nicht leisten, so viele Pferde wegzugeben!«

»Wir können es uns leisten. Es wird hart sein, diejenigen auszusondern, die wir notgedrungen abgeben müssen. Aber wir können es uns durchaus leisten, Nardo.«

Der Fohlen-Mond stand am westlichen Himmel. Bald würde er untergehen, und die Nacht würde ausschließlich den Sternen gehören. Einer der Männer, die die beiden Feuer hüteten, begann mehr Holz nachzulegen. Die Flammen züngelten höher. Das Schakalgeheul am anderen Flußufer war verstummt.

»Es ist dir ernst mit dieser Sache, nicht, Vater?« bemerkte Nardo.

»Wir wollen nicht, daß die Pferdeesser in unsere Berge einfallen, mein Sohn.«

Rorig sprach Nardo nur selten mit »mein Sohn« an. Nardo drehte den Kopf und starrte in das Gesicht seines Vaters, das nur als ein blasses Oval in der Dunkelheit sichtbar war. Dann erwiderte er ruhig: »Ich habe das Gefühl, du hast recht, Vater. Es ist, wie Tedric schon sagte: Für die Kinder des Pferdegottes ist jetzt die Zeit gekommen, sich zu verbünden.«

»Du hast das Mädchen schon gesehen. Sie ist dir doch nicht zuwider?«

»Nein, sie ist mir nicht zuwider.«

Fledermäuse strichen raschelnd über das Lager hinweg. Die Pferde im Korral schnaubten unruhig und stampften mit den Hufen. Rorig stieß einen langen, tiefen Seufzer aus.

»Du kannst Tedric keine verbindliche Zusage machen, ehe du nicht mit meiner Mutter gesprochen hast«, warf Nardo ein. »Wenn sie Einwände dagegen erhebt, daß ich in den Stamm einheirate, der ihren Bruder getötet hat, dann kann ich das Mädchen nicht heiraten.«

»Ich würde dich niemals bitten, gegen die Wünsche deiner Mutter zu handeln, Nardo«, erwiderte Rorig.

Nardo schloß die Augen und versuchte, den Schmerz in seiner Schulter zu ignorieren.

»Ich werde Tedrics Angebot annehmen unter dem Vorbehalt, daß ich zuerst die Zustimmung deiner Mutter einholen muß.«

Nardo schwieg.

»Bist du mit dieser Regelung einverstanden, Nardo?«

»Ja«, sagte Nardo langsam. »Ich bin einverstanden.«

3

Die Ratssitzung des Clans am folgenden Morgen verlief nicht so reibungslos, wie Rorig gehofft hatte. Als er den um das Lagerfeuer versammelten Männern von Tedrics Vorschlag einer Eheschließung erzählte, protestierte Varic aufgebracht.

»Diese Leute haben meinen Vater ermordet!« schrie er. »Wie kannst du da auch nur daran denken, verwandtschaftliche Bande mit ihnen zu knüpfen?«

Rorig legte seinen Gedankengang noch einmal ausführlich dar.

»Nardo hat den Mann getötet, der Nevin tötete«, sagte Mano, der Sprecher des Wolfs-Clans, zu Varic. »Damit ist der Rache Genüge getan, Varic.«

Die restlichen Ratsmitglieder murmelten ihre Zustimmung, was die Vergeltung anging. Mit dem Brautpreis von fünf Handvoll Pferden waren sie jedoch nicht einverstanden.

Es war eine lange Sitzung mit vielen hitzigen Diskussionen. Der Häuptling der Kindred war kein so absoluter Herrscher, wie es der Häuptling der Norakamo war. Wenn Rorig nicht die Einwilligung des Clan-Rates bekam, würde er Tedrics Angebot wohl oder übel ablehnen müssen.

Schließlich entschied der Rat – über Varics wütend vorgebrachte Einwände hinweg –, Tedrics Vorschlag anzunehmen. Ihr Friedensangebot an Varic war die Bedingung, daß Mara, Nardos Mutter und Nevins Schwester, ebenfalls die Eheschließung billigen mußte.

Alane erfuhr erst am folgenden Nachmittag von der Heiratsofferte, nachdem die Männer der Kindred die Große Furt überquert hatten und wieder auf ihre Seite des Flusses zurückgekehrt waren. Wenig später versammelte Tedric seine Familie in seinem Zelt um sich und berichtete ihnen, was zwischen den beiden Häuptlingen besprochen worden war.

»Sie müssen erst die Einwilligung der Mutter des Jungen einholen, bevor sie den Brautpreis zahlen können«, sagte Tedric zu Adah. »Aber ich konnte deutlich an Rorigs Augen sehen, daß er ebenso für diese Verbindung zwischen unseren Stämmen ist wie ich.«

»War er mit den fünf Handvoll Pferden einverstanden?« wollte Rune wissen.

»Ja.«

Rune lachte. »Das hast du gut gemacht, Vater.«

Tedric grinste selbstgefällig. »Ja. Die Kindred haben keine Ahnung von Brautpreisen. Ich habe ihnen erklärt, fünf Handvoll wären weniger als die übliche Summe für eine Häuptlingstochter.«

»Was ist mit Larz?« Stifun mischte sich in die Unterhaltung ein. »Larz will Alane heiraten, das weißt du doch, Vater. Er hat bereits mit dir gesprochen.«

»Sein Vater hat mir keine Pferde gegeben«, erwiderte Tedric. »Es kommt zu keiner Abmachung, wenn nicht die entsprechende Anzahl von Pferden bezahlt werden kann.«

»Du hast zu viele Pferde verlangt«, warf Stifun ein, um seinen Freund zu verteidigen. »Larz und sein Vater haben versucht, sie einzufangen, aber du hast einfach zu viele verlangt.«

Tedric schüttelte verwundert den Kopf. »Ein Geist muß aus meinem Mund gesprochen haben. Was du sagst, ist wahr, mein Sohn. Ich habe Larz um zu viele Pferde gebeten. Und deswegen ist Alane jetzt frei, Rorigs Sohn zu heiraten.«

Alane hatte bisher geschwiegen, während sie ihrer Familie fassungslos zuhörte. Jetzt meldete sie sich wütend zu Wort. »Wenn ich diesen Fremden heirate, dann werde ich von hier weggehen und unter seinen Leuten leben müssen. Ich nehme an, das hast du nicht bedacht, Vater. Du kannst mich doch nicht allen Ernstes fortschicken, um bei den Kindred zu leben!«

Tedric hob die Hand in einer Geste, die Resignation zu erkennen gab, und wandte sich an seine Frau. Es war Adah, die ihrer Tochter antwortete. »Alane, dein Vater würde nichts Derartiges von dir verlangen, wäre es nicht von großer Wichtigkeit für den Stamm.«

»Ja«, sagte Alane bitter. Sie warf den Handschuh, an dem sie genäht hatte, mißmutig auf den Boden. »Es bringt dem Stamm fünf Handvoll Pferde ein.«

»Es geht nicht um die Pferde«, gab Tedric ärgerlich zurück. »Glaubst du, ich würde meine Tochter an Fremde geben, wenn es nur wegen der Pferde wäre?«

Alane funkelte ihren Vater herausfordernd an. »Was ist denn dann so enorm wichtig, daß du mich in die Zelte unserer Feinde verbannen mußt?«

»Es ist wichtig, daß die Norakamo und die Kindred endlich aufhören, Feinde zu sein«, erwiderte Tedric. Aller Ärger war aus seiner Stimme gewichen; sie klang jetzt ruhig und sehr sachlich. Er blickte sich in der Runde um und schaute der Reihe nach eindringlich in die Gesichter seiner Familienangehörigen. »In der Welt jenseits dieser Berge gehen tiefgreifende Veränderungen vor sich«, erklärte er. »Die großen Rentierherden, die früher jeden Winter gen Süden in die Flußtäler zogen, kommen nicht mehr. Unsere Gebirgsrentiere haben nie so große Entfernungen zurückgelegt, haben sich immer damit begnügt, innerhalb unserer Hügel zu bleiben und in höher oder tiefer gelegene Regionen zu wandern, je nach Jahreszeit, deshalb sind wir nicht davon betroffen. Aber die Leute in den Tälern, die vom Rentier abhängig sind, weil es ihnen Nahrung, Kleidung und Werkzeuge liefert, werden immer verzweifelter.«

«Dann sollen sie doch andere Tiere jagen«, warf Alane ein.

»Das übrige Wild wird ebenfalls seltener, meine Tochter. Bäume wachsen jetzt dort, wo niemals zuvor Bäume gewachsen sind. Die Weidetiere ziehen ebenfalls nach Norden. Ganze Stämme werden Hunger leiden.«

»Vater befürchtet, daß die Pferdeesser versuchen werden, in unsere Berge einzudringen«, sagte Rune zu Alane.

Tedric nickte. »Unsere Pferde haben sie bis jetzt ferngehalten; sie fürchten uns, weil wir reiten können. Aber wir sind kein großer Stamm, und wenn wir unsere Jagdgründe verteidigen müssen, werden wir Hilfe benötigen.« Er zuckte die Achseln. »Verstehst du nun?«

»Dein Vater möchte ein verwandtschaftliches Band mit den Kindred knüpfen«, erklärte Adah ihrer Tochter. »Es ist die beste Möglichkeit für uns, weiterhin in Sicherheit zu leben.«

»Und was ist mit dem Kindred-Häuptling?« verlangte Alane zu wissen. »Warum will er eine Norakamo-Frau für seinen Sohn?«

»Aus dem gleichen Grund«, erwiderte Tedric. »Rorig macht sich auch große Sorgen, und er will nicht, daß seine Gebirgsausläufer von Eindringlingen überschwemmt werden. Wir sind keine Bedrohung für die Kindred. Wir wissen, wie wir unsere eigenen Weiden sichern und nutzen; wir wissen, wo die Rentiere zu finden sind, das Rotwild und das kleinere Wild; wir wissen, wie man in den Flüssen fischt. Die Pferdediebstähle waren ein Sport zwischen unseren beiden Stämmen, aber jetzt sind wir wesentlich mehr daran interessiert, Freunde zu sein.«

Alanes bleiches Gesicht war angespannt. »Und du wirst mich benutzen, um diese Freundschaft zu besiegeln.«

»Ja, meine Tochter. Ich werde dich benutzen. So wie Rorig seinen Sohn benutzen wird.«

Alanes Nasenflügel bebten vor Wut. »Es ist nicht Rorigs

Sohn, der unter Fremden in einer anderen Welt wird leben müssen, weit weg von seinen eigenen Verwandten.«

Wieder hob Tedric die Hand in einer resignativen Geste. »Das ist das Schicksal einer Frau, meine Tochter.«

Alanes graue Augen glitzerten zornerfüllt. Ohne ein weiteres Wort stand sie auf und stürmte aus dem Zelt. Der Rest der Familie verharrte einen Augenblick in angespanntem Schweigen. Dann meinte Rune: »Ich werde ihr nachgehen.«

Tedric nickte. »Wir müssen sie dazu bringen, die Wichtigkeit dieser Eheschließung einzusehen, mein Sohn. Es ist gut möglich, daß die Zukunft des gesamten Stammes davon abhängt.«

Galoppierende Hufschläge hallten in den Ohren der Anwesenden wider.

Tedric schob verärgert das Kinn vor.

»Ich weiß, wo sie hinreitet«, sagte Rune und sprang auf.

»Der Sohn des Kindred-Häuptlings schätzt vielleicht keine Ehefrau, die seine Pferde stiehlt«, bemerkte Adah.

»Alane ist aufgeregt und wütend.« Rune ging zur Tür. »Sie nimmt gewöhnlich kein Pferd ohne Erlaubnis.«

»Finde sie«, befahl Tedric. »Und mach ihr klar, was auf dem Spiel steht.«

Alane war dort, wo Rune sie zu finden gehofft hatte, in einer kleinen Bucht des Flusses, ungefähr drei Meilen stromaufwärts des Norakamo-Lagers. Sie saß am grasigen Ufer und häutete mit einem Messer ein Kaninchen, das sie in einer der Fallen des Stammes gefunden hatte. Sie schien nicht überrascht, als Rune auftauchte, warf ihm nur einen kurzen Blick zu, bevor sie sich wieder ihrer Arbeit widmete. Das einzig sichtbare Anzeichen ihrer aufgewühlten Gefühle war die heftige Art, mit der sie ihr scharfes Feuersteinmesser führte.

Rune legte seiner Stute Fußfesseln an und ließ sie frei, um mit

Alanes Pferd zu weiden. Dann hockte er sich neben seine Schwester ins Gras.

»Dieser Nardo ist ein guter Kerl, Alane«, begann er. »Ich habe einige Zeit mit ihm verbracht, während er in unserem Lager war, und er ist ein Mann, den Bruder zu nennen mir bestimmt nicht schwerfallen würde.«

»Für dich wird es wahrscheinlich wesentlich leichter sein, ihn Bruder zu nennen, als für mich, ihn Ehemann zu nennen«, knurrte Alane unwillig, als sie dem Kadaver geschickt das Fell abzog.

Rune seufzte. Nach einem Moment meinte er bedrückt: »Es scheint unserer Familie nicht bestimmt zu sein, glückliche Ehen zu führen.«

Alane wandte den Kopf und musterte das nachdenkliche Profil ihres Bruders. Rune war zwanzig Jahre alt, fünf Jahre älter als sie und zwei Jahre älter als Stifun. Er war verheiratet gewesen, aber seine Frau war im vergangenen Jahr im Kindbett gestorben.

Rune hatte seine Frau aufrichtig geliebt, ein Mädchen, das er bereits seit frühester Kindheit gekannt hatte. Normalerweise hätte Alane jetzt eine tröstliche Geste oder Bemerkung gemacht, doch sie hatte das Gefühl, ihr Bruder habe sie verraten, indem er diese Heiratsabsicht wie ihr Vater guthieß. Deshalb sagte sie nichts, sondern beugte nur erneut den Kopf über ihre Arbeit, so daß ihr Gesicht hinter dem Vorhang silberblonder Haare verborgen war, die über ihre Schultern nach vorn fielen.

»Vater hat darauf bestanden, daß sie unseren Heiratszeremonien folgen«, bemerkte Rune als nächstes. »Es wird schon nicht so schlimm werden, Alane. Nardo wird bei uns leben, bis euer erstes Kind geboren ist. In dieser Zeit wirst du ihn kennenlernen, und dann bist du noch im Kreis deiner Familie geborgen.«

»Ich will ihn aber nicht kennenlernen.«

»Alane.« Sie fühlte die Hand ihres Bruders auf ihrem Arm. »Sieh mich an.«

Widerstrebend hob sie den Kopf. Seine blauen Augen blickten sehr eindringlich. »Es war mein Ernst, als ich sagte, dieser Nardo sei ein guter Kerl. Glaub mir, ich hätte mich gegen Vaters Plan ausgesprochen, wenn ich nicht überzeugt wäre, daß Nardo einen guten Ehemann abgeben würde.« Alane erwiderte nichts, ihre zornigen grauen Augen sagten genug. Rune machte eine verzweifelte Geste. »Bei allen Göttern, Alane! Er ist wirklich ein gutaussehender Bursche, und er reitet ebenso gut wie ich! Ich glaube, du regst dich grundlos auf.«

»Was, wenn ich sage, daß ich ihn nicht heiraten will?« fragte sie.

Rune blickte leicht alarmiert. »Das kannst du nicht. Nicht, wenn Vater es den Kindred versprochen hat. Nicht, wenn sie sich bereits über den Brautpreis geeinigt haben.«

»Am Tag der Eheschließung muß die Frau bestimmte Worte sprechen«, sagte Alane. »Was, wenn ich sie nicht sagen werde?«

Jetzt war Rune wirklich alarmiert. Er kannte seine Schwester besser als sonst jemand, und er wußte, sie wäre durchaus dazu fähig. In den meisten Dingen war Alane ein sanftes und gefügiges Mädchen, aber manchmal setzte sie sich etwas in den Kopf, und dann konnte sie äußerst hartnäckig und unerbittlich sein.

»Dies ist keine Sache, die nur dich und Nardo etwas angeht«, erklärte Rune ernst. »Es geht hier um wesentlich mehr, nämlich um unser Überleben als Stamm. Wir sind ein kleinerer Stamm als die Kindred, Alane. Wenn sich die Pferdeesser der Ebenen zusammentun und bei uns einfallen, werden wir uns nicht gegen sie wehren können. Wir brauchen die Kindred. Tatsache ist, daß wir sie dringender brauchen als sie uns.«

In eisigem Schweigen begann Alane, das Kaninchen zu zerlegen.

»Ich habe mich auf deine Seite gestellt, als es um die Eheschließung mit Vili ging«, fuhr Rune fort. »Ich wußte, du mochtest ihn nicht, und deshalb hatte ich Vater gebeten, das Angebot des Schamanen abzulehnen.«

Ihre Augen glitzerten wütend. »Vater hat Vili abgewiesen, weil er dem Schamanen nicht den Vorteil verschaffen wollte, die Tochter des Häuptlings in seiner Familie zu haben. Seine Weigerung hatte nicht das geringste mit meinen Wünschen zu tun, Rune, und das weißt du auch!«

»Deine Wünsche hatten aber etwas mit *meiner* Einmischung zu tun«, gab er fest zurück.

Alane blickte auf ihre blutbeschmierten Hände.

»Ich glaube, du kannst mit Nardo glücklich werden«, meinte Rune.

Der Ausdruck seiner Schwester zeigte deutlich, daß sie anderer Ansicht war.

»Er wußte deinen Namen«, fuhr er fort. »Als Rorig und Vater zum ersten Mal über die Heirat sprachen, wollte Nardo von Vater wissen, ob wir über dich, Alane, sprächen.«

Sie hob überrascht den Kopf. »Das hat er gefragt?«

»Ja.« Rune blickte sie fragend an. »Mich würde wirklich interessieren, woher er deinen Namen gewußt hat.«

»Er hat mich gefragt. Diese Kindred-Männer fragen ein völlig fremdes Mädchen nach seinem Namen.«

»Aber du hast es ihm gesagt«, gab er beharrlich zurück.

Sie zuckte die Achseln. »Er war verletzt, und ich wollte ihm nicht sagen, wie unhöflich sein Benehmen war.« Sie hielt nachdenklich inne. Dann fügte sie verbittert hinzu: »Das war wahrscheinlich mein Fehler. Ich habe ihm meinen Namen verraten und ihm diese Macht über mich gegeben.«

»Die Eheschließung war Vaters Idee, nicht Nardos«, sagte Rune. »Versuch, ein bißchen offener zu sein, Alane. Es ist ja nicht so, als dächtest du ernsthaft daran, jemand anderen zu heiraten. Du machst dir nicht besonders viel aus Larz. Du weißt, daß du es nicht tust.«

»Larz ist zumindest ein Norakamo!« rief Alane leidenschaftlich. »Wenn ich ihn heiraten würde, würde ich unter meinen eigenen Leuten leben und nicht zu einem Leben unter Fremden verdammt sein!«

Rune wandte den Blick von ihr ab; auf ihre letzte Bemerkung hatte er keine Antwort.

Alane war nicht die einzige Norakamo, die gegen ihre Heirat mit Nardo protestierte. Als Vili die Neuigkeit hörte, stürmte er wütend in das Zelt des Schamanen. Hagen war gerade dabei, seinen Medizinbeutel mit Blütenstaub zu bestreuen, als Vili die Zeltklappe aufschlug, doch der Schamane hielt nicht in seinen gemurmelten Beschwörungen inne, um zu sehen, wer da hereingekommen war. Vili blieb gleich neben der Tür stehen und wartete. Allmählich gewöhnten sich seine Augen an das Halbdunkel im Zelt und nahmen die Schatten auf den langen, schmalen Händen seines Onkels wahr, während dieser seiner täglichen Arbeit nachging, die Geister zu ernähren, die in dem magischen Beutel aus Hirschleder lebten.

Schließlich war Hagen fertig. Er griff nach dem Medizinbeutel, schlang sich die lange Lederschnur, mit dem er zugebunden war, um den Hals und wandte sich zu Vili um.

»Also«, begann er. »Was ist passiert?«

Vili machte ein paar Schritte in das Zelt hinein, das von einem Geruch durchdrungen war, wie er sich in keinem anderen Zelt im gesamten Lager befand. Das Zelt des Schamanen roch immer schwach nach Verfall und Verwesung. »Du wirst es nicht glauben, Onkel«, sagte Vili empört, »aber Tedric hat Alane dem Sohn des Kindred-Häuptlings als Ehefrau angeboten.«

Der Schamane versteifte sich. »Und hat der Kindred-Häuptling angenommen?«

»Das hat er.«

Im Inneren des Zelts war es zu dunkel, als daß Vili das Gesicht seines Onkels klar hätte sehen können. Hagen erwiderte nichts.

»Mich hat er zurückgewiesen«, fuhr Vili aufgebracht fort, »dennoch ist er bereit, sie Lokis Mörder zur Frau zu geben!«

»Er hat *mich* zurückgewiesen«, stellte Hagen ruhig richtig.

»Schon. Aber du hast für mich um Alanes Hand gebeten.«

»Ich habe für meines Bruders Sohn um ihre Hand gebeten, und er hat mich zurückgewiesen.«

»Allein bei dem Gedanken wird mir schon übel!« rief Vili heftig. »Das schönste Mädchen im ganzen Stamm in die Hände eines Mörders zu geben!«

»In Alane steckt Macht und Energie.« Der Schamane trat langsam vor, bis er neben seinem Neffen stand. »Aus diesem Grund wollte ich sie für dich. Ich will nicht, daß sie in die Hände unseres Feindes gelangt.«

»Dann sprich mit Tedric!«

Hagen lächelte, und seine Hand glitt zu dem Medizinbeutel. »Tedric wird nicht auf mich hören. Ich werde selbst etwas unternehmen müssen.«

Im Dämmerlicht des Zelts sah Hagens ausgemergeltes Gesicht beinahe wie ein Totenschädel aus. Vili schauderte unwillkürlich. »Was denn, Onkel?«

»Lokis Geist schreit nach Rache an seinem Mörder, und der Stamm hört es nicht«, erklärte Hagen. »Es wird deine und meine Aufgabe sein, Vili, diese Vergeltung zu üben.«

Der zunehmende Fohlen-Mond hatte abgenommen und war inzwischen nur noch als schmale Sichel am Himmel zu erkennen, als Rorig und Nardo in das Lager der Norakamo zurückkehrten mit der Nachricht, daß Nardos Mutter mit der Heirat einverstanden war. Sie hatten auch gleich zwei Handvoll Stuten für die erste Rate von Alanes Brautpreis mitgebracht. Beide Stämme ritten ausschließlich Stuten, da es nicht möglich war, Hengste in einer Herde zusammenzuhalten.

Tedric führte die Kindred-Abordnung zu einem Korral unterhalb der steilen Klippen, die sich südlich des Norakamo-Lagers am Fluß entlang erhoben, und wies die Männer an, die Stuten hineinzuführen. Dann lud der Norakamo-Häuptling Rorig und Nardo ein, ihn zu begleiten, während er die Tiere begutachtete.

Die Männer verbrachten eine angeregte Stunde damit, jede einzelne Stute eingehend zu untersuchen. Die Unterhaltung wurde niemals langweilig. Die Sprache dieser beiden Stämme hatte allein dreißig oder vierzig spezielle Ausdrücke, um die Farbe einer Stute in allen Nuancen zu beschreiben – eine Farbe, die ein Mitglied eines Stammes, der keine Pferde hielt, schlicht als Braun bezeichnet hätte. Sie verfügten über Wörter, die exakt gewisse Defekte beschrieben wie Huffäule oder schwache Sprunggelenke. Es gab unterschiedliche Ausdrücke für ein Pferd in jedem Jahr seines Lebens, bis es voll ausgewachsen war. Sie benutzten sogar Synonyme, um die wechselnden Bedingungen des Einfangs von Pferden zu unterschiedlichen Tages- und Jahreszeiten zu bestimmen.

In einem entscheidenden Punkt unterschieden sich die beiden Stämme jedoch in ihrer Pferdehaltung. Bei den Kindred gehörten die Pferde dem ganzen Stamm; bei den Norakamo waren sie Eigentum von einzelnen Personen.

Zuerst war es Nardo schwergefallen, diesen Unterschied zu verstehen. In seinem Stamm hatte jeder Mann sein eigenes Lieblingspferd, dessen Benutzung ausschließlich ihm vorbehalten war, aber der Rest der Pferde, die zum Auswechseln dienten, wenn das eigene erschöpft war, oder die für Beutezüge benutzt wurden, waren Eigentum des ganzen Stammes und wurden auch von allen Stammesmitgliedern versorgt. Rorig wäre nicht in der Lage gewesen, den Norakamo diese Stuten zuzuführen, hätte er nicht die Einwilligung des Clan-Rates gehabt.

Die Norakamo benutzten Pferde für die gleichen Zwecke wie die Kindred, doch für sie hatte ein Pferd noch größere Bedeutung. Bei den Norakamo wurde der Reichtum eines Mannes an der Zahl seiner Pferde gemessen, und er benutzte diese Pferde in erster Linie, um den Brautpreis zu zahlen. Der Status einer gesamten Familie hing davon ab, wie viele Pferde für die Ehefrau bezahlt wurden.

Tedric hatte gerade die Hufe der letzten Stute untersucht und erhob sich jetzt mit einem breiten Lächeln auf dem Gesicht. »Ihr habt mir gute Tiere mitgebracht«, sagte er zu Rorig. »Ich bin sehr zufrieden.«

Der Kindred-Häuptling neigte den Kopf. »Ich habe dir diese Kinder meines Herzens gegeben, weil ich weiß, daß du gut für sie sorgen wirst«, erwiderte er ernst.

»Wir werden sie in Ehren halten«, versprach Tedric. Dann wandte er sich an Nardo. »Komm mit. Meine Tochter erwartet dich.« Damit sprang er auf sein Pferd, um zum Lager zurückzukehren. Die anderen folgten ihm.

Die Wiese, auf der die Norakamo jedes Jahr ihr Sommerlager aufschlugen, war groß und sonnig und strategisch sehr günstig gelegen, nämlich knapp oberhalb der Stelle, wo sich der Große Fischfluß und der Goldfluß vereinigten. Ein kleines Stück stromabwärts von diesem Zusammenfluß war die Große Furt über den Goldfluß. Die steilen Klippen unweit des Lagers machten es leicht, Hirsche in die Falle zu treiben, und die Große

Furt weiter flußabwärts war nützlich, um Wild zu fangen, wenn es den Fluß überquerte. Zusätzlich zu diesen günstigen Jagdbedingungen bot der Goldfluß einen großen Fischreichtum, und an seinen Ufern wuchs üppiges Gras, bei dem die Pferde gut gediehen.

Es gab mehrere große Höhlen in dieser Gegend, die der Stamm benutzen konnte, doch sie lebten hauptsächlich in ihren Zelten. Dreißig dieser Zelte standen in zwei konzentrischen Kreisen auf dem grasbewachsenen Ufer des Flusses angeordnet. Hinter vielen dieser Zelte waren kleine, mit Seilen umzäunte Korrals errichtet worden, um Reitpferde zu halten oder Pferde, die zu versorgen Aufgabe der Frauen war. Die Männer trieben die Hauptherde kontinuierlich von Weide zu Weide auf dem grasigen Plateau weiter Richtung Westen. Aus der Zeit seiner Überfälle wußte Nardo, daß die Norakamo ihre Zelte abbrechen und ein anderes Lager weiter westlich aufschlagen würden, sobald sich der Sommer dem Ende zu neigte.

Dies war der Hauptunterschied zwischen der Lebensweise der Norakamo und der Kindred. Die Norakamo waren Nomaden und wechselten in einem regelmäßigen Zyklus zwischen einer Reihe von bekannten Lagerplätzen und Weiden. Die Kindred zogen ebenfalls weiter, je nach Jahreszeit und Zustand der Weiden, aber nur eine kleine Abordnung des Stammes begleitete die Herden. Der Rest blieb im heimischen Hauptlager zurück.

Der Himmel hatte sich bewölkt, während die Männer im Korral gewesen waren, und Nardo fühlte Regen in der Luft. Eine Entenfamilie schwamm den Fluß hinunter, und eine Schar Wildgänse flog in Keilformation über sie hinweg in die entgegengesetzte Richtung. Nardo konnte das rhythmische Schlagen ihrer Schwingen hören. Er nahm es als ein Glückszeichen und hielt einen Moment inne, um ihnen nachzuschauen, bevor er seinem Vater in das Zelt des Häuptlings folgte.

Die Luft im Inneren des Zelts duftete nach Minze. Nardo schaute sich suchend nach Alane um und sah sie neben ihrer Mutter vor der steinernen Feuerstelle sitzen. Sie hatte nicht zur Tür geblickt, als die Männer eingetreten waren. Über dem niedrigen Feuer hing ein Teekessel – die Quelle des pfefferminzähnlichen Dufts –, und der festgestampfte Erdfußboden des Zelts war sorgfältig gefegt worden.

»Setzt euch, meine Freunde«, sagte Tedric großzügig, »meine Tochter wird uns den Tee servieren.«

Ein Teil des Fußbodens war mit Teppichen aus Rentierfellen bedeckt, und Nardo nahm Platz auf dem Teppich zwischen seinem Vater und Tedric. Er beobachtete Alane, als sie Tee in eine einzelne große Tontasse goß, versuchte sie mit bloßer Willensanstrengung dazu zu bringen, ihn anzusehen.

Sie hob kein einziges Mal die Augen.

»Die Pferde sind übergeben worden«, sagte Tedric zu seiner Tochter. »Du kannst deinen zukünftigen Ehemann bedienen.«

Sie schaute immer noch nicht auf, während sie auf Nardo zukam, vor ihm stehenblieb und ihm die Tasse anbot. Er nahm sie aus ihren schmalen, langfingrigen Händen entgegen und schlürfte die heiße, mit Minze versetzte Flüssigkeit. Er bemerkte, daß ihre Augenbrauen nicht so hell wie ihr Haar waren, sondern eher von einem rauchigen Grau, was ihrem hübschen jungen Gesicht einen Ausdruck von Ernsthaftigkeit verlieh. »Danke, Alane«, sagte er mit weicher Stimme, einer Stimme, mit der er auch eine verängstigte Stute zu beschwichtigen versucht hätte.

Beim Klang ihres Namens blitzten ihre grauen Augen auf, doch ihr Ausdruck war nicht zu deuten. Dann nahm sie die Tasse von ihm entgegen und kehrte zum Teekessel zurück, um sie erneut zu füllen, bevor sie sie Nardos Vater reichte.

Nachdem die Teezeremonie beendet war, kam Adah mit einem großen Stück gebratenen Fleisches herbei, das sie ihrem Ehemann anbot. Er nahm einen Bissen, schnitt ihn dicht an seinen Lippen mit einem kleinen Feuersteinmesser ab und reichte die Keule dann an Rorig weiter, der dem Beispiel seines Gastgebers folgte, bevor er Nardo das Fleisch übergab. Während die Männer aßen, saß Alane mit gesenktem Kopf da, den Blick auf ihre gefalteten Hände gerichtet.

Er ist so ein ungehobelter Kerl, dachte sie. *Er spricht zu mir, als hätte er ein Kind vor sich, aber dabei schaut er mich an …* Sie schauderte, als sie an die Art dachte, wie Nardo sie ansah.

Was, wenn ich ihm den Tee ins Gesicht schütten würde? überlegte sie. Aber sie wußte, sie würde es nicht tun. Sosehr sie sich auch über die Tatsache empörte, daß ihre Eltern bereit waren, ihr Glück zum Nutzen des Stammes zu opfern, so konnte sie doch nicht leugnen, daß das Wohl des Stammes auf dem Spiel stand. Wenn sie ein solches Opfer von ihr verlangten, dann würde sie sich fügen. Doch ihr Herz zitterte bei dem Gedanken, allein mit diesem großen, kühnen Fremden zu sein.

Nardo beobachtete verstohlen das Mädchen in der Ecke des Zelts und dachte voller Ungeduld: *Werden wir denn nie eine Gelegenheit bekommen, allein zu sein?*

Die Zeit verging, und es schien, als wäre es ihnen nicht vergönnt. Alane blieb an der Seite ihrer Mutter, während die Männer aßen und Jagderlebnisse austauschten. Nardo gab vor zuzuhören und beobachtete Alane dabei aus den Augenwinkeln.

Es war Sitte bei den unverheirateten Frauen der Norakamo, ihr Haar offen zu tragen, und Nardo fühlte, wie es ihm in den Fingern kribbelte, diese schimmernde, silberblonde Masse zu berühren, die Alane über den Rücken bis zur Taille herabwallte. Ihr Haar würde sich so weich wie Regenwasser anfühlen …

»Wie lange dauert es von der Übergabe der ersten Pferde bis zum Tag der Eheschließung?« erkundigte er sich abrupt.

Die Unterhaltung brach ab, und drei Augenpaare blickten Nardo überrascht an. Dann grinste Tedric. »Wir werden die Hochzeit beim nächsten Vollmond abhalten.«

»Mein Sohn kann es kaum erwarten, seine Braut zu nehmen«, warf Rorig trocken ein.

Nardo lächelte unerschütterlich. »Ich hatte nicht die Absicht, deine Schilderung zu unterbrechen, Vater«, sagte er und setzte sich bequem hin, um einer von Rorigs Lieblingsgeschichten zuzuhören. Noch einen halben Mond, dann würde er all diese blasse Lieblichkeit neben sich in seinen Schlaffellen liegen haben. Einen halben Mond lang konnte er sich wohl noch gedulden.

4

Eine Norakamo-Hochzeit war nicht nur ein schlichter Austausch von Gelübden, sondern ein langer zeremonieller Vorgang, der mit den Vorbereitungen für die Eheschließung begann. Wie alle Norakamo-Mädchen, so hatte auch Alane schon an ihrem Brautzelt gearbeitet, seit ihr Mondblut zum ersten Mal zu fließen begonnen hatte. Es hatte sie viele mühselige Stunden gekostet, Häute zu bearbeiten und zusammenzunähen, aber inzwischen war das Zelt fertig, und ihr Vater und ihre Brüder schlugen junge Bäume im Wald und stellten es auf.

Adah half ihrer Tochter, eine Grube für die Feuerstelle unter dem Rauchabzug des Zelts zu graben. Jede der Frauen des Lagers brachte Alane ein Brautgeschenk. Sie bekam Kochtöpfe aus Speckstein, aus Tierschädeln und aus Ton. Sie erhielt Körbe und Knochennadeln und Löffel, die aus Antilopenhorn gefertigt waren. Ihre Mutter schenkte ihr einen Winterschlafsack, den sie mit ihrem Ehemann teilen würde. Ein solcher Sack bestand aus vier aneinandergenähten Rentierfellen, wobei die Fellseite innen war. Wenn man eine Rentierhaut zum Schutz gegen die Bodenkälte unter den Schlafsack legte, würde er die Schläfer selbst bei stärkstem Frost warm halten.

Alane brachte all diese Vorbereitungen mit Bitterkeit im Herzen hinter sich. Seit sie als kleines Mädchen mit den Hirschlederpuppen gespielt hatte, die ihr Vater für sie gemacht hatte, hatte sie von der Zeit ihrer Eheschließung geträumt. Und jetzt verwandelte sich all die Freude, die zu fühlen sie erwartet hatte, in Wut und Furcht. Statt mit irgendeinem blonden Norakamo-Jungen ihr Brautzelt und ihr Leben zu teilen, würde sie gezwungen sein, mit einem Fremden im Exil zu leben. Dennoch taten all die Frauen, als müßte sie sich als glückliche Braut fühlen, die ihren Ehemann freudig willkommen hieß. Noch niemals in ihrem Leben hatte sich Alane so einsam und verlassen gefühlt.

Niemals würde sie ihren Eltern verzeihen, was sie ihr antaten. Niemals würde sie ihnen vergeben, daß sie das Wohl des Stammes wie einen Speer benutzten, um damit auf ihr Herz zu zielen. Sie würde diese Hochzeit durchziehen, weil sie es mußte. Sie würde ihr Zuhause verlassen und in einem fremden Land unter einem fremden Volk leben, weil sie keine andere Wahl hatte. Sie würde ihr Leben als Verbannte verbringen, einsam und allein, und sie hoffte, ihre Mutter und ihr Vater würden sich jedesmal elend und unglücklich fühlen, wenn sie an sie dachten.

Und was ihren zukünftigen Ehemann betraf... Alane versuchte, so wenig wie möglich an ihn zu denken, aber nachts träumte sie manchmal von ihm und schreckte dann zitternd aus dem Schlaf hoch. Nardo war so groß ... zu groß. Sie hatte ihn gepflegt, als er krank war, und sie kannte die Kraft dieses großen, muskulösen Körpers. Nardo ängstigte sie. Sie war nicht an große, starke Männer gewöhnt.

Sie sahen sich nur selten in den Wochen, die ihrer Eheschließung vorangingen, aber wann immer sie sich begegneten, schenkte Nardo ihr ein jungenhaftes Grinsen. Sein Lächeln vermochte Alane nicht zu täuschen. Sie wußte, daß vier Männer ihres Stammes nötig gewesen waren, um ihn nach Nevins Ermordung zu überwältigen.

Nardo hat gut lachen, dachte sie verbittert. Er brauchte ja nur bis zur Geburt seines ersten Kindes unter Fremden zu leben. Danach würde er wieder nach Hause zurückkehren. Möglich, daß er auf die gleiche Weise gezwungen wurde, sie zu heiraten, wie sie gezwungen war, ihn zu heiraten, aber sie war diejenige, die am schwersten an den Konsequenzen dieser Eheschließung zu tragen hatte. *So ist es immer für eine Frau*, dachte Alane bedrückt.

Ihre einzige Hoffnung lag in dem Gedanken, sie könnte sich vielleicht als unfruchtbar erweisen. Wenn das der Fall sein sollte, würde Nardo sich von ihr scheiden lassen. Eine unfruchtbare Frau war ein Objekt des Mitleids für die Norakamo; Alane sah es jedoch immer noch als das kleinere Übel an, von ihren eigenen Leuten bedauert zu werden, statt von Fremden geehrt.

Zwei Tage vor dem Hochzeitstag kehrte Rorig zurück und brachte Nardos Mutter und eine ganze Anzahl anderer Verwandter mit. Rorig und seine Männer trieben die Stuten für die nächste Ratenzahlung des Brautpreises in den Korral, und Tedric und seine Söhne begleiteten sie, um die Neuankömmlinge zu begutachten. Adah führte Mara und Nardos zwei Schwestern in ihr Zelt, um sie Alane vorzustellen und gemeinsam Tee zu trinken.

Die Kindred-Frauen waren ausgesprochen kalt. Rorig hatte

große Mühe gehabt, Mara dazu zu bewegen, der Heirat zuzustimmen, und sie hatte nicht die Absicht, auch nur ein Jota liebenswürdiger als unbedingt nötig zu den Frauen dieses Stammes zu sein, der den Tod ihres Bruders auf dem Gewissen hatte. Die Norakamo-Frauen verhielten sich mißtrauisch. Über ihre Teetassen hinweg musterten sie sich gegenseitig abschätzend.

Er sieht ihr ähnlich, dachte Alane, während sie ihren Tee trank und ihre zukünftige Mutter-durch-Heirat unter halb gesenkten Wimpern hervor betrachtete. Mara war groß für eine Frau, hatte lange schwarze Haare, die zu einem dicken Zopf geflochten über ihren Rücken herabhingen. Der Zopf wies einige graue Strähnen auf, und in den Winkeln ihrer großen braunen Augen hatten sich Falten gebildet. Ihre Nase und Wangenknochen waren schärfer ausgeprägt als Nardos und verliehen ihrem Gesicht einen Ausdruck von Hochmut.

Mara sah wie eine furchterregende Frau aus. Unter den Kindred war sie eine Matriarchin, das weibliche Oberhaupt einer Familie. Ihre Töchter fügten sich widerspruchslos ihren Wünschen. Ganz ohne Zweifel würde sie diesen Gehorsam auch von ihrer Tochter-durch-Heirat erwarten.

Ein zorniger Funke regte sich in Alane. *Da wird sie aber eine Überraschung erleben*, dachte sie und hob stolz das Kinn. Von Mara schweifte ihr Blick weiter zu Nardos Schwestern. Sie waren beide älter als er, und die ältere der beiden, Riva genannt, hatte einen traurigen Gesichtsausdruck. Riva schaute auf und fing Alanes Blick auf. Sie wies mit einer Handbewegung zur Wand. »Die Körbe dort sind sehr hübsch. Eine solche Geschicklichkeit im Korbflechten wird bei den Frauen der Kindred willkommen sein.«

»Meine Tochter ist eine ausgezeichnete Flechterin«, erklärte Adah stolz. »Ihre Körbe genießen sehr viel Bewunderung unter unseren Leuten.«

»Welches Material benutzt du?« fragte Mara Alane und sah dabei noch hochmütiger aus, wenn dies überhaupt möglich war.

»Eine Pflanze, die am Goldfluß wächst«, erwiderte Alane. Sie hob überrascht die Augenbrauen. »Flechten die Frauen der Kindred keine Körbe?«

Maras braune Augen verengten sich. Alane erwiderte ihren Blick fest und unbeirrt. Es war Mara, die zuerst die Augen abwandte und Alane ihrer Beobachtung entzog, als sie sich an Adah wandte und sagte: »Du mußt uns von eurem Hochzeitsritual erzählen.« Ihrem Tonfall war anzumerken, daß es sich ihrer Meinung nach um eine ziemlich barbarische Angelegenheit handeln mußte. »Wir wollen keine Fehler machen und euch womöglich beleidigen.«

»Gewiß«, meinte Adah, wobei sie Maras herablassenden Ton ignorierte. »Aber zuerst mußt du meiner Tochter erlauben, dir noch etwas Tee nachzuschenken.«

Alane biß die Zähne zusammen und gehorchte.

Die Stimmung im Korral während der Pferdeinspektion war ähnlich gespannt. Nardos Verwandten war die Idee des Brautpreises völlig fremd. Es ärgerte sie gewaltig, ihre kostbaren Pferde hergeben zu müssen, um Tedrics Herden zu bereichern, und sie waren insgeheim der Meinung, Tedric bewiese schlechten Geschmack, indem er seine Tochter auf eine solche Weise »verkaufte«. Nardo hatte das Gefühl, sie könnten von Glück reden, wenn die Begutachtung vorüberging, ohne daß Beleidigungen ausgetauscht würden.

Die Frauen saßen immer noch beim Tee, als die Männer zurückkehrten. Als Nardo das Zelt betrat, erwärmte sich Maras zuvor noch so kühles, arrogantes Gesicht zu Schönheit. »Der Tee ist mit Minze zubereitet, Mutter«, sagte Nardo. »Schmeckt er nicht gut?«

Eine unbehagliche Pause entstand. »Er schmeckt gut«, sagte Mara schließlich.

Nardo blickte von seiner Mutter zu seiner zukünftigen Ehefrau. Alanes Miene war verschlossen und abweisend. Offensichtlich waren die Frauen nicht gut miteinander ausgekommen.

Adah war kaum in der Lage, ihre Erleichterung beim Erscheinen der Männer zu verbergen. Sie wandte sich an Mara. »Wir haben ein Gästezelt für eure Familie aufgebaut. Wenn ihr mitkommen wollt, werde ich dich und deine Töchter hinführen und euch alles zeigen.«

Mara erhob sich mit Würde und strich ihren langen Wildlederrock glatt. »Du kannst auch mitkommen, Nardo«, sagte sie.

»Ja«, stimmte er zu. Er schaute forschend in das Gesicht seiner Mutter, und sie kam zu ihm und berührte ihn leicht am Unterarm. Er legte einen Arm um ihre Schultern und drückte sie einen Moment liebevoll an sich. »Komm«, sagte er leise, »laß uns miteinander reden.«

Als sie hinausgingen, schaute Rorig Tedric an. »Meine Frau vermißt ihren Bruder«, erklärte er. »Dies hier ist ... schwierig für sie.«

»Ich verstehe«, erwiderte Tedric.

Alane warf den Bodensatz des Tees ins Feuer und eilte hinaus.

Kaum hatte Adah Mutter und Sohn allein im Zelt zurückgelassen, da begann Mara eindringlich auf Nardo einzureden: »Es ist noch nicht zu spät, diese Eheschließung abzulehnen, wenn du sie nicht willst, Nardo.«

Nardo hob eine Braue. »War es so schlimm, Mutter? Ich habe Alane und ihre Mutter immer als sehr höflich empfunden.«

»Sie ist keck«, erwiderte Mara.

Er tat, als hätte er sie mißverstanden. »Adah?«

»Alane. Deine ... zukünftige Ehefrau.«

»Mir gegenüber ist sie nie keck gewesen.« Nardos Stimme klang bedauernd.

»Ich meine es ernst, Nardo! Rorig hat mich unter Druck gesetzt, damit ich meine Einwilligung zu dieser Heirat gebe, aber nachdem ich jetzt hier bin, denke ich, ich habe einen Fehler gemacht. Diese Leute sind Fremde. Wie können wir ein Mädchen in unseren Stamm aufnehmen, das keinerlei Blutsverwandtschaft mit uns hat?«

Er seufzte tief. »Setzen wir uns«, schlug er vor und wies auf die Teppiche neben der Feuerstelle, die Adah zur Verfügung gestellt hatte. Nachdem Mara sich niedergelassen hatte und sie sich von Angesicht zu Angesicht gegenübersaßen, meinte Nardo ernst: »Ich kann jetzt nicht mein Wort brechen und von dieser Heirat zurücktreten, Mutter. Es wäre eine schwere Beleidigung für die Norakamo, wenn ich das täte. Statt sie uns zu Freunden zu machen, hätten wir sie als erbitterte Feinde gegen uns. Das können wir uns nicht leisten.«

Mara biß sich auf die Lippen. »Es tut mir leid, daß ich dieser Sache jemals zugestimmt habe«, wiederholte sie.

Nardo wartete.

Und sie fügte hinzu: »Diese Alane ist ein sehr schönes Mädchen. Du hast mir nicht gesagt, wie schön sie ist.«

»Ja, sie ist sehr schön«, gab er zu, »aber das ist nicht der Grund, warum ich sie heirate.«

»Nicht?« Maras Stimme klang trocken.

Nardo grinste.

Nach einer langen Pause seufzte Mara resigniert. »Du hast recht. Wir können jetzt nicht mehr von dieser Eheschließung zurücktreten. Ich nehme an, ich werde wohl einfach das Beste daraus machen müssen.«

»Alane ist ein sehr gehorsames Mädchen«, sagte Nardo. »Du wirst bestimmt gut mit ihr auskommen, Mutter.«

Mara zog auf genau die gleiche Weise eine Braue hoch wie Nardo zuvor. »Ich glaube, du wirst noch einige Überraschungen erleben, mein Sohn«, sagte sie. »Ich hatte nicht den Eindruck, daß sie ein besonders fügsames Mädchen ist.«

Nardo blickte überrascht. »Nicht?«

Mara erhob sich. »Nein«, erwiderte sie ziemlich grimmig. »Das ist sie nicht.«

Am Morgen von Alanes Hochzeitstag regnete es, und sie saß im Zelt ihrer Familie, steif wie eine der Puppen, die ihr Vater früher für sie hergestellt hatte, und ließ sich von Adah ankleiden. Sie sprach nicht, sondern horchte auf das Geräusch des Regens, der auf das Zelt aus Wildleder trommelte. Die Schulterpartie ihrer Hochzeitsbluse war mit einem Muster aus Pferdemilchzähnen dekoriert, der Saum ihres Rockes war auf ähnliche Weise bestickt. Adah hatte die Kleidungsstücke genäht, nicht Alane.

»Nardos Mutter und Schwestern machen einen netten Eindruck«, sagte Adah zögernd, als sie ihren Elfenbeinkamm hervorholte. Die Frauen hatten den gestrigen Tag gemeinsam verbracht; alle waren von frostiger Höflichkeit gewesen.

»Nett?« erwiderte Alane trostlos. »Ich würde sie nicht unbedingt nett nennen.«

»Seine Mutter ist ein bißchen ... na ja, hochnäsig vielleicht. Aber seine Schwestern sind sicherlich freundlich.«

Alane gab keine Antwort. Der Gedanke, den Rest ihres Lebens unter diesen Frauen verbringen zu müssen, ließ ihr das Blut in den Adern gefrieren. Adah begann, Alanes Haar zu kämmen, so daß es sich weich um ihre Schultern legte und ihren Rücken herabwallte. *Morgen werde ich mein Haar zu einem Zopf flechten*, dachte Alane. Sie dachte daran, was dies über ihren veränderten Status aussagen würde, und unterdrückte ein Schaudern. *Morgen*, dachte sie, *werde ich eine Ehefrau sein.*

Adah war inzwischen mit dem Frisieren fertig und trat zurück, um Alane zu betrachten. »Du bist sehr schön, meine Tochter«, sagte sie voller Stolz. »Du und dein junger Ehemann werdet ein gutaussehendes Paar abgeben.«

Alane traute sich nicht zu antworten.

»Wenn du die ersten Male mit einem Mann zusammenliegst, wird es schmerzen«, erklärte ihre Mutter. »Mit der Zeit wirst du es mögen, aber erwarte nicht gleich beim ersten Mal, Vergnügen zu empfinden. Es genügt, einfach das zu tun, was dir dein Ehemann sagt.«

Panik schnürte Alane die Kehle zu. Sie nickte stumm.

Adah legte ein Halsband aus kleinen weißen Muscheln in Alanes Hände, dann griff sie nach einem Teppich aus Rentierfell. »Komm«, drängte sie sanft. »Es ist Zeit.«

Der Regen hatte aufgehört, während Adah ihre Tochter zurechtmachte, und sie traten aus dem Zelt heraus in strahlenden Sonnenschein. Das Gras der Wiese glitzerte und schimmerte von Millionen einzelner Wassertröpfchen. Das Grün des Grases und die unterschiedlichen Rot-, Gelb- und Blauschattierungen der Wildblumen leuchteten lebhaft im hellen Sonnenlicht.

»Schau mal«, sagte eine der Frauen, die draußen vor dem Zelt warteten, mit gedämpfter Stimme und zeigte zum Himmel.

Alane hob den Blick und sah einen schillernden Regenbogen, dessen vollendete Krümmung den Fluß wie eine Brücke überspannte. Noch während sie zuschaute, bildete sich ein weiterer Regenbogen genau darüber, sein Bogen so vollkommen wie der erste.

»Ein Omen«, sagte Adah leise. »Es ist ein Omen für dich, Alane. Du und Nardo seid die Brücken, die unsere beiden Stämme vereinen werden.«

»Ja. Ja. Ja«, flüsterten die Frauen ehrfürchtig.

Alane starrte auf die schimmernden Farben am Himmel. *Kann das möglich sein?* fragte sie sich. *Kann das wirklich möglich sein?*

Die Frauen des Lagers hatten gewartet, um Alane zum Brautzelt zu begleiten, wo ihr Bräutigam sie erwartete. Zwei der Frauen trugen Steinlampen, die übrigen brachten Körbe, gefüllt mit Beeren, Nüssen und Getreidekörnern. Diese Gaben sollten der jungen Braut beim Führen des Haushalts helfen. Sie begannen ihre Prozession durch das Lager, schritten über das nasse Gras und unter dem kobaltblauen Himel mit seinen wundervollen Regenbögen dahin.

Der Schamane, der keine Rolle in diesem Norakamo-Eheritual spielte, stand draußen vor dem Eingang seines Zelts und beobachtete, wie die Frauen das Lager durchquerten. Alane fühlte seine seltsamen, lichtlosen Augen auf sich und unterdrückte ein Frösteln. Sie wußte seit langem, daß Hagen an ihr interessiert war, und das hatte sie irritiert. Die Schamanen der Norakamo heirateten nicht, sondern widmeten all ihre Kraft ihrer Beziehung zur Welt der Geister. Als Hagen sie mit seinem Neffen Vili hatte verheiraten wollen, hatte Alane geglaubt, sein Interesse zu verstehen. Er sah sie als ein Pfand in seinem Machtkampf mit ihrem Vater.

Aber Tedric hatte die Verbindung abgelehnt, und dennoch beobachtete der Schamane sie weiter. Es gefiel Alane gar nicht, doch sie wußte nicht, was sie tun sollte, um ihn davon abzubringen. Ungebeten schoß ihr der Gedanke durch den Kopf, daß Nardo dies vielleicht für sie tun würde.

Inzwischen waren die Frauen vor dem Brautzelt angekommen. Die Männer, die im Inneren keinen Platz mehr gefunden hatten, warteten vor dem Eingang. Sie traten beiseite, um den

Brautzug hineinzulassen, und Adah rief laut: »Sie ist hier!« Die Frauen blieben vor dem Zelt stehen, lächelten einander zu, bis Tedric herauskam.

Er stellte seiner Frau die rituelle Frage: »Du hast meine Tochter gebracht?«

»Ich habe deine Tochter gebracht«, erwiderte sie.

Dann ging Tedric auf Alane zu, hob sie auf seine Arme und trug sie ins Zelt, damit sie nicht über die Schwelle treten mußte.

Im Inneren des Zelts war es dunkel nach der Helligkeit des Sonnenlichts, und als ihr Vater sie wieder auf die Füße stellte, blinzelte Alane, noch immer von der Sonne geblendet. Nachdem sich ihre Augen an das Dämmerlicht gewöhnt hatten, sah sie, daß das Zelt mit Nardos und ihren Angehörigen gefüllt war. Adah schlüpfte hinter ihr herein und begab sich an ihre Seite. »Das Halsband«, flüsterte sie ihrer Tochter ins Ohr.

Alane schaute auf die zierlichen Muscheln, die sie in der Hand hielt. *Ich werde keine Angst vor all diesen Leuten zeigen*, schärfte sie sich in Gedanken streng ein. *Und ich werde auch vor ihm keine Furcht zeigen.* Mit hoch erhobenem Kopf ging sie zu der Stelle, wo ihr zukünftiger Ehemann saß, trat hinter ihn und legte ihm die glatte Muschelkette um den Hals.

Seine Haut war warm und glatt unter ihren Fingern. Sie wirkte sehr dunkel gegen das transparente Weiß der Muscheln. Sie waren auf Sehnen vom Hinterbein eines Rentieres aufgefädelt, und um das Halsband zu befestigen, mußte Alane die Sehne in Nardos Nacken zusammenbinden. Er trug sein Haar viel kürzer als die Männer der Norakamo, dennoch war es Alane bei ihrer Tätigkeit im Weg. Sie fragte sich schon verzweifelt, wie sie jemals die Kette zubinden sollte, als Nardo den Kopf vorbeugte, so daß sich sein glänzendes, glattes schwarzes Haar teilte und Alane den Knoten machen konnte. Erleichtert trat sie zurück. Dann kam Adah mit dem Teppich aus Rentierfell, den sie neben Nardo auf dem Boden ausbreitete. Alane setzte sich neben ihren Bräutigam.

Irek, der Älteste der Schwarzen Hälfte des Stammes, zu der auch Alane gehörte, trat vor das Paar, mit Tedric an seiner Seite. Stille herrschte im Zelt, als sich der Älteste an Tedric wandte.

»Dieser Mann hat Pferde für deine Tochter gegeben?« fragte er.

»Die Pferde sind übergeben worden«, erwiderte Tedric.

Irek blickte Alane an. »Dein Brautpreis ist bezahlt worden, meine Tochter«, sagte er. »Willst du diesen Mann zu deinem Gefährten nehmen?«

Stille. Hinter ihrem Vater konnte Alane Rune einen Schritt vortreten sehen. Dann sagte sie mit gedämpfter Stimme: »Ja, ich will diesen Mann nehmen.«

Rune machte wieder einen Schritt zurück.

Irek wandte sich an Nardo. »Du hast Pferde für diese Frau gegeben. Ihr Vater gibt sie dir zur Ehefrau.« Erfreutes Gemurmel stieg aus der Menge auf, als Adah mit der Brautkrone erschien, um sie auf Alanes wallendes Haar zu setzen. Dann begannen die Frauen, das Essen hereinzutragen.

Im Zelt war es heiß und stickig von all den vielen Menschen darin. Der Nachmittag verging, und Nardo begann sich schon gereizt zu fragen, ob denn keiner der Gäste endlich aufbrechen würde. Er versuchte, sich mit Alane zu unterhalten, aber sie ermunterte ihn nicht. Ihr Profil – das einzige, was er von ihrem Gesicht zu sehen bekam – wirkte unnahbar, fast abweisend.

Mara war früher gegangen. Sie fühle sich nicht gut, hatte sie gesagt. Das überraschte niemanden. Mara hatte während der ganzen Hochzeitszeremonie schmerzerfüllt ausgesehen. Eine von Nardos Schwestern begleitete sie, die andere blieb zurück.

Schließlich begannen sich die ersten Norakamo-Gäste zu verabschieden. Sobald klar wurde, daß es nicht unhöflich war, aufzubrechen, warf Nardo Dane einen scharfen Blick zu. Der junge Mann grinste, aber es dauerte nicht lange, bis Dane und der Rest der Kindred-Männer aus dem Brautzelt verschwunden waren. Adah kam, um ihre Tochter zu küssen, dann gingen auch sie und Tedric. Dies war offensichtlich ein Zeichen; in kürzester Zeit war das Brautpaar allein.

»Puh«, sagte Nardo, als der letzte Gast zur Zeltklappe hinausschlüpfte, »ich bin ganz steif vom langen Sitzen.« Er sprang auf die Füße und streckte sich, hob die Arme über den Kopf, um seine Wirbelsäule zu dehnen. Er war so groß, daß seine Hände fast das Dach des Zelts berührten. Er schaute zu seiner jungen Frau hinüber, die sich nicht gerührt hatte. »Ich dachte schon, die anderen würden niemals gehen«, meinte er lächelnd.

Keine Antwort.

Vielleicht brauchte sie etwas Zeit. Nardo hatte die letzten Sekunden geschwitzt, und er fühlte sich klebrig. »Mir ist heiß. Ich werde mich im Fluß waschen gehen«, sagte er.

Sie nickte, ohne ihn anzusehen.

Alane ist nicht besonders ermutigend, dachte Nardo bedauernd, als er zum Flußufer hinunterschlenderte. Vielleicht förderten die Norakamo diese Art von Zurückhaltung bei einer Braut. Er streifte sich das Hemd über den Kopf und benetzte seinen verschwitzten Oberkörper mit kaltem Wasser. Dann nahm er das verzierte Stirnband ab, das seine Mutter für ihn gemacht hatte, und tauchte seinen Kopf unter Wasser.

Er fühlte sich augenblicklich erfrischt. Er schüttelte sich das nasse Haar aus den Augen und dachte an Alanes kühlen Liebreiz, der im Zelt auf ihn wartete. Sein Herz schlug schneller. Er würde sie wärmen. Er zweifelte nicht an seiner Fähigkeit, sie für sich zu gewinnen.

Alane fegte den Fußboden des Zelts mit einem Besen aus Buchenzweigen, als Nardo die Türklappe aufschlug. Sie trug immer noch ihre Hochzeitskleider. Er schaute sich um, um zu sehen, ob sie schon die Schlaffelle ausgerollt hatte. Sie hatte nichts dergleichen getan. Nardo fühlte leichten Ärger und bückte sich nicht tief genug, um durch die Zeltöffnung zu kommen. Er stieß mit dem Kopf an und fluchte. Alane zuckte erschrocken zusammen und wirbelte zu ihm herum. Einen Moment lang blickte er ihr in die Augen und sah den düsteren, verlorenen Ausdruck eines verängstigten Kindes darin. Sekundenteile später hatte sie sich wieder in der Gewalt und zeigte wieder ihre unnahbare Miene.

»Du hast mich erschreckt«, sagte sie.

Nardo stand schweigend im Eingang. Er hatte sein Hemd nicht wieder angezogen, und aus seinem Haar rannen immer noch Tropfen über seine Schultern herab. Sorgsam stellte Alane den Besen hinter einem Korb ab und drehte sich dann zu Nardo um. Sie hielt ihren schlanken Körper sehr aufrecht, und ihr Gesicht wirkte ruhig, aber selbst vom Eingang her konnte Nardo den Puls an ihrer Kehle klopfen sehen. Ihr Blick glitt flüchtig über seinen nackten braunen Oberkörper, dann senkte sie die Wimpern.

Nardo hielt diesen schnellen Blick nicht für Bewunderung. Das Mädchen hatte ohne Zweifel Angst vor ihm.

»Darf ich dir etwas zu essen bringen?« fragte sie.

Er schüttelte seinen nassen Kopf. »Ich habe den ganzen Nachmittag gegessen.«

Sie faltete die Hände vor dem Bauch und starrte auf sie hinunter. »Oh.«

Langsam ging Nardo in das Zelt und näherte sich ihr. »Alane.«

Mutig hob sie den Kopf. Er hatte das Gefühl, geradezu bedrohlich über ihr aufzuragen. »Ich hätte gern etwas Tee«, log er und bewegte sich auf den Fellteppich zu, damit er sich setzen konnte und nicht mehr so groß wirkte.

Alane konnte ihre Erleichterung nicht verbergen. »Ich werde sofort welchen machen.«

Nardo beobachtete die zierliche Gestalt seiner Frau, als sie in die Glut blies, bis eine Flamme aufflackerte, und dann genug Holz nachlegte, um ein kleines Feuer zu entfachen. Schließlich stellte sie den Teekessel aus Speckstein auf die Steine der Kochmulde. »Es dauert nicht lange«, sagte sie.

Er saß wartend da und dachte über den Ausdruck nach, den er in ihren Augen gesehen hatte. Als der Tee fertig war, nahm er eine Tasse aus ihren Händen entgegen und beobachtete, wie sie eine für sich selbst einschenkte.

»Brauche ich dir die Tasse nicht zurückzugeben?« wollte er wissen.

Sie schüttelte den Kopf, und ihr Haar floß um ihre Schultern. Nardo mußte sich zurückhalten, um diese seidigen Strähnen nicht zu berühren. »Innerhalb der Familie wird der Tee ohne Zeremonie getrunken«, erklärte sie.

Nardo nickte ernst, nahm einen Schluck und bedeutete ihr mit einer Handbewegung, sich zu ihm zu setzen. Alane ließ sich so weit von ihm entfernt nieder, wie sie konnte, ohne offenkundig unhöflich zu sein. Er fühlte, wenn er auch nur die geringste unerwartete Bewegung machte, würde sie wie ein verängstigtes Fohlen zurückschrecken.

Nardo war wütend über die Art und Weise, wie man ihn diese letzten Wochen von Alane ferngehalten hatte. Er hätte ihr diese Angst nehmen können, hätte man ihm nur die Möglichkeit dazu gegeben. »Es tut mir leid, daß man uns während dieses letzten halben Mondes nicht erlaubt hat, uns gegenseitig kennenzulernen«, sagte er ruhig. »Ist es immer so in deinem Stamm, daß eine Frau einen Mann heiraten muß, der ihr völlig fremd ist?«

Sie antwortete etwas atemlos: »Es ist Sitte bei uns, Braut und Bräutigam zu trennen, nachdem die erste Rate des Brautpreises bezahlt wurde. Aber unser Stamm ist nicht groß, und gewöhnlich kennen sich die Partner schon seit ihrer Kindheit.«

Nardo nahm noch einen Schluck Tee. »Aber du kennst mich nicht.«

Bitterkeit schwang deutlich hörbar in ihrer Stimme mit, als Alane erwiderte: »Dieser Gedanke hat meinen Vater und meine Mutter nicht gestört.«

Nardo mußte zugeben, daß er diese Vorstellung auch nicht als störend empfunden hatte. Während der vergangenen beiden Wochen hatte er sich nicht einmal gefragt, wie Alane über diese Heirat denken mochte. Er hatte die seltsamen Norakamo-Bräuche widerspruchslos befolgt, bereit zu glauben, daß dies die typische Lebensweise für ein Norakamo-Mädchen wäre. Das einzige, was ihn beschäftigt hatte, war sein Wunsch, endlich bei ihr zu liegen. *Ich bin genauso schlimm wie Tedric*, dachte er jetzt. *Sogar noch schlimmer, weil ich es besser wissen müßte.*

Nardo starrte in seine halbleere Teetasse. »Bist du Jungfrau?« fragte er.

Ihre Antwort kam voller Entrüstung. »Natürlich bin ich Jungfrau!«

Ich wußte es, dachte Nardo bedrückt. Er trank noch einen Schluck von seinem Tee. Sein Haar war fast trocken und fiel ihm störend über die Schläfen. Er zog das Stirnband aus dem Taillenbund seiner Hose und band es sich um den Kopf. Alane hielt ihre Teetasse in den Händen und beobachtete ihn aus den Augenwinkeln.

Er seufzte. Sie war wunderschön, und er begehrte sie, aber wenn er sie heute nacht nehmen würde, käme es fast einer Vergewaltigung gleich, ein Verbrechen, das fast gänzlich unbekannt in seinem Stamm war. Nardo hatte mit genug Mädchen geschlafen, um zu wissen, wie man einer Frau Lust bereitete, aber er war nicht arrogant genug zu denken, seine Geschicklichkeit könnte sich gegen Alanes offensichtliche Angst durchsetzen. Resigniert meinte er: »Ich glaube, es würde mir nicht gefallen, wenn meine Schwester ihre Hochzeitsnacht mit einem Mann verbrächte, der ein Fremder für sie wäre. Wir müssen heute nacht nicht miteinander schlafen, Alane. Wir können durchaus warten, bis du dich etwas ungezwungener in meiner Nähe fühlst.«

Sie wandte den Kopf und schaute ihn an. Ihre Augen waren so klar wie Flußwasser zwischen ihren langen, dunklen Wimpern. »Man erwartet von mir, daß ich morgen mein Haar flechte, um zu zeigen, daß ich keine Jungfrau mehr bin.«

Nardo schenkte ihr ein entwaffnendes Lächeln. »Dann flechte es.«

Nachdenklich hob Alane eine Hand, um ihr Haar zu berühren. Nur um sicherzugehen, daß sie ihn verstand, fügte er hinzu: »Schließlich zögern wir den Verlust deiner Jungfräulichkeit nur etwas hinaus.«

Ihre Augen leuchteten. »Ich würde gern noch ein bißchen warten ... wenn es dir nichts ausmacht.«

Nichts ausmacht! Große Erdenmutter! »Natürlich macht es mir nichts aus«, log er.

Alane lächelte. »Du bist freundlich.«

Es war das erste Mal, daß sie ihn jemals angelächelt hatte. »Mein Name ist Nardo«, erwiderte er sanft.

»Nardo«, wiederholte sie zögernd.

Das Warten wird sich am Ende lohnen, sagte er sich energisch und trank noch einen Schluck Tee.

5

Draußen vor dem Zelt hatte sich der östliche Himmel von Schwarz zu Grau verfärbt. Alane erwachte mit leicht verkrampften Gliedern. Es dauerte einen Moment, bis sie begriff, warum sie am äußersten Rand ihrer Schlaffelle lag. In einer Aufwallung von Ärger stellte sie fest, daß Nardo den Rest der Felle einnahm.

Der schwache Widerschein des Feuers zeigte ihr, daß er immer noch schlief; er lag auf dem Bauch ausgestreckt, einen Arm über den Kopf gelegt, seine Hand locker und entspannt neben seinem fächerförmig ausgebreiteten Haar. Es war eine entwaffnend kindliche Haltung, die jedoch nicht über die breiten, muskulösen nackten Schultern über der Hirschlederdecke hinwegtäuschten. Leise und vorsichtig begann Alane aufzustehen.

Nardo wachte augenblicklich auf, rollte sich herum und setzte sich auf, mit all der Schnelligkeit eines erfahrenen Jägers. Er schaute aus aufmerksamen braunen Augen zu ihr auf. Sie schluckte und sagte zögernd: »Ich will zum Fluß hinuntergehen und das Morgenwasser holen.«

Er beobachtete sie einen Moment schweigend, dann nickte er.

Alane erhob sich. Sie hatte ihre Hochzeitskleider am Abend zuvor abgelegt, als Nardo noch einmal das Zelt verlassen und nach seinem Pferd gesehen hatte. Wie immer während der warmen Sommermonate hatte sie in einem ärmellosen Hirschlederhemd geschlafen, das bis zur Mitte ihrer Schenkel reichte. Alane war sich der Tatsache, daß Nardo sie beobachtete, nur zu deutlich bewußt, als sie jetzt in einen Rock und Mokassins schlüpfte, flüchtig mit den Fingern durch ihr offenes Haar strich und schnell das Zelt verließ.

Am Fluß herrschte schon Betriebsamkeit. Wasservögel harrten hungrig der Fische, die jeden Morgen an die Oberfläche kamen. Am gegenüberliegenden Ufer krächzte ein großer blauer Reiher, und die Seetaucher und die Baßtölpel zu beiden Seiten des Flusses riefen einander zu.

Alane beugte sich über den Fluß, beobachtete einen Augenblick die kleinen Fische, die in dem flachen Wasser dahinglitten, dann tauchte sie ihre Hände in die erfrischende Kühle und spritzte sich klares Wasser ins Gesicht. Schließlich stand sie hoch aufgerichtet in der Morgenröte da, ihr Gesicht der Sonne zugewandt. In der Stille ihres Herzens sprach sie die Gebete für den neuen Tag.

Nachdem ihr Wasserkorb gefüllt war, hob sie ihn auf die Überreste der Brautkrone auf ihrem Kopf. Mit dem weitausholenden, gleichmäßigen Schritt eines Menschen, der lange daran gewöhnt war, eine solche Last zu tragen, kehrte Alane zum Zelt zurück.

Ihr Ehemann stand in einiger Entfernung von der Zeltklappe, ebenfalls der Sonne zugewandt. Alane erkannte, daß auch er seine Morgengebete gesprochen haben mußte. Nardo hatte sein Hochzeitshemd angezogen, aber es stand am Hals offen, und seine Füße waren nackt. Er sah Alane kommen und beeilte sich, ihr die Türklappe aufzuhalten. Alane hob den Wasserkorb vom Kopf und trug ihn ins Zelt. Sie ging sofort zu dem Tontopf, der an einer der Wände aus Rentierhaut stand, und goß das Wasser hinein. Dann stellte sie den Wasserkorb neben dem Topf ab und machte sich daran, das Feuer zu schüren. Das Zelt war klein, und Nardo schien einen großen Teil des Raumes einzunehmen. »Ich werde dein Frühstück bald fertig haben«, sagte sie steif.

Nardo schaute zu, wie sie auf das noch glimmende Ende eines Holzscheits pustete, bis eine Flamme aufloderte. Sie fügte noch etwas kleineres Holz hinzu und erhob sich, um ein paar schwere Scheite von dem Holzstapel neben der Zeltklappe zu holen. Er räusperte sich. »Ich bringe Blauvogel zum Fluß hinunter, damit sie trinken kann. Ich werde nicht lange wegbleiben.«

Sie blickte ihn überrascht an. »Blauvogel? Ist das der Name deines Pferdes?«

»Ja.«

Alane sah im Geist die wunderschöne graue Stute vor sich, die Nardo ritt. »Wie ist sie denn zu dem Namen Blauvogel gekommen?«

»Meine Mutter hat sie so genannt. In meinem Stamm geben Frauen allen Pferden Namen.« Sein glattes schwarzes Haar hing ihm in die Augen, weil er sein Stirnband noch nicht angelegt hatte. »Ich gebe zu, es ist ein merkwürdiger Name, aber als sie ein Fohlen war, hatte ihr Fell eine blaugraue Farbe, und meine Mutter fand, sie hüpfte genau wie ein kleiner Vogel herum. So ist sie zu ihrem Namen gekommen.«

»Deine Mutter hat sie also so genannt«, sagte Alane gedehnt.

Nardo hörte den Unterton in ihrer Stimme und warf ihr einen Seitenblick zu. Er gab jedoch keinen Kommentar dazu ab, sondern zog seine Mokassins an und verließ das Zelt.

Als er zurückkehrte, hatte Alane ein Frühstück aus Tee, Pflaumen und Rotdornbeeren für ihn zubereitet. Er aß hungrig, dann reichte er ihr seine leere Tasse, um sich Tee nachschenken zu lassen. »Ich soll heute mit deinem Vater auf die Jagd gehen«, erklärte er.

Sie goß Pfefferminztee in Nardos Tasse. Er wirkte nicht ganz so einschüchternd, wenn er auf dem Boden saß und nur mit einem Hemd bekleidet war. »Ich hoffe, du hast Glück«, sagte sie mit förmlicher Höflichkeit.

Er blickte sie einen Moment an, dann trank er seine Tasse aus, stellte sie ab und schaute sich im Zelt um. »Jemand sollte gestern meine Sachen herbringen. Ich möchte dieses Hemd nicht zur Jagd tragen.«

»Es ist ein sehr schönes Hemd«, sagte Alane im gleichen höflichen Ton wie zuvor.

»Meine Mutter hat es für mich gemacht. Es ist nur für zeremonielle Gelegenheiten gedacht. Sie wird mich umbringen, wenn ich Blutflecken darauf bekomme.« Nardos Ton war humorvoll, doch Alane gab keine Antwort. Er fühlte Ärger in sich aufsteigen. *Ich habe mich letzte Nacht sehr rücksichtsvoll benommen*, dachte er. Das mindeste, was das Mädchen tun konnte, war, freundlich zu ihm zu sein!

»Deine Sachen sind hier.« Alane erhob sich und ging zu einem der großen Körbe, die sie für das Zelt geflochten hatte. Sie hob den Deckel.

Nardo trat hinter sie, ließ sie fast zwergenhaft erscheinen, als er über ihre Schulter auf den ordentlich gefalteten Stapel Kleider im Korb blickte. Alane wich zur Seite und schaute zu, wie er zwischen seinen Sachen wühlte und schließlich ein Hemd, ein schlichtes Stirnband und einen Lederbeutel hervorzog. Dann streifte er sich das Hochzeitshemd über den Kopf und warf es achtlos in den Korb auf all die Kleidungsstücke, die er gerade durcheinandergebracht hatte. Er zog das alte Jagdhemd an, das er ausgesucht hatte.

Alane starrte entrüstet auf das zerknüllte Hochzeitshemd. Nardo kehrte mit dem Beutel aus Hirschleder zur Feuerstelle zurück. Er strich sich mit den Fingern durchs Haar, um es zu glätten, dann band er sich das Stirnband um. Als nächstes holte er einen kleinen, in Hirschleder gewickelten Gegenstand aus dem Beutel. Er sah Alanes neugierigen Blick und hielt ein kleines, rasiermesserscharfes Werkzeug aus Feuerstein hoch. »Mein Bartspachtel«, erklärte er. »Könnte ich etwas Wasser haben, Alane?«

»Sicher.« Sie ging zum Wassertopf und schöpfte etwas Wasser in ein Antilopenhorn. Dann stellte sie das Horn in einen Korbhalter, der es vor dem Umkippen bewahrte, und reichte es ihm.

Sie goß noch etwas Wasser in einen anderen Topf und machte sich daran, die Teetassen zu spülen. Aus den Augenwinkeln beobachtete sie, wie Nardo sich rasierte. Die Männer ihres Stammes trugen ihre Bärte kurz geschnitten, aber sie schabten sie nicht völlig ab, so wie Nardo es tat.

»Schaben alle Männer der Kindred ihre Bärte so ab?« wollte sie wissen.

»Ja. Im Sommer ist es kühler, und im Winter ist es besser, kein Gesichtshaar zu haben, in dem sich Eisklumpen bilden können.«

Alane dachte darüber nach. »Ist es sehr kalt im hohen Teil der Berge?«

»Im Winter schon.« Nardo wickelte das Rasiermesser wieder in das Stück Hirschleder ein und verstaute es in seinem Beutel. »Ich muß eine neue Wiese für Blauvogel finden. Das Gelände hinter dem Zelt ist fast ganz abgegrast.«

»Am Fluß, ein Stück stromaufwärts, wächst immer noch reichlich Gras.«

Er brachte den Beutel zu seinem Kleiderkorb und ließ ihn achtlos hineinfallen. »Falls jemand nach mir sucht, sag ihm, wo ich bin.«

»Ja«, erwiderte Alane.

Nardo ging zur Türklappe, hielt inne und sah gewohnheitsmäßig hinter sich auf den Fußboden. Er fing ihren fragenden Blick auf und sagte bedauernd: »Ich kann mich einfach nicht daran gewöhnen, keinen Hund bei mir zu haben.«

Alane versteifte sich. »Ihr haltet Hunde in eurem Stamm?«

»Aber sicher tun wir das.«

»In euren Zelten? Leben sie mit euch?«

»Ja.« Er lächelte. »Sie sind zahm. Du wirst sie mögen.«

Nachdem Nardo gegangen war, trat Alane langsam an seinen Kleiderkorb. Mit mißbilligend verzogenen Lippen faltete sie all die Hemden, die er durcheinandergewühlt hatte, wieder ordentlich zusammen, legte den Lederbeutel oben drauf, holte das bestickte Stirnband, das neben den Schlafhäuten lag, tat es zu den Kleidern und schloß den Deckel.

Hunde, dachte sie mißmutig. *Daß sie Hunde halten, wußte ich noch gar nicht.*

Die Kindred-Gäste sollten noch eine weitere Woche bei den Norakamo bleiben, und für den Morgen nach Alanes Hochzeit hatte Tedric eine große Jagd geplant. Die Jagd war jedoch nicht nur als Zerstreuung für die Besucher gedacht; sie diente auch der Beschaffung neuer Nahrung, denn das Hochzeitsmahl hatte die Fleischvorräte des Stammes beträchtlich vermindert.

Im Norakamo-Lager lebten ungefähr zweihundert Menschen, und um diese alle zu versorgen, mußten die Jäger des Stammes im Durchschnitt vier Rentiere oder sechs Rothirsche pro Tag erlegen. Andererseits würde der Stamm mit vier Büffeln oder vier Auerochsen eine ganze Woche auskommen. Das Fleisch von Wildschwein und Ibex – einer Art Wildziege mit gekrümmten Hörnern wie ein Widder – machte diese Ernährung abwechslungsreicher. Wachteln und Fische waren ebenfalls eine willkommene Sommernahrung und zudem leicht verfügbar im Jagdgebiet des Norakamo-Sommerlagers. Die Körner und Früchte und Nüsse, die die Frauen sammelten, dienten als Ergänzung zur Hauptnahrung der Norakamo, die aus Fleisch bestand.

Unter den Männern, die an diesem Morgen zur Jagd ausritten, waren Nardo und Rorig und die zwei Handvoll anderer

Männer, die die Hochzeitsgesellschaft begleitet hatten, und zusätzlich ein großes Kontingent von Norakamo. Sowohl Rorig als auch Nardo achteten sorgsam darauf, Varic zwischen sich zu halten, während sie den Goldfluß hinaufritten. Nardo hatte gehofft, Varic würde sich weigern, der Hochzeit beizuwohnen, aber als dieser erfahren hatte, daß der übrige Clan-Rat mitkam, hatte er darauf bestanden, ebenfalls mitzukommen. Bis jetzt hatte er sich ordentlich aufgeführt, obwohl er ständig eine grimmige Miene zur Schau trug.

Später am Morgen traf die Jagdgesellschaft auf eine Rentierherde, als sie im Begriff war, den Goldfluß an der Großen Furt zu überqueren. Die Männer hielten am Westufer des Flusses an und standen unbeweglich da, konnten ihr Glück kaum fassen. Einige Norakamo schauten besorgt auf die Kindred-Pferde, aber nachdem sie gesehen hatten, daß sich die grauen Stuten völlig ruhig verhielten, wandten sie ihre Aufmerksamkeit wieder den Rentieren am entgegengesetzten Ufer zu.

Die anführende Gruppe von Rentieren hielt zögernd am Saum des Wassers inne. Die Jäger rührten sich nicht, da sie aus Erfahrung wußten, daß dieses Zögern nicht durch die Gegenwart von Menschen verursacht wurde. Rentiere hatten sehr schwache Augen, und solange die Jäger unbeweglich dastanden, würde ihre Beute sie nicht erkennen können. Aus diesem Grund war es so wichtig, daß ein gutes Jagdpferd darauf abgerichtet war, still zu stehen. Rentiere zögerten grundsätzlich, bevor sie sich dem Wasser anvertrauten. Sobald jedoch die Leittiere hineingingen, würde der Rest der Herde blindlings folgen.

Tedric hatte das Kommando, und er wartete, bis das Leittier das flache Wasser am Westufer erreicht hatte, bevor er den Männern das Signal zum Angriff gab. Nardos Knie preßte sich gegen Varics, während sie unbeweglich auf ihren Pferden saßen und auf Tedrics Befehl warteten. Dann, auf seinen knappen Ruf hin, hob er seinen Speer und trieb Blauvogel bis zu den Schultern in den Fluß hinein.

In dieser Tiefe begannen die Rentiere gerade wieder festen Boden unter den Hufen zu gewinnen, nachdem sie bis zu dieser Stelle geschwommen waren, und das Wasser schäumte und wirbelte. Nardo schwenkte von Varic fort, als er sich ein Rentier als Ziel aussuchte und seinen Speer tief zwischen die Schulterblätter des wild zappelnden Tieres stieß. Nardo hatte seine langen Beine fest um Blauvogels Bauch geschlungen, um nicht das Gleichgewicht zu verlieren. Das Rentier bäumte sich einmal auf und brach dann leblos zusammen, während Nardo seinen Speer aus seinem Leib zog. Blut spritzte auf Reiter und Pferd. Nardo schaute auf und begegnete Runes Blick. Rune grinste und machte eine anerkennende Geste, und Nardo grinste zurück.

Der Fluß war angefüllt mit Männern, Pferden und Rentieren. Obwohl die Rentiere ausladende Geweihe hatten, stellten sie kaum eine Gefahr für Pferde und Reiter dar. Rentiere versuchten sich im Wasser nie zu verteidigen, sondern strebten nur danach, so schnell wie möglich zu entkommen, wie die Jäger sehr wohl wußten. Deshalb drängten sich die Männer furchtlos zwischen die Herde, während sie wieder und wieder mit ihren Speeren zustießen.

Rentiere fielen, und der Fluß färbte sich rot vor Blut. Doch bis auf das Zappeln und Stöhnen der sich verzweifelt wehrenden Tiere ging das Abschlachten geradezu gespenstisch leise vor sich. Die Männer verständigten sich nicht durch laute Zurufe. Selbst wenn ein Mann vom Pferd in den Fluß stürzte, wartete er schweigend, bis ein anderer sein Pferd wieder eingefangen und zurückgebracht hatte. Alle diese Männer hatten schon in ihrer Kindheit gelernt, daß laute Stimmen nicht respektvoll gegenüber den Tieren waren, die ihr Leben ließen, um das Überleben des Stammes zu sichern.

Durch das Stoßen und Schieben der Herde war Nardo von Rune getrennt worden, und er hielt einen Moment inne, um die Szene vor sich zu überschauen, als er hinter sich ein Pferd herankommen hörte. Blauvogel legte ängstlich die Ohren an, und Nardo beugte sich vor, um ihr beruhigend den Hals zu tätscheln, als ihm jemand einen harten Schlag gegen die Schulter versetzte. Er kippte vornüber und verlor beinahe vollends das Gleichgewicht, als Blauvogel vor dem Pferd scheute, das dicht hinter ihr aufgerückt war. Nur mit Mühe gelang es Nardo, sich wieder aufzurichten, bevor er einen wütenden Blick über seine Schulter auf den Mann warf, der ihn so derb gestoßen hatte.

Blasse, feindliche Norakamo-Augen bohrten sich in seine. Die übrigen Männer waren auf die Jagd konzentriert; niemand hatte mitbekommen, was geschehen war. Der Norakamo-Mann wendete sein Pferd und mischte sich unter die fliehenden Rentiere. Mit düsterem, nachdenklichem Blick trieb Nardo Blauvogel ans Ufer zurück.

Als das letzte Rentier den Fluß durchschwommen hatte, lagen dreißig tote Tiere im flachen Wasser der Furt. Tedric erteilte mit leiser Stimme Anweisungen, und die Männer machten sich daran, die Kadaver aus dem Wasser zu ziehen.

Tedric schickte nach frischen Pferden und Schlitten, anschließend luden die Männer die toten Rentiere auf die Holzschlitten und zogen sie zum Lager zurück. Die Frauen kümmerten sich um die Jagdpferde, wuschen sie im Fluß sauber und besorgten ihnen frisches Gras. Dann begannen die Männer, die Jagdbeute zu zerlegen.

Während diese Arbeit im Gange war, trat Nardo auf Rune zu. »Wer ist das?« fragte er und wies mit einer Kopfbewegung auf einen blutbefleckten, blaßäugigen Mann, der gerade ein Rentier häutete.

»Das ist Vili«, antwortete Rune.

»Hat er irgendeinen Grund, mir Böses zu wollen?«

Rune starrte in Nardos ausdrucksloses Gesicht. »Ist was vorgefallen?«

»Beantworte einfach meine Frage, Rune.«

»Vili ist der Cousin und engste Freund von Loki gewesen, dem Mann, den du getötet hast«, erwiderte Rune langsam.

»Der Mann, der meinen Onkel getötet hat.«

»Ja. Der Mann, der deinen Onkel getötet hat.« Rune runzelte die Stirn. »Was ist passiert, Nardo?«

Nardo zuckte die Achseln. »Nichts von Bedeutung.« Sein Blick fiel auf Varic, der sich ihnen näherte.

Varic sprach zu Nardo, wobei er Rune ignorierte. »Der Norakamo-Häuptling gibt unser Fleisch weg«, sagte er ärgerlich.

Nardo blickte kurz zu Tedric hinüber, beobachtete, was dieser tat, und meinte dann zu Rune: »Behalten eure Jäger nicht das Fleisch, das sie erbeutet haben?«

Runes Stimme klang gedämpft, obwohl der Ärger darin nicht zu überhören war. »Bei uns gehört das Fleisch dem Stamm, nicht dem einzelnen Jäger.«

»Nun, bei uns herrscht ein anderer Brauch«, gab Varic zurück. »Bei den Kindred behält ein Mann, was er getötet hat.«

»Wenn die Männer der Kindred das Fleisch der Tiere behalten möchten, die sie erlegt haben, so läßt sich das sicherlich regeln«, sagte Rune kalt.

Nardo ergriff das Wort. »Wir wären undankbare Gäste, wenn wir eure Nahrung essen und euch nicht helfen würden, eure Vorräte wieder aufzufüllen.« Er starrte Varic an und erklärte mit fester Stimme: »Das ganze Fleisch gehört Tedric. Er kann damit tun, was er für richtig hält.«

Varic zuckte betont gleichmütig die Achseln. »Es ist dumm, alles Fleisch dem Häuptling zu geben, aber wenn das bei den Norakamo so Sitte ist …«

»Einige Männer sind keine guten Jäger«, erwiderte Rune. »Sollen ihre Familien deswegen Hunger leiden?«

»Natürlich nicht«, erwiderte Nardo.

Rune blies sich das Haar aus der schweißfeuchten Stirn; er wollte sich seine Ponyfransen nicht mit seinen blutbeschmierten Händen zurückstreichen. »Habt ihr denn keinen schlechten Jäger in eurem Stamm?« fragte er ungläubig.

Nardo legte eine Hand auf Varics Arm, um ihn von einer Erwiderung abzuhalten. »Du mußt verstehen, Rune«, erklärte er ruhig, »daß es in jedem Haushalt meines Stammes viele Männer gibt, die auf die Jagd gehen. Im Haushalt meiner Mutter zum Beispiel gibt es allein fünf Jäger: meinen Vater, den Mann meiner Tante, den Mann meiner Schwester, den Mann meiner Cousine und mich.«

Rune starrte ihn erstaunt an. »Das sind aber viele Männer für einen Haushalt!«

»Ja. Einer davon hat bestimmt Glück bei der Jagd.«

»Lebt ihr alle zusammen in einem Zelt?«

Nardo grinste. »Nein. Das würde ein ziemliches Gedränge geben. Jede Familie schläft in ihrer eigenen Hütte, aber im Haus meiner Mutter werden die Vorräte gelagert, und dort wird auch gekocht.«

»Deine Frau kocht nicht für dich?«

»Die Frauen teilen sich die Arbeit. Einige kochen, andere sammeln Kräuter oder passen auf die Kinder auf, wieder andere gerben Häute oder nähen Kleider.« Nardo zuckte mit den Schultern. »Meine Muttter verteilt die Arbeit. Auf diese Weise ist es einfacher für alle.«

»Macht es euren Ehefrauen denn nichts aus, Befehle von euren Müttern entgegenzunehmen?« fragte Rune ungläubig.

»Eine Kindred-Ehefrau lebt nicht mit der Mutter ihres Ehemannes, sondern mit ihrer eigenen Mutter zusammen«, erwiderte Nardo. »Die Frauen eines Haushalts haben ihr Leben lang zusammen gelebt und gearbeitet. Die Mutter hat es nicht nötig, Befehle zu erteilen.«

Nach kurzem Schweigen sagte Rune: »Aber Alane wird mit deiner Mutter leben müssen.«

»Ja, für sie wird es anders sein.« Nardos Gesicht war ausdruckslos, aber es wollte ihm nicht so recht gelingen, den Zweifel aus seiner Stimme herauszuhalten, als er erwiderte: »Meine Mutter und Alane sind beide nette, angenehme Frauen. Sie werden keine Schwierigkeiten haben, miteinander auszukommen.«

Rune blickte skeptisch drein, hielt jedoch klugerweise den Mund.

Als der Monat kam, in dem die Norakamo ihre Stuten decken ließen, lud Tedric in seinem Bemühen um weitere gute Beziehungen zwischen den Stämmen die Männer der Kindred am zweiten Tag nach der Hochzeit dazu ein, den Norakamo bei der Suche nach einem geeigneten Hengst zu helfen. Dies war eine Abwechslung für die Männer, die den größten Teil des Jahres damit verbrachten, alle erwachsenen männlichen Tiere von den Stuten fernzuhalten. Wie die Kindred, so ließen auch die Norakamo die Fohlen bei der Herde, solange sie noch Jährlinge waren, aber sobald sie zwei Jahre alt wurden, trieben sie sie fort, wie ein Hengst es auch getan hätte.

Gewöhnlich fanden sich mehrere kleine Herden in der Nähe des Sommerlagers; einigen aus der Hauptherde verbannten männlichen Tieren gelang es, ein paar Stuten zu stehlen, um ihren eigenen Harem zu gründen.

Tedric hatte Rune und Larz angewiesen, Nardo und seinen leicht reizbaren Verwandten, Varic, zu begleiten. Im letzten Moment jedoch kam Vili herangeritten und erklärte Rune, Tedric hätte ihn ebenfalls geschickt. Rune runzelte die Stirn und blickte sich suchend nach seinem Vater um, doch der Häuptling hatte das Lager bereits verlassen. Rune glaubte Vili nicht, wollte aber seinen Stammesgenossen nicht in Varics Anwesenheit der Lüge bezichtigen, deshalb nickte er nur und bedeutete Vili mit einer Handbewegung, sich der Gruppe anzuschließen.

Der kleine Trupp ritt nördlich am Goldfluß entlang, die meiste Zeit in Schweigen versunken. Es war eine Stunde nach Mittag, als sie eine kleine Gruppe von Pferden entdeckten, die sich ein Stück stromabwärts dem Flußufer näherte.

»Es ist Roter Habicht!« sagte Larz. Wie die meisten seines Stammes konnte Larz ein Pferd aus wesentlich größerer Entfernung erkennen, als er einen Menschen ausmachen konnte.

Rune erkannte die Stuten. »Dann war er also derjenige, der mit Frun und Mala und Lipi verschwunden ist.«

Die fünf Männer zogen die Zügel an und beobachteten, wie ein kastanienbrauner Hengst Wache hielt, während sich die drei Stuten einen Weg durch das hohe Gras am Ufer bahnten. Im Gegensatz zu den Kindred-Pferden, die lange, seidige Mähnen hatten, trugen die Norakamo-Pferde dichte, kurze, bürstenartige Mähnen. Der lange, muskulöse Hals des Hengstes schimmerte feuerrot im hellen Sonnenlicht, als er prüfend den Wind einsog. Wasser war immer ein gefährlicher Ort, wo Raubtiere lauern konnten, und der Hengst wußte das. Er selbst würde nicht eher trinken, bis seine Stuten ihren Durst gestillt hatten.

Die Reiter befanden sich in Windrichtung des Hengstes, deshalb konnte er die Witterung nicht aufnehmen. Eine Fuchsfamilie, ihr Fell so rot wie das des Hengstes, trottete wenige Schritte von Blauvogels Hufen entfernt durch das Gras. Die Stute zitterte, und Nardo streichelte beruhigend ihren Hals. Der Himmel über ihnen war so blau wie die dicken Polster von Pyrenäen-Hyazinthen, die in den Spalten der Klippen am anderen Flußufer wuchsen.

»Roter Habicht wäre für unsere Zwecke genau der Richtige«, sagte Larz leise. Rune nickte.

»Ihr werdet das Blut der wunderschönen Stuten verderben, die wir euch gegeben haben, wenn ihr sie mit so einem Hengst paart«, verkündete Varic unhöflich, als sie den Wildspuren entlang des Flusses folgten, die zur Großen Furt führten.

»An dem Hengst ist überhaupt nichts auszusetzen«, gab Vili hitzig zurück. »Er wird dafür sorgen, daß die Nachkommen eurer dünnbeinigen Stuten einen kräftigeren Knochenbau haben!«

»Dünnbeinig!« Varic war erbost. »Wenn ihr so geringschätzig von unseren Stuten denkt, werden wir sie mit Freuden zurücknehmen.«

»Ihr könnt sie nicht zurücknehmen«, erwiderte Rune grimmig. »Sie sind als Brautpreis für meine Schwester bezahlt worden.«

»Als du unsere Pferde stehlen wolltest, waren sie aber gut genug für dich, was?« schleuderte Vili Varic entgegen.

»Wir benutzen sie als Packpferde«, entgegnete Varic. »Zur Zucht würden wir sie ganz sicher nicht verwenden.«

Vili ballte die Fäuste.

»Varic, es reicht jetzt«, wies Nardo ihn zurecht.

»Hast du nicht gehört, was er über unsere Pferde gesagt hat?« fragte Varic wütend.

»Doch. Aber ich habe auch gehört, was du zuerst über ihre gesagt hast. Du bist Gast hier, Varic. Vergiß nicht, dich dementsprechend zu benehmen.«

Varic schnaubte vor Zorn, trieb seine Stute zum Galopp an und strebte allein zum Lager zurück. Nardo ließ ihn gehen. Den Rest des Wegs legten sie in angespanntem Schweigen zurück, das nur hin und wieder durch eine kurze Bemerkung von Nardo und Rune unterbrochen wurde.

»Heilige Erdenmutter!« schimpfte Nardo, als er nach seiner Rückkehr ins Lager zu Alane ins Zelt schlüpfte. »Was hat sich dein Vater bloß dabei gedacht, Vili mit einer Gruppe mitzuschicken, zu der auch mein Couisin Varic gehörte?«

Alane blickte von dem Kochtopf auf, in dem sie rührte. »Vili?« fragte sie erstaunt. »Mein Vater hat Vili mit euch mitgeschickt?«

Nardo runzelte die Stirn. »Warum sagst du ›euch‹ mit einem solchen Ton, Alane?«

Sie stocherte angelegentlich in ihrem Topf. »Du hast seinen Cousin getötet«, sagte sie über ihre Schulter.

»Und das ist alles?«

Sie zuckte die Achseln und wich seinem Blick aus. »Was sollte sonst noch sein?«

»Das frage ich dich«, erwiderte er mit gefährlich beherrschter Stimme.

»Und ich habe dir geantwortet«, gab sie bissig zurück.

Nardo beließ es dabei und ging zum Wassertopf, um sich Wasser zum Trinken herauszuschöpfen.

»Habt ihr einen Hengst gefunden?« fragte Alane, um das Thema zu wechseln.

»Ja. Nördlich der Großen Furt. Einen prächtigen kastanienbraunen Hengst, Roter Habicht genannt. Dein Vater sagte, wir würden die Stuten morgen flußabwärts treiben.« Er wischte sich das Wasser vom Mund und legte das Antilopenhorn auf den flachen Steintisch zurück.

Alane lächelte gedankenverloren. »Vielleicht werde ich mit euch kommen«, sagte sie. »Ich liebe es, die Wiedervereinigung zwischen dem Hengst und seiner alten Herde zu beobachten.«

Nardo stellte sich die Szene vor: das freudige Schnauben und Wiehern, wenn sich alte Freunde wiedertrafen, das Aufbäumen und die Püffe und schließlich das zarte Reiben von Hals an

Hals, wenn der Hengst wieder mit seiner Mutter vereint war. Er blickte seine Frau überrascht an. »Hast du schon einmal dabei geholfen, die Stuten zum Hengst zu treiben?«

Sie reckte trotzig das Kinn. »Manchmal bin ich mit Rune geritten. Nur um zuzuschauen. Norakamo-Frauen reiten sehr gut, weißt du.«

Nardo war frustriert. Alles, was er zu ihr sagte, war offenbar falsch.

Vom Fluß schallten aufgebrachte Männerstimmen herüber. Nardo sprang fluchend auf die Füße und eilte zur Tür. »Wahrscheinlich geht es um Varic«, meinte Alane, als sie ihm folgte.

Der Streit war über einem Spiel ausgebrochen, das bei den Norakamo-Männern sehr beliebt war. Es nannte sich »Stöcke«, und um es zu spielen, wurde eine kleine, rhombenförmige Elfenbeinscheibe mit einem Loch in der Mitte am Ast eines Baumes aufgehängt. Die Scheibe war mit einem Stein am unteren Ende beschwert, um sie ruhig zu halten. Die Männer stellten sich im Kreis um die Scheibe auf, und auf ein Signal hin versuchte jeder, seinen Stock durch das Loch zu treiben. Der erste, dem dies gelang, war der Sieger.

Vili und eine Gruppe von Norakamo-Männern hatten dieses Spiel gespielt, als sie Varic und zwei andere Kindred-Männer am Fluß entdeckten, die im Begriff waren, ihre Pferde zu waschen. Vili hatte sie zum Mitspielen aufgefordert.

Es dauerte nicht lange, bis das Spiel ernstlich aggressiv wurde. Stöcke wurden gefährlich durch die Luft geschwungen, während die Männer das Loch mit ihrem eigenen Stock zu durchbohren trachteten und dabei gleichzeitig die Bemühungen der anderen abzuwehren versuchten. Die Elfenbeinscheibe hüpfte hin und her unter den heftigen Stößen von allen Seiten. Plötzlich ertönte ein lauter Ruf, dann ein wütendes Knurren, und schon wälzten sich zwei Männer auf dem Boden.

Es waren Vili und Varic, die sich aufeinandergestürzt hatten und nun wild auf der Erde hin und her rollten. Sie hatten ihre Stöcke fortgeschleudert und versuchten, sich gegenseitig mit bloßen Händen die Kehle zuzudrücken.

Die zuschauenden Männer riefen laut durcheinander. Keiner machte Anstalten, die erbitterten Kämpfer zu trennen, und nach einem Moment begannen sie, ihren eigenen Stammesangehörigen anzufeuern. Dies war die Situation, als Nardo hinzukam.

Wären die beiden Männer ebenbürtige Gegner gewesen, hätte Nardo sich nicht eingemischt. Manchmal war ein guter Kampf das beste Mittel, um die Luft zu reinigen. Aber Vili war wesentlich größer und schwerer als Varic, und obwohl Nardos Cousin ein wendiger und geschickter Kämpfer war, hatte er gegen das Körpergewicht seines Gegners keine Chance.

Nardo blickte sich suchend nach Tedric oder Rune um, doch keiner von beiden war in der Nähe. Fluchend trat Nardo vor und donnerte: »Hört sofort damit auf!«

Vili blickte noch nicht einmal hoch. Er hockte jetzt rittlings auf Varics Brustkorb und machte sich unter den anfeuernden Rufen seiner Stammesgenossen bereit, Varics Kopf auf den Boden zu knallen. Nardo sprang auf die beiden zu, packte Vili an den Schultern und riß ihn von Varic herunter.

Vili heulte protestierend auf und wand sich heftig, um sich aus Nardos Griff zu befreien. Varic sprang auf die Füße und versuchte, sich Nardos Einschreiten zunutze zu machen, indem er Vili angriff. Nardo mußte eine Hand von Vili nehmen, um Varic abzuhalten. Die beiden Gegner machten verzweifelte Anstrengungen, sich wieder gegenseitig an die Kehle zu springen, während Nardo, der zwischen ihnen stand, die meisten Schläge abbekam, die beiden Männer aber immer noch auseinanderzuhalten vermochte.

Eine Stimme mischte sich in den Tumult ein. »Was geht hier vor?«

»Rune!« keuchte Nardo. »Ich versuche, diese beiden davon abzuhalten, sich gegenseitig umzubringen!«

»Scheint mir eher so, als versuchten sie, *dich* statt dessen umzubringen«, bemerkte Rune lachend. Dann sprach er in scharfem Ton mit zwei der Zuschauer, die daraufhin widerwillig vortraten, um den wutschnaubenden Vili festzuhalten. Erst dann hatte Nardo beide Hände frei, um Varic zu bändigen.

Rune schaute sich in dem Kreis von Männern um und befahl ihnen zu verschwinden. Als sich die Zuschauer widerstrebend trollten, hörten die beiden Gegner nach und nach auf, gegen jene zu kämpfen, die sie festhielten. Auf ein Wort von Rune hin wurde Vili ebenfalls von seinen Überwältigern abgeführt.

»Ich glaube, es ist Zeit für deine Verwandten, nach Hause zurückzukehren«, sagte Rune leicht grimmig zu Nardo.

Nardos Nase blutete; er wischte sich mit der Hand darüber und verschmierte so das Blut über sein ganzes Gesicht. »Ich werde mit meinem Vater sprechen«, versprach er. Dann blickte er auf seine blutige Hand. »Mann, bin ich froh, daß du noch rechtzeitig gekommen bist!«

»Alane hat mich geholt«, erklärte Rune. »Von meinem Zelt aus konnte ich den Kampf nicht hören.«

»Dieser Sohn einer Hyäne war der Cousin des Mannes, der meinen Vater getötet hat!« sagte Varic zu Nardo.

»Es stimmt zwar, daß Vili Lokis Cousin ist, aber für das Blut, das Loki vergossen hat, hat Nardo Vergeltung geübt«, erklärte Rune. Er wandte sich an Nardo. »Es soll keine Blutfehde zwischen deinen und Lokis Verwandten geben. Ich dachte, darüber hätten wir uns geeinigt.«

»Dann sag das Vili!« schnaubte Varic zornig. »Er war derjenige, der den Streit angefangen hat.«

Nardo legte seinem Cousin eine Hand auf den Arm. »Komm mit in mein Zelt, Varic.«

Varic folgte ihm mißmutig.

Rorig kam mit Tedric überein, daß es am besten wäre, wenn die Kindred am nächsten Tag aufbrächen. Nardo verbrachte den Abend mit seiner Mutter, die unglücklich über den Gedanken war, ihren Sohn vielleicht ein weiteres Jahr nicht zu sehen.

Er war Maras jüngstes Kind und ihr einziger Sohn. Sie hatte nur aus dem einen Grund in die Norakamo-Hochzeit eingewilligt, weil Nardo dann weiterhin im Haushalt seiner Mutter leben konnte. Zu dem Zeitpunkt, als Rorig die Verbindung vorgeschlagen hatte, war Mara dies sehr wünschenswert erschienen. Jetzt war sie sich nicht mehr so sicher.

Das Band zwischen Ehemann und Ehefrau war nicht die stärkste Mann-Frau-Bindung in einer Kindred-Verbindung. Ehemann und Ehefrau stammten aus verschiedenen Clans. Die stärksten Bande bestanden zwischen jenen, die vom gleichen Blut waren: Mutter und Sohn, Schwester und Bruder.

Indem Mara der Eheschließung zugestimmt hatte, hatte sie auch eingewilligt, Alane in den Wolfs-Clan aufzunehmen. Damit würde Alane demselben Clan wie Nardo angehören. Mara fand das keine so gute Idee mehr.

»Ich hoffe nur, diese Heirat stellt sich nicht als Fehler heraus«, sagte sie zu ihrem Sohn, als sie nach dem Abendessen um das kleine Feuer herum im Gästezelt saßen.

Nardo, der an die kühle Art seiner Ehefrau ihm gegenüber dachte, hoffte es ebenfalls, behielt seine Gedanken jedoch für sich und versicherte seiner Mutter statt dessen beruhigend: »Wie kann sie ein Fehler sein? Sie hat eine Verbindung zwischen unseren beiden Stämmen geschaffen, und das allein ist es, was zählt.«

»Das sagt dein Vater«, erwiderte Mara beißend.

»Rorig hat recht. Und sobald Alane ein Kind geboren hat, werde ich wieder zu Hause sein, und alles wird so weitergehen wie immer.« Er wußte, daß er der Liebling seiner Mutter war, solange er sich erinnern konnte. Lächelnd nahm Nardo die abgearbeitete Hand in seine und drückte sie tröstlich.

Sie erwiderte sein Lächeln mit sichtlicher Anstrengung. »Ich werde dich vermissen, mein Sohn.«

»Stell dir einfach vor, ich wäre mit den Herden im Hochland«, sagte er. »Das wird es dir leichter machen.«

Sie nickte.

»Es wird ja nicht für lange sein«, wiederholte er.

Dir mag die Zeit vielleicht nicht lang erscheinen, mein Sohn, dachte Mara schmerzlich. *Aber für mich, die ich gerade meinen Bruder verloren habe, wird es wie eine Ewigkeit sein.*

Aber sie konnte Nardo nicht mit ihrem Kummer belasten. Und deshalb gab sie ihm lächelnd recht und erkundigte sich dann nach seinen Erlebnissen auf der Jagd.

6

Die Kindred waren seit einer Woche wieder fort, als der übliche Tagesablauf im Norakamo-Lager durch die Ankunft von Händlern unterbrochen wurde. Die vier Ankömmlinge hatten ein großes Sortiment an Speer- und Harpunenspitzen aus Feuerstein von den Steinbrüchen im Nordwesten dabei und Muscheln, Bernstein und Haifischzähne von den Ufern des Großen Meeres. Aber für die Norakamo waren »die Neuigkeiten«, die die Händler mitbrachten, der wertvollsteTeil ihrer Waren.

Von der Teilnahme an den großen Treffen einmal abgesehen, gab es für einen Stamm nur eine einzige Möglichkeit, um zu erfahren, was in der Welt außerhalb seiner eigenen Jagdgründe passierte, nämlich durch diese wandernden Händler. Im Austausch für eine üppige Mahlzeit und ein Geschenk in Form von genügend Trockenfleisch, um damit auszukommen, bis sie das nächste Stammeslager erreichten, würden die Händler Waren abgeben und alle gewünschten Informationen liefern.

»Nun«, sagte Alane, als Nardo nach einem Abend mit den Händlern am Feuer in ihr Zelt kam, »was gibt es Neues?«

Er ging über den sauber gefegten Erdboden zu der Stelle, wo Alane beim Licht einer Steinlampe nähte, und setzte sich auf den Teppich neben sie. Alane ließ das Hemd, an dem sie gerade arbeitete, in den Schoß sinken und blickte zu Nardo auf. Er saß dicht neben ihr, und das gelbliche Licht der Lampe ließ sein Haar und seine Brauen und Wimpern sehr schwarz erscheinen und seine Haut fast golden. Ein Teil von ihr brannte darauf, seine Neuigkeiten zu hören, während der andere Teil nervös und sich seiner Nähe nur zu deutlich bewußt war.

»Sie berichten von großer Unruhe in der Welt jenseits unserer Berge«, begann er. »Diese Händler sind den ganzen weiten Weg von dem Land gekommen, wo die Sonne untergeht, und sie erzählen von Stämmen, die sich gegenseitig bekämpfen, von Blutfehden und Töten von Menschen durch andere Menschen.«

Alanes Augen weiteten sich. »Bei allen Göttern«, sagte sie. »Das ist ja schrecklich.«

»Ja. Es sind die gleichen Schrecknisse, von denen wir beim Großen Sommertreffen gehört haben. Diese Unruhen entstehen, weil die Rentierherden nicht länger nach Süden kommen.«

Alanes rauchgraue Augenbrauen waren sorgenvoll zusammengezogen. »Ich verstehe das nicht, es scheint keinen Grund für die veränderte Verhaltensweise der Herden zu geben.«

Nardo zuckte die Achseln, und die Bewegung seiner breiten Schultern brachte ihn Alane noch näher. »Es gibt immer einen Grund, warum Dinge geschehen«, erklärte er. »Kein Blatt fällt grundlos zu Boden, kein Vogel ruft grundlos, auch der Wind bewegt sich nicht ohne Grund.« Mit den Fingern seiner linken Hand strich er das verknitterte Hirschlederhosenbein über seinem Knie glatt. Seine Hand war groß und kräftig wie alles an ihm, und Alane ertappte sich dabei, wie sie wie hypnotisiert darauf starrte. Durch die dünnen Wände des Zelts hörte sie den Klang männlicher Stimmen, die einander gute Nacht wünschten. Jemand machte einen Scherz, und mehrere andere Männer lachten. Nardo machte eine eigenartig anmutige Handbewegung und sagte: »Ich glaube, diese Leute haben die Erdenmutter beleidigt, und deshalb hat sie ihre Rentierkinder zurück in den Norden gerufen.«

»Der Verlust der Rentiere bedeutet den Tod für einen Stamm«, hörte Alane sich mit einer Stimme sagen, von der sie hoffte, daß sie normal klang.

Nardos Stimme war grimmig. »Ich fürchte, diese Händler werden bei anderen Stämmen die Nachricht verbreiten, daß es in unseren Bergen immer noch reichlich Wild und Rentiere gibt. Das wird unsere größte Gefahr sein.«

Alane schaute auf und sah, daß er sie beobachtete. Seine braunen Augen schienen riesig. Hastig blickte sie wieder auf das Hemd in ihrem Schoß. Seinen männlichen Duft nach Pferden, Hirschleder und Schweiß nahm sie deutlich wahr, und obwohl er ihr durchaus vertraut war, hatte er an diesem Abend eine seltsame Wirkung auf sie. Ihr Herz begann zu hämmern, aber nicht aus Furcht. Sie befeuchtete ihre trockenen Lippen mit der Zungenspitze und sagte ein wenig atemlos: »Ja, es kann schlimm werden.«

»Deshalb haben wir geheiratet, Alane«, erklärte er. »Damit

unsere beiden Stämme gemeinsam die Berge verteidigen können.«

Sie nickte. Dann, als er nicht weitersprach, brachte sie mühsam ein einziges Wort heraus. »Ja.«

»Wir sind seit einer Woche verheiratet.«

Sie schluckte. »Ja«, sagte sie leise.

Und dann stellte Nardo die Frage, die ihr angst machte. »Wie lange wird es noch dauern, bis du dich an mich gewöhnt hast, Alane?«

Das wird niemals geschehen, dachte sie fast hysterisch. *Ich werde mich niemals an dich gewöhnen können!* Aber sie wußte, sie konnte es nicht laut sagen. Sie hatte sogar den Verdacht, daß es nicht ganz stimmte. Nervös faltete sie das Hemd in ihrem Schoß zusammen und dann wieder auseinander. »Noch eine Woche«, sagte sie heiser. »Gib mir noch eine Woche.«

Nardo legte seine Hand auf ihre beiden kalten Hände und umschloß sie mit seinen warmen Fingern. »Sieh mich an«, sagte er leise.

Widerstrebend hob Alane den Blick. Nardo lächelte. Es war nicht das schelmische Grinsen, das sie während der vergangenen Woche so oft bei ihm gesehen hatte, wenn er sich mit seinen Männern unterhielt, sondern ein warmes, intimes Lächeln.

Er wollte sie entwaffnen. Sie wußte es, ärgerte sich darüber und fühlte sich dennoch geschlagen.

»Noch eine Woche«, sagte er im gleichen sanften Ton. Seine Augen wirkten plötzlich müde in dem flackernden Lampenlicht, und er gähnte.

»Du bist müde«, sagte Alane, froh über einen Vorwand, um ihre Hände aus seinen zu ziehen und aufzuspringen. »Ich werde die Bettstatt zurechtmachen.«

Als sie sich wieder zu ihm umwandte, nachdem sie die Schlaffelle ausgerollt hatte, stand Nardo an der Feuerstelle und zog sich sein Hemd aus. Er ließ es auf den Teppich fallen, gähnte erneut und reckte dann die Arme über den Kopf. Alane beobachtete fasziniert, wie die kräftigen Muskeln an seinen Schultern und Armen unter der glatten, kupferfarbenen Haut spielten.

Nardo war so kraftvoll und männlich, und dennoch hatte er soviel Geduld mit ihr. Etwas unwillig mußte sich Alane diese Tatsache eingestehen. Sie hatte das Gefühl, daß ihre Ehre es verlangte, sich für seine Freundlichkeit zu bedanken, und so richtete sie sich kerzengerade auf und zwang sich zu sagen: »Danke, daß du so verständnisvoll bist.«

Sie blickten einander über die Lampe hinweg an, und sie sah, wie sich seine Züge plötzlich verhärteten. Sie konnte den Puls an ihrem Hals klopfen fühlen. Dann blinzelte Nardo, schüttelte den Kopf und sagte mit gepreßter Stimme: »Nichts zu danken, Alane. Aber denk dran, es ist nur noch für eine weitere Woche.«

Um diese Zeit des Jahres war Alane immer damit beschäftigt, Körbe zu flechten, die die Männer beim Großen Herbsttreffen gegen andere Dinge eintauschen würden. Zwei Tage nachdem die Händler weitergezogen waren, ritt sie mit zwei der Stuten, die ihr Vater ihr zur Hochzeit geschenkt hatte, in nördlicher Richtung am Goldfluß entlang, um mehr Pflanzen zum Korbflechten zu schneiden. Der Tag war ungewöhnlich schwül für diese Jahreszeit, und nachdem Alane die Körbe gefüllt hatte, die zu beiden Seiten an den Bauchgurten der Pferde befestigt waren, beschloß sie, im Fluß zu waten, um sich ein wenig abzukühlen.

Zwei Rebhühner flatterten aus dem hohen Gras vor ihr auf, als sie sich dem Wasser näherte, und stiegen über ihren Kopf hinweg in den dunstigen Himmel auf. Alane raffte ihren Hirschlederrock und watete in den Fluß, bis ihr das Wasser bis zu den

Knien ging. Das kühle Wasser fühlte sich herrlich erfrischend an. Ein großer goldener Adler kreiste am Himmel, und sie legte den Kopf in den Nacken, um seinen Flug zu verfolgen.

Sie spähte in die klaren Tiefen des Flusses und bewegte selbstvergessen einen Fuß im Wasser, als sie plötzlich spürte, daß sie beobachtet wurde. Alane wirbelte zum Ufer herum.

Nardo stand dort.

Die Zeitspanne, während der sie stumm dastanden und sich gegenseitig musterten, kam Alane wie eine Ewigkeit vor. Schließlich sagte Nardo: »Ich bin frühzeitig vom Pferdehüten zurückgekommen, und deine Mutter sagte mir, wo ich dich finden könnte.«

Sie schaute hinter ihn, als erwarte sie, Adah dort zu sehen, aber es war niemand da. Dann starrte sie wieder ins Wasser und begann erneut, mit dem Fuß zu planschen. »Es war so heiß, da wollte ich mich ein bißchen im Fluß abkühlen«, murmelte sie.

»Alane.« Seine Stimme hatte einen entschieden wehleidigen Klang. »Ich bin sehr durstig. Kannst du mir etwas Wasser in deinen Händen bringen?«

Sie blickte ihn stirnrunzelnd an. »Warum kannst du dir nicht selbst zu trinken holen?«

Er stand auf dem Gras, direkt am Rand des Wassers, und zeigte jetzt auf seine Füße. »Ich möchte mir meine Schuhe und Hosen nicht naß machen.«

»In Ordnung«, erwiderte sie mit spürbarem Widerstreben. Sie formte eine Kelle mit ihren Händen, schöpfte etwas Wasser und trat dann vorsichtig über die Felsen im Fluß hinweg, um es Nardo zu bringen. Er beugte seinen Kopf zu ihren ausgestreckten Händen hinunter und trank. Sie konnte seine Lippen an ihren Handflächen fühlen, und in ihrem Magen schienen auf einmal Schmetterlinge zu tanzen. Als Nardo fertig war, wischte er sich mit dem Handrücken die Wassertropfen vom Mund, dann griff er nach Alanes Schultern, beugte erneut den Kopf und küßte sie.

Eine Mischung aus Überraschung und Lust brandete wie eine Schockwelle durch Alanes Körper. Es war ein völlig unerwartetes Wohlgefühl, das sie ängstigte und sie die Hände heben ließ. Einen Moment lang glaubte sie, er würde sie nicht freigeben, aber dann ließ er sie los. Sie sprang ein paar Schritte zurück, bis sie wieder sicher im Fluß stand, und fuhr ihn wütend an: »Du hast gesagt, du würdest mir noch eine Woche geben!«

»Ich habe nur versucht, dich zu küssen«, gab er zurück. »Bei allen Göttern, Alane. Wir sind schließlich verheiratet!«

Sie hob trotzig das Kinn. »Ich begreife jetzt, daß ich dir nicht vertrauen kann.«

Plötzlich verlor Nardo die Geduld. Alane sah es und begann sofort weiter zurückzuweichen. Aber Nardo folgte ihr entschlossen, watete in den Fluß hinein, packte sie an den Armen und zog sie an sich, um sie wieder zu küssen. Alane wehrte sich und versuchte ihre Knie in seine Leistengegend zu stoßen, doch er wich ihr aus, während er seinen Griff verlagerte und etwas Unverständliches vor sich hin murmelte. Ein Kampf entspann sich zwischen den beiden, wobei Nardo sie zu überwältigen versuchte, ohne ihr weh zu tun. Wer von ihnen zuerst das Gleichgewicht verlor, war unklar, aber schließlich stürzten beide in das kalte Wasser.

Langsam kam Nardo wieder zur Besinnung, als er sich auf dem Rücken liegend im kalten Wasser vorfand. Wie aus weiter Ferne hörte er eine ängstliche Stimme seinen Namen rufen. Er versuchte den Kopf zu heben, zuckte unter dem Schmerz zusammen und öffnete die Augen. Er lag ausgestreckt in seichtem Wasser, sein Kopf ruhte in Alanes Schoß. Ihr Gesicht war besorgt über seines gebeugt. Es schien vor seinen Augen zu verschwimmen. »Nardo«, sagte sie eindringlich.

Sein Name klang wundervoll aus ihrem Mund. Er wollte es ihr sagen, aber es kam kein Laut über seine Lippen. Dann fühlte er ihre Hand auf seiner Stirn, fühlte, wie sie ihm sanft das Haar aus dem Gesicht strich. Es war ein so angenehmes Gefühl, daß er nicht übel Lust hatte, noch eine Weile so mit geschlossenen Augen liegenzubleiben.

Alane sprach leise auf ihn ein, und Nardo erkannte plötzlich, daß er ihr Gesicht nicht sehen konnte, wenn er die Augen geschlossen hielt. Er hob seine Wimpern, und sie belohnte ihn mit einem zittrigen Lächeln. »Ist alles mit dir in Ordnung?« fragte sie.

Es war herrlich, so dazuliegen, mit dem Kopf in ihrem weichen Schoß. Nur zu ärgerlich, daß der Fluß so voller spitzer Steine war. Nardo rutschte unbehaglich hin und her. Alane schob einen Arm unter seine Schulter und drängte ihn, sich aufzusetzen. Er konnte ihre festen Brüste an seiner Seite fühlen. Nardo seufzte tief und richtete sich langsam auf. Er zuckte erneut zusammen, als Schmerz durch seinen Kopf schoß. Offensichtlich war sein Schädel an einen Felsbrocken im Fluß gestoßen.

Alane blickte ihn zerknirscht an. »Ist schon gut«, versicherte Nardo ihr galant. »Mit mir ist alles in Ordnung.« Er beschloß, daß es an der Zeit war, sich zu erheben.

Als er aufrecht stand, blinzelte er gegen den Schwindel und die Benommenheit in seinem Kopf an und mußte sich schwer gegen Alane lehnen, weil er sich nicht auf den Füßen halten konnte. *Ich habe eine Gehirnerschütterung*, dachte er. *Beim Donner, ich habe eine Gehirnerschütterung!* Wieder blinzelte er und versuchte, seinen Blick auf die beiden Pferde zu konzentrieren, die am Ufer grasten.

»Nardo, ist alles mit dir in Ordnung?« fragte Alane noch einmal. Ihre Stimme klang ängstlich. Nardo wandte den Kopf und blickte in ihre besorgten grauen Augen. Er versuchte zu grinsen.

Sie standen da; Wasser rann in kleinen Bächen aus ihren Kleidern und Haaren. Alanes Arm lag um Nardos Taille, aber er war einen Kopf größer als sie und viel zu schwer, als daß sie ihn hätte tragen können. Er versuchte, auf seinen eigenen Füßen zu balancieren, und blinzelte erneut, als ihn eine Woge von Schwindel überkam.

»Ach, Nardo«, seufzte Alane. »Es tut mir so leid.«

Er war sich nicht ganz sicher, was eigentlich geschehen war, hatte jedoch nicht das Gefühl, daß dies der richtige Zeitpunkt war, um Fragen zu stellen. Wieder kniff er einen Moment die Augen zusammen, um einen klaren Blick zu bekommen. »Du wirst mir auf mein Pferd helfen müssen, Alane«, sagte er. »Ich glaube, ich habe eine Gehirnerschütterung.«

»Oh!«

»Führe mich einfach«, sagte er. »Ich kann mich auf den Beinen halten.«

Langsam und Schritt für Schritt gelang es Alane, Nardo aus dem Fluß herauszuhelfen und zu der Stelle, wo seine Stute graste, zu führen. »Vielleicht solltest du hierbleiben, Nardo, während ich zum Lager laufe und Hilfe hole«, schlug sie vor.

»Wenn ich nur auf Schneeflockes Rücken komme, wird es schon irgendwie gehen.«

»Ich glaube nicht, daß ich dir da hinaufhelfen kann«, meinte sie mit kleinlauter Stimme.

»Dann finde etwas, auf dem ich stehen kann«, erwiderte er.

Alane ließ Nardo gegen Schneeflockes Flanke gelehnt zurück und lief zu ihrer eigenen Stute, leerte in aller Eile einen der Packkörbe und warf die Pflanzen, die sie so sorgsam gesammelt hatte, achtlos ins Gras. »Dieser Korb ist sehr stabil«, erklärte sie Nardo, als sie ihn umgestülpt neben ihn stellte. »Ich glaube, er wird dein Gewicht halten, zumindest für ein paar Augenblicke.«

Er hielt lange genug, so daß Nardo darauf steigen und sein Bein über den Rücken der Stute schwingen konnte. Er klammerte sich an ihrer Mähne fest, um nicht das Gleichgewicht zu verlieren, und starrte grimmig auf einen einzelnen Baum, um die Benommenheit in seinem Kopf zu vertreiben.

»Ich werde Schneeflocke für dich führen«, hörte er Alane sagen.

»Ich fürchte, das wirst du auch müssen«, erwiderte er.

Einen Moment später erschien sie wieder neben ihm, auf dem Rücken ihrer eigenen Stute. Er reichte ihr Schneeflockes Zügel, und sie begannen langsam am Fluß entlangzugehen, Richtung Lager.

Rune und Stifun sahen die beiden am Fluß heraufkommen. Sie halfen Nardo von seinem Pferd herunter und trugen ihn in Alanes Zelt. »Zieht ihm die nassen Sachen aus«, befahl Alane, nachdem sie Nardo behutsam auf den Boden gesetzt hatten.

Ihre Brüder gehorchten und zogen Nardo mit geschickten Handgriffen die Kleider aus. Er war zwar bei Bewußtsein, wirkte aber matt und benommen. Alane rollte in der Zwischenzeit die Schlaffelle aus, und die Männer legten Nardo auf das Lager. Sobald er bequem lag, fielen ihm die Augen zu.

Rune schaute seine Schwester an. »Du bist genauso naß wie er«, stellte er fest. »Was ist passiert?«

»Nardo ist in den Fluß gestürzt und mit dem Kopf auf einen Felsen geschlagen«, erklärte sie.

»Er ist gestürzt? Wie ist er gefallen?«

»Das tut nichts zur Sache«, entgegnete Alane steif. »Aber ich mache mir Sorgen, da er sich so bald nach der letzten Kopfverletzung schon wieder eine zugezogen hat.«

Rune und Stifun tauschten einen Blick.

»Nardo ist einer der trittsichersten Männer, die ich kenne«, meinte Rune.

»Nun, er ist eben ausgerutscht«, gab Alane schnippisch zurück. »Werdet ihr jetzt vielleicht Mutter bitten, herzukommen und ihn sich anzusehen?«

Wieder tauschten die Brüder einen Blick.

Alane bemerkte es und funkelte sie drohend an. »Geht ihr jetzt zu Mutter, oder muß ich es tun?«

»Wir gehen schon, Alane«, sagte Stifun mit kaum unterdrücktem Grinsen.

»Hast du ihn gestoßen?« fragte Rune hinterhältig und duckte sich aus dem Zelt, bevor sie es ihm heimzahlen konnte.

Der Schamane kam noch vor Adah an. Alane konnte kaum ihre Bestürzung verbergen, als seine hagere Gestalt plötzlich in ihrem Zelt auftauchte. »Ich habe gehört, dein Ehemann hat sich verletzt, Alane«, sagte Hagen mit seiner tiefen Stimme.

Alane wollte nicht, daß er Nardo berührte, aber sie wußte auch nicht, wie sie ihn daran hätte hindern können. Schließlich war Hagen der Heiler des Stammes. »Ja«, erwiderte sie, den Blick auf ihre vor dem Bauch gefalteten Hände gesenkt, »aber es ist nicht weiter schlimm, Schamane. Er ist mit dem Kopf auf einen Felsen geschlagen und fühlt sich schwindelig. Es besteht kein Grund, dich damit zu belasten.«

Sie konnte Hagens prüfenden Blick auf sich spüren. Sie fühlte ihre nassen Kleider an ihrem Körper kleben, fühlte die Wassertropfen aus ihrem nassen Zopf den Nacken hinunterrinnen, und sie befürchtete, der Schamane würde zu dem gleichen Schluß kommen wie Rune und Stifun. Hektisch versuchte sie, eine harmlose, einleuchtende Erklärung für Nardos Sturz zu finden, aber ihr Kopf war wie leergefegt.

»Wenn dir diese Ehe zuwider ist, Alane«, sagte der Schamane, »kann sie aufgelöst werden.«

Sie war so überrascht, daß sie sprachlos zu ihm aufblickte.

»Dieser Mann« – er wies auf Nardos ruhende Gestalt – »ist nicht von unserem Blut. Schlimmer noch, er hat seine Hände mit Norakamo-Blut befleckt. Die Götter des Stammes werden jubilieren, wenn du ihn verstößt und statt dessen einen Gefährten unter deinen eigenen Leuten wählst.«

»Vili?« fragte sie, stolz darauf, daß ihre Stimme so ruhig und beherrscht klang.

»Vili würde dir ein guter Ehemann sein«, stimmte der Schamane zu. »Ist es nicht besser, das Zelt mit einem Norakamo-Mann zu teilen, der dich liebt, statt in der Verbannung mit einem Fremden zu leben, unter Menschen von fremdem Blut?«

»Warum sagst du all das zu mir?« wollte Alane wissen.

Hagen lächelte, und die Furchen in seinen Wangen vertieften sich zu messerscharfen Falten. »Du hast ihn in den Fluß gestoßen, ist es nicht so, Alane? Du willst nicht, daß diese großen, dunklen Hände dich berühren, nicht wahr, Alane?« Er kam näher und starrte in ihre Augen. »Du hast noch nicht mit ihm geschlafen, Alane. Ich brauche dich nur anzuschauen, um das zu wissen.«

Sein eindringlicher Blick, seine ständige Wiederholung ihres Namens mit dieser melodischen, tiefklingenden Stimme hatten etwas eigenartig Bezwingendes. *Er versucht mich zu beschwören*, dachte Alane. Sie durfte es auf keinen Fall dazu kommen lassen. »Du irrst dich, Schamane«, erwiderte sie fest. »Wir *haben* miteinander geschlafen, und ich habe Nardo sehr nach meinem Geschmack gefunden. Mehr, als ich jemals an Vili Gefallen finden würde.«

In Hagens Gesicht trat ein derartig böswilliger Ausdruck, daß Alane unwillkürlich schauderte und wegblickte. »Nun gut«, sagte der Schamane nach einer Weile. »Wenn du es so haben willst …«

»Das will ich.«

Er hielt ihr einen Lederbeutel hin. »Hier sind Kräuter, die eine Kopfverletzung lindern helfen«, erklärte er. »Gib sie ihm in heißem Wasser.«

Alane nahm den Beutel. »Danke.«

Sobald der Schamane gegangen war, schleuderte sie den Lederbeutel ins Feuer.

Nardo schlief die ganze Nacht und den größten Teil des folgenden Tages. Alane wachte die ganze Zeit bei ihm, überprüfte ängstlich seine Gesichtsfarbe und seine Atmung, aber beide schienen normal. Er erwachte am späten Nachmittag und sagte, er sei hungrig. Sie gab ihm zu essen und bereitete Tee für ihn zu, dann stand Nardo auf und ging hinaus, um nach seinen Pferden zu sehen.

Er hatte den Unfall bisher mit keinem Wort erwähnt. Alane wußte, er hatte sich nicht an die Vorfälle erinnern können, die zu seiner ersten Kopfverletzung geführt hatten, und hoffte, das gleiche wäre auch diesmal der Fall und er würde sich nicht mehr an den Kuß erinnern.

Die Dunkelheit war schon hereingebrochen, als Nardo endlich zum Zelt zurückkehrte. Stirnrunzelnd wandte sich Alane von dem Kleiderkorb ab, in dem sie gerade Ordnung gemacht hatte, als er zur Tür hereinkam. »Du bist wesentlich länger fortgeblieben, als nötig gewesen wäre, um nach den Pferden zu sehen.«

»Ich habe mit Rune gesprochen«, erwiderte er.

Sie biß sich auf die Lippen. »Oh.« Sie faltete einige Hemden und legte sie in den Korb. »Was ... was hat Rune gesagt?«

»Ich habe ihn gefragt, wie es dazu gekommen ist, daß ich mit dem Kopf aufgeschlagen bin, und er sagte, er wüßte es nicht. Er meinte, du wärst die einzige, die bei mir gewesen war.«

Hoffnung flackerte in Alanes Herz auf. »Du erinnerst dich nicht an den Vorfall?«

»Nicht sehr deutlich.«

»Du bist in den Fluß gewatet, um zu trinken, und dabei bist du auf einem der Felsen unter Wasser ausgerutscht«, erklärte sie fest.

Nardo schloß die Türklappe hinter sich. Alane hatte schon vor einer Weile die Steinlampen angezündet, deshalb war Licht im Zelt. »Nach Runes Aussage warst du ebenfalls ganz naß«, sagte Nardo.

»Ich bin naß geworden, als ich dir geholfen habe aufzustehen.«

»Ich verstehe.«

Alane entspannte sich und machte sich wieder daran, den Kleiderkorb in Ordnung zu bringen. Als sie sich umwandte, sah sie Nardo auf dem Teppich vor der Feuerstelle sitzen und nachdenklich in die kleinen Flammen starren. Der flackernde Widerschein der Flammen ließ Schatten auf seinem Gesicht tanzen. »Tut dein Kopf weh?« fragte sie mitfühlend.

»Ein bißchen.« Er blickte sie mit hochgezogenen Brauen an. »Du bist so zärtlich und behutsam mit mir gewesen, daß ich den Schmerz kaum bemerkte.«

Sie war zärtlich mit ihm gewesen, weil sie ein schlechtes Gewissen gehabt hatte, schuld an seiner Verletzung gewesen zu sein, doch sie war nicht bereit, ihm das zu sagen. Alane blickte sich im Zelt nach einer weiteren Beschäftigungsmöglichkeit um und griff schließlich nach dem Besen.

Nardo nahm sein Stirnband ab, strich sich mit den Fingern durch sein offen herabhängendes Haar und zuckte sichtlich zusammen, als er seinen Hinterkopf berührte. Alane hielt besorgt mit dem Fegen inne. Sein Kopf schmerzte ihn offensichtlich sehr.

»Möchtest du etwas Kaltes haben, das du an deinen Kopf halten kannst?« fragte sie.

»Ja.«

Sie griff nach einem Stück Wildleder, tauchte es in den Wassertopf und faltete es zu einer Kompresse zusammen. »Hier«, sagte sie und reichte es ihm.

»Halte du es für mich«, bat er.

Er war durchaus in der Lage, sich die Kompresse selbst an den Kopf zu halten. Alane war drauf und dran, es ihm zu sagen, besann sich dann jedoch anders, ging zu Nardo, zog seinen Kopf zu sich heran und preßte den nassen Lederlappen behutsam auf die Schwellung an seinem Hinterkopf. Er beugte sich vor, bis seine Stirn an ihren Brüsten ruhte. Das Gewicht seines Kopfes gegen ihre Brust fühlte sich seltsam angenehm an, und Alane mußte eine bewußte Anstrengung machen, ruhig weiterzuatmen.

»Alane«, murmelte Nardo. »Warum hast du die Kräuter des Schamanen ins Feuer geworfen?«

Sie versteifte sich erschrocken. »Was meinst du?«

»Als der Schamane kam, um nach mir zu sehen, gab er dir Kräuter für meinen Kopf. Du hast den Beutel ins Feuer geworfen.«

»Woher willst du das wissen« fragte sie gepreßt. »Du hast doch geschlafen!«

»Ich habe geruht.«

Sie schob seinen Kopf von sich und wich ein Stück zurück, während sie sich verzweifelt daran zu erinnern versuchte, was der Schamane sonst noch gesagt hatte.

Nardo machte keine Anstalten, sich wieder an sie zu lehnen. »Wie ist der Schamane mit Vili verwandt?« wollte er wissen.

Alane wrang den nassen Lappen nervös zwischen den Fingern. »Er ist Vilis Onkel.«

Nardo nickte. Das Lampenlicht war nicht stark genug, um das hohe Dach des Zelts zu erleuchten, aber es bildete einen hellen Kreis um Nardos Gestalt. »Ich verstehe«, sagte er nachdenklich. »Und war Hagen auch Lokis Onkel?«

»Ja.«

»Aha. Dann hegt er natürlich Groll gegen mich. Ist das der Grund, weshalb du die Kräuter ins Feuer geworfen hast?«

»Ja«, antwortete Alane, und ihr Herz begann zu hämmern. Sie hatte sich inzwischen an den Rest der Unterhaltung erinnert.

Nardos schwarzes Haar war nach vorn über seine Stirn gefallen. Seine Augen glitzerten herausfordernd durch die Strähnen. »Es ist schön zu wissen, daß du mich nach deinem Geschmack findest«, sagte er leise.

Alane hatte gewußt, daß diese Bemerkung kommen würde, deshalb war sie darauf vorbereitet. »Wenn du meinen Worten wirklich zugehört hast«, begann sie kalt, »dann weißt du sehr gut, daß ich in dieser Hinsicht gelogen habe, um Hagen loszuwerden.«

Er hob ruckartig den Kopf, als hätte ihn jemand geschlagen. »Ihr Norakamo-Frauen seid noch stacheliger als eine Handvoll Kletten«, knurrte er. »Es wundert mich, daß überhaupt jemals Kinder in diesem Stamm geboren werden!«

Alane fühlte Wut in sich aufsteigen. »Es besteht überhaupt kein Grund, uns zu beleidigen, nur weil wir Norakamo-Frauen nicht mit so vielen verschiedenen Männern schlafen wie die Frauen deines Stammes!« gab sie heftig zurück.

Jetzt war auch Nardo wütend. Er sprang auf die Füße. »Du kleine Giftkröte«, sagte er und streckte blitzschnell die Hand nach ihr aus. Noch bevor Alane auch nur eine Chance hatte, vor ihm zurückzuweichen, hatte er seinen Mund auf ihren gepreßt.

Alane versteifte sich vor Zorn. Sein Körper fühlte sich hart und muskulös an ihrem an, während er eine Hand auf ihren Rücken legte und sie an sich drückte und mit der anderen ihren Hinterkopf umfaßt hielt, um ihr Gesicht zu sich emporzuheben. Alane legte die Hände auf seine Schultern, um ihn wegzustoßen, und als sie es tat, veränderte sich der Kuß. Nardos harter, zorniger Mund wurde weicher und behutsamer, zwang sie regelrecht, auf seine Liebkosung zu reagieren.

Ein warmer, unerwarteter Strom von Gefühlen überkam Alane. Allmählich erlahmte ihr Widerstand; sie hörte auf, sich gegen die Hand an ihrem Hinterkopf zu wehren, entspannte sich und ließ ihren Kopf gegen seine Schulter sinken. Die Hände, die sie gegen seine Brust gestemmt hatte, um Nardo wegzustoßen, fanden statt dessen ihren Weg zu seinem Hals. Sie lehnte sich an ihn, und ihre Lippen öffneten sich unter dem Druck seines leidenschaftlichen Kusses. Nardo beugte sich noch tiefer über sie und zog sie noch fester in seine Arme, bis sie fast von den Füßen gehoben wurde.

Die Intensität ihrer Versunkenheit ineinander wurde abrupt unterbrochen, als lachende Frauenstimmen unmittelbar vor der geschlossenen Türklappe des Zeltes ertönten. Nardo hob den Kopf, und sie starrten sich einen Augenblick aus großen Augen an.

»Ich werde unsere Ehe heute nacht vollziehen«, sagte er so atemlos, als wäre er eine lange Strecke gelaufen. »Keine weiteren Verzögerungen mehr, Alane. Heute nacht.«

Sie zitterte am ganzen Körper in einer Mischung aus Erregung und Furcht. Was sie am meisten ängstigte, war ihr Bedürfnis, wieder in seinen Armen zu liegen. Aber Stolz ließ sie ärgerlich protestieren: »Du hast gesagt, du würdest mir noch eine Woche Zeit lassen.«

»Ich habe es mir anders überlegt«, erwiderte er und streckte erneut die Arme nach ihr aus.

Seine Küsse machten Alane atemlos und schwindelig, und sie klammerte sich Halt suchend an ihn. Dann glitten seine Hände unter ihr Hemd, und seine langen, harten Finger berührten ihre Brüste. Feuer flackerte in ihren Lenden. Seine Finger bewegten sich behutsam, streichelten sie, liebkosten ihre Knospen, und das Feuer in ihr brannte noch heißer.

Plötzlich schob Nardo sie ein Stück von sich weg. Alane taumelte leicht und fröstelte. Es war kalt ohne die Wärme seines Körpers an ihrem. »Warte hier«, murmelte er. Alane schaute wie in Trance zu, wie er zu der Ecke eilte, wo ihre Schlaffelle aufbewahrt wurden, sie mit einem Ruck herauszerrte und sie auf den Boden warf. Dann war Nardo wieder bei ihr, hob sie auf seine Arme und trug sie zu der Schlafstelle.

Alanes Verstand setzte aus, während ihr Körper auf Nardos Liebkosungen reagierte. Sie spürte, wie er ihren Zopf löste und sich ihr Haar über ihrer beider nackte Körper ausbreitete. Sie fühlte, wie sich alle ihre Sehnsüchte schließlich auf eine einzige Stelle konzentrierten, und sie bäumte sich ihm entgegen.

Mit eigenartig barscher Stimme hörte sie Nardo sagen: »Alane, dies wird dir Schmerzen bereiten. Du bist noch Jungfrau, und wie sehr ich mich auch bemühe, vorsichtig zu sein, es wird weh tun.«

Alane kümmerte es nicht, und als er sich bereit machte, in sie einzudringen, hob sie verlangend ihre Hüften entgegen. Sie wußte instinktiv, was es war, was sie brauchte.

Er traf auf die Barriere ihrer Jungfräulichkeit und hielt inne, machte einen tiefen Atemzug und stieß zu.

Schmerz schnitt wie ein Messer durch Alanes Körper. All die köstliche, wundervolle, brennende Lust war mit einem Schlag verschwunden. Sie schrie erschrocken auf und versuchte, sich ihm zu entziehen. Sie hatte nicht erwartet, daß es so schmerzen würde!

Nardos Hände gruben sich hart in ihre Schultern, hielten sie auf die Felle niedergedrückt. Wieder und wieder stieß er in sie hinein. Nach ihrem anfänglichen Widerstand lag Alane jetzt bewegungslos da und ließ es über sich ergehen, die Zähne zusammengebissen, die Augen fest zugekniffen. Es dauerte nicht lange. Sie hörte Nardo stöhnen, fühlte den Schweiß, der seinen Körper benetzte, dann lag er still auf ihr, sein Gesicht an ihrem Hals vergraben. Sie konnte die heftigen Schläge seines Herzens spüren. Nach einem langen Moment hob Nardo den Kopf, schaute sie an und zog sich mit offensichtlichem Widerstreben aus ihr zurück.

Alane atmete zitternd aus.

Er berührte ihre Wange behutsam mit dem Finger. »Es tut mir leid«, sagte er unsicher. Er wartete einen Augenblick und fügte dann hinzu: »Es tut mir wirklich leid, daß ich dir weh tun mußte, Alane.«

Er beugte sich über sie, während er sich auf seine Hände zu beiden Seiten ihrer Schultern stützte. Er hatte sein Gewicht völlig von ihr gehoben.

Gleichzeitig mit dem Schmerz hatte Alane eine Woge der Enttäuschung verspürt, Nardo mußte es an ihrem Gesicht gesehen haben, denn er meinte zuversichtlich: »Das nächste Mal wird es besser sein, Alane. Das nächste Mal wird es dir gefallen. Das kann ich dir versprechen.«

Alane hörte die männliche Arroganz in seiner Stimme. Er hatte bekommen, was er hatte haben wollen, und sie hatte es ihm leichtgemacht. Zu leicht. »Falls es ein nächstes Mal gibt«, fauchte sie.

Er ragte über ihr auf, breit und kraftvoll; die Muskeln an seinen Armen spielten unter der Haut, während er sich mit beiden Händen über ihr abstützte. Dann lächelte Nardo, als hätte sie ihn belustigt. »Es wird ein nächstes Mal geben«, sagte er fest.

Nur mit größter Mühe konnte Alane sich davon abhalten, die Hand zu heben und in sein allzu selbstzufriedenes Gesicht zu schlagen.

7

Am Ende des Sommers brachen die Norakamo das Lager ab. Nardo war erstaunt, wie schnell und effizient der Lagerwechsel vor sich ging. Innerhalb eines einzigen Tages waren alle Zelte abgebaut und auf den Rücken der Packpferde festgezurrt. Sämtliche Haushaltsgerätschaften des Stammes wurden auf ähnliche Weise verstaut. Nardo hatte sich immer über den Mangel an Besitztümern im Stamm seiner Ehefrau gewundert. Als er jetzt daran dachte, wie viele Packpferde allein nötig wären, um die Habseligkeiten im großen Haus seiner Mutter zu transportieren, begriff er, warum sich die Norakamo nur auf das Nötigste beschränkten und ihr Leben so einfach hielten.

Das Herbstlager befand sich in den Gebirgsausläufern am östlichen Ufer der Großen Biegung, in der Nähe einer der Furten über den schmalen, rasch dahinfließenden Fluß. Die Reise zum Herbstlager dauerte drei Tage: Einen und einen halben Tag, um westlich entlang des Goldflusses zu der Stelle zu gelangen, wo er in der Großen Biegung mündete, und dann noch eineinhalb Tage, um der Großen Biegung zu folgen, die in südlicher Richtung auf das hohe Gebirge zuführte, den Altas.

Kaum war das neue Lager errichtet worden, brachen Tedric und eine Gruppe von Männern erneut auf, um an der Stammesversammlung teilzunehmen, die jeden Herbst auf einer großen Wiese zwischen den beiden Flüssen Aros und Dare abgehalten wurde. Sie nahmen Nardo mit, da er noch nie an diesem Treffen teilgenommen hatte, und als sie schließlich einen kurvenreichen Pfad zwischen zwei kleinen Hügeln hinunterritten und sich dem Versammlungsort näherten, blickte Nardo neugierig auf die große Wiese, die sich vor ihnen ausdehnte.

Das Wiesengras war mit purpurroten Herbstzeitlosen übersät, aber es standen weniger Zelte darauf, als Nardo erwartet hätte. Tedric, der neben ihm ritt, bestätigte seinen Eindruck. »Es sind nicht mehr so viele Zelte aufgebaut wie im letzten Herbst.«

»Ja«, gab Rune zurück, »und im letzten Herbst waren es schon nicht mehr so viele wie im Herbst zuvor.«

Tedric grunzte, dann wandte er sich an Nardo. »Wir errichten unser Lager immer in der Nähe des Flusses dort drüben.« Der Strom, auf den Tedric wies, floß an der Ostseite der Wiese vorbei; am jenseitigen Ufer war das Land hügelig und bewaldet. Nardo verbrachte den Rest des Nachmittags damit, den Männern beim Aufstellen der Zelte zu helfen und die Körbe auszupacken, die sie als Tauschwaren mitgenommen hatten.

Am folgenden Morgen machten sich Nardo und Rune gemeinsam auf, um das große Lager zu erkunden. Jeder von ihnen trug mehrere Körbe auf dem Rücken; Runes Körbe waren von seiner Mutter gefertigt worden, Nardos von Alane. Vor jedem der Zelte waren Waren zum Tauschhandel ausgebreitet, und Nardo und Rune begannen, von Zelt zu Zelt zu gehen und die Gegenstände zu begutachten.

Der Empfang, der ihnen von den verschiedenen Händlern bereitet wurde, war beunruhigend. *»Das sind aber schöne, gutgenährte Pferde, mit denen ihr zum Treffen gekommen seid«*, lautete eine typische Bemerkung.

Und: *»Wir haben gehört, daß es immer noch reichlich Rentiere bei euch in den Bergen gibt«*, lautete eine andere.

»Das gefällt mir ganz und gar nicht«, sagte Rune zu Nardo, als die beiden jungen Männer zu ihrem Lager zurückkehrten, ihre nicht eingetauschten Körbe noch immer auf dem Rücken. Sie kamen an einer Ansammlung von Tontöpfen vorbei, als Runes Blick auf das Mädchen fiel, das daneben saß. Ihr Haar hatte dieselbe feurige Farbe wie das Fell seiner Lieblingsstute. Rune blieb abrupt stehen. »Ich glaube, ich werde mir mal diese Töpfe genauer ansehen«, erklärte er Nardo. »Geh du ruhig schon voraus. Wir treffen uns dann im Lager wieder.«

Nardo blickte von Rune zu dem Mädchen und dann wieder zu Rune. »Sicher, Rune«, erwiderte er amüsiert. »Ich weiß doch, wie sehr du dich schon immer für Tontöpfe interessiert hast.«

»Meine Mutter mag sie«, gab Rune zurück.

Nardo warf ihm noch einen vergnügten Blick zu, dann schlenderte er weiter und ließ Rune mit dem Mädchen zurück. Sie beobachtete Rune mit unverhülltem Interesse, und als er lächelnd auf sie zutrat, erwiderte sie sein Lächeln. Ihre Zähne waren weiß und ebenmäßig bis auf eine kleine abgesprungene Stelle in ihrem linken Schneidezahn. Ihre Augen waren weder braun noch goldfarben, sondern von einer faszinierenden Mischfarbe, die beide Schattierungen in sich vereinte. Runes Herz schien sich in seiner Brust zu überschlagen.

Die Sonne schimmerte auf den Rot-, Gelb- und Brauntönen ihrer Töpferwaren. »Ich habe Durst«, sagte er. Seine Stimme klang etwas seltsam, und er räusperte sich hastig. »Kannst du mir etwas zu trinken geben?«

Ihre schmalen, kastanienbraunen Brauen zogen sich verwirrt zusammen, und sie sagte etwas in einer Sprache, die Rune nicht verstand.

»Durstig«, sagte er laut und deutlich, machte eine hohle Hand und tat so, als schöpfte er Wasser. »Trinken.«

Sie lachte – es war ein volltönender, warmer, vibrierender Klang, der Rune einen Schauer der Verzückung über das Rückgrat jagte. »Dustig«, wiederholte sie. »Tinken.« Sie bewegte sich mit einer unbeschreiblichen Grazie, als sie aufstand, zu einem großen braunen Tontopf ging, der im Schatten des Zelts stand, und ein Horn hineintauchte. Sie brachte das tropfende Horn zu Rune und hielt es ihm hin.

Er nahm es aus ihren Händen, und dabei berührte er flüchtig ihre Finger. Diese scheinbar zufällige Berührung löste eine Schockwelle in Runes Körper aus. Er starrte das Mädchen voller Erstaunen an und stellte fest, daß sie ihn ebenso verblüfft anschaute. *Sie hat es auch gefühlt*, dachte er verwundert.

Er hob das Horn an seine Lippen und trank. Nachdem er es geleert hatte, hielt er es ihr hin, und als sie es entgegennahm, erlaubte sie ihm, ihre Hand erneut zu berühren.

»Ich bin Rune«, sagte er und wies auf seine Brust. »Rune.«

»Nita«, erwiderte sie, indem sie seine Geste nachahmte. Dann zeigte sie zum Norakamo-Lager hinüber und sagte etwas, das Rune als Bezeichnung für seinen Stamm erkannte.

»Ja.« Er wiederholte es: »Herren der Pferde.«

Rune war völlig aus dem Gleichgewicht geraten durch diese Begegnung. Noch nie zuvor in seinem Leben hatte er sich so plötzlich und so stark zu einem Mädchen hingezogen gefühlt. Und nach ihrer Reaktion zu urteilen, erging es ihr genauso.

»Bist du verheiratet?« wollte er wissen.

Nita runzelte die Stirn, da sie seine Sprache nicht verstand.

Rune überlegte angestrengt, und schließlich fiel ihm das Micos-Wort für Ehemann ein.

Nitas Miene hellte sich auf, und sie schüttelte den Kopf.

Er grinste. Ganz unerwartet schoß ihm der Gedanke durch den Kopf, wenn Alane außerhalb ihres Stammes heiraten konnte, dann könnte er es ebenfalls.

Diese angenehmen Gedanken wurden von einer scharfen weiblichen Stimme hinter Runes Rücken unterbrochen. *»Nita!«* Dem Namen folgte ein ganzer Schwall zorniger Worte in einer fremden, für Rune unverständlichen Sprache. Nita, die der Frau das Gesicht zugewandt hatte, schob trotzig das Kinn vor, Rune konnte jedoch das Aufflackern von Bestürzung in ihren Augen erkennen. Sie antwortete der Frau, während sie mit Nachdruck sprach und zuerst auf Rune, dann auf den Wassertopf zeigte.

Die Frau drängte sich an Rune vorbei, packte Nitas Arm und schob sie unsanft in das Zelt hinein. Dann drehte sie sich zu Rune um, eine Hand in die Hüfte gestützt, und zeigte zum Norakamo-Lager hinüber.

Rune blickte in das wütende Gesicht von Nitas Mutter und entschied widerstrebend, daß es im Moment wohl am klügsten wäre, den Rückzug anzutreten.

Als er sich dem Lager näherte, kam ihm Nardo entgegen. »Ich habe schon auf dich gewartet«, erklärte er. »Dein Vater möchte uns sehen.«

Sie fanden Tedric neben seinem Lieblingspferd vor, einer stämmigen Stute mit kurzem Hals, die mit Ausdauer wettmachte, was ihr an Eleganz und Anmut fehlte. Der Häuptling hielt das Seil, das am Halfter der Stute befestigt war, während sie graste. »Wir brechen auf«, sagte er, sobald Rune und Nardo neben ihm stehenblieben.

»Jetzt?« fragte Rune bestürzt.

»Heute abend.«

»Du hast Angst, daß sie versuchen werden, unsere Pferde zu stehlen.« Nardos Bemerkung war eine Feststellung, keine Frage.

Tedric nickte und ließ seinen Blick über die Ansammlung von Zelten unter dem blauen Himmel schweifen. »Im Moment sind sie nur verärgert, weil wir etwas haben, was sie nicht haben. Bleiben wir jedoch noch einen weiteren Tag hier, dann beschließen sie vielleicht, etwas gegen ihren Ärger zu unternehmen. Es wird das beste sein, unsere Pferde in Sicherheit zu bringen.«

Die Stute zog an dem Seil, das Tedric in der Hand hielt, und versuchte, zu einem anderen Fleck mit frischem Gras zu kommen. Tedric ging mit ihr. »Sie wissen außerdem, daß diesen Winter keine Rentierherden mehr aus dem Norden kommen werden. Sobald der geräucherte Fisch und das Wildfleisch aufgebraucht sind, werden sie hungrig werden.«

»Hungrig genug, um zu versuchen, Rentiere in unseren Bergen zu jagen?« fragte Rune.

Tedric stieß geräuschvoll den Atem aus. »Darüber werden wir uns später den Kopf zerbrechen. Ich denke, für uns ist es jetzt am wichtigsten, unauffällig von hier fortzukommen. Es sind ihrer zu viele und unserer zu wenige.«

Die beiden jungen Männer murmelten ihre Zustimmung.

»Sollen sie ruhig denken, wir schlagen unser Nachtlager auf«, fügte Tedric hinzu. »Dann, wenn der Mond hoch am Himmel steht, werden wir unsere Pferde nehmen und gehen.«

»Sollen wir dem Rest der Männer Bescheid sagen?« fragte Nardo.

»Ja«, erwiderte Tedric.

Rune war überrascht über den scharfen Stich von Enttäuschung, der ihn bei dem Gedanken durchfuhr, daß er Nita nicht mehr wiedersehen würde.

Bis zum Morgengrauen waren die Norakamo-Männer schon wieder ein gutes Stück in ihre Gebirgsausläufer vorgedrungen. Jeder Mann führte ein Packpferd und ein Ersatzpferd mit sich. Inzwischen brauchten die Pferde jedoch dringend eine Ruhepause, deshalb machten sie Rast und entzündeten ein großes

Feuer zum Schutz vor Raubtieren und um sich zu wärmen. Die Menschen hätten durchaus noch weitergehen können, aber ein Pferd, das ausschließlich mit Gras gefüttert wurde, besaß nicht die Kraft, einen Mann schnell oder weit zu tragen. Tedric hatte nicht voraussehen können, daß eine simple Reise zu einem Stammestreffen besondere Eile notwendig machen würde, deshalb hatten die Männer nicht genügend Ersatzpferde mitgenommen, um mehr als vier Stunden ohne Pause zu reiten.

Runes Gedanken waren während des gesamten Ritts nur mit Nita beschäftigt. Niemals zuvor war er einem Mädchen begegnet, das ihn so stark anzog. Sicher, er hatte seine Frau aufrichtig geliebt, aber sie hatten einander schon von Kindesbeinen an gekannt. Zwischen ihm und Tesa hatte es jedoch niemals diesen Funken spontaner gegenseitiger Anziehung gegeben, dieses sinnliche Knistern, das er zwischen sich und Nita gefühlt hatte.

Vergiß sie, befahl er sich. *Du wirst sie doch nie wiedersehen.* Dennoch lag er den halben Morgen wach, gequält von dem Gedanken an volles, kastanienbraunes Haar und blitzende goldene Augen.

Tedric war nicht der einzige, dem aufgefallen war, daß am diesjährigen Herbsttreffen weitaus weniger Leute teilgenommen hatten als zuvor. Sagred, Nitas Vater, war enttäuscht über die Brautpreise gewesen, die man ihm für seine Tochter bot, und er hatte daraufhin beschlossen, bis zum Frühjahr zu warten, bevor er ihre Heirat arrangierte. Nita war ein besonders schönes Mädchen und zudem die Tochter des Häuptlings; er hatte nicht die Absicht, sie billig zu vergeben. Im Frühjahr, so hoffte er, würde er einen besseren Preis erzielen können.

Nita hatte sich nicht darüber beklagt, daß ihre Eheschließung nun erst mit Verzögerung stattfinden würde. Sie fand es hart, sich auf einen gewöhnlichen Jungen zu konzentrieren, wenn ihre Gedanken Tag und Nacht mit dem Bild eines goldhaarigen Gottes angefüllt waren. Viele Männer ihres Stammes sprachen die Kindred-Sprache, und Nita konnte ihren Vater dazu überreden, ihr einige der fremden Worte beizubringen. Auf diese Weise hätte sie etwas, um sich geistig zu beschäftigen, während sie darauf wartete, daß er einen passenden Ehemann für sie aussuchte, erklärte sie ihm harmlos.

Nitas Stamm wurde Micos genannt – ein Wort, das in ihrer Sprache »Volk« bedeutete. Ihre Jagdgründe lagen auf den welligen Ebenen zwischen dem Aros und dem Goldfluß, wo viele Jahre zuvor noch riesige Herden von Büffeln und Rentieren, Auerochsen und Pferden gegrast hatten. Damals waren die Jagdgründe weites, offenes Grasland gewesen, nur hier und da von kleinen Ansammlungen von Birken, Pappeln und Eichen bestanden. Jetzt jedoch wurde das Land allmählich von Wald bedeckt, und die großen Beutetiere, die dem Stamm als Nahrung gedient hatten, wurden immer seltener. Nun ernährte sich der Stamm von Rotwild, Wachteln und Fisch, und den Jägern fiel es zunehmend schwerer, die entsprechende Menge an kleinerem Wild herbeizuschaffen, die der Stamm zum Überleben brauchte.

Aber in den Bergen gab es noch Rentiere. Rentiere und Pferde, Wildziegen und Schafe. Auf den Hochgebirgsweiden wuchs immer noch üppiges, süßes Gras im Sommer, und die Gebirgsausläufer hatten genug Weideland für die kältere Jahreszeit. Andere Verbände der Micos waren den Herden gefolgt und nach Norden gezogen, doch Sagred hatte anderes vor, und in der Nacht, in der der Mond Der Fallenden Blätter seinen höchsten Stand erreicht hatte, berief er die Männer seines Stammes zu einer Ratsversammlung ein.

»Männer der Micos«, verkündete er, »in unseren Jagdgründen ist nicht mehr genug Wild, als daß wir den Winter überleben könnten.«

Schweigen breitete sich aus, als die Männer ihren Häuptling anschauten. Die heutige Jagd hatte nur zwei Hirsche erbracht. Und ein Verband von hundert Leuten, so wie der ihrige, brauchte vier Hirsche pro Tag, um satt zu werden.

Kau, einer der alten Männer, brach das finstere Schweigen. »In den Tagen meiner Jugend habe ich noch große Rentierherden in unseren Jagdgründen gesehen, doch inzwischen kommen sie nicht mehr hierher. Sie sind in das Land von Eis und Schnee zurückgekehrt. Es bekümmert mein Herz, dies auszusprechen, aber ich bin der Ansicht, wir müssen das Land unserer Vorfahren verlassen und ihnen folgen.«

»Das würde eine lange, harte Reise sein«, warf ein anderer alter Mann ein, »hart für die Frauen, hart für die Säuglinge. Und hart für die Alten wie dich und mich, Kau.«

Kau beugte einen Moment den Kopf. Dann schaute er auf und sprach erneut mit seiner hohen, ältlichen Stimme. »Wir brauchen Nahrung, Zoti. Noch härter wird es für uns alle sein, wenn wir verhungern.«

Eine junge, kräftige Stimme meldete sich als nächste zu Wort. »Du hast recht, mein Vater, wenn du sagst, wir müßten dem Wild folgen. Aber warum müssen wir so weit reisen, wenn es Rentiere in den Bergen gibt?«

Die Stille vibrierte. Schließlich erklärte Kau: »Wir können nicht in die Berge gehen.«

»Warum nicht, mein Vater?« wollte Sagred wissen.

»Du weißt, warum das nicht geht.« Der alte Mann warf einen aufgeregten Blick in die Runde. »Die Herren der Pferde wohnen in den Bergen!«

»So ist es«, erwiderte eine andere Stimme. »Die Herren der Pferde werden ganz sicher nicht untätig dabei zuschauen, wie wir in ihre Jagdgründe einfallen, und wir sind zu wenige, um sie herauszufordern.«

Sagred gab das vernehmliche Räuspern von sich, mit dem er stets ankündigte, daß er gewichtige Worte äußern würde. Alle Augen wandten sich dem Häuptling zu, der ruhig dasaß und die Hände vor die Brust faltete. Schließlich, als die Luft vor Spannung förmlich knisterte, sagte er: »Während wir auf dem Herbsttreffen waren, habe ich mich mit den anderen Häuptlingen zu einer Ratssitzung getroffen.« Sein Blick schweifte langsam in die Runde. »Es war die Rede davon, daß wir uns zusammentun und gemeinsam in die Berge einfallen sollten.«

Die jungen Männer im Kreis grinsten hoch erfreut.

»Mit welchen Häuptlingen hast du gesprochen?« fragte Kau, der dem Herbsttreffen nicht beigewohnt hatte.

»Mit zwei Häuptlingen der Micos und drei Häuptlingen der Stämme, die auf der Abendseite des Dara leben. Alle führen Verbände von der Größe des unsrigen an.«

»Aber die Pferde!« warf Kau besorgt ein.

»Wir werden ihre Pferde töten und sie essen«, erwiderte Sagred.

Die jungen Männer im Kreis taten jubelnd ihre Zustimmung kund, und nach einer Reihe weiterer Fragen und Antworten erklärten sich auch die alten Männer mit dem Plan einverstanden. Am Ende zeigte sich, daß ihre Furcht vor den Herren der Pferde geringer war als ihre Furcht vor dem unbekannten Norden.

Das erste Viertel des Rentier-Mondes stand am Nachthimmel, als die Norakamo das erste Mal von dem geplanten Einfall erfuhren. Der Stamm befand sich in seinem Winterlager, das auf einem Vorgebirgsausläufer gelegen war, der sowohl die Große Biegung als auch den Goldfluß beherrschte, eine Lage, die einen hervorragenden Ausblick über beide Flußtäler und über das Flachland bot. Neben ausgezeichnetem Weideland für die Pferdeherden hatte diese Stelle noch einen Vorteil: Man hatte von hier aus die Kontrolle über sämtliche Herden, die den Goldfluß hinauf- oder hinunterzogen. An diesem Abschnitt des Flusses waren die Tiere eingeengt zwischen dem Flußbett und den steilen Hängen des Gebirgsmassivs und konnten vom Stamm mühelos in Pferche getrieben werden.

Larz und Stifun entdeckten die Eindringlinge als erste. Die beiden jungen Männer waren nach Nordwesten zum Schlucht-Fluß hinaufgeritten, um das Weideland auf den Plateaus zu beiden Seiten der steilen und schmalen Schlucht zu inspizieren, die dem Fluß seinen Namen gegeben hatte, und sie waren verblüfft und erschrocken gewesen, ein großes Lager vorzufinden, das das gesamte Gebiet zwischen den Flüssen Aros und Schlucht einnahm.

»Ihre Anzahl ist mindestens dreimal so groß wie unsere«, berichtete Stifun Tedric. »Ihre Zelte haben die ganze Ebene eingenommen, Vater!«

»Haben sie euch gesehen?«

»Ich glaube nicht.«

Am folgenden Tag ritt Tedric selbst los, um die Lage zu erkunden. Stifun, Rune und Nardo begleiteten ihn. Nachdem sie Stifuns Information bestätigt fanden, kehrten sie ins Lager zurück, riefen die Männer zusammen und berieten gemeinsam, wie sie vorgehen sollten.

»Sie müssen vertrieben werden!« So lauteten Tedrics Worte, und nicht eine Stimme erhob sich dagegen. Die Norakamo führten ein Leben des Überflusses in ihren Gebirgsausläufern, aber ihre Anzahl belief sich auf mehr als zweihundert Menschen. Es gab nicht genug Wild in ihren Jagdgründen, um weitere sechshundert Eindringlinge zu ernähren.

»Wir werden alle verhungern, wenn wir ihnen erlauben hierzubleiben«, sagte Tedric, und wieder gab es keinen in der Runde, der ihm widersprochen hätte.

Irek wollte die Eindringlinge mit einem Überraschungsangriff überrumpeln, in ihr Lager einfallen und so viele wie möglich von ihnen töten. »Wir haben diese Pferdeesser nicht aufgefordert herzukommen«, erklärte er. »Der Himmelsgott hat uns diese Gebirgsausläufer als unser Zuhause gegeben. Er hat uns das Gras für unsere Pferde gegeben und Rentiere, Rotwild, Ibex und Schafe als unsere Nahrung. Sie sind ungebeten hierhergekommen. Sie wollen unser Land nehmen und unser Wild töten, um unser Leben hart und entbehrungsreich zu machen. Sie müssen vertrieben werden. Sie müssen auf einer Spur von Blut zurückgetrieben werden!«

Ireks feurige Rede entfachte einen Funken im Herzen von vielen der Männer. »Ja!« riefen sie aufgeregt. »So ist es! Irek hat recht!«

Als der Lärm abschwoll, erhob Tedric die Stimme. »Ja, diese Fremden müssen aus unseren Bergen vertrieben werden. Aber dies ist nicht nur eine Jagdgesellschaft, meine Brüder. Sie haben auch ihre Frauen und Kinder mitgebracht. Daher ist es besser, zuerst mit ihren Häuptlingen zu sprechen, um ihnen eine Chance zu geben, sich zurückzuziehen, bevor Blut vergossen wird.«

Einer der älteren Männer meldete sich zu Wort und unterstützte Tedrics Ansicht, und die heftige Diskussion nahm ihren Fortgang.

Die Abendbrotzeit war schon vorüber, als Nardo endlich in sein Zelt zurückkehrte. Alane saß am Feuer und arbeitete an einem Winterumhang für sich selbst. Sie benutzte die Felle der Rentiere, die Nardo vor mehreren Monaten erlegt hatte. Die Felle von ausgewachsenen weiblichen Tieren, im Frühherbst erlegt, bevor ihr Winterfell zu dicht wurde, boten die beste Kombination aus Wärme und Leichtigkeit für Winterbekleidung. Im Spätherbst waren sie bereits zu schwer, um bequem zu sein, obwohl sie ausgezeichnete Decken und Unterlagen abgaben. Das Fell von Rentierkälbern wurde hauptsächlich für Unterwäsche und zum Ausfüttern von Stiefeln verwendet.

Sobald Nardo das Zelt betreten hatte, legte er seinen Pelzumhang ab und hängte ihn auf das Trockengestell. Als er sich seiner Frau näherte, huschte sein Schatten riesengroß über die Zeltwand hinter ihm. Langsam legte Alane ihre Näharbeit beiseite und machte sich daran, ihrem Mann das Abendessen zu servieren. Der Eintopf, mit Rentierblut gedickt, hatte schon stundenlang über der Feuergrube geköchelt. Sie füllte etwas davon in eine Schüssel und wartete schweigend, während sich Nardo seiner Stiefel entledigte. Das Zelt, das geschützt unter einem Felsvorsprung stand, war im Innern zu warm für Stiefel.

Nardo grunzte unwillig, als er mit seiner Fußbekleidung kämpfte. Es war ziemlich mühsam, in diese Winterstiefel hinein- oder wieder aus ihnen herauszukommen, denn obwohl sie der Wärme wegen viel Platz im Fußteil ließen, waren sie um die Knöchel herum eng geschnitten, damit kein Schnee eindringen konnte. Nardo grunzte noch einmal, als er endlich auch den zweiten Stiefel vom Fuß gezerrt hatte. Er ließ ihn fallen und wackelte behaglich mit den Zehen in seinen Socken, die aus Rentierfell gefertigt waren, mit der Fellseite nach innen, im Gegensatz zu seinen Stiefeln, bei denen das Fell außen war.

»Ich mag diese Socken«, sagte er zu seiner Frau. Die Kindred benutzten keine Socken in ihren Stiefeln, sondern kleideten sie statt dessen mit getrocknetem Gras aus. Alane hatte Nardo Socken nach Art der Norakamo genäht, und er schätzte die weiche Bequemlichkeit von ihnen. Alane reichte ihm jetzt die Schüssel mit seinem Essen, dann erhob sie sich, um seine Stiefel einzusammeln und sie ordentlich an ihren Platz unter dem Trockengestell zu stellen.

»Was habt ihr beschlossen, gegen diese Invasion zu unternehmen?« fragte sie Nardo, als sie an ihren Platz beim Feuer zurückkehrte.

»Die Männer haben entschieden, erst mit den Pferdeessern zu reden, bevor sie irgend etwas tun«, erwiderte Nardo kauend. »Sie haben Frauen und Kinder bei sich. Es ist sicherlich besser, ihnen die Chance zu geben, ohne Blutvergießen abzuziehen.«

»Blutvergießen«, wiederholte Alane freudlos. »Wird es dazu kommen, Nardo?«

»Schon möglich.«

»Aber ... sie suchen doch nur nach Nahrung.«

»Sie jagen auf dem Gebiet rund um den Schlucht-Fluß, Alane. Wenn wir im Frühjahr dort hinaufziehen und unser Lager aufschlagen, wird es keinerlei Wild mehr geben.«

Alane gab keine Antwort. Nardo hörte zu essen auf und blickte seine Frau an. Sie benutzte ihren Hornlöffel, um in dem Fleischeintopf in ihrer Schale zu rühren, aber sie aß nicht. Sie hatte in den vergangenen Wochen nur sehr wenig gegessen. Nardo glaubte zu wissen, was Alane den Appetit genommen hatte, und er wartete schon eine ganze Weile geduldig darauf, daß sie ihm sagte, sie sei schwanger.

»Fühlst du dich krank?« erkundigte er sich sanft, um sie zum Reden zu bewegen. »Du ißt ja gar nichts.«

Sie schüttelte den Kopf und fuhr fort, das Fleisch in der Schüssel hin und her zu schieben. Nardo runzelte die Stirn.

Sie war ein Rätsel für ihn, seine Ehefrau. Nachts, wenn er sie in seinen Armen hielt, war sie fügsam und leidenschaftlich zugleich. Wann immer er an diese Nächte dachte, so wie in diesem Moment, versteifte sich sein Glied, und sein Herz begann heftig zu pochen. Wenn sie so beieinanderlagen, sich gegenseitig Lust und Zärtlichkeit schenkten und jeder des anderen Herzschlag fühlte, dann hatte er das Gefühl, sie zu kennen. Aber während des Tages verbarg ihr Gesicht Geheimnisse.

»Du bist blaß und dünn«, begann Nardo wieder. Er weigerte sich aufzugeben. »Bist du sicher, daß du nicht krank bist?«

Sie hielt mitten in der Bewegung inne.

»Alane?« drängte er sanft.

»Ich trage ein Kind für dich aus, Nardo«, erwiderte sie leise. Ihr Kopf war gesenkt, sie schaute ihn nicht an. »Das ist der Grund, warum ich nicht hungrig bin.«

Es waren die Worte, die er erwartet hatte, aber die Art, wie sie sie formulierte, traf ihn wie ein Schlag in die Magengrube. Ich trage ein Kind aus, hatte sie gesagt. Für dich.

Zum ersten Mal ging Nardo die volle Bedeutung, die volle Tragweite dieser Norakamo-Eheschließung auf, als er erkannte, daß dieses Kind zu *seinem* Blut gehören, in *seinen* Clan hineingeboren werden würde. Ein mächtiges Hochgefühl erfaßte ihn. Er lächelte Alane an und meinte: »Ich dachte mir schon, daß dies der Fall wäre.«

Alane hörte den Jubel in seiner Stimme und schaute ihn aus großen, umschatteten Augen an. Er versuchte, seine Freude etwas zu mäßigen. »Es tut mir leid, daß du dich nicht wohl fühlst«, sagte er.

»Meine Mutter sagt, ich werde dieses Unwohlsein überwinden«, erwiderte sie mit freudloser Stimme.

Nardo spürte, wie Ärger in ihm aufstieg. Verdammt, es tat ihm ja wirklich leid, daß sie sich krank fühlte, aber sie brauchte doch nicht so trübsinnig zu klingen! »Du klingst nicht sehr glücklich«, warf er ihr vor.

Sie begann wieder, in ihrem Eintopf zu rühren. Als sie schließlich sprach, war ihre Stimme leise und bedrückt. »Für mich bedeutet dieses Kind Verbannung.«

Zuerst runzelte Nardo verwirrt die Stirn, dann dämmerte ihm langsam die Erkenntnis. Sobald sie im Kindred-Lager angekommen wären, würde sie weder Mutter noch Vater, noch Bruder um sich haben, keinerlei Blutsverwandtschaft. Alles, was ihr dann noch bliebe, wäre ihr Ehemann. Er.

Er blickte seine Ehefrau hilflos an, wußte beim besten Willen nicht, was er sagen sollte, um ihr Trost zu spenden. »Du wirst ja mich haben«, sagte er schließlich, und er kam sich dumm und arrogant dabei vor, aber er wußte nicht, was er sonst zu ihr hätte sagen können. »Ich werde mich um dich kümmern, Alane.«

»Wirst du das?«

»Ja.«

Sie schob ihre Schüssel weg und schaute ihn an. »Ach, Nardo«, flüsterte sie. »Ich habe solche Angst.«

Er eilte sofort an ihre Seite und zog sie in seine Arme. Etwas von der Anspannung in ihrem Rückgrat schien sich zu lösen, als er sie sicher in seinen Armen geborgen hielt. Er drückte seine Lippen auf ihr glattes, silberblondes Haar, murmelte Worte des Trostes und erkannte zum ersten Mal, daß es weit mehr erfordern würde, Alane ein guter Ehemann zu sein, als er bislang geglaubt hatte.

8

Der Himmel hing voller schwerer grauer Wolken, und es roch nach Schnee an dem Tag, an dem Tedric und seine Stammesgenossen die Furt der Großen Biegung in der Nähe der Stelle überquerten, wo der Fluß abrupt nach Süden schwenkte. In nördlicher Richtung des Flusses erstreckte sich das Plateau, auf dem die einfallenden Stämme ihr Lager errichtet hatten.

Unter den fünfzehn Männern, die an diesem Tag mit Tedric ritten, waren auch Nardo und Rune. Jeder Mann führte zwei zusätzliche Pferde zum Auswechseln mit, und der Atem der Pferde bildete kleine weiße Wölkchen in der frostkalten Luft. Die Männer hatten sich tief in ihre Kapuzen gehüllt, um sich vor dem scharfen Wind zu schützen, der vom Aros her über das Plateau pfiff. Der Boden war zwei Nächte zuvor einen halben Fuß hoch mit Schnee bedeckt worden, und unter den Hufen der Pferde stob weißer Sprühnebel auf, während sie nach Norden trabten.

Die glatte Schneedecke vor den Reitern war völlig unberührt, abgesehen von vereinzelten Hirschspuren hier und da, die ein zierliches Muster bildeten, und die Zelte der Eindringlinge hoben sich von weitem wie dunkle Flecke gegen die makellose weiße Landschaft ab. Die Männer der Norakamo zügelten ihre Pferde und betrachteten schweigend das Lager in der Ferne. Eine Gruppe von Jägern kehrte aus der Richtung des Schlucht-Flusses zurück; sie trugen Stangen zwischen sich, an denen Körbe mit immer noch dampfendem Fleisch hingen.

Vili war es, der den Gedanken jedes Norakamo-Mannes aussprach: »Das sollte besser kein Pferdefleisch sein«, knurrte er.

Nardo, dessen Augen so scharf wie die eines Habichts waren, erwiderte: »Einige der Männer tragen Geweihe. Sie müssen Rentiere erlegt haben.«

Ein Seufzer der Erleichterung ging durch die Gruppe.

»Kommt«, befahl Tedric knapp. »Laßt uns weiterreiten und mit ihnen sprechen.«

Nita füllte gerade die Steinlampe im Zelt ihrer Eltern mit dem Tierfett, das sie zuvor über dem Feuer erhitzt hatte, als sie von draußen einen scharfen Warnruf hörte. Ihr Herz hämmerte, als sie zur Türklappe rannte, die der Wärme wegen nach Süden ausgerichtet war, und aufgeregt hinausspähte. Gegen den Horizont – eingerahmt von der blendend hellen Schneedecke auf dem Boden und dem bleigrauen Himmel darüber – zeichnete sich eine Reihe von Reitern ab. Sie näherten sich in raschem Tempo dem Lager.

Andere im Lager hatten die Reiter ebenfalls gesehen, und aus den umliegenden Zelten konnte Nita die spitzen, schrillen Schreie von Frauen und die hektischen Fragen von verängstigten Kindern hören. Nita blieb stehen, wo sie war, und beobachtete, wie die Reiter herangaloppiert kamen.

Sie hielten an, als sie nur noch einen Speerwurf vom nächsten Zelt entfernt waren. Die meisten Reiter trugen ihre Pelzkapuzen, aber ein blonder Kopf war auffällig entblößt. Nita fühlte, wie sich ihr Pulsschlag beschleunigte, als sie Rune erkannte.

Es dauerte einen Moment, bevor sie merkte, daß er einen Eibenzweig in der Hand hielt. Ein grüner Zweig war das allgemein gültige Symbol des Friedens, und Nita schoß der Gedanke durch den Kopf, daß Rune gekommen war, um um ihre Hand anzuhalten. Ihr Herz schlug noch heftiger, und Röte stieg in ihre Wangen. So stand sie in der Tür des Zelts, als ihr Vater und zwei der anderen Häuptlinge angelaufen kamen. Die drei Anführer, jeder mit einem Speer bewaffnet, blieben wenige Schritte vor Nitas Zelt entfernt stehen. Sie hatten nicht angehalten, um einen grünen Zweig zu pflücken.

Sagred sprach als erster in seinem gutturalen Kindred-Jargon. »Was wollt ihr von uns?«

Noch bevor ihr Vater das Wort ergriff, hatte Nita erkannt, daß Rune und seine Begleiter nicht wegen der Brautwerbung gekommen waren. Die Reiter mochten grüne Zweige in der Hand halten, aber ihre Mienen wirkten äußerst unfreundlich.

Der Mann in der Mitte der Pferdereihe schob seine Kapuze zurück, und Nita erkannte das zerfurchte Gesicht des Häuptlings der Herren der Pferde. Sein Ausdruck war hart und gebieterisch.

»Wir bringen euch eine Warnung«, erklärte Tedric. »Ihr seid in unsere Jagdgründe eingedrungen. Wenn ihr nicht freiwillig geht, zwingt ihr uns, euch zu vertreiben.«

Nita verstand nicht alle Worte, doch von der Zeltklappe aus konnte sie sehen, wie sich die Finger ihres Vaters fester um seinen Speerschaft schlossen. Es schwang jedoch weder Wut noch Furcht in Sagreds Stimme mit, als er erwiderte: »Die Rentiere kommen nicht mehr in das Land unserer Vorfahren. Wenn wir überleben wollen, müssen wir uns notgedrungen neue Jagdgründe suchen. Sicherlich gibt es in diesen Bergen genug Wild für uns alle.«

Nita verstand im wesentlichen, was ihr Vater gesagt hatte, und blickte zurück, um Runes Reaktion zu beobachten. Er schenkte Sagred jedoch keine Aufmerksamkeit. Statt dessen schweifte sein Blick durch das Lager, wanderte von Zelt zu Zelt, als suchte er etwas Bestimmtes. Nitas Herz tat einen Sprung in ihrer Brust, und sie wirbelte von der Zeltklappe fort, rannte zum Trockengestell, riß ihren Pelz herunter, eilte zur Türklappe zurück und trat hinaus in den kalten, grauen Tag. Ihr Vater sprach noch immer und sah nicht, wie sie hinter ihm herankam. Rune erblickte Nita jedoch sofort, und sie lächelte ihn an. Er warf einen schnellen Blick auf Sagred, bevor er ihr Lächeln mit einem fröhlichen Grinsen erwiderte.

»... nicht genug Wild«, erklärte Tedric. »Wenn ihr hierbleibt, werden wir allesamt verhungern.«

Rune sieht großartig aus, wie er da auf seinem Pferd sitzt, dachte Nita bewundernd. Ihre Mutter hatte ihr erzählt, die Herren der Pferde seien harte, grausame Menschen, aber Nita konnte sich nicht vorstellen, daß Rune hart oder grausam wäre. Er hatte sie so süß angelächelt ...

»Wo sollen wir unsere Frauen und Kinder hinbringen?« verlangte Sagred jetzt barsch zu wissen.

»Es kümmert mich nicht, wo ihr sie hinbringt, solange ihr diese Berge verlaßt«, gab Tedric mitleidlos zurück. »Wir wollen euch hier nicht haben. Ihr seid Pferdeesser.«

Sagred hatte sich zu seiner vollen Größe aufgerichtet, und seine Worte, mit seinem kehligen Akzent ausgesprochen, waren ebenso grimmig wie die Tedrics. »Wenn es tatsächlich in diesen Bergen nur Platz für einen von uns gibt, Häuptling der Herren der Pferde, dann seid vielleicht ihr diejenigen, die gehen müssen.«

Sofort wandte Rune seine Aufmerksamkeit wieder der Unterhaltung zwischen den beiden Häuptlingen zu. Nita zog beleidigt eine Schnute, aber dann konzentrierte auch sie sich wieder auf das, was die Männer sagten.

»Du bist ein Dummkopf, wenn du das glaubst«, gab Tedric schroff zurück.

Nita verstand das Wort »Dummkopf« und blickte nervös auf ihren Vater. Er schien jedoch nicht verärgert, sondern erwiderte in ruhigem, gelassenem Ton: »Ich weiß, wie viele Köpfe ihr zählt. Ihr Herren der Pferde seid kein großer Stamm. Wir haben viel mehr Männer als ihr, und obwohl wir keine Pferde besitzen, verstehen wir eine ganze Menge vom Kämpfen.«

Der hünenhafte schwarzhaarige Mann auf der hübschen grauen Stute neben Rune ergriff jetzt zum ersten Mal das Wort. »Die Norakamo sind nicht der einzige Stamm in diesen Bergen«, sagte er mit einem singenden Akzent, der sich deutlich von Runes Sprechweise unterschied. »Wir von den Kindred wollen ebenfalls keine Pferdeesser in unseren Bergen.«

Nita verstand das Wort »Kindred« und sah, wie sich ihr Vater plötzlich versteifte. Dann schweifte ihr Blick erneut zu dem schwarzhaarigen Riesen, der zu diesem legendären Stamm gehören mußte.

»Die Kindred?« Der Sprecher war nicht Sagred, sondern einer der anderen Häuptlinge. »Du bist ein Kindred?«

»Ja.« Der schwarzhaarige Mann schaute flüchtig auf Nita, dann richtete er seinen Blick wieder auf den Häuptling. »Ich bin Nardo, Sohn des Kindred-Häuptlings, und ich habe die Tochter des Norakamo-Häuptlings zur Ehefrau genommen. Unsere beiden Stämme haben verwandtschaftliche Bande geknüpft und einander Freundschaft geschworen; wenn ihr auf Norakamo-Land vordringt, dann dringt ihr auch auf Kindred-Land vor.« Er legte eine Pause ein. »Und mein Stamm ist alles andere als klein.«

Betretene Stille breitete sich aus.

»Wir haben euch gehört«, erwiderte Sagred schließlich.

»Wenn ihr unser Land nicht bis Neumond verlassen habt, werden wir euch auf einer Blutspur vertreiben«, erklärte Tedric.

Die ersten Schneeflocken wirbelten durch die Luft, als die Reiter ihre Pferde nach Westen wandten. Dann schlugen sie einen weiten Bogen, um ihren Ersatzpferden ebenfalls Platz zum Wenden zu lassen, und trabten in Richtung der Berge davon. Bevor Rune jedoch sein Pferd herumschwenkte, warf er Nita einen letzten Blick zu und hob die Hand zum Abschiedsgruß.

Die Reiter strebten ohne Pause weiter, bis sie die Große Biegung erreichten. Dunkelheit hatte sich inzwischen über das Land gesenkt. Das Schneetreiben hielt immer noch an, deshalb errichteten sie ihr Lager im Schutz einiger Bäume. Die Männer spannten einen Windschutz aus Häuten auf, um die Pferde vor dem eisigen Wind zu schützen, und krochen anschließend in kleine Zelte, von denen sich jeweils drei Männer eines teilten.

Nardo war in einem Zelt mit Tedric und Rune. Die drei Männer breiteten ihre Pelzumhänge auf dem Schnee aus, dann legten sie ihre Winterschlafsäcke darauf und rollten sich hinein. Wenn die Umhänge trocken gewesen wären, hätten sie sie über die Schlafsäcke gelegt, aber sich mit nassen Umhängen zuzudecken, hätte bedeutet, daß die Männer noch vor dem nächsten Morgen steif gefroren wären.

Nachdem sie allesamt warm und trocken in ihren Schlafsäcken lagen, holten die Männer das getrocknete Rentierfleisch heraus, das jeder bei sich trug, und verzehrten es zum Abendessen. Tedric war der erste, der das Schweigen brach. »Du hast mich nicht darauf vorbereitet, daß du das über die Kindred sagen würdest.«

Nardos Stimme klang reuevoll. »Ich habe selbst nicht gewußt, daß ich es sagen würde, bis mir die Worte plötzlich auf der Zunge lagen. Aber die Worte, die ich gesprochen habe, waren wahr, Tedric. Die Norakamo und die Kindred *sind* jetzt durch Blutsbande verbunden. Und unsere beiden Stämme sind entschlossen, unsere Berge gegen Pferdeesser zu verteidigen.«

»Ich denke, daß mehr nötig sein wird als eine Bedrohung, um die Männer der Kindred dazu zu bewegen, uns zu Hilfe zu kommen«, erwidert Tedric. »Die Erinnerung an Nevins Tod erzeugt immer noch einen bitteren Geschmack in ihrem Mund.«

Schweigen breitete sich aus, als sie sich Varics überstürzte Abreise aus dem Norakamo-Lager ins Gedächtnis zurückriefen.

»Auf jeden von uns kommen drei von den Pferdeessern«, meinte Rune schließlich. »Und die Zahl bezieht sich nur auf die Männer. Wenn wir ihr Lager überfallen, werden auch die Frauen und Kinder kämpfen.«

Tedric grunzte.

»Wir könnten uns auf die Lauer legen und einen ihrer Jagdtrupps abfangen«, schlug Nardo vor. »Die Gruppe, die wir heute gesehen haben, bestand vielleicht aus vier Handvoll Männern. Mit der Anzahl können wir es aufnehmen.«

Ein Wolf heulte in der Ferne, und die Pferde draußen vor dem Zelt wieherten ängstlich. »Nardos Vorschlag ist gut, Vater«, meinte Rune.

»Er spricht die Worte aus, die ich in meinem Herzen gesagt habe«, erwiderte Tedric. Er hustete. »Wir haben heute gesehen, wie sie in dem Gebiet um den Schlucht-Fluß jagen. Wir werden eine Gruppe von unseren Männern verstecken, und wenn dann die Pferdeesser dort auf die Jagd gehen, werden wir über sie herfallen. Wenn wir das mit jeder Gruppe von Jägern machen, die sie ausschicken, wird der Rest von ihnen zum Rückzug gezwungen sein, oder sie werden Hungers sterben.«

Dem einzelnen Wolf hatten sich weitere Wölfe zugesellt, und ihr gemeinsames Geheul schallte durch die kalte Nachtluft herüber. Die Männer im Zelt konnten die Pferde unruhig mit den Hufen scharren und die Stimmen der Männer hören, die Wache hielten und die Tiere zu beruhigen versuchten.

»Das ist ein guter Plan, Vater«, sagte Rune. »Es besteht kein Grund für uns, das Lager anzugreifen. Wir müssen sie nur am Jagen hindern.«

»Ja«, stimmte Nardo zufrieden zu. »Ein sehr guter Plan. Wir werden die Jäger jagen.«

»Aber nicht vor Neumond«, erinnerte Tedric die jungen Männer. »Sie haben bis dahin Zeit, sich von unseren Jagdgründen zurückzuziehen.«

»Richtig.« Nardos Stimme klang etwas enttäuscht.

»Ich glaube nicht, daß sie freiwillig gehen werden«, gab Rune zu bedenken.

»Warten wir's ab«, sagte Tedric.

»Das war das Mädchen mit den Töpfen«, bemerkte Nardo am folgenden Morgen zu Rune, als sie Seite an Seite am Südufer der Großen Biegung entlang nach Hause ritten.

Rune starrte unverwandt zwischen den Ohren seines Pferdes hindurch. »Welches Mädchen?«

Nardo schnaubte. »Das Mädchen mit den Haaren wie Feuer.

Das Mädchen, das dich hinter Sagreds Rücken hervor angelächelt hat. *Das* Mädchen.«

Runes feingeschnittene Züge blieben ausdruckslos. »Ach so. Das Mädchen.«

Nardo legte den Kopf zurück und blinzelte in den Himmel hinauf. Die grauen Wolken vom Tag zuvor hatten sich verzogen, und heute strahlte die Sonne auf eine Welt unberührter Schönheit herab. Die zwei ritten schweigend weiter. Schließlich sagte Rune ruhig: »Ich habe mir überlegt, daß ich sie gerne heiraten würde.«

Er starrte wieder zwischen den Ohren seiner Stute hindurch und sah deshalb nicht den überraschten Ausdruck auf Nardos Gesicht. »Ich hätte nicht gedacht, daß sich die Norakamo ihre Frauen aus anderen Stämmen aussuchten«, sagte Nardo vorsichtig.

»Wir lassen unsere Frauen auch gewöhnlich nicht in andere Stämme einheiraten«, gab Rune zurück. »Dennoch hat dir mein Vater Alane gegeben.«

»So ist es«, stimmte Nardo zu.

»Ich muß ständig an sie denken«, gestand Rune. »Ich kann sie einfach nicht aus meinen Gedanken verbannen.«

»Ich bin überzeugt, sie fühlt das gleiche für dich.«

Rune wandte den Kopf, um seinen Bruder-durch-Heirat anzusehen. »Glaubst du das wirklich?«

»Das Mädchen stand da, vor einer ganzen Reihe feindlicher Reiter, nur um dich anzulächeln«, erklärte Nardo.

»Ja, so war es.« Rune klang erfreut. Er strich sich mit den Fingern durch seine Ponyfransen. »Ich bin mir allerdings nicht sicher, wie ich an Nitas Vater herantreten soll.«

»Das könnte ein Problem werden«, erwiderte Nardo. Es klang amüsiert.

»Das ist nicht witzig, Nardo! Ich meine es ernst.«

»Wirklich? Dann denk mal über folgendes nach, Rune. Du kennst dieses Mädchen nicht. Du kennst keinen ihrer Leute. Du weißt nicht, welche Götter sie anbetet oder wie sie sie anbetet.«

»Was hast du denn über Alane gewußt, als du eingewilligt hast, sie zu heiraten?« hielt Rune dagegen.

Wieder schwang Belustigung in Nardos Stimme mit. »Genau das, was du über diese Nita weißt, nehme ich an. Ich wußte, ich wollte mit ihr schlafen.«

Rune grunzte nur.

Ein Pferd wieherte hinter ihnen, und beide Männer fuhren herum, um sich zu vergewissern, daß mit ihren zusätzlichen Pferden alles in Ordnung war. Eines von Runes Pferden hatte sich zu nahe an Blauvogel heranbewegt, und Blauvogel, die diese Stute nicht mochte, hatte nach ihr ausgeschlagen.

Als die Pferde wieder gehorsam in einer Reihe liefen, kehrte Rune zum Thema zurück. »Ich bin zu dem Schluß gekommen, daß wir sie vielleicht entführen müssen.«

Schweigen. »*Wir?*« fragte Nardo verblüfft. »Was meinst du mit *wir*?«

Rune warf ihm einen ärgerlichen Blick zu. »Wenn du mir nicht helfen willst, brauchst du es nur zu sagen.«

Nardo runzelte unwillig die Stirn. »Es ist nicht so, daß ich dir nicht helfen will, Rune, aber in meinem Stamm hat eine Frau das Recht, selbst denjenigen zu wählen, den sie heiraten möchte.«

»Nita hat vor all unseren Männern gestanden, nur um mir zuzulächeln«, gab Rune zurück.

»Das ist wahr ...« Wieder wieherte Blauvogel durchdringend, und Nardo drehte sich um und befahl ihr mit energischer Stimme, sich zu benehmen. Schneeflocke, die er ritt, trat aus, worauf die Stute unmittelbar hinter ihr ebenfalls zu wiehern begann. Nardo schimpfte mit beiden Pferden und sorgte für Ruhe.

»Ich werde dir helfen, wenn das Mädchen mit dir kommen will«, sagte er schließlich. »Wenn sie lieber bei ihren eigenen Leuten bleiben will, werde ich ihren Wunsch achten.«

Rune betrachtete forschend das dunkle Gesicht seines Bruders-durch-Heirat. Nardo meinte es ernst. »In Ordnung«, stimmte Rune zu. »Die Entscheidung wird bei Nita liegen.«

Sagred und seine Mithäuptlinge saßen nach dem Besuch der Norakamo mehrere Stunden lang zusammen und beratschlagten, wie sie weiter vorgehen sollten. Es entspann sich eine heftige Diskussion. Die Reiter hatten sie ohne Zweifel eingeschüchtert, obwohl keiner von ihnen bereit war, dies laut zuzugeben. Es war Sagred, der sich schließlich mit seiner Meinung durchsetzte.

»So unmöglich, wie es für einen Fluß ist, rückwärts zu fließen, so unmöglich ist es für uns, den Weg zurückzugehen, den wir gekommen sind«, erklärte er. »Nur Leere und Trostlosigkeit erwarten uns in dem Land unserer Vorfahren. Hier in diesen Bergen ist reichlich Wild vorhanden; die Rentiere erwarten den tödlichen Stoß unserer Speerspitzen. Meine Brüder, wenn wir um dieses Land kämpfen müssen, dann werden wir dafür kämpfen.«

Schließlich stimmten die übrigen Häuptlinge zu. Wenn die Herren der Pferde sie hier nicht haben wollten, dann würden die Herren der Pferde sie zuerst töten müssen.

Das Feuer in Sagreds Zelt glomm nur noch schwach. Die Familie – Sagred, seine Frau und sein einziges unverheiratetes Kind – schlief im Kreis um seine ersterbende Wärme. Draußen strahlten die Sterne hell am samtschwarzen Nachthimmel, doch die schmale Sichel des abnehmenden Mondes war noch nicht aufgestiegen. Im Lager herrschte Stille.

Nita erwachte, als jemand ihren Namen flüsterte. Sie öffnete die Augen und setzte sich auf, verwirrt und leicht erschreckt. Der Lichtschimmer der Steinlampe neben der Feuerstelle fiel auf Runes helles Haar. Dann sah Nita, daß er die scharfe Feuersteinspitze eines Speeres an die Kehle ihres Vaters hielt.

Ihre Mutter bewegte sich unruhig und öffnete ebenfalls die Augen. »Verhalte dich ruhig, Ralis, oder sie werden mich töten«, sagte ihr Vater beherrscht.

Mit weit aufgerissenen Augen starrte Nita auf das Bild, das die beiden Männer auf der anderen Seite der Feuerstelle boten. Rune hatte einen Arm um den Oberkörper ihres Vaters geschlungen, mit der anderen, vollkommen ruhigen Hand hielt er den Speer an Sagreds Kehle.

»Was glaubst du eigentlich, was du da tust?« fragte sie mit zitternder Stimme. Sie sprach ihre eigene Sprache; sämtliche Kindred-Wörter, die sie gelernt hatte, waren ihr plötzlich entfallen.

»Es ist einer von den Herren der Pferde«, hörte sie ihre Mutter angstvoll murmeln.

»Nita«, sagte Rune eindringlich, und ihre Mutter schnappte hörbar nach Luft, als sie den Namen ihrer Tochter sagen hörte. »Geh nach draußen«, drängte er und machte eine entsprechende Kopfbewegung, um sicherzugehen, daß Nita verstand.

Nita schaute ihren Vater an. Er nickte leicht. Sie kroch aus ihren Schlaffellen, schlüpfte in ihre Stiefel und griff nach dem Pelzumhang, den sie zum Zudecken benutzt hatte. An der Türklappe hielt sie zögernd inne, drehte sich um und blickte Rune an. Wieder bedeutete er ihr mit einer Kopfbewegung, das Zelt zu verlassen, und sie duckte sich hinaus.

Draußen stand ein Mann, der zwei Pferde am Zügel hielt. Nita erkannte den schwarzhaarigen Riesen, der während des Warnbesuchs der Herren der Pferde das Wort ergriffen hatte.

Er sagte etwas mit seiner melodisch klingenden Stimme zu ihr und preßte den Finger an die Lippen, um ihr zu bedeuten, still zu sein. Dann legte er seine großen Hände um ihre Taille und hob sie auf den Rücken eines der Pferde. Nitas Mund öffnete sich vor Verblüffung, aber sie gab keinen Laut von sich. Ohne die Zügel ihres Pferdes loszulassen, sprang der schwarzhaarige Mann mit einer geschmeidigen Bewegung auf den Rücken seines eigenen Tieres. Sie warteten in angespanntem Schweigen.

Eine halbe Minute später stürzte Rune aus dem Zelt heraus. Bevor Nita begriff, was geschah, hatte er sich hinter sie aufs Pferd geschwungen und seinem Gefährten die Zügel aus der Hand genommen. Dann – beide Arme um ihre Taille gelegt, um sie zu stützen – trieb er sein Pferd vorwärts.

Die beiden Pferde streckten sich und fielen fast augenblicklich in einen schnellen Galopp. Hinter ihnen konnte Nita ihren Vater wutentbrannt brüllen hören, als er mit seinem Speer in der Hand zur Zeltklappe herausstürmte.

Nita war stocksteif vor Angst. Sie fürchtete sich nicht etwa vor Rune oder vor dem Gedanken, entführt zu werden. Es war das Pferd, das ihr Angst einflößte. Es lief so schrecklich schnell! Sie war überzeugt, sie würde jeden Moment heruntergeschleudert werden. Sie preßte sich an Rune, dessen starke Arme sie davor bewahrten, auf den kalten, hartgefrorenen Boden zu stürzen.

Rune murmelte ihr mit beschwichtigender Stimme etwas zu. Er wiegte sich im Rhythmus der Gangart des Pferdes, und allmählich, als Nita begriff, daß er sie sicher festhielt, entspannte sie sich und paßte sich den Bewegungen des Pferdes an.

In der Ferne sah sie die flackernden Flammen eines Feuers in der Dunkelheit. Rune und der andere Mann riefen sich etwas zu, und dann kam das Feuer immer näher. Doch erst als sie fast davorstanden, sah Nita die anderen Pferde.

Die Nacht war klar und bitter kalt. Als Rune Nita vom Pferd hob, trat sie rasch an das Feuer, um sich aufzuwärmen. Während sich die beiden Männer hinter ihrem Rücken berieten, rieb sie sich fröstelnd das Gesicht und streckte ihre Hände der willkommenen Wärme entgegen.

»Nita.« Rune legte ihr die Hände auf die Schultern und drehte sie zu sich herum. Forschend blickte er in ihr Gesicht. Sie erwiderte seinen Blick und sah, daß seine blauen Augen voller Besorgnis waren. Er sprach langsam, benutzte beide Hände, um zu zeigen, was er meinte, wies zuerst auf ihre Brust, dann auf seine. »Willst du mit mir kommen?«

Sie verstand seine Worte, kannte jedoch nicht genügend Wörter seiner Sprache, um ihn zu fragen, was er tun würde, wenn sie nicht mit ihm kommen wollte. Und das mußte sie unbedingt wissen.

»Ich werde dich zurückbringen«, sagte er, wieder mit entsprechenden Handzeichen. »Ich werde dich zurückbringen, wenn du nicht bleiben möchtest.«

Der schwarzhaarige Mann trat neben Rune, und Nita musterte ihn verwundert. Er war einen halben Kopf größer als jeder Mann, den sie jemals zuvor gesehen hatte. »Hat sie verstanden?« fragte er Rune. »Was will sie tun?«

»Ich weiß es nicht«, erklärte Rune. Er klang frustriert. »Sie spricht nicht unsere Sprache.«

»Ich spreche … bißchen«, erwiderte Nita.

Die beiden Männer starrten sie an.

»Du« – Nita zeigte auf Rune. »Ich« – Sie zeigte auf sich selbst. »Was?«

»Was?« Rune blickte sie verständnislos an.

»Sie möchte wissen, was du mit ihr tun wirst«, erklärte der schwarzhaarige Mann. Er wandte sich an Nita. »Er will dich heiraten«, sagte er. *»Heiraten.«*

Nita kannte dieses Wort. Es war eines der Wörter, die zu lernen sie sich als erstes zur Aufgabe gemacht hatte. Sie kaute auf ihrer Unterlippe und blickte unentschlossen in die Richtung zurück, in der das Lager ihres Vaters lag.

»Nita.« Rune nahm ihre kalten Hände in seine warmen und drückte sie. »Sag, daß du mit mir kommen möchtest.« Er trat noch näher an sie heran und blickte beschwörend in ihre Augen, während er mit den Daumen liebevoll über die aufgesprungene Haut ihrer Hände strich. »Nita?«

Sie hatte sich vom ersten Moment ihrer Begegnung an zu ihm hingezogen gefühlt. Sie dachte an die große Gefahr, der er sich ausgesetzt hatte, um sie auf diese Weise zu entführen. Er hatte natürlich gewußt, daß keinerlei Hoffnung bestand, sie ihrem Vater auf die übliche Weise abzugewinnen. Und deshalb war er so vorgegangen. Nita lächelte ihn an. »Ja«, flüsterte sie Rune zu. »Ich gehe mit … dich.«

Unter den Männern der Norakamo herrschte große Erregung. Ihr Jägerblut kochte vor Zorn, und es gelang ihnen nur mühsam, ihre Ungeduld im Zaum zu halten, während sie auf den Neumond warteten. Die Frauen des Stammes waren ganz und gar nicht begeistert über die Aussicht auf eine Auseinandersetzung mit den feindlichen Stämmen.

»Es ist, als bereiteten wir uns auf einen Pferdediebstahl vor«, erklärte Rune Alane eines Nachmittags, als er in ihr Zelt kam, um Nita abzuholen. »Wir alle haben die Überfälle auf die Pferdeherden vermißt, und jetzt haben wir etwas anderes, worauf wir uns freuen können.«

»Dies ist weitaus ernster als ein Pferdediebstahl«, erwiderte Alane streng. »Bei den Überfällen wurde niemand getötet.«

»Wir werden nicht getötet werden, Alane«, versicherte ihr Rune lächelnd.

Alane starrte ihn unverwandt an. »Und warum nicht?«

»Weil wir Pferde haben. Wir werden aus dem Hinterhalt herangeprescht kommen, sie niederreiten und schon wieder verschwunden sein, bevor sie auch nur ihre Speere gegen uns erheben können.«

»Vielleicht wird es so sein, wenn ihr sie das erste Mal angreift«, erwiderte Alane. »Aber beim nächsten Mal werden sie auf euch vorbereitet sein.«

Rune zuckte die Achseln und nahm Nitas Hand tröstlich in seine. »Wir haben die Pferde«, wiederholte er beharrlich.

»Du klingst genau wie Nardo«, sagte Alane empört. Es war klar, daß sie den Vergleich nicht als Kompliment gemeint hatte.

»Du machst Nita angst«, sagte Rune und drückte die Hand seiner Frau.

»Nita hat auch Grund, Angst zu haben«, gab Alane heftig zurück. »Es ist schließlich ihr Stamm, den ihr angreifen werdet.«

Rune funkelte sie finster an. »Die Entscheidung liegt bei ihnen. Vielleicht beschließen sie, die Berge zu verlassen, statt gegen uns zu kämpfen.«

Alane preßte die Lippen zusammen. »Nun, das werden wir in Kürze wissen, wenn Nardo und Stifun zurückkommen, nicht wahr?«

Während der gesamten Unterhaltung hatte Nita ihren Blick zwischen Bruder und Schwester hin- und herschweifen lassen. Jetzt sagte sie ängstlich zu Rune: »Mein Vater?«

Rune warf Alane einen ärgerlichen Blick zu, legte schützend einen Arm um die Schultern seiner Ehefrau und schob sie zur Zeltklappe. Nita ging mit ihm, nachdem sie Alane ein schnelles, entschuldigendes Lächeln geschenkt hatte.

Die letzte Spur des Schnee-Mondes war vom Himmel verschwunden. Bald würde die schmale Sichel des Schatten-Mondes aufsteigen, aber für die Zeitspanne von zwei Tagen würde der Nachthimmel dunkel bleiben. Nardo und Stifun, die die Aktivitäten der Eindringlinge wachsam beobachtet hatten, kehrten zum Lager zurück, um zu berichten, daß die feindlichen Stämme noch immer auf dem Plateau lagerten. Die letzte Gnadenfrist war verstrichen. Tedric rief die Norakamo-Männer zur Beratung zusammen, um gemeinsam den Angriff zu planen.

Alane saß allein neben dem Feuer in ihrem Zelt und wartete auf Nardo. Ihre Finger waren wie gewöhnlich beschäftigt, diesmal mit einem Korb, den sie flocht, aber ihre Gedanken verweilten bei ihrem Ehemann.

Von Nita hatte sie erfahren, daß die Eindringlinge den Norakamo zahlenmäßig weit überlegen waren. Wenn es zu einem Kampf kam, war es sehr wahrscheinlich, daß einige der Norakamo-Männer getötet würden. Und Nardo würde an vorderster Front kämpfen. Es lag nicht in seiner Natur, anderswo zu sein.

Wenn Nardo ums Leben käme, würde sie ihr Heim nicht verlassen müssen.

Alane hatte sich bisher nicht gestattet, so zu denken. Sie hatte sich eingeredet, daß die Pferdeesser ganz sicherlich zurückweichen würden und daß es keine Kämpfe geben würde. Jedesmal, wenn der Gedanke an Nardos möglichen Tod in ihrem Bewußtsein aufgestiegen war, hatte sie ihn energisch wieder verdrängt. Sie würde einfach nicht an die Möglichkeit denken. Es würde nicht zu Kämpfen kommen, und Schluß.

Aber jetzt war Neumond, und die Stämme hatten sich nicht freiwillig zurückgezogen.

Alanes Finger verflochten den Pflanzenstrang mit dem Korbgerippe, schoben ihn unter einem gebogenen Zweig hindurch, über den nächsten hinweg, immer weiter, Reihe für Reihe, während ihre Augen blicklos in die Flammen starrten und ihre Ohren auf das Geräusch sich nähernder Schritte lauschten.

Es war bereits völlig dunkel, als Nardo schließlich kam. Er duckte sich unter der Türöffnung hindurch und stand gleich darauf im matten Schein der Steinlampen. *Er ist so groß und stark*, dachte Alane, als sie ihn anschaute. Er schenkte ihr ein Lächeln, als er über den Erdboden schritt, um seinen gewohnten Platz am Feuer einzunehmen.

Ich will nicht, daß er stirbt, flüsterte eine Stimme in Alanes Hinterkopf und wiederholte den Gedanken gleich noch einmal. *Ich will nicht, daß er stirbt.*

Sie fröstelte unwillkürlich. Was, wenn sie Unglück über Nardo gebracht hatte, indem sie auch nur die Möglichkeit seines Todes in Betracht gezogen hatte?

Nardo ließ sich auf dem Teppich nieder, mit einer für einen so großen Mann erstaunlich anmutigen Bewegung. Seine großen braunen Augen funkelten erregt. »Es sieht so aus, als würden wir sie vertreiben müssen«, sagte er munter.

Alane schaufelte eine Handvoll Erde vom Fußboden auf und warf sie ins Feuer, um etwaige Verwünschungen, die sie vielleicht über ihn gebracht hatte, rückgängig zu machen. Erst dann antwortete sie: »Es geht nicht um Pferdediebstahl, Nardo. Auf jeden von uns kommen vier von den Eindringlingen!«

Er blickte sie überrascht an. »Woher weißt du das?«

»Von Nita.«

»Nita? Dann kannst du dich also mit ihr unterhalten?«

»Ich bringe ihr bei, unsere Sprache zu sprechen. Sie lernt sehr schnell.«

Er zog eine schwarze Braue hoch. »Und du bist sehr schnell darin, Fragen zu stellen.«

»Werden sich die Kindred bei diesem Kampf mit uns zusammentun?«

Er reckte schnuppernd die Nase. »Ist das Hirschgulasch, was ich da rieche?«

Schweigend schöpfte Alane etwas Eintopf in eine Schüssel und reichte sie ihm. Als er sich einen Löffel voll davon in den Mund geschoben hatte, fragte Alane erneut: »Nun? Werden sie es tun?«

Er kaute bedächtig. »Werden sie *was* tun?«

Sie stieß einen frustrierten Seufzer aus. »Werden die Kindred uns bei diesem Kampf unterstützen? Schließlich ist das der Grund, weshalb wir geheiratet haben, nicht? Damit sich unsere beiden Stämme im Fall einer Invasion gegenseitig helfen, nicht wahr?«

»So ist es«, erwiderte er liebenswürdig und nahm noch einen Löffel Fleisch.

»Nardo, wenn du mir nicht sofort antwortest, werde ich dir diesen Topf mit Fleisch über den Kopf kippen!«

Er seufzte und setzte die Schüssel auf seinem Schenkel ab. »Alane, dein Vater möchte diese Sache erst einmal allein in Angriff nehmen, nur mit seinen eigenen Männern. Wenn es sich als unmöglich erweist, dann werden wir nach den Kindred schicken.«

»Warum ruft er sie nicht gleich zu Hilfe? Warum erst das Risiko eingehen, daß einige von unseren Männern getötet werden könnten?«

»Weil eindeutig klar sein muß, daß diese Invasion eine ernsthafte Bedrohung darstellt, bevor die Kindred zu eurer Unterstützung kommen werden«, erklärte Nardo unverblümt.

Alane hatte ihre Flechtarbeit nicht wiederaufgenommen, nachdem sie Nardo das Essen serviert hatte. Jetzt griff sie nach einem Zweig und begann, heftig in dem Eintopf herumzurühren. »Was ist denn das für ein Blutsband?« erwiderte sie empört. »Warum sollten sie Beweise brauchen?«

»Du wirst Essen auf deine Hand spritzen und dich verbrennen«, warnte Nardo sie.

Etwas von der heißen Fleischbrühe schwappte tatsächlich über den Topfrand. Das Feuer knisterte und sprühte Funken. Alane blickte Nardo wütend an, hörte aber auf zu rühren.

»Nevins Tod hat sich tief in das Bewußtsein meiner Leute eingebrannt«, erklärte Nardo. »Sie sind immer noch nicht darüber hinweg.«

»Du hast ihn vergessen.«

Ein Schatten huschte über Nardos Gesicht, und sein Ausdruck wurde streng. »Ich werde meinen Onkel niemals vergessen«, sagte er. »Wenn ich meinen Speer werfe, steht er im Geist neben mir. Wenn ich meine Gebete im Morgengrauen und bei Sonnenuntergang spreche, höre ich in Gedanken seine Stimme. Ich habe ihn nicht vergessen, Alane.«

Daraufhin herrschte Schweigen.

»Es tut mir leid«, sagte sie dann leise.

Er griff nach seiner Schüssel und schob sich noch einen Bissen Fleisch in den Mund. »Die Kindred werden uns zu Hilfe kommen, wenn klar ist, daß es in ihrem eigenen Interesse ist mitzukämpfen.«

»Wenn das so ist«, begann Alane, »dann frage ich mich, warum wir eigentlich geheiratet haben.«

Nardo kaute langsam und nachdenklich, den Blick auf ihr Gesicht gerichtet. »Vielleicht hast du recht«, sagte er schließlich. »Vielleicht war unsere Eheschließung nicht nötig.«

Alanes Augen wurden groß.

Nardo lächelte über ihren Ausdruck. Er streckte ihr seine Hand entgegen. »Komm her.«

Sie schob trotzig das Kinn vor und schüttelte den Kopf.

»In Ordnung«, meinte er, »dann werde ich eben zu dir kommen.«

»Nardo...«, sagte sie warnend, aber er war schon neben ihr und zog sie mit einer raschen Bewegung auf seinen Schoß. Dann beugte er den Kopf und flüsterte ihr ins Ohr: »Ich hätte dich auf jeden Fall geheiratet. Ich hätte dich einfach entführt, so wie Rune Nita entführt hat.«

Alane versuchte die verräterischen Gefühle zu ignorieren, die seine Nähe in ihr wachrief. »Ich wäre kein so williges Opfer gewesen.«

»Ich weiß.« Er blies sanft in ihr Ohr.

»Du glaubst, du brauchst nur zu lächeln, und schon tun die Frauen alle, was du willst«, sagte sie bitter.

»Wie kannst du so etwas sagen?« Nardo war zutiefst verletzt. Seine Lippen waren an ihrem Hals heruntergewandert und preßten sich auf die köstlich weiche Stelle, an der ihr Puls unter der Haut klopfte.

»Nun, bei mir wird es nicht funktionieren«, erklärte Alane fest.

»Nicht?«

Sie richtete sich kerzengerade auf. »Nein.«

Seine Hände bewegten sich höher, um ihre Brüste zu liebkosen. »Das werden wir ja sehen«, murmelte er.

Das Norakamo-Winterlager befand sich im Zusammenfluß der Großen Biegung mit dem Goldfluß. An dieser Stelle erhob sich ein Felsen mit einer großen, trockenen Höhle, die der Stamm häufig benutzte; und da sowohl die Höhle als auch die Zelte, die am Fuß des Felsens aufgestellt waren, mit der Öffnung nach Süden zeigten, empfingen sie den größten Teil des Tages Sonne. Die Flüsse lieferten nicht nur Fische und Wasservögel als Nahrung, sondern boten auch leichten Zugang zum Hochland.

Der Schlucht-Fluß lag acht hügelige Kilometer nördlich von der Großen Biegung. Dieser Fluß trug seinen Namen zu Recht, da er durch eine tiefe Schlucht lief. Die Schlucht war so schmal und so steil, daß Tierherden sie nicht durchqueren konnten; sie mußten über die Plateaus zu beiden Seiten ausweichen. Auf dem Plateau westlich des Schlucht-Flusses – das von den Norakamo wegen seines saftigen, reichhaltigen Grasbewuchses »das Weide-Land« genannt wurde – hatten die Eindringlinge ihr Lager aufgeschlagen.

Die Norakamo kannten das Weide-Land gut, und sie kannten auch die Route, der die Herden auf ihrem Weg zur Großen Biegung und den Bergen folgen würden, wenn sie am Goldfluß hinauf- und hinunterzogen. Als Tedric eine Abordnung von Norakamo-Männern am Morgen des ersten Tages des Schatten-Mondes über die Furt an der Großen Biegung führte, wußte er genau, wohin die Eindringlinge höchstwahrscheinlich einen Jagdtrupp schicken würden, und er hatte genau berechnet, wo er ihnen einen Hinterhalt legen würde.

* * *

Sagred, Häuptling der Micos, führte den Jagdtrupp an, der das Lager der Eindringlinge am Morgen des zweiten Tages des Schatten-Mondes verließ. Es war ein kalter Tag; die Wintersonne hatte sich hinter graue Wolken verzogen, und das Gras war von einer dichten Schneedecke bedeckt. Seit sie ihr Lager auf dem Plateau errichtet hatten, hatten die Eindringlinge erfolgreich Pferde, Auerochsen und Elche gejagt und auch reichlich Rotwild und Rentiere erbeutet. Nach der spärlichen Jagdausbeute, mit der sich der Stamm die letzten Jahre über hatte begnügen müssen, fühlte Sagred sich jetzt, als wäre er in das Goldene Zeitalter seiner Jugend zurückgekehrt.

Dies war der erste Jagdtrupp, der sich aus dem Lager hinauswagte, seit die von Tedric gesetzte Frist verstrichen war. Sagred hatte die Anzahl der Jäger bewußt klein gehalten, damit er eine ausreichend starke Gruppe von Männern zurücklassen konnte, die das Lager schützen sollten. Die Entführung seiner Tochter hatte ihn tief erschüttert, und seit der Zeit hatte er sichergestellt, daß das Lager stets gut bewacht war. Jetzt dachte er voller Befriedigung, daß die Herren der Pferde eine unangenehme Überraschung erleben würden, falls sie auf die Idee kamen, in Abwesenheit der Jäger das Lager anzugreifen.

Ein eiskalter Wind blies von Süden her, vom Altas herunter, und Sagred zog eine Hand aus seinem Handschuh aus Rentierfell und legte sie auf sein Gesicht, um es zu wärmen. Der Schnee lag ungefähr fünfzehn Zentimer hoch, und die kniehohen Stiefel der Männer reichten aus, um ihre Füße warm zu halten. Die Jagdgesellschaft brauchte nicht weit zu gehen; große Herden von Rentieren und Pferden kamen von den Flußtälern des Aros und des Goldflusses herauf und zogen über das Weide-Land, und die Routen, denen die Herden folgten, lagen nicht weit vom Lager der Eindringlinge entfernt.

An diesem besonderen Tag hoffte Sagred, Rentiere zu erbeuten, da sie wesentlich leichter zu erlegen waren als Pferde. Da sie damit rechneten, einer Herde zu begegnen, hatten die Jäger bereits beim Verlassen des Lagers Rentiergeweihe über ihren Kapuzen befestigt. Diese einfache Form der Tarnung machte es den Männern leicht, sich an die schwachsichtigen Tiere anzuschleichen

Der Häuptling streifte seinen Handschuh wieder über und reckte schnüffelnd die Nase in die Luft. Ein goldener Adler zog hoch über ihm seine Kreise am Himmel; die fingerförmigen Enden seiner breiten Schwingen spreizten sich und zogen sich zusammen, während er wie ein schwarzes Kreuz am bleigrauen Winterhimmel hing. Sein Kopf ruckte wachsam hin und her, während er nach Hasen oder Schneehühnern Ausschau hielt.

Plötzlich brach eine Pferdeherde aus einem der Birkenwäldchen hervor, die hier und da auf dem offenen Grasland des Plateaus standen. Es dauerte mehrere Sekunden, bevor Sagred zu seinem Schrecken erkannte, daß die Pferde Reiter trugen und daß die Reiter mit Speeren bewaffnet waren.

Sagred rief seinen Männern eine Warnung zu und versuchte, seinen Speer zu heben, aber die Reiter fielen bereits über sie her. Eines der Pferde prallte geradewegs gegen ihn und schleuderte ihn auf den schneebedeckten Boden. Einen Moment lang lag Sagred mit ausgestreckten Gliedern da, benommen und schwindelig, seinen Speer lose neben sich. Sein Rentiergeweih war verrutscht und hing ihm jetzt über die Stirn und behinderte seine Sicht. Er fühlte, wie ihn jemand im Nacken am Kragen seines Pelzumhanges packte und ihn aus der wild zappelnden Masse von Männern herauszerrte.

Im nächsten Moment wurde Sagred erneut zu Boden geworfen. Er zog an dem Geweih, das ihn daran hinderte, etwas zu sehen, riß es sich vom Kopf und blickte auf in die blauen Augen des Mannes, der seine Tochter entführt hatte. Sagred erstarrte; wieder zielte der Mann mit einer Speerspitze auf seine Kehle.

Unheimliche Stille senkte sich jetzt über die Szene. Hinter dem blauäugigen Mann konnte Sagred die Männer seines Jagdtrupps bewegungslos auf dem blutbefleckten Schnee liegen sehen. Einige Reiter stiegen ab und begannen zwischen den Körpern herumzugehen, während sie schweigend jene erledigten, die noch nicht tot waren.

Der blauäugige Mann sagte: »Du bist noch am Leben, weil du Nitas Vater bist.«

Sagred lag schwer atmend im Schnee. Der Mann mit dem zerfurchten Gesicht, den er als den Häuptling der Norakamo wiedererkannte, trieb jetzt sein Pferd vorwärts, um ebenfalls auf Sagred hinabzustarren.

»Ich habe dich gewarnt«, sagte Tedric grimmig. »Ich hatte dir geraten, bis Neumond von unseren Jagdgründen zu verschwinden. Du hast nicht auf mich gehört.«

»Es gibt keinen Ort, an den wir gehen könnten!« schrie Sagred verzweifelt.

»Das ist nicht meine Sorge«, kam die unbarmherzige Antwort. »Überbringe diese Nachricht deinen Leuten. Kein Jagdtrupp wird mehr vor uns sicher sein. Ihr werdet hier schneller verhungern, als ihr auf eurem eigenen Land verhungern würdet.«

Sagred erwiderte nichts.

»Wir werden euch alle töten, wenn es nicht anders geht«, erklärte Tedric. »Sag das deinen Leuten ebenfalls.«

»Das werde ich«, erklärte Sagred mit leiser, unsicherer Stimme.

Die zwei Pferde wichen vor dem Mann am Boden zurück. Dann wirbelten die Norakamo herum und galoppierten davon, ließen Sagred allein bei den Leichen seines Jagdtrupps zurück.

Die Norakamo hatten keine Verletzungen davongetragen; weder Männer noch Pferde hatten bei dem Zusammenstoß mit den Eindringlingen Schaden erlitten. Tedric und seine Männer schlugen ihr Lager eine Meile von der Kampfszene entfernt auf, legten ihren Stuten Fußfesseln an und ließen sie frei, damit sie grasen konnten. Sie würden abwarten, um zu sehen, was als nächstes passierte.

Es war schon spät am Nachmittag, als eine große Abordnung der Pferdeesser erschien, um die Leichen ihrer Stammesgenossen einzusammeln. Nardo und Rune beobachteten sie von einem kleinen Hügel aus und sorgten dafür, daß sie für die unberittenen Männer unter ihnen auch deutlich sichtbar waren. Die Eindringlinge sollten wissen, daß sie ständig beobachtet wurden, und endlich begreifen, daß es nichts gab, was sie dagegen unternehmen konnten.

»Ich weiß nicht, wie sie diese Leichen begraben wollen«, meinte Nardo. »Der Boden ist immer noch gefroren, und es gibt auch keine Höhlen in dieser Gegend.«

»Wahrscheinlich werden sie sie verbrennen«, erwiderte Rune.

»Verbrennen?« Nardo schüttelte verwundert den Kopf. »Ich werde die seltsamen Sitten und Gebräuche der Pferdeesser wohl niemals verstehen.«

Abgesehen von dem Ausflug auf das Weide-Land, um ihre Toten einzusammeln, gab es jedoch kein Anzeichen dafür, daß die Eindringlinge im Begriff waren, ihre Zelte abzubrechen und das Plateau zu verlassen. Die Norakamo-Männer versammelten sich, um ihren nächsten Schritt zu besprechen.

»Wir sollten eine Kampagne von Angriff und Flucht planen«, schlug Nardo vor. »Die Pferde sind unser großer Vorteil. Die Pferdeesser haben zwar mehr Männer, aber sie können ihre Überzahl nicht zu ihrem Vorteil nutzen, wenn wir uns weigern, den Kampf gegen sie zu eröffnen.«

»Eine brillante Feststellung, Mann der Kindred«, erwiderte Vili mit beißendem Sarkasmus. »Wir wissen, daß es die Pferde sind, die uns einen Vorteil verschaffen. Was wir brauchen, ist ein Plan, der es uns erlaubt, sie einzusetzen.«

Tedric betrachtete Vili stirnrunzelnd. »Dein Ton gefällt mir nicht«, sagte er scharf. »Nardo hat heute für uns gekämpft, und du solltest respektvoll mit ihm sprechen.«

Vili machte ein ärgerliches Gesicht, aber er senkte die Augen unter Tedrics durchdringendem Blick. »Ich habe mich nur gefragt, ob Nardo irgendwelche Ideen hätte.«

»Wir können fortfahren, die Jagdtrupps anzugreifen«, sagte einer der älteren Männer.

»Das können wir tun, ja«, stimmte Tedric zu.

»Ich bin der Ansicht, daß wir unweigerlich ein paar Männer und auch Pferde verlieren werden, wenn wir die Angriffe auf ihre Jagdtrupps fortsetzen«, gab Rune zu bedenken. »Sie sind jetzt gewarnt und werden nach uns Ausschau halten, und wenn wir wieder mitten unter sie reiten, so wie wir es heute getan haben, werden ihre Speere bestimmt einige Ziele treffen.«

»Das ist wahr«, erwiderte Tedric. »Ich sehe aber trotzdem keine andere Möglichkeit, wie wir vorgehen könnten.«

»Wir könnten das Lager angreifen«, meinte Nardo.

Alle starrten ihn an.

»Hast du vor, die Norakamo dem sicheren Tod auszuliefern?« fragte Vili ärgerlich.

Nardo ignorierte ihn und blickte Tedric an. »Ich meine damit nicht, daß wir in ihr Lager hineinreiten sollten«, erklärte er. »Wir könnten die Spitzen unserer Speere in Häute wickeln, sie in Brand stecken und sie in das Lager der Eindringlinge schleudern. Wenn wir Glück haben, werden wir einige ihrer Zelte damit in Brand stecken.«

Schweigen. Dann begannen die Männer zu lächeln.

»Ja«, sagte Irek begeistert. »Das ist eine gute Idee.«

»Selbst wenn das Feuer keinen großen Schaden anrichtet, werden sich die Pferdeesser noch unsicherer fühlen«, erklärte Rune. »Was denkst du, Vater?«

»Ich denke, die richtige Zeit zum Angriff ist im Morgengrauen«, antwortete Tedric. »Sie werden schlafen und nicht auf der Hut sein. Wir können die Fackeln werfen und davongaloppieren. Sie werden nichts dagegen unternehmen können.«

Das Lächeln auf den Gesichtern der Männer wurde breit.

»Haben wir genug Häute?« erkundigte sich Nardo.

»Wir können eines der Zelte zerschneiden, wenn es nicht anders geht«, erklärte Tedric.

»Aber wir werden alle unsere Speere verlieren«, warf Vili ein.

»Wir haben noch genügend Speere drüben im Lager«, entgegnete Rune ungeduldig. »Was ist los mit dir, Vili? Willst du die Pferdeesser nicht vertreiben?«

Vili warf Rune einen wütenden Blick zu und gab keine Antwort.

Der Brandangriff auf das Lager der Eindringlinge war sogar noch erfolgreicher, als die Norakamo zu hoffen gewagt hatten. Zwei Zelte gingen in Flammen auf, und von dort aus griff das Feuer mit rasender Geschwindigkeit auf die anderen Zelte über. Eine halbe Meile entfernt saßen die Norakamo auf ihren Pferden und beobachteten mit großer Befriedigung, wie sich die Eindringlinge verzweifelt abmühten, das Feuer unter Kontrolle zu bringen. Die Männer im Lager konnten die Reiter auf ihrem Beobachtungsposten sehen, aber es gab nichts, was sie gegen sie unternehmen konnten.

Nachdem endlich sämtliche Brände gelöscht waren, versammelten sich die Häuptlinge der einfallenden Stämme zu einer Ratssitzung.

»Wenn wir hierbleiben, werden wir die Hälfte unserer Leute verlieren«, beklagte sich einer der Häuptlinge. »Wir können keine Männer besiegen, die wir nicht fangen können!«

»Wir sind ihnen zahlenmäßig weit überlegen«, wandte ein anderer Häuptling ein.

»Die Pferde sind ein größerer Vorteil, als ich erwarte hätte«, sagte Sagred düster. »Die Norakamo werden uns nicht von Angesicht zu Angesicht bekämpfen, werden uns keinen offenen Kampf liefern; sie werden uns nach und nach niedermetzeln.«

»Aber wenn wir von hier aufbrechen, wohin sollen wir dann gehen? Wohin?«

Das war natürlich die schwierige Frage.

»Die Jagdgründe der Norakamo sind nicht die einzigen Jagdgebiete in den Bergen«, sagte Sagred.

»Wir wollen nicht die Kindred verärgern! Sie haben ebenfalls Pferde, und sie sind zahlenmäßig weit mehr als die Norakamo.«

»Die Kindred jagen in den Bergen östlich des Norakamo-Gebiets«, erläuterte Sagred. »Was, wenn wir nach Westen ziehen würden?«

»Aber wir kennen die Welt westlich des Dare nicht.«

Sagred zuckte die Achseln. »Wir kennen auch die Welt im Norden nicht, und das wäre unsere einzige andere Alternative.«

Nachdem sie mehrere Stunden lang beratschlagt hatten, wobei dieselben Dinge wieder und wieder gesagt wurden, beschlossen die Stämme, dem Aros-Fluß nach Norden und Westen zu folgen bis zu der Stelle, wo er ein gutes Stück weiter westlich der Norakamo-Jagdgründe wieder in das Gebirge eintrat.

Ungefähr zur gleichen Zeit, als die Norakamo ihren Sieg über die Eindringlinge feierten, hatte ein anderer Stamm – weit von den Pyrenäen entfernt im Nordwesten, in einem Land, das eines Tages Britannien heißen würde – von dem Ort erfahren, den die reisenden Händler das Rentier-Gebirge nannten. Dieser Stamm nannte sich die Redu, und ihr Heimatland war eine Halbinsel, die am äußersten Rand der Route lag, auf der die Rentierherden nach Süden zogen. Selbst in guten Zeiten war das Leben der Redu hart und entbehrungreich, und es hatte keine guten Zeiten mehr für sie gegeben, seit die Rentiere nicht mehr so weit südlich bis zu ihren Jagdgründen kamen.

Wie so viele andere Stämme, die sich mit den veränderten Rentierwanderungen konfrontiert sahen, waren auch die Redu widerstrebend zu dem Schluß gekommen, daß sie ihr seit Jahrhunderten angestammtes Gebiet verlassen und den Tieren folgen mußten, die ihr Überleben sicherten. Die Geschichte der Redu war jedoch eine lange und blutige Geschichte von Fehden mit dem großen Stamm, der gleich im Norden von ihnen lebte. Die Tali waren ebenso wild und kriegerisch wie die Redu und darüber hinaus noch wesentlich mehr an der Zahl, und die Redu wußten, daß es einem Selbstmord gleichkäme, wenn sie versuchten, in die Jagdgründe ihres Feindes überzusiedeln.

Der Stamm war inzwischen völlig verzweifelt, als sie von den Bergen erfuhren, die einige drei Monde südöstlich ihrer eigenen leeren Jagdgründe lagen. Es war der Häuptling der Redu, ein adlergesichtiger Mann namens Kerk, der die endgültige Entscheidung traf, daß der Stamm fortziehen mußte.

Die Händler hatten den Redu von den Gebirgsstämmen erzählt, die auf Pferden ritten, und Kerk war nicht so dumm anzunehmen, er könnte in die Jagdgründe anderer Stämme eindringen, ohne daß es heftige Kämpfe geben würde. Aber er wußte auch, daß die Redu über eine Waffe verfügten, die in der Welt jenseits von Britannien unbekannt war.

Die Gebirgsstämme mochten vielleicht Pferde und Speere haben, aber die Redu hatten Pfeil und Bogen.

Zweiter Teil

Die Kindred

9

Mara saß an ihrem gewohnten Platz, in den Händen das Fell des Rehkitzes, aus dem sie ein Kleidchen und eine Mütze für ihr erwartetes Enkelkind herstellte. Die Mütze war aus dem Kopffell des Kitzes gemacht, wobei die Ohren zu beiden Seiten aufrecht abstanden. Mara hatte die kleinen, fertig zugeschnittenen Ärmel an das Kleid angenäht, aber die letzten zehn Minuten hatten ihre Hände still im Schoß gelegen.

Das geschäftige Treiben um sie herum in der Hütte ging wie gewöhnlich weiter. Tora, ihre jüngere Schwester, forderte ein paar ältere Kinder auf, mit ihr zum Fluß hinunterzukommen, um ein Bad zu nehmen. Riva, ihre älteste Tochter, rührte in dem Eintopfgericht, das auf der Feuerstelle köchelte. Lora, Toras jüngere Tochter, stillte ihr Baby. Maras jüngere Tochter, Liev, saß mit zwei Nachbarsfrauen zusammen und tauschte den neuesten Klatsch aus, und eine lärmende Gruppe kleiner Kinder spielte mit einem nicht minder lautstarken Wurf junger Hunde in der Ecke. Es waren keine Männer anwesend; sie waren am Tage nur selten zu Hause.

Eines der Kinder quietschte durchdringend auf, und ein Welpe fiepte aufgeregt. Mara erhob energisch ihre Stimme über das Getöse: »Kinder und Hunde, aus dem Haus!«

Ohne auch nur eine Sekunde in ihrem Geschrei nachzulassen, stürmten Maras Enkelkinder und die Enkel ihrer Schwester zur offenen Tür der Hütte hinaus. Als sie in den Sonnenschein liefen, erhob sich die graue Hündin, die in der Ecke geschlafen hatte, von ihrem Platz und streckte sich. Sie gähnte und kratzte sich ausführlich hinter dem Ohr. Dann strebte auch sie in Richtung Tür, hielt zwischendurch jedoch kurz inne, um einen der Teppiche aus Rentierfell zu beschnüffeln. Sie blickte zu Mara hinüber und winselte jämmerlich. Als die Frau nicht reagierte, stakste die Hündin langsam weiter zur Tür.

»Sabe vermißt Rorig«, sagte Lora leise.

Mara nickte, erwiderte aber nichts. Lora nahm ihren kleinen Sohn von der Brust und hob ihn an ihre Schulter. Mara starrte blicklos auf das halbfertige Kleidchen, das sie in den Händen hielt.

Sie hatte den Tod ihres Bruders noch nicht überwunden, als ihr Ehemann getötet worden war. Es war einer jener dummen Unfälle gewesen, die niemand voraussehen konnte. Rorig war auf seinem Pferd durch den Wald getrabt, als plötzlich eine Wildkatze vom Ast eines Baumes auf das Hinterteil der Stute sprang. Das Pferd war in Panik geraten und hatte Rorig abgeworfen. Rorig war so unglücklich gestürzt, daß er mit dem Kopf auf einen Stein aufgeschlagen war und nie wieder die Augen geöffnet hatte. Vor vier Tagen war eine Abordnung von Männern zum Norakamo-Lager aufgebrochen, um Nardo zu holen, der jetzt ihr neuer Häuptling war.

Ich bin wie die alte Hündin, dachte Mara verbittert, *suche an allen Orten, wo die beiden früher einmal waren, und frage mich, wann sie wiederkommen.*

Das Geräusch trappelnder Pferdehufe drang zur offenen Tür der Hütte herein. Maras ganzer Körper spannte sich an, während sie auf die Laute draußen horchte. Ein Mann rief etwas. Schwere Schritte ertönten neben dem Haus. Kinder kreischten. Dann war die hohe, aufgeregte Stimme eines kleinen Mädchens zu hören: »Nardo! Es ist Nardo! Beki, komm schnell, Nardo ist hier!«

Die anderen Frauen in der Hütte riefen alle freudig durcheinander und blickten zu Mara hinüber. Dann dämpften sie die Stimmen und unterhielten sich leise miteinander.

Mara senkte den Blick wieder auf ihre Näharbeit und zwang sich, einen Stich zu machen, obwohl sie vor Ungeduld fieberte und alles in ihr danach drängte, zur Tür zu laufen. Es waren keine Schritte zu hören, die sein Kommen angekündigt hätten, aber Maras Kopf wandte sich in dem Moment zur Tür um, als Nardos große, kräftige Gestalt den Rahmen füllte. Die anderen Frauen im Raum verfielen in Schweigen.

Mara legte ihre Arbeit nieder. »So, Nardo«, sagte sie. »Nun bist du endlich nach Hause zurückgekehrt.«

»Ja, Mutter«, erwiderte er mit dieser vertrauten, geliebten Stimme. »Jetzt bin ich endlich nach Hause zurückgekehrt.«

Mara blickte ihn an, als er auf sie zukam, und ihr Herz barst förmlich vor Freude und Stolz. Seine Augen waren mit Besorgnis erfüllt, als er forschend ihr Gesicht betrachtete. Niemand hatte schönere Augen als Nardo, dachte sie. Wenn er schlief, waren seine Wimpern so lang, daß sie fast seine Wangenknochen berührten.

Er ging vor ihr in die Hocke und nahm ihre rauhen, abgearbeiteten Hände in seine so viel größeren. »Es tut mir so leid, Mutter«, murmelte er. Kraft und Mitgefühl strömten von der Berührung seiner warmen, festen Hände auf sie über. »Ich fühle es in meinem Herzen, daß du in letzter Zeit zuviel Anlaß für Trauer und Kummer gehabt hast.«

»So ist es, mein Sohn«, erwiderte sie. Ihre Stimme zitterte leicht, und sie legte eine Pause ein, bis sie wieder die Kontrolle über sich hatte. »Mein Herz ist einsam gewesen und hat sich nach dir gesehnt.« Sie hob die Hand, um eine Strähne seines Haares hinter das Stirnband zurückzustreichen, und erinnerte sich, wie dieses glänzende, schwarze Haar früher an ihren Fingern gehaftet hatte, wenn sie Nardo in seiner Kindheit gekämmt hatte. Wie lange das schon her war! »Du hast deine Ehefrau mitgebracht?« erkundigte sie sich.

Er schüttelte den Kopf. »Sie wird spätestens in einem Mond gebären, Mutter. Ich habe ihr gesagt, ich würde sie holen, wenn das Baby auf der Welt ist.«

Mara lächelte erleichtert. »Das war eine gute Entscheidung, mein Sohn. Sie wird ihre Mutter bei der Geburt bei sich haben wollen.«

»Das dachte ich mir auch.«

Mara streckte die Hand aus, um sanft mit den Fingerspitzen über einen harten Wangenknochen zu streichen, dann lächelte sie in sein geliebtes Gesicht. »Alles wird gut werden«, sagte sie, »jetzt, wo du wieder zu Hause bist.«

Der Stamm der Kindred, dessen Führung Nardo jetzt übernommen hatte, beanspruchte als seine Jagdgründe das Territorium, das sich vom Goldfluß im Westen bis zum Atata-Fluß im Osten erstreckte und von den Gebirgsausläufern des Großen Fischflusses im Norden bis zu den Hochgebirgsweiden des Altas im Süden. Dieses Gebiet war durch natürliche Umstände in zwei Regionen unterteilt; zum einen in den Bereich, der an den Goldfluß und den Großen Fischfluß angrenzte, zum anderen in das Gebiet entlang des Atata. Diese beiden großen Flußtäler waren durch eine Bergkette voneinander getrennt und nur durch den Bergsattel miteinander verbunden, der dem Stamm als Büffel-Paß bekannt war.

Obwohl die Großfisch- und die Atata-Kindred von verschiedenen Häuptlingen angeführt wurden, teilten sie dasselbe Erbe und setzten sich aus den gleichen Familienclans zusammen. Eheschließungen zwischen den beiden Dörfern waren durchaus üblich, deshalb blieben die verwandtschaftlichen Bindungen eng.

Es gab zwei vordringliche Schritte, die Nardo als der neue Häuptling unternehmen mußte. Zuerst mußte er die Atata-Kindred von Rorigs Tod und seiner eigenen Amtsübernahme informieren. Und danach mußte er den turnusmäßigen Wechsel der Pferde in den Sommerlagern organisieren.

Der Stamm hatte zwei Hauptsommerlager, ein Weidelager und ein Jagdlager. Das Weidelager, wo der größte Teil der Pferdeherde den Sommer über verbrachte, lag in einem fruchtbaren Gebirgstal hoch oben im Altas, das durch einen Paß erreichbar war, den der Große Fischfluß vor Äonen dort hineingeschnitten hatte. Das Jagdlager befand sich am Ufer des Schmalen Flusses im Hochland, südöstlich des ständigen Dorfes am Großen Fischfluß, nicht weit vom Büffel-Paß entfernt. Die Mehrzahl der verheirateten Männer wurde gewöhnlich dem Jagdlager zugeteilt, während die unverheirateten Männer in das Helle Tal in den Bergen gingen – begleitet von einem Großteil der unverheirateten Mädchen des Stammes.

Zwischen dem Dorf und den Lagern herrschte den ganzen Sommer über ein ständiges Kommen und Gehen. Pferde wurden in regelmäßigen Abständen ausgetauscht, so daß alle Tiere der Herde die Möglichkeit bekamen, zwei Monde lang auf den üppigen Hochgebirgsweiden des Hellen Tales zu grasen, und es war gewöhnlich der Häuptling, der festsetzte, welches Pferd wohin gebracht wurde. Als eine Geste der Höflichkeit und des Entgegenkommens rief Nardo jedoch den Clan-Rat zusammen, um ihn von seinen Plänen zu berichten. Er war unangenehm überrascht, als ihn sein Cousin Varic herausforderte.

Der erste Teil der Ratsversammlung verlief glatt; die Männer erklärten sich mit Nardos Vorschlägen einverstanden, was die Botschaft an die Atata betraf und den turnusmäßigen Austausch der Pferde. Dann, als Nardo gerade im Begriff war, die Versammlung aufzulösen, ergriff Varic das Wort.

„Warum hast du nicht die Männer der Kindred zu Hilfe gerufen, um die Eindringlinge zurückzuschlagen?« verlangte er zu wissen. »Ich dachte, es wäre der ganze Sinn und Zweck deiner Norakamo-Eheschließung, daß unsere beiden Stämme zusammen die Eindringlinge vertreiben sollten.«

Nardo starre seinen Cousin verblüfft an, von dem er als letztem Menschen auf der Welt angenommen hätte, er würde sich dafür stark machen, den Norakamo zu helfen.

Zu Nardos noch größerem Erstaunen waren die übrigen Ratsmitglieder mit Varic einer Meinung. »Ich hätte euch ganz sicher gerufen, wenn es so ausgesehen hätte, als brauchten die Norakamo Hilfe«, erwiderte Nardo.

Nat, Ratsmitglied für den Bären-Clan, erwiderte empört: »Du hättest uns sofort rufen sollen. Jetzt sind die Norakamo wahrscheinlich so von sich selbst eingenommen, daß sie unerträglich sein werden.«

»Wir hätten diese Leute in der Hälfte der Zeit zurückdrängen können, die die Norakamo gebraucht haben«, warf Matti vom Fuchs-Clan ein.

Nardo blickte sich in dem Kreis erregter Gesichter um und begriff schließlich, wie enttäuscht die Männer waren, daß sie von dem Unternehmen ausgeschlossen worden waren. Reumütig sagte er: »Ich hatte euch nicht gerufen, weil ich dachte, die Erinnerung an Nevins Tod wäre immer noch zu frisch, um den Kindred zu gestatten, den Norakamo bereitwillig zu helfen.« Er begegnete dem erstaunten, kindlichen Blick seines Cousins. »Du hast aus deinen Gefühlen keinen Hehl gemacht, Varic, als du zu meiner Hochzeitsfeier gekommen bist.«

»Das war etwas anderes«, erwiderte Varic.

»Ja«, stimmte auch Nat zu. »In Zukunft würden wir es sehr schätzen, Nardo, wenn du dich erst mit dem Clan-Rat besprichst.«

Wieder schaute Nardo in ihre Gesichter. »Nun gut«, sagte er langsam. »Ich werde daran denken.«

Es war Rune, der Nardo die Nachricht überbrachte, daß Alane entbunden hatte. Nardo hatte einigen der alten Männer geholfen, die nicht mehr in das Sommerlager zogen, ihre Fischnetze zu flicken, als er die zwei Reiter von Westen her näher kommen sah. Selbst aus der Ferne erkannte er die Stuten als diejenigen von Rune und Larz, und er ging den Besuchern entgegen.

»Ich grüße euch«, sagte Nardo, als die Pferde wenige Schritte von ihm entfernt auf dem Flußpfad anhielten. »Willkommen in meinem Dorf.«

Rune lächelte. »Ich grüße dich, mein Bruder. Ich bin gekommen, um dir zu sagen, daß du einen Sohn hast.«

Nardos Augen leuchteten vor Freude. »Einen Sohn! Das ist allerdings eine gute Nachricht. Und Alane? Geht es ihr gut?«

»Sie ist wohlauf«, antwortete Rune.

»Da bin ich froh.« Nardo wandte sich höflich an Larz. »Ihr habt mir in der Tat willkommene Neuigkeiten überbracht.«

Larz blickte neugierig an Nardo vorbei auf das Dorf, das sich an den Ufern des Großen Fischflusses ausbreitete. Die Norakamo hatten oft Kindred-Pferde auf ihren Frühjahrs- und Winterweidelagern weiter den Fluß hinunter geraubt, aber keiner von ihnen hatte jemals das Hauptdorf der Kindred gesehen. Es unterschied sich beträchtlich von den Norakamo-Hauptlagern, und auch Rune blickte interessiert an Nardo vorbei.

Das Dorf lag am Westufer des Flusses am Fuß eines Felsens, der mehrere große, nach Osten ausgerichtete Höhlen enthielt. Auf dem Areal standen mindestens zwei Handvoll großer, rechteckiger Blockhäuser verteilt, und um jedes Haus gruppierte sich ein Kreis von Hütten, die ebenfalls aus Holzstämmen gebaut waren. Das Dorfgelände wirkte erfreulich trocken, und ein Hügel am jenseitigen Flußufer bot guten Windschutz. *Es ist der perfekte Platz für ein Dorf,* dachte Rune, *aber die Wälder bieten nicht sehr viele Weidemöglichkeiten für die Pferde.*

Er äußerte seine Gedanken Nardo gegenüber, der ihm zustimmte. »Aus diesem Grund treiben wir die Herden im Sommer auf die Gebirgsweiden hinauf und im Winter auf die Weiden östlich des Goldflusses.« Er wies auf einen großen, mit Stämmen eingezäunten Korral auf der anderen Flußseite. Innerhalb der Umzäunung befanden sich zwei Handvoll Pferde; das Gras an dieser Stelle war schon lange abgeweidet. »Diese Pferde dort drüben sind alle, die wir zur Zeit im Dorf haben.«

»Unsere eigenen Pferde werden Futter und Wasser brauchen, bevor wir nach Hause zurückkehren«, sagte Rune.

»Weiter stromaufwärts, in der Nähe des Leza-Flusses, wächst gutes Gras«, versicherte Nardo ihm. »Ich werde ein paar der Jungen und der älteren Mädchen hier im Dorf anweisen, eure Pferde zum Weiden zu bringen. In der Zwischenzeit müßt ihr meine Gäste sein.«

Rune war sehr beeindruckt von dem Blockhaus, das Nardos Mutter gehörte. Das Gebäude war mindestens zwölf Meter breit und zwanzig Meter lang, mit Dachschindeln aus Baumrinde gedeckt. Im Inneren ähnelte das Haus insofern einem Norakamo-Zelt, als es eine Feuergrube zum Kochen hatte und Gestelle, um Kleidung und Kräuter zu trocknen. Aber dieses Haus enthielt auch eine riesige Ansammlung von Töpfen und Kochutensilien, ordentlich aufgestapelt auf einem Tisch, der aus Steinen und gespaltenen Holzscheiten bestand, und an einer Wand entlang standen große Tontöpfe mit Deckeln aufgereiht, die Früchte und Samen enthielten. Der festgestampfte Erdboden war mit Pelzteppichen bedeckt, und in einer Ecke türmte sich ein großer Stapel Hirschhäute, die darauf warteten, zu Kleidungsstücken zusammengenäht zu werden. Auf einem weiteren Tisch lagen Schaber und Feuersteinmesser, daneben Sehnen, die zu Nähfaden verarbeitet werden sollten.

Es war fast Zeit zum Abendessen, und der Raum war mit Frauen, Kindern und Hunden angefüllt. Die beiden Norakamo-Männer blieben auf der Türschwelle stehen, erschreckt von dem Lärm.

Nardo schien an der Szene nichts Ungewöhnliches zu finden. »Alis, Beki und Mait!« rief er über das Stimmengewirr hinweg. »Ich habe Arbeit für euch.«

Ein kleines Mädchen und ein Junge sprangen aus der Gruppe von Kindern auf, die mit den jungen Hunden spielten. Ein anderes Mädchen reichte ein Baby an eine junge Frau weiter und näherte sich der Tür in gemessenerem Schritt.

»Dies ist Rune, der Bruder meiner Frau«, sagte Nardo zu den drei Kindern. »Und dies ist Larz.«

Die Kinder starrten die Neuankömmlinge an. »Sind sie Norakamo?« wollte der Junge wissen.

»Ja. Sie sind Norakamo, und sie sind Freunde.« Nardo wandte sich an die Männer und erklärte: »Dies sind die Töchter meiner Schwester, Beki und Alis, und das ist der Sohn meiner Schwester, Mait.«

Drei Paar großer, forschender Augen betrachteten Rune und Larz.

»Ich möchte, daß ihr ihre Pferde zur Weide bringt«, sagte Nardo zu den Kindern. »Sie sind heute den ganzen weiten Weg vom Goldfluß heraufgekommen. Holt Tor, damit er euch hilft.«

»Ja, Nardo, das machen wir«, erwiderte das älteste der Kinder, das Mädchen namens Alis.

Die Frauen im Haus hatten ihre lebhafte Unterhaltung unterbrochen und schauten jetzt schweigend zur Tür. Nachdem sich Nardo vergewissert hatte, daß die Kinder mit den Pferden zurechtkamen, bat er seine Besucher ins Haus und schob sie zu der Stelle, wo Mara auf einem Stapel von Fellen saß. *Wie ein Häuptling,* dachte Rune.

Die Männer aßen gemeinsam mit den Frauen und Kindern in dem großen Haus zu Abend, aber zum Schlafen führte Nardo sie in eine der Höhlen. Es war die Höhle der Initiierten, wie er ihnen erklärte, der Ort, wo die unverheirateten jungen Männer des Stammes schliefen und wo auch er seit seiner eigenen Initiation im Alter von vierzehn Jahren geschlafen hatte. Die Höhle stand zur Zeit leer, da die übrigen jungen Männer bei der Herde im Hellen Tal waren.

»Ich werde mit euch zum Norakamo-Lager zurückkehren«, sagte Nardo zu Rune, als sie ihre Schlaffelle für die Nacht ausbreiteten. »Dann, wenn sich Alane kräftig genug fühlt, werde ich sie und das Baby mit nach Hause nehmen.«

Alane war mehr als erleichtert gewesen, als Nardo ihr vorgeschlagen hatte, sie bis nach der Geburt ihres Kindes bei ihren eigenen Leuten zurückzulassen. Der Gedanke, seine arrogante und feindselige Mutter bei der Niederkunft an ihrer Seite zu haben, hatte sie mit Schrecken erfüllt. Doch erst nachdem Nardo gegangen war, hatte Alane erkannt, wie abhängig sie inzwischen von seiner Anwesenheit in ihrem Leben geworden war. Sie vermißte ihn mehr, als sie sich jemals hätte träumen lassen, besonders, nachdem ihr kleiner Sohn geboren worden war und Nardo nicht bei ihr war, um ihre Freude zu teilen. Als Rune aufbrach, um zum Kindred-Dorf zu reiten und dem jungen Vater die frohe Botschaft zu überbringen, hoffte Alane sehnlichst, Nardo würde mit ihrem Bruder zurückkehren.

Sie saß gerade in ihrem Zelt und stillte ihr Baby, als sie Pferde ins Lager galoppieren hörte. Für die Rückkehr der Jäger war es noch zu früh, und Alane legte den Kopf schief, während sie angestrengt horchte und versuchte, Stimmen auszumachen.

»Hilfst du mir, die Pferde zu versorgen?« hörte sie ihren Bruder fragen. Alane hielt den Atem an, aber die einzige Stimme, die darauf eine Antwort gab, gehörte Nita. Ein plötzliches Gefühl der Einsamkeit überkam Alane und schnürte ihr so schmerzhaft die Kehle zu, daß sie sich auf die Lippen beißen mußte, um nicht in Tränen auszubrechen. Nardo war nicht mitgekommen.

Sie beugte den Kopf, schloß die Augen und drückte ihre Lippen auf den flaumigen schwarzen Kopf des Babys. Sie war völlig verzweifelt.

»Nun, meine liebe Frau«, ertönte plötzlich eine tiefe, vertraute Stimme von der Zeltklappe her. »Ich habe gehört, du hast einen Jungen geboren.«

»Nardo!« Sie richtete sich so hastig auf, daß das Baby die Brustwarze verlor. Der Kleine brach in empörtes Geschrei aus, bis Alane ihm schnell wieder die Brust reichte. Dann kniete Nardo neben ihr, und seine warmen braunen Augen blickten forschend in ihr Gesicht.

»Bist du wohlauf, Alane?«

»Mit geht es sehr gut.« Sie blickte stolz auf das Baby, das zufrieden an ihrer Brust trank. »Hier ist dein Sohn, Nardo.«

»Alles, was ich im Moment von ihm sehen kann, ist sein Hinterkopf.« Er klang amüsiert. »Es ist aber ein sehr hübscher Kopf.«

»Er war hungrig«, sagte Alane fast entschuldigend. »Er wird gleich fertig getrunken haben, dann kannst du auch sein Gesicht sehen.« Sie lächelte. »Er ist wunderschön.«

»Dann muß er dir ähnlich sehen.« Er berührte ihr Haar mit einer zärtlichen Geste. »Ich habe meine Mutter und meine Schwestern zur Erdenmutter beten lassen, daß alles gut verlaufen würde, Alane. Ich habe sehr oft an dich gedacht.«

Die Erwähnung seiner Mutter und seiner Schwestern versetzte Alanes Wiedersehensfreude einen leichten Dämpfer. Sie blickte auf in Nardos Gesicht. Seine dunklen Augen hatten einen zärtlichen, liebevollen Ausdruck. Seine Berührung war so behutsam gewesen, daß sie nicht ein einziges Haar auf ihrem Kopf in Unordnung gebracht hatte. Alanes Unbehagen verschwand, und sie lächelte Nardo an. »Ich habe ihm noch keinen Namen gegeben«, erklärte sie. »Ich habe auf dich gewartet.«

Nardo schwieg lange Zeit, während er sie nachdenklich anschaute. Dann sagte er: »In meinem Stamm ist es die Mutter, die den Namen für ihr Kind aussucht.«

Das Baby trank inzwischen langsamer und war sichtlich gesättigt, und als Alane dem Kleinen ihre Brust entzog, war er still. Ihre Stimme klang fest, als sie erwiderte: »Das ist bei euch so Sitte, weil in eurem Stamm das Kind einer Frau zu ihrem Clan gehört. Dieses Kind wird zu deinem Clan gehören, Nardo, deshalb sollte es dir überlassen sein, einen Namen für es auszusuchen.« Sie hielt das Baby in ihrer Armbeuge, damit sein Vater das kleine Gesicht sehen konnte.

Nardo blickte erstaunt in die verschleierten grauen Augen des Babys. »Aber er hat ja Augenbrauen!«

Alane lächelte über seine Verwunderung. »Ja, er hat Augenbrauen. Er hat auch Finger und Zehen.«

»Keines der Neugeborenen, die ich bisher gesehen habe, hatte jemals Augenbrauen«, erklärte Nardo. Vorsichtig zeichnete er mit der Fingerspitze die feinen, blaßbraunen Bögen nach, die dem Baby einen liebenswert fragenden Ausdruck verliehen.

»Möchtest du ihn Rorig nennen?« fragte Alane.

Nardo schüttelte den Kopf, den Blick immer noch auf das Baby gerichtet. »Rorig ist ein Name des Adler-Clans.« Ein Unterton von Stolz schwang in seiner Stimme mit. »Dieses Kind wird zum Wolfs-Clan gehören.« Er stupste die Handfläche des

Babys mit seinem Zeigefinger an, und die winzigen Fingerchen schlossen sich augenblicklich darum. Nardo blickte ausgesprochen entzückt drein. »Ich würde ihn gern Nevin nennen, wenn es dir recht ist.«

Alane runzelte die Stirn. »Ich bin nicht sicher, ob das eine so gute Idee ist, Nardo. Unserem Schamanen wird das nicht gefallen.«

Nardos dunkle Augen blitzten gefährlich. »Der Norakamo-Schamane hat nichts damit zu tun, wie ich meinen Sohn nenne.«

Alane blickte von Nardo auf das Baby und dann wieder hinauf in Nardos Gesicht. »Da wir nicht unter meinen Leuten leben werden, wird es wohl in Ordnung sein«, sagte sie schließlich. »Ich habe nichts gegen den Namen.«

»Nevin ist ein schöner Name«, erwiderte Nardo. »Ein feiner Wolfsname für einen feinen Wolfsjungen.« Etwas von der Milch, die der Kleine getrunken hatte, lief aus seinem Mund heraus, und er rülpste vernehmlich. Nardo lachte. »Bei allen Göttern«, sagte er. »Es wird mir gefallen, einen Sohn zu haben, der zu mir gehört.«

Am Ende stellte Alane zu ihrer Überraschung fest, daß sie sich tatsächlich damit abgefunden hatte, ihr Zuhause zu verlassen, um mit Nardo zu gehen. Während des gesamten vergangenen Jahres und ohne daß es ihr bewußt gewesen wäre, hatte sich die Beziehung zu ihrem Ehemann langsam, aber sicher gefestigt. Das Baby war nur der endgültige Knoten in dem Band, das sie zusammenhielt. Als sie an einem sonnigen Sommermorgen das Norakamo-Lager verließen und ihre Pferde Richtung Osten wandten, blickte Alane mit Furcht und Besorgnis dem neuen Leben entgegen, das sie erwartete, aber sie wußte auch, daß sie – hätte man ihr die Wahl gelassen – dennoch mit Nardo gegangen wäre.

Alane war noch niemals zuvor östlich des Goldflusses gewesen, und sie schaute sich mit lebhaftem Interesse um, während sie am Großen Fischfluß entlang zum Hauptdorf der Kindred reisten. Sie ritt eine der Stuten, die ihr Vater ihr zur Hochzeit geschenkt hatte, und trug den kleinen Nevin in einem Lederbeutel vor ihrer Brust. Der Beutel wurde von Trageriemen aus mit Fell gesäumtem Hirschleder gehalten, die über Alanes Schultern liefen und im Rücken über Kreuz verschlungen waren; es war die Art Tragegestell, das alle Norakamo-Frauen benutzten, um ihre Säuglinge zu tragen.

Alane und Nardo wurden auf dieser Reise von ihren Brüdern Rune und Stifun begleitet. Jeder der drei Männer führte sowohl ein zusätzliches Reitpferd als auch ein Packpferd mit, das mit Alanes Habe beladen war. Ihr Tempo war wegen des Babys notgedrungen auf eine gemächliche Gangart beschränkt, deshalb würden sie drei Tage brauchen, um ihren Bestimmungsort zu erreichen.

Der Große Fischfluß war nicht so breit wie der Goldfluß, aber breiter als die Große Biegung. Seine Ufer waren an vielen Stellen bewaldet, und Alane, die ihr bisheriges Leben auf ebenem Weideland verbracht hatte, war fasziniert von den ständig wechselnden Ausblicken und Geräuschen entlang des Flusses. Sie beobachtete, wie Raben und Adler auf der Suche nach Beute unvermittelt in die Bäume herabstießen und sich dann wieder in die Luft schwangen. Als Nardo ihr Zelt für die Nacht aufstellte, bildeten die schrillen Rufe von Murmeltieren und das aufgeregte Keckern roter Eichhörnchen eine ungewohnte Geräuschkulisse für Alanes Verrichtungen.

Alane zündete das Kochfeuer an und kümmerte sich um das Baby, während die Männer die Pferde versorgten. Sie hatten genügend getrocknetes Fleisch mitgenommen; Stifun ließ es sich jedoch nicht nehmen, mit seinem Speer zu dem flachen Wasser der Furt zu gehen, die ein paar hundert Meter flußabwärts lag, und zwei große Lachse zu fangen. Alane nahm sie aus und kochte sie, anschließend aßen sie draußen vor dem kleinen Reisezelt. Sie sprachen nur wenig, aber das Schweigen war von der behaglichen Art, wie es manchmal zwischen Menschen herrscht, die einander gut kennen.

Nachdem Nardo mit Essen fertig war, nahm er Alane das Baby ab. Während Alane zu essen begann, beobachtete sie eine kleine Rentierherde, als diese durch die seichte Furt sprang und wie übermütige Pferde das Wasser mit den Hufen aufwirbelte. Als die Tiere trockenes Land erreicht hatten und sich schüttelten, glitzerten die unzähligen Wassertropfen wie Edelsteine im Licht der untergehenden Sonne.

Sie krochen nicht eher in ihre Zelte, bis der letzte Sonnenstrahl vom Himmel verschwunden und das Kochfeuer fast niedergebrannt war. Besonders Alane hatte es nicht eilig, im Kindred-Lager anzukommen, wo sie erneut mit Nardos Mutter, der furchteinflößenden, gebieterischen Mara, zusammentreffen würde. Nur zu bald würde sie lernen müssen, ein Mitglied des Stammes der Kindred zu werden. Sie blickte ihren Ehemann und ihren Sohn an, und plötzlich krampfte ein besitzergreifendes Gefühl ihr Herz zusammen. Es gab nichts, was sie nicht für diese beiden geliebten Menschen tun würde.

Das Baby gähnte und zeigte seinen rosigen, zahnlosen Gaumen. Nardo schmunzelte bei seinem Anblick. »Es wird spät«, sagte er.

»Ja«, erwiderte Rune. »Wir sollten im ersten Licht des neuen Morgens aufbrechen, wenn wir dein Dorf bis zum folgenden Tag erreichen wollen.«

Die Männer standen auf, und eher widerwillig erhob sich auch Alane. Nardo kam, um ihr das Baby in die Arme zu legen. »Du bist müde, meine Kleine«, sagte er liebevoll. »Geh schlafen. Wir werden uns um die Feuer kümmern.«

Laß mich diesen Augenblick festhalten, dachte Alane, als sie in Nardos friedliche dunkle Augen aufblickte. Sie spürte eine düstere Vorahnung, daß die Dinge zwischen ihr und Nardo niemals wieder so unkompliziert und harmonisch sein würden, sobald sie erst einmal das Kindred-Dorf erreicht hatten.

10

Gegen Ende des Sommers waren die Redu bereit, ihre große Wanderung gen Süden zu beginnen. Alle waren sich bewußt, daß sie nicht noch einen weiteren rentierlosen Winter in ihren eigenen Jagdgründen überstehen würden, und selbst eine lange, mühsame Reise bei kaltem, unwirtlichem Wetter war immer noch besser, als verhungern zu müssen.

Siebenhundert Menschen – Redu von fünf verschiedenen Verbänden – hatten sich zusammengetan. Jeder der Redu-Verbände wurde von einem Unterhäuptling angeführt, aber Kerk war der Häuptling des gesamten Stammes, und seine Autorität war unbestritten.

Die Redu waren in erster Linie Krieger, was sich in der Organisation und der Kommandokette des Stammes deutlich widerspiegelte. Die initiierten Männer des Stammes waren in zwei Hauptgruppen eingeteilt: die »rechte Hand«, die den Rat der Unterhäuptlinge bildete, dem die erfahrensten Jäger angehörten und diejenigen Männer, die die größte Anzahl von Tali-Feinden getötet hatten. Diese Zahl ließ sich auf einen Blick von den Daumen ablesen, die jeder Krieger als Trophäen an seinem Gürtel hängen hatte. Kerk, der Häuptling, hatte mehr als sechs Handvoll Daumen an seiner Taille baumeln.

Die jüngeren Männer des Stammes wurden die »linke Hand« genannt. Sie strebten ständig danach, genügend Daumen zu sammeln, um der Rechte-Hand-Gruppe beitreten zu dürfen.

Kerk hatte entschieden, nicht den gesamten Stamm auf diesen Treck mitzunehmen. Die sehr Alten und die ganz Jungen, aber auch die schwangeren Frauen und die Mütter kleinerer Kinder wurden zurückgelassen. Die Jäger des Stammes zogen Stöcke, und diejenigen, die kurze Stöcke gezogen hatten, mußten bei den Schwachen und Hilflosen bleiben. Die Anzahl der Jäger im Verhältnis zu der Zahl von Mäulern, die gefüttert werden mußten, war zwar gefährlich gering, aber Kerk wollte so viele Krieger wie möglich bei sich haben, wenn er in das Rentier-Gebirge einfiel. Wenn die Berge erobert worden waren und der Stamm seine Stellung gesichert hatte, würden sie nach denjenigen schicken, die sie zurückgelassen hatten.

Der spätsommerliche Himmel war dunstig, und Nebelschwaden hingen tief über der Marsch an dem Tag, an dem die Redu aus der Heimat ihrer Urväter aufbrachen. Fünfhundert Männer führten den Zug an, jeder einzelne von ihnen mit den todbringenden Bögen bewaffnet, die aus starkem Eibenholz gefertigt und mit Sehnen bespannt waren. Auf dem Rücken trugen sie Beutel mit feuergehärteten Pfeilen, deren Steuerfedern von Adlern und Habichten stammten. Hinter den Männern mühten sich zweihundert Frauen und Kinder ab, die Zelte, zusätzliche Bekleidung und Kochutensilien schleppten.

Kerk hatte die vier reisenden Händler gefangengenommen, die die Quelle seiner Informationen über das Rentier-Gebirge waren; sie sollten ihm als Führer dienen. Der Redu-Häuptling hatte seinem Sohn Paxon die Verantwortung für die Händler übertragen, und er machte den vier Männern unmißverständlich klar, daß ihr Leben davon abhinge, ob die Redu sicher ihren Bestimmungsort erreichten oder nicht.

»Ich möchte, daß du die Sprache dieser Kindred-Leute lernst«, befahl Kerk seinem Sohn. »Du hast ein gewisses Sprachtalent. Du hast ja auch die Sprache der Tali gelernt.«

Kerk hörte sich nicht an, als bewunderte er diese Begabung seines Sohnes, aber er würde sie sich zunutze machen, wenn er mußte. Paxon blickte in das harte Gesicht seines Vaters und nickte gehorsam. Kerk hatte niemals sonderlich viel von den »schwächlichen« Begabungen gehalten, die Paxon von seiner Mutter geerbt hatte, was der Grund dafür war, warum sich der Junge immer so angestrengt hatte, sich in den kriegerischen Tätigkeiten hervorzutun, die sein Vater sehr schätzte.

Kerk hatte ausgerechnet, daß die Reise etwa fünf Monde dauern würde. Die Händler sagten, der Weg ließe sich durchaus in drei Monden bewältigen, aber die Händler hatten auch keine siebenhundert Menschen zu ernähren.

Bis zur Mitte des Winters, so kalkulierte Kerk, sollten die Redu im Rentier-Gebirge angekommen sein.

Alane stand an der Tür des Blockhauses und nahm all ihren Mut zusammen, um hineinzugehen. Nachdem sie einen Mond lang in dem Kindred-Dorf wohnte, war sie immer noch entsetzt über das Chaos in Maras Haus. Es war nicht etwa so, daß sie mit der Hausarbeit nicht zu Rande gekommen wären. Im Gegenteil, Alane hatte gesehen, daß alles viel schneller erledigt wurde und der Tagesablauf wesentlich effizienter gestalten werden konnte, wenn alle Frauen einer Familie die Arbeit untereinander aufteilten und jede eine spezielle Aufgabe übernahm. Aber die Anzahl der Menschen in dem Haus überwältigte sie einfach. Das nicht enden wollende Geplapper von Stimmen, die alle zur gleichen Zeit redeten, machte sie nervös. Und das ständige Durcheinander von Kindern und Hunden trieb sie zum Wahnsinn.

Jetzt straffte Alane die Schultern und schob energisch die Häute zur Seite, die der Wärme wegen im Türrahmen hingen. Es war dämmrig im Inneren des großen Hauses, die Häute schirmten das Licht vom Türdurchgang ab, aber mehrere Steinlampen spendeten genug gelbliches Licht. Mara und ihre Schwester Tora saßen neben einer der Lampen und bearbeiteten Hirschleder. Alis, die Dreizehnjährige, spielte mit einer Gruppe der kleineren Kinder in einer Ecke. Haras, Toras Sohn, der sich vorübergehend vor den Sticheleien seiner Mutter-durch-Heirat hierher geflüchtet hatte, unterhielt sich ernst mit seiner Schwester Lora. Liev, Nardos Schwester, schnitt Fleisch für den Eintopf in Streifen. Die jungen Hunde schliefen eng aneinandergeschmiegt in der gegenüberliegenden Ecke.

Alle blickten auf, als Alane hereinkam. »Da bist du ja, Alane«, sagte Mara. »Wir haben uns schon gefragt, wohin du wohl verschwunden wärst.«

Alane war in ihre eigene Hütte geflohen, um ein paar friedliche Stunden mit ihrem Baby zu verbringen. Alle diese Frauen mit ihrer Neugier und ihrem ständigen Wissen um alles, was sie tat, rieben ihre Nerven langsam, aber sicher auf. Alane traute sich nicht, Mara zu antworten, sondern ging schweigend durch den Raum, um sich zu Nardos Cousine Lora zu setzen, der einzigen Frau im gesamten Haushalt, in deren Gegenwart sie sich wohl fühlte. Lora war ein hübsches Mädchen mit tiefen Grübchen in beiden Wangen und einem lebhaften Sinn für Humor. Sie war knapp achtzehn, das Haushaltsmitglied, das Alane altersmäßig am nächsten stand, und die beiden Mädchen arbeiteten oft zusammen.

Alane machte Anstalten, sich auf dem Fellteppich niederzulassen, dann runzelte sie die Stirn, als sie etwas an der Stelle auf dem Rentierfell kleben sah, wohin sie sich setzen wollte. Sie schnüffelte. Dem Fleck haftete ein säuerlicher Geruch an. Alane richtete sich wieder auf. »Es sieht aus, als wäre einem der Hunde übel geworden«, sagte sie mit ausdrucksloser Stimme.

Mara zuckte die Achseln. »Das kann vorkommen«, erwiderte sie. »Du würdest es besser verstehen, wenn du an Hunde gewöhnt wärst, Alane.« Mara klang, als wäre Alanes mangelnde Erfahrung ein schweres moralisches Vergehen. »Alis, säubere die Stelle, die Alane stört.«

Unbehagliches Schweigen breitete sich aus, als Alis mit einem Lappen herbeieilte. Alane stand stocksteif da und hielt Nevin in ihren Armen. In einer offensichtlichen Anstrengung, die gespannte Stimmung etwas zu lockern, sagte Tora: »Ich denke, es ist an der Zeit, daß die jungen Hunde aus dem Haus kommen und mit dem Rest der Meute in der Höhle leben. Sie sind jetzt groß genug, um zu lernen, mit den Männern zu jagen.«

Ein empörter Aufschrei der Kinder folgte ihren Worten. Es erstaunte Alane immer wieder, wieviel Toleranz die Kindred ihren Kindern entgegenbrachten. Sie schalten oder bestraften sie fast nie, und folglich zögerte jetzt keines der Kinder, lautstark seinen Protest gegen das Urteil eines Erwachsenen zu äußern.

Mara wartete, bis sich die Kinder wieder beruhigt hatten, bevor sie ihrer Schwester zustimmte.

Daraufhin schwiegen die Kinder bedrückt.

Alis richtete sich von dem Teppich auf, wo sie den Fleck beseitigt hatte, und fragte heiter: »Wer hat Lust, ›Jag den Büffel‹ zu spielen?« Die Kinder riefen begeistert durcheinander; Alane biß die Zähne zusammen. Bei diesem Spiel mußten alle Spieler bis auf einen die Augen schließen, während dieser irgendwo im Haus einen Gegenstand versteckte. Anschließend mußten alle danach suchen, und der erste, der den Gegenstand fand, war der Gewinner. Es war ein Spiel, das mit großem Lärm verbunden war.

Alane fand ein trockenes Stück Teppich, setzte sich und nahm Nevin aus seinem Tragegestell.

Lora streckte die Hand aus, um eines der Rehkitzohren auf dem Mützchen des Babys glattzustreichen. Dann blickte sie neugierig auf den kleinen, hübsch geflochtenen Korb, den Alane mitgebracht hatte. »Der Korb ist aber schön. Ich habe noch nie so einen Korb gesehen. Wofür ist er?«

»Er dient als Teebehälter«, erklärte Alane. »Ich würde gern etwas Tee in meine eigene Hütte mitnehmen, damit ich mir jederzeit welchen aufbrühen kann.«

Verblufftes Schweigen breitete sich aus. Dann meinte Mara: »Der Teekessel hier ist immer voll, Alane.«

Alane drehte den Kopf, um Nardos Mutter anzusehen. »Das ist wahr, meine Mutter, aber ich würde gern Tee in meinem eigenen Heim zubereiten können.«

Maras braune Augen betrachteten Alane mit leiser Überraschung. »Dies ist dein Heim.«

»In meiner eigenen Hütte«, erwiderte Alane.

»Das ist nicht nötig«, sagte Mara. »Wir haben ja hier immer frisch aufgebrühten Tee.«

Alanes Gesicht behielt einen Ausdruck vollkommener Gelassenheit bei, ihre Stimme blieb ruhig und vernünftig. »Es ist nicht nötig«, stimmte sie zu. »Aber ich möchte es trotzdem.«

Mara runzelte leicht die Brauen. Dann zuckte sie die Achseln. »Wenn du etwas Tee mitnehmen willst, dann kannst du das natürlich tun. Die Nahrungsmittel hier sind für alle in diesem Haushalt.« Ihr Tonfall besagte jedoch deutlich, daß sie Alane für sehr unhöflich hielt.

Alane lächelte liebenswürdig. »Danke, meine Mutter. Dann werde ich auch etwas Fleisch mitnehmen.«

Nardo war überrascht, ein Kochfeuer in seiner eigenen Hütte

brennen zu sehen, als er spät an diesem Nachmittag von der Jagd zurückkehrte. Sein Gesicht war gerötet von dem eiskalten Wind, der über die Ebenen blies, und er sog genüßlich den Duft des Essens ein. »Kochst du Hirschgulasch?« fragte er seine Frau.

Alane stand auf, um ihm aus seinen Pelzen zu helfen. »Ja.« Sie nahm seinen Umhang entgegen und hängte ihn über das Trockengestell an der Wand. »Da drüben ist heißes Wasser, wenn du dich waschen willst.«

Nardo nickte und wartete, während sie Wasser in einen großen, wasserdicht ausgeschlagenen Korb goß. Er schob die weiten Ärmel seines Wildlederhemds hoch, tauchte dankbar seine blutbeschmierten Hände in das warme Wasser und rieb sie kräftig aneinander, um sie zu säubern. Dann nahm er das Tuch aus Wildleder, das Alane ihm reichte, und trocknete sich ab. »Essen wir heute abend hier?«

Alane hängte das feuchte Ledertuch neben den Umhang auf das Trockengestell und erwiderte: »Ich glaube, wir haben uns kein einziges Mal mehr allein unterhalten, seit ich in dieses Dorf gekommen bin, Nardo. Jeden Abend gehen wir zum Essen in das Haus deiner Mutter, und es ist so schrecklich laut dort!«

»Wir kommen ja zum Schlafen wieder hierher zurück«, sagte er. »Dann können wir uns immer noch unterhalten.« Sein Ausdruck war bedauernd. »Leider ist reden alles, was wir tun können, bis deine Zeit der Unreinheit vorüber ist.«

»Du verbringst den größten Teil des Abends im Haus deiner Mutter und redest mit Haras und Dane«, hielt Alane dagegen.

»In Ordnung«, meinte Nardo gutmütig. »Dann werden wir heute abend hier essen. Warte nur noch einen Moment, bis ich Samu geholt habe. Ich habe ihn solange bei Mama gelassen.«

»Samu?« fragte sie. »Wen meinst du damit?«

Aber Nardo war schon verschwunden. Zehn Minuten später

kehrte er zurück und brachte einen großen schwarz-silbern gestromten Hund mit, dessen heftig wedelnder Schwanz überschwengliche Freude signalisierte.

Alane richtete sich kerzengerade auf. »Nardo, warum bringst du Samu hierher? Er soll doch bei den anderen Hunden in der Höhle bleiben.«

Nardo tätschelte die großen, spitzen Ohren des Hundes. »Er will nicht in der Höhle bleiben«, sagte er. »Er mag mich lieber als die anderen Hunde.« Wie um diese Feststellung zu betonen, rieb Samu seinen Kopf an Nardos Schenkel und flehte winselnd um mehr Zuwendung. Nardo blickte auf und sagte beiläufig: »Ich werde ihn von jetzt ab mit uns in der Hütte schlafen lassen, Alane.«

Alane versteifte sich. Er wußte, sie mochte keine Hunde. »Deine Mutter läßt die Hunde nicht in ihrem Haus schlafen«, erwiderte sie scharf.

»Sabe schläft in ihrem Haus.«

»Aber nur, weil sie alt ist und die Wärme braucht.«

Er schüttelte den Kopf. »Sabe war der Hund meines Vaters. Sie hat immer im Haus geschlafen.« Er reckte schnüffelnd die Nase in die Luft. »Das Gulasch riecht köstlich«, meinte er.

Alane funkelte ihn ärgerlich an. »Bilde dir nicht ein, du könntest mich ablenken, indem du meine Kochkünste lobst!«

»Warum regst du dich so auf?« fragte er. »Dieser Hund würde dir niemals etwas antun, Alane. Im Gegenteil, er wird dich beschützen.«

»Ich will nicht von einem Hund beschützt werden.«

Samu war in der Hütte umhergetrottet, während sie sprachen, und jetzt bewegte er sich langsam auf den Stapel von Fellen zu, wo Nevin schlief.

»Nardo«, sagte Alane eindringlich.

»Ist schon in Ordnung. Er tut Nevin nichts«, erwiderte ihr

Ehemann sanft. Er ließ sich auf dem Teppich vor dem Kochfeuer nieder, offensichtlich bereit zu essen.

Alanes sämtliche Muskeln spannten sich an, und sie stand sprungbereit da, um ihr Kind nötigenfalls vor dem Angriff des Hundes zu verteidigen. Der Hund beschnüffelte den Kopf des Babys. »Nardo«, rief Alane wieder, diesmal fast verzweifelt. Sie hatte Angst, den Hund zu provozieren, wenn sie sich bewegte.

»Er wird Nevin nichts tun, Alane. Ich habe es dir schon einmal gesagt. Laß ihn einfach in Ruhe.«

Samu legte seine Schnauze einen Moment auf Nevins flauschigen schwarzen Kopf. Das Baby schlief ruhig weiter. Dann wanderte der Hund in eine Ecke der Hütte und legte sich hin, den Kopf auf die Pfoten gestützt. Alane stieß einen Seufzer der Erleichterung aus.

»Alane«, drängte Nardo. »Wenn du mir nichts zu essen gibst, werde ich zu Mutter hinübergehen müssen.«

Alane dachte verbittert, daß sie selbst es war, die ihrem Ehemann diese Waffe in die Hand gegeben hatte. Jetzt würde sie den Hund notgedrungen behalten müssen, sonst würde Nardo wieder zu Maras Haus gehen.

Sie preßte mißbilligend die Lippen zusammen. »Ich komme schon«, sagte sie und trat ans Feuer, um Nardos Schüssel mit Fleisch zu füllen.

Am folgenden Morgen bereitete Alane auch das Frühstück für ihren Mann zu, und nachdem sie gegessen hatten, begann Nardo seine Jagdwaffen einzusammeln, während Alane sich bereit machte, zu Maras Haus zu gehen.

»Und was wirst du heute den Tag über tun, Alane?« erkundigte sich Nardo höflich, nachdem er zwei kleine, mit Knochenspitzen ausgerüstete Speere in seinen Gürtel geschoben hatte.

Alane goß frisches Flußwasser in den Wassertopf. »Ich habe Lora versprochen, ihr heute beim Körnersammeln zu helfen«, erwiderte sie. Jetzt, wo der Moment gekommen war, ihrer Mutter-durch-Heirat erneut gegenüberzutreten, fühlte sich Alane äußerst nervös bei dem Gedanken an ihre gestrige Eigenwilligkeit. Sie setzte den Wasserkorb ab, blickte in Nardos unbekümmertes Gesicht und fühlte Ärger in ihrer Brust aufwallen.

»Das ist ja schön«, meinte er mit männlicher Gutmütigkeit. Er begriff offensichtlich nicht. »Ich bin froh zu hören, daß du und Lora so gut miteinander auskommt. Eine Freundin zu haben wird dein Heimweh vertreiben.«

»Es ist nicht einfach, sich an eine völlig neue Lebensweise anzupassen, Nardo«, gab Alane kurz angebunden zurück.

»Ich verstehe das durchaus, Alane«, erwiderte er und griff nach seinem langen Jagdspeer. »Und ich erinnere mich, wie es mir geholfen hat, Rune als meinen Freund zu haben, als ich unter deinen Leuten lebte«, fügte er hinzu. »Deshalb freue ich mich so über deine Freundschaft mit Lora.«

Alane ärgerte sich maßlos über seine leicht dahingesagten Worte. *Er versteht überhaupt nichts,* dachte sie. Noch nie in seinem ganzen großen, starken, speerschwingenden Dasein hatte man ihn gezwungen, sich so fremd und unwillkommen zu fühlen, wie ihr zumute war, sobald sie nur den Fuß in das Haus seiner Mutter setzte. »Wie schön, daß du dich für mich freust«, sagte sie voller Ironie.

Nardo entging ihr Sarkasmus völlig, und er trat zu ihr, um ihr einen Kuß auf den Kopf zu drücken. »Wir sehen uns dann beim Abendessen«, meinte er heiter. »Wir sollten heute abend besser bei Mutter essen, sonst wird sie verärgert sein.« Und damit verschwand er zur Tür hinaus.

Nardo war sich durchaus der Probleme bewußt, die seine Frau mit seiner Mutter hatte, aber er war der Überzeugung, die Spannungen zwischen den beiden Frauen würden sich schneller lösen, wenn er sich aus der Sache heraushielte. Er befand sich in der unbequemen Lage, beide Seiten zu verstehen. Er verstand die Schwierigkeiten seiner Mutter, ein Mädchen als ihre Tochter zu akzeptieren, das aus dem Stamm kam, der ihren Bruder ermordet hatte. Gleichzeitig verstand er aber auch Alanes Schwierigkeiten, unter Frauen zu leben, die nicht ihre Blutsverwandten waren.

Zum Teil, so sagte er sich, beruhten Alanes Probleme sicher auch auf der Tatsache, daß sie sich nicht lieben konnten, weil sie nach der Geburt des Kindes immer noch als unrein galt. Dieses Tabu würde beim nächsten Vollmond aufgehoben sein, und Nardo hoffte, die Wiederaufnahme ihrer sexuellen Beziehungen würde seiner Frau helfen, sich mit ihrem neuen Leben abzufinden. In den Tagen, bevor ihre Schwangerschaft zu weit fortgeschritten war, hatten sie gemeinsam eine intensive, berauschende Leidenschaft entdeckt, wie Nardo sie mit keiner anderen Frau zuvor erlebt hatte.

Und so wartete Nardo voller Ungeduld auf den vollen Hengst-Mond. Während der zweiten Woche des Monats machte er einen schnellen Abstecher zum Sommerlager – fest entschlossen, vor dem überaus wichtigen Tag wieder zu Hause zu sein –, aber dann verzögerte sich sein Aufbruch durch einen Besuch von Rilik, dem Häuptling der Atata-Kindred. Rilik hielt Nardo bis zum Einbruch der Dunkelheit in einer Konferenz fest, und als Nardo früh am Tag des vollen Mondes erwachte, regnete es in Strömen. Ohne sich um die Einwände seiner Stammesgenossen zu kümmern, machte Nardo sich auf den Heimweg ins Dorf, nur von Loras Ehemann, Dane, begleitet.

»Ich hoffe, du weißt zu schätzen, was ich für dich tue«, grummelte Dane, als die beiden Männer ihre Pferde durch den knietiefen Schlamm zu beiden Seiten des Schmalen Flusses trieben. Vergeblich krümmte er die Schultern und zog den Kopf ein gegen die wahren Sturzbäche, die sich vom Himmel ergossen. Regentropfen prasselten geräuschvoll auf das wild schäumende graue Wasser des Flusses.

»Du bist ein wahrer Herzensfreund, Dane«, erwiderte Nardo. »Und wenn du mich nicht begleitet hättest, wäre ich alleine losgeritten.«

»Das ist genau der Grund, weshalb ich mitgekommen bin«, gab Dane zurück. Er wischte sich den Regen aus den Augen. »Die Stammesregel lautet, daß niemand allein reisen sollte. Kannst du dir vorstellen, was Varic sagen würde, wenn er erführe, daß du – der Häuptling – eine der Stammesregeln gebrochen hättest?«

Schweigend ritten die beiden Männer weiter. Kleine Wasserbäche rannen über ihre Gesichter und durchnäßten ihre Haare und Kleider. Schließlich meinte Nardo: »Ehrlich gesagt, ich verstehe Varic nicht, Dane. Wir haben uns niemals besonders nahegestanden, aber wir waren uns auch nie unfreundlich gesinnt. Dennoch ergreift er jetzt jede sich bietende Gelegenheit, um meine Autorität im Stamm zu untergraben.«

»Er ist immer noch verärgert, weil du in den Norakamo-Stamm eingeheiratet hast«, erwiderte Dane.

Blauvogel warf den Kopf hoch und spritzte noch mehr Wasser in Nardos Gesicht. Fluchend wischte er sich die Tropfen aus den Augen. Dann sagte er energisch: »Nevin war vielleicht Varics Vater, aber er war der Bruder *meiner* Mutter. Wenn ich fähig war, das Wohl des Stammes über meinen Kummer zu stellen, dann sollte Varic doch sicher auch dazu in der Lage sein.«

Die Hufe der Pferde machten saugende Geräusche, während sie durch den Schlamm gingen. Dane seufzte: »Es ist nicht nur

Nevins Tod, Nardo. Ich glaube, Varic ist auch eifersüchtig auf dich.«

»Er benimmt sich, als wollte er der Häuptling sein«, sagte Nardo grimmig.

»Ich weiß nicht, was Varic will«, erwiderte Dane. »Ich glaube, er weiß es noch nicht einmal selbst. Ich denke einfach, er ist wütend auf dich und eifersüchtig obendrein, und deshalb versucht er, dir das Leben schwerzumachen. Hab Geduld mit ihm, Nardo. Er wird darüber hinwegkommen, was immer es ist, das ihm zu schaffen macht.«

»Ich hoffe nur, es geschieht bald«, meinte Nardo, »weil meine Geduld langsam aufgebraucht ist.«

Am Spätnachmittag ließ der Regen ein wenig nach, aber es war bereits stockfinster, als die beiden jungen Männer in das Kindred-Dorf einritten. Dane bot sich an, einige Jungen zu holen, um die Pferde zu versorgen, und Nardo nahm seine Satteltasche und ging in seine eigene Hütte, wo er das Feuer anfachte, die Lampen anzündete, die Schlaffelle ausrollte und Samu sein Futter vorsetzte. Dann strebte er eilig zum Haus seiner Mutter.

»Nardo! Du bist ja völlig durchnäßt!« rief Mara, kaum daß er den Kopf zur Tür hereingesteckt hatte. »Was hast du dir nur dabei gedacht, bei einem solchen Wetter zu reisen?«

Aber Nardos Augen, schmal und eindringlich, waren auf seine Frau gerichtet, nicht auf seine Mutter. »Ich werde mich gleich umziehen«, versprach er. Dann sagte er mit deutlich kehliger Stimme: »Alane?«

Alane weiß sehr gut, warum ich diesen weiten Weg durch das Unwetter geritten bin, dachte er. Doch ihr Gesicht verriet nichts von ihren Gedanken. In seinen Lenden begann es zu pulsieren, als er beobachtete, wie sie sich erhob. »Ich werde mitkommen und ein paar trockene Kleider für dich heraussuchen, Nardo«, sagte sie. Das Licht der Steinlampe warf einen sanften Schimmer auf ihr silberblondes Haar, als sie sich bückte, um Nevin aufzunehmen. Nardo beobachtete die Bewegungen ihrer schlanken, biegsamen Taille mit verlangenden Augen.

»Komm zurück, nachdem du dich umgezogen hast, und ich werde ein warmes Essen für dich bereithalten«, sagte Mara.

»Alane wird mir zu essen geben, Mutter«, sagte er. »Du brauchst dir keine Mühe zu machen.«

Dann stand Alane vor ihm. Sie blickte in sein Gesicht auf, sah den unmißverständlichen Ausdruck seiner Augen und schaute hastig fort. »Komm«, sagte sie. »Du mußt ja ganz durchgefroren sein.« Nardo hielt die Türhäute für sie auf und wartete, während sie Nevin in einen Pelzteppich einhüllte. Dann eilten Ehemann und Ehefrau in den Regen hinaus.

Das Feuer hatte ihre kleine Hütte inzwischen erwärmt, und die Lampen verbreiteten ein gemütliches Licht. »Ich sehe schon, du bist beschäftigt gewesen«, sagte Alane. Sie weigerte sich immer noch, Nardos Blick zu begegnen, und bückte sich, um Nevin in sein Bettchen aus Fellen zu legen. Samu schlief bereits auf seinem eigenen Lager in einer Ecke der Hütte.

»Ich konnte nicht schon gestern zurückkommen, weil Rilik überraschend zu einem Besuch ins Sommerlager kam, und da mußte ich bleiben«, erklärte Nardo.

Alane stopfte sorgsam eine Decke um das Baby fest. »Du hättest nicht durch den Regen reiten müssen, Nardo. Du hättest bis morgen warten können.«

»Du weißt sehr gut, warum ich nicht gewartet habe«, gab er zurück. »Mir scheint, ich habe lange genug gewartet. Viel zu lange. Eine Ewigkeit, so kommt es mir vor.«

Endlich hob sie den Kopf, um ihn anzusehen.

»Ich wäre sogar durch einen Schneesturm geritten, Alane«, sagte er sanft.

Die Andeutung eines Lächelns spielte um ihre Mundwinkel. Ihre grauen Augen wirkten sehr groß und sehr dunkel. »Wärst du das?« fragte sie weich.

Nardo fühlte ein Grollen tief in seiner Brust, und ohne ein weiteres Wort streifte er sich das durchnäßte Hemd über den Kopf und ging auf Alane zu. Sie hob ihm ihr Gesicht entgegen, und im nächsten Moment küßte er verlangend ihre Augenlider und ihre Wangen und ihren Mund. Sie schlang ihm die Arme um den Hals. »Beim großen Himmelsgott, wie sehr hast du mir gefehlt«, stöhnte er.

»Und du mir.« Ihr warmer Atem kitzelte sein Ohr. Er richtete sich auf, und ihr ganzer Körper preßte sich an ihn, als er sie zu der Stelle trug, wo er zuvor die Schlaffelle ausgebreitet hatte. Er legte Alane behutsam auf die Häute und hielt einen Moment inne, um sich die nassen Hosen auszuziehen. Dann kniete er neben ihr, und sie streckte die Arme nach ihm aus, um mit den Daumen sanft über die harte Linie seiner Wangenknochen zu streichen.

Nardo begann die Lederschnur zu lösen, die ihren Rock in der Taille festhielt, und zog den Rock an ihren Beinen hinunter. Alane hob die Hüften an, um ihm behilflich zu sein. Dann, mit raschen, geschickten Bewegungen, zog er ihr auch das Hemd aus. Ihre Brüste waren milchig weiß und hoben sich voll gegen ihren schmalen Brustkorb und die zierliche Taille ab. Nardo zog eine Spur von Küssen über ihre Brüste, ihre Rippen und Taille, dann streifte sein Mund tiefer. Alane vergrub ihre Finger in seinem Haar, und tief aus ihrer Kehle stieg ein kleiner Schluchzer auf, ein winziger Laut, der Nardos Selbstbeherrschung endgültig zunichte machte. Er schob seine Hände unter ihre Hüften, hob sie an, dann drang er mit einem einzigen Stoß in ihre warme Feuchtigkeit ein. Alane bäumte sich ihm verlangend entgegen, um seinen Stößen zu begegnen, und ihr Körper kannte instinktiv seinen Rhythmus, während sie einander Lust schenkten und Lust empfingen, gaben und nahmen, bis ihre Sinne in einem wilden Rausch explodierten, der ihre Seelen bis ins Innerste erschütterte und zugleich mit tiefem Frieden erfüllte.

»Das hätte ich fast vergessen – ich habe dir ein Geschenk mitgebracht«, sagte Nardo sehr viel später, als sie wieder still dalagen und einander fest umschlungen hielten.

Alanes Wange preßte sich gegen seine nackte Schulter. Er fühlte, wie sich ihr Kiefer bewegte, als sie gähnte. »Du hast mir etwas mitgebracht? Ein Geschenk?«

»Ja. Warte hier, und ich hole es.«

Widerstrebend ließ sie ihn los, und er stand rasch auf und lief auf bloßen Füßen zu der Stelle, wo er am Abend seine Satteltasche hatte fallen lassen. Er war nackt, und als er sein Geschenk aus der Tasche hervorgekramt hatte und aufblickte, ertappte er Alane dabei, wie sie ihn mit besitzergreifenden Blicken beobachtete. Er lächelte und brachte ihr sein Geschenk. Sie setzte sich auf, um es aus seinen Händen entgegenzunehmen.

»Oh, Nardo.« Alanes Stimme klang weich, als sie entzückt das feingearbeitete Halsband aus goldenen Muscheln betrachtete. »Es ist wunderschön.«

»Ich dachte mir, daß es dir gefallen würde«, sagte er mit tiefer Befriedigung.

Sie drehte sich zum Schein des Feuers um und hielt das Halsband hoch, um es besser bewundern zu können. »Es ist prachtvoll!«

Er beobachtete sie. »Alane, ach, Alane ...« Seine braunen Augen glänzten. »Ich dachte schon, dieser Vollmond würde niemals aufgehen!«

Alane senkte das Halsband und ließ die goldenen Muscheln durch ihre Finger gleiten. Irgendwann im Laufe der Nacht hatte Nardo ihren Zopf gelöst, und ihr wallendes Haar verhüllte ihre

Nacktheit wie eine silberne Wolke. Als sie erneut sprach, klang ihre Stimme ruhig. »Es war ... einsam ohne dich.«

Nardo kniete sich neben sie. »Es war mehr als einsam. Es war eine Qual.«

Sie legte das Halsband sorgsam auf dem Boden ab und streckte die Arme nach ihm aus, um ihre Finger zärtlich in seinem schwarzen Haar zu vergraben. Es war so dick und glatt, daß es wie Wasser durch ihre Finger glitt. Samu in seiner Ecke bewegte sich unruhig im Schlaf. Vor einer ganzen Weile war er aufgewacht und zu den Schlaffellen getrottet, um zu sehen, was Nardo und Alane taten. Nardo hatte die Unterbrechung gar nicht gefallen, und er hatte den Hund recht grob weggeschubst. »Du bist so schön«, sagte er jetzt voller Bewunderung zu Alane.

Alane sah den verräterischen Ausdruck seiner Augen. »Nardo«, sagte sie amüsiert. »Nicht schon wieder!«

Er küßte sie verlangend auf den Hals. »Warum nicht?«

Sie warf den Kopf in den Nacken. Ihre Brüste schienen sich wie von selbst in seine Hände zu schmiegen. »Morgen früh werden wir beide erschöpft sein.«

»Du kannst ausschlafen«, erwiderte Nardo. Seine warmen Lippen bewegten sich tiefer. »Ich werde mich für dich um Nevin kümmern.«

Alane gab einen kleinen Laut von sich, der Ungläubigkeit ausdrückte. Aber als Nardo sie sanft auf die Schlafhäute zurückdrängte, legte sie sich willig nieder und zog ihn verlangend an sich.

11

Schweigend beobachtete Alane, wie Mara voller Ehrfurcht die seltsamen Objekte von ihren Pelzumhüllungen befreite, die dem Wolfs-Clan offenbar viel bedeuteten. Es waren die heiligen Feuerstäbe, hatte Lora ihr erklärt, wichtige religiöse Symbole, die beim großen Winterfest des Stammes benutzt wurden, den *Neujahrsriten*.

Draußen herrschte klirrende Kälte, aber in dem großen Haus war es warm von der Körperhitze all der vielen Clanmitglieder, die sich auf dem begrenzten Raum zusammengedrängt hatten. Alane stand dicht neben Nardos hochgewachsener, kräftiger Gestalt und fühlte sich plötzlich unendlich getröstet, als sich seine große, warme Hand um ihre kleine, kalte schloß und sie liebevoll drückte.

Mara hatte inzwischen den letzten der Feuerstäbe ausgewickelt und legte ihn sorgfältig auf einen der beiden getrennten Stapel, die sie rechts und links des Feuers aufgeschichtet hatte. Dann blickte die Matriarchin auf. Der Feuerschein beleuchtete ihr Gesicht von unten und malte dunkle Schatten unter ihre hohen, ausgeprägten Wangenknochen und um Augen und Nase.

»Der Geist des Feuers ist jetzt in der Obhut des Wolfs-Clans«, begann Mara. »Was müssen wir tun, um ihn zu schützen?«

Eine Kinderstimme piepste die rituelle Antwort: »Wir werden unsere Stäbe in die Erde stecken und sie nähren.«

»Wir werden den Feuertanz tanzen, um uns würdig zu erweisen«, ertönte eine Frauenstimme, die Alane als die von Tora erkannte.

Nardos tiefe Stimme erfüllte den Raum voller Menschen: »Wir werden die Flamme immer am Brennen halten zur Erinnerung an unseren Urahn, der als erster Feuer von den Göttern stahl.«

Stille breitete sich aus, während der Clan über seine Pflichten nachdachte. Dann verkündete Mara: »Jetzt werde ich die Feuerstäbe austeilen.«

Sie begann, Namen aufzurufen, und die Clanmitglieder traten der Reihe nach vor, empfingen ihren Stab aus Maras Händen und stellten sich zu beiden Seiten des Raumes auf, die Frauen auf der einen Seite, die Männer auf der anderen. Als Nardos Name aufgerufen wurde und er ihre Hand losließ und vortrat, fühlte sich Alane plötzlich sehr verloren und allein. Dann wurde ihr eigener Name aufgerufen, und sie näherte sich pflichtschuldig ihrer Mutter-durch-Heirat, deren dunkle Augen mit strenger Mißbilligung auf ihr ruhten. Alane erwiderte ihren Blick ruhig und gelassen, als sie den hölzernen Stab mit den seltsamen geometrischen Mustern ergriff und sich dann der Gruppe der Frauen anschloß.

Niemals zuvor waren Alane diese Kindred-Leute fremdartiger erschienen als jetzt, während sie mit den Frauen des Wolfs-Clans ging, um ihren Stab gemeinsam mit den anderen in das Zelt zu stecken, das der Clan hinter dem großen Haus aufgestellt hatte. Es war nicht nur die religiöse Zeremonie, die ihr so bizarr erschien. Als noch eigenartiger empfand Alane die Tatsache, daß sie und Nardo das einzige verheiratete Paar waren, das an diesem Ritus teilnahm. Gemäß dem wahren matrilinearen Brauch waren die Ehemänner von Nardos Schwestern und Cousinen bei der Vorbereitung für dieses wichtige Fest nicht mit ihren Frauen vereint, sondern gingen statt dessen in die Häuser ihrer Mütter. Andererseits waren Toras Söhne, Haras und Mano, ohne ihre Ehefrauen erschienen.

Für Alane, Kind eines patrilinearen Stammes, war diese verwandtschaftliche Ausrichtung auf den mütterlichen Clan etwas völlig Fremdes. In der Tat war die ganze Norakamo-Gesellschaft wesentlich individueller als die gemeinschaftlich orientierte Welt der Kindred. Bei den Norakamo gab es einfach keine großen Gemeinschaftsfeste. Alane war in dem Glauben erzogen worden, daß das religiöse Leben etwas streng Persönliches war, etwas, was zwischen dem Individuum und der Welt der Geister vor sich ging. Als sie dies jedoch Nardo zu erklären versuchte, merkte sie deutlich, daß er glaubte, ihren Leuten mangle es an Ehrfurcht. Das machte sie wütend, aber je mehr sie ihm ihre Auffassung verständlich zu machen versuchte, desto verwirrter war Nardo geworden. Schließlich hatte sie es aufgegeben.

Und so ahmte sie jetzt die anderen Frauen des Wolfs-Clans nach, grub ein Loch in die Erde und steckte ihren Feuerstab hinein, obwohl sie sich dabei wie ein Schwindlerin vorkam. Als sie von ihrer Tätigkeit aufblickte, ertappte sie Mara dabei, wie diese sie mit einem unversöhnlichen Ausdruck auf dem Gesicht beobachtete.

Während der letzten beiden Monde hatten sich die Spannungen zwischen Alane und ihrer Mutter-durch-Heirat noch verstärkt. Mara ärgerte sich sehr über die offensichtliche sexuelle Anziehung, die ihren Sohn an seine Norakamo-Ehefrau band, und Alane, die sich über Maras Gefühle durchaus im klaren war, nahm dieser wiederum ihre ausgesprochen besitzergreifende Haltung ihrem Sohn gegenüber übel. Jeder andere im Haushalt war sich der schwierigen Beziehung zwischen Nardos Mutter und seiner Ehefrau bewußt, aber zu Alanes Erleichterung schien der Rest der Familie mehr daran interessiert, den Frieden zu bewahren, als Partei für eine der beiden Frauen zu ergreifen.

»Es ist immer hart für eine Mutter, sich damit abzufinden, daß ihr Sohn eine andere Frau liebt«, sagte Lora eines Tages zu Alane, als sie zusammen in Alanes Hütte saßen, Körbe flochten und auf ihre Babys aufpaßten. »Aus diesem Grund verläßt ein Sohn den Haushalt seiner Mutter, wenn er heiratet, und zieht in den Haushalt seiner Frau. Nardo hat das nicht getan, und deshalb ist es für Mara noch schwerer. Du mußt Geduld mit ihr haben.«

»In meinem Stamm gründen Ehepaare ihren eigenen Haushalt«, erwiderte Alane. »Ihre Loyalität gilt dem Partner; der Ehemann ist seiner Frau verpflichtet, die Ehefrau ihrem Mann.«

Draußen strömte ein kalter Regen herab. Die Frauen konnten die Regentropfen gegen die hölzernen Balken der Hütte trommeln hören. Sie hatten die Häute an der Tür fest vorgezogen, um Kälte und Feuchtigkeit abzuhalten, und im Inneren der Hütte war die Luft etwas verräuchert von dem prasselnden Feuer in der Kochmulde.

Lora zuckte die Achseln. »Die Treue eines Ehemannes ist nicht die gleiche wie die eines Bruders, Alane. Wir Kindred-Frauen haben eine Redensart, die besagt, daß Ehemänner kommen und gehen, aber dein Bruder bleibt dein Leben lang dein Bruder.« Sie flocht einen Streifen Birkenrinde, wie Alane es ihr gezeigt hatte, während ihre Lippen stumm abzählten: *Über zwei hinweg, unter zweien hindurch, über drei, unter einen* ...

Alanes Finger flogen ohne jegliche geistige Anstrengung über ihre Flechtarbeit. »In meinem Stamm ist es nicht üblich, daß Ehemänner kommen und gehen, Lora. Wenn man einmal verheiratet ist, dann bleibt man auch verheiratet.«

Lora hielt in ihrer Arbeit inne und blickte auf. »Aber was, wenn Ehemann und Ehefrau nicht übereinstimmen?«

Alane legte ihren Korb beiseite, erhob sich und holte den Besen aus der Ecke. Dann drehte sie ihn um und benutzte den langen hölzernen Stiel, um in dem Rauchabzug über der Feuerstelle zu stochern. Sie antwortete Lora, während sie auf Zehenspitzen dastand und den Besen hinauf- und hinunterbewegte in ihrer Anstrengung zu beseitigen, was auch immer das Loch verstopfte. »Wenn sie übereinstimmen, bevor sie verheiratet sind, warum sollten sie es dann nicht auch danach tun?«

Loras Blick ruhte auf dem Rauchabzug. »Manchmal stimmen sie einfach nicht überein«, erwiderte sie. »Sieh dir nur meinen Bruder Haras und seine Frau Fara an. Haras verbringt neuerdings den größten Teil seiner Zeit in unserem Haushalt, weil er das Heim seiner Frau so unerfreulich findet.«

»Ich bin überzeugt, Haras liebt Fara sehr«, meinte Alane. »Es ist ihre Mutter, mit der er nicht auskommt.« Nachdem der Rauchabzug zu ihrer Zufriedenheit wieder frei war, stellte sie den Besen an seinen Platz zurück und setzte sich wieder neben Lora ans Feuer.

»Er liebt Fara, das ist richtig«, meinte Lora. Das Feuer zischte leise, als etwas Regen von oben hereintröpfelte. »Aber wenn er nicht mit Faras Mutter auskommen kann, dann kann er nicht mit Fara verheiratet bleiben.«

»Du meinst, sie können ihre Ehe einfach beenden?«

»Natürlich.«

Alane hatte ihren Korb aufgenommen, und jetzt begannen ihre Finger ihre flinke Arbeit von neuem. »Und wie?«

»Auf die übliche Weise«, erwiderte Lora. »Haras wird seine gesamte Habe einpacken und wieder in das Haus seiner Mutter und seiner Schwestern zurückziehen.«

Alane schwieg nachdenklich. Schließlich sagte sie: »Dann willst du also damit sagen, daß Nardo in erster Linie Mara gegenüber zu Treue verpflichtet ist und nicht mir?«

»Ich will nichts dergleichen sagen«, erwiderte Lora hastig. »Dein Fall liegt etwas anders.«

»Ja«, stimmte Alane mit täuschend freundlicher Stimme zu. »Ich merke, daß es bei uns etwas anderes ist. Nardo lebt jetzt schon die meiste Zeit bei seiner Mutter und seinen Schwestern, deshalb werde ich diejenige sein, die gehen muß, wenn unsere Ehe scheitert.«

Jetzt war Lora alarmiert. »Ich weiß nicht, wie wir überhaupt auf dieses Thema gekommen sind! Deine Ehe wird nicht scheitern, Alane. Alle können sehen, was Nardo für dich fühlt.«

Ja, Nardo schläft gerne mit mir, dachte Alane trostlos. *Aber zu einer guten Ehe gehört mehr als das.*

Sie war jedoch bei weitem zu stolz, um eine so persönliche Angelegenheit mit Lora zu besprechen, und so lächelte sie nur und beugte sich vor, um Nardos Cousine zu zeigen, wo sie einen Fehler in ihrer Flechtarbeit gemacht hatte. In schweigender Übereinkunft begannen beide Frauen von anderen Dingen zu sprechen.

Die Kindred zelebrierten ihre Neujahrsriten zum Zeitpunkt der Wintersonnenwende, während einer Zeit, die sie »Der Mond, wenn die Rentiere ihre Geweihe verlieren« nannten. Dieses Fest, das eine Vielzahl unterschiedlicher Zeremonien umschloß, hatte als allumfassendes Thema die Idee der Wiedergeburt. Jeder der sechs Clans des Stammes führte traditionsgemäß eine der sechs verschiedenen Zeremonien durch, aus denen das Fest bestand. Der Clan des Wolfes zelebrierte das Entzünden des Neuen Feuers; der Rotwild-Clan führte den Fruchtbarkeitsritus der Winterfeuer auf; der Bären-Clan zelebrierte das Ritual der Neugeborenen Sonne; der Fuchs-Clan zeigte den Tanz der Geburt der Welt; der Leoparden-Clan führte die Schlacht des Himmelsgottes mit dem Gott der Toten auf; und der Adler-Clan bereitete die Initiationszeremonie für die Jungen vor, die das entsprechende Alter erreicht hatten.

Dies war eines der beiden Male im Jahr, wo der gesamte Stamm der Großfisch-Kindred zusammenkam. Die verschiedenen Pferdeherden wurden alle in das Hauptdorf zurückgebracht und zum Weiden in ein Tal östlich des Großen Fischflusses geführt. Wenn die Männer nicht auf der Jagd waren oder die Herden beaufsichtigten, arbeiteten sie mit ihren Stammesgenossen an den Vorbereitungen für die Neujahrsriten.

Während der Woche vor dem Fest gingen die Mitglieder des Wolfs-Clans jeden Morgen und Abend zu dem Zelt hinter Maras Haus, um heilige Asche auf die Feuerstäbe zu streuen. Die Asche, so erklärte Nardo Alane, repräsentierte den Tod des alten Feuers, während die Feuerstäbe das Mittel waren, durch welches das neue Feuer geboren würde. Der Clan sollte auch einen Tanz aufführen, der die Geschichte erzählte, wie die Vorfahren des Wolfs-Clans zum ersten Mal Feuer für die Menschheit erhielten.

Mara hatte gewollt, daß Nardo den Part des Helden spielte, aber er war zutiefst beunruhigt gewesen über die Nachrichten, die die Händler gebracht hatten. Sie berichteten von einer großen Schar von Fremden, die den Goldfluß hinunterzogen, und sehr zu Maras Verdruß hatte Nardo darauf bestanden, über den tiefverschneiten Büffel-Paß zu reiten, um sich mit Rilik, dem Häuptling der Atata-Kindred, in dieser Sache zu beraten. In Nardos Abwesenheit übte Mano, der Sprecher des Wolfs-Clans im Clan-Rat, den Hauptpart in dem Tanz ein.

Nardo kehrte zwei Tage vor Beginn der Neujahrsriten ins Dorf zurück. Als Nardo bei Einbruch der Dunkelheit noch nicht eingetroffen war, gab Alane die Hoffnung auf und ging mit Nevin in das große Haus, um gemeinsam mit den anderen zu Abend zu essen. Sie saß bei Lora und Haras, löffelte ihr Hirschgulasch und lauschte Haras' Kommentaren über seine Schwierigkeiten mit der Mutter seiner Ehefrau. Die Probleme waren ernst, aber Haras schilderte sie recht humorvoll. Er achtete jedoch sorgfältig darauf, seine Geschichten nicht vor Dane zu erzählen, der Linas Sohn war.

»Die Frau muß bei Neumond geboren sein, anders kann ich mir ihre Bissigkeit nicht erklären«, schloß er seine letzte Bemerkung, und Alane lachte belustigt.

Erfreut über ihre Reaktion, öffnete Haras den Mund, um mit seiner Geschichte fortzufahren, als plötzlich ein kalter Luftzug zur Tür hereinfegte, während die Häute beiseite geschoben wurden und jemand eintrat. Alle drehten die Köpfe, und da stand Nardo, dessen hochgewachsene, breitschultrige Gestalt den Türrahmen völlig ausfüllte. Es mußte zu schneien begonnen haben, denn die Schultern seines Pelzumhangs waren weiß bepudert, und Schneeflocken bedeckten seinen entblößten Kopf.

»Nardo!« rief Mara erfreut. »Du hast es also doch noch rechtzeitig geschafft!«

Sein Blick schweifte durch den warmen, von Rauchschwaden erfüllten Raum und suchte Alane. Dann machte er ein paar Schritte in den Raum hinein und antwortete seiner Mutter. »Ich habe dir doch gesagt, daß ich rechtzeitig zum Fest zurück sein würde, Mutter. Du hättest nicht an mir zweifeln sollen.«

»Riva«, befahl Mara, »bring deinem Bruder etwas zu essen. Er ist durchgefroren und hungrig.«

Haras erhob sich von seinem Platz. »Brauchst du Hilfe mit den Pferden, Nardo?«

»Ich habe sie in den Korral gebracht und ihnen etwas getrocknetes Gras gegeben. Die Pferde sind versorgt.«

Haras setzte sich wieder.

»Hier, Nardo«, sagte Riva, eine Schüssel dampfenden Eintopfs in der Hand. »Gib mir deine Pelze.« Sie wartete, während er seinen Umhang ablegte, dann reichte sie ihm die Schüssel und ging zur Tür, um den Schnee von seinem Pelzcape zu schütteln, bevor sie es auf das Trockengestell hängte.

Alane saß schweigend da und beobachtete, wie Riva ihren

Bruder bediente. Danes Stimme ertönte von seinem Platz beim Herdfeuer. »Was hast du Neues von Rilik erfahren?«

Nardo trug seine Schüssel zu Alane hinüber, und Haras rückte etwas zur Seite, um Nardo Platz neben seiner Frau zu machen. »Rilik hat nichts gehört«, erwiderte Nardo. Die Kinder, die in ihrer Ecke zusammensaßen, schnatterten von neuem lebhaft durcheinander, und Nardo mußte die Stimme über den Lärm hinweg erheben. »Nach dem Fest werde ich mich erkundigen, ob die Norakamo vielleicht mehr wissen.«

Die Männer nickten, fürs erste beschwichtigt, und Nardo konnte sich nun endlich seiner Frau zuwenden. Bevor er jedoch dazu kam, etwas zu ihr zu sagen, krabbelte ein kleiner Junge über seine Füße hinweg, setzte sich wie ein erwartungsvolles Hündchen vor Alane hin und fragte bittend: »Alane, erzählst du uns eine Geschichte?« Der Kleine war Gar, Rivas vierjähriger Sohn, ein besonders hübsches Kind mit großen, haselnußbraunen Augen in einem Gesicht wie eine frisch erblühte Blume.

Alane hatte kürzlich ein bis dahin ungekanntes Talent zum Geschichtenerzählen in sich entdeckt. Angefangen hatte es an einem regnerischen Nachmittag, als sie den Kindern einige Norakamo-Geschichten erzählt hatte, um sie zu belustigen, und nachdem ihr der Erzählstoff ausgegangen war, hatte sie sich eigene Märchen ausgedacht. Die meisten ihrer Erzählungen drehten sich um ein Pferd namens *Schnell wie der Wind* und einen Jungen, genannt *Namen*, und um die diversen Abenteuer, die die beiden im Land des Pferdegottes zu bestehen hatten. Die Kinder waren nicht die einzigen, die atemlos und gespannt diesen Geschichten folgten; die Erwachsenen hörten häufig ebenfalls mit großem Interesse zu, wenn Alane erzählte.

»Ich glaube nicht, daß Alane heute abend irgendwelche Geschichten erzählen möchte«, begann Nardo jetzt, wurde aber von der kühlen Stimme seiner Frau unterbrochen.

»Aber natürlich kann ich den Kindern eine Geschichte erzählen, Nardo. Iß du nur in der Zwischenzeit das Abendessen, das deine Schwester dir gebracht hat.« Sie erhob sich von dem Teppich, nahm Gar an der Hand und ging mit ihm zur Kinderecke, wo sie sich niederhockte und davon zu berichten begann, als Schnell wie der Wind und Namen ein kleines Mädchen retten mußten, das von Bären geraubt worden war. Beki hielt Nevin, während Alane ihre Geschichte spann, wiegte ihn liebevoll in ihren Armen, als er zu schreien anfing, und hob ihn dann an ihre Schulter und klopfte ihm beruhigend auf den Rücken. Bis Alane ihre Geschichte beendet hatte und den Kleinen wieder in Empfang nahm, war er wieder fest eingeschlafen.

»Noch eine Geschichte! Noch eine Geschichte!« riefen die Kinder, als Alane zu erzählen aufhörte. In dem Moment fiel ein riesiger Schatten über sie, und Nardo zog seine Frau auf die Füße.

»Heute abend nicht«, erklärte er freundlich, aber fest. »Ich bin müde, und ich möchte ins Bett.«

Die Kinder fügten sich ohne Protest. Zwar war Alane anfänglich erstaunt gewesen, wieviel Freiheit die Kindred ihren Kindern zugestanden, sie hatte aber auch bemerkt, daß die Kinder gewöhnlich sofort und ohne zu murren gehorchten, wenn ein Erwachsener ihnen eine Anweisung erteilte oder tatsächlich einmal ein Verbot aussprach. Nardo ging zu dem Trockengestell, um ihre Pelzumhänge zu holen, und Gar sagte treuherzig zu Alane: »Morgen erzählst du uns noch eine Geschichte, ja?«

»Ja, morgen«, versprach sie ihm lächelnd. Nardo hielt Nevin, während sie sich ihre Pelze um die Schultern legte, und wartete, bis sie das Baby in eine Decke aus Hirschleder gehüllt und in seinen warmen Tragebeutel gelegt hatte. Dann schlüpften sie gemeinsam durch die mit Fellen verhangene Tür.

Wie die anderen großen Häuser im Dorf war auch Maras Haus von einer Ansiedlung kleinerer Hütten umgeben, und Alane und Nardo gingen den kurzen Weg durch das dichte Schneetreiben, um sich in ihr eigenes kleines Heim zurückzuziehen. An einem kalten Abend wie diesem würden es viele Familien des Haushalts vorziehen, in dem großen Haus zu übernachten, wo es so viele Körper gab, die Wärme ausstrahlten. Alane schlief jedoch immer in ihrer eigenen Hütte, selbst wenn Nardo fort war.

»Es sollte inzwischen einigermaßen warm sein; ich habe das Feuer angefacht, bevor ich zu Mutters Haus gegangen bin«, murmelte Nardo, während er die Häute an der Tür aufhielt, um Alane mit dem Kleinen durchzulassen. Sie fühlte, wie sie sich bei seinen Worten unwillkürlich versteifte. Sie wußte sehr gut, warum er das Feuer angezündet hatte, aber sie hatte nicht die Absicht, heute nacht in seinen Armen zu liegen, bevor sie nicht ein oder zwei Dinge geklärt hatten.

Samu kam schwanzwedelnd angelaufen, um sie zu begrüßen, und Nardo kraulte seine großen, spitzen Ohren. Alane hatte sich immer noch nicht ganz an den Hund gewöhnt, hatte aber keine Angst mehr vor ihm. Sie drückte Nevin seinem Vater in die Arme und sagte: »Leg das Baby in sein Bett, Nardo«, während sie selbst daranging, etwas Feuerholz von dem ordentlich aufgeschichteten Stapel neben der Tür zu holen. Holz zu sammeln und für regelmäßigen Nachschub zu sorgen war Aufgabe der Frauen, und in dem kalten Wetter mußte der Stapel täglich aufgefüllt werden.

Während Nardo das Baby sorgsam mit seiner Felldecke zudeckte, begann Alane, Holzscheite in das Feuer nachzulegen, das ziemlich heruntergebrannt war. Als sie fertig war, schaute sie auf und sah Nardo immer noch neben seinem schlafenden Sohn knien. Sein Gesicht zeigte einen so intensiven Ausdruck von Stolz und Liebe, daß sich Alanes Herz vor Zärtlichkeit zusammenzog.

Nardo hob den Kopf und sah, daß sie ihn beobachtete. »Soll ich die Schlaffelle ausrollen?« fragte er.

Alanes Zärtlichkeit schwand. »Noch nicht«, erwiderte sie. »Komm und setz dich mit ans Feuer. Es gibt ein paar Dinge, über die ich mit dir reden möchte.«

Er sah aus, als witterte er Gefahr. »Sicher«, meinte er in betont unbekümmertem Tonfall, der nicht zu seinem wachsamen Blick passen wollte. »Worüber möchtest du denn sprechen?«

Sie ließ sich auf den Teppich vor dem Feuer nieder. »Über Haras und Fara.«

Der argwöhnische Ausdruck wich aus seinem Gesicht. »Haras und Fara? Was ist mit ihnen?« Er setzte sich neben sie.

»Lora sagt, ihre Ehe würde den Winter nicht überdauern.«

»Wahrscheinlich nicht.« Nardo griff nach ihrer Hand und verflocht ihre Finger mit seinen. Sein Daumen strich liebkosend über ihre Fingerknöchel.

»Lora sagt, wenn Haras nicht mit Faras Mutter auskommt, dann müßte er gehen.«

Nardos Daumen hielt in seiner Streichelbewegung inne. »So ist es«, erwiderte er vorsichtig.

Alane blickte auf ihre miteinander verflochtenen Hände hinunter. »Was wird mit unserer Ehe passieren, wenn ich nicht mit deiner Mutter auskommen kann, Nardo?«

»Alane.« Seine Stimme klang gereizt und hilflos zugleich. »Du lebst erst seit einigen vier Monden bei uns. Du mußt Geduld mit Mutter haben. Vergiß nicht, daß sie innerhalb kurzer Zeit ihren Bruder und ihren Ehemann verloren hat. Es ist nicht leicht für sie, ihren Sohn an eine Norakamo-Ehefrau zu verlieren.«

Tief in ihrem Herzen fühlte Alane Groll, weil er soviel Mitgefühl mit Maras Kummer hatte und so blind gegenüber ihrem eigenen war. »Nun, für mich ist es noch schwerer«, erklärte sie. »Mara ist immerhin von ihrer Familie umgeben, während ich nur dich habe. Und du bist selten hier!«

Nardo hob den Kopf, als wäre ihm gerade etwas aufgegangen. »Du bist wütend, weil ich Rilik besucht habe«, sagte er.

»Du verstehst ja nicht«, erwiderte sie heftig. »Es geht nicht nur um deinen Besuch bei Rilik. Es geht um all die anderen Tage und Wochen, wenn du im Sommerlager bist oder im Weidelager oder bei einer Stammesversammlung. Wenn du innerhalb eines Mondes eine Woche hier bist, dann ist das schon viel!«

Er zuckte die Achseln. »So ist das Leben der Kindred nun einmal, Alane. Die Frauen bleiben an einem Ort, während die Männer den Tieren folgen.«

Sein gleichmütiges Achselzucken versetzte sie in Wut. »Und wenn du dann nach Hause kommst, hast du kaum etwas anderes im Sinn, als mit mir zu schlafen«, warf sie ihm vor.

Jetzt wurde auch Nardo allmählich wütend. »Natürlich will ich mit dir schlafen! Du bist schließlich meine Frau!«

»Wie kann ich mich wie eine Ehefrau fühlen, wenn ich dich nie zu Gesicht bekomme? Selbst wenn du zu Hause bist, verbringst du die Hälfte deiner Zeit mit deiner Familie.«

»Das ist in unserem Stamm so üblich.«

Alane zog ihre Hand aus seiner. »In meinem Stamm ist das nicht so Sitte, und es gefällt mir auch nicht.«

»Was soll ich deiner Meinung nach tun, Alane? Meine Mutter ignorieren? Meinen Schwestern den Rücken zukehren?« Er dämpfte seine Stimme, um das Baby nicht aufzuwecken, aber der Zorn, der darin mitschwang, war unüberhörbar.

Alane gab nicht sofort Antwort, und die einzigen Geräusche im Zelt waren das Knistern des Feuers und das leise Fiepen des schlafenden Hundes. Schließlich sagte Alane bedrückt: »Ich begreife schon, daß diese Diskussion sinnlos ist, Nardo. Ich denke, du solltest besser die Schlaffelle ausrollen.«

Er rührte sich nicht. »Ich weiß, daß es hart für dich ist«, murmelte er.

Jetzt war es an Alane, die Achseln zu zucken. »Das habe ich dir ja gerade erklärt.«

Er starrte auf ihr unnahbares Profil. »Ich werde versuchen, in Zukunft häufiger zu Hause zu sein, Alane.«

Sie schaute ihn nicht an. »Das wäre schön.«

Nardo stand auf, um die Schlaffelle von ihrem Platz an der Wand hervorzuziehen. Alane half ihm nicht, sondern saß nur da und starrte in die Flammen.

»Ich nehme an, es gibt keinen Grund, warum wir nicht das Abendessen zusammen in unserer Hütte einnehmen können«, sagte Nardo, nachdem er die Felle ausgebreitet hatte. »Würde dir das die Sache leichter machen?«

Endlich blickte sie auf. »Ja«, sagte sie. »Das würde es leichter machen.«

»Na schön, dann werden wir das tun.«

»Deiner Mutter wird es nicht gefallen«, warf sie warnend ein.

Er seufzte. »Ich weiß. Aber sie wird sich daran gewöhnen, Alane. Du hast recht, wenn du sagst, daß sie den Rest der Familie zu ihrer Unterstützung hat.« Er schenkte ihr ein schiefes Lächeln. »Es tut mir leid, wenn ich dir ein schlechter Ehemann gewesen bin, Alane. Das war ganz gewiß nicht meine Absicht.«

»Ich weiß, Nardo«, erwiderte sie sanft.

Er streckte die Arme nach ihr aus, und sie erhob sich rasch und ging zu ihm. So standen sie eine ganze Weile da und hielten einander fest umschlungen. Samu in seiner Ecke begann zu schnarchen.

Alane versteifte sich. »Nardo«, sagte sie. »Der Hund schnarcht!«

Er drückte seine Lippen auf ihr Haar. »Wenn du mehr von mir sehen willst, Alane, dann mußt du dich damit abfinden, auch mehr von Samu zu sehen.«

Langsam wich die Anspannung aus ihrem Körper. Sie hob ihm ihr Gesicht entgegen. »Ich glaube, ich werde mich an ihn gewöhnen«, murmelte sie. Dann preßte er seinen Mund auf ihre Lippen, und Alane vergaß alles außer Nardo.

12

Es war mitten im tiefsten Winter, als die Redu an dem Ort ankamen, den die einheimischen Stämme Große Flußeinmündung nannten. Hier mündete der Atata, einer der Hauptflüsse des Gebirges, in den Goldfluß ein, und ihre Wasser vereinigten sich für den restlichen Teil ihrer langen Reise zum Meer hinunter. Bald war die Ebene um die beiden Flüsse mit den Zelten der Eindringlinge bedeckt, und die Jäger strömten aus, um Nahrung zu beschaffen.

Es war eine lange, strapaziöse Reise gewesen, doch die Redu waren an Entbehrungen gewöhnt. Bislang hatte die Jagd entlang den Ufern des Goldflusses wesentlich reichere Beute erbracht als die Winterjagd in ihren eigenen Revieren. Einige der Kinder und auch ein paar Frauen waren unterwegs gestorben, aber insgesamt hatte der Stamm die lange Reise weit besser überstanden, als Kerk jemals zu hoffen gewagt hatte. Er hatte nur einen seiner Krieger verloren, und zwar aufgrund eines Jagdunfalls.

Die Stämme, die an den Ufern des Flusses lebten, waren vor der überwältigenden Übermacht der Eindringlinge geflohen, hatten in aller Eile ihre Lager abgebrochen und an anderer Stelle neu errichtet. Es waren weniger Lager und weniger Menschen gewesen, als Kerk erwartet hatte, aber der Mangel an Rentieren entlang des Flusses bezeugte eindeutig, warum dies so war.

Nur wenig Schnee hatte ihr Vorankommen verzögert, und das Wild, das sie erlegt hatten, waren hauptsächlich Rotwild und einige Elche und Pferde. In der vergangenen Woche hatten sie das Glück gehabt, auf eine Büffelherde zu stoßen; es war ihnen gelungen, so viele Tiere zu töten, daß sie genügend Fleischvorräte hatten, um eine ganze Weile damit auszukommen. Hätte es reichlich Büffel entlang des Flusses gegeben, hätte kaum Grund für sie bestanden, in die Berge vorzudringen. Aber die Jagdausbeute der letzten Woche waren die einzigen Büffel gewesen, die die Redu gesehen hatten. Kerk konnte nicht darauf zählen, seine Leute mit Büffelfleisch zu ernähren.

Es blieb ihnen also nichts anderes übrig, als sich in den Bergen anzusiedeln. Kerk stand da, die Beine gespreizt, das Gesicht gen Süden gewandt, seinen Sohn an seiner Seite. Der Wind, der vom Gebirge herunterwehte, blies ihnen voll ins Gesicht. Der Himmel über ihnen war hell und klar, mit weißen Wolken, die rasch nach Norden zogen. Kerk streckte und beugte die Finger in seinen Pelzhandschuhen. Die Händler hatten ihm gesagt, jeder der beiden Flüsse würde ihn an seinen Zielort führen.

Sie hatten ihm auch erzählt, daß die Reiter, die dort oben in den Bergen lebten, ebenso zahlreich wie die Redu waren. Es war unwahrscheinlich, daß sie ihr Land ohne Kampf aufgeben würden.

»Ich werde abwarten, bis das Wetter wärmer wird, bevor ich weiter nach Süden ziehe«, sagte Kerk jetzt zu Paxon. »Es ist schwer, die Sehnen eines Bogens zu spannen, wenn man steifgefrorene Finger hat.« Er drehte sich mit dem Rücken zum Wind und ließ seinen Blick über das Land im Osten schweifen.

»Im Moment ist noch genug Wild hier, und wir haben auch noch das Büffelfleisch, wenn wir es brauchen. Ich werde noch einen weiteren Mond warten. Dann werden wir die letzte Etappe unserer Reise in Angriff nehmen.«

Paxon nutzte die Wochen, die sie an der Großen Flußeinmündung lagerten, um einen großen Teil seiner Zeit mit den gefangenen Händlern zu verbringen und ihre Sprache zu erlernen. Kerks Sohn war fasziniert von der Tatsache, daß diese Gebirgsbewohner auf Pferden ritten, und er freute sich schon unbändig auf die Gelegenheit, eines dieser zahmen Pferde einzufangen und selbst reiten zu lernen.

Es regnete gegen Ende des Schatten-Mondes, danach wurde es bitter kalt, und eine dicke Eisschicht bedeckte das Land, machte es den Weidetieren unmöglich, an das Gras darunter heranzukommen. Es war eine gute Zeit für Wölfe.

»Es wird Zeit, daß wir aufbrechen«, sagte Kerk zu Paxon, und zu Beginn des Mondes Wenn der Bär erwacht waren die Redu bereit, in die Berge vorzudringen. Kerk hatte beschlossen, dem Atata zu folgen, denn die Händler versicherten ihm, die Anzahl der Reiter, die an diesem Fluß lebten, sei geringer als die jener, die an den Ufern des Goldflusses lebten.

Der Vollmond stand hoch am Winterhimmel, und die Hunde des Stammes saßen kerzengerade aufgerichtet vor ihrer Höhle, die Augen halb geschlossen, die Schnauzen zum Himmel emporgereckt. Rogh, der Leithund, stieß einen einzigen scharfen Signalruf aus, und dann begannen alle im Chor zu heulen. Es war ein Laut, der tief in ihrer Kehle einsetzte, ein langgezogenes, heiseres Jaulen, das über einen Zeitraum von drei oder vier Minuten durch mehrere Tonlagen wechselte. Dann verstummte das Geheul ganz plötzlich wieder.

Alane hatte ihre Tätigkeit einen Moment unterbrochen, um

dem unheimlichen Chor zu lauschen. Heute abend, nachdem wieder Stille herrschte, hörte sie einen der Welpen erneut aufjaulen. Er brach jedoch schnell wieder ab, als er seinen Irrtum erkannte. Die Hunde heulten nur einmal.

Dieser nächtliche Gesang der Meute faszinierte Alane. Ob es eine Art Gebet war? Eine flehentliche Bitte an ihren Gott?

Der Winter war gut für Alane gewesen. Getreu seinem Versprechen hatte Nardo der Mißbilligung seiner Mutter getrotzt und seine Mahlzeiten mit seiner Ehefrau in der Hütte eingenommen. Dieses Zeichen seiner Besorgnis um ihre Bedürfnisse hatte Alane mehr Geborgenheit vermittelt, das Gefühl, sich der Liebe ihres Mannes sicherer zu sein, und sie wiederum hatte ihr Bestes getan, um sich in seine Familie einzufügen. Es war nicht so schwierig gewesen, wie sie befürchtet hatte. Sie mochte die Kinder. Sie kam gut mit Nardos Schwestern aus, und mit seiner Cousine Lora hatte sie sich inzwischen eng angefreundet.

Tatsächlich war Alane so glücklich über die Verbesserung ihrer Ehe, daß sie Haras eines Tages riet, Fara zu bitten, ihm das Abendessen in ihrer eigenen Hütte zu richten. Haras nahm ihren Rat an, und das Ergebnis war, daß man ihn immer seltener im Wolfs-Haushalt sah, während er mehr und mehr Zeit mit seiner Ehefrau verbrachte.

Der Winter näherte sich seinem Ende zu, die Tage wurden allmählich wieder länger. Bei Tage hallten die Hügel hinter dem Dorf von den harten, durchdringenden Paarungsrufen der Füchse wider, und nachts heulten hungrig die Wölfe. Die Bären kamen aus ihren Höhlen hervor, abgemagert und hungrig nach ihrem langen Winterschlaf.

Die Tiere wußten, daß der Winter zu Ende ging und daß das wiedererwachende Leben des Frühlings nicht mehr lange auf sich warten ließ. Im Dorf der Kindred am Großen Fischfluß war sich der Stamm ebenfalls des herannahenden Frühlings bewußt.

Die Kinder, die die kalten Wintertage im großen Haus spielend verbracht hatten – die Jungen mit hölzernen Pferdchen, die Mädchen mit Puppen und Miniaturhütten –, liefen hinaus, um Wettrennen zu veranstalten und Ball zu spielen mit einem mit Luft gefüllten Hirschmagen. Das gefrorene Fleisch, von dem sich der Stamm den ganzen Winter über ernährt hatte, begann aufzutauen, und die Frauen trockneten, was noch übrig war, über einem großen Holzfeuer, dann klopften sie es flach und konservierten es, indem sie heißes Fett darüber gossen.

Es würde noch einen weiteren Mond dauern, bis das Gras wieder zu wachsen begann und die Wasservögel am Fluß erschienen und die Lachse zurückkehrten. Aber der Frühling nahte, und die Luft vibrierte vor Erwartung.

Eines kühlen, stürmischen Tages kamen Nardo und Dane mit einem Zug Packpferde im Dorf an, die mit frischem Fleisch für die Frauen und Kinder der Dorfhaushalte beladen waren. Die Männer waren gerade dabei, die Pferde abzuladen, als sie alle herangaloppierende Pferdehufe aus östlicher Richtung den Fluß entlangkommen hörten. Alle Köpfe wandten sich überrascht um; die Kindred-Lager östlich des Dorfes waren im Winter nicht bewohnt. Wenige Augenblicke später erschien eine Gruppe von vier Reitern, von denen jeder zwei zusätzliche Pferde zum Auswechseln mit sich führte, in ihrem Blickfeld.

Nardo erkannte das Pferd des vordersten Reiters. »Es ist Rilik!« rief er erstaunt und ging der Gruppe entgegen, um den Häuptling der Atata-Kindred zu begrüßen.

»Wir sind überfallen worden«, sagte Rilik grimmig und sprang von seinem Pferd.

Nardos Blick wurde augenblicklich wachsam. »Überfallen?«

»Ja. Ein fremder Stamm kam den Atata herunter und ließ sich in unserem Frühjahrslager nieder, Nardo. Sie sind in großer Zahl gekommen.«

Nardo rief die ältesten Kinder zu sich und befahl ihnen, sich um die Pferde zu kümmern. Die Männer, die das Fleisch abluden, hatten beim Erscheinen der Reiter innegehalten, und Nardo wies sie an, mit ihrer Arbeit fortzufahren. Er schaute sich um, zögerte, als sein Blick auf das Haus seiner Mutter fiel, dann sagte er zu Rilik und seinen Männern: »Kommt mit in meine Hütte und berichtet mir über die Vorfälle.«

Die Hütte war hell erleuchtet vom Licht zweier Steinlampen, in der Kochmulde brannte ein Feuer, das Wärme spendete und noch mehr Licht abgab. Alane saß neben einer der Lampen und kramte in einem Korb mit Kinderbekleidung, die Lora ihr gegeben hatte. Samu, den Nardo außerhalb der Reichweite des Fleisches geschickt hatte, lag zusammengerollt neben ihr. Alane blickte überrascht auf, als Nardo hereinkam, gefolgt von einer Gruppe fremder Männer.

»Ah«, entfuhr es einem der jüngeren Atata-Männer unwillkürlich, als er die Szene vor sich aufnahm, »es ist hübsch hier.«

Nardo blickte sich um und versuchte, sein Heim mit den Augen eines Fremden zu sehen. Die Hütte war wie gewöhnlich peinlich sauber; die Fellteppiche waren ausgeschüttelt worden, die Kochgeräte lagen sorgsam aufgereiht neben der steinernen Kochstelle, die Schlafhäute waren zusammengerollt und in einer Ecke aufgeschichtet, und auf dem Trockengestell hingen Handschuhe und Pelze ordentlich nebeneinander. Alle nicht benutzten Haushaltsgeräte waren in den hübschen Körben entlang der Wände verstaut.

Samu kam herüber, um Nardo zu beschnüffeln. Das Licht der Lampe fiel auf Alanes Haar und beleuchtete ihr Gesicht. Sie schaute mit einer stummen Frage in den Augen zu Nardo auf.

»Diese Männer sind den ganzen Weg vom Atata hierhergeritten, Alane«, sagte er. »Kannst du Tee für sie kochen?«

»Natürlich«, erwiderte sie. Sie faltete die kleinen Kleidchen wieder in den Korb und eilte ans Feuer. Sämtliche Atata-Männer beobachteten sie, aber Alane fühlte sich durch die neugierigen Blicke fremder Männer nicht mehr so verunsichert wie früher. »Vielleicht solltest du ihre Pelze nehmen, Nardo«, meinte sie freundlich. »Es ist warm hier drinnen.«

Während die Männer ihre Pelzumhänge auf dem Trockenständer stapelten, füllte Alane einen großen Steinkessel mit Wasser und hängte ihn an ein Holzgestell über das Feuer. Sie begann, mehrere Tassen aus Hirschknochen zu verteilen.

»Wo ist Nevin?« wollte Nardo wissen.

»Lora kümmert sich um ihn.«

Die Männer wandten sich von dem Trockengestell ab, und Nardo forderte sie auf, sich zu setzen.

Sie ließen sich erschöpft nieder.

»So«, sagte Nardo zu Rilik. »Jetzt berichte mal, was passiert ist.«

Rilik rieb sich mit der Hand die Augen. Er war ein kräftig gebauter Mann von ungefähr dreißig Jahren mit einem markanten, intelligenten Gesicht, ruhigen haselnußbraunen Augen und hellbraunem Haar, das ihm bis auf die Schultern fiel. »Es ist, wie ich bereits sagte«, begann er. »Ein ganzes Heer von Leuten kam den Atata herunter. Sie sind in unser Frühjahrslager eingedrungen – haben es einfach besetzt, Nardo, als gehörte es ihnen!« Seine Augen blitzten vor Entrüstung. »Ich bin den Fluß hinaufgeritten, um sie in Augenschein zu nehmen, bevor ich hierhergekommen bin. Sie haben sämtliche Höhlen und Felsausbuchtungen unseres Lagers in Beschlag genommen und eine große Anzahl zusätzlicher Zelte aufgestellt, um alle ihre Leute unterzubringen.«

»Ich denke, dies müssen die Leute sein, von denen ich gehört habe«, warf Nardo ein. »Die Fremden, von denen es hieß, sie reisten den Goldfluß hinunter.«

»Vielleicht. Ich kann dir nur sagen, daß sie uns zahlenmäßig weit überlegen sind.«

»Hast du versucht, mit ihnen zu sprechen?«

»Harl und ich« – Rilik wies auf den Mann neben sich – »sind mit einem grünen Zweig in der Hand zu ihnen gegangen, um mit ihnen zu reden. Sie haben ein paar Händler bei sich, die unsere Sprache sprechen, und die haben uns erklärt, daß diese Leute, die sich die Redu nennen, aus einem fernen Land hoch oben im Nordwesten gekommen sind. Die Rentierherden kamen nicht mehr in ihre Jagdgründe, deshalb hatten sie beschlossen, neue Jagdgründe in unseren Bergen zu finden. Ihr Häuptling ließ mir durch die Händler sagen, daß *wir* gehen müßten!«

»Der Tee ist fertig«, warf Alane mit schüchterner Stimme ein.

Sie hatte den Pfefferminztee nach Art der Norakamo zubereitet, und die Männer der Atata-Kindred sogen neugierig den unbekannten Duft ein und tranken dann mit Behagen.

»Dieser Tee ist sehr gut«, sagte der jüngste der Männer.

Sie begegnete offen seinem Blick und erwiderte: »Ich freue mich, daß er dir schmeckt.«

Nardo trank seine Tasse aus. »Was wirst du wegen der Redu unternehmen?« fragte er Rilik.

»Ich habe gehört, daß die Norakamo etwas Ähnliches erlebt haben. In ihre Jagdgründe sollen vor einiger Zeit auch Fremde eingedrungen sein. Ich bin gekommen, um von dir zu erfahren, wie sie mit der Invasion fertig geworden sind.«

Nardo erzählte es ihm. »Selbst wenn sie euch zahlenmäßig weit überlegen sind, werden die Pferde den Ausschlag geben«, schloß er. »Männer zu Fuß können sich nicht gegen Pferde behaupten.«

»Sie sind fast viermal so viele wie wir«, warf der Mann namens Harl grimmig ein.

»Wenn ihr die Unterstützung der Großfisch-Kindred wollt«, sagte Nardo, »braucht ihr es nur zu sagen.«

Zum ersten Mal, seit Rilik die Hütte betreten hatte, verzog sich sein Gesicht zu einem Lächeln.

»Das ist der Grund, weshalb ich gekommen bin.«

* * *

Mara war wütend. Zuerst hatte sie Beki nicht geglaubt, als ihr das Kind erzählt hatte, Nardo hätte die Besucher zur Hütte seiner Frau geführt. Aber dann hatte sie festgestellt, daß Beki die Wahrheit sprach. Es besänftigte Mara nicht, daß Nardo ihr hatte ausrichten lassen, er würde die Männer zum Abendessen in ihr Haus bringen. Nichts konnte etwas an der Tatsache ändern, daß sie zuerst mehrere Stunden in Alanes Hütte verbracht hatten und daß Nardo auch Mano, den Sohn ihrer Schwester, aufgefordert hatte, sich dort zu ihnen zu gesellen.

Zur Abendessenszeit kam Alane mit den Männern ins Haus, und Mara preßte fest die Lippen zusammen, als sie sah, wie die Fremden alle mit unverhüllter Bewunderung auf Nardos Frau schauten. Während des letzten halben Jahres hatte Mara zu ihrem Kummer erfahren, wie gefährlich dieses bezaubernde Gesicht sein konnte.

Nardo hatte die Männer in das Haus seiner Ehefrau geführt, nicht in das seiner Mutter.

Es schien nur eine Kleinigkeit, so unbedeutend, daß Mara wußte, sie würde kleinlich und unvernünftig klingen, wenn sie Nardo deswegen schalt. Deshalb servierte sie ihren Gästen das Abendessen und hielt den Mund, aber die ganze Zeit über beschwor ihre Erinnerung wieder die Auseinandersetzung herauf, die zwischen ihr und Nardo stattgefunden hatte an dem Tag, als sie ihn zur Rede stellte, weil er nicht mehr das Abendessen im großen Haus mit dem Rest der Familie einnahm.

Nardo hatte geseufzt und erwidert: »Mutter, du mußt verstehen, wie schwierig es für Alane ist, unter uns zu leben. Du bist freundlich zu ihr, das weiß ich, aber sie fühlt sehr deutlich, daß sie keine Blutsverwandtschaft mit den Frauen unseres Haushalts verbindet. Sie hat ihre Mutter und alle ihre Blutsverwandten zurückgelassen, um in einem fremden Stamm zu leben, und tief in ihrem Herzen fühlt sie, daß Nevin und ich die einzigen an diesem Ort sind, die zu ihr gehören. Sie braucht mich auch eine Weile für sich allein. Verstehst du?«

»Sie wird sich niemals als Teil der Familie fühlen, wenn sie sich so von uns absondert, Nardo«, erwiderte Mara vernünftig.

Er drückte ihre Schultern sanft. »Sie wird sich anpassen, Mutter. Du mußt ihr nur etwas Zeit lassen.«

Mara runzelte die Stirn, während sie die passenden Worte zu finden versuchte, um ihre Befürchtungen auszudrücken. »Es ist nicht so, als wollte ich nicht, daß du ihr ein guter Ehemann bist, Nardo«, begann sie, »aber siehst du denn nicht, daß ein solches Verhalten eine Bedrohung für die Lebensweise unseres Stammes ist? Wir sind nun mal auf die mütterliche Blutslinie ausgerichtet, während Alanes Volk der väterlichen Blutsverwandtschaft Vorrang gibt. Das ist ... gefährlich für uns.«

»Du übertreibst, Mutter«, sagte Nardo, und Mara konnte die Ungeduld in seiner Stimme hören. »Die Tatsache, daß ich mein Abendessen in meiner eigenen Hütte einnehme, stellt wohl kaum eine Bedrohung für die Lebensweise unseres Stammes dar.«

Sie hielt beharrlich an ihrem Standpunkt fest. »Ich habe große Angst, daß es so ist.«

Er zog seinen Arm zurück. »Bei allen Göttern, Mutter, hast du mal daran gedacht, daß ich mein Abendessen niemals in deinem Haus einnehmen würde, wenn ich ein Kindred-Mädchen geheiratet hätte?«

»Du würdest nicht in meinem Haus essen, sondern im Haus der *Mutter* deiner Ehefrau«, erwiderte sie. »Nicht in der Hütte deiner Ehefrau.«

Schweigen breitete sich zwischen ihnen aus. Als Nardo erneut sprach, klang seine Stimme gefährlich ruhig. »Mutter, zwing mich nicht, zwischen dir und Alane wählen zu müssen.«

Mara war stark in Versuchung, ihn zu fragen, für wen er sich entscheiden würde, aber sie fürchtete sich vor seiner Antwort.

Diese Szene war noch lebhaft in ihrem Gedächtnis, als Mara jetzt ihren Sohn betrachtete, wie er mit den Männern des Haushalts und den Gästen von den Atata-Kindred um ihr Herdfeuer saß. Dann beugte sich Dane vor, um etwas zu ihm zu sagen, und Nardo grinste.

Als Mara Nardos fröhliches Grinsen sah, krampfte sich ihr Herz vor Liebe und Schmerz zusammen.

Er hätte diese Männer nicht in das Haus seiner Frau bringen dürfen, dachte sie. *Er hätte sie zu mir bringen sollen.*

13

Rilik und seine Gefährten blieben zwei weitere Tage im Dorf, schliefen in der Höhle der Initiierten und berieten sich mit Nardo und dem Clan-Rat. Jeder der sechs Clans des Stammes war in diesem Rat vertreten: Varic repräsentierte den Adler-Clan, Freddo den Rotwild-Clan, Mano den Wolfs-Clan, Nat den Bären-Clan, Hamer den Leoparden-Clan und Matti den Fuchs-Clan. Nardo hatte diese Männer aus dem Winterlager holen lassen, und sie waren gegen Abend des zweiten Tages von Riliks Aufenthalt in das Dorf geritten.

Nardo war der einzige Kindred-Mann, der den Sieg der Norakamo über die Pferdeesser miterlebt hatte, und nach dem Abendessen erklärte er den anderen ausführlich, welche Taktik sie damals angewandt hatten. Die Männer hatten im großen Haus gegessen und sich anschließend zur Beratung in Nardos Hütte zurückgezogen, wo sie jetzt – angenehm gesättigt und wohlig warm – um ein kleines Feuer herumsaßen. Alane und das Baby waren bei Mara geblieben; Samu hatte Nardo begleitet und lag nun neben ihm, die Augen geschlossen, seine Schnauze auf Nardos Schenkel.

»Dann habt ihr also in Etappen angegriffen«, meinte Rilik, nachdem Nardo geendet hatte.

»Genau. Wir haben zuerst ihren Jagdtrupp überfallen, dann haben wir ihr Lager mit brennenden Speeren angegriffen. Sie konnten nicht zurückschlagen wegen unserer Pferde. Ich denke, eine Serie schneller Überfälle, ähnlich denen, die die Norakamo verübt haben, müßte sehr effektiv sein.«

»Und du sagst, sie wären weit in der Überzahl gewesen?«

»Ja.«

»Wenn sich deine Männer mit uns zusammentun«, sagte Rilik, »werden wir es zahlenmäßig beinahe mit den Redu aufnehmen können.«

»Was geht dir durch den Kopf, Rilik?« wollte Freddo wissen. Er war ein großer, hagerer Mann mit kleinen, dunklen, mandelförmigen Augen, die wie Obsidian in seinem schmalen, langen Gesicht glitzerten.

»Ich denke, daß sich die Redu nicht so leicht bezwingen lassen werden wie die Pferdeesser«, erwiderte Rilik. »Sie haben eine kühne Wahl getroffen, sich so weit vom Land ihrer Vorväter zu entfernen und in unsere Berge zu kommen. Es werden mehr als ein paar Überfälle nötig sein, um sie zu vertreiben.«

Schweigen breitete sich aus, während die Männer über diese Bemerkung nachdachten.

»Ich würde am liebsten einen einzigen gewaltigen Schlag gegen diesen Stamm führen und ihnen das Herz herausschneiden«, erklärte Rilik unverblümt, den Blick auf Nardo geheftet.

Nardo nickte und beugte sich vor, um ein loses Holzscheit tiefer in das Feuer zu schieben. »Wir werden zwangsläufig ein paar von unseren Männern verlieren, wenn wir so vorgehen«, gab er zu bedenken. Samu, dessen Schnauze durch Nardos Bewegung abgerutscht war, hob den Kopf und blinzelte verschlafen.

Harl erwiderte zornig: »Ihr könnt uns ja den Rücken decken, wenn es das ist, was ihr wollt. Die Männer der Atata-Kindred fürchten sich nicht vor einem Kampf.«

Die Männer der Großfisch-Kindred richteten sich wütend auf, und Rilik bedachte Harl mit einem warnenden Blick.

Mano vom Wolfs-Clan, der achtundzwanzigjährige Sohn von Nardos Tante, schaute Nardo kurz von der Seite an und erklärte dann: »Mir gefällt die Idee, ihr Lager in Brand zu stecken.«

»Dieses Lager ist nicht von der gleichen Beschaffenheit wie das Lager der Pferdeesser«, gab Rilik zurück. »Jenes Lager befand sich auf offenem Weideland. Das Redu-Lager hat den Fluß vor sich, dahinter liegen die schützenden Felsen. Es ist unmöglich, mit einer größeren Anzahl von Männern über sie herzufallen, weil zwischen dem Fluß und den Felsen zu wenig Platz ist, um viele Pferde hindurchzubringen.«

»Wie wäre es denn, wenn wir ihre Jagdtrupps angreifen würden?« schlug Nardo vor.

»Das könnten wir tun«, stimmte Rilik zu. »Sie scheinen allerdings hauptsächlich entlang des Flusses zu jagen. Und dort wäre ebenfalls zu wenig Platz für viele Pferde. Ich glaube nicht, daß wir ihnen genügend Schaden zufügen könnten, um sie dazu zu bringen, den Rückzug anzutreten.«

Varic meldete sich zum ersten Mal zu Wort. »Was schlägst du statt dessen vor, Rilik?«

»Die Redu sind arrogant«, meinte Rilik. »Ihr Häuptling stand neben dem Händler, der für sie sprach, und ich konnte deutlich an seinem Gesichtsausdruck erkennen, daß er uns zutiefst verachtet.« Wut schwang in der Stimme des Atata-Häuptlings mit und glitzerte in seinen haselnußbraunen Augen. »Ich bin überzeugt, wenn wir ihn zum Kampf herausfordern, ein Stamm gegen den anderen, wäre er töricht genug, darauf einzugehen.«

Erregtes Gemurmel kam von den Männern.

»Ich weiß nicht, ob das eine gute Idee ist«, meinte Nardo nachdenklich.

Varic schnaubte frustriert.

Rilik beugte sich zu Nardo hinüber, eifrig darauf bedacht, ihn zu überzeugen. »Der Redu-Häuptling wird nicht wissen, daß wir Verstärkung geholt haben«, sagte er. »Diese Händler – möge die Große Erdenmutter sie verfluchen! – haben ihm wahrscheinlich die Anzahl der Männer des Kindred-Verbandes genannt, der am Atata lebt. Er wird nicht wissen, daß wir uns mit unseren Verwandten vom Großen Fischfluß verbündet haben.«

»Da hat Rilik recht, Nardo«, meinte Nat, ein Mann von fünfunddreißig Jahren, der das typische Aussehen der Menschen vom Bären-Clan aufwies: ein kräftiges, eckiges Gesicht mit hellbraunem Haar und hellen Augen. »Wenn dieser Häuptling wirklich so überheblich ist, wird er wahrscheinlich nicht unsere Pferde in Betracht ziehen.«

»Also mir gefällt die Idee ausgezeichnet«, warf Varic energisch ein.

Die Diskussion nahm ihren Fortgang, und die Männer begeisterten sich zusehends für Riliks Plan. Seit die Männer der Großfisch-Kindred darauf verzichten mußten, bei den Norakamo einzufallen und deren Pferde zu stehlen, vermißten sie den Spaß und die Aufregung, die diese Gelegenheiten früher geboten hatten. Offensichtlich hofften sie, dieses neue Unternehmen würde ihnen etwas von dem Abenteuer und der Herausforderung verschaffen, die ihnen so sehr fehlten.

Auch Nardo fühlte seinen Kampfgeist bei Riliks Plan erwachen, aber sein Verstand sagte ihm, daß es klüger wäre, die kämpferischen Fähigkeiten dieser Redu zuerst mit einem kleineren Überfall zu testen. Er sprach seine Überlegung aus, worauf Varic ihn augenblicklich beschuldigte, feige zu sein.

»Ich bin nicht feige«, gab Nardo ärgerlich zurück. »Ich bin nur vorsichtig.«

Aber der Rest der Männer, die es Nardo immer noch verübelten, daß er sie aus dem Kampf gegen die Pferdeesser herausgehalten hatte, schlug sich auf Varics Seite. Angesichts einer derart vereinten Front blieb Nardo keine andere Wahl, als Riliks Vorschlag zuzustimmen.

»Wir werden uns noch über das Gelände einigen müssen, auf dem wir kämpfen wollen«, sagte er in einem Versuch, seine Autorität als Häuptling geltend zu machen. »Außerdem müssen wir einen Angriffsplan ausarbeiten, uns über die Waffen einigen und wie wir unsere Pferde einsetzen werden.«

»Wir werden all das tun«, versprach Rilik. Er blickte die Männer des Clan-Rats der Reihe nach an. »Dann können wir uns also auf eure Unterstützung verlassen?«

»Ja, die Männer der Großfisch-Kindred werden dir beistehen, Rilik«, erklärte Varic großmütig, und als Nardo schwieg, bekräftigten die Mitglieder der Ratsversammlung seine Erklärung.

Nachdem Rilik und seine Gefährten das Dorf wieder verlassen hatten, ritten Nardo und die Männer des Clan-Rats zu den beiden Winterlagern des Stammes, um die Männer auszuwählen, die mit ihnen über den Büffel-Paß und in das Land der Atata gehen würden. Der Rat hatte Rilik versprochen, sie würden innerhalb eines Mondes zu ihm und seinen Leuten stoßen, und wenige Tage später herrschte bereits große Geschäftigkeit im Dorf, während sich die Männer auf einen Kampf vorbereiteten.

Zum ersten Mal, seit Alane im Dorf der Kindred lebte, waren sie und Mara einer Meinung. Keiner von beiden gefiel Riliks Idee, die Eindringlinge zum Kampf herauszufordern, und beide Frauen scheuten sich auch nicht, ihre Bedenken zu äußern. Nardo, der ebenfalls Zweifel an Riliks Strategie hatte, verteidigte sie jedoch energisch gegen die weibliche Kritik. Dabei wurde er von den anderen jungen Männern des Haushalts lautstark unterstützt.

»Und wie will Rilik vorgehen?« fragte Mara erbittert, als sie abends alle zusammen beim Essen saßen, nachdem die Männer aus dem Winterlager zurückgekehrt waren. »Will er in vollem Galopp in eine Schar von Männern hineinreiten, die alle mit Speeren bewaffnet sind?« Sie funkelte ihren Sohn aufgebracht an. »Diese Taktik mag bei der Rentierjagd angebracht sein, aber nicht in einem Kampf. Diese Fremden werden zurückschlagen, Nardo!«

»Ich weiß, Mutter«, erwiderte Nardo geduldig. »Aber du mußt auch das Gewicht eines Pferdes bedenken. Das allein genügt schon, um einen Mann umzuwerfen und ihn unfähig zu machen, sich zu verteidigen.»

»Seid ihr sicher, daß ihr eure Pferde unter solchen Umständen kontrollieren könnt?« fragte Riva. Gar, ihr vierjähriger Sohn, saß auf ihrem Schoß und hörte mit großen Augen der Diskussion der Erwachsenen zu.

»Wie Mutter soeben gesagt hat«, erklärte Nardo seiner

Schwester, »sind unsere Pferde daran gewöhnt, Rentiere zu jagen, die viel größer als Menschen sind.«

»Rentiere sind scheu und nicht aggressiv«, bemerkte Harlan.

Neben Nardos Ellenbogen stand eine Lampe, die sein Gesicht von unten beleuchtete und seine ausgeprägten Wangenknochen und die langen Wimpern betonte. Er wandte sich zum Ehemann seiner Tante um und erwiderte mit beherrschter Stimme: »Unsere Pferde werden ihren Reitern gehorchen.«

Alane hatte schweigend in das erhellte Gesicht ihres Mannes gestarrt. Seit ihrer Heirat hatte sie ihn niemals im Beisein anderer kritisiert oder ihm widersprochen, aber jetzt faßte sie sich ein Herz und sagte leise: »Ich fürchte, dieser Plan, den Rilik gefaßt hat, ist zu gefährlich. Warum tut ihr nicht das gleiche, was meine Leute getan haben, als sie die Pferdeesser vertrieben? Mein Vater hat dabei keinen einzigen Mann verloren, Nardo.«

»Ich muß Alane energisch zustimmen«, warf Mara mit fester Stimme ein. »Die Norakamo haben die Eindringlinge erfolgreich zurückgedrängt. Rilik sollte ihre Taktik übernehmen.«

Alane wandte sich an Mara. »Und diese Taktik war Nardos Idee, meine Mutter«, sagte sie.

Mara hob ihre dichten schwarzen Brauen. »Das hast du mir nie gesagt, Nardo.«

Er machte eine wegwerfende Handbewegung, als wäre diese Tatsache unerheblich. »Ich hatte Rilik tatsächlich vorgeschlagen, dem Plan der Norakamo zu folgen, aber die Situation, der sich die Atata-Kindred gegenübersehen, ist eine andere. Das Land, auf dem die Redu lagern, ist steil; es ist nicht das offene Weideland, das die Pferdeesser so verletzlich gegenüber Angriffen machte.«

»Wie viele unserer Männer wirst du mitnehmen?« wollte Riva wissen. Ihr nachdenkliches Gesicht wirkte noch trauriger als gewöhnlich.

»Die meisten der Jäger«, erwiderte Nardo. Er drehte sich zu seiner Mutter um. »Keine Sorge, wir werden nicht lange fortbleiben, und ich werde mindestens einen Mann für jeden Haushalt zurücklassen, der auf die Jagd geht. Das Dorf wird versorgt sein und genügend zu essen haben.«

Mara überraschte alle Anwesenden, als sie bemerkte: »Du denkst wie Nevin in dieser Sache, Nardo, nicht wie Rorig. Das ist ein Fehler.«

Nardo preßte die Lippen zusammen und gab keine Antwort.

Die nächsten Tage verbrachten die Männer damit, ihre Waffen kampfbereit zu machen und die Pferde auszusuchen, die sie mitnehmen wollten. Nachdem die Entscheidung, Rilik beizustehen, gefällt war, verdrängte Nardo alle seine Zweifel und freute sich auf einen guten Kampf nach. Unter Hinweis auf seine Erfahrung mit den Pferdeessern gelang es ihm, seine Führungsrolle geltend zu machen, und einer seiner ersten Befehle lautete, jeder Mann müsse mit einer Axt bewaffnet sein.

»Wenn sie sich nicht zerstreuen und davonlaufen, nachdem die Pferde sie zu Boden geworfen haben, wird es zu einem Nahkampf von Mann gegen Mann kommen«, erklärte er seinen Männern. »Es wird für uns wesentlich effektiver sein, mit einer Axt vom Pferderücken aus um uns zu schlagen, als mit einem Speer zuzustoßen. Ein Speer muß tief eindringen, um zu töten, und außerdem muß er danach wieder aus der Wunde herausgezogen werden. Eine Axt kann den Kopf eines Mannes mit einem Hieb zerschmettern. Es wird genauso tödlich und noch schneller sein.« Und er ließ sie zu Übungszwecken den Fluß hinauf- und hinuntergaloppieren und dabei die Axt über ihren Köpfen schwingen. Alle Kindred-Männer waren ausgezeichnete Reiter, und obwohl sie ohne Sättel ritten, war ihr Sitz sicher genug, um sie zu befähigen, ihre Äxte zu schwingen, wie Nardo es wollte.

Am Abend, bevor der Kampftrupp das Dorf verlassen sollte, saß Nardo in seiner Hütte und wechselte eine der Lederschnüre aus, die den Schaft seiner scharfen Steinaxt mit dem kurzen Griff verbanden. Nevin lag auf dem Fellteppich neben ihm, das kleine Hinterteil steil in die Luft gereckt, während er sich abmühte, seine Beine unter sich zu ziehen, um krabbeln zu können. Samu lag auf seinem Läufer in der Ecke und beobachtete Nevin aus klaren, neugierigen Augen. Alane flickte einen Riß in dem kleinen Zelt, das Nardo mitnehmen wollte.

Sie würden mit leichtem Gepäck reisen; jeder Mann würde nur ein kleines Zelt mit sich führen, einen Wasserbeutel aus Lachshaut, getrocknetes Fleisch, das flach geklopft und mit Rentierfett gemischt worden war, um es zu konservieren, ein Hemd und eine Hose zum Wechseln, zwei Speere und die Axt.

Nevin krähte vor Entzücken, als es ihm endlich gelang, sich auf seine kurzen Beinchen aufzurichten.

»Das Zelt ist fertig, Nardo«, sagte Alane.

»Gut. Jetzt werde ich nicht naß werden, während ich schlafe.«

»Naß zu werden ist noch das geringste aller Übel, die dir auf diesem Abenteuer zustoßen können«, erwiderte Alane bitter. In der Abgeschiedenheit ihrer Hütte hatte sie sich weitaus ablehnender und kritischer über dieses waghalsige Unternehmen geäußert, als sie es in Gegenwart anderer gewagt hätte.

»Da!« rief Nevin triumphierend. »Da, da, da, da!« Dann fiel er auf den Bauch. Sein überraschter Ausdruck war erheiternd.

Nardo lachte und beugte sich vor, um seinen Sohn mit großen, starken Händen hochzuheben. »Hör auf, mir ständig zuzusetzen, Alane«, sagte er, als er das jauchzende Baby in der Luft herumschwenkte.

Alane war wütend. »Weißt du, was mich am meisten an dieser Sache ärgert, Nardo?«

»Nein, aber du wirst es mir sicher sofort sagen.« Er schüttelte den Kleinen leicht, und Nevin kreischte vor Entzücken.

»Du schwenkst ihn so lange herum, bis ihm übel wird«, erwiderte Alane mit kalter Stimme.

»Er mag das.«

»In dieser Hinsicht ist er wie sein Vater.«

»In welcher Hinsicht?« Nardo warf ihr einen verwirrten Blick zu.

»Daß er Dinge mag, die nicht gut für ihn sind.«

Nardo hob das Baby noch einmal hoch in die Luft. Nevin bekam einen Schluckauf und spuckte etwas Milch aus.

»Ich hab's dir ja gesagt«, meinte Alane und griff nach einem Lappen aus Wildleder, um ihrem Sohn den Mund abzuwischen.

Nardo übergab Nevin an Alane und beobachtete ihre behutsamen Hände, während sie das übererregte, zappelnde Baby zu beruhigen versuchte. Er fühlte einen Stich von Schuldbewußtsein, als Nevin erneut einen Schwall Milch von sich gab.

Angespanntes Schweigen herrschte, während Alane Nevin zum Schlafen fertig machte. Samu schloß seufzend die Augen. Nardo überprüfte seine Axt noch ein letztes Mal und legte sie zu den anderen Waffen. Endlich schlief Nevin ein, und Alane kehrte zum Feuer zurück.

»Es tut mir leid, daß ich ihn aufgeregt habe«, sagte Nardo.

Sie nickte stumm, ohne ihn anzusehen.

»Alane«, sagte er weich. »Werden wir uns im Zorn trennen?«

Sie hob trotzig das Kinn. Ihre Augen waren von einem so dunklen Rauchgrau wie ihre Brauen. »Du freust dich auf den Kampf«, warf sie ihm vor. »Das ist es, was mich so ärgerlich macht.«

»Unsinn«, gab er zurück.

»Doch, so ist es. Deine Augen leuchten so hell wie die Sterne, seit ihr diesen Plan ausgeheckt habt.«

Er grinste. »Das ist Lust, die du in meinen Augen siehst«, erwiderte er und streckte die Arme nach ihr aus.

Einen Moment lang sträubte sie sich, aber dann wurde ihr Körper so weich und nachgiebig, genau wie Nardo es hatte kommen sehen, und sie schmiegte sich verlangend an ihn. Sie ist so schön, dachte er, und sie gab sich ihm jedesmal mit so großer Zärtlichkeit hin, daß es ihm das Herz zusammenschnürte. Er konnte sich nicht vorstellen, daß seine Leidenschaft für sie jemals gestillt sein würde. Seine Hände zogen an dem Lederband, das ihren Zopf zusammenhielt. Er liebte ihr Haar, liebte das weiche Gefühl, wenn er es berührte, liebte es, seine glatte Seidigkeit an seinem Gesicht zu spüren.

»Nardo«, murmelte Alane. Ihre Hände gruben sich Halt suchend in seine Schultern, ihre Stimme klang zittrig und gepreßt. »Ach, Nardo, ich habe solche Angst.«

Armes kleines Mädchen, dachte er zärtlich. *Sie hat Angst um mich.*

»Es gibt nichts, wovor du dich fürchten müßtest, meine Kleine«, sagte er zuversichtlich. »Mir wird schon nichts passieren. Das verspreche ich dir.« Und sein Mund glitt abwärts zu der glatten zarten Haut ihrer Kehle.

Die Redu hatten sich um die große Höhle auf der Ostseite des Atata-Flusses niedergelassen, die der Stamm der Kindred jedes Jahr als eines seiner Frühjahrslager benutzte. Die Berge in dieser Gegend waren scharfgratig wie Klippen, von Ost nach West verlaufend, und auf seiner Reise vom Altas zum Goldfluß hatte der Atata eine Nord-Süd-Schlucht in die Felswand gegraben. Die Höhle, die den Kindred als Frühjahrslager diente, befand sich hoch oben in dieser Schlucht.

Die Redu hatten sofort erkannt, daß die Höhle von einem der ortsansässigen Stämme als Jagdlager benutzt wurde; es war nicht zu übersehen, daß hier erst kürzlich Menschen gewohnt hatten. Der Grund, warum diese Höhle als Jagdlager auserwählt wurde, war ebenfalls offensichtlich, denn es gab Rentiere in diesem Gebiet – große Herden von Rentieren, die den Fluß hinauf- und hinunterzogen und auf dem beengten Raum der Schlucht mühelos zusammengetrieben und erlegt werden konnten. Die Redu waren in Hochstimmung. So viele Rentiere hatten sie schon seit Jahren nicht mehr zu sehen bekommen. Kerk, der die gefangenen Händler am Leben gelassen hatte, solange er sie als Führer brauchte, hatte die Männer inzwischen getötet, um zu verhindern, daß sie Informationen über die Redu an benachbarte Stämme weitergaben.

Paxon hielt Wache an dem Morgen, an dem sich Rilik und ein paar seiner Stammesgenossen dem Lager näherten, und er starrte voller Verwunderung auf die Männer, die so mühelos und so natürlich auf den Rücken von Pferden saßen. Kerks Sohn war ein ganzes Stück weiter stromaufwärts auf der Jagd gewesen, als die Reiter das erste Mal erschienen waren, deshalb hatte er sie bis jetzt noch nicht gesehen. Die Pferde standen so ruhig und still unter dem Gewicht der Männer, allem Anschein nach lediglich von einem Lederriemen um ihre Nase kontrolliert. Erstaunlich, dachte Paxon. Wirklich erstaunlich.

Die Reiter näherten sich von Süden her. Das Lager ließ sich nur über den Pfad am Fluß entlang erreichen, denn die Felsen zu beiden Seiten der Schlucht machten eine Annäherung von Westen oder Osten unmöglich. Diese strategisch so günstige Lage war einer der Gründe, warum Kerk diese Höhle als sein Hauptlager ausgewählt hatte; der Redu-Häuptling konnte Wachen aufstellen, um den nördlichen und südlichen Eingang zur Schlucht im Auge zu behalten, und sich dem beruhigenden Bewußtsein hingeben, daß es keinem Eindringling gelingen würde, sich unbemerkt an das Lager anzuschleichen.

Paxon brauchte einen Moment, um sich zu vergewissern, daß jeder der Reiter einen grünen Zweig in der Hand hielt, bevor er davonrannte, um seinen Vater von der Ankunft der Friedensabordnung zu informieren.

Kerk übte Schießen mit seinen beiden engsten Freunden, Madden und Wain, und drei Männern der linken Hand, als Paxon sie endlich am nördlichen Ende der Schlucht entdeckte. Die Männer hatten Schießscheiben aus Wildleder am Fluß entlang aufgestellt, so daß sie in den Wind würden schießen müssen, und als Paxon näher kam, sah er Kerk gerade seinen langen Bogen heben, die Bogensehne aus Hirschsehnen spannen und seinen Pfeil abschießen. Er sauste zischend durch die Luft und traf genau in den Mittelpunkt der ledernen Zielscheibe, neunzig Meter weit entfernt.

Paxon lächelte. Die Reiter, die den Fluß heraufkamen, trugen leichte Speere, keine Bögen. Ein Speer, mit aller Kraft geschleudert, konnte vielleicht vierzig Meter weit fliegen. Ein Pfeil, von einem der Redu-Bögen abgeschossen, mit dem Wind hinter sich, würde dreimal so weit fliegen.

»Vater!« rief Paxon, und nachdem er Kerks Aufmerksamkeit hatte, berichtete er seine Neuigkeit.

Der Häuptling hörte mit leichtem Stirnrunzeln zu und wies dann Paxon, Madden und Wain an, mit ihm zu kommen, um den Pferdeleuten entgegenzugehen. Die anderen drei Bogenschützen der Schießübungstruppe erhielten den Befehl, auf die Felsen zu steigen, wo Paxon Wache gehalten hatte. Nachdem die Bogenschützen ihre Stellung eingenommen hatten, gingen Kerk und seine Begleiter gemessenen Schrittes den Pfad hinunter. Auf Kerks Befehl hin hatten sie ihre Bögen zurückgelassen und trugen statt dessen Speere. Hinter sich konnte Paxon die erschrockenen Stimmen der Frauen und Kinder hören, als diese von der Ankunft der Reiter erfuhren und hastig den Felsen hinaufkletterten, um sich in den Schutz der tiefen Höhle zu flüchten.

Kerk blieb in Pfeilschußweite des Felsens stehen, wo seine Bogenschützen versteckt waren, verschränkte die Arme über der Brust und beobachtete das Herannahen der Reiter. Die Sonne hoch oben am Himmel ließ die straffe, kupferfarbene Haut von Kerks Adlergesicht glänzen, und der Wind zerzauste sein langes, schwarzes Haar. Die Reiter hielten in einigem Abstand an, und die Männer musterten einander schweigend über den leeren Raum zwischen sich hinweg. Dann brummte Kerk ungeduldig, und Paxon erhob die Stimme und sagte in gutturaler, aber verständlicher Kindred-Sprache: »Was wollt ihr?«

Die Reiter starrten ihn an, offensichtlich überrascht. Paxon begriff. Mit seinem schmalen, braunen Gesicht, den scharfen Wangenknochen und der dünnen, gebogenen Nase war er eindeutig von Kerks Blut, und dennoch beherrschte er ihre Sprache. »Ich habe eure Sprache von Händlern gelernt«, sagte er in überheblichem Ton. »Was wollt ihr?«

Der große, kräftig gebaute Mann mit dem hellbraunen Haar antwortete: »Ich bin Rilik, Häuptling der Atata-Kindred. Dies ist unser Lager, das ihr besetzt habt. Ich bin hier, um euch aufzufordern, diesen Ort zu verlassen.«

Paxon übersetzte für Kerk, wobei er die ganze Zeit kein Auge von den Reitern ließ und aus dem Mundwinkel heraus sprach. Die fünf Pferde vor ihnen waren alle kastanienbraun, und die Farbe ihres zotteligen Winterfells verschmolz mit den Wildlederhosen der Männer, die auf ihren Rücken saßen. Paxon war von dem Anblick fasziniert.

»Sag ihm«, erwiderte Kerk, »daß ich dieser lästigen Besuche allmählich überdrüssig bin. Wir haben nicht die Absicht, diese Berge zu verlassen.«

Paxon übersetzte. Der braunhaarige Mann, der das kräftigste Pferd ritt und ihr Anführer zu sein schien, erwiderte: »Eure Anwesenheit hier ist sowohl eine Beleidigung als auch eine Bedrohung. Wenn ihr nicht aus eigenem Antrieb geht, werden wir euch mit Gewalt verjagen müssen.«

Als Kerk dies übersetzt bekam, lachte er laut. Selbst auf die Entfernung zwischen ihnen konnte Paxon sehen, wie die Adern am Hals des anderen Häuptlings vor Zorn anschwollen bei diesem verächtlichen Gelächter. Das Pferd, das die Wut seines Reiters spürte, begann nervös auf der Stelle zu tänzeln. Kerk wandte sich an Paxon: »Frag ihn, wie er das bewerkstelligen will.«

»Wir sind ein Stamm, der der Art und Weise der Mutter folgt«, antwortete der Kindred-Häuptling. »Wir haben euer Lager bisher nicht angegriffen, weil wir Frauen und Kinder verschonen. Ich sage dir jetzt: Laß die Männer unserer beiden Stämme in einem offenen Kampf gegeneinander antreten, und dann werden wir sehen, wer übrigbleibt, um diese Berge als sein rechtmäßiges Zuhause zu bezeichnen.«

»Sag das noch mal«, forderte Paxon ihn auf, um sich zu vergewissern, daß er es richtig verstanden hatte. Nachdem Rilik die Herausforderung wiederholt hatte, richtete Paxon sie seinem Vater aus.

Kerk blickte nachdenklich. »Frag ihn, wo er diesen Kampf abhalten will«, befahl er Paxon.

Nachdem Rilik geantwortet hatte, erklärte Paxon: »Er sagt, auf der anderen Seite des Flusses weiter im Süden gäbe es offenes Weideland, wo sich unsere beiden Stämme begegnen könnten.«

Madden, der auf Kerks anderer Seite stand, lehnte sich lässig auf seinen Speer und sagte: »Er glaubt, er kann uns mit den Pferden niederreiten.«

»Warum lassen wir unsere Männer oben auf den Felsen ihre

Pferde nicht auf der Stelle totschießen?« warf Wain ein. »Die Dummköpfe sind innerhalb der Reichweite unserer Pfeile.«

»Sie wissen das nicht«, gab Kerk zurück. »Die Händler sagten, diese Leute hätten nur kleine Bögen, gut genug, um Vögel zu schießen. Sie benutzen Speere, um größeres Wild zu erlegen. Sieh nur, wie sorgfältig sie darauf geachtet haben, außerhalb der Reichweite eines Speerwurfs zu bleiben.«

Madden schnaubte spöttisch, als er die Entfernung zwischen den Reitern und den Redu abschätzte.

»Ich denke, es wird zu unserem Vorteil sein, uns mit diesem Kampf einverstanden zu erklären«, sagte Kerk. »Wenn wir den ortsansässigen Stamm vernichten, werden wir endlich unsere Ruhe haben und brauchen uns nicht mehr nach allen Seiten abzusichern.«

»Das ist wahr«, stimmte Madden zu.

»Ich würde auch gern ein paar von diesen zahmen Pferden erbeuten, die sie reiten. Solche Pferde wären äußerst nützlich für uns.«

Paxons dunkle Augen leuchteten, während er die berittenen Gestalten vor sich musterte. Was für ein Machtgefühl es einem Mann verschaffen mußte, auf dem Rücken eines Pferdes zu reiten!

»Sag diesen Männern, daß wir uns am Tag des vollen Mondes im Kampf mit ihnen messen werden«, wies Kerk seinen Sohn an.

Paxon übermittelte die Botschaft und wartete, während sich die Reiter leise berieten. Nach einer kurzen Weile erkärte Rilik sein Einverständnis. Kurz darauf machten die Reiter kehrt und trabten davon. Die Redu schauten den langsam kleiner werdenden Gestalten mit tiefer Befriedigung im Herzen nach.

Rilik schickte einen Boten zu Nardo und bat ihn, unverzüglich zu kommen, und drei Tage vor Vollmond ritten zweihundert Männer der Großfisch-Kindred in das Dorf ein, das in dem tiefen und engen Tal eines Nebenflusses des Atata lag, ganz in der Nähe des Altas. Die Atata-Kindred hatten im Gegensatz zu ihren Brüdern, die in der Tiefebene des Großen Fischflusses lebten, das ganze Jahr über einen wundervollen Ausblick auf hohe, schneebedeckte Gipfel.

In den Felswänden um das Tal herum befand sich eine Anzahl von Höhlen, die der Stamm als seine Hauptunterkünfte benutzte. Die Weideflächen in diesem Gebiet waren jedoch begrenzt, und Rilik wies seine Männer an, die neu hinzugekommenen Pferde über den Fluß zu führen hinter die Felsen, wo immer noch Gras zu finden war.

Nardo hatte bisher noch nichts von dem bevorstehenden Kampf erfahren. Er hörte erst davon, als er und Rilik und ihre wichtigsten Männer das Abendessen in der Männerhöhle einnahmen. Rilik erzählte ihm von der Übereinkunft, die er mit den Redu getroffen hatte. »Das ist der Grund, weshalb ich dich gebeten habe, so schnell wie möglich herzukommen, Nardo. Der Kampf ist für den Tag des vollen Mondes angesetzt.«

Einen Moment lang sagte Nardo nichts, sondern kaute nur bedächtig sein Ibexfleisch und blickte Rilik dabei unverwandt an. Der Atata-Häuptling wurde etwas nervös unter diesem ruhigen, nachdenklichen Blick. »Nun«, sagte Nardo schließlich, »wenn es gleich viele Männer auf beiden Seiten sind, werden uns die Pferde zum Sieg verhelfen.«

Rilik schien erleichtert über Nardos milden Ton. Er rieb sich die Nase und meinte: »Sie, äh, sie sind doch mehr an der Zahl, als wir zuerst angenommen haben.«

Nardo legte das Stück Fleisch, das er gerade hatte essen wollen, auf seinen Knochenteller zurück. »Wie viele mehr?«

Rilik zuckte die Achseln. »Sie sind uns gegenüber um etwa zwanzig Handvoll in der Überzahl.«

»Zwanzig Handvoll!« rief Mano.

»Davon hast du uns aber nichts erzählt, als du um unsere Hilfe gebeten hast«, sagte Varic scharf.

Harl sprang in einer drohenden Gebärde auf die Füße. »Willst du damit etwa sagen, wir hätten euch belogen?«

»Varic wollte euch nichts dergleichen unterstellen«, sagte Nardo beschwichtigend. Er trank seinen Tee und betrachtete die Zeichnung einer Wildziege an der Höhlenwand hinter Rilik, während er darauf wartete, daß Harl wieder seinen Platz einnahm. Als dies geschehen war, sagte Nardo: »Ich würde gern die Stelle sehen, die ihr für diesen Kampf ausgesucht habt.«

»Natürlich.« Rilik war erleichtert, daß Nardo es vorzog, die zahlenmäßige Überlegenheit des Gegners nicht weiter zu erwähnen. »Ich werde dich morgen dorthin bringen. Der Ort ist nur einen halben Tagesritt von hier entfernt, obwohl die Redu einen ganzen Tag brauchen werden, um dorthin zu gelangen, da sie zu Fuß reisen müssen.« Er blickte Varic an. »Selbst bei einem Unterschied von zwanzig Handvoll«, sagte er fest, »werden uns die Pferde auf jeden Fall zum Sieg verhelfen.«

Sechs Männer brachen anderntags früh auf, um in nördlicher Richtung zu der Stelle zu reiten, wo der Nebenfluß, dem sie folgten, in den Hauptfluß Atata in diesem Teil des Gebirges einmündete. Das Kampfgelände, das Rilik gewählt hatte, lag knapp nördlich von diesem Zusammenfluß.

In dieser Höhe waren die Zeichen des herannahenden Frühlings, die Nardo zu Hause beobachtet hatte, noch nicht zu erkennen. Männer und Pferde folgten dem Flußpfad, den Tausende von wandernden Herden ausgetreten hatten, während diese je nach Jahreszeit flußaufwärts oder flußabwärts zogen, und die Luft um sie herum war vom würzigen Geruch nach Harz und Kiefernnadeln erfüllt, der von den hohen Nadelbäumen ausströmte, die an den steilen Berghängen wuchsen. Für Pferde war dieses Land nicht sonderlich geeignet, deshalb vermutete Nardo, daß die Atata-Kindred ihre Tiere zu den Hochgebirgsweiden des Altas hinaufbringen mußten, sobald die Pässe offen waren.

Die beiden Flüsse flossen in einer kleinen Senke zusammen, und etwas nördlich von dieser Stelle lag die offene Wiese, die Rilik als Kampfort ausgesucht hatte. Nardo war bereits aufgefallen, daß es im Gebiet um den Atata nicht viel offenes Land gab, unter dem man hätte wählen können, aber sobald er die keilförmige Wiese erblickte, wußte er, daß Rilik einen Fehler gemacht hatte.

»Die Bäume dort werden uns behindern«, sagte Nardo scharf, während er auf den beengten Raum zwischen zwei Wäldern zeigte, die den südlichen Teil der Wiese bildeten, die Stelle, wo sich die Kindred formieren würden. Dann, als Rilik die Bedeutung dieses Gesichtspunkts nicht zu begreifen schien, erklärte Nardo mit beherrschter Stimme: »Auf unserer Seite ist die Wiese viel schmaler als auf ihrer Seite. Wir werden unsere Männer nicht so weit verteilen können wie die Redu die ihren.«

Rilik war immer noch unbesorgt. »Es ist der Angriff unserer Pferde, der sie vernichten wird«, meinte er. »Wir brauchen uns nicht so weit zu verteilen.«

Nardo blickte sich prüfend um. Der Tag war klar und kalt, der Himmel wolkenlos. Drei Ibex hatten auf dem braunen Wintergras geweidet, als die Männer auf die Wiese geritten kamen, waren aber bei ihrem Anblick zum Fluß geflohen. Der Himmel über dem Flecken trostlos braunen Grases wölbte sich wie eine riesige, tiefblaue Kuppel.

»Die Länge unserer Reihe ist von größter Wichtigkeit, weil

wir nicht wollen, daß sie uns umzingeln und von hinten angreifen«, erklärte Nardo im gleichen beherrschten Ton wie zuvor. Er führte Blauvogel ein paar Schritte vorwärts und zeigte auf die beiden Baumgruppen. »Sieh nur, wie eingezwängt wir sein werden.«

Rilik war nicht darüber erfreut, von einem jüngeren Mann belehrt zu werden. »Sie werden uns nicht umzingeln, Nardo. Die Gewalt unseres Angriffs wird sie in alle Richtungen zerstreuen. Du hast selbst gesagt, daß sich Menschen nicht gegen Pferde behaupten können.«

»Wenn die Männer den Pferden zahlenmäßig überlegen sind und das Gelände günstig für ihre Zwecke ist, könnten sie es durchaus«, sagte Nardo langsam, während er erneut den Kopf nach rechts und links drehte, um den gesamten Platz in sich aufzunehmen.

»Was ist mit deinen mutigen Reden passiert, die du geschwungen hast, als wir am Ufer des Großen Fischflusses miteinander gesprochen haben?« fragte Harl gehässig. »Hast du jetzt Angst, daß die feindlichen Speere ihr Ziel treffen könnten?«

Varic setzte zu einer hitzigen Erwiderung an, aber Nardo bedeutete seinem Cousin mit einem Kopfschütteln zu schweigen. Dann zog er Blauvogel zu Rilik herum. »Ich habe vierzig Handvoll Männer für diesen Kampf mitgebracht«, erklärte er. »Das sind zweimal so viele Männer, wie die Atata-Kindred schicken werden. Ich wäre gern zu Rate gezogen worden, bevor die Entscheidung über den Kampfort fiel.«

»Der Kampfort ist bereits ausgewählt«, gab Rilik ärgerlich zurück, »und daran läßt sich jetzt nichts mehr ändern. Willst du damit sagen, daß du dich weigerst, mit uns zu kämpfen, Nardo?«

Ein großer Geier glitt über den tiefblauen Himmel und warf

seinen Schatten auf die braune Wiese. Nardo legte den Kopf in den Nacken, um den prächtigen Vogel zu beobachten, und dachte daran, was passieren würde, wenn er sich zu kämpfen weigerte. Entweder würden die Atata-Kindred allein in den Kampf ziehen und dabei unweigerlich getötet werden, oder sie würden einen Rückzieher machen und dem Feind damit eine gefährliche Botschaft übermitteln. Rilik hatte ihm keine andere Wahl gelassen. Er wandte sich zu dem Atata-Häuptling um und sagte brüsk: »Nein, das will ich damit nicht sagen.«

»Die Atata-Kindred werden an vorderster Front reiten«, erklärte Rilik stolz. »Ihr von den Großfisch-Kindred könnt ja hinter uns reiten.«

»Wir werden mit Freuden vorwegreiten!« Varic brüllte fast in seinem Zorn über diesen Affront gegen den Mut seines Stammes.

Nardo erklärte fest: »Ich werde den Männern der Atata keinesfalls die Ehre streitig machen, an vorderster Front zu kämpfen. Wir werden die Nachhut bilden.« Und ohne sich um die verdrießlichen Gesichter seiner Männer zu kümmern, zog er Blauvogel an den Zügeln herum und trabte den Weg zurück, den sie gekommen waren.

Kerk hatte sich ebenfalls zum Austragungsort begeben, und als er die Wiese sah, war sein erster Gedanke der gleiche, den auch Nardo gehabt hatte. »Sie werden zwischen diesen beiden Wäldern da eingezwängt sein«, stellte er fest.

Madden grinste breit. »Wenn wir sie erst einmal umzingelt haben, werden sie erledigt sein.«

»Das werden sie allerdings«, stimmte Kerk voller Zufriedenheit zu.

Der Redu-Häuptling hatte über Strategie während seiner Jahre der Fehden mit anderen Stämmen in Britannien viel gelernt, und obwohl er nie an einer so großen Konfrontation beteiligt gewesen war, wußte er den Wert einer günstigen Position zu schätzen. Die Redu kampierten die Nacht über in der Nähe des Schlachtfeldes, und am Morgen des Tages des vollen Mondes stellte Kerk seine fünfhundert Männer an der Nordseite des Feldes auf. Sie waren den Kindred gegenüber um zweihundert Mann überlegen – doppelt so viele mehr, wie Rilik geschätzt hatte.

Kerk nutzte die Breite des Geländes voll aus und zog seine Reihen beträchtlich weiter auseinander, als es dem Feind möglich sein würde. Die vorderste Linie der Redu bestand aus Bogenschützen, ihre großen, tödlichen Bogen schußbereit in der Hand, ihre Gürtel voller hölzerner Pfeile, die sorgfältig durch Hitze begradigt worden waren, mit Steuerfedern aus Adler- oder Habichtfedern und scharfen Feuersteinspitzen versehen. Die Männer standen drei Fuß voneinander entfernt, um genügend Platz für den Gebrauch ihrer Waffe zu haben, und hinter ihnen – in den Zwischenräumen zwischen den Männern der ersten Reihe – stand eine weitere Reihe von Bogenschützen und dahinter noch eine. Hinter diesen drei Reihen von Bogenschützen warteten die Nahkämpfer, jeder mit einem Speer und einer kurzen Steinkeule bewaffnet. Sämtliche Redu-Männer stellten stolz die Daumen ihrer Feinde an ihrem Gürtel zur Schau und hofften, an diesem Tag noch einige hinzuzugewinnen.

Paxon stand in der ersten Reihe der Nahkämpfer und betrachtete die Reiter, die sich eine Viertelmeile entfernt auf der gegenüberliegenden Seite der Wiese formierten. Auf eine solche Entfernung wirkten die Pferde längst nicht mehr so einschüchternd. Alle seine Sinne waren hellwach, jeder Muskel seines Körpers angespannt und in Alarmbereitschaft, während er die Pferde beobachtete und auf den Ruf des Horns wartete, der ihr Signal zum Vorstoß sein würde.

Schließlich ertönte der Laut, auf den sie alle warteten, das dumpfe Hallen des Schlachthorns. Paxons Pulsschlag beschleunigte sich, als die Männer vor ihm leichtfüßig über das Feld zu laufen begannen. Ein überraschter Ruf stieg von den Reitern auf, als sie erkannten, daß die Redu vorwärts stürmten. *Was haben sie denn erwartet?* dachte Paxon verächtlich. *Daß wir ruhig stehenbleiben würden, um uns von ihren Pferden in Grund und Boden trampeln zu lassen?*

Wieder ertönte das Schlachthorn. Sie waren jetzt knapp innerhalb Bogenschußweite, und die Redu hielten an, während die erste Reihe der Bogenschützen die Pfeile in die Bögen einlegte. Dann war die Luft plötzlich von einer Wolke von Pfeilen verdunkelt, und Rufe und entsetzte Schreie kamen von den Reitern, als Männer und Tiere von den tödlichen Geschossen getroffen wurden.

Eine Stimme aus den feindlichen Linien brüllte einen Befehl, und die verängstigten Pferde begannen vorwärts zu galoppieren, rücksichtslos von den Stimmen und Fersen ihrer Reiter angetrieben. Inzwischen hatten die Schützen einen neuen Pfeil in ihren Bogen eingelegt, und eine zweite todbringende Wolke von Pfeilen schwirrte auf die Reihen der angreifenden Reiter nieder. Pferde stürzten, wieherten laut vor Schmerz und Schrecken. Jene, die hinter ihnen ritten, mußten über die wild um sich schlagenden Tiere am Boden hinwegspringen, um nicht selbst zu Fall zu kommen. Viele der Pferde bäumten sich angstvoll auf der Hinterhand auf und weigerten sich weiterzulaufen.

Die erste Reihe der Bogenschützen trat zurück, und gleich darauf ließ die zweite Reihe einen Hagel tödlicher Pfeile auf die Angreifer niederprasseln. Der Vorstoß der Kindred war von den ersten beiden Salven gebremst worden, und jetzt bohrte sich die dritte Flut messerscharfer Pfeilspitzen in das Fleisch und Blut von Männern und Tieren, und die schrillen Schreie der Verletzten und Sterbenden stiegen zum Himmel auf.

Die dritte Reihe der Bogenschützen war jetzt schußbereit. Paxon packte seinen Speer und die Steinkeule fester und merkte noch nicht einmal, daß er aus Leibeskräften brüllte. Die Schützen würden, was von dem berittenen Feindestrupp noch übrig war, die Redu-Linien durchbrechen lassen, anschließend würden die Nahkämpfer den Rest der Kindred-Männer erledigen und die noch lebenden Pferde erbeuten.

»Zurück! Zurück! Kehrt um!« Es war die Stimme, die die Reiter kurz zuvor zum Angriff gedrängt hatte, und sie ertönte jetzt nahe genug, so daß Paxon die Worte verstehen konnte. Er runzelte die Stirn und blickte sich suchend nach seinem Vater um. Sie hatten nicht damit gerechnet, daß die Reiter jetzt schon zurückwichen!

Aber die Reiter gehorchten dem Befehl und zogen ihre völlig verängstigten Pferde heftig herum. Die Bogenschützen sprangen vor, um einen weiteren Hagel von Pfeilen niederprasseln zu lassen, der jedoch diesmal weniger wirksam war, da die feindlichen Truppen schleunigst das Feld verließen und sich einen Weg durch den Sumpf von Toten und Sterbenden bahnten, die überall auf dem Feld verstreut lagen.

Es würde keinen Zweck haben, ihnen zu folgen, wie Paxon erkannte. Die Pferde eigneten sich gut zur Flucht. Er lockerte seinen Griff um seine Waffe, schaute sich um und stellte fest, daß sie keinen einzigen Mann verloren hatten.

Die Schreie der verletzten und sterbenden Pferde waren grauenhaft. Paxon betrachtete das blutige Schlachtfeld vor sich und hörte Kerks Stimme: »Sieh nach, ob noch irgendwelche Pferde gerettet werden können. Wenn nicht, dann erlöse sie von ihrer Qual.«

»Und was ist mit den Männern?« fragte Madden.

»Die Männer sind uns nicht von Nutzen«, erwiderte Kerk hart. »Tötet alle, die noch am Leben sind.«

Eine Gruppe von Männern eilte davon, um den Befehl des Häuptlings auszuführen.

Fast alle Männer der Atata-Kindred waren bei dem Gemetzel umgekommen. Dies stelite sich heraus, als die flüchtenden Reiter schließlich lange genug anhielten, um zu überprüfen, wer noch übrig war.

Nardo war ganz elend zumute. »Als ich Rilik an vorderster Front reiten ließ, hätte ich doch niemals gedacht, daß so etwas passieren würde!« sagte er verzweifelt.

»Niemand hat damit gerechnet, daß das passieren würde«, erwiderte ein von oben bis unten mit Blut befleckter Nat. Es sei nicht sein Blut, sondern das Blut, das aus dem Hals des Pferdes vor ihm herausgespritzt war, beruhigte er die anderen, und sein kräftiges, kantiges Gesicht war dabei zu einer so grimmigen Miene verzogen, wie man sie noch nie zuvor an ihm gesehen hatte. »Du hattest Angst, sie würden uns umzingeln. Deshalb bist du in der Nachhut geritten, Nardo. Um die Flanken zu decken und einen Angriff von hinten abzuwehren. Rilik wußte das nicht, aber wir von den Großfisch-Kindred wissen es.«

»Verdammt!« rief Varic. »Was waren das für Bogen?«

»Ich weiß es nicht, aber sie schossen dreimal so weit, wie man einen Speer schleudern kann!« erwiderte Mano.

»Kein Wunder, daß die Redu so darauf erpicht waren, auf Riliks Vorschlag einzugehen«, sagte Freddo mit tiefer Verbitterung in der Stimme.

»Wieso wußte Rilik nichts von dieser gefährlichen Waffe? Wie ist das möglich?« wollte Nardo wissen. »Hatte er keine Beobachtungsposten aufgestellt, um die Eindringlinge zu überwachen? Hat er sie nicht bei der Jagd beobachtet?«

»Offenbar nicht«, meinte Varic.

»Wir haben sie Bogen tragen sehen«, erklärte einer der wenigen Atata-Männer, die den Angriff überlebt hatten. Seine Stimme klang abweisend. »Wir alle benutzen gelegentlich Bogen. Wir haben nicht erkannt, daß diese Bogen anders als unsere waren.«

»Sie sind doppelt so groß wie die, die wir benutzen!« entgegnete Nardo.

Der Atata gab keine Antwort.

»Laßt eure Clans feststellen, wen wir alles verloren haben«, wies Nardo die Männer des Clan-Rats an, die ihn umringten. »Und dann, die Erdenmutter möge uns beistehen, werden wir den Atata-Frauen und -Kindern sagen müssen, was ihren Männern zugestoßen ist.«

Dritter Teil

Die Gefahr

14

Paxon stand am Ufer des Flusses und ließ seinen Blick über das schmale Tal schweifen, das bis vor wenigen Monden noch die angestammte Heimat der Atata-Kindred gewesen war. Jetzt war Sommer, und die Felsen wiesen farbenfrohe Tupfer auf von den Blumen, die in den Spalten und Ausbuchtungen ihrer steilen Höhen wuchsen: blaue Pyrenäen-Hyazinthen, weißer und blaßrosa Storchschnabel und üppige Polster dunkelroter und violetter Orchideen. Die kargen, schneebedeckten Gipfel, die sich im Süden in den Himmel reckten, bildeten einen lebhaften Kontrast zu diesem reizvollen Bild. Der junge Mann fühlte eine seltsame Erregung beim Anblick all der Schönheit um sich herum. Dies war etwas völlig anderes als die flache Landschaft seines Heimatlandes. Er inhalierte tief die würzige Luft und sagte dann zu seinem Freund, der neben ihm stand: »Die Rentiere müssen im Hochland sein.«

»Nun, *hier* sind sie ganz sicher nicht«, erwiderte Aven und kickte mißmutig einen Stein weg.

Paxon war in dem Tal, weil ihn sein Vater auf Erkundungstour losgeschickt hatte. Die Rentiere, im Frühling so reichlich entlang des Atata vorhanden, waren mit dem Sommer verschwunden, und die Redu waren hungrig. Im Frühjahr waren alle Herden in südlicher Richtung den Fluß hinuntergezogen, deshalb hatte Kerk Paxon angewiesen, ebenfalls nach Süden zu reisen und herauszufinden, wohin die Rentiere gegangen waren.

Paxon schaute zu den steilen Felswänden auf, die das Tal umschlossen. »Diese Höhlen müssen die Hauptlager der Pferdeleute gewesen sein, die wir im Frühjahr besiegt haben«, murmelte er. »Ich erinnere mich, daß mir die Händler einen solchen Ort beschrieben haben: den Fluß, das enge Tal, die Höhlen hoch oben in den Felsen. Dies ist das Gebiet, wo sie zu Hause waren.«

»Wir haben sie nicht alle getötet«, warf Aven ein. »Ich frage mich, wo sie wohl hingegangen sind.«

»Die Händler sagten, der Stamm, der an diesem Fluß lebte, zählte nicht mehr als dreihundert Leute, einschließlich Frauen und Kinder. Vermutlich hatten sie sich für den Kampf mit dem Reiterstamm zusammengetan, der an dem Fluß lebt, den die Händler den Goldfluß nannten. Ich kann mir vorstellen, daß die Überlebenden der Schlacht ihre Frauen und Kinder genommen haben und nach Westen geflohen sind.«

Die beiden jungen Männer standen eine Weile in Schweigen versunken da, den Blick auf eine Höhle in halber Höhe des Felsens gerichtet. Sie beobachteten, wie sich eine kleine Herde Ibex vorsichtig einen Weg über die steilen Klippen bahnte. »Die Leute dieses Lagers müssen sich von Ibex und Vögeln ernährt haben«, meinte Aven nachdenklich. »Es scheint reichlich davon in dieser Gegend zu geben.«

»Dreihundert Leute sind kein großer Stamm«, sagte Paxon. »Wenn sie im Frühling und Herbst Rentiere erlegen konnten, während die Herden den Fluß hinauf- und hinunterzogen, konnten sie den Rest des Jahres wahrscheinlich von Ibex und Vögeln leben.«

»Wir dagegen *sind* ein großer Stamm«, gab Aven zurück.

Paxon grunzte. Das war exakt der Grund, warum ihn sein Vater losgeschickt hatte.

»Es wäre vielleicht ratsam, wenn wir uns in verschiedene

Jagdlager aufteilen würden, so wie wir es immer daheim gemacht haben«, meinte er. »Dieses Gebiet hier kann ungefähr dreihundert Leute ernähren, und die Gegend, in der wir zur Zeit lagern, gibt wahrscheinlich Fleisch für weitere zweihundert her.«

Ein großer goldener Adler schwebte vom Himmel herab, ließ sich auf einem Vorsprung knapp unterhalb der Felsspitze nieder und überwachte das Tal mit gebieterischer Würde.

»Wenn wir uns aufteilen, bedeutet das, daß wir mindestens noch einen weiteren Lagerplatz finden müssen«, wandte Aven ein.

Paxon knurrte. »In der Zwischenzeit wird mein Vater wissen wollen, ob die Rentiere wirklich in den Bergen sind.«

Aven runzelte die Stirn und blickte nach Süden auf die majestätischen weißen Gipfel. »Du kannst doch nicht im Ernst vorhaben, dort hinaufzuklettern, Paxon. Schließlich sind wir keine Ibex!«

Paxon lächelte freundlich. »Möchtest *du* derjenige sein, der meinem Vater erklärt, daß wir uns nicht die Mühe gemacht haben, in die Berge hochzusteigen?«

Die beiden jungen Männer schauten einander an. Der goldene Adler verließ seinen Ausguck und flog langsam nach Süden, während das glitzernde Wasser des Flusses seinen Schatten reflektierte. Die beiden Redu, die die Höhle erforscht hatten, erschienen in der Öffnung und winkten aufgeregt.

»Nein«, erwiderte Aven schließlich.

»Ich auch nicht«, meinte Paxon. »Wir werden heute nacht hier kampieren, und morgen machen wir uns an den Aufstieg in die Berge.«

»Ich bin sicher, die Rentiere sind jetzt in den Bergen«, sagte Paxon zu Kerk. »Wir haben ein paar kleine Herden entdeckt, als wir am Fluß entlang bergauf gegangen sind, und ich denke, weiter oben gibt es wahrscheinlich Weiden. Das Problem ist, daß der Aufstieg zu steil für die Frauen und Kinder ist.«

Kerk grunzte unwillig. »Dann ist er auch zu steil für die Jäger, um eine ausreichende Zahl von erlegten Tieren herunterzuschaffen.«

»Ja«, stimmte Paxon zu. »Zumindest der Weg, den wir genommen haben, ist zu steil.«

»Haben die Händler nichts von einem Paß gesagt?« wollte Kerk wissen.

Paxon schüttelte den Kopf.

Schweigen breitete sich aus, während Kerk nachdachte. Paxon war ungemein stolz, daß ihn sein Vater immer häufiger um Informationen und Rat fragte. Seit die Redu das Land ihrer Vorväter verlassen hatten, hatte sich Paxon als herausragender Kundschafter entpuppt, und Kerk zögerte nicht, sich die Talente seines Sohnes zunutze zu machen.

Jetzt strich Kerk gedankenverloren mit dem Zeigefinger über den hochmütigen Bogen seiner Nase. »Und du sagst, das Kindred-Lager war verlassen?«

»Ja«, erwiderte Paxon. »Obwohl es Anzeichen gab, daß es noch bis vor kurzem bewohnt war – die Kochgruben waren noch voller Knochen und Asche.« Seine Stimme klang erstaunt. »Sie haben Bilder an die Wände ihrer Höhlen gemalt, Vater.«

»Bilder?«

»Ja. Riesige Zeichnungen von Pferden und Büffeln und Ibex. Sie sahen so lebensecht aus!«

»Sie reiten auf Pferden und malen Bilder – wirklich ein seltsames Volk«, meinte Kerk. «Was glaubst du, wohin sie gegangen sind?«

»Wahrscheinlich zu den Ufern dieses anderen Flusses ... an den Fluß, dem wir nicht in die Berge gefolgt sind.«

»Du meinst den Goldfluß?«

»Ja.« Paxon schaute zu, wie eine Gruppe von Frauen Wasser vom Fluß heraufschleppte. »Das Kindred-Lager, das wir entdeckt haben, sah aus, als könnte es vielleicht dreihundert Leute ernähren«, fügte er hinzu.

Kerk grunzte. Die Männer standen einen Moment schweigend da, beobachteten, wie die Frauen mit ihrer schweren Last langsam die Anhöhe erklommen, bis sie an der untersten Höhle angekommen waren und in der dunklen Öffnung verschwanden.

»Und die Jagd in dieser Gegend hier könnte weitere zweihundert ernähren«, sagte Paxon.

Kerk starrte den Fluß hinauf, sein Habichtsprofil war ausgesprochen düster. »Ich möchte unseren Stamm nicht in getrennte Lager spalten. Es wird uns wehrloser gegenüber Angriffen machen.«

»Die Händler erzählten, daß der Stamm, der am Goldfluß lebt, ein großer Stamm wäre«, erklärte Paxon. »Am Goldfluß muß die Jagd wesentlich ergiebiger sein.«

»Daran habe ich auch schon gedacht«, erwiderte Kerk. »Ich denke, als nächstes sollten wir uns zu diesem Goldfluß begeben.«

Seit ihrer Niederlage in der Schlacht hatte Nardo ständig versucht, die Leute seines Stammes davon zu überzeugen, daß sie etwas gegen die Redu unternehmen müßten.

»Sie sind zu viele an der Zahl, um von der Jagdausbeute entlang des Atata überleben zu können«, erklärte er immer wieder. »Wir sind nicht sicher vor ihnen.«

Aber die Mehrzahl der Männer des Clan-Rats war nicht seiner Meinung. Sie waren entsetzt gewesen über das Gemetzel, das sie miterlebt hatten, und wollten sich zu Nardos Verzweiflung nicht auf eine erneute Konfrontation mit den Pfeil-und-Bogen-Leuten einlassen.

»Wenn diese Leute tatsächlich vom Atata fortziehen müssen, dann besteht durchaus die Möglichkeit, daß sie den Rentieren in den Altas hinauf folgen. Oder nach Osten wandern, zum Kräusel-Fluß«, hatte Varic gesagt, als sich der Clan-Rat eines sonnigen Nachmittags in Nardos Hütte traf. Die Männer waren allein, da sich Alane im großen Haus aufhielt und den anderen Frauen dabei half, die Sommerzelte des Clans zu flicken.

Zu Nardos Kummer hatte das Wort seines Cousins mehr Gewicht im Clan-Rat als sein eigenes. Selbst Mano, der Sprecher von Nardos eigenem Clan, erwiderte: »Ich sehe für uns keine Gefahr und auch keine Veranlassung, irgend etwas zu unternehmen, um gerade jetzt ihre Aufmerksamkeit auf uns zu lenken, Nardo. Wir sollten besser noch abwarten.«

»Wir haben genug damit zu tun, die zusätzlichen Frauen und Kinder der Atata zu ernähren, die du hierhergebracht hast«, fügte Varic in vorwurfsvollem Ton hinzu, als wäre es allein Nardos Schuld.

»Was hätte ich denn deiner Meinung nach tun sollen?« erwiderte Nardo verärgert. »Sie zurücklassen, damit sie von den Eindringlingen gefangengenommen werden? Oder damit sie verhungern?«

»Niemand macht dir Vorwürfe, weil du die Atata-Frauen und -Kinder aufgenommen hast, Nardo«, sagte Mano beschwichtigend.

»Varics Worte haben mir aber einen ganz anderen Eindruck vermittelt«, gab Nardo zurück.

Varics weit auseinanderstehende Augen blickten unschuldig. »Es ist keine Sache von Schuld oder Tadel«, sagte er. »Ich habe lediglich eine Tatsache festgestellt. Der Zuwachs durch die Atata-Frauen und -Kinder zehrt an unseren Reserven. Unsere

Vorräte sind fast aufgebraucht. Wir können keine Männer erübrigen, die auch noch die Eindringlinge jagen.«

Und so gingen die Männer der Kindred ihren gewohnten Tätigkeiten nach, während der Frühling Einzug hielt und die Rentiere ihre jährliche Wanderung in die Berge antraten, und sie kümmerten sich wenig um das, was auf der anderen Seite des Büffel-Passes vor sich ging. Nardo war es gelungen, Dane und ein paar der jüngeren Männer, die im Sommerlager am Schmalen Fluß waren, dazu zu überreden, den Paß ständig zu beobachten, aber er bezweifelte, daß sie sich dieser Aufgabe mit besonderer Sorgfalt widmen würden. Er wußte nur zu gut, daß Dane nur ihrer Freundschaft zuliebe eingewilligt hatte, Wachen am Paß aufzustellen, und nicht etwa, weil er an die Notwendigkeit dazu glaubte. Die ganze Situation bereitete Nardo unerträgliche Sorgen, aber es gab nichts, was er dagegen hätte tun können.

Dann, zu Beginn des Sommers, kam von den Norakamo die Nachricht, daß Tedric gestorben war. Als Alane den Wunsch äußerte, ihre Mutter zu besuchen, erklärte Nardo – der sich mit Rune wegen der Redu-Invasion beraten wollte –, er würde sie hinbringen.

Mara war nicht glücklich über diese Entscheidung. »Kindred-Frauen verlassen das Dorf nicht«, sagte sie zu den beiden, als sie von ihrem Vorhaben erfuhr.

»Du hast das Dorf verlassen, um an der Hochzeit deines Sohnes teilzunehmen«, erwiderte Alane. »Mein Vater ist tot. Sicherlich kannst du nicht abstreiten, daß es sich für mich gehört, meiner Mutter einen Besuch abzustatten.«

Es *war* Alanes Pflicht, und Mara wußte es. Dennoch: Dies war ein weiteres Mal, wo Alane uralte Kindred-Sitten untergraben hatte. Und als sie an ihre Schwester und ihre Töchter appellierte, stellte sie fest, daß niemand im Haushalt ihrer Meinung war. Die Situation war nicht dazu angetan, Alane bei Nardos Mutter beliebter zu machen.

Normalerweise dauerte es zwei Tage, um vom Kindred-Dorf in das Norakamo-Sommerlager am Goldfluß zu reisen, aber da Alane und Nardo mit einem zwölf Monde alten Säugling belastet waren, der in einem Tragesitz auf dem Rücken seines Vaters reisen mußte, brauchten sie fast drei volle Tage. Stifun und Larz, die Boten, die Alane die traurige Nachricht überbracht hatten, begleiteten sie. Auf Alanes Bitten hin hatte Nardo Samu im Dorf zurückgelassen.

Alane war sich bisher nicht vollauf bewußt gewesen, wie beengend sie das Kindred-Dorf fand, bis sie es endlich hinter sich gelassen hatten. Noch nicht einmal der Kummer über den Tod ihres Vaters konnte ihre Freude darüber zerstören, endlich wieder ein Pferd unter sich zu fühlen und Seite an Seite mit Nardo zu reiten, während sich der Flußpfad vor ihnen erstreckte und sie in dem glücklichen Gedanken schwelgte, daß sie bald ihr kleines Zelt für die Nacht aufstellen und ihr Abendessen unter freiem Himmel kochen würden. Alane hatte ihr ganzes Leben lang Reisen gemacht, und sie vermißte diese Freiheit sehr.

Die Sonne näherte sich dem westlichen Himmel, als Stifun sein Pferd an Nardos andere Seite trieb und seine Aufmerksamkeit in Anspruch nahm. Alane fiel zurück und ließ ihr Pferd neben dem von Larz gehen. Sie hatten bisher noch keine Gelegenheit gehabt, vertraulich miteinander zu reden, und jetzt warf ihm Alane einen freundlichen Blick zu und erkundigte sich nach seiner Familie.

Er berichtete von seinem Vater und seinen Schwestern und sagte dann etwas gepreßt: »Du siehst gut aus, Alane. Das Leben bei den Kindred scheint dir zu bekommen.«

Alane beschränkte sich darauf zu erwidern: »Nardo ist ein guter Ehemann.«

Larz betrachtete das schlafende Baby, das so sicher an dem breiten Rücken vor ihnen festgebunden war. Bei den Norakamo war der Transport der Kinder wie alles andere, was ihnen gehörte, den Frauen überlassen. »Er ist auch ein guter Vater, wie ich sehe«, meinte Larz.

»Ja.« Alane lächelte über den Ausdruck des Erstaunens auf Larz' Gesicht, als er Nevin betrachtete. »Hast du geheiratet, Larz?« fragte sie.

»Ich werde in Kürze heiraten«, erklärte er. »Gurda.«

Alane nickte zustimmend. »Sie ist ein gutes Mädchen. Ich bin sicher, du wirst sehr glücklich mit ihr werden.«

»Ja«, meinte er ein wenig bedrückt. Dann wechselte er das Thema. »Deine Mutter wird erfreut sein, dich zu sehen. Der Verlust deines Vaters war ein schwerer Schlag für sie.«

Alanes Gesicht war ernst geworden. Sie wußte um den Kummer ihrer Mutter, und sie nahm an, das war der Grund, warum sie dieses drängende Bedürfnis gespürt hatte, nach Hause zu gehen. In Wahrheit hatte sich Alane nicht gestattet, ihre eigenen Gefühle über den Tod ihres Vaters hochkommen zu lassen. Sie hatte sich so intensiv mit ihrem Bruder und Larz beschäftigt, hatte so viele Gedanken und Energie auf die Vorbereitungen der Reise verwendet, daß es ihr bisher gelungen war, die Auseinandersetzung mit Tedrics Tod zu vermeiden.

»Meine Mutter ist eine sehr starke Frau«, sagte sie jetzt zu Larz. *So stark,* fügte sie in Gedanken hinzu, *daß sie ihre einzige Tochter fortschicken konnte, um unter Fremden zu leben.*

Aber zum ersten Mal rief der vertraute Vorwurf nicht den üblichen Zorn in Alane wach. Seit frühester Kindheit hatten Adahs Kinder gewußt, daß sie an zweiter Stelle hinter Tedric kamen. Adahs Leben würde ohne Tedric bar jeder Freude sein, und plötzlich fühlte Alane Mitleid für ihre Mutter in ihrem Herzen aufsteigen.

Sie sprach mit Nardo darüber, als sie später am Abend in ihren Schlaffellen lagen, Nevin schlafend zwischen sich.

»Ja«, meinte Nardo. »Ich habe gespürt, daß sich deine Mutter und dein Vater sehr nahestanden.«

Alane seufzte. »Jetzt tut es mir leid, daß ich sie nicht schon früher besucht habe. Ich glaube, ich hätte meinen Vater gerne einmal wiedergesehen.«

»Es war nicht deine Schuld, daß du sie nicht besucht hast«, erwiderte Nardo. »Ich konnte dich dieses Frühjahr nicht begleiten; seit der Schlacht gegen die Redu haben wir versucht, mit all diesen neuen Leuten im Stamm zurechtzukommen.« Er griff über das schlafende Baby hinweg nach ihrer Hand. »Du darfst dir deswegen keine Vorwürfe machen, Alane.«

»Ich glaube, in Wirklichkeit mache ich mir Vorwürfe wegen meiner Gefühle für Vater«, gestand sie. »Ich hatte mir geschworen, ihm niemals zu verzeihen, daß er mich gezwungen hatte, dich zu heiraten, und diesen Groll habe ich lange mit mir herumgetragen. Und jetzt ist es zu spät für eine Versöhnung.«

Nach kurzem Schweigen sagte Nardo gepreßt: »Ich wußte ja nicht, daß ich dir so zuwider war.« Die Hand, die ihre hielt, hatte sich verkrampft.

Sie hob seine Finger an ihren Mund und küßte sie. Seine schwieligen Fingerspitzen fühlten sich rauh gegen ihre Lippen an. »Ich kannte dich damals noch nicht. Und du warst so groß. Du hast mir Angst eingeflößt.«

Ein Pferd wieherte in der Dunkelheit. Sie hatten alle Pferde zusammen in einen mit Seilen eingezäunten Korral neben den beiden Zelten gesperrt, und die Norakamo- und die Kindred-Stuten waren sich noch immer nicht über die Hackordnung einig geworden.

Nardo zog seine Hand von Alanes Mund und ließ sie auf ihrer Brust ruhen. »Ich weiß, daß ich dir angst gemacht habe«, sagte er weich und fühlte, wie sich ihre Brüste unter seiner Hand hoben und senkten, als Alane tief seufzte.

»Die Tatsache, daß ich gelernt hatte, dich innig zu lieben, änderte aber nichts an meinen Gefühlen gegenüber meinem Vater.« Ihre Stimme klang traurig. »Ich fürchte, ich bin eine sehr unversöhnliche Frau, Nardo.«

»Du hast dich von ihm hintergangen gefühlt und warst wütend. Das ist eine ganz natürliche Reaktion, meine Kleine. Du solltest dich deswegen nicht schuldig fühlen.«

Alane schniefte leise. Nardo strich behutsam mit einer Fingerspitze über ihre von Wildleder verhüllten Brustspitzen. »Liebst du mich wirklich so sehr?«

»Ja.« Sie schniefte wieder.

«Wie sehr?« Er lächelte in der Dunkelheit, als er fühlte, wie sich ihre Knospe unter seiner Berührung aufrichtete.

Sie schob seine Hand weg. »Tu das nicht. Das Baby.«

»Nevin schläft tief und fest.«

»Er wird nicht länger schlafen, wenn du anfängst, hier herumzurollen. Dafür ist das Zelt zu klein.«

Nardo schnaubte frustriert.

»Rune wird jetzt der neue Häuptling sein«, meinte Alane, während sie ihren Gedankengängen nachhing. »Wie sehr sich die Dinge seit unserer Heirat vor zwei Jahren verändert haben, Nardo.«

»Hmmm, ja«, stimmte er brummig zu.

»Manchmal bist du schlimmer als Nevin«, sagte Alane, dann drehte sie sich auf die Seite und schlief.

Alane war überrascht, wie froh ihre Mutter war, sie zu sehen. Sie war aber auch von Adahs Aussehen überrascht; plötzlich wirkte sie alt und zerbrechlich. Was von Alanes Zorn noch übrig war, erstarb in dem Moment, als sie das verhärmte, bekümmerte Gesicht ihrer Mutter sah. Das Bedauerlichste an Adah war jedoch nicht ihr tiefes Leid, sondern die Tatsache, daß sie sich vom Leben zurückgezogen zu haben schien. Sie saß in ihrem Zelt und ließ Alane und Nita und Stifuns Frau, Orel, alles für sie tun.

Alane ertappte sich bei dem Gedanken, wie gefährlich es war, sein Leben derart von einem anderen Menschen abhängig zu machen. Es brauchte nur einen bösen Geist in den Lungen, so wie den, der ihren Vater getötet hatte, und schon waren zwei Leben – nicht nur eines – zerstört.

Zum ersten Mal empfand Alane so etwas wie Bewunderung für Nardos Mutter. Mara war älter als Adah, sie hatte sowohl ihren Mann als auch ihren Bruder verloren, und dennoch hatte sie sich nicht vom Leben abgewandt, sondern hielt die Zügel ihrer Familie so fest in der Hand wie eh und je.

Alane äußerte ihre Besorgnis um Adah gegenüber Rune, als sie und Nardo am zweiten Abend ihres Aufenthalts einen Besuch in Runes Zelt abstatteten. Eine erfrischende Brise wehte vom Fluß herüber, und die Zeltklappe stand weit offen, um die kühle Luft hereinzulassen. Die vier Erwachsenen hatten inzwischen ihren Tee getrunken, und Runes neun Monde alte Tochter, Kara, die gerade zu krabbeln begann, erlag schließlich ihrer Faszination von Nardo und versuchte, sich an seinen Beinen hochzustemmen.

Nita, die die Sprache der Kindred inzwischen fast perfekt beherrschte, entschuldigte sich bei Nardo und wollte ihre kleine Tochter wegziehen. »Nein, nein«, meinte Nardo mit einer wegwerfenden Geste. »Laß sie nur. Sie stört mich überhaupt nicht. Wahrscheinlich hat sie noch nie zuvor schwarzes Haar gesehen.« Und er hob das Baby hoch, setzte es sich auf den Schoß und ließ es mit forschenden Fingerchen an seinem Haar zupfen, während er sich weiter mit Rune unterhielt.

Nevin, der daran gewöhnt war, seinen Vater mit einem ganzen Haufen Cousins zu teilen, zeigte keine Eifersucht gegenüber Kara, sondern tappte neugierig durch das Zelt und schaute sich alles an. Er konnte jetzt seit knapp einem Mond laufen, und gelegentlich verlor er noch das Gleichgewicht und landete hart auf seinem kleinen Po, aber er weinte nie. Er rappelte sich einfach energisch wieder auf und versuchte es von neuem.

Kara packte eine Faustvoll dichten, glänzenden Haares. »Da, da, da, da!« rief sie triumphierend und zog kräftig daran.

»Diese Bogen, mit denen sie schießen, sind einfach unglaublich«, sagte Nardo jetzt zu Rune, während er die Hand hob, um die kleine Faust aus ihrer Trophäe zu ziehen. »Ich wünschte, ich könnte mir mal einen aus der Nähe ansehen. Ich möchte gern wissen, woraus sie gemacht sind. Es muß ein sehr starkes Material sein.«

»Nita, nimm Nardo das Baby ab«, sagte Rune verärgert.

Nardo lächelte Runes Frau gutmütig zu. »Sie mag mich«, erklärte er. »Sie hat einen guten Geschmack.« Und er ließ die Kleine auf seinen Knien hopsen. Kara kreischte vergnügt.

»Wenn Nardo zu Hause ist, krabbeln fast ständig Kinder auf ihm herum«, sagte Alane zu Rune. In ihrer Stimme schwang Belustigung mit.

«Mama«, rief Nevin. »Guck!«

Alle Erwachsenen drehten sich um, als Nevin über den saubergefegten Erdboden auf sie zugewackelt kam, in der Faust die Elfenbeinscheibe, die die Norakamo für ihr Stöckespiel benutzten. Alane entwand das Spielteil dem festen Griff ihres Sohnes und setzte beide Kinder in eine Ecke vor eine Schüssel mit Getreidekörnern, die in Honig getaucht waren.

Rune wandte sich wieder an Nardo. »Was wirst du wegen der Redu unternehmen?«

Nardos Gesicht verzog sich zu einer grimmigen Miene. »Ich kann den Stamm einfach nicht überzeugen, daß wir etwas tun müssen, Rune.«

Runes blaue Augen blickten ernst. »Nach dem, was du mir erzählt hast, gibt das Land entlang des Atata nicht genug Jagdbeute her, um einen so großen Stamm zu ernähren.«

»So ist es. Sie hatten mindestens siebzig Handvoll Männer gegen uns antreten lassen, Rune. Was bedeutet, daß mindestens hundert Handvoll Frauen und Kinder in ihrem Lager leben müssen. Die Jagdgründe am Atata können eine derart große Zahl von Menschen einfach nicht ernähren.«

»Sie werden versuchen, in euer Gebiet einzudringen«, meinte Rune. »Wenn sie von der Großen Flußeinmündung gekommen sind, dann wissen sie, daß es zwei Flüsse gibt, die in das Gebirge führen. Ich denke, als nächstes werden sie das Land entlang des Goldflusses erforschen wollen.«

Alane mischte sich in das Gespräch. »Das glaube ich auch«, sagte sie zu ihrem Bruder. »Und wenn sie dem Goldfluß folgen, Rune, dann werden sie auch auf Norakamo-Gebiet sein.«

Runes schmales Gesicht war grimmig. »Ich weiß.« Er wandte sich an Nardo. »Sind diese Bogen wirklich so gefährlich?«

»Ihre Reichweite ist dreimal so groß wie die eines Speeres«, erwiderte Nardo. »Die vordersten Reihen unserer Pferde stürzten zu Boden, als ... als wären sie vom Blitz getroffen worden.« Er schüttelte den Kopf, als wollte er die schrecklichen Bilder in seiner Erinnerung loswerden. »Es war so grauenhaft, daß ich die Tiere manchmal noch in meinen Träumen schreien höre.«

Rune fluchte unterdrückt.

»Ich habe hin und her überlegt, was wir diesen tödlichen Bogen entgegensetzen könnten«, sagte Nardo.

»Ein offener Kampf ist offensichtlich nicht die Lösung«, meinte Rune nachdenklich.

»Allerdings nicht«, warf Alane scharf ein.

»Warum könnt ihr nicht ihre Jagdtrupps angreifen?« wollte Rune wissen. Er blickte unsicher zu Nita hinüber, bevor er hinzufügte: »So wie wir es mit den Pferdeessern gemacht haben.«

»Ich kann überhaupt nichts tun«, erwiderte Nardo verbittert, »weil der Stamm nicht auf mich hören will.«

Runes Augen weiteten sich überrascht. »Aber du bist der Häuptling.«

»Ein Häuptling der Kindred hat nicht die gleiche Autorität wie ein Häuptling der Norakamo, Rune«, erwiderte Nardo noch eine Spur erbitterter als zuvor.

Schweigen breitete sich aus. Dann sagte Rune: »Mein Leben ist nicht ganz so einfach, wie du anzunehmen scheinst, Nardo. Ich habe einen Schamanen, gegen den ich mich behaupten muß.«

»Hagen«, erinnerte Nardo sich. »Macht er dir Schwierigkeiten?«

»Hagen macht immer Schwierigkeiten«, gab Rune kurz angebunden zurück. »Aber ich werde mit ihm fertig.«

»Nardo hat eine Gruppe der jüngeren Männer, die zur Zeit im Sommerlager sind, überreden können, den Büffel-Paß im Auge zu behalten«, warf Alane ein.

»Den Paß kenne ich nicht«, erwiderte Rune.

»Es ist der einzige Paß, der das Atata-Tal mit unserem Gebiet verbindet«, erklärte Nardo. »Unser Hauptsommerlager liegt in höheren Lagen am Schmalen Fluß, und das umliegende Gebiet ist abgeschlossenes Weideland bis auf ein einziges Tal, das zum Büffel-Paß führt. Wenn sie dort durchkommen, werden sie auf einem der reichsten Jagd- und Weidegründe sein.« Nardo schlug frustriert mit der Faust auf den Boden. »Verdammt! Mir ist zumute, als sähe ich eine Lawine auf mich zurollen, und es gibt nichts, was ich tun könnte, um sie aufzuhalten!«

»Wenn sie bei euch einfallen und ihr braucht Hilfe«, sagte Rune, «dann brauchst du mich nur zu rufen.«

Zum ersten Mal, seit sie auf das Thema der Redu zu sprechen gekommen waren, lächelte Nardo. »Danke, mein Bruder«, erwiderte er. »Ich habe gehofft, daß du das sagen würdest.«

15

Kerk schickte die zweihundert Redu-Frauen und -Kinder in das Lager, das Paxon dicht am Altas entdeckt hatte. In ihrer Begleitung befanden sich fünfzig von Kerks Kämpfern, die für sie jagen sollten. Die Männer waren nicht glücklich über ihre Aufgabe, aber keiner versuchte, mit dem Häuptling zu streiten.

Somit blieben noch vierhundertfünfzig Männer im ursprünglichen Lager der Redu zurück.

»Bevor wir den ganzen weiten Weg zur Großen Flußeinmündung zurückgehen, möchte ich, daß jemand diesen kleinen Fluß nördlich des Frauenlagers erforscht, den, der nach Westen verläuft«, sagte Kerk. »Es ist immerhin möglich, daß er zu einem Paß in das nächste Tal führt.«

Und so wurde Paxon wieder einmal ausgeschickt, um fremdes Gebiet zu erkunden. Er und Aven waren diesmal allein unterwegs, und obwohl der Aufstieg an dem Gebirgsfluß entlang sehr steil war, war der Weg nicht annähernd so mühsam wie bei ihrem ersten Erkundungsgang in den Altas hinauf.

Paxon hatte die Entdeckung gemacht, daß er die Berge liebte. Wo die Redu ursprünglich herkamen, war das Land flach, im Sommer war die Landschaft oft von dichtem Nebel verhüllt gewesen. Hier dagegen war die Luft so klar, und der Himmel schien so nahe, daß Paxon die ganze Atmosphäre belebend fand.

Er versuchte, seine Gedanken und Empfindungen Aven gegenüber auszudrücken. »Zu Hause ist der Himmel das Dach der Welt, aber hier in den Bergen ist er überall um einen herum wie eine Höhle.« Seine Nasenflügel weiteten sich, als er tief einatmete. »Ich fühle mich, als lebte ich im Land des Himmelsgottes.«

Aven schnaufte. »Das Atmen fällt einem hier oben schwer.« Er blickte zu den Felsen hinauf, die zu beiden Seiten des Flußpfades aufragten. »Dies ist eindeutig ein Paß, Paxon.«

»Ja.« Paxon klang erfreut. »Das denke ich auch.«

Sie hatten den Paß hinter sich gelassen und kletterten in das Tal auf der anderen Seite hinunter, als sie von Westen her Pferdehufe näher kommen hörten. Zum Glück waren sie inzwischen bereits bis zu dem Punkt gelangt, wo die steilen Bergflanken mit Nadelwald bedeckt waren, und die beiden jungen Männer verließen in aller Hast den Pfad und tauchten in den Schutz der Bäume unter. Von seinem Platz in einer Mulde voll duftender Kiefernnadeln, wo er flach auf dem Bauch lag, beobachtete Paxon neidisch, wie zwei Männer auf Pferden den Pfad herauftrabten.

Wieviel schöner das Leben für einen Mann sein mußte, der ein Pferd reiten konnte!

Paxon fühlte das Gewicht seines Bogens an seiner Schulter und war stark in Versuchung, beide Männer mit Pfeilen zu durchbohren, wenn sie den Pfad zurückkamen, damit er ihre Pferde stehlen konnte. Sein Vater würde allerdings wütend sein, wenn er die Kindred vor der Anwesenheit eines Redu-Kundschafters warnte.

Die Männer setzten ihren Weg fort, ließen ihre Pferde im Schritt gehen, als die Anhöhe steiler wurde.

»Glaubst du, es sind Kundschafter?« flüsterte Aven, der sich neben Paxon an den Boden preßte.

»Schon möglich. Wir haben Glück, daß sie uns nicht weiter den Paß hinauf erwischt haben, wo es keine Bäume als Deckung gibt.«

»Nun, jetzt wissen wir ganz sicher, daß der Paß in das Gebiet der Pferdeleute führt«, sagte Aven.

»So ist es«, erwiderte Paxon. »Wir werden hier warten, bis die Reiter zurückkehren. Dann werden wir uns weiter umsehen.«

»Der Paß erschließt ein größeres Tal«, erklärte Paxon seinem Vater, als er am Ende des Mondes Der langen Nächte mit seinem Bericht zurückkehrte. »Das Tal scheint dort zu sein, wo die Reiterstämme ihr Lager haben. Und ...«, Paxon legte des dramatischen Effekts wegen eine Pause ein, »... wir haben auch Rentiere gesehen.«

Die beiden Männer standen am Westufer des Atata, und während sie sich unterhielten, schoß mitten im Fluß ein Lachs aus dem Wasser und ließ sich dann wieder zurückfallen. Kerks Gesicht ähnelte mehr denn je einem Habicht. »Rentiere? Im Sommer?«

Paxon wandte sich ab, um nach Süden zu schauen. »Ja«, sagte er. »Das Land liegt beträchtlich höher als das Gebiet hier an diesem Fluß, und offenbar wandern die Rentiere nicht in die hohen Berge weiter südlich.«

Die helle Sonne glänzte auf Kerks Kopf, dessen Haar immer noch so schwarz wie das seines Sohnes war. Der Mund des Häuptlings verzog sich zu einem langsamen Lächeln. »Dieser Paß, von dem du erzählt hast ... wie gefährlich wäre es für unsere Männer, ihn zu überqueren?«

»Es könnte riskant sein, Vater«, warnte Paxon. »Die Kindred

scheinen eine Art Wachpatrouille organisiert zu haben; es war reines Glück, daß Aven und ich nicht entdeckt wurden. Wenn wir zu mehreren gewesen wären, wären wir nicht unbemerkt geblieben.«

»Du hast kein Recht, dich auf dein Glück zu verlassen!« fauchte Kerk. Dann: »Was ist das für eine Patrouille?«

Paxon verzichtete darauf, sich zu rechtfertigen. Sein Vater war noch nie ein Mensch gewesen, der Fehler duldete. »Zwei Männer reiten jeden Tag über den Paß«, erklärte Paxon. »Sie würden uns sicherlich sehen, wenn wir mit allen unseren Männern oben auf der Anhöhe wären. Außerdem hätten sie Zeit, um Verstärkung zu holen – zu Pferde sind sie wesentlich schneller als wir.«

Kerk grunzte. Er verspürte nicht den Wunsch, innerhalb der engen Grenzen eines Gebirgspasses von Reitern überrascht zu werden. Paxon schwieg respektvoll, während sein Vater überlegte. »Und diese Männer reiten lediglich am Tage über den Paß, um zu sehen, ob er frei ist?«

»Ja.«

Kerk wandte sein stolzes Profil zu den Bergen westlich des Atata. »Nun«, sagte er voller Befriedigung, »dann werden wir bei Nacht über den Paß gehen.«

Die Dunkelheit war bereits hereingebrochen und das Abendbrot gegessen, als die Häute an der Tür des großen Hauses beiseite geschoben wurden und Nardo und Alane eintraten. Sie gingen zu der Stelle, wo Mara nähend am Herdfeuer saß. Sie schaute auf, und Nardo sagte heiter: »Wir sind gekommen, um uns von dir zu verabschieden, Mutter. Wir werden morgen in aller Frühe ins Sommerlager aufbrechen.«

»Wir?« Mara versteifte sich. Er meinte doch sicherlich nicht ...?

»Alane begleitet mich.«

Mara ignorierte Alane und antwortete augenblicklich, den Blick fest auf Nardos Gesicht geheftet. »Verheiratete Frauen gehen nicht ins Sommerlager.«

Nardo zuckte die Achseln. Er bemühte sich, seinen gewohnt unbekümmerten Ausdruck beizubehalten, aber Mara merkte, daß ihm unbehaglich zumute war. Er hat gewußt, daß ich Einwände dagegen erheben würde, dachte sie. Maras Blick schweifte langsam zu ihrer Tochter-durch-Heirat hinüber. Alanes Miene wirkte ruhig und gelassen, doch in den grauen Augen, die Maras Blick begegneten, funkelte eine schwache Andeutung von Herausforderung. Der Blick verriet Mara sofort, warum Alane ihren Mann auf diesem abendlichen Besuch begleitet hatte. Sie wollte Mara keine Chance geben, allein mit Nardo zu reden und ihn womöglich umzustimmen.

»Alane ist nicht von unserem Stamm, Mutter«, erklärte Nardo. »Norakamo-Frauen reisen ständig mit ihren Männern von Lager zu Lager. Es ist eine Lebensweise, an die Alane gewöhnt ist, und sie vermißt sie sehr. Ich wüßte nicht, was es schaden könnte, wenn ich sie mitnehme. Wir werden ja nur eine Handvoll Tage fortbleiben.«

Stille breitete sich im Raum aus. Es schien, als spürten selbst die Kinder, daß zwischen Mara und ihrem Sohn etwas Wichtiges vor sich ging. Langsam erhob Mara sich. Sie war viel größer als Alane, und sie wollte diesen Vorteil nicht verschenken. »Und was gedenkst du mit Nevin zu tun?« fragte sie Alane ohne Umschweife. »Willst du ihn bei Lora lassen?« Ihr Ton deutete an, daß nur eine verantwortungslose und nachlässige Mutter so etwas tun würde.

Alane gab noch nicht einmal durch ein Wimpernzucken zu erkennen, daß Maras schneidende Worte ein Ziel gefunden hatten. »Natürlich nicht«, erwiderte sie. »Wir werden ihn mitnehmen, meine Mutter. Die Reise zum Norakamo-Lager hat ihm großen Spaß gemacht.«

»Es ist nicht gut für ein so kleines Kind, große Reisen zu unternehmen«, gab Mara zurück.

»Norakamo-Kinder tun das ständig«, erwiderte Alane.

»Nevin ist kein Norakamo-Kind.«

»Er hat eine Norakamo-Mutter.«

»Du bist nicht länger eine Norakamo«, sagte Mara scharf. Die Schlacht zwischen den beiden Frauen wurde jetzt ganz offen geführt, wobei Nardo in die Rolle des Zuschauers gedrängt wurde. »Wir haben dich zu einem Mitglied unseres Clans gemacht, Alane. Ich denke doch, du bist es uns schuldig, dich unserer Lebensweise anzupassen.«

»Ich habe mich eurer Lebensweise angepaßt«, gab Alane zurück. »Ich bemühe mich sehr, eine gute Kindred-Frau zu sein.«

»Es ist bei den Kindred nicht üblich, daß Ehemann und Ehefrau allein zusammen in ihrer Hütte zu Abend essen!« fauchte Mara.

Alane hob eine rauchgraue Augenbraue, als wäre sie erstaunt, daß Mara sich wegen einer solchen Kleinigkeit so aufregen konnte. Mara ballte die Fäuste an den Seiten, um sich selbst daran zu hindern, dem Mädchen in ihr Norakamo-Gesicht zu schlagen.

Nardos Stimme fiel in die angespannte Stille. »Laß es gut sein, Mutter. Wir werden doch nur eine Handvoll Tage fortbleiben. Was soll denn daran so schlimm sein?«

Mara starrte trostlos in das dunkle, attraktive Gesicht ihres Sohnes. *Du verstehst ja nicht, Nardo, was dieses Mädchen unserem Stamm antut,* dachte sie. *Sie sondert dich vom Haushalt deiner mütterlichen Blutsverwandtschaft ab, und du bist so in sie vernarrt, daß du ihr auch noch dabei hilfst.*

Sie wußte, Nardo glaubte, sie wäre eifersüchtig auf seine Zuneigung zu Alane, und sie versuchte ihm zu erklären, daß es nicht so war. »Du bist der Häuptling, Nardo«, sagte sie, »und andere werden folgen, wo du führst. Wenn du eine solche Reise mit deiner Frau machst, dann werden andere Männer das gleiche tun wollen.«

Sein Gesicht hatte plötzlich einen zutiefst freudlosen Ausdruck. »Verdammt, Mutter, ich wünschte, es wäre so, wie du sagst. Aber wenn mein Einfluß tatsächlich so groß wäre, wie du zu glauben scheinst, hätten wir die Redu nicht unbeobachtet im Tal des Atata zurückgelassen!«

Mara warf ihrem geliebten Sohn einen gereizten Blick zu. Dies war nun wirklich nicht die Zeit, um über die Redu zu sprechen.

Alane zumindest verstand. »Was ist so verwerflich an einer Frau, die zu einem kurzen Besuch in ein Lager mitkommt, um bei ihrem Ehemann zu sein? Ehemann und Ehefrau sind so viele Monde lang getrennt in diesem Stamm. Wenn eine kurze Reise einer Ehefrau Gelegenheit gibt, mehr Zeit mit ihrem Mann zu verbringen, dann verstehe ich nicht, warum du so heftige Einwände dagegen erhebst, meine Mutter.«

Mara fühlte, wie die anderen Frauen im Raum aufmerksam die Ohren spitzten. Nardo mochte sich vielleicht darüber beklagen, daß er nicht genügend Einfluß auf die anderen Männer hatte, aber Alane hatte ganz sicherlich Einfluß auf die Kindred-Frauen. Die jungen Frauen des Stammes beobachteten, wie Alane ihren Ehemann mehr und mehr an sich band, und einige von ihnen fingen bereits an, ihr Vorgehen nachzuahmen. Bereits in Maras eigenem Haushalt hatten Lora und Dane begonnen, manchmal allein in ihrer eigenen Hütte zu essen.

Und dann waren da noch Fara und Haras, von denen alle angenommen hatten, daß sie inzwischen geschieden wären. Statt dessen distanzierte sich Fara mehr und mehr vom Haushalt ihrer Mutter und hielt sich zunehmend bei ihrem Ehemann auf. Mara hatte Nardo dazu gebracht, Haras diesen Sommer ins Helle Tal im Altas hinaufzuschicken, in der Hoffnung, seine Abwesenheit würde Fara wieder ihrer Mutter näherbringen. Aber wenn Alane mit Nardo ins Jagdlager ging, was sollte Fara dann von dem Entschluß abhalten, eine ähnliche Reise unternehmen zu wollen, um Haras zu sehen?

Gefahr. Das althergebrachte Verhaltensmuster des Stammes, die Herrschaft des mütterlichen Blutes, war in Gefahr. Und die Gefahr ging allein von diesem jungen, ernsten Norakamo-Mädchen aus!

»Wer wird deine Arbeit im Haushalt tun, während du fort bist?« fragte Mara Alane.

»Du hast viele Hände, die dir helfen, meine Mutter«, erwiderte Alane. »Diese Arbeitsteilung ist eines der Dinge, die ich an der Kindred-Lebensweise zu bewundern gelernt habe. Du wirst mich nicht vermissen.«

Lora, die auf der anderen Seite des Feuers saß, meldete sich zum ersten Mal zu Wort. »Alane hat recht, meine Mutter. Wir werden durchaus eine Weile ohne sie zurechtkommen.«

Maras Miene war wie versteinert, als sie von ihrer Nichte zu Alane blickte. Alane lächelte huldvoll über ihren Sieg und sagte: »Wir werden nicht lange fortbleiben.«

Mara gab keine Antwort, sondern setzte sich auf ihren Platz und beugte wieder den Kopf über ihre Näharbeit.

Einer der Gründe, warum Nardo ins Sommerlager ging, war, um zu überprüfen, ob die Wache immer noch ihren Dienst auf dem Büffel-Paß versah, so wie er es angeordnet hatte. Kurz nach der Schlacht hatten er und einige der jüngeren Männer Baumstämme gefällt und sie dort plaziert, wo man sie ohne große

Mühe in die richtige Lage ziehen konnte, um den Paß zu versperren. »Wenn wir den Paß da blockieren können, wo die Felsen besonders eng zusammenstehen, werden die Redu nicht durchkommen können«, hatte Nardo Alane erklärt, als ihm zum ersten Mal die Idee einer Barriere gekommen war.

»Dann könnt ihr hinter den Stämmen vor ihren Pfeilen in Deckung gehen und eure Speere auf sie schleudern«, hatte Alane erwidert.

Alane war sich durchaus bewußt, wie frustriert Nardo war, weil der Stamm nicht auf seine wiederholten Warnungen hören wollte. Sie hatte ihm oft zugehört, und sie glaubte nicht, daß er im Unrecht war mit seiner Forderung, sie müßten auf eine Invasion vorbereitet sein. Sie war gegen Riliks Plan gewesen, einen offenen Kampf auszutragen, und die schreckliche Erkenntnis, wie viele Männer in dieser Schlacht umgekommen waren, hatte sie zu einer energischen Verfechterin jedes Plans gemacht, der sich auf die Taktik eines Überfalls aus dem Hinterhalt stützte, eine Taktik, wie sie die Norakamo so erfolgreich – und sicher – gegen die Invasion der Pferdeesser angewandt hatten.

Mara wußte es nicht, aber Alanes mitfühlendes Ohr war eine weitere Sache, die Nardo noch enger an seine Ehefrau band. Alane war einer der wenigen Menschen, mit denen er den unausweichlichen Konflikt zwischen den Kindred und den Redu besprechen konnte.

Es war früh an einem Spätsommermorgen, als Nardo, Alane, Nevin und Samu zu ihrer Reise aufbrachen. Im Moment war Alane vollkommen zufrieden mit ihrem Leben. Nardo auf dieser Reise zu begleiten war ein bedeutender Sieg für sie gewesen, und sowohl sie als auch Mara waren sich dessen bewußt. Das Machtgleichgewicht zwischen ihnen hatte sich zugunsten der Ehefrau statt der Mutter verschoben.

Der ausgetretene Pfad zum ältesten Sommerlager des Stammes führte südlich am Großen Fischfluß entlang zu der Stelle, wo der Schmale Fluß von Osten her einmündete. An diesem Zusammenfluß hatte ein Reisender die Wahl, entweder weiter in südlicher Richtung am Großen Fischfluß entlangzugehen – eine Reise, die in das Helle Tal des Altas führte, wo die Pferdeherde der Kindred den Sommer über weidete – oder aber sich nach Osten zu wenden und dem Schmalen Fluß zum Büffel-Paß zu folgen, der in das Tal des Atata hinunterführte.

Das Sommerlager befand sich an einem Punkt auf ungefähr zwei Dritteln der Wegstrecke zwischen dem Dorf und dem Paß. Ein Mann mit drei zusätzlichen Pferden zum Auswechseln konnte den Weg leicht an einem Tag zurücklegen. Alane und Nardo, die mit Nevin belastet waren, führten jeder ein zusätzliches Pferd mit und würden zwei Tage für die Reise brauchen.

Sie machten einmal Rast am Zusammenfluß des Leza mit dem Großen Fischfluß und dann wieder gegen Mittag, um die Pferde zu tränken und damit Alane Nevin stillen konnte. Sowohl die Kindred als auch die Norakamo stillten ihre Kinder, bis sie drei Jahre alt waren, und die meisten Frauen bekamen kein weiteres Baby, bis das ältere Kind abgestillt war.

Nevin, der ein sehr lebhaftes Kind war, überraschte seine Eltern immer wieder aufs neue damit, wie geduldig er reiste. Wenn er des Tragesitzes überdrüssig wurde, nahmen ihn Alane oder Nardo vor sich auf das Pferd, wo er eine Faustvoll der langen Mähne packte und entzückt lächelte.

Alane und Nardo verzehrten etwas getrockneten Fisch, und während Alane Nevin stillte, nahm Nardo seinen Speer und ging in die Wälder zu einer Stelle, wo er glaubte, einen Vogel zum Abendessen erlegen zu können. Nachdem Nevin gesättigt war, begann er mit Samu zu spielen, den Nardo als Schutz für Frau und Sohn zurückgelassen hatte. Alane hatte zu ihrer Überraschung festgestellt, wie behutsam der Hund mit dem kleinen

Kind umging, und nachdem sie ihre Furcht überwunden hatte, fühlte sie sich jetzt tatsächlich sicherer, wenn Samu bei ihnen war.

Hund und Kind rollten sich übermütig im Gras herum, der eine kreischend, der andere mit hechelnder Zunge, und nach einer Weile streckten beide einfach alle viere von sich und schliefen in der warmen Mittagssonne ein.

Nardo kam hinter Alane herbei und ließ eine Wachtel ins Gras fallen. »Ich dachte, ich könnte einen Vogel fangen«, sagte er mit erfreuter Stimme. »Die hier können wir später zum Abendbrot essen.«

Alane griff nach der Wachtel und betrachtete sie kritisch. Sie sah wohlgenährt aus.

»Nevin schläft«, stellte Nardo fest, und seine Stimme klang noch eine Spur erfreuter als zuvor.

Sie lächelte zu ihm auf. »Die Wachtel wird ein köstliches Abendessen abgeben.«

Nardo begann, sein Hemd auszuziehen.

»Was tust du, Nardo?« fragte Alane.

»Ich bin verschwitzt und klebrig«, erklärte er, »ich werde mich etwas im Fluß abkühlen.«

Sein nackter brauner Oberkörper war tatsächlich schweißbedeckt. Er bückte sich, um das Hemd auf dem Gras zum Trocknen auszubreiten, und Muskeln spielten unter der schimmernden, kupferfarbenen Haut seines kräftigen Rückens. Zwei Bussarde kreisten hoch oben am dunstigen Himmel. Nardo richtete sich wieder auf. Seine Taille war so schmal, daß seine Hosen bis zu den Hüften hinuntergerutscht waren. Er blickte in Alanes Augen und sagte weich: »Komm mit und laß uns zusammen ein Bad nehmen.«

Ihr Blick schweifte zu Nevin. »Wir können das Baby doch nicht allein lasen.«

»Er schläft tief und fest. Und Samu wird ihn beschützen.«

Alane wandte sich zum Fluß um. Der Tag war ungewöhnlich warm für den Spätsommer, und sie fühlte sich ebenfalls heiß und verschwitzt an. »In Ordnung«, willigte sie ein. »Aber prüfe lieber erst nach, ob das Wasser nicht zu tief ist.« Alane konnte nicht schwimmen.

Nardo streifte seine Hosen ab, ging zum Fluß hinunter und watete hinein, bis ihm das Wasser bis zum Brustkorb reichte. »Siehst du!« rief er zum Ufer hinüber. »Der Boden hier fällt nur ganz allmählich ab.«

Die Pferde, denen Nardo das Gepäck abgenommen und Fußfesseln angelegt hatte, grasten friedlich und achteten nicht auf den Mann im Wasser. Alane machte sich daran, ebenfalls ihre Kleider abzulegen. Die Sommersonne hatte ihrem Gesicht und ihren Armen einen zartgoldenen Schimmer verliehen, aber die Teile ihres Körpers, die von Kleidung verhüllt waren, wiesen immer noch die Farbe von Elfenbein auf. Sie faltete jedes Kleidungsstück sorgfältig zusammen und legte es ins Gras.

»Nun komm schon, Alane!« rief Nardo ungeduldig. Er duckte sich einmal ganz unter Wasser und tauchte wieder auf, Gesicht und Haare tropfnaß. Als sich Alane dem Ufer näherte, stand er da, die Hände in die Hüften gestützt, und beobachtete sie.

Sie trat anmutig ins Wasser, und Nardo nahm die Hände von den Hüften und streckte sie ihr entgegen. Sie watete langsam tiefer, bis sie nahe genug war, um seine Finger zu ergreifen.

Das herrlich kühle Wasser umspielte ihrer beider Körper, als Nardo Alane an sich zog und sie hungrig auf den Mund küßte. Sie schlang ihm die Arme um den Hals und preßte sich der Länge nach an ihn, fühlte seine Erektion. Zärtlich ließ er seine Hände über ihren Brustkorb und ihre Taille gleiten und legte sie auf die sanfte Rundung ihrer Hüften.

»Deine Knochen sind so dünn und so leicht«, murmelte er. »Ich habe immer Angst, ich könnte dich zu fest drücken.«

»Ich werde schon nicht zerbrechen«, flüsterte sie, umschlang seinen Hinterkopf und zog seinen Mund zu sich herunter, um ihn erneut zu küssen. »Bist du schon abgekühlt?« murmelte sie, als er seine Lippen von ihrem Mund zu ihrem Kinn und dann weiter zu ihrer Kehle herabwandern ließ. »Wenn wir hier zu lange verweilen, wird Nevin aufwachen, und dann wirst du keine Chance haben, das zu tun, was du so gerne tun möchtest.«

»Laß uns hier im Wasser bleiben«, bat Nardo und lächelte in ihre überraschten Augen. »Schling deine Beine um meine Taille«, befahl er sanft. Ihre Augen wurden noch größer, als er Alane um die Hüften packte und sie hochhob. Das Wasser reichte ihr bis über die Schultern, und sie fühlte sich fast schwerelos in seinen Händen. »Spreiz deine Beine, Alane«, drängte er heiser. Sie warf einen besorgten Blick über ihre Schulter hinweg auf das schlafende Baby. Dann tat sie, was er verlangte, und fühlte, wie er in ihren Schoß glitt.

Einen Moment lang hielten sie bewegungslos inne, während Alane sein Herz gegen ihre Brüste hämmern fühlen konnte. Dann schloß sie ihre Schenkel etwas, zog ihn durch die Bewegung noch tiefer in sich hinein und hörte ihn lustvoll aufstöhnen. Er hielt Alane hoch, seine Hände unter ihrem Po, und gleich darauf begann er, seine Hüften vor- und zurückzubewegen. Alanes Ausdruck verschleierte sich, als sie sich mit ihm im gleichen Rhythmus bewegte. Die Spannung in ihrem Inneren steigerte sich zu einem fast unerträglichen Ausmaß, ihre kurzen Nägel gruben sich in seine festen Schultern, während sie sich dem Höhepunkt näherte, nach dem sie sich so verzehrte. Dann war er plötzlich da, eine gewaltige Explosion der Lust, die Flammen der Ekstase in ihrem Schoß auflodern ließ und Woge auf

Woge der Verzückung durch ihren gesamten Körper schickte. Alane schrie auf und vergrub ihr Gesicht an Nardos Schulter. Obwohl er in kaltem Wasser stand, war seine Haut unter ihren Lippen warm und salzig von Schweiß. Sein Herz pochte heftig gegen ihres.

»Alane«, murmelte er atemlos. »Alane ...« Es war, als könnte er keine anderen Worte finden, und sie war zufrieden.

Das Wasser des Flusses umspielte sie sanft, und die Nachmittagssonne schien wärmend auf sie herab. Eine Schar Enten schwamm am gegenüberliegenden Ufer entlang und tauchte gelegentlich nach Grünfutter. Ein Stück stromaufwärts tranken eine Hirschkuh und ihr Kalb am Ufer. Nevin und Samu schliefen in einem Durcheinander von schwarz-silbern gestromtem Fell und glatten braunen Gliedern, und ein Schmetterling tanzte um Samus zuckende schwarze Nase.

Es war das erste Mal, daß Alane jemals im Sommerjagdlager der Kindred war. Es lag im Hochland am Schmalen Fluß, an der Spitze eines langgezogenen, dreieckigen Beckens, das rundherum von steilen Bergflanken begrenzt war, gebildet durch die Aneinanderreihung mehrerer kleiner Täler. Das Lager befand sich an einem Punkt, wo der Fluß in eine schmale, gewundene Schlucht eintrat, und da die kleinen Täler Sackgassen bildeten – mit Ausnahme des einen, das in den Büffel-Paß hinaufführte –, lag das Jagdlager strategisch sehr günstig an dem einzig möglichen Ausgang aus dieser großen, von Bergen umschlossenen Weidefläche.

Die Lagerzelte gruppierten sich um zwei große Höhlen mit Blick auf den Fluß, die eine in Bodennähe, die andere hoch oben an der Stirnseite des Felsens. Die Männer benutzten die Höhlen als Lagerräume und wohnten in den Zelten. Ihre Pferde weideten auf dem üppigen Gras in einem der kleineren Täler.

Bei den Männern waren auch mehrere unverheiratete Mädchen, die durch das Sammeln von Körnern und Pflanzen den Nahrungsvorrat auffüllten, deshalb würde Alane nicht die einzige Frau im Lager sein. Es war Spätnachmittag, als Alane und Nardo ankamen, und nachdem Nardo geholfen hatte, ihr Zelt aufzustellen, ritt er zum Büffel-Paß zu den Männern, die jetzt von ihrer Patrouille zurückerwartet wurden.

Dane und Crim, einer der wenigen Männer der Atata-Kindred, die den Kampf überlebt hatten, waren die beiden Wächter, die über den Paß geritten waren. Nardo begegnete ihnen auf dem Flußpfad, einen halbstündigen Ritt vom Lager entfernt. Jeder Mann führte ein Pferd zum Auswechseln mit sich.

»Nardo!« Dane begrüßte ihn mit einem freudigen Grinsen. »Wie du siehst, haben wir treu und pflichtschuldig unsere Aufgabe erledigt.«

»Ja«, meinte auch Crim. In der blutigen Schlacht gegen die Redu hatte ein Pfeil seine Wange gestreift, die immer noch eine auffällige Narbe aufwies. »Auf der anderen Seite des Passes ist keine Menschenseele zu sehen.«

Nardo zog sein Pferd an den Zügeln herum und ritt mit den beiden anderen Männern ins Lager zurück. »Ich denke, es ist an der Zeit, ein paar Männer in das Atata-Tal zu schicken.«

»Ich werde gehen«, bot Crim sich bereitwillig an.

Aber Dane zog zweifelnd die Stirn in Falten. »Nardo, ich verstehe nicht, was eine solche Erkundungstour bewirken sollte. Falls die Redu über den Büffel-Paß kommen, werden wir sie rechtzeitig genug sehen. Ich bin durchaus deiner Meinung, daß es ratsam ist, den Büffel-Paß im Auge zu behalten, und entsprechend deiner Bitte habe ich dafür gesorgt, daß täglich jemand auf Wachpatrouille geht. Aber wenn uns die Redu keine Schwierigkeiten machen, halte ich es für klüger, wir lassen sie in Ruhe.«

»Sie sind vielleicht zur Großen Flußeinmündung zurückgekehrt«, erwiderte Nardo. »Es ist sehr gut möglich, daß sie den Goldfluß herunterkommen.«

»Wenn dem so ist, dann werden die Norakamo sie noch vor uns sehen und uns benachrichtigen. Das Norakamo-Sommerlager befindet sich direkt am Goldfluß. So ist es doch am vernünftigsten.«

Nardo stieß voller Verzweiflung die Luft aus. »Ja, es ist vernünftig. Und es ist diese Vernünftigkeit, die mich so frustriert! Was kann ich nur tun, um dich von der Gefahr unserer Situation zu überzeugen?«

Dane warf ihm einen Blick zu, sagte jedoch nichts. Nach einem Moment erkundigte sich Nardo: »Patrouilliert ihr den Büffel-Paß jeden Tag zur gleichen Zeit?«

»Ja«, erwiderte Dane. »Wir brechen gegen Mittag auf, reiten zum höchsten Punkt des Passes und noch ein Stück weiter bis zu einer Stelle, wo wir einen guten Ausblick auf das umgebende Gelände haben.« Er lächelte heiter. »Auf diese Weise sind wir rechtzeitig zum Abendessen zurück.«

Nardo erwiderte sein Lächeln nicht.

Der Gedanke an den Paß verfolgte Nardo den ganzen Abend. »Sie kontrollieren ihn jeden Tag genau zur gleichen Zeit«, teilte er Alane zum vielleicht siebten Mal innerhalb einer Stunde mit.

»Ich weiß, das hast du mir bereits gesagt«, meinte sie geduldig. »Aber das sollte doch sicherlich ausreichen, Nardo. Schließlich haben sie damit den ganzen Nachmittag abgedeckt.« Nevin schlief schon, und sie unterhielten sich leise, um ihn nicht zu wecken.

»Und was ist mit dem Vormittag?« fragte Nardo. Er zog sich gerade das Hemd über den Kopf, so daß seine Stimme etwas gedämpft klang.

Alane nahm ihm das Hemd ab und faltete es ordentlich zusammen. »Nach der Art, wie du mir das Gelände beschrieben hast, würden die Redu die ganze Nacht marschieren müssen, um über den Paß zu kommen, bevor unsere Männer sie sähen.« Sie legte das gefaltete Hemd auf Nevins Tragegestell. Sie benutzten das Reisezelt, deshalb war der Platz beschränkt. »Vergiß nicht, diese Redu haben keine Pferde. Sie kommen nur langsam vorwärts.«

»Die ganze Nacht marschieren«, wiederholte Nardo mit tonloser Stimme. »Bei allen Göttern, Alane! Angenommen, das ist genau das, was sie tun werden – die ganze Nacht marschieren!«

Sie schaute ihn an. Sein nackter Oberkörper schimmerte bronzefarben im matten Schein der Steinlampe, aber auf seinem Gesicht lagen Schatten. »Man kann einen solchen Paß nicht in der Nacht bewältigen, Nardo«, erwiderte sie. »Er ist zu steil.«

»Aber sie haben keine Pferde, um die sie sich sorgen müßten. Sie können Fackeln benutzen. Und es ist bald Vollmond!« Samu knurrte leise, als er den alarmierten Unterton in Nardos Stimme hörte.

Alane war inzwischen auch beunruhigt. Ihre Hand legte sich schützend auf das Hirschleder, in das Nevin eingehüllt war. »Nun, was willst du unternehmen?« wollte sie wissen.

Nardo zog einen Feuersteindolch aus dem Taillenband seiner Wildlederhosen. »Ich werde ein paar Männer über den Paß schicken, damit sie herausfinden, was die Redu vorhaben. Unsere Pferde sind der große Vorteil, den wir ihnen gegenüber haben, Alane.«

»Will der Clan-Rat nichts unternehmen?«

»Der Clan-Rat sagt immer nur: ›Warten wir besser ab.‹« Seine Finger schlossen sich um den Dolch. »Wenn ich doch nur nicht so jung wäre, dann würden sie vielleicht auf mich hören!« Seine Stimme klang bitter. »Selbst Dane läßt sich nicht von mir überzeugen. Er hält nur deshalb weiter Wache auf dem Paß, um mir meinen Willen zu lassen. Er glaubt nicht, daß irgend etwas passieren wird.«

»Ich habe dich noch nie zuvor so ängstlich und besorgt erlebt, Nardo«, sagte Alane. »Was ist los?«

»Ich weiß es nicht.« Er stieß den Dolch so hart in den Erdboden, daß die Spitze der Feuersteinklinge abbrach. Alane starrte auf den zerbrochenen Dolch und fröstelte, fühlte den kalten Schauer einer bösen Vorahnung den Rücken hinunterrieseln.

»Ich fühle mich wie ein Pferd, das einen Angreifer wittert, obwohl es ihn nicht sehen kann«, erklärte Nardo düster. »Ich habe dieses Gefühl schon seit dem Augenblick unserer Ankunft. Ich weiß nicht, warum.«

Wieder fühlte Alane ein unheimliches Prickeln über ihre Haut laufen.

»Ich möchte, daß ihr morgen von hier weggeht«, sagte er.

Alane betrachtete Nardos hartes Gesicht und wußte, sie würde ihn niemals überreden können, mit ihr zu kommen. Ihr Blick fiel auf ihr friedlich schlafendes Baby. »In Ordnung, Nardo«, sagte sie langsam. »Wenn du es für das beste hältst, dann werden Nevin und ich morgen früh aufbrechen.«

Die Nacht verlief ruhig, obwohl Nardo die meiste Zeit wach lag, grübelnd und auf die Geräusche draußen horchend. Am Morgen schickte er Alane und Nevin fort, und er war seiner Frau unendlich dankbar für den ruhigen Gehorsam, mit dem sie sich seiner Anordnung fügte. Sie schlang ihm die Arme um den Hals und klammerte sich einen Moment lang fest an ihn, bevor er sie auf ihr Pferd hob, und flüsterte ihm ins Ohr: »Sei vorsichtig«, mehr nicht. Wenn der Stamm doch auch nur so gut auf mich hören würde wie Alane! dachte er voller Groll.

An diesem Vormittag ließ Nardo die Pferdeherde auf eine Weide bringen, die näher am Lager lag. Die Männer, die mit dieser Aufgabe betraut wurden, gehorchten murrend, aber zumindest in diesem Punkt konnte Nardo sich durchsetzen.

»Ich weiß, sie warten alle nur darauf, daß ich endlich wieder ins Dorf zurückkehre, damit sie die Pferde wieder zurückschaffen und in ihren gewohnten Trott zurückfallen können«, sagte Nardo grimmig zu Dane, »aber ich denke nicht daran abzureisen. Ich bleibe hier, solange ich Gefahr wittere.«

Dane war sich zwar keinerlei Gefahr bewußt, begleitete seinen Freund jedoch jeden Abend, wenn Nardo ein Zelt hoch oben auf der Kindred-Seite des Passes in der Nähe eines kleinen Stroms am äußersten Rand eines Eibenwaldes aufschlug und Wache hielt.

Vier Tage nach Nardos Ankunft im Sommerlager, am Tag nach dem vollen Mond, überquerten die Redu den Büffel-Paß. Es war Samu, der Nardo als erster warnte, daß etwas nicht stimmte. Als er das ängstliche Winseln des Hundes hörte, erwachte Nardo mit einem Ruck, kroch aus seinen Schlaffellen und dann zur Türklappe des kleinen Zeltes hinaus, das er mit Dane teilte. Die Kälte ließ ihn frösteln, während er aufmerksam zum Paß hinaufschaute. Als er die Fackeln erblickte, sank sein Herz.

Sie kamen. Sie kamen tatsächlich. Trotz all seiner Warnungen, trotz seiner bösen Vorahnungen konnte Nardo es kaum glauben.

Eine gedämpfte Stimme ertönte an seinem Ohr. »Verdammt! Du hattest also doch recht, Nardo!«

Nardo blickte zum Himmel hinauf, um die Zeit abzuschätzen. Der Vollmond stand im Westen; sein höchster Stand am Nachthimmel lag schon mehrere Stunden zurück. In zwei weiteren Stunden würde es hell sein.

Wieder begann Samu zu winseln, und Nardo brachte ihn mit einem gezischten Befehl zum Schweigen. »Wir müssen so schnell wie möglich ins Lager zurück und die restlichen Männer holen«, sagte er zu Dane. »Wenn wir schnell genug sind, haben wir vielleicht noch Zeit, die Barrikade zu errichten.«

Ohne ein weiteres Wort rannten die beiden auf die Stelle hinter dem Zelt zu, wo sie ihren Stuten für die Nacht Fußfesseln angelegt hatten.

Nardo fluchte wütend vor sich hin, während sie den Paß hinunterritten, so rasch es in dem schwachen Mondlicht möglich war. Wenn die Männer des Stammes doch nur auf ihn gehört hätten, dann wären sie jetzt in diesem Moment bereits dabei, die Barrikade aufzubauen!

Männer und Mädchen stürzten alarmiert aus den Zelten, als Nardo in das Lager galoppierte und alle durch seine lauten Rufe aufschreckte, daß die Redu über den Paß kamen. Seine tiefe Stimme schnitt durch das aufgeregte Gewirr der anderen Stimmen. »Ich will, daß folgende Männer« – und er zählte in aller Eile zehn Namen auf – »die Pferde nehmen, die hier im Lager sind, und mit mir zurück auf den Paß kommen. Wir müssen die Barrikade errichten. Ihr anderen bringt die Pferdeherde hierher und laßt sie bei den Mädchen zurück, nehmt euch dann jeder ein Pferd und folgt uns den Paß hinauf. Wenn wir die Barrikade noch rechtzeitig errichten können, werden wir versuchen, die Redu zur Umkehr zu zwingen. Wenn wir zu spät kommen ...« Er brach ab, einen grimmigen Zug um den Mund.

»Was sollen wir tun, wenn wir zu spät kommen?« fragte Nat, Ratsmitglied für den Bären-Clan und einer der Häuptlinge unter jenen, die Nardo vorgeworfen hatten, ein Unheilsprophet zu sein.

»Nehmt alle Pferde und reitet ins Dorf zurück«, erwiderte Nardo. »Wir haben bei weitem zu wenig Männer, um die Redu direkt herauszufordern, und wir dürfen nicht das Risiko eingehen, daß sie einen Teil unserer Pferde erbeuten.« Es war seine größte Befürchtung, daß sie ihren Hauptvorteil gegenüber den Redu verlieren würden, sollten den Eindringlingen jemals die abgerichteten Kindred-Pferde in die Hände fallen.

»In Ordnung«, sagte Nat, sein Ausdruck kaum weniger grimmig als Nardos. »Diejenigen von euch, die die Herde herbringen sollen, kommen mit mir.«

Die Männer führten die Pferdeherde bei Mondschein von ihrer Weide im Tal zum Lagerplatz am Ufer des Flusses. Dann schwangen sie sich jeder auf eine Stute, galoppierten in Richtung Paß und überließen den Rest der Herde der Aufsicht der Mädchen. Da die Stuten auf der Wiese zwischen dem Fluß und dem Felsen grasten, waren sie nicht schwer zu kontrollieren.

»Wir sollten sie besser alle aufzäumen und zum Aufbruch bereitmachen«, sagte Brina, ein Mädchen des Leoparden-Clans, das älteste der Mädchen und die Anführerin.

»Ja«, stimmte ein anderes Mädchen zu. »Und es wäre auch gut, soviel wie möglich vom Lager zusammenzupacken. Wir können die Sachen ja jederzeit wieder auspacken, wenn unsere Männer erfolgreich sind.«

»Hätten wir doch nur auf Nardo gehört!« sagte Annora, ein Mädchen des Rotwild-Clans.

Zu dieser Einsicht waren inzwischen auch die Männer gekommen, die so schnell, wie sie es wagten, den Paß hinaufritten.

»Vielleicht haben sie die Barrikade noch rechtzeitig errichten können«, meinte Harlan zu seinen Gefährten. Aber als sie Pferdehufe ein Stück weiter voraus näher kommen hörten, wußten sie, daß sie nicht schnell genug gewesen waren.

Nat, der an der Spitze der Kolonne ritt, gab das Zeichen zum

Anhalten. Wenige Augenblicke später, als das erste Licht den östlichen Himmel rosig färbte, tauchten Nardo und sein Trupp aus der grauen Morgendämmerung vor ihnen auf.

»Sie waren schon zu nahe«, sagte Nardo zu Nat. »Wir hätten die Barrikade nur zur Hälfte errichten können, bis sie innerhalb Bogenschußweite an uns herangekommen wären.«

»Was jetzt?« fragte Nat.

»Zuerst müssen wir die Pferdeherde sichern. Die Redu sind bereits im Vorteil, was Anzahl und Waffen betrifft. Wir wollen ihnen nicht auch noch die Pferde überlassen.«

»Dazu darf es auf keinen Fall kommen«, sagte einer der Männer hinter Nat mit großem Nachdruck.

»Also dann zurück zum Lager«, befahl Nardo.

Wieder im Lager angekommen, hielten sie sich nur gerade lange genug auf, um ihre Kleider, Schlaffelle und einige der kostbareren Kochutensilien zusammenzupacken. Die meisten Zelte mußten sie jedoch zurücklassen, weil nicht mehr genug Zeit blieb, um die größeren abzubauen. Dann trabten sie, jeder mehrere Pferde mit sich führend, nach Westen, den Schmalen Fluß hinauf, zurück nach Hause.

Bis zum Spätnachmittag hatten sich die Redu bereits im Kindred-Sommerlager niedergelassen. Kerk war hoch erfreut über die günstige Lage. »Diese Dummköpfe«, sagte er zu Paxon, als sie zusammen an dem Punkt am Fluß standen, wo er sich in eines der kleinen, von Felsen umschlossenen Täler des Bassins ergoß. Die Nachmittagssonne schien auf dichtes, mit bunten Blumen gesprenkeltes Gras und eine Herde friedlich grasender Ibex und Schafe. »Sie hätten den Paß gegen uns halten können, aber statt dessen sind sie weggerannt.«

Paxons schmales, braunes Gesicht verzog sich zu einem verächtlichen Lächeln. »Sie sind keine Krieger«, stimmte er zu.

Kerk schnaubte.

»Sie haben allerdings etwas, das wir nicht haben«, fuhr Paxon fort, »und das sind die Pferde.« Seine Augen blitzten vor Begeisterung. »Stell dir nur mal vor, Vater, wie unbesiegbar wir wären, wenn wir nur ein paar von diesen Pferden an uns bringen könnten!«

Aber Kerk war nicht seiner Ansicht. »Wir brauchen sie nicht«, knurrte er und fügte hämisch hinzu: »Das einzige, wofür diese Männer ihre Pferde benutzen, ist zur Flucht.«

»Wir würden einen anderen Nutzen für sie finden«, gab Paxon beharrlich zurück.

Kerk zuckte die Achseln und wiederholte: »Wir brauchen keine Pferde, um diese Feiglinge zu besiegen, Paxon.«

Paxon sah nicht überzeugt aus, verfolgte das Thema aber nicht weiter. Statt dessen sagte er: »Höchstwahrscheinlich haben sie sich weiter den Fluß hinauf verzogen.«

Kerk grunzte zustimmend. »Diese Siedlung, die wir eingenommen haben, dient offensichtlich als vorübergehendes Lager. Es waren nicht genug Zelte da, um den gesamten Stamm unterzubringen. Nach den Aussagen der Händler befindet sich das Hauptlager des Stammes am Goldfluß.«

»Vielleicht sollten wir versuchen, dieses Lager zu finden«, meinte Paxon, worauf er und sein Vater ihre Adlerprofile nach Westen umwandten.

»Jetzt noch nicht«, sagte Kerk bedächtig. »Zuerst möchte ich das Gebiet um dieses Lager auskundschaften. Wir werden nach dem Lager am Goldfluß suchen, Paxon, aber erst später.«

Paxon dachte, sie sollten besser sofort handeln, aber er hatte schon vor langer Zeit gelernt, daß es unklug war, seinem Vater zu widersprechen, und hielt wohlweislich den Mund.

16

Jetzt werden sie vielleicht auf dich hören«, sagte Alane. Es war schon sehr spät am Abend, und Nardo war endlich in ihre Hütte zum Schlafen gekommen. Die Reiter und Pferde aus dem Sommerlager waren nach Sonnenuntergang im Dorf eingetroffen, und die folgenden Stunden hatten sie damit zugebracht, die Herde auf die Weide hinauszubringen. »Wenn du nicht gewesen wärst, wäre das ganze Lager aus dem Hinterhalt überfallen worden«, fuhr Alane fort. »Ich bin überzeugt, die Männer werden dich jetzt als ihren Anführer anerkennen.«

»Ein schöner Anführer«, erwiderte Nardo bitter. »Bis jetzt habe ich nichts weiter getan, als sie bei der Flucht anzuführen.«

»Das ist nicht deine Schuld. Wenn sie auf dich gehört hätten, wäre es dir gelungen, die Redu am Überqueren des Passes zu hindern.«

Nardo grunzte nur und ließ sich neben sie auf die Schlaffelle nieder. Er rollte sich auf den Rücken, legte einen Arm über die Stirn und starrte in die Dunkelheit hinauf. »Ich habe einen großen Fehler gemacht, indem ich sie das Sommerlager habe besetzen lassen«, sagte er. »Wie groß dieser Fehler war, habe ich erst gemerkt, als es zu spät war. Das Lager liegt absolut geschützt, Alane. Es ist eine vollkommen sichere Festung. Das Dorf wird nicht annähernd so leicht zu sichern sein, wie es das Sommerlager wäre.«

»Es war nicht dein Fehler!« widersprach Alane heftig. »Du wolltest den Paß sichern, aber der Stamm wollte nicht auf dich hören!«

»Ich hätte auf der anderen Seite des Passes Wache halten sollen. Dann hätten wir genügend Zeit gehabt, die Barrikade zu errichten.« Seine Stimme klang schroff vor kaum unterdrückter Wut. »Ich bin geblieben, wo ich war, weil es dort Wasser für die Pferde gab. Aber es war die falsche Entscheidung. Ich kann es mir nicht leisten, derartige Fehler zu machen.«

»Wenn der Stamm auf deine Warnungen gehört und die Anzahl von Männern auf dem Paß als Wachen aufgestellt hätte, die du haben wolltest, dann wären die Redu niemals durchgekommen«, wiederholte Alane beharrlich.

Er stieß den Atem in einem langen, zischenden Laut aus. »Verdammt«, knurrte er. »Was sollen wir jetzt tun?«

»Kein Kampf!« sagte Alane rasch.

Sein Lachen klang bitter. »Kein Kampf«, stimmte er zu.

»Warum könnt ihr ihnen nicht das gleiche antun, was die Norakamo den Pferdeessern angetan haben?« fragte sie. »Ihre Jagdtrupps aus dem Hinterhalt überfallen?«

»Das hätten wir tun können, solange sie noch im Tal des Atata waren«, erwiderte er. »Aber im Sommerlager sind sie geschützt. Der einzige Weg in dieses Gebiet führt über den Flußpfad, und ich bin sicher, der Redu-Häuptling wird nicht so dumm sein, wie ich es war, was die Aufstellung von Wachtposten betrifft.«

»Deine Selbstvorwürfe werden allmählich langweilig, Nardo«, bemerkte Alane spitz.

Sie fühlte, wie er sich neben ihr versteifte, dann lachte er plötzlich. Er streckte den Arm aus und griff nach ihrer Hand. »Du hast recht. Ich muß darüber nachdenken, was als nächstes getan werden sollte, nicht über das, was ich falsch gemacht habe.«

Er hob ihre Hand an seine Lippen und hielt sie dort fest. Stille breitete sich aus, während er seinen Gedanken nachhing.

»Du kannst nach Rune schicken«, schlug sie zögernd vor. »Er hat gesagt, er würde dir zu Hilfe kommen.»

»Mmmm«, meinte Nardo nur. Samu, der mit ihm in die Hütte

gekommen war, schnarchte sanft auf seinem Lager in der Ecke. In seinem Fellnest auf Alanes anderer Seite schlief Nevin tief. Abgesehen von den Wachen, die Nardo am Fluß postiert hatte, hatte sich das gesamte Dorf zur Nachtruhe begeben.

»Wenn wir nicht ins Sommerlager hineinkommen«, meinte Nardo schließlich, »dann bedeutet das, daß die Redu auch nicht herauskommen.« Alane lag still da, fühlte die Bewegung seiner Lippen an ihrer Handfläche, als er laut nachdachte. »Wenn ich einen Trupp von Männern den Atata hinunterschicke, um den Büffel-Paß von der anderen Seite aus zu bewachen, und wenn wir den Flußpfad von dieser Seite aus bewachen ...«

Ihre Stimme war leise, um das Baby nicht zu wecken. »Dann werden sie in der Falle sitzen.«

»Genau das. Und die Herden bleiben den Winter über nicht auf den Hochgebirgsweiden des Schmalen Flusses. Sie wandern den Großen Fischfluß hinauf zum Goldfluß.« Er drückte einen festen Kuß auf ihre Handfläche. »Beim Himmelsgott, Alane! Dann haben wir sie!«

Sie lächelte bei dem triumphierenden Unterton, den sie in seiner Stimme hörte. »Dieses Mal kannst du schon im voraus Barrikaden errichten«, sagte sie.

Sie sah das Aufblitzen seiner weißen Zähne in der Dunkelheit. »Das ist es! Statt zu versuchen, die Redu vom Sommerlager fernzuhalten, hätte ich besser versuchen sollen, sie hineinzulocken!«

»Da kann ich dir nicht zustimmen, Nardo. Ich habe mich wesentlich sicherer gefühlt, als sie noch auf der Atata-Seite des Büffel-Passes waren«, entgegnete Alane fest.

»Sie wären niemals in den Jagdgründen des Atata geblieben. In dem Tal gibt es nicht genug Wild, um einen so großen Stamm zu ernähren.« Er legte einen Arm um sie und zog sie liebevoll an sich. »Du bist der beste Ratgeber, den ich habe, Alane.«

Sie kuschelte ihr Gesicht an seine breite Schulter und verbarg ihr Lächeln.

Alane hatte recht behalten; die Männer des Stammes brachten Nardos Urteil jetzt wesentlich mehr Respekt entgegen. Diesmal gab es keine Proteste, als er vorschlug, die beiden Ausgänge des Sommerlagers zu blockieren. »Wenn der Stamm schon vorher auf dich gehört hätte, Nardo, wären die Redu jetzt nicht in unserem Sommerlager«, erklärte der Rest des Rats, wobei nur Varic auffällig still blieb.

»Du hattest recht, und wir waren im Unrecht«, sagte Nat. »Wenn du einverstanden bist, Nardo, dann werde ich die Männer des Bären-Clans mitnehmen und den Büffel-Paß von der Atata-Seite aus bewachen.« Sein kräftiges, eckiges Gesicht nahm einen grimmigen Ausdruck an. »Und diesmal werden wir es richtig machen!«

»Ich werde diese Aufgabe mit Freuden deinen Männern anvertrauen«, sagte Nardo. »Ich glaube nicht, daß die Redu versuchen werden, das Sommerlager zu verlassen, bevor die Herden auf die Wanderung gehen, aber es ist ratsam, den Paß jetzt schon zu sichern.«

»Ich werde nicht mit dir streiten, Nardo«, meinte Nat.

Nardo warf einen Blick auf Varics Gesicht, bevor er freundschaftlich eine Hand auf Nats Schulter legte. »Als nächstes«, erklärte er der Gruppe von Männern, die unter dem klaren, blauen Himmel im Kreis um ihn herumsaß, »müssen wir entscheiden, was wir in bezug auf unsere eigene Situation unternehmen wollen. Es gibt nicht genug Wild um das Dorf herum, um uns alle zu ernähren.«

Mehrere Männer grunzten zustimmend.

»Noch gibt es genug Weideland für die große Anzahl von Pferden, die wir jetzt hier haben«, warf Freddo ein.

»Ich schlage vor, wir schicken die Pferde und die Frauen und Kinder bis zum Ende des Sommers in das Helle Tal hinauf«, sagte Nardo. »Im Altas gibt es reichlich Wild und Weideland. Wir brauchen nur genug Männer und Pferde hierzubehalten, um den Flußpfad zu verbarrikadieren, falls es sich als nötig erweisen sollte.«

Allgemeines Schweigen. Dann schauten sich die Männer gegenseitig an. Schließlich erklärte Varic in verdrießlichem Ton: »Den Frauen wird das aber nicht gefallen. Sie verlassen nie das Dorf.«

»Wenn sie keinen Hunger leiden wollen, dann werden sie gehen müssen«, erwiderte Nardo vernünftig. »Die Norakamo-Frauen wechseln ständig mit ihren Männern das Lager. Wenn die Norakamo-Frauen das können, dann können es die Kindred-Frauen doch sicherlich auch.«

Bei der Erwähnung der Norakamo preßte Varic mißbilligend die Lippen zusammen. Der Rest der Männer tauschte erneut unschlüssige Blicke.

»Nardo hat recht«, sagte Mano schließlich. »Wenn das Sommerlager für uns verloren ist, werden wir die Weiden im Hellen Tal benutzen müssen. Und der Altas ist viel zu weit entfernt, um von dort aus ständig Nahrung ins Dorf zu schicken.«

Keiner der Männer schien glücklich über die Entscheidung, aber selbst Varic äußerte keine Einwände.

Mara war ganz und gar nicht erfreut über die Vorstellung, für den Rest des Sommers in den Altas hinaufzuziehen. »Warum können wir uns nicht von Fisch ernähren?« fragte sie Nardo, als er ihr die Neuigkeit überbrachte. »Im Großen Fischfluß gibt es immer noch reichlich Lachse.«

»Nicht genug für das ganze Dorf«, erwiderte er. »Es sind einfach zu viele Menschen hier, Mutter. Vergiß nicht, wir müssen nicht nur für unsere eigenen Leute sorgen, sondern auch für die vielen Atata-Frauen und -Kinder. Ohne das Fleisch, das wir bisher vom Sommerlager bekommen haben, wird nicht genug zu essen da sein.«

Er machte nicht den Fehler, seiner Mutter die Norakamo-Frauen als Beispiel vorzuhalten, und nach langem Hin und Her und vielen Wiederholungen, wie schwierig all dies sein würde, erklärte sich Mara schließlich mit dem Umzug einverstanden.

Sich zu dem Entschluß durchzuringen, das Dorf zu verlassen, war eine Sache. Ihre Auswahl unter den Habseligkeiten eines ganzen Lebens zu treffen und zu entscheiden, was mitgenommen werden sollte und was nicht, war jedoch eine völlig andere für Mara.

»Du solltest besser mit deiner Mutter über ihre Packerei sprechen, Nardo«, sagte Alane zu ihrem Mann, nachdem Mara fast einen ganzen Tag lang an der Arbeit gewesen war. »Sie nimmt viel zu viele Sachen mit.«

Alane hatte Nardo abgefangen, als er und Nat und die Männer des Bären-Clans die Pferde auswählen wollten, die die Reise in das Atata-Tal machen würden. Nardo runzelte unwillig die Stirn.

»Warum behelligst du mich damit, Alane?« fragte er seine Frau gereizt. »Wenn sie zuviel mitnimmt, dann sag ihr das!«

Alanes Blick war ironisch. »Wenn ich Mara sage, daß sie zuviel mitnimmt, wird sie wahrscheinlich noch mehr einpacken.«

Die Falte zwischen Nardos schwarzen Brauen vertiefte sich, aber er erkannte die Berechtigung ihres Einwands. »Dann laß Tora mit ihr reden. Oder Riva.«

»Die sind alle genauso schlimm wie sie, Nardo.« Sie warf verzweifelt die Hände hoch. »Kindred-Frauen haben so enorm viele Besitztümer!«

Nardo musterte das aufgebrachte Gesicht seiner Frau und

stieß einen resignierten Seufzer aus. »Na schön, ich werde mit ihr sprechen, sobald ich mit den Pferden fertig bin.«

Als Nardo schließlich gegen Abend das Haus seiner Mutter betrat, starrte er entsetzt auf die vielen Gegenstände, die Mara in einer Ecke aufgetürmt hatte, und sagte fest: »Nein, Mutter. Wir würden die Hälfte der Herde brauchen, um all das zu transportieren, was du hier angesammelt hast. Du kannst nicht das gesamte Inventar dieses Hauses mit ins Lager nehmen!«

»Diese Sachen hier sind alles andere als das gesamte Inventar«, erklärte Mara beleidigt. »Ich habe nur die Dinge ausgesucht, die ich unbedingt brauche, um meinen Haushalt zu führen.«

Wieder warf Nardo einen kritischen Blick auf die Habe, die hoch an einer der Wände aufgestapelt war. »Wozu, zum Beispiel«, fragte er, »brauchst du drei Moschusochsenschädel-Kochtöpfe? Einer sollte doch wohl genügen.«

Sie funkelte ihn gereizt an. »Was, wenn er zerbricht oder verlorengeht? Dann habe ich nichts, was groß genug ist, um eine Mahlzeit für den ganzen Haushalt zu kochen.«

»Er wird nicht zerbrechen oder verlorengehen, Mutter.«

»Es könnte aber sein.«

»Wenn es passiert, dann werde ich jemanden ins Dorf zurückschicken, um einen anderen für dich zu holen.«

»Hmmm.« Mara verschränkte die Arme vor der Brust und klopfte ungeduldig mit dem Fuß auf den Boden, eindeutig nicht überzeugt.

»Und warum hast du die Winterschlafsäcke eingepackt?«

»Im Altas ist es kalt.«

»Nicht kalt genug, um Winterschlafsäcke zu benötigen.«

»Alte Knochen frieren leichter als junge, Nardo«, erklärte Mara würdevoll.

Er warf ihr einen abschätzenden Blick zu. »In Ordnung.

Dann nimm deinen und Toras Schlafsack mit, aber meine Schwestern sind jung genug, um sich ohne Winterfelle warm zu halten.« Mit energischer Hand entfernte Nardo zwei riesige Kochtöpfe und einen Stapel Schlafsäcke von Maras Gepäckhaufen. Sein Blick fiel auf etwas anderes. »Also wirklich, Mutter, was sollen alle diese Teppiche? Du wirst in einem Zelt leben. Du brauchst keinen Berg von Teppichen.«

Zwei Stunden später verließ Nardo das Haus seiner Mutter, nachdem er den Stapel von Dingen, die Mara mitnehmen wollte, auf die Hälfte reduziert hatte. Alane hat recht, dachte er, als er zu seiner Hütte strebte, die Frauen dieses Stammes haben wirklich zu viele Besitztümer. Zugegeben, sie machten das Leben angenehmer und behaglicher, wenn man an einem Ort blieb, aber wenn man reisen mußte, wurden sie zur Plage.

Mara war nicht die einzige Matriarchin, die Schwierigkeiten damit hatte, ihre kostbare Habe zurückzulassen, und folglich nahm das Packen viel mehr Zeit in Anspruch, als Nardo angenommen hatte. Ein Packpferd für eine Gebirgstour zu beladen erforderte Sorgfalt und Umsicht. Zuerst wurde der Rücken des Pferdes durch eine Wildlederdecke geschützt; auf diese Decke wurde eine hölzerne Kiepe gesetzt, durch breite Riemen aus gedrehtem Pferdehaar gehalten, die fest um den Bauch des Tieres gebunden wurden. Je ein weiterer Riemen aus gedrehtem Pferdehaar verlief um die Brust des Pferdes und um sein Hinterteil unter dem Schwanz. Diese zusätzlichen Riemen sollten verhindern, daß sich die Ladung nach vorn oder hinten verschob. Dann wurden zwei große Säcke aus Rentierhaut zu beiden Seiten der Kiepe angehängt. Anschließend wurden die Säcke gefüllt und ausbalanciert. Zum Schluß wurden Schlaffelle über den gesamten Aufbau gebreitet und festgebunden.

Wie alle Kindred wußten, waren zwei Dinge absolut wichtig, wenn man ein Pferd für eine Gebirgsreise belud. Zum einen mußten die Lasten zu beiden Seiten des Pferdes gut verteilt sein, und zum anderen mußten sie so festgezurrt werden, daß sie selbst auf dem steilsten, unwegsamsten Gelände nicht verrutschen konnten. Wenn die Ladung nicht im Gleichgewicht war, würde das Pferd nicht im Gleichgewicht sein, und der ungleichmäßige Druck oder Zug, der durch eine unausgewogene Last entstand, würde dem Tier schließlich Verletzungen zufügen.

Jedes Pferd war mit dem höchstzulässigen Gewicht beladen – von einhundertfünfzig bis hin zu zweihundert Pfund, abhängig von der Kraft des einzelnen Tieres –, als der Stamm schließlich an einem sonnigen, warmen Sommermorgen zum Altas aufbrach. Sie gingen langsam, legten früh am Nachmittag Rast ein, damit genügend Zeit blieb, um Zelte für die Ältesten und die Jüngsten aufzustellen. Ziel des Stammes war der Hohe Sattel, ein Paß, den vor Millionen von Jahren der Große Fischfluß an der Stelle in die Felsen geschnitten hatte, wo er seine Quelle im Altas verließ und seine Reise zum Meer antrat.

Der Stamm brauchte vier Tage für die Reise vom Dorf bis in das Tal. Sie folgten dem Pfad, den die Herden seit Urzeiten nahmen, wenn sie die sommerliche Üppigkeit der Gebirgsweiden suchten. Am letzten Tag kamen sie nur langsam voran, da der Weg zu den Höhen des Sattels beständig steil aufwärts verlief. Die Berghänge zu beiden Seiten des Passes prangten im Schmuck leuchtender Lupinen, Gebirgslilien und Narzissen, und Alane, die noch nie zuvor im Altas gewesen war, war hingerissen von dieser Schönheit und Farbenpracht. Als die Kolonne schließlich vom Hohen Sattel aus in das Tal hinunterstrebte, war die Landschaft in goldenen Sonnenschein getaucht, die üppige Bergwiese vor ihnen mit Wildblumen in allen Farben übersät, und in der Ferne reckten sich zwei glitzernde, schneebedeckte Gipfel in den kobaltblauen Himmel hinauf. Alane stockte der Atem bei dem Anblick.

»Um diese Zeit im Sommer ist unser Weidelager westlich von hier«, erklärte Lora.

»Bist du schon einmal hier gewesen, Lora?« fragte Alane ehrfürchtig.

»Bevor ich verheiratet war. Ich bin einen Sommer hier heraufgekommen, um den Männern zu helfen.« Als sich Alane umwandte, um Nardos Cousine anzuschauen, erschienen Loras Grübchen. »Das war der Sommer, als Dane und ich das erste Mal zusammenkamen.«

»Hast du ihn nach dem Sommer geheiratet?«

Loras Grübchen vertieften sich noch. »Als ich merkte, daß ein Baby unterwegs war.«

Zu ihrer eigenen Überraschung war Alane nicht schockiert über diese Enthüllung. Statt dessen lachte sie.

»Du würdest staunen, wie viele Kinder in diesem Tal empfangen werden«, meinte Lora spitzbübisch, und wieder mußte Alane lachen.

Es dauerte eine weitere Stunde, bis sie in Sichtweite des Kindred-Lagers kamen. Nardo hatte einen Boten vorausgeschickt, um die Männer zu informieren, daß er das Dorf evakuieren mußte, und es wartete ein üppiges Mahl auf die erschöpften Reisenden, als sie schließlich von ihren müden Pferden absaßen. Bis alle gegessen hatten, brach schon die Dunkelheit herein. Die Zelte des Weidelagers wurden den ältesten Frauen und kleinsten Kindern überlassen, und der Rest des Stammes kroch in seine Schlaffelle und schlief unter dem samtschwarzen, sternenübersäten Himmel.

Mara saß auf einem von der Sonne erwärmten Felsblock, der höchst behaglich in einer kleinen Felsnische im Berghang steckte. Ein fettes Murmeltier hockte wenige Schritte von ihren Füßen entfernt aufrecht vor seinem Bau, völlig unbekümmert um ihre ruhige Anwesenheit in seiner Welt. Über ihr am Hang gackerten zwei Schneehühner, während sie die saftigen Spitzen des Grases abfraßen. Der Duft von Minze hing in der Luft.

Der schwache Minzgeruch erinnerte Mara an Alane, und sie runzelte die Stirn.

Früher an diesem Morgen war Mara allein das Tal hinaufgewandert, und als sie diesen geschützten kleinen Platz ein Stück weiter oben im Hang entdeckt hatte, war sie darauf zugegangen. Sie saß schon eine ganze Weile hier, lange genug, so daß sich das Murmeltier an sie gewöhnt hatte, und jetzt preßte sie ihre Handfläche gegen die sinnliche Wärme des Felsens und blickte zur Talsohle hinunter, auf die Ansammlung von Zelten in der Ferne, die diesen Sommer das Zuhause der Kindred waren.

Sie waren seit zwei Wochen im Altas. Zwei Wochen nur, und schon fing der Schaden an, schon begannen sich die uralten Verhaltensmuster des Stammes in der Tradition des mütterlichen Bluts zu wandeln. Denn hier im Tal gab es kein großes Haus der Matriarchin, das den Mittelpunkt des Familienlebens bildete, wenn sie im Dorf lebten. Kein Zelt konnte die vielen Leute aufnehmen, die in dem großen Haus Platz gefunden hatten. Maras Töchter und Söhne und die Töchter und Söhne ihrer Schwester lebten alle mit ihren Ehepartnern und Kindern in ihren eigenen Zelten.

Eine milde Brise wehte das Tal hinunter, zerzauste das Haar an Maras Schläfen und kräuselte das Wildleder ihres Rockes.

Zu Hause schliefen die Frauen häufig nicht in ihren eigenen Hütten, weil ihre Ehemänner die meiste Zeit des Jahres nicht da waren, um die Hütte mit ihnen zu teilen. Nach der Art, wie Kindred-Leben organisiert war, verbrachte ein Mann mindestens drei Viertel des Jahres entweder in einem Jagdlager oder in einem Weidelager. Einer der Gründe, warum die Frauen eine so enge Gemeinschaft bildeten, war die lange Abwesenheit ihrer Männer.

Dies war etwas, worüber Mara früher nie nachgedacht hatte. Sie genoß es auch jetzt nicht sonderlich, darüber nachzudenken. Aber sie mußte die Veränderungen begreifen, die die Einheit ihrer Familie zu erschüttern drohten, wenn sie sich ihnen erfolgreich widersetzen wollte.

Schmelzwasser von den Schneefeldern weiter oben hatte auf dem Abhang direkt vor Maras kleiner Nische einen dichten Teppich von Blumen in allen Farben wachsen lassen. Sie starrte blicklos auf all die Schönheit und Pracht, nahm nichts davon wahr, weil ihr Blick nach innen auf ihre Gedanken gerichtet war.

Natürlich waren nicht alle Männer im Hellen Tal versammelt. Sechs Handvoll Männer bewachten den Büffel-Paß, und sechs weitere Handvoll beobachteten den Ausgang des Sommerlagers am Schmalen Fluß. Nardo sagte, er würde diese Männer in regelmäßigen Abständen austauschen, bis der Sommer zu Ende ging und die Herden aus den Bergen herunterzuwandern begannen.

Dennoch hatten wesentlich mehr Frauen ihre Ehemänner bei sich, als es sonst der Fall war. Und Mara merkte deutlich, daß es den Frauen gefiel. Und die meisten von ihnen genossen das lockere Lagerleben im Hellen Tal.

»Wir brauchen wirklich nicht all die Dinge, die wir zu Hause angehäuft haben, Mutter«, hatte Mara gestern Lora zu Tora sagen hören. »Sie stopfen das Haus nur unnötig voll. Ich bin der Ansicht, die Kindred-Frauen sollten es den Norakamo-Frauen nachmachen und ihren Männern von Lager zu Lager folgen. Ein solches Leben könnte großen Spaß machen.«

Loras Worte hatten wie ein Stein auf Maras Herz gelastet. Ihre größte Befürchtung war, daß ihre Nichte lediglich laut aussprach, was viele der jüngeren Frauen des Stammes dachten.

Ich muß etwas tun, überlegte Mara. *Unsere alte Tradition des mütterlichen Bluts ist in Gefahr.*

Es war eine bittere Erkenntnis für sie, daß ihr geliebter Sohn den größten Teil der Schuld an dem trug, was zur Zeit geschah. Er war es gewesen, der das fremde Norakamo-Mädchen in ihre Mitte gebracht hatte. Er war es, der die Frauen des Stammes aus dem Dorf ihrer Vorfahren in dieses Männerlager geführt hatte, wo ihr gewohntes Leben völlig auf den Kopf gestellt war.

Selbst mit all den zusätzlichen Atata-Frauen und -Kindern hatte Mara das Gefühl, überall Gruppen von Männern zu sehen, wohin sie auch schaute!

Mara tröstete sich mit dem Gedanken, daß sie nicht länger als einen weiteren Mond im Altas bleiben könnten. Der Sommer neigte sich bereits seinem Ende zu. Nardo würde den Stamm ins Dorf zurückführen, und die Männer würden wieder in ihre Winterlager gehen, so wie sie es immer getan hatten. Dann würde sich das Leben endlich wieder normalisieren.

Maras Blick schweifte zum Lager hinüber und blieb auf einer Gestalt haften, die sich gerade einen schwarzen Wasserkrug auf ihr silbrigblondes Haar hob.

Die Norakamo-Frau. Von ihr geht die wahre Gefahr aus, dachte Mara. Früher oder später würde sie etwas wegen Alane unternehmen müssen.

Zu Beginn des Ibex-Mondes schickte Kerk schließlich einen Kundschaftertrupp aus, der das Gebiet im Westen erforschen sollte. Paxon und der Rest seiner Gruppe waren mehrere Meilen am Schmalen Fluß entlanggewandert, als sie unerwartet auf eine enge, gewundene Schlucht trafen. Ihr Vorwärtskommen wurde beim Anblick einer sieben Fuß hohen Barrikade aus Baumstämmen gestoppt, die vor ihnen auf dem Pfad aufragte. Der Kundschaftertrupp blieb verwirrt stehen.

»Was ist das?« fragte Aven.

»Ich wußte, wir hätten ihnen nicht soviel Zeit lassen dürfen«, murmelte Paxon mißmutig vor sich hin.

»Das ist eine Barrikade, Aven«, rief ein junger Mann namens Jorde sarkastisch.

Paxon blickte Jorde stirnrunzelnd an und meinte dann: »Ich frage mich, ob sie bemannt ist.«

Die fünf jungen Männer standen im hellen Sonnenschein und betrachteten wachsam die Barriere vor sich. Es gab kein Anzeichen von menschlicher Gegenwart, nur das riesige Hindernis aus Stämmen, das sich quer über den Pfad von glattem Felsen bis hin zum Fluß erstreckte.

»Es gibt nur eine Möglichkeit, das herauszufinden«, sagte Jorde schneidig, dann stürzte er plötzlich auf die Barrikade zu.

»Komm sofort zurück, du Idiot!« rief Paxon. Aber es war schon zu spät. Noch bevor die Redu dazu kamen, Pfeile in ihre Bögen einzulegen, erschienen zwei Köpfe über der Barriere, und zwei Speere flogen durch die Luft, die den verdutzten Jorde beide voll in die Brust trafen. Der Aufprall war deutlich hörbar, und Jorde ging wie ein Stein zu Boden.

Paxon fluchte zornig. »Ich werde ihn holen«, sagte er dann zu seinen Männern. »Gebt mir Deckung.«

Aven legte seinem Freund eine Hand auf den Arm. »Nicht, Paxon. Laß ihn dort liegen. Wir sind nur zu dritt, und wir schaffen es unmöglich, dich zu schützen, selbst nicht mit unseren Pfeilen. Diese Bastarde sind zu schnell.«

Die gerade, dichte Linie von Paxons Brauen zog sich zusammen, während er die Barrikade betrachtete. Dann blickte er auf Jordes regungslosen Körper. »Ich kann ihn da nicht einfach liegen lassen«, entgegnete er. »Es ist möglich, daß er noch lebt.«

»Er hat zwei Speere in die Brust bekommen!« protestierte Aven.

»Ich kann ihn nicht zurücklassen«, wiederholte Paxon. Er schüttelte Avens Hand ab und begann langsam vorwärts zu gehen. Die drei Redu hinter ihm hoben rasch ihre Bogen an die Schultern, legten Pfeile ein und zielten auf den obersten Punkt der Barrikade. Paxon schaute einmal kurz zurück, sah, daß seine Gefährten bereit waren, dann schoß er die zehn Schritte vorwärts, die Jorde innerhalb Speerwurfweite gebracht hatten, packte die reglos daliegende Gestalt an den Schultern und zog sie rückwärts in Sicherheit. Keine Köpfe erschienen über der Barrikade, keine Speere flogen.

»Beim Donner, ist der schwer!« keuchte Paxon, als er Jordes Körper zu Boden sinken ließ.

Aven beugte sich über ihn, um nach dem Puls zu fühlen. Als er seine Hand zurückzog, war sie blutbeschmiert. »Er ist tot«, sagte er grimmig.

Die vier Redu blickten vom leblosen Körper ihres Kameraden zu der riesigen Mauer aus Baumstämmen hinüber.

»Unsere Pfeile haben trotzdem eine größere Reichweite als ihre Speere«, sagte Aven. »Sie können uns nicht überfallen.«

»Sie wollen auch gar nicht in unser Lager herein«, erwiderte Paxon in plötzlicher Erkenntnis des wahren Sachverhalts. »Sie wollen uns daran hindern herauszukommen.«

»Wie viele von ihnen, glaubst du, haben sich dahinter versteckt?« wollte Aven wissen.

»Ich schlage nicht vor, daß wir das herausfinden sollten«, meinte Paxon grimmig. »Ich denke, wir sollten diese Nachricht besser meinem Vater überbringen.«

Kerk war erstaunt über die Barrikade. »Ich hätte nicht gedacht, daß diese Leute soviel Widerstandskraft besitzen«, meinte er und schickte als nächstes Kundschafter auf den Büffel-Paß hinauf. Paxon war nicht sonderlich überrascht, diesen Paß ebenfalls durch eine Barrikade versperrt zu finden.

Kerk unternahm einen Versuch, die Blockade am Schmalen Fluß zu durchbrechen, mußte aber schließlich wieder zurückweichen, als er erkannte, daß er nicht hindurchkommen würde, ohne einen enormen Verlust an Redu-Leuten zu riskieren.

Während des Ibex-Mondes gab es immer noch reichlich Wild im Sommerlager, deshalb war Kerk nicht gezwungen, sofort zu handeln. Für den Augenblick entschied er, sich erst einmal häuslich einzurichten, während er seine Überlegungen auf seinen nächsten Schritt konzentrierte.

17

Der Ibex-Mond verschwand, und der Mond Der fallenden Blätter stieg am Himmel auf. Schneefall setzte auf den höher gelegenen Gebirgsweiden ein, und im Hellen Tal sanken die Nachttemperaturen jetzt regelmäßig unter den Gefrierpunkt. Für die Kindred war es an der Zeit, den Altas zu verlassen.

Alane kehrte den Bergen nur widerstrebend den Rücken zu. Sie konnte sich nicht erinnern, jemals so glücklich gewesen zu sein wie in diesen vergangenen zwei Monden. Weit fort von der erstickenden Atmosphäre des großen Hauses hatte es ihr freigestanden, ihren eigenen Haushalt zu führen und so für ihren Ehemann zu sorgen, wie sie es wünschte.

Das Leben im Hellen Tal hatte Nardos Mutter weitgehend ihrer Macht beraubt. Im Lager war jeder kleine Haushalt eine selbständige Einheit. Alane befürchtete, wenn sie erst einmal ins Dorf zurückgekehrt waren, würde es Mara gelingen, wieder ihre Autorität geltend zu machen, und darauf war Alane nicht sonderlich erpicht.

Aber es war Herbst. Sicher, es gab immer noch Blumen im Altas – spät blühender Enzian und Schlüsselblumen hellten die Spalten der felsigen Berghänge mit ihren lebhaften Blau- und Gelbtönen auf –, aber die tieferen Hänge bedeckte bereits eine pudrige Schicht von Neuschnee, und die höher gelegenen Gebiete waren vollkommen eingeschneit. Die Hirsche kehrten in die tieferen Lagen zurück, um sich fortzupflanzen und ihre Jungen aufzuziehen, und die Bergschafe waren schon in der Brunft.

Rauhreif bedeckte das Gras an dem Morgen, als der Stamm seinen Treck zurück ins Dorf begann, und der Boden knirschte und knisterte unter den Hufen der Pferde, während sie über Bergwiesen auf den Hohen Sattel zustrebten. Alane ritt neben Nardo, und als sie an einer Ansammlung von Felsblöcken vorbeikamen, schreckte plötzlich ein Schwarm Fasane aus seiner Deckung auf und flog wild keckernd davon. Blauvogel scheute erschrocken, und Alanes Herz blieb einen Moment stehen. Nevin saß vor Nardo auf dem Pferderücken, ohne jede Halterung. Nardo hatte die Stute jedoch fast sofort wieder unter Kontrolle, und Nevin saß immer noch an Ort und Stelle, als Blauvogel erneut vorwärts zu traben begann.

Nevin lachte entzückt und klatschte in die Händchen.

Alane meinte besorgt: »Nardo, Nevin sollte vielleicht besser in seinem Tragegestell sitzen.«

»Ihm wird nichts passieren, Alane«, erwiderte ihr Mann, »ich halte ihn fest.«

Alane war anderer Ansicht. »Ich halte es für klüger, ihn in das Tragegestell zu setzen.«

Nardo wirkte verärgert. »Du kannst ihn nicht bis in alle Ewigkeit wie ein Baby behandeln.«

»Aber er ist doch erst ein Jahr alt, Nardo!«

»Großer Junge«, sagte Nevin stolz und drehte sich nach seiner Mutter um.

Nardo lächelte und tätschelte seinen Arm.

Wumm! Das Geräusch hallte wie Donner durch die Luft, und Alane blickte erschreckt auf. *Wumm!* Sie blinzelte gegen die Sonne, während ihr Blick suchend über die Gipfel schweifte, und dann sah sie sie: zwei Widder auf einem hohen, schmalen Vorsprung, der über die glatte Felswand hinausragte, die zum Paß führte. Während Alane zuschaute, wichen sie mit gesenkten Köpfen auseinander, standen einen Moment lang vollkommen unbeweglich da und griffen dann erneut an. Ihre Hörner prallten aufeinander, und der krachende Laut hallte von Fels zu Fels wider. Wieder wichen sie ein paar Schritte zurück, warteten und stürmten dann erneut mit voller Wucht aufeinander los.

Nardo zügelte sein Pferd neben Alane. Auch sein Blick war auf den Kampf gerichtet, der hoch über ihnen auf dem schmalen Felsvorsprung ausgetragen wurde.

Die Angriffe hatten aufgehört; die Widder hatten jetzt ihre Hörner ineinander verkeilt und stemmten sich gegeneinander, wobei jeder den Gegner zurückzustoßen versuchte. Schließlich gewann einer der Widder die Oberhand. Sogar von ihrem Aussichtspunkt tief unten konnte Alane erkennen, daß die Kräfte des anderen Tieres deutlich nachließen.

Dann ging der Widder zu Boden. Alane beobachtete, wie der andere Bock seinen Vorteil nutzte und die beiden Hornschafe auf dem schmalen Vorsprung verzweifelt miteinander rangen. Wenige Sekunden später sauste ein Körper in die Tiefe.

Nevin schrie entsetzt auf.

Mit hocherhobenem Kopf stand der siegreiche Bock auf dem Felsvorsprung wie ein Eroberer, der befriedigt das Terrain überblickt, das er gerade errungen hat.

»Alle männlichen Tiere sind gleich«, bemerkte Alane angewidert. »Alles, was sie interessiert, ist Brunften und Kämpfen und töten.«

»Sie wollten beide dasselbe Gebiet, Alane, und keiner von beiden wollte es aufgeben«, erwiderte Nardo. Sie wandte sich um und begegnete seinem Blick aus ernsten, dunklen Augen. »Manchmal muß ein Mann kämpfen, um die Dinge zu behalten, die sein sind«, sagte er, und seine große Hand hob sich, um das glatte schwarze Haar über Nevins Stirn zu zerzausen.

Alane senkte den Blick, aber sie gab keine Antwort.

Gegen Ende des Mondes Der fallenden Blätter wurde Kerk klar, daß sie nicht den Winter über dort bleiben konnten, wo sie waren. Die großen Rentier- und Rotwildherden, von denen sie sich den ganzen Sommer über ernährt hatten, waren sowohl in östlicher als auch in westlicher Richtung am Schmalen Fluß entlanggewandert in die Gebiete der Atata- und der Großfisch-Kindred und zum Goldfluß. Alles, was jetzt noch in den Jagdgründen der Redu anzutreffen war, waren Ibex, Schafe und Vögel – nicht genug Wild, um über vierhundert Männer zu ernähren.

»Wir müssen von hier weg«, sagte Kerk zu seinem Rat von Unterhäuptlingen, als sie sich an einem kalten, wolkenverhangenen Herbstmorgen in der oberen Höhle trafen. »Wir verlieren vielleicht einige Männer bei dem Versuch, aber wir werden noch eine ganze Anzahl mehr durch Hungerstod verlieren, wenn wir versuchen, den Winter in diesem Lager zu verbringen.«

Die Runde hohlwangiger Männer schaute grimmig drein.

»Sie haben eine sehr starke Position an beiden Ausgängen«, erklärte Madden gewichtig. »Es ist durchaus möglich, daß wir die Hälfte unserer Männer verlieren und es trotzdem nicht schaffen wegzukommen.«

Wain trommelte nervös mit den Fingern auf sein Knie. »Wenn doch nur ein paar Bogenschützen auf die Anhöhe über ihnen gelangen könnten!« rief er.

»Unmöglich«, gab Madden zurück und schüttelte unwillig den Kopf. »Die Felswände über den Barrikaden fallen fast senkrecht in die Tiefe ab.«

Kerk strich sich nachdenklich über seine Habichtsnase und betrachtete seine Männer. »Ich nehme an, sie fühlen sich sehr sicher hinter diesen Barrikaden«, sagte er. »Was sie jedoch nicht wissen, ist, daß nicht alle unsere Männer hier in diesem Lager sind.«

Madden schnappte hörbar nach Luft, als ihm aufging, woran Kerk dachte.

Wain grinste. »So ist es«, sagte er triumphierend. »Ich hatte gar nicht mehr an Cuch und die fünfzig Männer gedacht, die du als Jäger im Frauenlager gelassen hast.«

Kerk hob seine schmalen schwarzen Brauen. »Richtig.«

»Aber wie sollen wir Cuch benachrichtigen? Wie sollen wir ihm sagen, was er zu tun hat?« fragte einer der Häuptlinge ärgerlich. »Wir sitzen doch hier in der Falle!«

»Ich werde Paxon schicken«, erwiderte Kerk. »Er hat die Gewandtheit und Beweglichkeit eines Ibex. Wenn überhaupt jemand aus diesem Tal herauskommen kann, dann er.«

Kerk sprach nicht nur aus väterlichem Stolz, und alle anderen Häuptlinge wußten es. Die finstere, gedrückte Stimmung der Ratsmitglieder verschwand wie durch Zauberei.

»Das ist ein guter Plan«, erklärte Madden begeistert. »Wenn sich Cuch und seine Leute von hinten an die Männer an den Barrikaden anschleichen, während wir sie von vorn angreifen, dann haben wir sie.«

»Ja«, stimmte Kerk zu. »Dann haben wir sie.«

Sicher versteckt hinter ihren Barrikade beobachteten die Männer der Kindred mit Befriedigung, wie die Rentiere westwärts über den Fluß wanderten. Aber als die Tage beständig kälter wurden und die Herden in wachsender Anzahl in tiefere Lagen zogen, begann Nardo sich zu sorgen. Er wußte, daß die Redu nicht den ganzen Winter im Lager bleiben und verhungern würden, ohne zuerst einen ernsthaften Ausbruchsversuch zu unternehmen.

Was würde ich tun, wenn ich der Redu-Häuptling wäre?

Dies war die Frage, die Nardo sich stellte, als er eines Spätnachmittags am Flußpfad stand und nach Osten starrte, wo sich das Lager der eingeschlossenen Redu befand. *Ich kann es mir nicht leisten, noch einen Fehler zu machen,* dachte er. *Wenn es ihnen gelingt, hier an uns vorbeizukommen, ist das Dorf dem Untergang geweiht.*

»Was machst du für ein finsteres Gesicht, Nardo?« wollte Dane wissen. Nardo wandte nicht den Kopf, als sein Freund neben ihn trat. »Ich denke, es ist der Redu-Häuptling, der so grüblerisch dreinschauen sollte, nicht du.«

»Er wird irgend etwas planen«, erwiderte Nardo. »Ich versuche mir nur vorzustellen, was er tun wird.«

»Er wird auszubrechen versuchen«, sagte Dane mit Gewißheit.

Nardo grunzte, dann hob er den Kopf und betrachtete prüfend die steilen Felswände der Schlucht.

Dane folgte seinem Blick. »Es ist völlig ausgeschlossen, daß die Redu diese Höhen erklettern können, Nardo«, versicherte er. »Sie können sich nicht von hinten an uns anschleichen. Das ist unmöglich.«

»Das ist es, was sie tun müssen«, knurrte Nardo. »Uns von hinten angreifen.«

»Das können sie nicht«, erklärte Dane nüchtern. »Der ganze Stamm sitzt in unserer Falle fest.«

»Die Frauen auch?« erkundigte sich Nardo plötzlich.

»Was meinst du?«

»Die Frauen.« Nardo fuhr herum und fixierte Dane mit hartem, wachsamem Blick. »Sie hatten keine Frauen dabei, als sie über den Büffel-Paß gekommen sind.«

Dane war verwirrt. »Das ist wahr. Sie haben sie wahrscheinlich nachkommen lassen, nachdem sie das Lager abgesichert hatten.«

»Wir haben innerhalb von wenigen Tagen die Barrikaden oben auf dem Büffel-Paß errichtet, Dane. Sie konnten einfach nicht die Zeit haben, nach ihren Frauen zu schicken!«

Dane runzelte die Stirn. »Ich verstehe nicht, was du damit sagen willst, Nardo.«

»Ich will damit sagen, wenn sie ihre Frauen zurückgelassen haben, dann müssen sie auch einige ihrer Männer zurückgelassen haben. Kein Häuptling würde seine Frauen und Kinder schutzlos allein lassen.«

»Ja, sicher, aber …« Dane verstand immer noch nicht.

»Begreifst du denn nicht?« sagte Nardo. »Nat hat den Feind sowohl vor sich als auch hinter sich, und er weiß es nicht!«

Endlich verstand Dane. »Beim Donner!« Er starrte Nardo entsetzt an. »Was können wir tun?«

»Schick ein paar Männer aus, um die Redu-Frauen zu finden. Und bete zur Großen Mutter, daß wir nicht zu spät kommen!«

Paxon brauchte eine Woche, um zum Frauenlager zu gelangen. Manchmal dachte er, er würde es überhaupt nicht schaffen. Seine Nägel waren abgerissen, seine Hände bluteten, und seine Füße wiesen Quetschwunden auf von der waghalsigen Kletterei auf den scharfgratigen Felsen, die das Tal des Sommerlagers einschlossen. Die Mehrheit der Redu-Männer wäre niemals in der Lage, diesen Aufstieg zu bewältigen, dachte er. Sie *müssen* einfach über den Büffel-Paß aus diesem verfluchten Lager ausbrechen.

Cuch, der Unterhäuptling, der die Verantwortung für das Frauenlager hatte, war entsetzt über Paxons Zustand, als dieser angetaumelt kam. Einige der Männer hatten ihn am Fluß gesichtet, und sie trugen ihn fast den steilen Pfad zu der großen Höhle hinauf, die den Atata-Kindred einst als Versammlungsort der Männer gedient hatte und jetzt eines der Wohnquartiere für die Redu war.

Paxon brauchte nicht lange, um zu erklären, wie bedenklich die Situation des Stammes war. »Kerk sagt, wir müssen von hinten an die Männer herankommen, die den Paß blockieren«, schloß er. »Kerk wird auf seiner Seite des Passes bereitstehen, und wenn er unsere Schlachthörner hört und weiß, daß der Angriff von der Rückseite aus erfolgt ist, wird er von vorn angreifen.«

»Was ist mit den Frauen und Kindern?« wollte Cuch wissen. »Soll ich sie hier ungeschützt zurücklassen?«

Paxon nickte, sein junges Gesicht war ungewöhnlich grimmig verzogen. »Eine Zeitlang werden sie alleine zurechtkommen müssen, wir werden jeden Mann brauchen, den wir kriegen können.«

»In Ordnung«, meinte Cuch. »Ich werde die Männer zusammenrufen und sie informieren.«

»Wenn wir morgen nachmittag aufbrechen, werden wir den Fuß des Passes bei Einbruch der Nacht erreichen. Wir können uns ein paar Stunden Schlaf gönnen und dann im Morgengrauen den Paß hinaufklettern und angreifen. Es ist lebenswichtig, daß wir sie überrumpeln.«

»Ist das Kerks Plan?«

»Das ist Kerks Plan.«

»Nun gut«, meinte Cuch. »Dann werden wir ihn befolgen.«

Nardo und die Männer der Kindred warteten auf die Redu an einem Ort knapp südlich der Stelle, wo der Schmale Fluß in den Atata einmündete. Ein hoher Hügel fiel dort schräg zum Flußpfad hin ab, und auf der Kuppe dieses Hügels hatte Nardo seine Männer postiert. Am Tag zuvor hatte er herausgefunden, wo die Redu-Frauen und -Kinder ihr Lager hatten und wie viele Männer zu ihrem Schutz dort waren.

»Was, wenn sie nicht auf diesem Weg kommen?« fragte Varic, als Nardo seine ersten Anordnungen traf. »Es kann keinerlei Verständigung zwischen diesen Männern und den Männern im Sommerlager gegeben haben. Woher sollen sie wissen, daß der Rest ihres Stammes in einer Falle gefangen ist?«

»Das können sie natürlich nicht wissen«, erwiderte Nardo. »Aber ich denke, sie werden sich fragen, warum sie nichts von ihrem Häuptling gehört haben. Sie werden Männer losschicken, um Kontakt mit ihm aufzunehmen. Tatsächlich überrascht es mich, daß sie es nicht schon längst getan haben.«

Die Männer der Kindred brauchten nur zwei Tage zu warten, bis Dane mit der Nachricht angaloppiert kam, daß er den Verband von Redu-Bogenschützen den Atata habe herunterkommen sehen.

Nardo stieß einen gewaltigen Seufzer der Erleichterung aus. Sie waren nicht zu spät gekommen!

»Wir dürfen ihnen keine Gelegenheit geben, ihre Bogen zu benutzen«, erklärte Nardo seinen Männern eindringlich, als sie sich um ihn versammelten. »Wenn wir uns so formieren, wie wir es diesen Sommer geübt haben, und mitten in ihre Reihen hineinfallen, sind wir ihnen zu nahe, als daß sie ihre Bogen einsetzen könnten, und wir werden unsere Äxte schwingen können.«

Spät am Nachmittag blies ein kalter Wind vom Altas herunter und trieb hohe Wellen auf dem Fluß vor sich her. Die Männer der Kindred hauchten auf ihre Finger, um sie zu wärmen, als sie ihre Pferde zu der keilförmigen Formation aufstellten, die Nardo befohlen hatte. Sie hatten diese Art des Angriffs wieder und wieder auf den steinigen Hügeln des Hellen Tals eingeübt, und sowohl Pferde als auch Männer wußten, was von ihnen erwartet wurde.

Nun warteten sie auf das Signal, um im Sturmangriff den Hügel hinunterzupreschen.

Nardo an der Spitze der V-förmigen Anordnung konnte Blauvogels Erregung fühlen und wußte, daß sie auf die Anspannung reagierte, die sie in ihm spürte. Er tätschelte ihren Hals, murmelte beruhigend auf sie ein und atmete langsam, versuchte seine Muskeln zu entspannen.

Warte, schärfte er sich ein. *Warte ab. Es ist lebenswichtig, nicht zu früh anzugreifen.*

Die Pferde, von frühester Jugend an darauf trainiert, still zu stehen, wenn sich eine Rentierherde näherte, standen wie Statuen hinter den hohen Ginsterbüschen auf der Hügelflanke. Die enge Formation war sehr sorgfältig geplant, so daß jedes Pferd von ihm vertrauten Artgenossen umgeben war und nicht in Versuchung kam, auszukeilen oder zu beißen.

Der Trupp der Redu, immer vier Männer in einer Reihe, ihre riesigen Bögen über die Schulter gehängt, kam um die Kurve des Hügels herum und marschierte direkt unter den Augen der gespannt wartenden Reiter vorbei. Dennoch gab Nardo noch nicht das Zeichen zum Angriff. Varic, der ihn unmittelbar links flankierte, zischte wütend: »Wie lange willst du denn noch warten?«

Nardo ignorierte ihn, wartete noch einige weitere nervenzermürbende Sekunden, dann hob er die Hand. Ein goldener Adler, die Federn gesträubt von dem kalten Wind, erhob sich von seinem Nest auf der Hügelkuppe in den grauen Himmel. Nardos Hand fiel herab, und fünfzig Männer und Pferde stürmten vorwärts.

Ihr wütender Ritt den Hügel herunter gewann mit jedem Schritt an Wucht. Der Hügel war so steil, daß die Pferde fast auf ihren Hinterbacken saßen, aber sie behielten ihre Formation bei und eilten vorwärts.

Die Redu waren völlig überrumpelt. Köpfe wandten sich alarmiert um, als sie den donnernden Lärm hörten. Paxon, ganz vorn in der Reihe, war einer der ersten, der erkannte, was geschah, und nach seinem Bogen griff. Aber es war zu spät. Schon drangen die Reiter mit gewaltiger Wucht in die Linie der Redu.

Die gesamte Mitte der Redu-Marschreihe ging bei dem Zusammenprall zu Boden. Paxon beobachtete voller Entsetzen, wie der riesige schwarzhaarige Mann auf dem grauen Pferd, der die Angreifer angeführt hatte, den Arm hob und seine Axt auf Cuchs ungeschützten Kopf niedersausen ließ. Blut spritzte, Cuch stürzte zu Boden, und der schwarzhaarige Mann begann sein Pferd durch die zersplitterten Reihen der Redu zu treiben, während er seine Axt in einer schleifenförmigen Bewegung schwang, die rund um ihn herum Männer niederstreckte. Die Reiter verteilten sich jetzt auf dem Flußpfad, und alle benutzten ihre Äxte wie ihr Anführer, schwangen sie hoch über dem Kopf und ließen sie auf ihre Angreifer niederschmettern.

Wir werden alle sterben, wenn wir auf diesem Pfad bleiben! schoß es Paxon durch den Kopf. »Der Fluß!« brüllte er den Männern zu, die ihm am nächsten waren. »Versucht, über den Fluß zu entkommen!« Und er kletterte, so schnell er konnte, die Uferböschung hinunter auf die kalten, grauen Fluten des Atata zu.

Er stand bis zu den Knöcheln im Wasser, als er das Donnern von Hufen hinter sich hörte. Fluchend watete er tiefer hinein, um zu einer Stelle zu kommen, wo er untertauchen konnte. Sein

Instinkt ließ ihn gerade in dem Moment den Kopf drehen, als eine Axt auf seinen Schädel herabsauste. Er duckte sich, die Axt verfehlte seinen Kopf und traf ihn an der Schulter, ließ einen unerträglichen Schmerz seinen Arm hinunterschießen. Er wirbelte herum, und der braunhaarige Mann auf dem Pferd ragte drohend über ihm auf, die Axt zum nächsten Hieb erhoben.

»Feigling«, sagte Paxon in der Kindred-Sprache. »Steig von dem Pferd und kämpfe gegen mich!«

Danes Arm hielt mitten in der Bewegung inne. »Du sprichst meine Sprache!«

»Ja«, gab Paxon verächtlich zurück. »Ich spreche deine Sprache.« Das Wasser reichte ihm nur bis zu den Knien. Sein verfluchtes Pech, daß dieser Teil des Flusses so flach war. Die Nüstern der Stute blähten sich, als sie die Luft einsog, und Paxon konnte die Venen an ihrem schweißbedeckten grauen Hals hervorstehen sehen. Der Reiter hate seine Axt gesenkt. Paxon schätzte die Entfernung zwischen sich und dem Mann auf dem Pferd ab. Wenn er den Mann herunterstoßen und sich selbst auf den Rücken des Pferdes schwingen konnte …

Paxon stürzte sich mit einem Hechtsprung auf den Mann. Das Pferd sprang fast augenblicklich zurück, und Paxon fiel in dem kalten Wasser auf die Knie. Instinktiv hob er beide Arme, um seinen Kopf zu schützen. Die Stute schnaubte und spritzte Wasser mit den Hufen auf, während sie erregt auf der Stelle tänzelte. Der Mann auf ihrem Rücken sagte kühl: »Ich glaube, mein Häuptling wird mit dir reden wollen. Wirf deine Sachen in den Fluß und folge mir.«

Nardo stand inmitten eines Kreises lachender, triumphierender siegreicher Krieger, als sich Dane mit seinem Gefangenen näherte. Das Gelächter brach abrupt ab, als die Kindred-Männer den Redu erblickten.

»Hat dir der Vollmond den Verstand benebelt, Dane?« rief Varic aufgebracht. »Was tust du mit ihm?«

Dane ignorierte den Anführer des Adler-Clans und wandte sich an Nardo. »Er spricht unsere Sprache, Nardo. Ich dachte, du würdest ihn vielleicht nützlich finden.«

Nardo trat vor und musterte Paxon. Die Größe und Breite des Kindred-Häuptlings ließen den schlanken jungen Redu klein erscheinen, aber Paxon starrte arrogant zu dem blutbefleckten Riesen vor sich auf und zeigte keinerlei Anzeichen von Furcht.

»Verstehst du mich?« fragte Nardo.

»Ja«, stieß Paxon zwischen zusammengebissenen Zähnen hervor. »Ich verstehe dich.«

Nardo blickte Dane an. »Wir können ihn dazu benutzen, mit den Redu-Frauen zu sprechen«, sagte er. »Du hast genau das Richtige getan, als du ihn am Leben gelassen hast.«

Paxons Ausdruck verhärtete sich bei Nardos Worten. »Du gehst als nächstes auf unsere Frauen los?«

»Ich kann sie nicht einfach allein zurücklassen«, sagte Nardo grimmig. »Wenn ich es tue, werden sie verhungern.«

Paxons Miene besagte deutlich, daß der Tod durch Verhungern immer noch einem Besuch durch die Kindred-Männer vorzuziehen wäre, aber er hielt den Mund.

Die Männer fanden die Redu-Frauen und -Kinder in dem ehemaligen Hauptlager der Atata-Kindred. Die Kindred-Hütten drängten sich auf der Spitze eines hohen Felsens, von wo aus man einen guten Überblick über das Tal hatte, und so waren die Frauen bereits frühzeitig vor dem Nahen der Reiter gewarnt. Als Nardo und seine Männer den Felspfad hinauf und in das Lager ritten, fanden sie die Hütten verlassen vor, aber das Weinen eines Kindes verriet ihnen, daß sich die Bewohner in der großen Höhle versteckt hatten.

»Sag ihnen, sie sollen herauskommen«, wies Nardo Paxon an, und der Redu kam widerstrebend dem Befehl nach.

Langsam und voller Angst krochen die Redu-Frauen und -Kinder wieder aus der Höhle heraus und versammelten sich auf der großen Freifläche vor dem Eingang. Einige der Frauen stöhnten laut vor Furcht, und alle Kinder drängten sich dicht an ihre Mütter. Das Bild rief Nardo den Augenblick ins Gedächtnis zurück, als er an ebendieser Stelle den Frauen der Atata-Kindred hatte mitteilen müssen, daß ihre Männer im Kampf gefallen waren. Mit grimmig verzogenem Gesicht wandte er sich an Paxon und befahl: »Berichte ihnen, was mit ihren Männern passiert ist.«

Trostlos dreinblickend tat Paxon, wie ihm befohlen, und das Jammern der Frauen erhob sich zum Himmel.

Nardo mußte die Stimme erheben, um sich über das Geschrei und Gewimmer der Frauen hinweg verständlich zu machen. »Sag ihnen, sie brauchen keine Angst zu haben. Sag ihnen, daß die Kindred keine Gewalt gegen Frauen und Kinder anwenden. Wir werden ihnen nichts tun.«

Paxon warf ihm einen ungläubigen Blick zu. Er machte sich über das Schicksal der Redu-Frauen keine Illusionen. Daheim war Notzucht eine der althergebrachten Kriegsbeuten gewesen.

»Sag es ihnen«, drängte Nardo barsch.

Paxon holte tief Luft und sprach erneut. Als er geendet hatte, schauten die Frauen vor ihm genauso ungläubig drein wie er.

Dane murmelte Nardo zu: »Was für ein jämmerlicher, mitleiderregender Anblick.«

»Ja«, erwiderte Nardo. »Es bringt einen auf die Frage, was ihre Männer wohl mit unseren Frauen tun würden, wenn die Situation umgekehrt wäre.«

Paxon hörte den Wortwechsel und zog verwirrt die Stirn kraus. Er musterte die so offensichtlich beherrschte Gruppe der

Kindred-Männer, dann fragte er Nardo: »Was wirst du mit ihnen tun?«

»Ich kann sie nicht hier zurücklassen«, erklärte Nardo widerstrebend. »Sie werden verhungern ohne Männer, die für sie jagen. Ich kann sie auch nicht in mein eigenes Dorf bringen. Wir haben bereits die Frauen und Kinder der Atata-Kindred aufgenommen, deren Männer in der Schlacht gegen euch getötet wurden. Ich werde sie nach Osten schicken müssen, in die Ebene. Dort gibt es viele Stämme, die Handel über das Meer betreiben. Zusätzliche Frauen werden nützlich für sie sein.«

Zorn stieg in Paxon auf. »Du übergibst Redu-Frauen an andere Stämme, damit sie *Tauschhandel* mit ihnen betreiben?«

Nardos Blick war so unerschrocken wie seine Stimme. »Würdest du es vorziehen, wenn ich sie auf der Stelle töte? Das ist die Wahl, die du mir gelassen hast, Mann der Redu. Ich werde sie nicht hierlassen, damit sie langsam und qualvoll Hungers sterben. Entweder mache ich der Sache schnell ein Ende, oder ich schicke sie in die Ebene.«

»Die Wahl, die ich dir gelassen habe?« fuhr Paxon wütend auf. »Dies ist nicht meine Wahl, Kindred-Mann!«

Einen Moment lang herrschte Schweigen, und dem Redu ging auf, daß dieser junge Häuptling ebenso einschüchternd und respekteinflößend war wie Kerk. Dann erklärte Nardo: »Ihr wart es, die eure Frauen und Kinder in Gefahr gebracht habt, als ihr sie hierher in ein Land führtet, das nicht euch gehört. Ihr seid es, die mich gezwungen haben, eine Wahl für diese Frauen und Kinder zu treffen, die ich niemals treffen wollte und von der ich inständig hoffe, daß die Große Mutter sie mir verzeihen wird.«

Paxon fand darauf keine Antwort, und so wandte er sich an die Frauen und Kinder und erklärte ihnen, was ihr Schicksal sein würde. Wieder weinten und jammerten die Frauen, aber ihre Klagen klangen schon gedämpfter und nicht mehr ganz so verzweifelt, und Paxon wußte, tief in ihrem Herzen hatten sie erkannt, daß die Dinge weitaus schlimmer hätten kommen können.

Nardo schickte dreißig seiner Männer als Eskorte mit, um die zweihundert Redu-Frauen und -Kinder sicher über die Berge in die Ebene zu geleiten. Um Varic versöhnlich zu stimmen, ernannte er ihn zum Oberbefehlshaber und gab ihm die meisten der Ersatzpferde mit. Und so ritten zwanzig Kindred-Männer an einem kalten Nachmittag im Spätherbst den Flußpfad hinauf und in das Dorf hinein. Zwanzig Kindred-Männer – und Paxon.

Sie waren noch eine Viertelmeile vom Dorf entfernt, als sie von einem wolfsähnlichen Hund begrüßt wurden. Die Redu hielten keine Hunde, deshalb glaubte Paxon im ersten Moment, sie würden angegriffen. Doch als Nardo lachend von seinem Pferd sprang und sich bückte, um den Hund zu umarmen, entspannte Paxon sich.

»Samu hat dich vermißt«, rief Dane, der rechts von Paxon ritt, zu Nardo hinüber.

Paxon starrte voller Erstaunen auf den Mann und den Hund vor ihm. Der Hund war so aufgeregt vor Freude, daß er einfach nicht stillstehen konnte, sondern ununterbrochen um die Beine des Mannes wuselte, während Nardo ihn tätschelte und streichelte.

»Wir wollen nur hoffen, daß unsere Ehefrauen uns ebensosehr vermißt haben, wie Samu Nardo vermißt hat«, bemerkte einer der Männer, und alle lachten.

Nardo streichelte den Hund ein letztes Mal und richtete sich auf. Dann sprang er erneut auf Blauvogels Rücken, und der Trupp von einundzwanzig Männern, zweiundvierzig Pferden und einem Hund bewegte sich wieder vorwärts. Als sie um eine

Biegung des Flusses ritten, sah Paxon Frauen, Kinder und Welpen auf sie zulaufen. Das Bellen der jungen Hunde und die Rufe der Kinder waren ohrenbetäubend. Paxon betrachtete verwundert die herbeistürmende Gruppe, während sein Blick neugierig über die freudigen Gesichter der Frauen und Kinder glitt.

Er entdeckte ein Mädchen in einiger Entfernung hinter der Gruppe, das so leicht und anmutig daherlief wie ein Reh. Eine schimmernde Fahne weizenblonden Haares wehte hinter ihr her, und als Paxon ihr Gesicht sah, stockte ihm der Atem. Ihre Augen waren auf einen Punkt zu seiner Linken fixiert, und gerade als er merkte, daß er tief durchatmen mußte, blieb sie stehen. Vor ihr war eine laut durcheinanderrufende, wogende Menge von Frauen und Kindern, die sich um ihre heimkehrenden Männer drängten, aber das Mädchen stand ein Stück abseits und wartete.

Paxon sah nicht den Mann, der sich durch das Gewühl hindurch einen Weg zu ihr bahnte. Er saß einfach auf seinem Pferd und starrte sie mit unverhohlener Bewunderung an, bis sie ganz plötzlich in einer Umarmung verschwand.

Nardo, dachte Paxon verdutzt. Sie gehört zu Nardo.

Sein Blick ruhte auf dem Paar, aber alles, was er in dem Moment erkennen konnte, war Nardos breiter Rücken. Es schien eine Ewigkeit zu dauern, bis Nardo seine Umarmung lockerte und den Kopf hob und das Mädchen wieder zu sehen war. Paxon beobachtete, wie sie besorgt auf die verringerte Anzahl von Männern schaute, die zurückgekehrt war, und dann zu Nardo aufblickte. Ihre Lippen bewegten sich. Der Mann schüttelte den Kopf und wandte sich dann zu der Menge hinter sich um.

»Alle unsere Männer sind wohlauf.« Nardos erhobene Stimme übertönte den Lärm der Menschen und Hunde. »Ich habe Varic und die meisten der Männer, die mich begleitet haben, fortgeschickt, um die Redu-Frauen und -Kinder aus den

Bergen zu bringen. Die Redu-Männer, die für die Frauen gejagt haben, sind tot, und die übrigen Redu sitzen immer noch im Sommerlager fest. Unser Dorf ist in Sicherheit.«

Frauen und Kinder jubelten. Nardo schlang einen Arm um die Schultern des Mädchens, das seine Ehefrau sein mußte, und schlenderte mit ihr auf Paxon zu, dem einzigen Mann, der immer noch auf seinem Pferd saß. Paxon schoß der Gedanke durch den Kopf, daß dies seine Chance zur Flucht war, aber er konnte seinen Blick nicht von Nardos Frau losreißen. Sie blieben in einigem Abstand von ihm stehen, und das Mädchen schaute in seine Richtung.

»Ist das einer von ihnen?« Ihre Stimme war tiefer, als er erwartet hatte. Ihr Haar hob sich im Wind, und mehrere lange silberblonde Strähnen blieben an Nardos fleckigem Ärmel aus Wildleder haften.

»Ja. Er spricht unsere Sprache, Alane. Deshalb habe ich ihn gefangengenommen. Er hat uns gute Dienste geleistet, als wir uns mit den Redu-Frauen verständigen mußten, und er wird uns wieder nützlich sein, falls wir uns mit den Redu-Männern unterhalten müssen.«

Paxon erkannte, daß sie glaubten, er könnte ihre Stimmen aus dieser Entfernung nicht hören. »Er sieht so jung aus«, sagte das Mädchen.

»Er ist gefährlich«, gab Nardo zurück und merkte erst jetzt, daß Paxon unbewacht war. »Zu gefährlich, um auf diese Weise allein gelassen zu werden.« Nardo eilte vorwärts, um Paxons Pferd am Halfter festzuhalten. Das Mädchen folgte ihm. »Mano!« rief Nardo, und ein Mann kam angelaufen. »Halte Graustein, bis ich Vorkehrungen getroffen habe, um diesen Redu sicher unterzubringen«, befahl er.

Das Mädchen hatte ihren Mann eingeholt, und von der Sicherheit an seiner Seite aus schaute sie zu Paxon auf. Ihre Augen waren grau und klar wie ein Gebirgsstrom zwischen langen, dunklen Wimpern. Paxon wußte, er würde niemals mehr ein so bezauberndes, schönes Gesicht wie dieses zu sehen bekommen. Er lächelte sie an.

Die grauen Augen weiteten sich. Eine leichte Röte überzog ihre Wangenknochen. Sie blickte von ihm weg und sagte zu ihrem Mann: »Ist es nötig, ihn zu fesseln, Nardo?«

»Ja«, erwiderte er grimmig.

Ein Windstoß kam von Westen her das Tal hinuntergefegt und blies ihr das Haar ins Gesicht. Sie strich es ungeduldig weg. »Ich hatte gerade mein Haar in der Sonne getrocknet, als ich hörte, daß ihr zurück seid«, sagte sie. »Ich habe mir noch nicht mal die Zeit genommen, es zu flechten.«

Nardo tauchte eine große Hand in die seidig schimmernde Masse. »Ich mag es so.«

Sie rümpfte die Nase. »Du hast kein Gefühl für Anstand.«

Seine Augen funkelten, und er grinste breit. Paxon starrte in das sonst so grimmige Gesicht des Kindred-Häuptlings, erstaunt über die plötzliche Verwandlung.

»Was sollen wir mit diesem Redu tun, Nardo?« fragte Mano.

Widerstrebend wandte der Häuptling seine Aufmerksamkeit dem Gefangenen zu. »Ich werde nachsehen, ob wir eine leere Hütte haben.«

»Wir haben keine leerstehende Hütte«, erklärte das Mädchen mit Nachdruck. »Die zusätzlichen Atata-Frauen und -Kinder haben alle unsere Häuser und Hütten gefüllt.«

Nardos Blick schweifte nachdenklich über das Dorf. »Dann stecken wir ihn in Nessas Hütte«, entschied er. »Adun ist mit den Redu-Frauen und -Kindern geritten, und Nessa und die Kinder können fürs erste in Mamas Haus schlafen.«

»In Ordnung«, meinte Mano. Er schaute Paxon an und brüllte: »Steig ab.«

Paxon glitt vom Pferd und fühlte, wie seine Knie unter ihm nachgaben, als seine Füße hart auf dem Boden aufkamen.

»Armer Junge«, sagte eine sanfte Stimme.

»Er ist kein armer Junge, Alane«, erwiderte Nardo ungeduldig. »Er ist ein Redu. Er hat wahrscheinlich eine Handvoll Kindred-Männer in der Schlacht getötet.«

Paxon konnte der Herausforderung nicht widerstehen. Er wandte seine arrogante Nase in Nardos Richtung, fletschte die Zähne und erklärte: »Zwei Handvoll!«

Nardo gab keine Antwort, sondern reichte Mano nur den kurzen Speer, der in seinem Gürtel steckte. Mano richtete die Speerspitze auf Paxon und bedeutete ihm mit einer Kopfbewegung vorauszugehen. Paxon kehrte dem Kindred-Häuptling und seiner Frau schweigend den Rücken zu und begann auf die Hütten zuzumarschieren.

Sie heißt Alane, dachte er. *Alane.*

Tage vergingen und dann Wochen. Das Wetter wurde kälter, die Redu wurden immer hungriger. Schließlich war Kerk gezwungen, zuzugeben, daß es Paxon nicht gelungen war, zum Frauenlager durchzukommen.

»Er muß abgestürzt sein«, meinte Madden. »Paxon war ein guter Kletterer, aber selbst er war kein Ibex.«

Maddens Gebrauch der Vergangenheitsform sagte deutlicher als alles andere, was seiner Meinung nach mit Paxon passiert war. Kerk fühlte einen scharfen Stich von Kummer bei Maddens Worten und starrte intensiv auf seine gekreuzten Beine, um sein Gesicht vor den anderen zu verbergen.

»Irgend etwas muß ihm zugestoßen sein«, gestand er schließlich. »Sonst wäre er hierher zurückgekehrt, oder Cuch würde den Büffel-Paß angreifen.« Er legte eine Pause ein, während sein Blick von einem Unterhäuptling zum anderen wanderte. »Es sieht aus, als könnten wir nicht mehr darauf rechnen, daß Hilfe von außen kommen wird.«

Die Männer hatten sich in der oberen Höhle versammelt, deren erhöhte Lage im Felsen einen guten Ausblick auf das kalte graue Band des Schmalen Flusses gestattete und auf die Berge, die sich auf der anderen Seite des Tals erhoben. Sie hatten ein großes Feuer angezündet, und die Häute, die sie im Höhleneingang zum Schutz gegen die Kälte aufgehängt hatten, waren zurückgeschlagen, um den Rauch abziehen zu lassen. »Wir haben schon andere Zeiten des Hungerns überstanden«, erklärte einer der Häuptlinge entschieden.

Kerk schüttelte den Kopf. »Wir haben keinerlei Vorräte an Getreide und getrockneten Früchten. Unsere Vorräte an getrocknetem Fisch und geräuchertem Fleisch sind fast aufgezehrt. Es gibt hier nicht genug Wild, das uns bis zum Frühjahr am Leben erhalten könnte. Es ist keine Zeit des Hungerns, die uns erwartet – es ist der sichere Hungerstod.«

»Aber was sollen wir dann tun?« fragte Wain in wütender Verzweiflung.

»Wir müssen von hier weg«, erwiderte Kerk.

Die Männer starrten in das entschlossene Adlergesicht ihres Anführers.

Madden brach das Schweigen. »Wie?« wollte er wissen. »Wenn Paxon es nicht geschafft hat, Kerk, wie sollen wir dann diese Höhen erklettern?«

»Paxon ist nach Süden gegangen«, gab Kerk zurück. »Wir werden es mit den Bergen im Norden versuchen.«

»Es schneit«, bemerkte eines der anderen Ratsmitglieder gedämpft, und alle Männer wandten sich um und starrten zum Höhleneingang hinaus. Dies was der erste Schnee, der auf ihr Lager gefallen war.

»Haben wir eine andere Wahl?« fragte Kerk den Rat. »Entweder wir bleiben hier und verhungern, oder wir nehmen unser Schicksal selbst in die Hand und versuchen, aus dieser Falle herauszukommen.«

»Es wäre vielleicht besser, wir versuchten, durch die Kindred-Barrikaden auszubrechen«, bemerkte Wain.

»Sie werden uns in Stücke zerschneiden«, erwiderte Kerk kalt. »Ich ziehe es vor, die Berge in Angriff zu nehmen.«

Es war ein eisig kalter, wolkenverhangener Morgen in der Mitte des Mondes Wenn die Rentiere ihr Geweih abwerfen, als Kerk seine Männer nach Norden in die unberührte Wildnis der Berge führte, die das Kindred-Sommerlager umschlossen. Sie hatten keine Nahrung bei sich außer dem restlichen zerkleinerten, mit Fett vermischten Fleisch, doch sie waren allesamt außergewöhnlich zähe Männer, die den größten Teil ihres Lebens im Schatten von Hunger und Tod verbracht hatten. Es waren keine Klagen zu hören, als sie ihre Bögen schulterten und ihre Gesichter dem Nordwind zukehrten. Sie wußten, sie mußten die Berge erklettern oder sterben.

Der Stamm überquerte den Schmalen Fluß an einer Furt ein Stück westlich ihres Lagers und begann, aus dem Tal aufzusteigen. Der erste Teil des Aufstiegs war nicht allzu beschwerlich. An einigen Stellen mußten sie sich an Sträuchern festhalten, um nicht den Halt zu verlieren, aber der Schnee auf den tieferen Hängen lag bisher nur wenige Zentimeter hoch. Als die Dunkelheit hereinbrach, konnte der Stamm sein Lager auf mehreren Felsvorsprüngen errichten, und jeder Mann rollte sein Schlaffell aus und legte sich zur Ruhe.

Am nächsten Morgen erwachten sie vom Brausen des Windes, der mit einem rauhen, wütenden Heulen an den oberen Kiefernzweigen rüttelte. Während sie ihr spärliches Frühstück verzehrten, begann es zu schneien.

Kerk wußte, es blieb ihnen gar keine andere Wahl, als weiterzugehen. Die Augen halb geschlossen zum Schutz gegen das wilde Schneetreiben, kletterten die Männer weiter aufwärts. Der Abhang, den sie hinaufstiegen, wurde steiler, die Schneeverwehungen tiefer, und das Vorankommen wurde zunehmend mühsamer. Nicht lange, und sie konnten sich nur noch auf Händen und Knien vorwärts bewegen. Die größte Belastung lag auf den Anführern, die – zusätzlich zu der Anstrengung des Kletterns – die Aufgabe hatten, einen Weg durch den immer tiefer werdenden Schnee zu bahnen. Jene, die erschöpft hinter den Anführern herkrochen, hatten zumindest einen Pfad, dem sie folgen konnten. Kerk mußte die Anführer alle fünfzig Meter austauschen, so kräftezehrend war die Aufgabe der Bahnbrecher.

Es war pures Glück, daß der Abhang, den Kerk gewählt hatte, zu einem Paß führte. Sie standen auf dem höchsten Punkt, der Wind heulte tosend zwischen den Felsen hindurch, und der Schnee wirbelte ihnen eiskalt und stechend ins Gesicht, aber Kerk wußte, welcher Gott auch immer ihn diese Route entlanggeführt hatte, hatte ihnen das Leben gerettet. Wären sie an der Spitze auf eine unüberwindliche Felsbarriere gestoßen, wären sie unweigerlich verloren gewesen.

Nachdem sie den Paß hinter sich hatten, erwies sich der Abstieg fast als genauso schwierig, wie es der Aufstieg gewesen war. Die Schneeverwehungen waren auf dieser Seite des Berges noch tiefer, und die Männer waren vollkommen erschöpft. Alle halbe Stunde ließ Kerk Rast einlegen, und die Männer brachen keuchend im Schnee zusammen, um Kraft zu sammeln. Sie humpelten und taumelten abwärts, stolpernd und schlitternd. Als sie schließlich unterhalb der Schneegrenze auf einem mit Geröll und Gras bedeckten Abhang angekommen waren, hatten sie die Grenzen ihrer Belastbarkeit erreicht. Völlig am Ende ihrer Kräfte rollten sie ihre Schlaffelle auseinander und ließen sich fallen, wo sie gerade standen.

Zwei Tage später berichteten die Redu-Kundschafter, sie hätten einen kleinen Fluß entdeckt. Wo Wasser war, gab es meist auch Wild, wie alle Jäger wußten. Kerk und seine ausgezehrten, hungrigen Gefolgsleute schulterten ihre Bogen und machten sich auf den Weg zum Volp-Fluß, dem Standort der Heiligen Höhle der Kindred-Frauen.

18

In diesem Jahr war das große religiöse Winterfest der Kindred, die Neujahrsriten, durch die Abwesenheit fast der Hälfte aller Männer des Stammes ernstlich beeinträchtigt. Die dreißig Männer, die Nardo als Eskorte mit den Redu-Frauen und -Kindern mitgeschickt hatte, waren noch nicht zurückgekehrt und auch nicht die zwei Verbände von je fünfzig Männern, die die Ausgänge des Sommerlagers bewachten. Der Mangel an Männern wog darüber hinaus noch schwerer durch die Tatsache, daß der Stamm fast einhundert zusätzliche Frauen von den Atata-Kindred aufgenommen hatte.

Nardo schlug vor, der Stamm solle dieses Jahr ganz auf die Zeremonie der Winterfeuer verzichten, aber Lina, Matriarchin des Rotwild-Clans, sträubte sich ganz energisch.

»Die Frauen des Rotwild-Clans haben die Winterfeuerzeremonie schon seit der Zeit abgehalten, als die Erdenmutter die Welt erschuf«, erklärte sie Nardo streng. »Es ist nicht Sache eines männlichen Häuptlings, sich in eine so heilige Angelegenheit einzumischen.«

Nardo zuckte mit den breiten Schultern. »Ich denke nur, es wird nicht genügend verfügbare Männer für den Fruchtbarkeitsritus geben.«

»Bring die zehn Handvoll Männer zurück, die die Ausgänge des Sommerlagers bewachen«, erwiderte Lina. »Dann werden wir genug Männer haben.«

»Unmöglich.«

»Das ist nicht unmöglich«, gab Lina aufgebracht zurück. »Sie brauchen ihre Posten ja nur für zwei Tage zu verlassen. Die Redu haben nichts getan während dieser ganzen langen Zeit, in der unsere Männer diese verdammten Ausgänge bewacht haben, Nardo! Zwei Tage werden bei ihrer Wache keinen Unterschied machen.«

Als Nardo sich weiterhin weigerte, suchte Lina Unterstützung bei Mara. Mara war mit der Matriarchin des Rotwild-Clans einer Meinung, und die beiden taten sich zusammen, um Nardo umzustimmen.

»Du hast die Männer von der Wachpatrouille zurückgebracht, die die Hauptrollen in den Tänzen spielen, die der Fuchs-, der Bären- und der Leoparden-Clan aufführen«, erklärte Mara hitzig. »*Du* wirst hier sein für unseren eigenen Ritus, die Entzündung des Neuen Feuers. Es ist dem Rotwild-Clan gegenüber nicht gerecht, daß ihre Zeremonie die einzige ist, die ausfallen muß.«

»Lina hat schon gesagt, daß sie sie nicht ausfallen lassen wird, Mutter«, gab Nardo, sichtlich um Geduld bemüht, zurück. »Sicherlich kann der Part der Frauen bei diesem Ritus wie gewöhnlich stattfinden. Und ich werde jeden Mann vom Wachdienst befreien, von dem ihr glaubt, daß ihr ihn brauchen werdet. Aber dafür wird ein anderer an seiner Stelle Wache stehen müssen.«

Die Matriarchin des Rotwild-Clans war wütend. »Wenn die

Hälfte der Männer abwesend ist, bedeutet das, daß die Hälfte unserer Frauen nicht an der Heiligen Eheschließung teilnehmen kann! Und dabei habe ich all die verwitweten Atata-Frauen, die sich uns angeschlossen haben, noch nicht mal mitgerechnet!«

Darauf erwiderte Nardo stoisch: »Ich werde die Ausgänge des Redu-Lagers auf keinen Fall unbewacht lassen.«

Es waren nicht nur die Frauen, die über diese Entscheidung schimpften. Die »Winterfeuer« waren das Ereignis unter allen Neujahrsriten, auf das sich der Stamm am meisten freute. Der Höhepunkt der Winterfeuerzeremonie war die Paarung von Gott und Göttin, um die Fruchtbarkeit des Stammes und der Herden zu sichern, von denen der Stamm lebte. Alle männlichen und weiblichen Teilnehmer des abschließenden Tanzes eiferten dieser göttlichen Vereinigung nach. Es war eine Zeit, wo die sexuellen Säfte heiß und bereitwillig flossen, wo das Dröhnen der Trommeln das Blut in Wallung brachte, wo Mann und Frau mit einem heißen Verlangen und einer leidenschaftlichen Hingabe zusammenkamen, wie es im Alltag nur selten geschah. Die Männer wollten diesen Höhepunkt des langen, kalten Winters nicht verpassen, und nur der Respekt, den Nardo inzwischen gewonnen hatte, ließ sie auf ihren Posten an beiden Ausgängen des Sommerlagers bleiben.

Die Eröffnungszeremonie der Winterfeuer wurde nicht im Kindred-Dorf abgehalten, sondern in der Heiligen Höhle der Mutter am Volp-Fluß. In den Tagen, als der Stamm noch wesentlich kleiner gewesen war, hatte die gesamte Zeremonie in der Höhle stattgefunden, jetzt waren es jedoch nur die Eröffnungsriten, die dort abgehalten wurden.

Für Alane war es das erste Mal, daß sie gemeinsam mit den anderen Frauen an diesen geheimen Riten teilnehmen würde. Im letzten Jahr war Nevin noch zu abhängig von ihrer Milch gewesen, um auch nur für eine kurze Zeitspanne allein zu bleiben. Dieses Jahr konnte Nevin, obwohl er noch gestillt wurde, schon genügend andere Nahrung essen, um den Tag zu überstehen, und so war Alane an diesem trockenen, sonnigen Wintermorgen Mitglied der Gruppe, die sich zur Heiligen Höhle der Mutter aufmachte, um den Part der Frauen an den Winterfeuern zu zelebrieren. Die Frauen führten keine Ersatzpferde mit, da die Reise vom Dorf bis zur Höhle und zurück nur jeweils knapp drei Stunden dauerte und die Pferde dazwischen genügend Zeit hatten, sich auszuruhen. Jede der Frauen trug eine Steinlampe, die sie brauchen würden, um die Finsternis der Höhle zu erleuchten.

Alane erwartete das Ritual des Tages mit großer Spannung und Neugier. Lora hatte ihr erzählt, sie würden tief in die Höhle hineingehen, zu einer Kammer, die das heiligste Mysterium des Lebens barg. Dort würden die Frauen des Rotwild-Clans einen heiligen Tanz zu Ehren der Erdenmutter aufführen. »Es ist schwer zu erklären«, hatte Lora hinzugefügt. »Du mußt Teil des Ganzen sein, um es zu verstehen. Niemals wirst du dich der Erdenmutter so nahe fühlen, Alane. Niemals wirst du umfassender verstehen, wie heilig es ist, eine Frau zu sein.«

Alane dachte über diese Worte nach, als Schneeflocke den Pfad entlangtrabte, der nördlich und östlich durch die Hügel führte. Während des vergangenen Jahres war Alane allmählich aufgegangen, daß die Frauen bei den Kindred eine Stellung und einen Wert besaßen, den sie bei den Norakamo nicht hatten. Zum einen hatten die Frauen in diesem Stamm ein religiöses Leben, das von dem der Männer getrennt war. Die Initiation eines jungen Mädchens, die gefeiert wurde, sobald ihr Mondblut zum ersten Mal zu fließen begann, war für die Kindred ein wichtigerer Augenblick als die Initiation eines Jungen. Mondblut bedeutete Kontinuität für die Kindred, denn es war die Blutslinie der Frau, die das Leben des Clans und des Stammes trug.

Dies war ein Aspekt des Lebens unter den Kindred, der Alane sehr gut gefiel. In ihrem eigenen Stamm hatten Frauen nur Wert in Verbindung mit ihrem Vater und ihrem Ehemann. Für sich allein galten sie nichts. Andererseits war die Ehe bei den Kindred nicht die unauflösliche Verbindung, mit der Alane bei den Norakamo aufgewachsen war. Kindred-Frauen schienen unabhängig von allen Männern zu sein, sogar von ihren Ehemännern.

Ob es möglich ist, beides zu haben? Unabhängigkeit und gleichzeitig eine innige Bindung an den Ehepartner? fragte sich Alane, während Schneeflocke ihren Weg über den felsigen Pfad fand. *Muß es das eine oder das andere sein?*

Ein Stück weiter voraus stieg der Weg noch steiler an. »Der Fluß liegt hinter dem Hügel«, rief Lora hinter Alane. »Wir sind fast da.«

Die lange Reihe der Reiterinnen erklomm den Hügel, stieg in ein enges Tal hinab und wandte sich nach Norden, am Fluß entlang. Zehn Minuten später verschwand der Fluß in einem Loch in einem Kalksteinhügel. Die Frauen hatten ihren Bestimmungsort erreicht.

Für den Stamm der Kindred repräsentierte die Heilige Höhle den Mutterschoß der Erdenmutter, und hier war der Ort, wo der Stamm seine Mysterien zelebrierte. Hierher führte er seine jungen Frauen, wenn das menstruelle Blut des Lebens zum ersten Mal zu fließen begann; hierher brachte er seine jungen Männer, wenn sie das passende Alter erreicht hatten, die Göttin zu verehren, indem sie Verkehr mit einer Frau hatten; und hier führten die Frauen des Rotwild-Clans ihre halbjährlichen Tänze auf, um die Kontinuität des Lebens und den Fortbestand ihres Stammes zu sichern.

Alane fühlte ein Prickeln auf ihrer Kopfhaut, als sie auf die geheimisvolle, dunkle Höhle blickte, in die der Fluß strömte. Es war gerade genug trockenes Land zu beiden Seiten des Wassers, um den Eintritt zu ermöglichen. »Im Frühjahr«, sagte Lora, »führt der Fluß so hoch Wasser, daß wir Boote benutzen müssen, um in die erste Kammer hineinzukommen.«

Überall um Alane herum glitten Frauen von ihren Stuten, die ganz ruhig dastanden, ohne die Köpfe hochzuwerfen und ohne mit den Hufen aufzustampfen. Es ist, als spürten selbst die Stuten, daß sie an einem heiligen Ort sind, dachte Alane.

Plötzlich zerschnitt eine Frauenstimme, scharf vor Furcht, die friedliche Stille. *»Was ist das? Auf der anderen Seite des Flusses, da oben auf dem Hügel!«*

Alane hob mit einem Ruck den Kopf, und da, scharf umrissen vom hellen Blau des Winterhimmels, zeichnete sich die Gestalt eines Mannes mit einem großen Bogen über der Schulter ab. Während die Frauen alle hinaufstarrten, gesellte sich eine zweite Gestalt dazu, mit einem ebensolchen Bogen ausgerüstet. Die Gesichter der beiden Männer wandten sich den Frauen zu, die sich vor der Öffnung der Höhle drängten. Einen atemlosen Moment lang starrten sich die beiden Parteien gegenseitig über den Fluß hinweg an. Dann machten die Männer kehrt und verschwanden aus dem Blickfeld der Frauen.

»Beim Bären!« rief Alane, wobei sie unbewußt den Lieblingsfluch ihres Vaters benutzte. »Das waren Redu!«

»Das kann nicht sein.« Lina, Matriarchin des Rotwild-Clans, beschattete ihre Augen mit der Hand und blickte zu dem jetzt leeren Hügel am jenseitigen Ufer des Flusses hinüber. »Die Redu sind in unserem Sommerlager eingesperrt.«

»Vielleicht sind sie herausgeklettert«, erwiderte Mara grimmig. »Sie wußten, daß sie nicht an unseren Männern vorbeikonnten, und da sind sie über die Berge geflohen.«

»Allesamt?« fragte ein Mädchen ängstlich. »Glaubst du, sie sind alle hergekommen?«

Alane, die noch nicht abgesessen war, sagte: »Wenn der gesamte Redu-Stamm im Begriff ist, über uns herzufallen, dann müssen wir vorbereitet sein. Ich werde losreiten und mich umschauen. Schneeflocke ist noch nicht müde.«

Alane hatte beim Sprechen Mara angeschaut, und Mara nickte brüsk. »Wenn du dem Pfad folgst, der neben dem Felsblock da anfängt« – sie zeigte auf einen großen Felsen, der teilweise den Pfad flußabwärts blockierte –, »dann wirst du auf die Kuppe des Hügels kommen. Von dort aus solltest du einen guten Überblick über das ganze Tal haben.«

Alane griff nach den Zügeln.

»Ich komme mit«, bot Lora sich an.

»Ich auch«, erklärte Fara, Haras' Frau.

Die drei jungen Frauen erreichten den Felsen, den Mara ihnen gezeigt hatte, überquerten ein schräg abfallendes Geröllfeld und stiegen dann im Zickzack auf, wobei sie einem ausgetretenen Pfad folgten, den die Schafe benutzten. Das Gelände war schwierig, aber die Stuten waren Gebirgspferde, und wenig später waren sie auf dem Kamm des Hügels angekommen. Von diesem Aussichtspunkt aus hatten sie einen guten Blick auf das Volp-Tal und sahen die gewaltige Anzahl von Männern, die sich rasch nordwärts in Richtung auf die Heilige Höhle zu bewegten. Die Männer trugen alle große Bögen, und die ersten von ihnen hatten bereits die Stelle erreicht, wo der Pfad vom Dorf in das Tal einbog. Es war zu spät für die Frauen, umzukehren und zurück nach Hause zu fliehen.

»Was sollen wir nur tun?« Lora preßte angstvoll ihre Faust an die Lippen. »Sie haben uns in der Falle!«

»Laßt uns zu den anderen Frauen zurückkehren«, erwiderte Alane. »Was auch immer wir zu tun beschließen, wir haben wenig Zeit.«

Schneeflocke rutschte auf ihren Hinterbacken den ganzen

Weg den Hügel hinunter, und Alane drängte sie vorwärts, wobei sie inständig hoffte, die Stute würde sich nicht an einem scharfkantigen Felsen verletzen.

»Es sind die Redu!« rief Lora, sobald sie auf die freie Fläche vor der Heiligen Höhle galoppiert kamen.

Ein Gewirr aufgeregter weiblicher Stimmen setzte bei dieser Ankündigung ein.

»Ruhe!« Maras gebieterische Stimme schnitt durch den Lärm. Als die anderen gehorsam verstummt waren, fragte sie Lora: »Wie weit sind sie weg?«

»Sie sind auf der Strecke zwischen uns und dem Pfad zurück ins Dorf«, erwiderte Lora grimmig. »Wir können nicht den Weg zurück, den wir gekommen sind.«

Ein gedämpftes Murmeln der Bestürzung stieg von den Frauen auf. Die meisten hatten ihren Pferden die Zügel um den Hals geschlungen, damit sie grasen konnten, und die leisen Stimmen der Frauen vermischten sich mit dem reißenden Geräusch, während die Stuten Gras rupften.

»Wir können uns in der Heiligen Höhle verstecken, bis sie verschwunden sind«, schlug Lina vor. »Die Erdenmutter wird uns beschützen. Wenn sie dumm genug sind, uns zu folgen, werden sie sich in den vielen Kammern verlaufen.«

Mehrere Frauen drehten sich um und schauten auf den Eingang der Höhle, der dunkel und geheimnisvoll im hellen Winterlicht dalag.

»Diese Strategie hätte vielleicht funktioniert, wenn sie nicht wüßten, daß wir hier sind«, erwiderte Mara. »Aber sie wissen von unserer Anwesenheit, Lina. Sie werden uns nicht in die Höhle folgen. Sie brauchen nichts weiter zu tun, als zu warten. Wir haben keine Nahrung bei uns. Wir können uns nicht allzu lange in der Höhle verstecken.«

»Ich sage, wir sollten nach Norden reiten«, rief Fara. »Wir

können zum Goldfluß fliehen und dann über den Großen Fischfluß ins Dorf zurückkehren. Selbst wenn wir eine Pause einlegen müssen, damit unsere Pferde ausruhen können, werden sie uns nicht einholen können, weil sie zu Fuß sind.«

Dieser Vorschlag traf bei den Frauen auf begeisterte Zustimmung.

Alane öffnete den Mund, um Einwände zu erheben, aber Mara kam ihr zuvor. »Wenn wir bis Sonnenuntergang nicht wieder im Dorf sind«, sagte sie, »wird Nardo einen Trupp von Männern zum Volp schicken, um nach uns zu suchen. Und dabei werden sie den Redu geradewegs in die Arme laufen.«

Erschrockenes Schweigen breitete sich aus, als die Frauen die Wahrheit von Maras Worten erkannten.

»Wenn wir uns nicht vor diesen Männern verstecken oder vor ihnen weglaufen können, was wollen wir dann tun?« verlangte Lina zu wissen, das Gesicht zu einer ärgerlichen Miene verzogen, die ihre Angst verstecken sollte.

Alane blickte Mara an, aber Nardos Mutter schwieg grimmig. Alane holte tief Luft. »Wir müssen auf dem Weg ins Dorf zurückkehren, den wir gekommen sind«, sagte sie ruhig. »Es ist die einzige Möglichkeit, unsere Männer davon abzuhalten, in den sicheren Tod zu laufen.«

Die Frauen um Alane wandten sich ihr mit ungläubigen Blicken zu. »Alane, du hast uns gerade erklärt, daß die Redu zwischen uns und dem Weg nach Hause sind«, sagte Riva ungeduldig.

»Ja.« Alane erhob ihre Stimme, um von allen gehört zu werden. »Ich will damit sagen, daß wir sie niederreiten sollten.«

Dieses Mal starrten die Frauen sie mit offenem Mund an.

»Ist das dein Ernst?« fragte Lora schließlich.

»Mein voller Ernst.« Alane war kurz zuvor abgesessen, und jetzt ging sie zu einem Felsblock und stieg hinauf, damit alle sie sehen konnten. Die Wintersonne glitzerte auf der Krone auf ihrem Kopf, ihre Wangen waren gerötet, ihre Augen funkelten kriegerisch. »Nardo und die Männer haben den ganzen Sommer damit verbracht, den Pferden beizubringen, in Formation zu laufen und anzugreifen. Wir alle können reiten. Wir sind zahlenmäßig fast so viele wie die Redu.« Ihr Blick schweifte über die vielen weiblichen Gesichter vor sich. Sie hob stolz das Kinn. »Warum sollten wir diese Männer nicht einfach niederreiten können?«

Verblüfftes Schweigen. »Was ist mit ihren Bögen?« rief eine Frau.

»Sie werden nicht mit uns rechnen«, gab Alane zurück. »Wir werden über sie herfallen, noch bevor sie Zeit haben, einen Pfeil einzulegen.«

Die Frauen des Wolfs-Clans wandten sich zögernd zu Mara um, doch Mara reagierte nicht, starrte nur schweigend zu Alane auf, als wäre sie in Trance.

Fara stellte sich auf den Felsen neben Alane. »Ich denke, Alane hat recht«, sagte sie. »Wir werden diese Pfeil-und-Bogen-Männer in einer Staubwolke hinter uns lassen!«

Eine Gruppe der Rotwild-Mädchen, die in der Mitte der Menge stand, jubelte begeistert. Dann erklärte eine von ihnen: »Ich habe den Männern den ganzen Sommer über beim Üben zugeschaut. Alles, was wir tun müssen, ist, die Pferde in einer Keilformation aufzustellen und so schnell zu galoppieren, wie wir können.«

»Der Flußpfad ist zu schmal für ein solches Vorgehen«, wandte Lina ein.

»Er verbreitert sich kurz vor der Stelle, wo er um den Eulenfelsen herumläuft«, sagte Mara schließlich wieder mit ihrer gewohnten Autorität. »Wir könnten warten, bis sie diese Stelle erreicht haben, dann um die Kurve galoppieren und geradewegs in sie hineinstürmen. Dort wäre genug Platz für uns, um zu acht in einer Reihe zu reiten.«

Ein erregtes Murmeln und Summen stieg von den versammelten Frauen auf. »Wir haben nicht mehr viel Zeit«, rief eine. »Wir sollten schnell entscheiden, was zu tun ist.«

Bevor Alane erneut sprechen konnte, wandte sich Mara an Lina. »Du bist die Matriarchin des Rotwild-Clans, Lina, und dies ist der Tag der Winterfeuer.« Maras Stimme war laut und deutlich, für alle vernehmbar, die sich vor der Heiligen Höhle drängten. »Was würde die Erdenmutter wollen, das wir tun?«

Lina, die einst die gleiche rothaarige Schönheit besessen hatte wie ihre Tochter Fara, richtete ihren alternden Körper stolz auf. »Ich fühle es in meinem Herzen, die Erdenmutter würde nicht wollen, daß wir unsere Männer in den sicheren Tod schicken«, erklärte sie mit fester Stimme. »Ich bin dafür, diese Redu-Männer niederzureiten.«

Alane grinste. »Schneeflocke ist daran gewöhnt, an der Spitze zu laufen«, rief sie. »Ich werde vorausreiten.«

Mara trat vor, bedeutete Alane und Fara mit einer gebieterischen Handbewegung, vom Felsen herunterzukommen, worauf die Matriarchin des Wolfs-Clans selbst hinaufstieg. »Schneeflocke kann an der Spitze laufen, aber du, Alane, wirst in der Mitte reiten«, sagte Mara. Sie erhob ihre Stimme. »Alle stillenden Mütter werden in der Mitte reiten. Diejenigen von uns, deren Kinder erwachsen sind, werden die Flanken bilden.«

Es waren einige enttäuschte Rufe zu hören, aber niemand erhob Einwand gegen Maras intelligente Entscheidung.

»Gib mir Schneeflocke, Alane«, sagte Mara als nächstes. »Ich werde an der Spitze reiten.«

Es schien eine Ewigkeit zu dauern, die Pferde in Formation aufzustellen; jedenfalls kam es Alane in ihrer Ungeduld so vor. Auf Maras Anweisung hin befanden sich die stillenden Mütter in der Mitte der keilförmigen Formation, die Mütter jüngerer Kinder bildeten die Gruppe hinter ihnen, dann kamen die jungen, unverheirateten Mädchen und die Matriarchinnen. Schließlich waren sie bereit, fast dreihundert an der Zahl, wobei Mara auf Schneeflocke an der Spitze des Keils stand. Alane schaute auf den grauen Kopf, den kerzengerade aufgerichteten Rücken von Nardos Mutter, kurz bevor sie loszureiten begannen, und fühlte plötzlich heftigen Stolz in sich aufwallen.

Das Mädchen, das weiter voraus Posten bezogen hatte, kam zurückgaloppiert und rief atemlos: »Sie kommen! Der erste der Linie ist schon fast am Eulenfelsen!«

»Wir werden noch ein paar Minuten warten«, erklärte Mara.

Die Warterei schien endlos. Alanes Herz hämmerte so heftig, daß ihr ganzer Kopf im selben Rhythmus pulsierte. Muskeln spannten sich an. Der Arm fiel, und Schneeflocke stürmte vorwärts. Die anderen Stuten folgten.

Der Pfad war an diesem Punkt fast zu schmal, um in Formation zu bleiben, und Alanes Knie stieß hart gegen Loras, die neben ihr ritt. Beide Mädchen ignorierten den Schmerz und trieben ihre Pferde weiter. Sie erreichten die Wegkrümmung, preschten um die Kurve, der Pfad verbreiterte sich, und sie sahen sich ihrem Feind Auge in Auge gegenüber.

Die Redu waren völlig verblüfft. Die Männer am Anfang der Marschreihe zögerten, in Schach gehalten vom Anblick der donnernden Kavalkade, die auf sie zugestürmt kam. Mara, an der Spitze des Keils, zögerte nicht eine Sekunde. »Schneller! Schneller!« brüllte sie, und Schneeflocke, jetzt in vollem Galopp, galoppierte in die erste Reihe der Redu hinein.

Die übrigen Frauen trieben ihre Pferde mit Knien, Fersen und Stimmen vorwärts, wohl wissend, daß es fatale Folgen haben konnte, wenn sie an Schwung verloren. Männer schrien und gingen unter Pferdehufen zu Boden. Andere versuchten, sich mit einem Hechtsprung in die Sicherheit des Flusses zu retten.

Vor Alane stürzte eine der Stuten auf die Knie, als sie über einen am Boden liegenden Mann stolperte, und das Mädchen auf ihrem Rücken verlor die Balance und rutschte herunter. Sie rappelte sich hastig auf, wie durch ein Wunder unverletzt, aber die Stute war bereits wieder auf die Füße gekommen und galoppierte reiterlos weiter. Inzwischen hatte Alane das Mädchen eingeholt. »Steig bei mir auf!« rief sie, während sie das Tempo ihrer Stute etwas zu drosseln versuchte. Das Mädchen machte einen gewaltigen Sprung, landete hinter Alane auf dem Pferderücken und packte Alane um die Taille. Einen Moment lang schwankten beide unsicher, dann fanden sie ihr Gleichgewicht wieder und paßten sich den Bewegungen des Pferdes an. Wenige Sekunden später waren sie an den Männern vorbei und galoppierten den Fluß entlang auf den Pfad zum Dorf zu.

Kerk konnte immer noch nicht fassen, was passiert war. Wer hätte jemals geglaubt, daß Frauen den Mut besäßen, so etwas zu tun? Sie waren mit ihren Pferden geradewegs durch seine Männer hindurchgebraust, so wild und schonungslos wie ein Gewittersturm, der durch ein Tal fegt.

Der Redu-Häuptling wäre zorniger und weniger verblüfft gewesen, hätten seine Männer bleibende Schäden von diesem erstaunlichen Angriff davongetragen. Die einzigen Verletzungen stammten von den Hufen der Pferde, die für mehrere gebrochene Rippen und Arme und eine Anzahl von Quetschwunden gesorgt hatten, aber es war nichts, was nicht wieder heilen würde. Sobald die Frauen vorbeigeritten waren, rief Kerk seine schockierten Männer zusammen und drängte sie auf die Höhle zu, wo seine Kundschafter die Frauen zuerst entdeckt hatten.

Sie mußten irgendeine Art religiöser Zeremonie unterbrochen

haben. Kerk hatte schon vermutet, daß dies der Anlaß war, warum sich so viele Frauen ohne männlichen Schutz so weit von ihrem Lager entfernt hatten, und seine Vermutung bestätigte sich, als er die Steinlampen sah, die sie zurückgelassen hatten. Die Frauen waren im Begriff gewesen, eine Zeremonie in der Höhle abzuhalten.

Während seine Männer ein Lager errichteten und ihre Wunden versorgten, griff sich Kerk eine Lampe, zündete den Docht an einem der Kochfeuer an und betrat den Eingang zur Höhle. Dann begann er mit langsamen Schritten dem Strom zu folgen, wo sich dieser einen Weg in die Tiefen des Berges bahnte.

Es war etwas wärmer in der Höhle, obwohl die feuchten Ausdünstungen von Erde und Stein und Fluß stark in Kerks Nase drangen. Nach einer Weile verbreiterte sich die Passage, durch die der Strom floß, und Kerk fand sich in einer großen Kammer wieder. Er ging an den Wänden entlang, studierte die Zeichnungen von Büffeln, Rentieren und Pferden, die in den Kalkstein geritzt waren. Ein Zeichen, das er nicht verstand, tauchte wiederholt auf. Er blieb eine Weile davor stehen und betrachtete stirnrunzelnd das mysteriöse »P«, bevor er seinen Erkundungsgang fortsetzte.

Eine schmale Galerie zweigte von der ersten Kammer ab, und Kerk folgte ihr vorsichtig, während er auf die Wände achtete, um sicherzugehen, daß er wieder seinen Weg zurück finden würde. Die Galerie endete, und gleich darauf betrat Kerk die nächste Kammer der Höhle. Dieser Raum war weitläufig und hell und vom Boden bis zur Decke mit glänzenden, milchweißen Stalaktiten und Stalagmiten behängt. In der glitzernden Kammer herrschte absolute Stille, bis auf ein geisterhaftes Tröpfeln von unterirdischem Wasser irgendwo in der Ferne.

Die Luft war vollkommen unbewegt. Die Härchen in Kerks Nacken richteten sich auf, und plötzlich wußte er, daß dies kein

Ort für Männer war. Langsam begann er zurückzuweichen, der weiße Fußboden knirschte unter seinen Stiefeln. Er machte kehrt, als er die Galerie erreichte, und bahnte sich, so schnell er konnte, einen Weg zur ersten Kammer zurück.

Der Fluß rauschte und brüllte in seinem unterirdischen Kanal. Die Tiere an den Wänden starrten ihn in stummem Vorwurf an. *Verschwinde von hier!* sagte eine innere Stimme.

Kerk fand den Flußpfad und eilte, so schnell ihn seine Füße trugen, auf das helle Tageslicht zu.

Die Frauen galoppierten triumphierend in das Dorf und strömten aus, um ihren Männern von ihrem Abenteuer zu berichten.

Nardo hielt das Pferd seiner Frau am Halfter und hörte ihrer Geschichte zu, als Fara ihm zurief: »Es war Alanes Idee!«

Nardo war wie vom Donner gerührt. »Alanes?«

»Ja«, erklärte Lora, die in der Nähe stand. »Wir wollten zuerst vor ihnen fliehen, zum Goldfluß hinunter, aber Mara sagte, das könnten wir nicht tun, da die Männer sicherlich nach uns suchen würden. Dann meinte Alane, wir sollten die Pferde zu der Keilformation aufstellen, die ihr den ganzen Sommer eingeübt habt, Nardo, und die Redu niederreiten.«

Alanes Wangen waren gerötet, ihre grauen Augen leuchteten. Sie warf einen Blick auf Maras versteinertes Gesicht und sagte hastig: »Es war Mara, die an der Spitze geritten ist.« Sie schaute ihren Ehemann an, lachend und großzügig in ihrem Triumph. »Sie hat ununterbrochen ›Schneller! Schneller!‹ gerufen, und wir anderen sind einfach hinter ihr hergaloppiert.«

Nardo grinste zum ersten Mal, seit er die beunruhigende Neuigkeit von der Anwesenheit der Redu am Volp-Fluß gehört hatte. »Ihr müßt sie völlig überrumpelt haben.«

Lora kicherte. »Sie wußten überhaupt nicht, wie ihnen geschah, Nardo.«

Er wandte sich an Mara. »Bist du sicher, daß mit dir alles in Ordnung ist, Mutter?«

»Mir geht es gut«, gab sie zurück. Auf Maras Gesicht zeigte sich jedoch nichts von dem Triumph und der Freude, die die anderen Frauen erlebten. Nardo warf ihr einen verwirrten Blick zu, und sie zwang sich zu lächeln. »Ich bin überzeugt, es hat der Großen Mutter nicht gefallen, daß ihre Riten von Männern gestört wurden.«

»Ja«, erklärte Lora nachdrücklich. »Ich glaube, sie hat über uns gewacht.«

Mara ließ ihren Blick über die Gruppe von Frauen schweifen, die bei ihren Pferden standen. Die Aura von Macht und Kraft, die von ihnen ausströmte, war unmißverständlich. Sie erhob ihre Stimme. »Ich denke, daß nur Kindred-Frauen, die der Großen Mutter folgen, zu einer solchen Tat fähig sind, wie wir sie heute vollbracht haben.«

Fara lachte und erwiderte: »Die Idee stammte von einer Norakamo-Frau, Mara!«

»Alane ist nicht länger eine Norakamo«, protestierte Lora. »Seit ihrer Heirat ist sie eine Frau des Wolfs-Clans.«

»Sie hat das Herz und den Mut eines Wolfes«, sagte Nardo, während er seine Frau mit offensichtlicher Bewunderung anschaute.

Alanes junges Gesicht glühte vor Stolz und Freude, und Mara fühlte, wie sich ihr Herz schmerzlich zusammenzog.

19

Nardo ließ augenblicklich die Männer zurückholen, die mit der jetzt sinnlosen Aufgabe beschäftigt waren, die Ausgänge des leeren Redu-Lagers zu bewachen. Dann schickte er einen Trupp von Reitern zum Volp-Fluß, die die Redu beobachten und sofort Bericht erstatten sollten, falls der Feind Anstalten machte, sich dem Dorf zuzuwenden.

Paxon war ungeheuer erleichtert, zu erfahren, daß seinem Vater die Flucht aus dem Sommerlager geglückt war. »Wahrscheinlich wird er weiter nördlich am Volp-Fluß entlangmarschieren, in der Hoffnung, auf diese Weise auf den Goldfluß zu stoßen«, versicherte Paxon Nardo. »Kerks Hauptziel ist es, seine Männer zu ernähren, und er hofft sicher, daß es im Winter genügend Wild in der Region um den Goldfluß gibt.«

In den Wochen, seit Paxon als Gefangener in das Kindred-Dorf gekommen war, hatte er eine Übereinkunft mit Nardo erzielt. Der Redu hatte nur zu bald erkannt, daß es ihm unmöglich war zu fliehen. Selbst wenn es ihm gelingen sollte, ein Pferd zu ergattern, würde seine Reitunerfahrenheit jeden Versuch, seinen Verfolgern zu entkommen, zunichte machen. Als er dies dem Kindred-Häuptling klarmachte und sein Wort darauf gab, keinen Fluchtversuch zu unternehmen, hatte Nardo sich bereit erklärt, ihm volle Bewegungsfreiheit im Dorf zu gestatten. In Wahrheit war es ausgesprochen lästig und beschwerlich gewesen, den Redu ständig im Auge zu behalten, und Nardo war froh, daß das nun überflüssig war.

Zur großen Erleichterung der Kindred erwiesen sich Paxons Vermutungen über die Vorgehensweise seines Stammes als richtig. Statt umzudrehen und den Frauen zu folgen, zogen die Redu weiter den Volp-Fluß hinauf, bis sie den Goldfluß erreicht hatten. Dort sah es so aus, als wollten sie sich für den Winter niederlassen. Nardo ordnete einen ständigen Wachtposten unweit dieser Stelle an, der das Redu-Lager beobachten und über ihre Aktivitäten berichten sollte, und er selbst übernahm die erste Wache.

Seit Paxon die Erlaubnis hatte, sich frei im Dorf zu bewegen, hatte er eine Vorliebe für Alanes Gesellschaft bezeugt. Alane ihrerseits sah in dem jungen Redu eine starke Ähnlichkeit mit ihren Norakamo-Brüdern, und deshalb war sie ihm gegenüber nachsichtiger, als sie es sonst vielleicht gewesen wäre. Sie genoß es sogar, seinen Ansichten von männlicher Überlegenheit mit ihrem neugefundenen weiblichen Stolz zu begegnen.

An einem kalten, wolkenverhangenen Tag trottete der Redu wie gewöhnlich hinter Alane her, während sie zum Fluß ging, um Wasser für den Haushalt zu holen. Paxon stand am gefrorenen Ufer, die Arme verschränkt, und schaute zu, wie Alane ihre zwei Körbe mit dem eisigen Wasser des Großen Fischflusses füllte. Als sie den zweiten Korb gefüllt hatte, blickte sie auf in sein Gesicht, und ihre Augen funkelten schelmisch. »Würde es dir etwas ausmachen, einen dieser Körbe für mich in die Hütte zurückzutragen, Paxon?« fragte sie.

Sein Ausdruck völligen Erstaunens ließ sie laut auflachen. »Wasserholen ist Aufgabe der Frauen«, verkündete er.

»Bei den Kindred ist es auch Aufgabe der Frauen«, erwiderte sie, »aber wenn mein Mann in der Nähe ist, hilft er mir meistens.« Sie warf dem Redu einen unschuldigen Blick zu. »Er ist ungeschickt, aber stark.«

»Ich nicht ungeschickt«, gab Paxon augenblicklich zurück.

Alane zog ungläubig die Brauen hoch.

Paxon runzelte finster die Stirn.

»Keine Sorge«, meinte sie. »Es ist nicht leicht, einen vollen Krug Wasser zu tragen. Ich werde es selbst tun.«

»Ist leicht für mich«, sagte Paxon überheblich und bückte sich, um einen der Körbe vom eisigen Boden hochzuheben. Sofort spritzte ein Schwall Wasser heraus. Um Alanes Mundwinkel zuckte es belustigt.

Wütende schwarze Augen starrten in ihre, aber Alane hatte keine Schwierigkeiten, seinem Blick standzuhalten. Genauso würde ihr jüngster Bruder schauen, wenn seine männliche Würde auf dem Spiel stünde. »Nardo verschüttet immer etwas«, sagte sie.

Paxon grunzte, balancierte den Korb etwas gleichmäßiger aus und begann, vorwärts zu gehen. Wasser schwappte über den Rand. Alane schwang sich ihren Korb auf den Kopf und folgte ihm, wobei sie sich ein Lächeln verkniff.

Maras Blick war finster, als sie beobachtete, wie Paxon und Alane gemeinsam Alanes Hütte betraten. In den Wochen seit ihrem mutigen Angriff auf die Redu war Alane eine Art Heldin in den Augen der jungen Kindred-Frauen geworden, und Maras Ansicht nach verstärkte dies nur noch die potentielle Gefahr, die Alane darstellte. Die jungen Frauen bewunderten sie nicht nur, sondern versuchten auch, ihr Verhalten nachzuahmen.

Es muß aufhören, dachte Mara. *Man muß ihr Einhalt gebieten. Wenn das nicht bald geschieht, wird die ganze Mutterblut-Tradition des Stammes verloren sein.*

Während Mara noch dastand, wurden die Häute vor der Tür zu Alanes Hütte erneut beiseite geschoben, und Alane und Paxon traten wieder in den Sonnenschein hinaus. Mara beobachtete, wie Paxon seinen Kopf zu dem Mädchen vorbeugte und etwas sagte, was sie zum Lachen brachte. Die ganze Haltung des Jungen war so offensichtlich besitzergreifend, daß sich Maras Augen plötzlich verengten.

Vielleicht ist dieser Paxon eine Waffe, mit der ich Alane für immer loswerden kann, schoß es Mara durch den Kopf.

Alane war in diesem Winter sehr viel glücklicher als im Jahr zuvor. Sie fühlte sich geborgener in ihrer Ehe, und sie begann sogar, das geschäftige Leben im großen Haus zu genießen. Sie hatte Nardos Schwestern Riva und Liev liebgewonnen, und Lora war wie eine Schwester für sie.

Ironischerweise war es Paxons Anwesenheit, die Alanes Einstellung veränderte und ihr half, sich mehr und mehr mit dem Leben unter den Kindred auszusöhnen. Die Haltung des jungen Redu erinnerte sie ständig an die Art, wie die Männer ihres eigenen Stammes ihre Frauen betrachteten, und es stand außer Frage, daß Alane die wesentlich respektvollere Einstellung der Kindred-Männer der der Norakamo-Männer vorzog.

Dieser Unterschied zwischen den beiden Stämmen wurde besonders deutlich an einem Abend, als der gesamte Haushalt, einschließlich Paxon, das Abendessen im großen Haus einnahm. Nardo war an diesem Nachmittag aus dem Winterlager gekommen und hatte sechs Packpferde mitgebracht, beladen mit den grob vorbereiteten Kadavern von drei Rentieren. Mara hatte das Abladen und die Verteilung des Fleisches für den Wolfs-Clan überwacht, während Nardo und Dane bereitwillig ihren Anweisungen gefolgt waren.

Nardo und Alane hatten sich der Familie zum Essen angeschlossen, und alle aßen mit großem Appetit und unterhielten sich angeregt, als sich Paxon, der Nardo mit kaum verhüllter Eifersucht angestarrt hatte, plötzlich vorbeugte, um ihm eine Frage zu stellen. Nardo konnte ihn bei dem allgemeinen Lärm nicht verstehen und bat Paxon mit erhobener Stimme, zu wiederholen, was er gesagt hatte.

Paxons Brauen zogen sich zusammen. »Ich verstehe nicht, wieso diese Frauen soviel Krach machen dürfen«, sagte er.

Nardo betrachtete den Redu verwundert. »Was meinst du?«

»Ich verstehe die Männer dieses Stammes nicht«, gab Paxon

zurück. »Wenn ich nicht selbst sehen würde, was für gute Jäger ihr seid, würde ich euch für weibisch halten.«

Die Stimme des Redu klang besonders nasal, und sie schnitt vernehmlich durch die anderen Gespräche. Schweigen breitete sich in dem warmen und leicht verräucherten Haus aus.

»Dieses Haus gehört den Frauen der Familie«, sagte Nardo in die plötzliche Stille hinein. Seine großen dunklen Augen blitzten verärgert, aber seine Stimme klang ruhig und beherrscht. »Es ist ihr Recht, in ihrem eigenen Haus so viel und so laut zu reden, wie sie wollen.«

»Den Frauen meines Stammes gehört gar nichts«, gab Paxon überheblich zurück.

Alane schaute zu Mara hinüber und wartete darauf zu hören, wie Nardos Mutter mit diesem jungen Großmaul umgehen würde. Mara begnügte sich jedoch damit, ihren Sohn antworten zu lassen. »In diesem Stamm«, erklärte Nardo, »schaffen die Frauen das Heim. Sie sind es, die das Essen kochen, die die Häute bearbeiten, die die Kleider nähen. Es sind die Frauen, die die Kinder gebären, die Frauen, deren Blutslinie das Leben des Clans und des Stammes trägt. Sie schaffen das Heim, und das Heim gehört ihnen.«

Paxon runzelte die Stirn. »Die Frauen meines Stammes tun auch all diese Dinge.«

Dane mischte sich in die Unterhaltung ein und fragte mit echtem Erstaunen: »Wie kannst du dann sagen, daß ihnen nichts gehört?«

»Weil sie Frauen sind«, gab Paxon zurück.

»Holla!« sagte Dane nur, eindeutig ratlos, was er darauf erwidern sollte.

Schließlich sprach Mara. »Es ist richtig, daß die Männer der Kindred gute Jäger sind«, sagte sie. »Du kannst selbst sehen, Redu-Mann, wie gut wir in diesem Stamm leben. Unsere Männer jagen. Sie kümmern sich um die Pferde. Sie richten die Hunde ab. Keine Kindred-Frau würde versuchen, ihrem Mann zu sagen, wie er Rentiere erlegen oder wo er die Pferde weiden lassen soll. Und kein Kindred-Mann würde seiner Frau vorschreiben, wie sie sein Essen zu kochen oder seine Kleider zu nähen hat. So ist das Leben in diesem Stamm organisiert.«

Paxon blickte Mara mißtrauisch an, während er sich ihre Antwort durch den Kopf gehen ließ.

Alane konnte sich nicht länger zurückhalten und mischte sich in die Auseinandersetzung ein. »Ich denke, unter den Redu ist das Leben ebenfalls so organisiert, meine Mutter, aber bei den Redu wird all die Arbeit, die die Frauen leisten, nicht geschätzt. Das ist der Unterschied zwischen den beiden Stämmen.« Sie wandte sich an Paxon. »Ist es nicht so?« fragte sie.

Seine schwarzen Augen glitzerten. Genauso war es. Er wußte es, und er hatte große Mühe, diese Einstellung zu verteidigen. »Die Arbeit der Frauen ist nicht so wichtig wie die der Männer«, erwiderte er von oben herab.

Mara sagte kalt: »Möchtest du gern die Nacht draußen in der Kälte verbringen, ohne Kleider auf dem Leib, die von Frauen gemacht wurden?«

Riva fügte hinzu: »Ich hatte den Eindruck, daß dir das Rentiergulasch nicht ganz unwichtig war. Du hast es schnell genug hinuntergeschlungen.«

Dane schmunzelte.

Paxons Miene war finster.

»Was für ein rauhes, trostloses Leben ihr Redu-Männer führen müßt«, meinte Nardo mitfühlend. »Keine Mutter und Schwestern, die einen großen Wirbel um euch machen und euch das Gefühl geben, wichtig zu sein.« Er legte einen Arm um Alanes Schultern. »Keine liebende Ehefrau, die euch nach langem Aufenthalt im Winterlager zu Hause willkommen heißt.«

Paxon erbleichte. Seine Augen waren auf den Arm fixiert, der Alane umschlang, als er erwiderte: »Wir haben ebenfalls Mütter und Schwestern und Ehefrauen.«

»Nicht solche, wie wir haben«, gab Nardo mit Nachdruck zurück, und er zog Alane fest an sich.

Alane warf einen Blick auf Paxons Gesicht und war überrascht von dem Zorn, den sie darin fand. Armer Junge, dachte sie. Alles hier war so fremd für ihn. Genauso würde Fenris dreinschauen, wenn er plötzlich mitten unter die Kindred versetzt würde. Über Nardos starke Arme hinweg schenkte sie Paxon ein tröstliches Lächeln.

Die Nachtluft war eisig, und Alane zog fröstelnd ihren Pelzumhang um sich, als sie und Nardo von dem großen Haus zu ihrer Hütte gingen. Nevin schlief an Nardos Schulter und wachte auch nicht auf, als sein Vater ihn für die Nacht in sein warmes Fellnest legte. Samu trottete ruhig zu seinem Teppich an der Rückwand der Hütte und legte sich nieder, grunzte voller Befriedigung, als er sich an dem vertrauten, sicheren Platz zusammenrollte. Alane kniete nieder, um den Docht der Steinlampe zu kürzen, stellte sie wieder auf den flachen Stein neben dem Herdfeuer und drehte sich dann um, um ihren Ehemann zu betrachten.

Er hatte seinen Pelzumhang abgenommen, um ihn über Nevin zu breiten, und stand neben dem schlafenden Kind, die Beine leicht gespreizt, und beobachtete Alane. In der engen kleinen Hütte wirkte Nardo riesig. Ihr Herzschlag beschleunigte sich, und sie erinnerte sich voller Erstaunen, wie sie ihn einst gefürchtet hatte, wie sie tatsächlich einmal Angst vor der Kraft und der Stärke und der männlichen Sexualität empfunden hatte, die ihr Blut in ebendiesem Moment so in Wallung brachte.

»Dieser Redu hat wirklich seltsame Ideen«, meinte Nardo.

»Sie sind nicht so seltsam, wie du vielleicht glaubst, Nardo«, erwiderte sie. »Norakamo-Männer denken ähnlich wie Paxon.«

»Dann ist das also dein Maßstab für einen Mann?« fragte er mit einer Stimme, die ungewöhnlich streng klang.

Sie warf ihm einen verwirrten Blick zu. »Was meinst du?«

Er zuckte die Achseln. »Du bist unter Norakamo-Männern aufgewachsen. Vielleicht erscheinen dir die Kindred-Männer im Vergleich dazu weibisch.«

Alane starrte ihn erstaunt an. »Mein Maßstab für einen Mann ist sehr simpel.«

»Und der wäre?«

»Du«, erwiderte sie sanft.

Sie schauten einander einen Moment lang an, und dann kam Nardo, schnell und lautlos wie eine Katze, zu ihr und kniete neben ihr nieder. Er streckte die Arme aus und machte sich mit seinen großen Händen an ihrem Pelzumhang zu schaffen. Sie kniete aufrecht und beobachtete ihn schweigend.

Seine Augen waren sehr dunkel, sein Gesicht ernst und angespannt. Es war ein Ausdruck, den sie gut kannte, und ein vertrautes Prickeln begann sich in ihren Lenden auszubreiten. Sie hob die Arme, glitt mit ihren Fingern durch sein dichtes, glattes Haar und verschränkte ihre Hände in seinem Nacken. Er war drei Wochen lang im Winterlager gewesen, und die Berührung seines warmen Fleisches machte sie schwindelig vor Erregung.

»Hast du mich vermißt?« fragte Nardo leise.

Seine Stimme war tief und kehlig. Alane erschauerte und ließ ihre Zunge über die Innenseite seiner geöffneten Lippen gleiten. In ihren Lenden pulsierte es jetzt heftig. Er beugte den Kopf und küßte ihre Halsgrube. Seine Lippen fühlten sich warm und hungrig an. »*Hast* du mich vermißt?« murmelte er dicht an ihrer Haut.

»Ja.« Ihre Stimme klang rauh und zittrig. Ihre Beine schienen auf einmal zu schwach, als daß sie noch länger hätte knien können. Sie wollte sich hinlegen, sich auf dem Schlaffell ausstrecken, sich von ihm berühren und Lust schenken lassen. Nardos Hände glitten unter ihr Wildlederhemd und umfaßten ihre Brüste. Alane lehnte sich schwer an ihn, und gemeinsam ließen sie sich auf den Teppich vor der Feuerstelle niedersinken. Der große Zweig in der Kochgrube hatte Feuer gefangen und fing an zu räuchern, und das Anmachholz glimmte nur noch schwach. Nardo rollte sich herum, so daß Alane unter ihm lag. Er küßte sie verlangend auf den Mund, während er sich gleichzeitig ungeduldig an der Schnur an ihrer Taille zu schaffen machte. Alane erwiderte seinen Kuß und bewegte ihre Hände abwärts, um ihm die Schnur lösen zu helfen. Wenig später war das Taillenband aus ungegerbtem Leder gelöst, und Nardo streifte ihr die Hosen herunter. Alane hob die Hüften an, um ihm behilflich zu sein.

Die Luft war kalt, als sie auf ihre nackte Haut traf, aber dann bedeckte sie sein großer Körper. »Du bist heißer als Feuer«, murmelte sie zärtlich, als sie ihre Finger in seinem Haar vergrub.

»Ich hatte ja auch lange genug Zeit, mich aufzuheizen«, knurrte er hungrig. Seine Hände wanderten an ihrem Körper herab, verweilten einen Moment auf ihrer schlanken, beweglichen Taille, streichelten die süße Kurve ihrer Hüften. Er liebkoste die zarte, blasse Haut ihrer Schenkel und berührte dann das zitternde Fleisch zwischen ihren Beinen, das so sehnsüchtig nach ihm verlangte. Alane stöhnte leise und bäumte sich ihm entgegen.

»Alane ...«, seufzte er. Er fühlte den Beweis ihrer Bereitschaft und zog seine Hände zurück, um hastig den Verschluß seiner

Hose zu öffnen. Sekunden später hatte er sie ausgezogen und kniete erneut über Alane. Sie blickte sehnsüchtig zu Nardo auf, alle ihre Gedanken und Gefühle auf das drängende Verlangen konzentriert, ihn in sich zu fühlen. Sie streckte die Hand aus, um ihn in ihren Schoß zu führen.

Er füllte die pulsierende Leere vollständig. Alane schloß sich warm und weich um ihn, und die Intensität des Gefühls war atemberaubend.

»Alane«, murmelte er. »Mein schönes Mädchen. Ja! Ja, so ist es gut. Oh, wie gut …«

Seine Hüften schoben sich vor und zurück, trieben ihn noch tiefer in sie hinein. Sie schlang ihre Beine um seine Taille und bewegte sich mit ihm. Als der Höhepunkt kam, erschütterte er sie beide bis ins Innerste, und immer noch vereint, ließen sie sich seitlich auf den Teppich vor dem Herdfeuer fallen, wobei Nardo sorgsam bemüht war, Alane von seinem Gewicht zu befreien.

Nardos Herz hämmerte wie wild in seiner Brust. Alane ließ ihre Hände in den Ausschnitt seines Lederhemds gleiten und fühlte den Schweiß auf seiner nackten Haut. Sie schmiegte ihre Wange an seine Schulter und schloß die Augen.

Zwei Menschen können sich nicht näher sein, als wir es im Moment sind, dachte sie.

So lagen sie eine Weile ruhig da, hielten einander fest umschlungen. Dann fühlte sie Nardos Lippen auf ihrer Schläfe. »Du bist mein«, sagte er rauh.

Sie öffnete überrascht die Augen. Wie grimmig seine Stimme geklungen hatte!

Das Leben unter den Kindred war ein Quell ständiger Verwunderung für Paxon. Nicht nur, daß diese Leute Pferde gezähmt hatten, sondern sie lebten auch mit Hunden. Der Stamm, der einst der uralte Feind der Redu gewesen war, hatte ebenfalls

Hunde zur Jagd benutzt, aber jene Hunde waren wilde, bissige Tiere gewesen, die mit Peitschen und anderen Methoden der Einschüchterung beherrscht wurden. Die Hunde der Kindred dagegen waren freundliche Tiere, die mit den jungen Männern in der Höhle der Initiierten lebten. Eine Anzahl von ihnen lebte sogar in den Häusern mit den Frauen und Kindern.

Die Kindred-Männer hielten Paxon bewußt von den Pferden fern, an die Hunde konnte er jedoch heran. Sie faszinierten ihn. Samu, Nardos großer, wolfsähnlicher Hund, war so behutsam wie eine Frau mit Nevin. Und er folgte Alane wie ein wachsamer Schatten, wann immer Nardo abwesend war und ihn als Schutz zurückgelassen hatte.

»Nardo sagt, Hunde sind wie Wölfe«, erklärte Alane dem jungen Redu, als er eine Bemerkung über das ungewöhnlich sanftmütige Wesen der Kindred-Tiere machte. »Wölfe sind sehr loyal ihrem Rudel gegenüber, sagt Nardo, und die Hunde haben zu uns wahrscheinlich eine ähnliche Beziehung wie ein Wolf zu seinem Rudel.«

Paxon betrachtete Samu, der vor dem Feuer ausgestreckt lag, die Schnauze auf die Pfoten gelegt. »Ich wußte nicht, daß Wölfe so loyal zu ihrem Rudel sind«, meinte er.

»Das sind sie. Nardo sagt, Wölfe leben in einem Familienverband, genau wie wir es tun. Gewöhnlich leben eine Mutter und ein Vater, Onkel und Tanten und Geschwister alle zusammen in einem Rudel. Sie wissen, wie man sich in eine Gruppe einfügt, und das ist einer der Gründe, warum Hunde lernen, so gut mit Menschen zurechtzukommen.«

»Woher weiß Nardo so viel über Wölfe?« erkundigte sich Paxon skeptisch.

Alane fühlte Ärger in sich aufwallen bei seinem überheblichen Ton. »Er gehört schließlich zum Wolfs-Clan«, informierte sie den Redu. »Zu den Aufgaben, die ein Junge des Wolfs-Clans bei seiner Initiation zu erfüllen hat, gehört unter anderem, zwei Monde lang unter Wölfen zu leben.«

Paxons schmale schwarze Brauen schossen ungläubig in die Höhe. »Unter Wölfen leben? Das kann ich nicht glauben.«

Nevin hatte das Stück Rentierfell mit den daran befestigten Vogelschwingen ergriffen, das Nardo benutzt hatte, um Samu beizubringen, Vögel zu apportieren. Der Hund stellte die Ohren auf und beobachtete den Kleinen aufmerksam.

»Nun ja, vielleicht leben sie nicht direkt unter Wölfen«, gab Alane zu, während sie zuschaute, wie ihr Sohn die Attrappe zu Samu brachte. »Ich glaube, es spielt sich eher so ab, daß sie sich in der Nähe des Rudels aufhalten und seine Gewohnheiten beobachten. Wenn der Junge zurückkehrt, muß er seinen Stammesältesten eine Reihe von Fragen beantworten. Nardo sagt, er darf sich nur dann der Initiation unterziehen, wenn er alle Antworten weiß.«

Alane lächelte leicht. »Als ich damals zu den Kindred kam, hatte ich zuerst Angst vor den Hunden«, gestand sie. »Aber inzwischen habe ich sie sehr liebgewonnen.«

Die Lebensweise der Kindred ist wirklich seltsam, dachte Paxon, während er Nardos schöne Frau dabei beobachtete, wie sie ihre Hausarbeit verrichtete. Am merkwürdigsten von allem fand Paxon Nardos Freizügigkeit, ihm zu gestatten, soviel Zeit mit Alane zu verbringen. Kein Mann der Redu hätte seiner Ehefrau eine derartige Freiheit erlaubt. Dennoch war Nardo häufig tagelang abwesend und schien niemals einen Gedanken daran zu verschwenden, daß seine Frau einen großen Teil ihrer Zeit in der Gesellschaft eines anderen Mannes verbrachte.

Das war beleidigend, wie Paxon schließlich fand. Nardo nahm ihn, Paxon, offensichtlich nicht für voll und hielt es für überflüssig, sich seinetwegen Sorgen zu machen. *Dieser Nardo,* dachte Paxon wütend, *ist ein Dummkopf.*

20

Der Schnee-Mond endete, und die schmale Sichel des Fuchs-Mondes stieg am Nachthimmel auf. Am zweiten Tag des neuen Mondes kehrte Nardo ins Dorf zurück. Er war mehrere Wochen fort gewesen, hatte die Runde durch die verschiedenen Weide- und Jagdlager des Stammes gemacht und dort nach dem Rechten gesehen und sich anschließend vergewissert, daß die Wachtposten auf ihrem Platz waren, um die Redu zu beobachten. Paxon stand im Eingang der Höhle der Initiierten, wo er zusammen mit den wenigen Jungen schlief, die nicht in einem der Lager waren, und beobachtete die herzliche Begrüßung, mit der der Kindred-Häuptling von seiner Familie empfangen wurde.

Alane kam herbeigelaufen. Mit grüblerischer Miene schaute Paxon zu, wie Nardo sie in seine Arme schloß und sie leidenschaftlich küßte. Er war so groß, daß ihre Füße ein Stück über dem Boden schwebten. Dann löste sie sich aus seiner Umarmung, die Wangen gerötet und ein glückliches Lächeln auf ihren Lippen.

Dann stolperte Nevin herbei. Er streckte die Ärmchen zu seinem Vater hinauf und rief aufgeregt: »Dada! Dada! Dada!« Nardo hob den Kleinen hoch und setzte ihn sich auf seine breiten Schultern. Nevin packte das schwarze Haar seines Vaters und jauchzte vor Entzücken.

Nach Nevin eilte eine Schar von Nichten und Neffen herbei, um Nardos Pferde zu nehmen und ihn dabei mit Dutzenden von Fragen zu bestürmen.

»Du bist zurück, Nardo!« Es war Riva, die in der Tür des großen Hauses stand und freudig ihrem Bruder zurief: »Komm herein und iß etwas. Du mußt durchgefroren und hungrig sein nach einem so langen Ritt.«

Paxon beobachtete, wie Nardo zum Haus seiner Mutter hinüberging, seinen kleinen Sohn auf den Schultern, einen Arm um Alane geschlungen, und er fühlte dabei einen so heftigen Stich von Eifersucht, daß es körperlich schmerzte. In dem Moment haßte er Nardo erbittert, haßte ihn, weil er all die Dinge besaß, die Paxon für sich selbst haben wollte.

Paxon wartete wachsam in der Höhle der Initiierten, und als er Nardo schließlich das große Haus in Begleitung von Dane verlassen sah, ging der Redu hinüber, um seinen Platz einzunehmen. Als er eintrat, sah er Alane in der Ecke bei den Kindern sitzen und ihnen eine Geschichte erzählen. Paxon ließ sich ein kleines Stück von der Gruppe entfernt auf dem Boden nieder, um zuzuhören und das Wechselspiel der Emotionen auf ihrem Gesicht zu beobachten.

Es dauerte eine Weile, bis Paxon merkte, daß er selbst beobachtet wurde. Irritiert schaute er über seine Schulter zurück und begegnete Maras unergründlichem dunklen Blick. Es war nicht das erste Mal, daß er Nardos Mutter dabei ertappte, wie sie ihn so anstarrte, und er fragte sich erneut, warum Mara, die in jeder anderen Hinsicht so sehr um das Wohl ihres Sohnes besorgt war, keine Einwände gegen Alanes Freundschaft mit einem anderen Mann äußerte.

Alane beendete ihre Erzählung, erhob sich und nahm Nevins kleine Hand in ihre. Paxon stand augenblicklich auf. »Gehst du nach Hause?«

Sie nickte. »Ich muß das Wasser fürs Abendessen holen.«

»Ich werde dir helfen«, bot Paxon an und ging eifrig neben ihr her, als sie zur Tür strebte. Den ganzen Weg über konnte er fühlen, wie sich Maras Blick in seinen Rücken bohrte.

Die beiden Erwachsenen schlenderten durch den spätnachmittäglichen Sonnenschein, während Nevin vorweglief. Paxon wartete, bis Alane ihre Wasserkörbe aus der Hütte geholt hatte, dann gingen sie zusammen zum Fluß hinunter. Diesmal zockelte Nevin hinterdrein.

Alane stand am Ufer und schaute zu, wie Paxon geschickt ihre Körbe füllte. Insgeheim war sie erfreut, wie sehr sich der junge Redu zu seinem Vorteil verändert hatte, eine Entwicklung, für die sie selbst das volle Verdienst in Anspruch nahm. Bis zu ihrer Ehe war sie sich ihrer Schönheit nicht bewußt gewesen. Durch Nardo hatte sie von ihrer sexuellen Macht erfahren, und erst als dieser Anzeichen von Eifersucht zeigte, war ihr allmählich die wahre Natur von Paxons Gefühlen für sie aufgegangen.

Es hatte Alane Spaß gemacht, ihre Macht ein wenig zu gebrauchen, ihre kleinen Triumphe zu zählen, während sich die Ecken und Kanten von Paxons männlich-dominantem Wesen unter ihrem Einfluß mehr und mehr abschliffen. Aber in letzter Zeit begann Alane sich zu sorgen, daß sie den Redu vielleicht zu stark ermutigt haben könnte und möglicherweise ein Feuer in ihm entzündet hatte, das nicht so leicht zu löschen wäre.

Deshalb verspürte sie Gewissensbisse, als Nardo ihr erklärte, sie ließe Paxon zu häufig in ihrer Nähe sein, und um sich nicht in der Defensive wiederzufinden, griff sie an. Eines späten Abends waren sie in ihrer Hütte und machten sich zum Schlafengehen fertig. Nevin und auch Samu schliefen bereits. Die beiden Erwachsenen sprachen mit gedämpfter Stimme, um das Kind nicht zu wecken.

»Er ist vollkommen harmlos«, sagte Alane, als sie beobachtete, wie Nardo ein langsam brennendes Scheit für die Nacht ins Feuer legte. »Er kann mir nicht zu nahe kommen, Nardo. Es ist ja nicht so, als ginge ich allein mit Paxon fort. Ich bin kein Dummkopf, weißt du.« Sie hatte ihren Zopf gelöst und war jetzt damit beschäftigt, ihr Haar auszukämmen.

»Ich weiß, daß du kein Dummkopf bist«, erwiderte er. »Aber du kennst dich auch nicht mit solchen Männern aus, wie der

Redu einer ist.« Er wandte sich vom Feuer ab und blickte sie besorgt an. »Ein Mann wie er hat keinen Respekt für Frauen.«

»Ich kenne diese Männer sehr gut«, gab Alane zurück. »Ich bin mit dieser Sorte aufgewachsen, Nardo.«

Er runzelte unwillig die Stirn. »Du kannst deinen Vater und deine Brüder doch nicht mit diesem Redu vergleichen! Zugegeben, die Norakamo sind ein Stamm, bei dem die väterliche Blutslinie entscheidend ist, aber du selbst hast mir oft genug erzählt, wie nahe sich dein Vater und deine Mutter gestanden haben. Deine Mutter ist nicht mehr dieselbe seit Tedrics Tod. Und Rune liebt Nita aufrichtig!«

»Was du über meine Mutter und meinen Vater sagst, stimmt, Nardo.« Alanes Gesichtsausdruck war ernst inmitten der Wolke seidigen, silberblonden Haares. »Aber ihr enges Verhältnis war eine persönliche Sache. Sie saß still in ihrer Ecke und servierte Tee, wenn mein Vater es anordnete.« Sie mußte den Kopf in den Nacken legen, um ihn anzusehen. »Warum mußte sie sich so zurückhalten? Warum war es ihr nicht erlaubt, sich der Unterhaltung der Männer anzuschließen? Meine Mutter ist eine sehr intelligente Frau. Mein Vater hat ganz sicherlich ihren Rat gesucht, wenn sie allein miteinander waren. Es war nicht richtig, daß sie sich immer so im Hintergrund halten mußte.«

Nardos Blick ruhte auf dem wundervollen Haar seiner Frau. »Ich werde nicht mit dir streiten, Alane«, sagte er.

»Und was Rune betrifft«, fuhr sie rückhaltlos fort, »er mag Nita zwar lieben, aber er hat sie entführt!«

Nardo kam zu ihr und setzte sich neben sie auf die Schlaffelle. »Sie war bereit, mit ihm zu kommen. Ich habe sie gefragt. Wenn sie nicht freiwillig mitgegangen wäre, hätten wir sie wieder zu ihrem Vater zurückgebracht.«

»Du hast sie gefragt«, erwiderte Alane. »Nicht Rune.« Sie

teilte eine Haarsträhne ab, die einen Knoten hatte, und zerrte aufgebracht mit ihrem Elfenbeinkamm daran.

Nardo beobachtete sie, gab aber keine Antwort.

»Du siehst also, daß ich durchaus über Männer wie Paxon Bescheid weiß«, fuhr sie fort.

»Es ist nicht dasselbe.« Nardos Stimme hatte jetzt einen grimmigen Unterton. »Ich mag es nicht, wie er dich anstarrt, Alane. Ich weiß genau, was ihm durch den Kopf geht, wenn er dich ansieht, und das gefällt mir nicht.«

Sie unterbrach ihre Tätigkeit. »Glaubst du etwa, ich erwiderte seine Blicke?« fragte sie ärgerlich.

Er schüttelte langsam den Kopf. »Nein, das glaube ich nicht. Aber ich glaube, daß du dich in diesem Redu täuschst, daß du ihn für einen harmlosen Jungen hältst. Denn das ist er nicht. Er ist älter als du, Alane. Und ich denke nicht, daß sein bisheriger Umgang mit Frauen ein sanfter gewesen ist.«

»Vielleicht ist es so.« Sie bemühte sich, nicht abwehrend zu klingen. »Aber er lernt über Frauen.«

»Und du meinst, du kannst ihm mehr Verständnis und Rücksichtnahme beibringen?«

»Ja«, gab sie trotzig zurück und begann erneut, ihr Haar zu kämmen.

Daraufhin herrschte Schweigen. Alane kämmte weiter ihr Haar und fragte sich, ob Nardo ihr befehlen würde, sich von Paxon fernzuhalten. Wenn er das tat, würde sich ihre bisherige Einschätzung der Kindred-Männer als falsch erweisen. Dann wäre er ebenso autoritär wie ihr Vater.

»Ich kann nicht dein Leben für dich leben, Alane«, sagte er schließlich. »Aber ich denke, du täuschst dich in dem Jungen.«

Die Erleichterung, die Alane fühlte, war bestürzend in ihrer Intensität. Sie faßte ihr Haar mit einer Hand zusammen, zog es von ihrem Gesicht fort und schenkte Nardo ein strahlendes

Lächeln. »Ich habe dich gehört, mein Ehemann, und ich werde vorsichtig sein«, versprach sie.

»Ich weiß nicht, warum ich diesen Redu nicht getötet habe, als ich die Gelegenheit dazu hatte«, knurrte Nardo. »Er hat dem Stamm nichts als Schwierigkeiten eingebracht, seit ich ihn gefangengenommen habe.«

»Du könntest ihn ja jetzt töten«, erwiderte Alane. »Du brauchst ihn nicht, Nardo. Du weißt, daß es so ist.«

Er starrte sie ungläubig an. »Habe ich richtig gehört?«

Sie hob die Hände und begann, die Bänder am Ausschnitt ihres Lederhemds zu lösen. »Er ist kein anonymer Feind mehr, nicht wahr?« sagte sie leise. »Jetzt ist er Paxon. Er ist ein Ärgernis, und du traust ihm nicht, aber du bist nicht in der Lage, ihn zu töten.«

»Ich kann keinen Mann töten, der Fleisch im Haus meiner Mutter gegessen hat!«

Ihr Lächeln war zärtlich. »Ich weiß.«

Er ließ seine Hand unter ihr offenes Haar gleiten und beugte den Kopf zu ihr, bis sein Gesicht ganz nahe an ihrem war. »Vergiß diesen Redu«, befahl er, »und konzentriere dich auf mich.«

Das ist nicht sonderlich schwierig, dachte Alane, als ihr Körper gegen seinen sank. Langsam zog er ihre Hände von den Bändern des Hemds fort, um ihre warme Kehle zu liebkosen, mit den Fingerspitzen die Stelle zu streicheln, wo ihr Puls so regelmäßig und so kräftig klopfte. Er hob den Kopf und flüsterte: »Du hast mir gefehlt.«

»Du hast mir auch gefehlt«, flüsterte sie zurück. »Ich vermisse dich immer, wenn du weg bist.«

Die Vorhänge vor der Tür hielten die kalte Nachtluft ab. Nardos Haut in dem offenen Ausschnitt seines Hemds schimmerte in einem warmen Bronzeton im Schein des kleinen Feuers. Er strahlte Wärme und Sinnlichkeit aus, und Alane preßte ihre Lippen auf den heftig klopfenden Puls an seinem Hals und legte dann den Kopf zurück, um zu ihm aufzulächeln. Ihr Haar floß in einer weichen Woge über ihren Rücken herab, bedeckte seine Hände wie ein silbriger Wasserfall.

Er stöhnte erregt. »Ich könnte verrückt werden, wenn du mich so ansiehst, Alane.«

Ihr Lächeln vertiefte sich. Nardo beugte sich herab, hob sie auf seine Arme, legte sie auf die Bettfelle nieder und begann, ihre Kleider zu öffnen, drückte seine Lippen zärtlich überall auf die Stellen, die seine Hände zuerst berührt hatten. Alane fühlte seinen Mund auf ihrer Taille, dann auf ihren Brüsten, und die Wärme seines Atems ersetzte die Wärme des Wildleders, das er entfernte. Dann streifte er seine Hosen ab, und wieder zog sein Mund eine warme Spur über ihren Körper, zuerst über ihren flachen Bauch, dann über die weiche Haut auf den Innenseiten ihrer Schenkel. Der Atem stockte ihr in der Kehle, und das Pulsieren in ihrem Schoß verstärkte sich, steigerte sich zu heißer Lust unter der Berührung seiner geschickten Finger.

Als sie sich an ihn klammerte, legte er seine Hände auf ihre Hüften und hob sie an, während er sich zwischen ihre Beine kniete und mit einem festen Stoß in sie eindrang. Alane schlang ihre Beine um seine Taille und nahm ihn tief in sich auf, ihr Körper eine Scheide, in die er sein Schwert mit unwiderstehlicher Kraft hineinstieß. Voller Verlangen bäumte sie sich ihm entgegen, und ihre Leidenschaft brannte ebenso heftig wie seine, als sie ihre Finger durch das Wildleder seines Hemds in die festen Muskeln seiner Schulter grub. So ergriffen sie Besitz voneinander, bis die Woge der Ekstase schließlich langsam verebbte und sie friedlich in den Armen des anderen einschliefen.

Alanes Versprechen, sich vor Paxon in acht zu nehmen, gestattete es Nardo, leichteren Herzens zu einem Besuch bei den

Norakamo aufzubrechen, als er es andernfalls getan hätte. Der Winter würde bald zu Ende sein, und es war an der Zeit, Rune auf die Gefahr hinzuweisen, die nördlich von ihm am Goldfluß lauerte. Nardo hatte sich bewußt davor zurückgehalten, seinen Bruder-durch-Heirat schon früher von der Bedrohung durch die Redu zu informieren, aber er konnte eine so wichtige Nachricht nun nicht länger für sich behalten.

Rune quittierte Nardos Worte mit grimmig verzogenem Gesicht. »Es gab einmal Zeiten, da haben wir jeden Besucher willkommen geheißen, der uns Neuigkeiten brachte«, sagte er. »Das ist nun nicht mehr der Fall.«

Die beiden Männer saßen in Runes Zelt im Norakamo-Winterlager knapp südlich der Großen Biegung und westlich vom Goldfluß. Der Goldfluß war an dieser Stelle sehr tief und breit, eine gewaltige Barriere, sowohl für Tierherden als auch für Menschen. Die Norakamo waren nicht in unmittelbarer Gefahr, selbst wenn die Redu den Fluß bis zum Zusammenfluß mit der Großen Biegung hinunterwanderten, denn sie würden nicht in der Lage sein, ans andere Ufer zu gelangen, um in das Norakamo-Lager einzufallen.

»Vielleicht sollten wir diese Eindringlinge sofort angreifen«, schlug Rune vor. »Wir können wohl kaum erwarten, daß sie freiwillig abziehen.«

»Nein, das können wir nicht erwarten«, stimmte Nardo seufzend zu. »Aber sie sind nicht wie die Pferdeesser, Rune. Diese Männer sind an erbitterte Kämpfe gewöhnt. Und außerdem haben sie große Bogen! Wenn wir ihre Jagdtrupps anzugreifen versuchen, werden sie darauf vorbereitet sein.«

»Und wenn wir ihr Lager angreifen?«

»Es ist das gleiche. Vielleicht könnten wir uns letzten Endes gegen sie behaupten, aber der Verlust an Pferden und Männern, den wir dabei hinnehmen müßten, wäre gewaltig.«

Draußen vor dem Zelt herrschte Stille. Die Abendbrotzeit war vorbei, und die früh einsetzende winterliche Dunkelheit hüllte das Lager ein. Der gesamte Stamm hatte sich in seine Zelte zurückgezogen. Nach dem Essen hatte Nita Kara an die Hand genommen und war zu einem Besuch ins Zelt einer Freundin gegangen, und so waren Nardo und Rune ungestört.

»Was schlägst du dann vor?« fragte Rune mit einer Spur von Verzweiflung in der Stimme.

Gedankenverloren streichelte Nardo das Fell an Samus Hals. Der Hund hatte für beträchtliche Aufregung unter den Norakamo gesorgt, als Nardo ins Lager hineingeritten war. Die Finger in Samus warmem Fell vergraben, antwortete Nardo bedächtig: »Sie haben uns gegenüber zwei Vorteile: ihre zahlenmäßige Überlegenheit und ihre Bogen. Aber wir haben ihnen gegenüber auch zwei Vorteile: unsere Pferde und unsere Kenntnis von den Bergen. Deswegen konnten wir die Redu-Männer schlagen, die ihren im Sommerlager eingeschlossenen Stammesgenossen zu Hilfe kommen wollten. Wir müssen eine Möglichkeit finden, diese beiden Vorteile erneut auszunutzen.«

Rune strich sich nachdenklich durch die langen Fransen auf seiner Stirn. »Wie?« fragte er brüsk.

Nardo grinste bedauernd. »Darüber muß ich mir selbst noch klarwerden.«

»Und in der Zwischenzeit lagern sie am Goldfluß und ernähren sich von unseren Rentieren.«

»Ja«, meinte Nardo.

Die Zeltklappe hob sich, und Nita und Kara kamen herein. Das kleine Mädchen tappte sofort auf Samu zu, der neben Nardo schlief, die Schnauze auf seinen Schenkel geschmiegt.

»Kara!« rief Nita besorgt. »Laß den Hund in Ruhe!«

»Ihr wird nichts passieren«, erklärte Nardo gelassen. »Samu ist an Nevin gewöhnt.«

Kara, die beim Befehl ihrer Mutter stehengeblieben war, ging jetzt etwas vorsichtiger auf den Hund zu.

»Samu«, sagte Nardo, während er mit der Hand über den Kopf des Hundes strich, »wach auf.«

Samu öffnete verschlafen die Augen.

»Ich anfassen?« fragte Kara eifrig.

»Komm her, und ich zeige dir, wie«, erwiderte Nardo.

Rune und Nita beobachteten beide nervös, wie Nardo die Hand des kleinen Mädchens nahm und sie über Samus Nacken hinauf- und hinuntergleiten ließ. Der Hund schloß wieder die Augen und schmiegte seine Schnauze behaglich an Nardos Schenkel.

»Er mag wie ein Wolf aussehen, aber er macht ganz sicher keinen wilden Eindruck«, sagte Rune lächelnd. »Welchen Nutzen bringt er dir?«

»Alle Hunde in unserem Stamm haben gelernt, Rentiere zusammenzutreiben«, erklärte Nardo. »Sie sind sehr hilfreich dabei, eine Herde in einen schmalen Paß zu treiben, wo wir die Tiere erlegen können. Sie haben auch gelernt, einen Ibex einen Berg hinaufzutreiben und in unsere Fallen hinein.«

»Wenn die Redu doch nur Rentiere wären«, meinte Rune bedauernd, »und wir eure Hunde auf sie hetzen könnten.«

»Das ist genau das, was wir tun müssen«, gab Nardo langsam zurück. »Wir nutzen das Land und die Flüsse zu unserem Vorteil, wenn wir Tiere jagen; wir müssen das gleiche tun, wenn wir die Redu jagen. Wir müssen den Ort bestimmen, wo wir am wirksamsten zuschlagen können, und dann die Redu in die Enge treiben.«

Rune grunzte. »In der Zwischenzeit werden wir dir helfen, die Eindringlinge im Auge zu behalten.«

»Ich denke, es wäre vielleicht von größerem Nutzen für uns, wenn ihr das nicht tun würdet«, erwiderte Nardo vorsichtig.

Rune runzelte die Stirn. »Wieso?«

»Ich bin überzeugt, daß wir noch einen weiteren Vorteil gegenüber den Redu haben, Rune. Sie wissen nichts von der Existenz eines anderen Stammes von Reitern auf der Abendseite des Goldflusses. Es wäre klug, wenn wir sie darüber weiterhin in Unkenntnis ließen.«

Schweigen breitete sich aus, während Rune sich Nardos Bemerkung durch den Kopf gehen ließ. »Ist das der Grund, warum du bis jetzt gewartet hast, um mir von dem Redu-Lager zu berichten?« fragte er schroff.

Nardo zuckte die Achseln. »Ich wollte keine Winterreise machen, wenn es nicht unbedingt notwendig war.«

Rune starrte ihn mit unverhüllter Skepsis an.

»Die Männer der Norakamo sind leicht von den Männern der Kindred zu unterscheiden«, fuhr Nardo fort. »Eure Pferde haben kurze Mähnen und sind braun, während unsere langmähnig und grau sind. Die Norakamo sind blond und tragen ihr Haar anders als die Männer der Kindred. Wenn wir eure Anwesenheit geheimhalten wollen, dürft ihr euch nicht in Sichtweite der Redu blicken lassen.«

»Damit werden wir von euch abhängig sein, was Neuigkeiten angeht, die uns betreffen«, gab Rune etwas steif zurück.

Nardo beugte sich vor, angestrengt bemüht, den anderen Häuptling zu überzeugen. »Du kannst dich darauf verlassen, daß ich dich auf dem laufenden halten werde.«

Nach kurzem Schweigen nickte Rune langsam. »In Ordnung. Wir werden es fürs erste so halten, wie du es vorschlägst.«

Die Warnung ihres Mannes hatte mehr Eindruck auf Alane gemacht, als sie sich hatte anmerken lassen, und während Nardo zu Besuch bei den Norakamo war, entschied sie, alles daranzusetzen, um Paxons Aufmerksamkeit von sich abzulenken.

Ich mag es nicht, wenn er dich anstarrt, hatte Nardo gesagt. *Ich weiß genau, was ihm durch den Kopf geht, und das gefällt mir nicht.*

Zum ersten Mal erkannte Alane genau, was Paxon im Sinn hatte, und folglich fühlte sie sich zunehmend unbehaglicher in seiner Nähe. Paxon hatte sich wahrscheinlich so an sie gehängt, vermutete Alane, weil sie sich ihm gegenüber mitfühlend gezeigt hatte. Was sie jetzt tun mußte, war, Paxons Interesse auf ein anderes mitfühlendes Mädchen zu lenken.

Es gab in diesem Winter viele junge Mädchen im Kindred-Dorf. Tatsächlich sogar *zu* viele Mädchen, denn die Anwesenheit der Frauen der Atata-Kindred hatte das Mann-Frau-Verhältnis des Stammes völlig aus dem Gleichgewicht gebracht.

Alane brauchte nicht lange, um zu entscheiden, daß Danes Schwester Pettra, eines der Rotwild-Mädchen, die Lösung für ihr Problem war. Pettra hatte in letzter Zeit immer wieder einen Vorwand gefunden, um Maras Haus zu besuchen, und Alane hatte sie mehrmals dabei ertappt, wie ihre hellen Augen mit offener Bewunderung auf Paxon ruhten. Eines sonnigen Nachmittags, als ein Hauch von Frühling in der Luft lag, schritt Alane zur Tat.

Paxon war etwas überrascht, als sie ihm vorschlug, einen Spaziergang am Ufer des Großen Fischflusses in Richtung auf das Sommerlager zu machen, aber als sie ihm sagte, daß ihn dort eine hübsche Überraschung erwarten würde, ging er eifrig los, weil er glaubte, sie wolle sich dort mit ihm treffen.

Die Sonne schien warm auf Paxons Kopf, und überall um ihn herum genossen die Vögel des Tals den schönen Nachmittag. Gelbe und schwarze Choughs, prähistorische Artverwandte der heutigen Krähen, vollführten geschäftig ihre akrobatischen Possen vor den Felsen, während sie einander unentwegt mit ihren melodischen Stimmen zuriefen. Ein Baumläufer arbeitete sich an der zerklüfteten Stirnseite des Felsens auf der anderen Seite des Flusses hinauf, seine zinnoberroten Schwingen hoben sich so leuchtend wie Blut gegen das Grau des Steins ab. Sobald er oben an der Spitze angekommen war, flog er auf den Boden zurück und begann seinen Aufstieg von neuem.

Paxon ließ seinen Blick aufmerksam über den Pfad vor sich schweifen auf der Suche nach Alane, als er eine andere weibliche Stimme seinen Namen rufen hörte. Er fuhr überrascht herum und sah Danes Schwester Pettra auf sich zukommen.

Er spähte auf den Pfad hinter sie, konnte aber sonst niemanden entdecken. »Bist du allein?« fragte er, als sie näher kam.

»Tosa und Mira haben mich begleitet«, meinte sie.

Er fühlte einen heftigen Stich der Enttäuschung. Wieder blickte er zum Tal und sah niemanden.

»Sie warten dahinten auf mich mit den Pferden.« Sie wies auf eine Stelle hinter der Biegung des Flusses.

Er war sofort mißtrauisch. »Warum?«

Pettra lächelte. Sie war ein hübsches Mädchen mit schmalen, leicht schrägen, grünlichen Augen und braunem Haar, dem die helle Wintersonne einen rötlichen Schimmer verlieh. Sie war Paxon in letzter Zeit öfters aufgefallen, denn sie schien immer häufiger in seiner Nähe zu sein. »Kannst du das nicht erraten?« fragte sie, ihre Stimme eine Mischung aus Belustigung und noch etwas anderem.

Paxon hatte inzwischen bemerkt, daß die Kindred-Mädchen nicht an den gleichen sexuellen Verhaltenskodex gebunden waren wie die Mädchen seines eigenen Stammes, sondern wesentlich freizügiger aufwuchsen. Er war höchst überrascht gewesen, als er entdeckte, daß die unverheirateten Männer und Mädchen der Kindred miteinander schliefen. »Ich habe dich beobachtet, Paxon«, fuhr Pettra jetzt fort, »und ich glaube, wir beide würden gut miteinander auskommen.«

Paxon starrte sie an und wagte nicht zu glauben, was er aus ihren Worten herauszuhören meinte.

Pettra kam noch näher, bis sie direkt vor ihm stand. »Ein kurzes Stück weiter den Fluß hinunter ist eine kleine Höhle«, sagte sie. »Wir könnten dort ein Feuer anzünden, um uns zu wärmen.«

Paxon räusperte sich. »Du willst mit mir schlafen?« fragte er, um ganz sicherzugehen, daß er sie auch richtig verstanden hatte.

»Ja.« Sie lächelte.

»Und deine Freundinnen?«

»Die warten solange.« Ihre grünen Augen blitzten. »Sie wissen, warum ich dich allein sehen wollte.«

»Warum?« Paxons Körper war jetzt voll erregt, aber er hatte sein Mißtrauen noch nicht überwunden. »Ich bin ein Feind«, sagte er.

Statt einer Antwort streckte Pettra die Arme aus und zog seinen Kopf zu sich herunter. Paxon war noch nie zuvor von einer Frau auf den Mund geküßt worden. Es war eine wundervolle Erfahrung. Pettra löste sich von ihm und sagte weich: »Wir sind keine Feinde, Paxon. Wir sind ein Mann und eine Frau. Warum tun wir nicht, was Mann und Frau seit Urzeiten miteinander tun und wozu sie erschaffen wurden?«

»Ja«, krächzte Paxon aufgeregt. Alle seine Gedanken an Alane waren wie weggewischt. Schweigend ließ er Pettra seine Hand ergreifen und sich von ihr in den Schutz der Höhle führen.

An diesem Abend hockte Paxon in der Ecke des großen Hauses und betrachtete Alane grüblerisch. Sie saß zwischen Lora und Riva und flocht an einem Korb. Rivas und Toras Ehemänner waren außer ihm an diesem Abend die einzigen Männer im Haus. Tyr und Adun befanden sich im Winterlager, und Nardo und Dane statteten den Norakamo einen Besuch ab.

Was zwischen ihm und Pettra an diesem Nachmittag passiert war, war eine Enthüllung für Paxon gewesen. Die Begegnung, weit davon entfernt, Paxons Gedanken von Alane abzulenken und auf Pettra zu konzentrieren, hatte lediglich dazu gedient, die Wollust des Redu für Nardos Ehefrau noch zu verstärken. Vor diesem Nachmittag mit Pettra hatte Paxon sich danach verzehrt, sich Alane gefügig zu machen, hatte davon geträumt, sich zwischen ihre Schenkel zu stoßen und seinen Samen in ihren Körper zu ergießen. Es war eine Phantasie, die während dieser letzten Wochen immer wiedergekommen war.

Aber jetzt war diese Phantasie soviel detaillierter! Nie hätte Paxon sich vorgestellt, daß es möglich war, die Dinge mit einer Frau zu tun, die er mit Pettra an diesem Nachmittag getan hatte. Die erste Vereinigung war schnell vonstatten gegangen, aber Pettra war so voller Begierde auf ihn gewesen wie er auf sie, und zum ersten Mal hatte Paxon erfahren, wie es war, einer Frau Lust zu bereiten. Sie hatten die Höhle nicht gleich danach verlassen, und im Laufe der nächsten beiden Stunden hatte Paxon Dinge gelernt, die sich die Männer seines Stammes niemals hätten träumen lassen.

Und jetzt träumte er sehnsüchtig davon, die Dinge, die er gelernt hatte, mit Alane zu tun. Er schaute ihr Gesicht an, betrachtete die geschmeidige Kurve ihres Halses im offenen Ausschnitt ihres Hemds, starrte verlangend auf die süße Rundung ihres Busens. Er fühlte, wie sich sein Phallus versteifte, und versuchte angestrengt, seine Gedanken wieder unter Kontrolle zu bekommen. Er zwang sich, seine Augen von Alane abzuwenden, und begegnete Maras Blick.

Die Matriarchin hatte ihn wieder beobachtet. Ihr Gesicht war rätselhaft, aber Paxon zweifelte nicht daran, daß sie das Begehren in seinen Augen gesehen hatte. Er bemühte sich angestrengt, seinen Ausdruck zu kontrollieren, sein wildes Verlangen zu unterdrücken. Die Anspannung in ihm war so groß, daß er glaubte, er würde explodieren.

»Ich muß nach draußen gehen«, sagte er zu Pier, der ihm am nächsten saß. Niemand machte eine Bemerkung, als er zur Tür ging. Alle nahmen an, er ginge hinaus, um sich zu erleichtern, was er auch eindeutig vorhatte, wenn auch nicht auf die Weise, wie es die Familie annahm. Nur Maras Blick folgte dem Redu, bis er die Häute beiseite geschoben hatte und in die kalte Luft hinaustrat.

Mara hatte den Ausdruck auf Paxons Gesicht richtig gedeutet, und sie fand, daß es an der Zeit für sie war, aktiv zu werden. Nardo war fort und würde nicht vor der nächsten Woche zurückerwartet werden. Der Stamm hatte sich inzwischen an den Redu gewöhnt, und er wurde nicht mehr so sorgfältig bewacht wie zu Anfang seiner Gefangenschaft.

Die Norakamo-Frau muß gehen.

Diesen Entschluß hatte Mara schon vor über einem Jahr gefaßt, und sie schärfte sich ein, sie dürfe jetzt nicht weich werden, nachdem die Zeit zum Handeln nun endlich gekommen war. Es mußte getan werden. Sie würde Paxon ein Pferd und einen Speer geben und ihm sagen, er solle verschwinden und Alane mitnehmen.

Mara war es gelungen, sich einzureden, daß es keine Rolle spielte, wenn Paxon mit seinen Leuten zusammentraf und ihnen von der Lage des Kindred-Dorfes erzählte. Nardo läßt die Redu ja ständig bewachen, sagte sie sich. Nardo würde sie rechtzeitig aufhalten können, wenn sie sich auf den Weg zu dem Großen Fischfluß machen würden.

Natürlich würden die Kindred wissen, daß irgend jemand Paxon geholfen haben mußte, aber sie würden Alane für die Schuldige halten. Töricht, wie sie war, hatte sie dem Redu nun schon seit fast zwei Monden erlaubt, ihr wie ein Schatten überallhin zu folgen. Mara hatte gemerkt, daß Nardo nicht allzu glücklich war über die Vorliebe seiner Ehefrau für Paxons Gesellschaft. Unter diesen Umständen würde selbst Nardo notwendigerweise zu dem Schluß kommen, daß Alane dem Redu zur Flucht verholfen hatte.

21

Es war drei Stunden vor Morgengrauen, als Alane von einer Stimme geweckt wurde, die ihren Namen rief. Sie schlug die Augen auf, vergewisserte sich mit einem raschen Blick, daß Nevin friedlich neben ihr schlief, und schaute dann argwöhnisch zur Tür, wo der helle Lichtschein einer Steinlampe die Dunkelheit durchdrang. Zu ihrem Erstaunen sah sie, daß es Mara war, die die Lampe hielt.

»Meine Mutter!« rief Alane und setzte sich auf. »Was tust du hier?«

»Dane kam gerade mit der Nachricht, daß Nardo verletzt wurde«, erklärte Mara.

Alane schnappte entsetzt nach Luft. Ihre Hände ballten sich unwillkürlich zu Fäusten. »Schlimm?« fragte sie.

»Dane war sich nicht sicher. Sie hatten sich frühzeitig auf den Rückweg von ihrem Besuch bei den Norakamo gemacht, und der Unfall passierte eine Reitstunde von hier entfernt am Großen Fischfluß. Ein Felsrutsch. Dane hat Nardo in einer Höhle zurückgelassen und ist hergekommen, um Hilfe zu holen. Ich werde zu ihm reiten, und ich dachte, du wolltest vielleicht mit mir kommen.«

Alane war bereits aus ihren Schlaffellen gekrochen. »Natürlich komme ich mit! Aber laß mich zuerst Nevin ins große Haus hinüberbringen.«

»Das ist nicht nötig«, erwiderte Mara. »Alis kommt, um auf ihn aufzupassen. Laß ihn lieber ungestört weiterschlafen.«

»Du hast recht, das ist sicherlich besser«, stimmte Alane zu. Sie war schon am Trockengestell, und Mara schaute zu, wie sie in aller Eile in ihre Stiefel schlüpfte und sich bückte, um die Schnürriemen aus ungegerbtem Leder zuzubinden. Sie richtete sich wieder auf, nahm ihren Pelzumhang vom Gestell und drehte sich zu Mara um. »Welche Arzneien müssen wir mitnehmen?«

»Ich habe bereits alles eingepackt, was wir benötigen«, erwiderte Mara. »Die Pferde stehen auch schon bereit.«

Ohne ein weiteres Wort eilte Alane Nardos Mutter nach, als die beiden Frauen die Hütte verließen.

Draußen war die Landschaft in hellen Mondschein getaucht, und Alane schaute sich suchend um, in der Erwartung, noch andere Leute zu sehen, aber der Mond zeigte nur die schwarzen Umrisse des großen Hauses und der kleineren Hütten. Im Dorf rührte sich nichts.

»Hier entlang«, sagte Mara leise und wandte sich ab, um zum Fluß hinunterzugehen. Alane sah, daß vier Pferde am Ufer an Pflöcken festgebunden waren, zwei Reitpferde und zwei Packpferde, schon Kopf bei Schwanz aneinandergebunden und bereit zum Aufbruch. »Wir sollten uns beeilen«, drängte Mara.

Alane runzelte verwirrt die Stirn und schaute auf die beiden Reitpferde. »Aber wo ist Dane?« wollte sie wissen. »Kommt er nicht mit uns?«

»Dane wurde ebenfalls bei dem Unfall verletzt, allerdings nur leicht. Lora kümmert sich um ihn, danach will er ein paar der anderen Männer holen und uns folgen. Ich wollte nicht so lange warten.«

Alanes Stirnrunzeln vertiefte sich noch. »Warum kann Pier uns dann nicht begleiten, wenn Dane verletzt ist? Wir können Nardo nicht allein transportieren, meine Mutter!«

Mara warf Alane einen zornigen Blick zu. »Ich habe dir doch gesagt, daß sie nachkommen werden. Wenn du Angst hast, ohne männlichen Schutz loszureiten, dann warte auf die Männer«, sagte sie. »Ich gehe jetzt jedenfalls!« Und damit führte Mara ihre Stute zu einem Felsen, stieg hinauf und schwang sich auf den Rücken des Pferdes.

Furcht strömte wie Eiswasser durch Alanes Adern. Wenn Mara sich so aufführte, konnte das nur bedeuten, daß Nardo wirklich schwer verletzt sein mußte! Ohne weiteren Kommentar legte Alane beide Hände auf Schneeflockes Widerrist und zog sich auf den breiten Rücken der Stute. Mara griff nach der Führungsleine des ersten Packpferdes, und die vier Pferde setzten sich in Bewegung.

Während sie in westlicher Richtung am Ufer des Fischflusses entlangritten, versuchte Alane, weitere Einzelheiten über Nardos Unfall aus Mara herauszubekommen.

»Ich weiß auch nicht mehr, als ich dir bereits gesagt habe, Alane«, war alles, was Mara erwiderte. »Dane hat nur erzählt, Nardo sei verletzt worden, und er hätte ihn in eine Höhle geschafft und Samu als Wache zurückgelassen und wäre dann ins Dorf geritten, um Hilfe zu holen. Wir werden warten müssen, bis wir dort sind, um zu sehen, wie schlimm es um Nardo steht.«

Paxon wartete; sein Schatten dehnte sich gigantisch vor ihm auf dem mondbeschienenen Pfad aus. Er stand vollkommen unbeweglich da und horchte angestrengt, aber es war kein Hufgetrappel von Osten her zu hören. So wartete er nun schon zwei Stunden lang, nachdem Mara am frühen Abend versprochen hatte, sie würde ihn an dieser Stelle mit Waffen und Ausrüstung treffen.

Und mit Alane.

»Ich bin bereit, dir zur Flucht zu verhelfen, wenn du sie mitnimmst«, hatte ihm die Matriarchin des Wolfs-Clans erklärt, ihre großen braunen Augen unerschrocken und entschlossen. »Ich werde dir Pferde und Speere und Schlaffelle mitgeben, Wenn du ein richtiger Mann bist, wirst du deine Sache gut machen.«

Zuerst hatte Paxon skeptisch reagiert. Er konne nicht glauben, daß die alte Frau es ernst meinte. Er hatte den Verdacht, sie heckte irgend etwas gegen ihn aus. Aber nachdem er ihr eine Weile zugehört hatte, kam er zu der Überzeugung, daß es ihr Ernst war. Sie war so verzweifelt darauf aus, Alane von Nardo zu trennen, daß sie sich sogar dazu hergab, ihm zur Flucht zu verhelfen.

Nachdem Paxon endgültig überzeugt war, hatte er nicht lange gezögert, Maras Bedingungen zuzustimmen. Seine Freiheit wiederzugewinnen und obendrein noch Alane! Es schien kaum vorstellbar, daß die Götter mit soviel Wohlwollen auf ihn herabblickten.

Und so hatte Paxon Maras Anweisungen genau befolgt. Es war ihm gelungen, seinen Gefährten in der Höhle zu entkommen, indem er eine Verabredung mit Pettra vorschützte. Die Jungen, die mit der Wachsamkeit eines Jägers aufgesprungen waren, als er sich dem Höhlenausgang näherte, hatten daraufhin nur gegrinst und sich wieder schlafen gelegt. Sie hatten die Neuigkeit seiner Begegnung mit Pettra von den Mädchen erfahren, die sie begleitet hatten, und deshalb wirkte seine Entschuldigung überzeugend. Sie würden ihn erst am nächsten Morgen vermissen, wenn es schon zu spät wäre.

»Alane wird zuerst nicht mit dir gehen wollen«, hatte Mara

ihn gewarnt. »Aber sie kommt aus einem Stamm, wo die Frauen gewohnt sind zu tun, was die Männer ihnen sagen. Sie wollte Nardo ursprünglich nicht heiraten, aber sieh nur, wie sehr sie ihn inzwischen liebgewonnen hat. Bei dir wird es das gleiche sein. Du mußt ihr nur Zeit lassen.«

Paxon hatte siegessicher gelächelt. »Ich werde schon wissen, wie ich mit Alane umzugehen habe.«

»Wenn du sie zwingst, wird sie dir niemals verzeihen«, hatte Mara ihm erklärt. »Laß ihr genügend Zeit, Redu, dann wird sie sich dir von selbst zuwenden.«

Du alte Hexe, hatte Paxon gedacht. *Du bist mehr als bereit, sie in meine Hände auszuliefern, aber was dort mit ihr passieren wird, darüber willst du lieber nicht nachdenken, ist es nicht so?*

Mit höflich glatter Stimme hatte er erwidert: »Ich habe dich gehört, alte Frau, und ich verstehe, was du sagen willst.«

Und so stand er hier, allein im kalten Mondlicht, und wartete. Schließlich waren dumpfe Hufschläge aus östlicher Richtung zu vernehmen. *Na endlich!* dachte Paxon. *Sie kommen!*

Alane war verblüfft, Paxon auf dem Pfad stehen zu sehen. Mara ritt geradewegs auf ihn zu und zügelte ihr Pferd wenige Schritte vor ihm, und Alane sagte verwirrt: »Was tut Paxon denn hier?«

»Steig ab, und ich erkläre es dir«, erwiderte Mara.

Alane konnte nirgendwo eine Höhle in den Felsen entdecken. »Wo ist Nardo?« verlangte sie zu wissen.

»Steig zuerst ab, Alane«, sagte Mara gereizt. »Ich habe gesagt, ich werde es dir erklären.«

Es war die Gereiztheit, die Alane beruhigte. Hätte Mara mit scharfer, autoritärer Stimme gesprochen, wäre Alane zurückgeschreckt. Inzwischen dämmerte ihr, daß etwas nicht so war, wie es sein sollte. Zögernd glitt Alane von Schneeflockes Rücken.

Kaum hatten ihre Füße den Boden berührt, als Mara Paxon befahl: »Halte sie fest.«

Zum ersten Mal witterte Alane Gefahr. Sie wich vor dem näher kommenden Redu zurück. »Was geht hier vor?« fragte sie scharf.

Paxon streckte blitzschnell die Hand aus und schloß seine Finger um ihren Arm. Alane versuchte, ihren Arm aus seinem Griff zu winden. »Laß mich los!« Sie zerrte erneut.

Sein Griff hielt sie wie ein Schraubstock umklammert. »Hab keine Angst, Alane«, sagte er. »Bleib nur ruhig stehen.«

Er war ein schlanker junger Mann, aber seine Finger hatten enorme Kraft. Alane hörte auf, sich zu wehren, und blickte Mara an. »Wo ist Nardo?« fragte sie noch einmal.

»Im Norakamo-Lager«, gab Mara zurück. »Er ist nicht verletzt. Es war nur ein Trick, um dich zu bewegen, mit mir zu kommen.«

»Nicht verletzt«, wiederholte Alane ungeheuer erleichtert. Dann, als ihr das volle Ausmaß von Maras Durchtriebenheit aufging, fragte sie bestürzt: »Ein Trick? Was meinst du damit? Und warum ist Paxon hier?«

Der junge Redu antwortete ihr: »Du wirst mit mir fortgehen. Wenn wir bei meinen Leuten sind, wirst du meine Frau werden.«

Alane blickte ihn in einer Mischung aus Verwunderung und aufkeimender Wut an. »Ich werde nirgendwo mit dir hingehen«, erklärte sie schroff.

Der Redu verstärkte seinen Griff um ihren Arm, ließ sie seine Kraft spüren. »Alane«, sagte er. »Du mußt.«

Als sie schließlich erkannte, was hier geschah, stieg eine Woge unbändigen Zorns in ihr auf. In ihrem ganzen Leben hatte sie noch nie solche Wut gefühlt. Aber es war eine kalte Wut, die sie überkam, eine, die ihren Verstand so scharf und eisig wie einen

Eiszapfen machte. Sie blickte Paxon an. »Versuch ruhig, mich zum Mitkommen zu zwingen«, sagte sie beherrscht. »Und ich werde dich töten.«

Paxon sah einen Moment verblüfft aus, dann wandte er sich stirnrunzelnd zu Mara um.

»Sei kein Narr. Sie kann dich nicht töten«, erwiderte Mara gelassen.

»Gib dich da keiner Täuschung hin, Mara«, erwiderte Alane. Ihre Stimme klang gefährlich ruhig. »Ich werde ihn töten. Und dann werde ich ins Dorf zurückkehren und Nardo erzählen, was du getan hast.«

Mara starrte die Ehefrau ihres Sohnes an. Alanes graue Augen glitzerten kalt, und der Ausdruck auf ihrem mondbeschienenen, bleichen Gesicht war völlig unbarmherzig. Sie hatte nicht die geringste Angst, wie Mara aufging. Die zwei Frauen starrten einander im Mondlicht an, wohl wissend, daß der Kampf ausschließlich zwischen ihnen stattfand.

Paxon hatte dies noch nicht begriffen. »Ich tue dir nicht weh, Alane«, versicherte er. »Ich werde gut zu dir sein. Das verspreche ich dir.«

Alane schaute ihn an, als wäre sie überrascht, daß er noch da war. »Ich werde niemals mit dir schlafen, Paxon. Verstehst du mich? Ich bin eine verheiratete Frau, und ich würde niemals Schande über meine Ehe bringen, indem ich mit einem anderen Mann schlafe.« Ihr Blick heftete sich auf Mara. »Im Gegensatz zu den Frauen der Kindred bin ich dazu erzogen worden, meinen Eheschwur zu ehren.«

»Vielleicht bleibt dir keine andere Wahl«, warf Paxon ein.

Alane machte sich noch nicht einmal die Mühe, ihn anzusehen. »Zwing mich mit Gewalt mitzukommen, und ich werde deinen Phallus abschneiden«, erklärte sie kalt.

Paxon starrte sie schockiert an.

Sein Schweigen zog ihre Aufmerksamkeit auf sich, wie es seine Worte nicht vermocht hatten. Sie wandte sich zu ihm um, und ihre Augen waren durchscheinend hell und klar wie Eis auf einem winterlichen Gebirgssee. »Was ich gesagt habe, ist mein voller Ernst«, erwiderte sie. »Du würdest niemals vor mir sicher sein, Paxon. Eines Nachts würde ich es tun.«

Paxon schaute in ihre Augen und glaubte ihr. Langsam, ganz langsam, löste er seine Finger und gab ihren Arm frei.

Mara stand auf dem Pfad und schwieg. Die beiden Frauen blickten sich gegenseitig an, während angespanntes Schweigen zwischen ihnen herrschte. Schließlich sagte Alane, als wären sie zu einer Entscheidung gekommen: »Du wirst ihn gehen lassen müssen. Ich glaube nicht, daß einer von uns fähig ist, ihn jetzt wieder ins Dorf zurückzubringen.« Ihre Stimme war voller Verachtung.

Mara schwieg noch immer erbittert.

»Nardo wird außer sich vor Zorn sein, aber dagegen können wir nichts machen.« Dann wandte sich Alane erneut zu Paxon um. »Du kannst die Pferde nicht mitnehmen. Du weißt nichts über Pferdepflege, und ich werde dir die Tiere nicht anvertrauen.« Sie ging zu dem Packpferd, das die Speere trug, und löste die Verschnürung. »Gib ihm einen Stapel Schlafhäute und ein Messer«, sagte sie über ihre Schulter hinweg zu Mara.

Immer noch schweigend trat Mara an das andere Packpferd, nahm die Gegenstände herunter, die Alane verlangt hatte, und legte sie auf den Boden. Alane ging zu Schneeflocke und schwang sich mühelos auf ihren Rücken. Den Blick auf Paxon gerichtet, befahl sie Mara: »Steig auf dein Pferd.«

Sobald Mara aufgesessen war und die Führungsleine des Packpferdes ergriffen hatte, bedeutete Alane ihr mit einer Handbewegung, den Pfad in Richtung Dorf zurückzureiten. »Im Trab«, sagte sie gepreßt.

Mara begann den Pfad hinunterzutraben, und Alane drehte sich ein letztes Mal nach Paxon um. Er sah sehr jung und einsam aus, wie er da allein im Mondschein stand, und ihre Wut flaute so weit ab, daß sie einen Stich von Mitleid für ihn empfand. Er ist ebensosehr ein Opfer von Maras hinterhältigem Plan, wie ich es bin, dachte sie.

»Du bist Manns genug, um eine Frau zu bekommen, ohne sie entführen zu müssen«, sagte sie ihm. Sie schleuderte ihm die Speere vor die Füße, die sie in der Hand hielt, und die Feuersteinspitzen schlugen scheppernd aneinander, als sie auf den Boden prallten. »Leb wohl, Paxon«, sagte Alane. Dann zog sie Schneeflocke herum und galoppierte den Pfad hinunter hinter Mara her. Paxon stand allein im Mondschein und starrte ihr nach.

Mara lehnte sich zurück, und ihre Stute verlangsamte ihr Tempo gehorsam. Die Packpferde folgten, und bald trabten alle vier Pferde den Flußpfad entlang, schritten eifrig aus, als sie merkten, daß es wieder nach Hause ging. Die beiden Frauen schwiegen. Das einzige Geräusch in der kalten Nachtluft war das dumpfe Stampfen der Pferdehufe auf dem sandigen Weg.

Bei Nacht sah die Welt ganz anders aus, schien nur aus drohenden Schatten und milchig weißem Mondlicht zu bestehen. Nach einer Stunde fielen die Felsen zu beiden Seiten des Pfades ab, und Wald breitete sich aus. Eine Eule schrie, und Mara hörte das schwere Schlagen ihrer Flügel irgendwo zwischen den hohen Bäumen.

Niemals hätte die Matriarchin des Wolfs-Clans gedacht, daß ihr Plan mit einer so schmachvollen Niederlage enden würde. Niemals hätte sie sich träumen lassen, daß die Norakamo-Frau den Mut aufbringen würde, ihren Entführern so energisch die Stirn zu bieten. Zwar war Mara von tiefer Furcht erfüllt bei dem

Gedanken an das, was passieren würde, wenn Nardo von dieser nächtlichen Aktion erfuhr, andererseits mußte sie Alane aber auch widerwillig Bewunderung zollen.

Sie hatte sie alle beide bezwungen. Mara und Paxon hatten Alane in ihrer Gewalt gehabt, und sie hatte sie mühelos geschlagen. Mit Worten! Mara dachte noch einmal daran zurück, was bei dieser Begegnung im Mondschein gesprochen worden war, und schüttelte ungläubig den Kopf.

Sie waren noch knapp zehn Minuten vom Dorf entfernt, als Alane schließlich zu reden begann. »Es fehlt immer noch eine Stunde bis zum Morgengrauen. Wenn wir Glück haben, können wir die Pferde in den Korral zurückbringen, und niemand wird wissen, daß wir fort waren.«

Bei diesen Worten wandte sich Mara zu der jüngeren Frau um. »Wirst du mich nicht bloßstellen?« fragte sie erstaunt.

Alane ritt hinter den Packpferden, und Mara sah ihr Gesicht nicht deutlich genug, um den Ausdruck zu erkennen, aber Alanes Antwort war brüske Autorität. »Ich bin im Augenblick zu wütend, um zu entscheiden, was ich tun soll. Es wird das beste sein, wenn wir keine Erklärungen abgeben müssen.«

Mara fühlte unendliche Erleichterung in sich aufsteigen. »Ich denke, wir haben Zeit genug, um die Pferde zurückzubringen und zu unseren Schlafstätten zu kommen, bevor unsere Abwesenheit entdeckt wird«, erwiderte sie.

Alane gab keine Antwort, und nach einem Moment wandte Mara sich wieder nach vorne um.

Maras Rückkehr in das Dorf ging wesentlich reibungsloser vonstatten, als der erste Teil ihres Unternehmens verlaufen war. Sie und Alane rieben die vier Pferde trocken und führten sie zurück in den Korral. Dann schulterten sie die restliche Ausrüstung und brachten sie in Alanes Hütte, um sie dort fürs erste zu lagern.

Sobald sie die Hütte betraten und Alane ihren kleinen Sohn in friedlicher Einsamkeit auf seinen Fellen schlafen sah, wirbelte sie herum, um ihre Mutter-durch-Heirat anzufunkeln. »Du hast Nevin ganz allein gelassen!« warf sie ihr vor.

»Er war hier vollkommen sicher.«

Zorn begann in Alane zu kochen, noch heftiger als zuvor. »Was, wenn er aufgewacht wäre und gesehen hätte, daß ich nicht da war? Er hätte sich schrecklich gefürchtet!«

»Er wäre ins große Haus hinübergegangen, um nach dir zu suchen«, gab Mara zurück.

Wieder warf Alane einen Blick auf ihr schlafendes Kind. »Du hast mir gesagt, Alis würde herkommen und auf ihn achtgeben!«

Mara zuckte die Achseln. Es müßte Alane eigentlich klar sein, dachte sie gereizt, daß ich Alis unmöglich einen solchen Auftrag hätte erteilen können – nicht bei dem Vorhaben, das ich im Sinn hatte.

Anscheinend sah Alane ein, wie töricht ihre Anschuldigungen unter diesen Umständen waren, denn sie brach abrupt ab, ging in den hinteren Teil der Hütte und ließ den Stapel Schlaffelle, den sie von dem Packpferd genommen hatte, auf den Fußboden fallen. »Leg den Rest der Sachen hier ab«, sagte sie über ihre Schulter. »Wir werden sie am Morgen an ihren angestammten Platz zurückbringen.«

Mara tat, wie ihr befohlen wurde. Ohne Nardos Mutter noch einen Blick zu gönnen, ging Alane hinüber zur Schlafstelle und ließ sich auf die Knie fallen. Nevin schlief auf dem Bauch, und sie streckte den Arm aus, um seine Wange liebevoll mit den Fingerspitzen zu berühren.

Die Geste war so vielsagend, daß Mara einen dicken Kloß in ihrer Kehle aufsteigen fühlte.

Ich wollte sie von ihrem Sohn trennen, dachte sie.

Sie blieb noch einen Moment schweigend stehen, beobachtete Alane und Nevin, dann machte sie kehrt und ging zur Tür hinaus.

Niemand rührte sich, als Mara leise das große Haus betrat. Nessa und ihre Kinder schliefen diese Nacht hier, aber auch Tora und Harlan, und ein jeder kannte den Schritt des anderen so gut, daß niemand beim Geräusch von Maras Schritten aus dem Schlaf hochfuhr. Es gelang Mara, unbemerkt in ihre Schlaffelle zu kriechen und dort zu liegen, bis die Morgendämmerung den Haushalt weckte, um den neuen Tag zu begrüßen.

Ein Aufschrei der Empörung ging durch das Dorf, als der Stamm bemerkte, daß der Redu-Gefangene geflohen war. Die jungen Männer, die die Höhle der Initiierten mit ihm geteilt hatten, suchten augenblicklich Pettra auf, nur um zu erfahren, daß Paxon in der vergangenen Nacht nicht in ihrer Nähe gewesen war.

»Von den Pferden fehlt keines«, berichtete Tyr als nächstes. »Wenn er geflohen ist, dann muß er zu Fuß gegangen sein.«

»Wir müssen ihn zurückholen«, erklärte Harlan. »Er weiß, wo das Dorf liegt. Er darf den Redu nicht unseren Standort verraten.«

Der Rest der Männer stimmte ihm zu, und nach einem hastigen Frühstück stiegen sie auf ihre Pferde, um nach dem Entflohenen zu suchen. »Er hat von uns gehört, daß sein Stamm am Goldfluß nördlich des Volp-Flusses überwintert«, sagte Tyr. »Ich denke, wenn wir dem Volp-Fluß folgen, müßten wir ihn finden.«

Es war spät am Nachmittag, der Himmel hatte sich bewölkt, und die Luft war von einer klammen, bis auf die Knochen dringenden Kälte erfüllt, als Mara schließlich Alane aufsuchte. Sie fand sie in ihrer Hütte vor, wo sie mit einer Gruppe von Kindern um das Feuer herumsaß und Geschichten erzählte. Mara hockte sich neben der Tür nieder und wartete.

»Und so kam es, daß das Pferd seine Flügel verlor«, schloß Alane. Die Kinder seufzten in einer Mischung aus Entzücken und Bedauern – Entzücken über die spannende Geschichte und Bedauern, weil sie zu Ende war.

»Noch eine!« rief Gar. Seine großen Augen blitzten im Schein des Feuers. »Erzähl uns noch eine, Alane!«

Aber Alane schüttelte den Kopf. »Geht jetzt mit Alis wieder ins große Haus hinüber«, erklärte sie ihren enttäuschten Zuhörern. »Mara möchte mich sprechen, wie ihr seht.«

Mara erhob sich, während die Kinder gehorsam zur Tür strebten. Die Türfelle schlossen sich erneut, nachdem das letzte Kind hinausgegangen war, und Mara und Alane waren allein. In der kleinen Hütte roch es würzig nach brennendem Holz, aber es hingen kaum Rauchschwaden in der Luft; der größte Teil entwich sofort durch das Loch im Dach über der Feuerstelle.

»Sie werden ihn finden«, sagte Mara.

Schweigen breitete sich aus, während sich die beiden Frauen über die Fußspuren hinweg musterten, die die Kinder auf Alanes sorgfältig gefegtem Fußboden hinterlassen hatten.

»Warum hast du das getan?« fragte Alane schließlich. »Ich habe mir diese Frage wieder und wieder gestellt, und dennoch kann ich keine Antwort darauf finden. Ich weiß, du hast mich nie gemocht ... aber so etwas zu tun!« Sie holte zitternd Luft. »Ich kann es einfach nicht verstehen.«

Dunkle Ringe der Erschöpfung zeichneten sich unter Alanes Augen ab. Die Matriarchin des Wolfs-Clans sah sie und wurde sich schlagartig ihrer eigenen Mattigkeit bewußt. Automatisch straffte sie die Schultern. »Ich hab' mich vor dir gefürchtet«, erklärte sie ruhig. »Ich hatte Angst vor dem, was du dem Stamm angetan hast.«

»Was ich dem Stamm angetan habe?« wiederholte Alane entgeistert. »Was meinst du? Ich habe dem Stamm nichts angetan.«

Langsam schritt Mara auf das Feuer zu. »Ich bin müde, Alane«, murmelte sie. »Darf ich mich setzen?«

Alane deutete auf einen der Fellteppiche. »Ich werde Tee kochen.«

Erschöpft ließ Mara sich auf dem Teppich nieder. »Tee ist eine gute Idee«, sagte sie.

Als beide Frauen saßen, jede eine Tasse dampfenden Tees in der Hand, versuchte Mara, sich Alane verständlich zu machen. »Dies ist ein Stamm, der Verwandtschaft immer nach der mütterlichen Blutslinie zählt«, begann sie. »Du willst das ändern, und ich habe nach einer Möglichkeit gesucht, dich daran zu hindern.«

Alane war völlig verblüfft. »Aber ich versuche doch gar nicht, die Lebensweise dieses Stammes zu ändern! Was hat dich bloß auf die Idee gebracht?«

»Du versuchst ständig, Nardo von den Frauen seines Bluts abzusondern und ihn fester an dich zu binden«, erwiderte Mara. »Du weißt, daß es so ist.«

Alane gab keine Antwort, sondern schaute sie nur schweigend an.

»Das wäre nicht so schlimm«, fuhr Mara fort, »wenn es nur dich und Nardo beträfe. Aber dein Beispiel hat großen Einfluß auf die anderen jungen Ehefrauen des Stammes. Auch sie versuchen jetzt, ihre Ehemänner stärker an sich zu binden, und damit schwächen sie unwillkürlich die verwandtschaftlichen Bande, die die Männer und Frauen derselben mütterlichen Blutslinie verbinden.«

Alane nahm vorsichtig einen Schluck von ihrem Tee. »Ich sehe keine Gefahr in einer innigen Beziehung zwischen Ehemann und Ehefrau.«

»Für den Mann birgt sie keine Gefahr«, gab Mara zu. »Für die Frau hingegen schon.«

Eine schmale Furche erschien zwischen Alanes rauchgrauen Brauen. »Ich verstehe dich nicht.«

»Ich werde dir sagen, was ich sehe«, erklärte Mara. Sie stellte ihre Teetasse auf einem flachen Stein vor dem Herdfeuer ab und beugte sich zu Alane vor. »Ich sehe folgendes: Wenn sich eine Ehefrau von den Brüdern und Schwestern abwendet, die von ihrem Blut sind, wenn sie völlig von ihrem Ehemann abhängig wird, dann gerät sie in Gefahr, ausgenutzt zu werden.«

Schweigen breitete sich aus. Mara griff erneut nach ihrer Tasse, blies darauf, um die heiße Flüssigkeit ein wenig abzukühlen, und trank einen Schluck. Alane runzelte nachdenklich die Stirn und starrte in die züngelnden Flammen.

»Ist es nicht genau das, was in deinem eigenen Stamm passiert?« sagte Mara nach einer Weile. »Wenn eine Frau heiratet, gibt sie ihre eigene Verwandtschaft auf und wird Teil der Verwandtschaft ihres Ehemannes. Sie hat nichts, was ihr gehört, Sie ist … Eigentum eines anderen Menschen.«

Alane hob den Blick vom Feuer. Maras dunkle Augen blitzten, als sie dem klaren grauen Blick der jungen Frau begegneten. »Du bist in dieser Tradition erzogen worden«, fuhr Mara fort, »deshalb siehst du nicht, was ich sehe. Du hast versucht, die Lebensweise deiner eigenen Leute in diesen Stamm einzubringen, und ich war nicht in der Lage, dir Einhalt zu gebieten. Nardo versteht mich nicht. Er glaubt, ich sei eifersüchtig auf seine Zuneigung zu dir.« Maras Mundwinkel verzogen sich verächtlich. »Vielleicht hat er recht. Vielleicht bin ich auch eifersüchtig. Aber diese Sache zwischen uns beiden, Alane, hat nichts mit Nardo zu tun. Es geht hier nicht um einen einzelnen Mann, sondern um viel mehr.«

»Wenn es wahr ist, was du sagst, wenn dies deine Befürchtungen waren, warum hast du sie mir gegenüber dann nie geäußert?« fragte Alane verständnislos. »Ich verstehe beim besten Willen nicht, wie du auf Entführung verfallen konntest, ohne auch nur mit mir zu reden!«

»Ich hatte nicht das Gefühl, daß es etwas nützen würde«, erwiderte Mara. Mit einem deutlichen Beiklang von Bitterkeit fügte sie hinzu: »Du hast dich niemals sonderlich empfänglich für meine Worte gezeigt, Alane. Besonders nicht, wenn sie deine Beziehung mit Nardo betrafen.«

Alane senkte den Kopf. Maras Worte enthielten ein gewisses Maß an Wahrheit, und beide Frauen wußten es.

»Ich werde dir jetzt etwas sagen, was dich möglicherweise überrascht«, meinte Mara. »Ich bedaure sehr, daß du nicht in diesen Stamm hineingeboren wurdest. Du bist eine Tochter, auf die man stolz sein kann, Alane. Es erstaunt mich, daß ein Stamm wie die Norakamo eine so starke und tapfere Frau hervorbringen konnte.«

Röte kroch in Alanes Wangen bei Maras Worten. Mara trank ihren Tee aus und stellte die Tasse auf den Boden. »Du hast mich gefragt, warum ich das getan habe, was ich getan habe. Nun, das ist der Grund gewesen.« Sie faltete ihre kräftigen, abgearbeiteten Hände im Schoß und wartete.

Langsam hob Alane den Kopf. Wieder flammte Röte auf ihren Wangen auf, aber sie begegnete Maras Blick unerschrocken, und als sie sprach, geschah es mit ruhiger Bedächtigkeit. »Wenn es zutrifft, daß ich stark und tapfer bin, dann deshalb, weil der Stamm der Kindred mich gelehrt hat, so zu sein. Im Stamm der Kindred habe ich den Wert einer Frau erfahren. Du hast recht mit deiner Behauptung, daß bei meinen eigenen Leuten Frauen kaum mehr als ein Stück Besitz sind.«

Maras braune Augen weiteten sich. Alane lächelte schwach. »Du bist überrascht, mich das sagen zu hören?«

»Sehr überrascht«, gestand Mara.

»Das meiste von dem, was ich in diesem Stamm gesehen habe, ist für mich bewundernswert«, fuhr Alane fort. »Was mir allerdings nicht gefällt, ist der Mangel an Nähe zwischen Ehemann und Ehefrau. Ich bin überzeugt, daß die Ehe eine der innigsten und intimsten aller menschlichen Bindungen ist. Ehemann und Ehefrau sind auf eine Weise miteinander verbunden, die zwischen Bruder und Schwester nicht möglich ist.«

Maras Gesicht war ernst. »Ehemann und Ehefrau sind nicht vom selben Blut«, hielt sie dagegen.

»Vielleicht nicht«, erwiderte Alane ruhig, »aber ihre Körper werden eins miteinander, meine Mutter. Die ganze Zukunft des Stammes hängt davon ab, beruht darauf, daß Mann und Frau sich vereinigen und Kinder zeugen. Ist es nicht so?«

Nach einem Moment des Zögerns gestand Mara widerwillig: »Ja, so ist es.«

»Ein Mann kann seine Frau lieben und trotzdem die Blutsbande ehren, die ihn an seine Mutter und seine Schwestern binden.« Das Feuer war heruntergebrannt, und Alane griff nach einem Stock, um darin herumzustochern. Knisternde Funken sprühten von dem Holzscheit auf, das sie angestoßen hatte. Sie legte den Stock nieder und fuhr mit derselben ruhigen, beherrschten Stimme fort: »Weil Nardo mit mir ißt und schläft, bedeutet das nicht, daß er sich nicht um Riva und Liev kümmert. Oder glaubst du das? Glaubst du, er würde sich weigern, ihnen zu Hilfe zu kommen, sollten sie ihn jemals brauchen?«

Mara stieß langsam den Atem aus. Schweigend schüttelte sie den Kopf.

»Ich würde niemals versuchen, mich zwischen meinen Ehemann und seine Familie zu stellen, würde ihn niemals daran hindern, seine Pflicht gegenüber seiner Familie zu tun.« Ein undeutbares Gefühl schwang bei Alanes nächsten Worten in ihrer

Stimme mit. »Tatsächlich wünschte ich mir sehr, meine eigenen Brüder würden auf die gleiche Weise hinter mir stehen und für mich dasein, wie Nardo immer für Riva und Lora dasein wird.«

»Ich hätte niemals gedacht, daß du so fühlst, Alane«, sagte Mara.

»Ich habe nicht so gefühlt, als ich hierherkam«, gestand Alane. »Ich war einsam, verstehst du? Und ich war eifersüchtig auf Nardos Liebe zu dir und zu seinen Schwestern und Cousinen. Er war alles, was ich hatte, und ich wollte ihn mit niemandem teilen müssen.«

»Er hat das verstanden«, erwiderte Mara. »Er sagte mir damals, ich müsse Geduld mit dir haben ... daß du dich anpassen würdest, sobald du dich erst einmal etwas heimischer unter uns fühlen würdest.«

Alanes Mundwinkel verzogen sich zu einem bedauernden Lächeln. »Nardo ist ein Mann. Sein Leben ist ganz anders. Für ihn ist es leicht, Ratschläge die Geduld betreffend zu geben.«

Mara lächelte ebenfalls. »Das ist richtig.«

Die beiden Frauen betrachteten sich gegenseitig mit neuem Verständnis füreinander.

»So«, sagte Alane und wechselte brüsk das Thema, »und jetzt zu der Sache mit Paxon.«

Mara holte tief Luft. »Es tut mir leid, Alane.«

Langsam und mit großer Würde neigte Alane den Kopf und nahm die Entschuldigung an. »Mir tut es jetzt leid, daß ich ihm kein Pferd gegeben habe«, sagte sie nach einer Pause. »Wenn er beritten wäre, hätte er eine Chance zu entkommen. Zu Fuß werden ihn unsere Männer ganz sicher einfangen.«

Mara war nicht ihrer Meinung. »Es war richtig von dir, ihm kein Pferd mitzugeben. Er würde es nur mißbrauchen.«

»Er ist kein schlechter Kerl«, verteidigte ihn Alane. »Er würde das Pferd nicht absichtlich mißbrauchen; es ist nur so, daß er nichts über die Bedürfnisse der Tiere weiß.« Sie rümpfte die Nase in einer charmant mißbilligenden Geste. »Er erinnert mich in vielfacher Hinsicht an meine Brüder.«

»Ist das der Grund, weshalb du so freundlich zu ihm gewesen bist?«

»Ja. Ich habe versucht, ihm verschiedenes beizubringen.«

Mara seufzte.

Alane beugte sich vor. »Wenn Paxon erzählt, was gestern abend passiert ist, müssen wir seine Geschichte abstreiten.«

»Abstreiten?«

»Ja. Wir werden behaupten, er lügt. Wenn wir uns gegenseitig decken, wer würde dann dem Wort eines Redu mehr Glauben schenken als unserem?«

»Sie werden irgendwie Verdacht schöpfen«, wandte Mara ein. »Warum sollte Paxon so etwas behaupten, wenn es nicht stimmte?«

»Laß sie ruhig Verdacht schöpfen«, meinte Alane gleichmütig. »Wenn wir es leugnen – wenn *ich* es leugne –, können die anderen nichts dagegen sagen.«

Stille. Als Mara schließlich erneut sprach, hatte ihre Stimme einen seltsamen Unterton. »Ich verstehe nicht, warum du bereit sein solltest, so etwas für mich zu tun, wenn ich dir etwas so Schreckliches anzutun versucht habe. Du hast jedes Recht darauf, dich zu rächen.«

Alane zuckte die Achseln. »Rache ist die Art von Männern«, erwiderte sie. »Ich denke, Frauen sind da klüger.«

Mara lächelte schief. »Jetzt klingst du tatsächlich wie eine Frau der Kindred.«

»Aber ich bin doch auch eine Frau der Kindred«, erwiderte Alane. Das Fell am Rand des Teppichs, auf dem sie saß, war zerzaust, und sie glättete es geistesabwesend mit der Hand. »Meine Mutter und mein Vater haben meine Blutsbande zu den

Norakamo gelöst, als sie mich mit Nardo verheiratet haben. Ich habe keinen anderen Stamm als diesen.«

Mara beobachtete ihr Gesicht und sagte nichts.

»Zur Zeit meiner Eheschließung war ich wütend auf meine Eltern«, gestand Alane. »Wie du schon zuvor gesagt hast, gibt eine Norakamo-Frau ihre verwandtschaftlichen Bande auf, wenn sie heiratet. Aber sie gibt nicht ihren Stamm auf! Ich fand ganz schrecklich, was sie mir antaten. Ich wollte Nardo überhaupt nicht heiraten.« Sie lächelte schwach und schaute auf ihre Hand, während sie das Fell des Teppichs glattstrich. »Aber nach einiger Zeit habe ich meine Meinung geändert.«

»Nardo kann sehr überzeugend sein«, erklärte seine Mutter.

Alanes Lächeln war jetzt vertraulich. »Ja.« Sie blickte auf. »Es würde ihn unaussprechlich schmerzen, wenn er wüßte, was du mir anzutun versucht hast. Es würde die Familie auseinanderreißen. Es würde den Clan in zwei Lager spalten. Es wäre nicht gut für den Stamm. Aus diesen Gründen werden wir Paxons Geschichte energisch abstreiten, Mara.«

Die Falten in Maras Gesicht schienen sich vertieft zu haben. »Und was wollen wir sagen, was statt dessen passiert ist?«

»Daß er ohne Hilfe geflohen ist. Daß er lügt, um einer Bestrafung zu entgehen, weil er sein Wort gebrochen hat, und deshalb die Schuld auf uns schiebt. Ich denke, die Männer werden unserer Erklärung Glauben schenken und nicht der eines Redu-Gefangenen, der sein Wort bereits gebrochen hat.«

»Ja«, stimmte Mara zu. »Ich glaube, du hast recht.«

Vierter Teil

Die Redu

22

Ein kleiner, aber häßlicher Vorfall beeinträchtigte die Freundschaftlichkeit von Nardos Besuch im Norakamo-Lager. Er hatte Dane und Nat mitgenommen, beides ruhige, ausgeglichene Männer, und der Besuch war ausgesprochen angenehm verlaufen bis zum vorletzten Tag ihres Aufenthalts. An diesem Tag waren die drei Kindred-Männer mit Rune und Stifun zusammen ausgeritten, um die Pferde zu besichtigen, die für Alanes Brautpreis bezahlt worden waren. Die Pferdeherde graste auf der großen Ebene zu beiden Seiten der Großen Biegung, und die Kindred-Männer hatten mit Befriedigung festgestellt, daß die Stuten in gutem Zustand waren. Als sie jedoch ins Lager zurückkehrten, entdeckte Nardo, daß eines seiner Ersatzpferde krank war.

»Was ist passiert?« verlangte er aufgebracht zu wissen, als er die leidende Stute erblickte.

»Sie war so dumm, Gras zu fressen, das ihr nicht bekommen ist«, erwiderte einer der Norakamo-Männer.

Rune war wütend. »Warum habt ihr die Pferde an einer Stelle weiden lassen, wo das Gras für sie schädlich war?«

»Unsere Pferde haben Verstand genug, kein Gras zu fressen, das sie krank macht«, kam die schnelle Antwort. »Woher sollten wir wissen, daß diese Tiere anders sind?«

Nardo starrte den Mann an, der gesprochen hatte. »Bist du derjenige gewesen, der dieses Pferd zum Weiden geführt hat, Vili?« fragte er.

Ein Dutzend Köpfe ruckte herum und sah Nardo an. Seine Stimme hatte leise und äußerst gefährlich geklungen.

»Ja«, antwortete Vili, Cousin von Loki, dem Mann, den Nardo getötet hatte. Sein Blick schweifte von Nardo zu Rune. »Ich habe nur deine Anweisungen befolgt, Rune. Ich habe mitgeholfen, die Kindred-Pferde auf die Weide zu bringen.«

»Und du hast nicht darauf geachtet, was sie fraßen?« erkundigte sich Rune kalt.

Vili zuckte die Achseln. »Ich weiß ja nicht, was sie zu Hause zu fressen gewohnt sind. Woher sollte ich wissen, was ihnen bekommen würde und was nicht?« Er warf einen schnellen Blick zu Nardo und schaute dann weg.

Nardo wandte sich wieder zu Schneeflocke um. Sie bot einen erbärmlichen Anblick; ihr Winterfell war feucht vor Schweiß, obwohl die Luft kalt war. Immer wieder schwang sie den Kopf herum, um auf ihren Bauch zu schauen, und scharrte unruhig mit den Hufen.

»Sie wollte sich hinlegen, aber wir haben sie ständig herumgeführt«, sagte Larz zu Nardo.

»Leg ihr ein Fell auf den Rücken, sonst wird sie sich erkälten«, befahl Nardo grimmig. Jemand rannte los, um seinen Befehl auszuführen. Wieder scharrte das Pferd mit den Hufen und versuchte, sich hinzulegen. Nardo trat an ihren Kopf, nahm Larz die Führungsleine aus der Hand und sagte: »Ich werde sie herumführen.« Wie die Reiter beider Stämme wußten, durfte man einem Pferd mit Koliken nicht gestatten, sich auf dem Boden zu wälzen. Andernfalls bestand die Gefahr, daß es starb.

Fünf Stunden später schien sich des Pferdes Zustand so weit gebessert zu haben, daß Nardo sie jemand anderem anvertrauen konnte. Es war dunkel; Stunden zuvor hatten die Norakamo zwei große Feuer entzündet, um die Nardo geduldig seine leidende Stute geführt hatte. Jetzt betrat er Runes Zelt und hockte sich dankbar auf den Teppich neben der Feuerstelle. Samu, der seinem Herrn die ganze Zeit nicht von den Fersen gewichen war, während dieser das Pferd herumgeführt hatte, ließ sich mit einem erleichterten Aufseufzer neben ihn fallen.

»Hier ist dein Abendessen, Nardo«, sagte Nita und schöpfte Hirschgulasch aus dem Topf, den sie auf dem Herdfeuer hatte köcheln lassen. Sie brachte ihm eine Schüssel voll dampfenden Fleisches. Samu winselte.

»Wir haben auch Fleisch für den Hund«, erklärte Rune.

»Ich hole es, Dada«, rief Kara aufgeregt und lief sofort zu einem kleinem Korb neben der Tür, griff hinein und holte ein Stück Hirschkeule heraus. Samu zitterte am ganzen Körper vor Erregung; er wartete jedoch gehorsam, bis das Kind das Fleisch vor ihn hingelegt und Nardo ihm die Erlaubnis erteilt hatte, bevor er sich auf die Keule stürzte.

»Das Essen ist sehr gut, Nita«, sagte Nardo, der ebenso schnell wie Samu aß.

Nita lächelte. »Du bist hungrig. Es tut mir leid, daß dein Pferd erkrankt ist, Nardo.«

Nardo erwiderte ihr Lächeln, dann wandte er sich zu Rune um. »Vili macht wieder Schwierigkeiten«, sagte er.

Rune runzelte die Stirn. »Was er heute getan hat, war unachtsam. Aber du denkst doch nicht ernsthaft, daß er deine Stute absichtlich zu schädlichem Gras geführt hat, oder?«

Nardo kaute bedächtig. »Während einer Rentierjagd hat er einmal versucht, mich von meinem Pferd zu stoßen.«

Rune hob mit einem Ruck den Kopf wie ein Hengst, der Gefahr gewittert hat. »Wann war das?«

»Als ich unter euch lebte, kurz nachdem Alane und ich geheiratet hatten.«

»Hast du es damals meinem Vater erzählt?«

Nardo schüttelte den Kopf. »Wenn du dich erinnerst«, fuhr

er fort, »war es Vili, der mit Varic in Streit geriet. Varic erzählte mir, Vili hätte ihn mit einem derben Schimpfwort belegt.«

»Ich erinnere mich an den Kampf«, sagte Rune langsam.

»Ich traue Vili nicht«, erklärte Nardo. »Er ist mir und meinen Leuten immer noch übel gesonnen wegen des Todes seines Cousins.«

»War es nicht Vili, der Alane heiraten wollte?« warf Nita ein. »Wahrscheinlich ist er eifersüchtig auf dich, Nardo.«

Runes blaue Augen blickten kalt. »Es sollte keine Blutfehde zwischen unseren beiden Stämmen geben wegen Nevins und Lokis Tod. Vili weiß das.«

»Was sagt Hagen dazu, daß ihr uns im Kampf gegen die Redu beistehen wollt?« fragte Nardo.

Runes Augen wurden noch kälter. »Hagen ist der Schamane. Seine Aufgabe ist es, sich um die religiösen und medizinischen Bedürfnisse des Stammes zu kümmern. Er hat nichts zu sagen, was meine Entscheidungen betrifft.« Die eisblauen Augen verengten sich. »Ich bin der Häuptling dieses Stammes«, fuhr Rune fort, »und Hagen wird lernen müssen, daß es ganz allein meine Sache ist, meine Leute zu führen.«

Nardo nahm einen weiteren Löffel voll Fleisch, kaute nachdenklich und schwieg.

Obwohl Paxon zu Fuß unterwegs war und die anderen zu Pferde, hätten ihn die Männer der Kindred beinahe nicht eingefangen. Am Ende war es die geographische Lage, die ihnen zum Sieg verhalf. Eine Schlucht am oberen Lauf des Volp-Flusses wurde Paxon zum Verhängnis, ein tiefer Cañon, der nur einen Eingang und Ausgang hatte. Da die Männer der Kindred nicht in der Lage gewesen waren, seine Spur aufzunehmen, ritten sie auf die Schlucht zu, durch die Paxon würde gehen müssen, und warteten.

Nachdem Paxon auf dem schmalen Pfad von allen Seiten umzingelt war, blieb er ruhig stehen und akzeptierte seine Niederlage. Als Alane und Mara ihn zurückgelassen hatten, hatte er nicht ernstlich angenommen, daß ihm die Flucht gelingen würde, aber am Ende des Tages waren seine Hoffnungen gestiegen. Es war bitter, es so weit geschafft zu haben, nur um dann wieder aufgegriffen zu werden. Als Paxon jetzt mit würdevoller Resignation im Kreis seiner wütenden Feinde stand, wußte er, daß ihm der Tod drohte. Keiner unter den Kindred würde seinen Versuch, Alane zu entführen, so ohne weiteres hinnehmen.

Zu seiner Überraschung erwähnten die Männer, die ihn gefangengenommen hatten, jedoch nichts von Alane oder Mara.

»Ich weiß nicht, wie du an diese Waffen herangekommen bist«, knurrte Pier, als er Paxon die Speere aus der Hand riß, »aber du wirst auf keinen Fall noch einmal die Gelegenheit dazu bekommen. Wir wissen jetzt, welchen Wert man dem Wort eines Redu beimessen muß!«

»Genau«, warf einer der Initiierten ein, der die Gruppe der Männer begleitet hatte. »Und glaube nicht, du könntest uns noch einmal an der Nase herumführen, indem du behauptest, du wolltest dich mit einem Mädchen treffen.«

Paxon sagte nichts. Er schwieg auch weiterhin, als sie seine Hände fesselten und ihn auf den Rücken eines Pferdes hoben. Er horchte sorgfältig auf die Gespräche der Männer, während sie zurück am Ufer des Volp-Flusses entlangritten und ihr Lager für die Nacht aufschlugen, doch nicht ein einziges Mal war von Mara oder Alane die Rede.

Konnte es sein, daß Alane Stillschweigen über die wahren Umstände seiner Flucht bewahrt hatte? Noch vor zwei Tagen hätte Paxon nicht geglaubt, daß eine Frau zu derartiger Verschwiegenheit fähig wäre, aber jetzt gab es wenig, was er Alane nicht zugetraut hätte.

Paxon schöpfte neuen Mut. Vielleicht würden sie ihn doch nicht töten. Wenn Alane den Mund gehalten hatte, dann würde er ebenfalls kein Wort verlauten lassen. Er war ja kein Narr. Er wußte, es war in seinem eigenen Interesse, Maras Geheimnis zu bewahren, und solange dies möglich war, würde er genau das tun.

Ein paar Tage später kehrte Nardo bei Einbruch der Dunkelheit von seinem Besuch bei den Norakamo zurück. Erleichtert übergaben er und Dane ihre Pferde den Jungen, die von der Höhle der Initiierten herbeigerannt kamen, dann lenkten die beiden ihre müden Schritte zu dem großen Haus, wo sie ihre Ehefrauen vorzufinden hofften. Wärme und Lärm trafen Nardos Sinne wie ein Schlag, kaum daß er die Türfelle beiseite geschoben hatte.

»Nardo!« schrie eine junge weibliche Stimme. »Sieh mal, Alane, Nardo ist wieder da!«

Nardo verengte die Augen und blinzelte, um den Rauch und das matte Licht im Raum zu durchdringen. Ein kleiner Junge stolperte auf ihn zu. »Dada! Dada!« rief er aufgeregt.

»Hör auf zu kreischen, Beki«, sagte Mara ruhig. »Wir haben Augen. Wir können selbst sehen, wer gerade gekommen ist.«

Nardo lächelte, schwang den entzückten Nevin hoch in die Luft und drückte ihn einen Moment fest an sich, dann trat er auf das Feuer zu, wo Alane saß. Samu trottete zu seinem gewohnten Platz neben der Tür und rollte sich zusammen.

»Beki, deine Stimme würde selbst einen gereizten Bären in die Flucht schlagen«, meinte Dane gutmütig, als er Nardo folgte.

»Wir haben es ihr oft genug gesagt«, erwiderte Nessa, Bekis Mutter.

Nardo stand jetzt vor Alane. Alis und Elexa, die neben ihr gesessen hatten, erhoben sich bereitwillig, um ihm Platz zu machen. Er schenkte den beiden ein dankbares Lächeln und ließ sich auf dem Teppich neben seiner Frau nieder. Nevin drängte sich an seine andere Seite. Alane lächelte Nardo an. »Hungrig?« fragte sie weich.

»Sehr«, erwiderte er, und der Ausdruck seiner dunklen Augen verlieh dem Wort noch eine zusätzliche Bedeutung. Alane tätschelte sein Knie, dann runzelte sie die Stirn, als sie fühlte, wie feucht seine Wildlederhose war.

»Ich werde dir etwas Hirschgulasch bringen, Nardo«, bot Alis an.

»Regnet es?« wollte Alane wissen.

»Wir sind vor einer Stunde in einen kleinen Schauer geraten.«

Nevin ahmte seine Mutter nach und befühlte Nardos Knie. »Dada naß«, verkündete er.

»Du hättest anhalten sollen, um deine Kleider zu wechseln, Nardo«, sagte Alane besorgt. »Es ist zu kalt, um in nassen Sachen herumzulaufen.«

»Alane hat recht«, warf Lora ein, die Danes Hosen auf die gleiche Weise prüfte, wie Alane es getan hatte.

Nardo nahm die Schüssel dampfenden Fleisches aus Alis' Händen entgegen.

Dane nahm einen Löffel voll Fleisch aus der Schale, die Elexa ihm gebracht hatte, und meinte kauend: »Wir hatten unsere Pelzumhänge an. Nun macht nicht so ein Aufhebens, nur weil unsere Hosen ein bißchen feucht geworden sind.«

Nardo blickte sich in dem großen Raum um. »Wo ist Paxon?« wollte er wissen.

Das Schweigen, das seiner Frage folgte, sagte ihm sofort, daß etwas nicht stimmte. Er setzte seine Schüssel auf dem Boden ab und drehte sich zu Harlan um. »Ist irgendwas passiert?«

Harlans langes, schmales Gesicht schien plötzlich länger als gewöhnlich, als er Nardos prüfenden Blick erwiderte. »Jetzt ist wieder alles in Ordnung«, sagte er. Seine feuchten Augen glitzerten im Lampenlicht. »Der Redu hat kurz nach Vollmond zu fliehen versucht, Nardo, aber wir haben ihn eingefangen. Seitdem halten wir ihn in einer der Hütten eingesperrt. Offensichtlich kann man nicht auf sein Wort vertrauen.«

Nardo runzelte aufgebracht die Stirn. »Wie weit ist er gekommen?«

»Bis zur Volp-Schlucht über der Heiligen Höhle.«

»Bei allen Göttern!« rief Dane bestürzt.

»Ist er allein fortgegangen?« fragte Nardo ungläubig. »Ohne Waffen?«

Pier mischte sich in die Unterhaltung ein. »Er hatte Waffen bei sich. Wir sind bis jetzt aber noch nicht dahintergekommen, wie er sie sich beschafft hat.«

Nardo fluchte unterdrückt.

»Es gibt keinen Grund, wütend zu sein, Nardo«, warf Alane beschwichtigend ein. »Er hat ja keinen Schaden angerichtet. Iß dein Fleisch, bevor es kalt wird.«

Nardo warf ihr einen ungeduldigen Blick zu. »Wenn er bis zu seinem Stamm am Goldfluß gekommen wäre, hätte er sogar großen Schaden anrichten können. Er kennt die Lage unseres Dorfes. Er weiß, wie viele wir sind.« Er wandte sich wieder zu Pier um. »Nur gut, daß ihr ihn rechtzeitig eingefangen habt!«

»Ja«, meinte Pier lakonisch.

»Erzähl mal, wie ist es passiert?«

Während Nardo sein Fleisch verzehrte, berichtete Pier die Geschichte von Paxons Flucht.

»Pettra?« fragte Nardo zweifelnd, als Pier geendet hatte.

»Sie hat offenbar einiges für ihn übrig, Nardo«, warf Alane ein. »Sie hat ihm während dieser letzten Tage Gesellschaft geleistet, während ihn die Männer in seiner Hütte eingesperrt hielten.«

»Durch die vielen zusätzlichen Atata-Frauen, die wir aufgenommen haben, gibt es im Stamm mehr junge Frauen als junge Männer«, bemerkte Mara. »Und die Mädchen des Rotwild-Clans waren noch nie einer Herausforderung abgeneigt.«

Alane nahm Nardos leere Schüssel. »Möchtest du noch etwas Fleisch?«

Er schüttelte den Kopf.

Dane meinte mit einem Blick auf Lora: «Ich sollte endlich aus diesen nassen Hosen herauskommen.«

Ihre Grübchen erschienen. »Du hast sie den ganzen Tag getragen, ohne zu jammern.«

»Aber jetzt werden sie steif, während sie trocknen«, erwiderte er.

»Ich glaube, es sind nicht nur Danes Hosen, die steif werden«, meinte Pier grinsend. »Er ist mehr als einen halben Mond fort gewesen, Lora.«

Lora revanchierte sich mit einer witzigen Bemerkung, und alle lachten. Nardo schaute Alane an. Sie war entsetzt gewesen über diese freizügigen Reden, als sie damals zu den Kindred gekommen war, und die Familie hatte ihr offensichtliches Unbehagen respektiert, indem sie sie und Nardo niemals auf diese Weise neckten. Alane hatte die Augen gesenkt, aber um ihre Lippen spielte die Andeutung eines Lächelns. Nardo beugte sich zu ihr und flüsterte ihr ins Ohr: »Dane ist nicht der einzige, der an Steifheit leidet.«

Zu seinem Entzücken schmunzelte sie.

Lora wandte sich an Tora. »Können die Kinder heute nacht hier schlafen, Mama?«

»Natürlich«, meinte Tora.

»Ich auch?« rief Nevin. Loras Sohn, Crim, war zwei Jahre älter als Nevin, und Nevin himmelte ihn an. »Ich bleibe bei Crim.«

»Eine ausgezeichnete Idee«, sagte Nardo prompt.

Zu seiner Überraschung fragte seine Mutter: »Alane? Ist es dir recht, wenn Nevin die Nacht hier verbringt?«

Alane lächelte. »Das ist völlig in Ordnung.«

Es hatte zu regnen begonnen, als Alane und Nardo das große Haus verließen, um zu ihrer Hütte zu gehen. Nardo reckte schnuppernd die Nase in die Luft. »Ich kann Gras im Regen riechen«, sagte er. »Der Frühling ist bald da.«

Alane, die eine Steinlampe trug, duckte sich als erste in die Hütte. »Und ich kann nasse Wildlederhosen riechen«, sagte sie. »Ich werde sie morgen wieder weich schaben müssen.«

Nardo war direkt hinter ihr, Samu dicht auf den Fersen. Alane ging zu dem Stoß Feuerholz neben der Tür und stapelte ein paar Scheite in der Feuergrube auf. »Wie geht es meiner Familie?« fragte sie Nardo, als sie Anmachspäne hinzufügte.

»Es geht ihnen gut«, erwiderte er. »Deine Mutter sieht älter aus.«

Alane zündete das Feuer an, beobachtete es noch einen Moment, bis es richtig zu brennen begonnen hatte, und drehte sich dann zu ihm um. »Ich würde sie gern einmal wiedersehen«, sagte sie eine Spur verloren.

»Ich werde dich hinbringen, sobald wir vor diesen Redu sicher sind, Alane. Ich verspreche es dir.«

Sie nickte seufzend und fragte dann: »Hattest du Schwierigkeiten mit Hagen?«

Nardo schritt auf sie zu. »Nichts Ernstliches.«

Sie zog die Stirn in Falten. »Du hast also Ärger mit ihm gehabt. Erzähl mir davon, Nardo.«

»Ich erzähle es dir später«, sagte er weich. »Im Augenblick habe ich andere Dinge im Sinn.«

»Es ist immer noch kalt hier drinnen«, protestierte sie.

Er streckte die Arme aus und zog sie an sich. »Keine Sorge, meine Kleine. Ich werde dich wärmen.«

Alane zuckte zurück, als sie mit seinen Kleidern in Berührung kam. »Du wirst mich ganz bestimmt nicht wärmen, wenn du mich an dieses nasse Wildlederhemd drückst, Nardo! Zieh deine Kleider aus.«

Er grinste. »Nur zu gerne.«

Sie blickte auf in sein Gesicht, und ihr Herz schmolz förmlich dahin. Er war so groß, so enorm stark, und dennoch wußte sie mit völliger Gewißheit, daß er seine Kraft niemals dazu mißbrauchen würde, eine Frau gegen ihren Willen zu nehmen. Er streifte sich sein Hemd über den Kopf, und sie streckte den Arm aus, um ihre Finger auf seine muskulösen Oberarme zu legen. Seine Kraft war ihre Freude; niemals würde sie zu einer Bedrohung für sie werden.

Ich kann nicht dein Leben für dich leben, Alane, hatte er gesagt. Jeder andere Mann, den sie kannte, hätte ihr Leben für sie leben wollen. Nur Nardo war bereit, ihr ihre Freiheit zu lassen.

Er fluchte. Er hatte ungeschickt an der Schnur gezerrt, die seine Hosen in der Taille festhielt, und jetzt sagte er gereizt: »Ich kann diesen dummen Knoten nicht aufbekommen!«

»Laß mich mal versuchen. Meine Finger sind kleiner.« Sie benutzte ihre Nägel, um den Knoten in dem ledernen Band zu lösen. Die Schnur war steif geworden und ließ sich kaum bewegen. »Nardo, selbst das Band ist naß!«

Ihre Finger berührten seinen flachen, muskulösen Bauch, und er sagte hinterhältig: »Du kannst mich auch tiefer anfassen, wenn du möchtest.«

Alane lächelte. Neben Nardo ist Paxon nichts weiter als ein selbstsüchtiger, unreifer Junge, dachte sie.

23

Vili schleuderte seinen Umhang auf den Boden und erklärte mißmutig: »Rune irrt sich gewaltig, wenn er glaubt, wir würden diesen Kindred-Bastarden gegen die Redu helfen.«

»Sie haben keinen Finger gerührt, um uns zu Hilfe zu kommen, als wir gegen die Pferdeesser kämpften«, stimmte Noli zu. »Ich habe den Eindruck, diese Verbindung zwischen unseren beiden Stämmen dient nur dem Vorteil der Kindred.«

Nach der Stammesversammlung, die Rune einberufen hatte, waren die beiden Cousins geradewegs in das Zelt des Schamanen gestürmt, und jetzt erklärte Hagen mit seiner sanftesten Stimme: »Ich fürchte, Rune steht zu sehr unter dem Einfluß dieses Kindred-Häuptlings. Ich frage mich, wer der wirkliche Häuptling der Norakamo ist. Rune? Oder Nardo?«

»Nardo«, entgegnete Vili voller Haß.

Hagen blickte seinen Neffen unter halb gesenkten Lidern an und sagte nichts. Es war kalt draußen, aber im Zelt des Schamanen war es immer warm und stickig.

»Diese Redu lagern schon den ganzen Winter über am Goldfluß«, sagte Noli entrüstet, »und Nardo hat bis jetzt gewartet, um uns die Nachricht zu bringen?«

»In Nardos Augen sind wir ein untergeordneter Stamm, den man nach Belieben benutzen kann«, erklärte Vili. »Nun, wir werden ihm zeigen, daß er da falschliegt.«

»Und Rune auch«, fügte Noli hinzu.

»Geduld, Geduld, meine Neffen«, warf Hagen ein. »Es wird besser sein, wenn wir den richtigen Zeitpunkt abwarten und nicht zu schnell vorgehen, sonst werden wir alles verlieren. Zu viele unserer Männer sind auf Versprechungen von Kindred-Hilfe hereingefallen.«

»Was sollen wir dann tun, Onkel?« fragte Vili eifrig.

»Die Norakamo haben Untätigkeit immer verabscheut«, erklärte der Schamane mit dünnem Lächeln. »Ich denke, ein Wartespiel zu spielen wird schnell seinen Reiz verlieren.«

»Das stimmt«, sagte Noli und nickte nachdrücklich.

»Wir werden bis dahin warten«, sagte Hagen, »und dann werden wir unseren Zug machen.«

Nardo hatte den ganzen Winter hindurch überlegt, was er tun könnte, um die Redu zu schlagen. Leider hatte es sich als nicht durchführbar erwiesen, der Feuerkraft des Feindes wirksam zu begegnen, indem sie die großen Bogen der Redu nachbauten. Es war nicht etwa so, daß die Konstruktion eines solchen Bogens sonderlich schwierig gewesen wäre. Natürlich war er wesentlich größer als der Kindred-Bogen, aber den Männern der Kindred, die Bogen und Pfeile fertigten, gelang es ohne weiteres, die Verstärkung aus Sehnen nachzubilden, die dem Holz seine Festigkeit verlieh und es so stark machte. Bald wurde jedoch offensichtlich, daß der Nachbau des Bogens eine Sache war – damit schießen zu lernen hingegen eine völlig andere. Wenn die Kindred lernen wollten, effektiv mit einer solchen Waffe umzugehen, würden sie über einen langen Zeitraum hinweg intensiv üben müssen. Und Zeit war etwas, was sie nicht hatten, wie Nardo befürchtete.

Welche Vorteile hatten sie, um die Redu-Bogen auszugleichen?

Sie besaßen Pferde.

Sie kannten sich in den Bergen aus.

Sie hatten die Norakamo.

Nun mußte Nardo nur noch eine Möglichkeit finden, diese Vorteile miteinander zu kombinieren, und zu Beginn des Frühlings glaubte er, die Lösung gefunden zu haben.

Im Frühjahr würden die Rentiere die tieferen Lagen der Großen Flußkreuzung verlassen und in die Berge ziehen. Die Herden würden südlich entlang des Goldflusses wandern, und die Redu würden ihnen zweifelsohne folgen. Und wenn der Stamm das tat, würde er geradewegs in das Norakamo-Sommerlager in der Nähe der Großen Furt laufen.

Der erste Schritt bei Nardos Plan war, die Norakamo zu bitten, dieses Jahr einen anderen Platz für ihr Sommerlager zu benutzen, und dies erforderte eine weitere Reise, um sich mit Rune zu beratschlagen.

Zu Nardos Überraschung schlug Rune vor, ein Stück vom Norakamo-Lager fortzureiten, um ihre Besprechung abzuhalten. Die beiden Männer ritten zum Schlucht-Fluß, legten ihren Pferden Fußfesseln an, damit sie grasen konnten, und standen dann nebeneinander, um in die tiefe Schlucht hinunterzuschauen, während Nardo Rune erklärte, was er tun sollte.

Rune sträubte sich. »Wie soll ich meinen Männern sagen, daß wir einfach zurückweichen und diesen Fremden erlauben werden, in unser Sommerlager vorzudringen?« fragte er ängstlich.

»Ich möchte sie in der Falle fangen, Rune«, erwiderte Nardo. »Und um das zu tun, brauche ich deine Hilfe. Ich möchte sie an einen Ort locken, wo sie keine Deckung im Rücken haben, und dann möchte ich, daß du und die Norakamo über sie herfallt. Bis dahin dürfen sie von eurer Existenz nichts wissen!«

Rune blickte Nardo an. »Wann willst du sie fangen?«

Nardo legte ihm ausführlich seinen Plan dar.

»Das ist ein guter Plan«, gab Rune schließlich zu, als Nardo geendet hatte.

»Wirst du mir helfen?« wollte Nardo wissen.

Rune schaute grimmig drein. »Ja, Nardo, ich werde dir helfen. Aber es wird nicht leicht sein, den Stamm davon zu überzeugen, unser Sommerlager aufzugeben.«

Nardo betrachtete den schnell dahinfließenden Fluß, während er durch den tiefen Cañon strömte, den er in den Felsen eingegraben hatte. »Hagen?« sagte er.

Rune nickte. Der Wind blies ihm seine blonden Ponyfransen aus der Stirn zurück, und Nardo konnte in seinem feingeschnittenen Profil eine große Ähnlichkeit mit Alane erkennen. »Der Schamane macht wie üblich Schwierigkeiten.« Er blickte Nardo an. »Er will der Häuptling sein.«

»Ich habe das gleiche Problem mit meinem Cousin Varic«, erwiderte Nardo bekümmert.

Die beiden jungen Männer schauten einander an.

»Wir müssen dafür sorgen, daß dieser Plan funktioniert«, erklärte Nardo schließlich. »Eine Serie kleinerer Überfälle könnte bewirken, daß die Anzahl der Redu verringert wird, aber wir würden dabei auch unweigerlich einige von unseren Männern verlieren. Und von ihnen gibt es mehr als von uns.«

»Wir müssen sie alle auf einen Schlag vernichten«, stimmte Rune zu. »Und die einzige Möglichkeit, das zu tun, ist, sie auf die gleiche Weise zu töten, wie wir eine Rentierherde töten – indem wir sie einkesseln und sie niederstrecken, während sie wehrlos sind. Wenn der Plan erfolgreich verläuft, werden wir das tun.«

»Dann wirst du mich unterstützen und den Stamm davon abhalten, ins Sommerlager zu ziehen?« fragte Nardo.

»Ja«, erklärte Rune. »Ich werde dafür sorgen, daß die Norakamo weiterhin oberhalb des Schlucht-Flusses lagern, damit die Redu ungestört den Goldfluß hinunterziehen können.«

Zu Beginn des Lachs-Mondes, des ersten Mondes im Frühling, berief Nardo den Clan-Rat zu einer Zusammenkunft in seiner Hütte ein. Als sich die Männer niederließen, betrachtete Nardo die vertrauten Gesichter und erinnerte sich daran, wie aufsässig sie sich im letzten Jahr verhalten hatten, als er sie gebeten hatte, den Büffel-Paß zu bewachen. Er wußte nicht, was er tun würde, sollten sie sich jetzt wieder weigern, auf ihn zu hören. Niemals wieder wollte er sich so hilflos und frustriert fühlen wie im letzten Jahr.

Es regnete draußen, und die nasse Wildlederkleidung der Männer dampfte leicht in der warmen Luft der kleinen Hütte. Als Nardo schließlich zu sprechen begann, ließ seine ruhige Stimme nichts von seiner inneren Anspannung erkennen.

»Es ist Lachs-Mond«, sagte er, »und die Rentiere werden bald ihre Frühjahrswanderung beginnen. Sie werden rechtzeitig auf ihren Gebirgsweiden sein wollen, wenn ihre Kälber geboren werden. Ich denke, die Redu müssen bald von ihrem Lager an der Großen Flußkreuzung aufbrechen und weiterziehen.«

Hamer, Ratsmitglied für den Leoparden-Clan, grunzte zustimmend. Die anderen Männer nickten mit grimmigen Mienen.

»Im letzten Frühjahr haben sie den Atata ausprobiert«, fuhr Nardo fort. »Dieses Mal werden sie es am Goldfluß versuchen.«

Wieder nickten die Männer mit Übereinstimmung.

Varic schaute Nardo an und bemerkte mit scheinbarer Beiläufigkeit: »Wenn sie dem Goldfluß folgen, werden sie direkt ins Norakamo-Sommerlager hineinlaufen.«

Nardo blickte in die weit auseinanderstehenden braunen Augen seines Cousins und wußte, Varic würde ihm wegen der Norakamo Schwierigkeiten machen. Innerlich fluchte er heftig, obwohl er sorgsam darauf achtete, sich nichts von seinem Frust anmerken zu lassen.

Matti biß sofort auf Varics Köder an. »Werden die Norakamo gegen die Redu kämpfen, wenn sie ihr Sommerlager besetzen?«

Nardo entgegnete ruhig: »Ich habe ihren Häuptling, der mein Bruder-durch-Heirat ist, gebeten, dieses Jahr nicht in ihr Sommerlager zu ziehen, und er hat sich einverstanden erklärt.«

Varics Mundwinkel verzogen sich zornig. »Die Norakamo sind nur mutig, wenn es darum geht, einen einzelnen Mann niederzumetzeln«, sagte er.

Nardo zügelte seine Wut mit eisernem Willen. »Nevin war der Bruder meiner Mutter, und ich betrauere seinen Verlust ebensosehr wie du, Varic. Aber jetzt ist nicht der richtige Zeitpunkt, alten Groll heraufzubeschwören, wenn es so enorm wichtig ist, daß unsere beiden Stämme zusammenarbeiten. Wir brauchen die Norakamo, wenn wir die Redu erfolgreich schlagen wollen, und die Norakamo brauchen uns.«

»Alten Groll?« Varic kochte. »Der Tod meines Vaters ist wohl kaum etwas, was man als ›alten Groll‹ bezeichnen kann!«

Nat beugte sich vor und sprach in bedächtigem Ton. »Hast du einen Plan, Nardo?«

»Hört zu.« Langsam blickte sich Nardo im Kreis der Männer um, während er sorgfältig ihre Reaktionen abzuschätzen versuchte. »Ich will den ganzen Stamm zum Altas hinaufbringen, so wie wir es im letzten Sommer getan haben. Aber dieses Jahr werden wir einen anderen Weg ins Helle Tal nehmen, nämlich über den Adler-Paß und den Goldfluß, statt vom Großen Fischfluß aus über den Hohen Sattel zu wandern.«

Er legte eine Pause ein. Draußen hatte der Regen inzwischen zugenommen; sie konnten die Tropfen auf die Schindeln aus Baumrinde trommeln hören, die das Dach deckten. Etwas Regen drang auch durch das Abzugsloch in der Decke, und das Feuer zischte, als Wassertropfen hineinfielen.

»Warum?« fragte Hamer barsch. »Wenn wir wissen, daß die Redu am Goldfluß sein werden, warum sollten wir dann unsere Frauen und Kinder ihrem Zugriff aussetzen?«

»Weil ich will, daß uns die Redu folgen«, erwiderte Nardo.
Verblüfftes Schweigen breitete sich aus.

»Das wirst du schon genauer erklären müssen, Nardo.«

Varics Blick schweifte rasch über die Gesichter in der Hütte. »Wir sind offensichtlich zu dumm, um zu begreifen, was du vorhast.«

Nardo ignorierte die bewußte Herausforderung. Statt dessen blickte er in Nats kräftiges, kantiges Gesicht und richtete das Wort an den Anführer des Bären-Clans. »Ich sehe die Situation folgendermaßen«, begann er. »Wir haben den Redu gegenüber drei Vorteile: unsere Pferde, unsere Kenntnis der Berge und die Unterstützung der Norakamo. Wenn wir diese Eindringlinge vernichten wollen, dann müssen wir unsere Vorteile nutzen.«

Varic sagte erbittert: »Ich würde die Norakamo nicht als Vorteil zählen.«

»Das werden wir müssen«, entgegnete Nardo ruhig, »denn sie sind der Schlüssel zu unserem Sieg.«

Varics Protest wurde von Nats tiefer Stimme übertönt. »Was hast du vor, Nardo?«

»Folgendes.« Alle Männer bis auf Varic beugten sich kaum merklich näher zu Nardo. »Ich möchte den Stamm über den Adler-Paß in das Helle Tal führen, und ich will, daß die Redu wissen, wohin wir gegangen sind. Wie ihr alle wißt, ist der Adler-Paß an seiner weitesten Stelle knapp drei Pferdelängen breit, und er wird zu beiden Seiten von hohen Bergen umschlossen. Es wäre für die Redu eine Leichtigkeit, den Adler-Paß zu halten, und genau das sollen sie tun. Sie sollen glauben, sie hätten uns im Hellen Tal so fest in der Falle, wie wir sie letztes Jahr im Sommerlager eingekesselt hatten.«

Freddos schräge, dunkle Augen glänzten im Feuerschein. »Aber wir können das Helle Tal jederzeit über den Großen Fischfluß wieder verlassen«, warf er ein.

»Richtig. Aber die Redu wissen nichts von dem Paß zum Großen Fischfluß«, erklärte Nardo.

Matti fuhr sich ungeduldig mit den Fingern durchs Haar. »Aber was ist der Sinn und Zweck des Ganzen?« wollte er wissen. »Warum wollen wir sie glauben machen, sie hätten uns im Hellen Tal in der Falle gefangen?«

»Ich glaube, Nardo will, daß sich die Norakamo von hinten an die Redu anschleichen, während sie sich auf uns konzentrieren«, warf Hamer ein. »Dann werden wir sie zwischen uns haben.«

Nardo nickte. »Zwischen uns – und unserer Gnade ausgeliefert. Wenn wir unsere Sache gut machen, sollten wir in der Lage sein, sie allesamt zu töten.«

Nat schüttelte den Kopf. »Das ist alles schön und gut, Nardo, aber der Häuptling der Redu ist kein Dummkopf. Er wird Wachen am Goldfluß aufstellen, um keine unangenehmen Überraschungen von der Rückseite aus zu erleben. Die Norakamo werden sich nicht unentdeckt anschleichen können.«

»Die Norakamo werden nicht den Goldfluß heraufkommen«, erklärte Nardo. »Sie werden den kleinen Fluß heraufziehen, der vom Goldfluß abzweigt, wo er den Altas erreicht. Es gibt dort einen Schafspfad über die Berge, den sie nehmen können, und er wird sie geradewegs zu der Stelle bringen, wo der Adler-Paß anfängt.«

»Die Berge zu beiden Seiten des Adler-Passes sind zu steil für Pferde«, wandte Nat ein.

»Das stimmt zwar«, erwiderte Nardo geduldig, »aber der Schafspfad wird sie auf den Weg bringen, bevor er sich verengt, um durch den Paß zu führen.«

»Dann werden die Redu sie rechtzeitig sehen können«, erklärte Matti.

»An dieser Stelle werden die Pferde zu unserem Vorteil sein«, gab Nardo zurück. »Die Norakamo werden zu schnell herankommen, als daß die Redu sich noch zur Verteidigung rüsten könnten.«

»Ich kenne weder diesen kleinen Fluß noch diesen Schafspfad«, wandte Freddo stirnrunzelnd ein.

»Ich habe ihn vor einem Mond ausgekundschaftet«, erwiderte Nardo. »Wenn Dane und ich die Berge bei Schnee überqueren konnten, dann sollten die Norakamo in der Lage sein, den Aufstieg bei besserem Wetter zu schaffen.«

Mano erklärte ruhig: »Die Norakamo-Pferde sind keine Gebirgspferde, wie unsere es sind, Nardo. Können sie den steilen Aufstieg bewältigen?«

»Ihre Pferde sind gut genug«, erwiderte Nardo.

Varic meldete sich zu Wort. »Ich traue den Norakamo nicht.« Sein Gesicht zeigte einen störrischen Ausdruck. »Ich halte es nicht für klug, den ganzen Erfolg unseres Plans vom Eingreifen der Norakamo abhängig zu machen. Was, wenn sie nicht kommen?«

»Warum sollten sie nicht kommen?« Nardo breitete vielsagend die Hände aus. »Es ist ebensosehr in ihrem Interesse wie in unserem, diese Eindringlinge loszuwerden. Die Norakamo sind ein kleinerer Stamm als wir. Es ist nur vernünftig für sie, sich mit uns zusammenzutun.«

»Rune denkt vielleicht, es wäre klüger, die beiden größeren Stämme diese Sache unter sich ausfechten zu lassen«, wandte Varic ein. »Dann, wenn wir einander tödlich geschlagen haben, könnte er sich einschalten und unsere Jagdgründe übernehmen.«

Nardo betrachtete seinen Cousin grimmig. Varics Augen glitzerten herausfordernd, als er Nardos Blick erwiderte. Er war darauf aus, den Plan seines Cousins zunichte zu machen. Nardo fühlte seinen Zorn anschwellen.

Hamer war der erste, der ins Schwanken geriet. »Da könnte Varic recht haben«, sagte er. »Ich denke, es wäre besser, wenn wir eine Gruppe unserer eigenen Männer zurückließen, um den Überraschungsangriff auf die Redu zu starten.«

»Die Redu sind uns zahlenmäßig überlegen«, sagte Nardo. Seine Stimme war eine Spur zu ruhig, seine Miene etwas zu unbewegt. »Wenn wir uns jedoch mit den Norakamo verbünden, werden wir es zahlenmäßig mit den Redu durchaus aufnehmen können.« Er betrachtete die Männer der Reihe nach und hielt dann einen Moment inne, als sein Blick dem Varics begegnete. »Ich will, daß dieser Kampf die Gefahr ein für allemal ausschaltet. Je länger diese Leute in unseren Bergen bleiben, desto schwerer wird es für uns sein, sie zu vertreiben.«

»Nardo hat recht«, sagte Mano. »Ich halte seinen Plan für sehr gut.«

»Natürlich findet Mano den Plan gut. Die Männer vom Wolfs-Clan halten ja immer zusammen«, warf Varic sarkastisch ein.

Mano runzelte finster die Stirn und öffnete den Mund zu einer bissigen Erwiderung. Nardo hielt eine Hand hoch.

»Genug«, sagte er freundlich, und alle blickten ihn mit plötzlichem Argwohn an.

»Ich habe euch meinen Plan erklärt«, sagte Nardo, immer noch mit dieser gefährlich liebenswürdigen Stimme. »Hat sonst noch jemand einen Plan anzubieten?«

»Ich denke, wir sollten nach deinem Plan vorgehen, aber statt uns auf die Norakamo zu verlassen, sollte eine Gruppe von Kindred-Männern aus dem Hinterhalt über die Redu herfallen«, erwiderte Varic.

»Das ist nicht dein Plan, Varic«, gab Nardo zurück. »Das ist mein Plan mit deiner Variation. Wenn wir meinen Plan befolgen, dann so, wie ich ihn dargelegt habe.«

In der Hütte herrschte dumpfes Schweigen.

»Ich frage noch einmal«, sagte Nardo. »Hat noch jemand eine Lösung vorzuschlagen?«

Die Männer senkten den Blick. Das Schweigen lastete schwer.

»Dann sind wir uns also alle einig, daß wir etwas unternehmen müssen?« fragte Nardo.

»Ja«, erklärte Mano energisch. »Wir müssen etwas unternehmen!«

»Varic?« Nardo wandte sich an seinen Cousin. »Bist du der Meinung, wir sollten die Redu einfach ignorieren und hoffen, daß sie von allein weggehen?«

Varic machte ein beleidigtes Gesicht. »Nein, der Meinung bin ich nicht.«

»Nun gut, da es keine anderen Vorschläge gibt, schlage ich vor, daß wir nach meinem Plan vorgehen«, schloß Nardo.

Nat drehte sich zu Varic um. »Nardo hat letztes Jahr recht gehabt mit seiner Forderung, den Büffel-Paß bewachen zu lassen, und wir waren im Unrecht. Ich denke, damals hat er bewiesen, daß er unser Vertrauen verdient.« Er wandte sich wieder an Nardo. »Ich stimme für deinen Plan«, erklärte er fest.

»Ich auch«, sagte Mano.

»Und ich«, sagten Freddo, Hamer und Matti.

»Varic?« fragte Nardo, immer noch mit diesem einschüchternd sanften Unterton. »Wie steht der Adler-Clan dazu?«

»Oh, ich nehme an, ich werde mich dir wohl oder übel anschließen müssen, Nardo«, erklärte Varic mißmutig. »Aber ich werde inständig zur Großen Mutter beten, daß du dich in den Norakamo nicht täuschst.«

»Wenn sich die Norakamo als untreu erweisen sollten, können wir jederzeit das Helle Tal über den Hohen Sattel verlassen«, warf Hamer nüchtern ein. »Wir vertrauen ihnen nicht unser Leben an, Varic.«

»Begreift ihr denn nicht?« sagte Nardo. »Dies ist exakt der Grund, warum mein Vater eine Eheschließung zwischen mir und Alane arrangierte. Rune ist mein Bruder-durch-Heirat. Er wird mich nicht im Stich lassen.«

»Beten wir, daß er es nicht tut«, sagte Nat grimmig. »Denn wenn er uns nicht zu Hilfe kommt, könnte er damit den Untergang unserer beiden Stämme bewirken.«

24

Kurz nach Nardos Rückkehr ins Dorf stellte Paxon zu seiner Überraschung fest, daß ihm zunehmend mehr Freiheit zugestanden wurde. Anfänglich durfte er die Hütte verlassen, um sich etwas Bewegung zu verschaffen, und während der ersten Woche des Lachs-Mondes erlaubte man ihm, seine Mahlzeiten wieder in einem der Haushalte des Stammes einzunehmen.

Paxon kehrte jedoch nicht zu seinem alten Platz in Maras Haus zurück. Neben Alane war Mara die einzige Person, die wußte, was wirklich in jener Nacht passiert war, als er zu fliehen versucht hatte, und er fühlte sich äußerst unsicher in ihrer Gegenwart. Es bereitete ihm ein Gefühl des Unbehagens zu wissen, daß Mara ihn vor einer Frau hatte klein beigeben sehen. Und es war nun einmal eine Tatsache, daß er sich in jener unglückseligen Nacht von Alane hatte einschüchtern lassen.

Zuerst versuchte er, sich für sein feiges Benehmen vor sich selbst zu entschuldigen. Alane hat mich einfach überrumpelt, redete er sich ein. Niemals hätte er sich träumen lassen, daß sich eine so schöne und sanfte Frau als ein solches Zankweib entpuppen könnte. Sie hatte ihn derart schockiert, daß er einen

Moment lang nicht gewußt hatte, was er tun sollte, und seine momentane Verwirrung hatte sie sich zunutze gemacht.

Mara war Zeugin seiner Unfähigkeit gewesen. Es tat nichts zur Sache, daß sie ebenfalls vor Alanes Wut nachgegeben hatte. Mara war schließlich kein Mann.

Seltsamerweise war es Paxon nicht peinlich, mit Alane zusammenzusein. Der Grund dafür lag in dem Besuch von Alane in der kleinen Hütte, nachdem man ihn erneut gefangengenommen hatte.

Die Hütte war nur mit zwei Teppichen, einigen Winterschlaffellen und einer Steinlampe ausgestattet. Paxon hatte gerade müßig einen Satz kleiner Knochen geworfen – ein Spiel, das ihm ein mitfühlender Pier zugesteckt hatte, um ihm etwas die Langeweile zu vertreiben –, als er Alanes Stimme gehört hatte, die dem Wachtposten versicherte, ihr würde schon nichts passieren. Paxon hatte mit einem Ruck den Kopf gehoben und argwöhnisch zur Tür geblickt. Wenn es in seiner Macht gestanden hätte, sich zu weigern, sie zu sehen, hätte er es getan.

Die Türhäute bewegten sich, und dann erschien Alane. Die Sonne hinter ihr ließ ihr Haar wie einen silbernen Heiligenschein leuchten. Langsam erhob Paxon sich, während er die ganze Zeit in dieses makellose Gesicht starrte. Sie wirkte überhaupt nicht verärgert, als sie die Hütte betrat und ihn aus klaren grauen Augen anblickte. *Ist es möglich, daß dieses bezaubernde Geschöpf tatsächlich so schreckliche Dinge zu mir gesagt hat?* überlegte Paxon. *Oder habe ich die ganze Sache nur geträumt?*

Alane brach das angespannte Schweigen. »Es war klug von dir, nichts über Maras Rolle bei deiner Flucht verlauten zu lassen«, sagte sie anerkennend. »Wir hätten nämlich alles abgestritten, aber es ist viel besser, daß du überhaupt nichts von dem wahren Vorfall erwähnt hast.« Sie ließ die Türhäute hinter sich wieder fallen und trat ein.

»Als sie mich gefangengenommen haben, fragten die Männer, wie ich an die Waffen gekommen wäre«, antwortete er vorsichtig. »Da wußte ich, daß du nichts gesagt hattest. Deshalb habe ich auch nichts gesagt.«

Alane lächelte. Es war kaum möglich, noch zerbrechlicher und weiblicher auszusehen, als sie in diesem Augenblick aussah. »Wenn Nardo zurückkommt, wird er wütend sein zu erfahren, daß du dein Wort gebrochen und zu fliehen versucht hast, aber wenn er wüßte, daß du mich entführen wolltest, Paxon, dann denke ich, daß er dich vielleicht sogar töten würde. Es war klug von dir, den Mund zu halten.«

»Ja«, stimmte Paxon zu; ihr Lächeln flößte ihm schon wieder etwas Zuversicht ein. »Es ist klug von mir, Stillschweigen zu bewahren. Aber du – du bist es, die ich nicht verstehe. Diese Frau wollte dich loswerden! Sie hat dich mir übergeben, und es war ihr egal, was ich mit dir tun würde, Alane!« Er machte einen Schritt auf sie zu. »Warum hältst du ihre Tat geheim? Warum sagst du deinem Mann nicht, was für eine Mutter er hat?«

Alane seufzte und bewegte sich weiter in die Hütte hinein. Zum ersten Mal bemerkte Paxon, daß sie einen Kessel trug. »Setz dich«, sagte sie. »Ich habe dir etwas von meinem Tee mitgebracht.«

Er hatte Alanes Pfefferminztee inzwischen zu schätzen gelernt; er schmeckte ihm wesentlich besser als der bei den Kindred übliche Salbeitee. Langsam, ohne den Blick von ihr zu wenden, hockte er sich auf einen der Teppiche neben der Feuerstelle. Sie kniete sich auf den anderen und stellte zwei Knochentassen auf den Boden, die sie aus einem Wildlederbeutel an ihrer Schulter nahm. Dann schenkte sie für sie beide eine Tasse Tee ein.

Als sie Paxon seine Tasse reichte, sagte er: »Ich verstehe dich wirklich nicht. Du sagst nichts über Mara, und du bringst mir

Tee.« Er schüttelte verständnislos den Kopf und trank einen Schluck von der heißen Flüssigkeit. Sie schmeckte köstlich. »Warum haßt du uns nicht?« fragte er.

»Es war alles ein Mißverständnis«, erwiderte sie gelassen. »Mara hatte Angst vor mir, obwohl es für sie überhaupt keinen Grund dafür gab. Sie hat das jetzt erkannt, und wir sind Freunde geworden.«

Noch bis vor einer Woche hätte Paxon niemals geglaubt, daß jemand Angst vor Alane haben könnte. Inzwischen wußte er es besser.

»Du haßt mich nicht?« fragte er voller Erstaunen. »Ich habe versucht, dich zu rauben, dich zu meiner Frau zu machen.«

»Ich hasse dich nicht, Paxon«, erklärte sie mit der weichen, gedämpften Stimme, die so lieblich anzuhören war. »Es war falsch von dir, das zu tun, und ich denke, du hast auch gewußt, daß du dich falsch verhalten hast. Schließlich hast du mich nicht geraubt, nicht wahr? Als du gesehen hast, wie mir zumute war, hast du mich gehenlassen.« Sie lächelte ihn an. »Du hast ein gutes Herz, Paxon. Es ist nur so, daß du unter den Redu aufgewachsen bist und daher nicht gelernt hast, Frauen respektvoll zu behandeln.«

Paxon zog es natürlich vor, Alane in dem Glauben zu lassen, er hätte aus Weichherzigkeit nachgegeben und nicht etwa aus Furcht vor ihr, und so sagte er: »Vielleicht ist es so.«

Sie schlürften ihren Tee.

»Dennoch sind die Männer wütend«, sagte sie nach einer Pause. »Du hast dein Wort gebrochen, und sie werden dir nie wieder vertrauen.«

Er zuckte die Achseln. »Mein dringendstes Bedürfnis ist es, zu meinem Vater zurückzukehren, wenn ich kann. Kein Wort ist wichtiger als das.«

»Unsere Männer sind da aber anderer Meinung, und ich

fürchte, du wirst darunter leiden müssen.« Alane sah traurig aus.

Er warf ihr einen überheblichen Blick zu, nachdem sein männlicher Stolz durch ihr großzügiges Verständnis wiederhergestellt war. »Ich bin stark.«

Sie lächelte ihn an. »Vielleicht werden sie Pettra erlauben, dich zu besuchen. Sie mag dich, Paxon. Möchtest du sie gern sehen?«

Er dachte an den Nachmittag, den er mit Pettra in der Höhle verbracht hatte, und sein Puls begann zu rasen. »Ja«, erwiderte er heiser. »Ich mag Pettra auch.«

»Trink deinen Tee aus«, sagte Alane. »Und ich werde sehen, was ich tun kann.«

Pettra kam häufig zu Besuch in Paxons Hütte, und beide genossen die Gesellschaft des anderen sehr. Als Nardo dann zurückkehrte und die Beschränkungen, denen Paxon unterworfen war, nach und nach aufgehoben wurden, begann er seine Mahlzeiten mit Pettra im Haushalt ihrer Mutter einzunehmen.

Lina, Matriarchin des Rotwild-Clans, war einverstanden mit der Beziehung, die sich zwischen ihrer Tochter und dem gefangenen Redu entwickelt hatte.

»Es gibt jetzt nicht mehr genügend Männer im Stamm, nachdem wir die Frauen der Atata-Kindred in unsere Haushalte aufgenommen haben«, erklärte sie Bria, einer Matriarchin des Leoparden-Clans, als sie an einem Frühlingsmorgen gemeinsam Wasser im Fluß schöpften. »Die Atata-Mädchen haben das Interesse vieler junger Männer auf sich gezogen, und unsere Mädchen sind einsam.« Sie zuckte die Achseln. »Dieser Redu-Junge ist immer noch besser als gar keiner.«

»Es ist wirklich ein Problem«, stimmte Bria zu. »Ich habe

auch zwei Mädchen in meinem Haushalt, denen es an passenden Jungen mangelt. Es hilft nichts, daß zwei der Atata-Mädchen, die sich uns angeschlossen haben, mit zwei Jungen des Adler-Clans gehen. Diese Jungen hatten vorher Interesse an den Mädchen gezeigt, die sie jetzt ignorieren!«

Lina seufzte. »Ich nehme an, es ist verständlich. Die Atata-Mädchen sind neu und scheinen so viel interessanter zu sein als unsere Mädchen, die die Jungen bereits ihr ganzes Leben lang kennen.«

»So ist es. Aber das macht es für unsere Mädchen nicht leichter.«

»Nein«, meinte Lina düster. »Das macht es nicht leichter.«

Alane war überrascht über Nardos Bereitschaft, Paxon trotz seines Wortbruchs erneut soviel Freiheit einzuräumen. Sie selbst empfand Mitgefühl für den jungen Redu, weil sie wußte, wie Mara ihn dazu gebracht hatte, einen Fluchtversuch zu unternehmen, aber Nardo wußte nichts von der hinterhältigen Tat seiner Mutter. Alane hatte vorgeschlagen, Paxon zu gestatten, sich frei im Lager zu bewegen, ohne jedoch ernsthaft mit Nardos Einverständnis zu rechnen, und sie war daher überrascht über die positive Reaktion ihres Mannes.

Die Reiter, die auf Nardos Befehl hin das Redu-Lager an der Großen Flußkreuzung beobachteten, berichteten gegen Ende des Lachs-Mondes, daß der Stamm Anstalten machte, den Goldfluß hinunterzuziehen. Nardo wies daraufhin die Kindred an, sich für ihren Treck in den Altas bereit zu machen.

Unter den Frauen erhob sich großer Protest, als sie erfuhren, daß sie über den Goldfluß-Paß ins Helle Tal hinaufsteigen sollten. »Das ergibt überhaupt keinen Sinn«, fauchte Mara ihren Sohn an. »Wenn wir am Großen Fischfluß entlangwandern, können wir direkt nach Süden gehen und durch den Hohen Sattel. Um zum Goldfluß zu kommen, müssen wir zuerst ein ganzes Stück nach Norden wandern! Der Weg ist doppelt so lange wie die Route über den Großen Fischfluß.«

Nardo versuchte, ihr die geänderte Route schmackhaft zu machen. »Wir können unterwegs mehrmals Zwischenhalt einlegen, Mutter«, sagte er liebenswürdig. »Unsere Winterlager liegen entlang der Strecke, und wir können die Höhlen und Hütten dort benutzen, um ein paar Tage auszuruhen, bevor wir weiterziehen. Es wird schon nicht so schlimm werden.«

Aber Mara wollte sich nicht beschwichtigen lassen, und Nardo brauchte nicht lange, um zu erkennen, daß Paxon ganz sicher von der Unzufriedenheit der Frauen hören würde. Auf diese Weise würde der junge Redu erfahren, daß es einen zweiten Paß gab, der ins Helle Tal führte, und Nardo wollte auf keinen Fall, daß Paxon von diesem Paß wußte.

»Ich bin im letzten Mond zum Hohen Sattel hinaufgeritten«, erklärte Nardo seiner Mutter, »und habe gesehen, daß dort im Winter eine Geröllawine heruntergegangen ist. Der Paß ist durch den Felsrutsch praktisch geschlossen. Es ist ein Ding der Unmöglichkeit, den Stamm dort durchzubekommen.«

»Ein Felsrutsch?« fragte Mara erstaunt.

»Ja. Quer über die schmalste Stelle des Passes.«

»Warum hast du uns nichts von dieser Blockade erzählt?«

Nardo setzte einen betont verletzten Blick auf. »Ich dachte wohl, der Stamm würde auf das Wort seines Häuptlings vertrauen, was die beste Route betrifft.«

»Es hätte nicht vieler Worte bedurft, um uns von dem Felsrutsch zu informieren«, erwiderte Mara milde. »Jetzt ist es natürlich klar, warum wir die Route über den Goldfluß nehmen müssen. Ich werde dem Rest der Frauen Bescheid sagen.«

»Tu das«, sagte Nardo und machte sich sofort auf, um die übrigen Ratsmitglieder von seiner Geschichte zu informieren.

Zwei Nächte bevor der Stamm aufbrechen sollte, saßen Nardo und Alane allein in ihrer Hütte und unterhielten sich in leisem Ton, um den schlafenden Nevin nicht zu wecken.

Nardo hatte seinen Plan mit Alane besprochen, noch bevor er ihn dem Clan-Rat unterbreitet hatte, und sie wußte, daß seine Geschichte über einen Felsrutsch im Hohen Sattel nur eine Finte war. Er hatte ihr erklärt, er wolle nicht, daß der Rest des Stammes von seinem Plan wüßte, weil er befürchtete, die Frauen würden außer sich vor Sorge sein. Alane war nicht seiner Ansicht gewesen, hatte sich jedoch seinen Wünschen gefügt und Stillschweigen über seine Absichten bewahrt. Es machte sie ungeheuer stolz, daß sie neben dem Clan-Rat die einzige Person war, der Nardo sich anvertraut hatte.

»Das Packen läuft dieses Jahr problemloser ab als letzten Sommer«, sagte Alane jetzt. Sie hatte den ganzen Tag damit verbracht, den Frauen des Haushalts zu helfen, die benötigten Gegenstände aus dem großen Haus einzupacken. »Mara hat sogar auf ihren zweitliebsten Teekessel verzichtet.« In ihrer Stimme schwang warme Belustigung mit.

»Das ist gut.«

»Es gab reichlich Klagen über den Felsrutsch, der die Reise so umständlich für uns macht.« Sie warf ihm einen Seitenblick zu.

»Dieser Felsrutsch war eine gute Idee von mir«, sagte Nardo ungerührt. »Er hat mir viele Streitgespräche erspart.«

»Ich denke immer noch nicht, daß die Frauen in Panik geraten würden, wenn sie den wahren Grund wüßten, warum du uns über den Adler-Paß führen willst.«

Er zuckte die Achseln. Kurzes Schweigen breitete sich aus, dann sprach Nardo mit der sanften, sinnlichen Stimme, die Alane jedesmal einen Schauer der Erregung über den Rücken rieseln ließ. »Warum läßt du mich nicht deinen Zopf lösen?«

Aber Alane war noch nicht bereit, die Unterhaltung zu beenden. »Eine Sache bei deinem Plan bereitet mir Kopfzerbrechen, Nardo«, sagte sie. »Ich verstehe, daß wir am Goldfluß entlangwandern sollen, weil du willst, daß die Redu glauben, der Adler-Paß sei der einzige Zugang ins Helle Tal. Ich verstehe auch, daß du sie hinter uns herlocken willst. Was ich nicht verstehe, ist, wie sie wissen sollen, wohin wir gegangen sind! Sie können uns nicht ständig so im Auge behalten wie wir sie. Sie haben keine Pferde.« Sie sah ihn an, ihre rauchgrauen Augenbrauen sorgenvoll gerunzelt. »Wenn sie nicht wissen, daß wir über den Goldfluß in den Altas hinaufgewandert sind, wie können sie uns dann folgen?«

Nardo zog eine Braue hoch und machte ein nachdenkliches Gesicht. »Gute Frage.«

Sie wußte sofort, daß er einen Plan hatte. »Eine gute Frage, allerdings«, erwiderte sie fest. »Gibt es auch eine Antwort darauf?«

Das Feuer war erloschen, und Nardo begann mit einem Stock darin herumzustochern.

Mit grimmiger Miene starrte sie in die Asche in der Herdgrube. »Wenn du mir nichts darüber verraten willst, brauchst du es nur zu sagen.«

»Alane«, begann er schmeichelnd, »du weißt, daß ich dir vertraue. Du bist die einzige Person außer mir selbst und dem Clan-Rat, die von meinem Plan weiß. Hätte ich dir davon erzählt, wenn ich dir nicht rückhaltlos vertrauen würde?«

»Trotzdem bin ich anscheinend nicht vertrauenswürdig genug, um von deinem ganzen Plan zu erfahren«, erwiderte sie steif.

»Es ist nicht so, daß ich dir nicht vertraue...«

Sie blickte ihn zornig an. Seine dunklen Augen hatten einen reumütigen Ausdruck, als er sie betrachtete. »Ich hätte mir eigentlich denken können, daß du das fehlende Teilstück in meinem Plan entdecken würdest.« Er klang resigniert.

Er würde es ihr erzählen. Sie beugte sich vor und küßte ihn auf die Wange. »Ich bin erst heute morgen darauf gekommen, daß da eine Unstimmigkeit war«, sagte sie. »Was wirst du tun?«

»Ich werde Paxon mit uns zum Paß hinaufnehmen und ihn dann entkommen lassen.«

»Oh, Nardo, nein!« sagte Alane gedämpft. »Das ist zu grausam.«

»Aus diesem Grund habe ich dir auch nichts davon erzählt. Ich wußte, es würde dir nicht gefallen.«

»Wenn dein Plan erfolgreich abläuft, wirst du Paxon in den Tod schicken.«

»Er ist ein Redu, Alane. Seine Treue gilt seinem eigenen Stamm, nicht uns.«

»Pettra liebt ihn.«

»Du bist diejenige, die diese Beziehung gefördert hat, nicht ich.«

»Dies ist der wahre Grund, warum du deinen Plan vor dem Stamm geheimgehalten hast«, sagte Alane unvermittelt. »Jetzt verstehe ich die Notwendigkeit der Geheimhaltung. Paxon soll nicht wissen, daß es noch einen anderen Paß in das Tal gibt.«

»Richtig.«

»Nardo ...« Alane beugte sich zu ihm vor. Ihre Stimme klang bittend. »Er ist ein guter Junge.«

Nardos Lippen waren zu einer harten Linie verzogen. »Es mag viele gute Jungen unter den Redu geben, Alane, aber das ändert nichts an der Tatsache, daß sie unsere Feinde sind. Es ändert auch nichts daran, daß sie diejenigen sind, die in unsere Berge eingedrungen sind. Wir haben sie nicht zum Kommen aufgefordert, vergiß das nicht. Sie sind es, die bei uns eingefallen sind.«

»Aber inzwischen *kennen* wir Paxon, Nardo! Er ist jetzt kein Feind mehr für uns, er ist Paxon!«

Nardo begegnete ihrem Blick. »Er fühlt dir gegenüber nicht die gleiche Loyalität, wie du sie für ihn empfindest, Alane. Er hat zu fliehen versucht. Und du kannst sicher sein, wenn wir ihn nicht rechtzeitig wieder eingefangen hätten, hätte er seinem Stamm alles über unser Dorf verraten. Du kannst also aufhören, so weichherzig für ihn zu empfinden.«

Alane fühlte einen Stich von Schuldbewußtsein. Sie war ernsthaft davon überzeugt, daß Paxons gutes Herz über seine Begierde in jener denkwürdigen Nacht gesiegt hatte, und sie hatte das Gefühl, sie schuldete ihm etwas. Sie glaubte jetzt, daß Mara ihn ebenso sicher zu diesem Fluchtversuch geködert hatte, wie Nardo ihn nun erneut ködern wollte. Armer Paxon.

»Ich bin mir nicht so sicher, daß Paxon uns verraten hätte«, begann sie vorsichtig.

»Sei nicht dumm, Alane«, erwiderte Nardo heftig. »Warum hätte er sonst zu fliehen versucht?«

Nie zuvor hatte Nardo sie dumm genannt. Alane fühlte Zorn in sich aufwallen. »Du weißt noch längst nicht alles über diesen Fluchtversuch«, gab sie höchst unklug zurück.

Nardos Miene erstarrte. Alane sah es und biß sich verzweifelt auf die Lippen. »Was meinst du damit?« fragte er, seine Stimme so ruhig, daß sie furchteinflößend wirkte.

Alane wandte den Blick von ihm ab. Seine Hand umfaßte ihr Handgelenk. »Sieh mich an, Alane. Was soll das heißen, ich wisse längst nicht alles über diesen Fluchtversuch?«

Widerstrebend hob sie die Augen zu ihm und wußte, sie würde ihm alles sagen müssen. Sie senkte den Blick auf seine große Hand, die ihr Handgelenk umschlossen hielt, und berichtete ihm dann mit leiser, ausdrucksloser Stimme von Maras Verrat.

Er löste seinen Griff, noch während sie sprach, und nachdem sie geendet hatte, herrschte lange Zeit angespanntes Schweigen.

»Deine Mutter hat befürchtet, ich wollte das Verhaltensmuster des Stammes ändern, wollte gegen die Mutterblut-Tradition aufbegehren«, fügte Alane zur weiteren Erklärung hinzu. »Sie dachte, dies wäre etwas, was sie tun müßte. Wir haben lange und ausführlich darüber gesprochen, und sie versteht jetzt, daß ich niemals die Lebensweise der Kindred würde ändern wollen. Wir haben die Angelegenheit unter uns geregelt, Nardo. Bitte sag ihr nichts davon, daß ich dir die wahre Geschichte erzählt habe.«

Nardo sah eher verdutzt als wütend aus. »Ich kann einfach nicht glauben, daß Mutter zu einer solchen Tat fähig wäre.«

»Es war nicht richtig von ihr«, gab Alane zu.

»Nicht richtig von ihr?« Er starrte sie an. »Bei allen Göttern, ich würde es ganz anders nennen!« Sein Ausdruck verhärtete sich. »Wenn Paxon erfolgreich gewesen wäre, weißt du, was ich mit ihm getan hätte, nachdem ich ihn eingefangen hätte?«

Alane unterdrückte ein Schaudern bei dem, was sie in seinem Gesicht las. »Nun, du brauchst ihn ja nicht einzufangen«, erwiderte sie. »Als er sah, wie entsetzt ich war, hat er mich gehen lassen.«

Nardos Augen glitzerten. »Ich sollte ihn dafür töten, weil er auch nur daran gedacht hat, dich zu berühren.«

»Ich erinnere mich zufällig, daß du einmal bei einer Entführung geholfen hast, Nardo«, erwiderte sie streng. »Damals warst du nicht so freundlich in deinen Gedanken.«

Nardo brauchte einen Moment, um zu begreifen, auf welchen Vorfall sie anspielte. »Das ist etwas anderes«, gab er bissig zurück. »Nita wollte mit Rune mitkommen.«

»Das wußte er aber erst, nachdem er sie entführt hatte«, sagte sie spitz.

»Wenn sie bei ihrem Stamm hätte bleiben wollen, hätte ich sie zurückgebracht.«

»Genau das hat Paxon auch getan«, sagte Alane.

Nardo funkelte sie zornig an. »Nita war nicht verheiratet!«

»Das stimmt allerdings«, gab sie zu.

Nardo schob seine Finger unter sein Stirnband, als wäre es ihm plötzlich zu eng. Dann riß er es sich ungeduldig vom Kopf und fuhr sich mit den Fingern durchs Haar. »Gibt es vielleicht noch irgendwelche Geheimnisse, die du mir anvertrauen möchtest?« fragte er sarkastisch.

»Dies ist das einzige, und ich habe es dir auch nur erzählt, weil du vorhast, dem armen Paxon noch einmal das gleiche anzutun.«

»Sprich nicht immer von ihm, als wäre er ein unschuldiges Kind, Alane! Er ist ein erwachsener Mann. Als er sich einverstanden erklärte, dich zu entführen, waren seine Gedanken über dich ganz sicherlich nicht die eines Kindes!«

»Vielleicht nicht. Aber er wurde zu dieser Flucht überredet, Nardo. Mara hat mich ihm als Lockmittel in Aussicht gestellt, so wie du ein Kind mit einer süßen Honigwabe locken würdest. Sie hatte ihm Waffen und Pferde versprochen. Hättest du dich unter solchen Umständen geweigert zu fliehen?«

Wieder fuhr Nardo sich wild mit den Fingern durchs Haar. »Was bei Paxons erstem Fluchtversuch passiert ist, hat nichts mit meinem Plan zu tun, Alane. Wie du selbst gesagt hast, muß ich irgendwie dafür sorgen, daß die Redu wissen, wohin wir gegangen sind. Ich muß sie über den Adler-Paß in Kenntnis setzen. Paxon ist die Antwort auf diese Notwendigkeiten. Ich bin gezwungen, ihn zu benutzen.«

Es war sein voller Ernst.

»Nardo ...«

Er schüttelte den Kopf. »Es ist spät geworden«, sagte er und wandte sich zu ihren Schlaffellen um. Nach einigen Augenblicken zog Alane ihre Mokassins aus, legte sich mit dem Rücken zu Nardo nieder und rollte sich auf ihrer Seite zusammen. Er hatte Alane an diesem Abend lieben wollen, aber er besaß genug Vernunft, jetzt nicht die Arme nach ihr auszustrecken. Nicht lange, und der gleichmäßige, ruhige Rhythmus seines Atems sagte ihr, daß Nardo eingeschlafen war.

Alane lag noch lange Zeit wach und grübelte.

Am folgenden Tag ging Alane wieder ins große Haus hinüber, um beim Packen zu helfen, und am späten Vormittag platzte Pettra mit der Neuigkeit herein, ihre Schwester Iva hätte ihren Ehemann hinausgeworfen.

»Nun«, sagte Mara daraufhin, »ich kann nicht behaupten, daß mich das sonderlich überrascht.«

Die übrigen Frauen des Wolfs-Clans murmelten zustimmende Worte. Es war allgemein bekannt, daß Bram neuerdings mit Orel angebandelt hatte, einer der Atata-Frauen.

»Wann ist das passiert?« wollte Riva wissen.

»Heute früh. Als Bram von seinem Morgengebet am Fluß zurückkehrte, hatte Iva alle seine Kleider vor die Tür ihrer Hütte geworfen.«

Alane hörte mit großen Augen zu. »Und was hat Bram dann getan?« fragte sie.

Die Frauen blickten sie verwundert an. »Er hat natürlich seine Kleider genommen und ist nach Hause zu seiner Mutter und seinen Schwestern zurückgegangen«, erklärte Mara. »Iva will ihn nicht länger zum Ehemann haben.«

»Und damit ist ihre Ehe beendet?«

»Es sei denn, jemand kann Iva dazu bringen, ihre Meinung zu ändern«, meinte Lora.

»Brams Mutter kam, um mit ihr zu sprechen«, berichtete Pettra, »aber Iva ist wütend, weil er sie vor dem ganzen Stamm blamiert hat. Sie sagt, alle wissen über ihn und diese Atata-Frau Bescheid. Offensichtlich hatte Iva ihm schon vor einer Weile klargemacht, wenn er nicht aufhören würde, sich mit Orel zu treffen, würde sie sich von ihm trennen. Er hat nicht aufgehört, also hat sie die Konsequenz gezogen.«

»Ich verstehe nicht, warum alle Männer so an diesen Atata-Frauen interessiert sind«, warf Lora ärgerlich ein. Sie konnte offen über dieses Thema sprechen, weil keine Atata-Frauen anwesend waren; Maras Haushalt war der einzige im gesamten Stamm gewesen, der keine Frauen der Atata-Kindred hatte aufnehmen müssen.

»Bram ist nicht besonders gut mit Mutter ausgekommen«, meinte Pettra. »Ich nehme an, diese Orel hat ihm ihr mitfühlendes Ohr geliehen.«

»Ihr Ohr war nicht das einzige an ihr, was mitfühlend war«, gab Riva bissig zurück. Im Falle einer Scheidung neigten die Frauen und Männer des Stammes gewöhnlich dazu, Partei für das Mitglied ihres eigenen Geschlechts zu ergreifen, und Rivas Sympathie galt eindeutig Iva.

»Mein Bruder Haras hatte die gleichen Probleme mit Lina«, murmelte Nessa. »Ich glaube, die Rotwild-Matriarchin ist vielleicht doch etwas zu streng mit den Ehemännern ihrer Töchter.«

»Was auch immer seine Probleme waren, Haras ist nicht mit einer anderen Frau gegangen«, erwiderte Pettra.

Alane stand neben den Kochtöpfen, die sie zum Schutz in einen Teppich aus Hirschleder gewickelt hatte, und hörte aufmerksam zu. Ihr selbst war Brams Interesse an Orel ebenfalls aufgefallen, aber sie hatte gedacht, daß Iva keine andere Wahl hätte, als die Sache hinzunehmen. Männliche Untreue war auch unter den Norakamo nicht unbekannt, doch die einzige Möglichkeit, wie eine Ehefrau damit umgehen konnte, war, Unwissenheit vorzutäuschen.

»Was wird Brams Clan jetzt tun?« erkundigte sich Alane neugierig. »Werden die Männer des Bären-Clans Iva wirklich erlauben, die Ehe zu beenden?«

Riva blickte verdutzt. »Was hat Brams Ehe mit den Männern des Bären zu tun, Alane?«

Mara verstand Alanes Frage. »Vergiß nicht, Alane, anders als in deinem Stamm wird kein Brautpreis bezahlt, wenn ein Kindred-Mädchen heiratet«, erklärte sie. »Da keine Besitztümer getauscht wurden, werden weder Ivas noch Brams Clan die Verlierer sein, wenn die Ehe aufgelöst wird. Nur Iva und Bram selbst werden davon betroffen sein.«

Das stimmt, dachte Alane verwundert, als sie sich wieder daranmachte, die restlichen Töpfe einzuwickeln. Noch nicht einmal Rivas Kinder würden unter den Auswirkungen sonderlich zu leiden haben. Sie gehörten zu Rivas Clan und würden weiterhin ihre Onkel und Tanten und Cousins und Cousinen und natürlich ihre Mutter um sich haben. Auch Ivas Leben würde sich nicht so entscheidend verändern. Sie würde im selben Haushalt bleiben, in dem sie seit ihrer Kindheit gelebt hatte. Sie hätte weiterhin das Recht auf den gleichen Anteil an Nahrung, den sie bekommen hatte, als ihr Ehemann noch mit den übrigen Männern des Haushalts auf die Jagd gegangen war. Es war Bram, der in den Haushalt seiner Mutter zurückkehren müßte, dessen Leben am meisten von der Scheidung verändert würde.

Offensichtlich stimmte Riva nicht mit Alanes Schlußfolgerungen überein, denn als Alane sich bückte, um die sorgsam eingehüllten Töpfe zu den übrigen Gegenständen zu stellen, die mitgenommen werden sollten, hörte sie Nardos Schwester sagen: »Iva wird stärker von dieser Scheidung betroffen sein als

Bram. Er wird wahrscheinlich Orel heiraten, aber Männer, die Iva heiraten könnten, sind zur Zeit knapp.«

»Das ist die Schuld dieser Atata-Frauen«, erwiderte Lora verbittert. Sie hatte eines der Atata-Mädchen des Bären-Clans am Tag zuvor beim Flirt mit Dane erwischt, und sie war immer noch wütend über den Vorfall.

Mara seufzte. »Nardo hat den Frauen dieses Stammes wahrlich keinen Gefallen getan, als er zehn Handvoll Atata-Frauen und -Kinder hierherbrachte, damit wir sie aufnehmen sollten.«

Alane beeilte sich, ihren Ehemann zu verteidigen. »Es war das einzige, was er tun konnte. Ihre Männer waren tot. Er konnte sie doch nicht zurücklassen.«

»Vielleicht hätte er das tun sollen«, murmelte Lora. »Sie zeigen ganz sicher keine Dankbarkeit.«

»Der Stamm braucht einfach mehr Männer«, sagte Pettra, und Alane starrte sie an, als hätte sie gerade die Antwort auf eine sehr wichtige Frage gehört.

25

Wie Nardo es vorausgeahnt hatte, wußte Paxon, nur wenige Stunden nachdem Nardo die Geschichte verbreitet hatte, bereits über den Erdrutsch Bescheid.

»Es ist ein großes Ärgernis«, erklärte Pettra dem jungen Redu, als sie eines Nachmittags am Fluß fischten. »Es bedeutet, daß wir am Goldfluß entlang in den Altas steigen müssen, und der Weg ist wesentlich länger als die Route über den Großen Fischfluß.«

»Verbringen die Kindred jedes Jahr den Sommer im Altas?«

fragte er. Sie standen am Ufer des Flusses; Paxon hatte schon ein Dutzend Lachse mit seinem Speer gefangen, und sie legten gerade eine Pause ein.

»Nein.« Pettra warf ihm einen leicht ironischen Blick zu. »Die Frauen bleiben gewöhnlich hier im Dorf, während die Männer die Herde zwischen dem Sommerlager und dem Hellen Tal aufteilen. Dein Stamm weiß jedoch von unserem Sommerlager, und Nardo möchte dort nicht auf die gleiche Weise in der Falle sitzen, wie wir euch letztes Jahr in der Falle hatten. Und das Dorf liegt zu dicht am Sommerlager – die Redu könnten uns finden. Das ist der Grund, weshalb wir dieses Jahr alle ins Helle Tal gehen.«

Es geschah während des Abendessens im großen Haus von Pettras Mutter, als Paxon die Männer zum ersten Mal darüber reden hörte, daß sein Vater die Redu den Goldfluß hinaufführte.

»Habt ihr keine Angst, auf meine Leute zu treffen, wenn beide Stämme an diesem Fluß sind?« Paxon beugte sich vor, als er seine Frage an Haras richtete, der auf Pettras anderer Seite saß.

Haras schüttelte den Kopf. »Dein Stamm befindet sich noch ein ganzes Stück weiter flußabwärts von der Großen Furt. Wir werden bereits weit weg sein, wenn sie unseren Teil des Flusses erreichen.«

Pettra lehnte sich zurück, damit die beiden Männer einander ansehen konnten. »Was, wenn auch die Redu weiter am Fluß entlang in dieses Tal ziehen, von dem ihr sprecht?«

»Das werden sie nicht«, entgegnete Haras zuversichtlich.

Paxons schwarze Brauen zogen sich zu einer geraden Linie zusammen. »Warum nicht?«

»Es wird keine Notwendigkeit dafür bestehen«, erklärte Haras. »Im Sommer gibt es mehr Wild am Goldfluß als oben im Altas. Die Redu werden reichlich Nahrung haben.«

»Ihr wollt euch in den Bergen verstecken und meinem Stamm kampflos eure Jagdgründe überlassen?« fragte Paxon ungläubig.

Haras blickte verärgert. »Wir werden uns nicht verstecken.«

Paxon setzte zu einer Erwiderung an, aber Pettra beugte sich abrupt vor und schnitt damit wirkungsvoll seine Sicht auf den Ehemann ihrer Schwester ab. Sie legte eine Hand auf Paxons Arm und stellte ihm eine Frage über ein anderes Thema. Er zögerte einen Moment, dann lehnte er sich zurück und behielt seine Ansichten über die Feigheit der Kindred-Männer für sich.

Wirklich seltsam, überlegte Paxon, als er am ersten Morgen ihrer Reise in den Altas inmitten der Angehörigen des Rotwild-Haushalts den Flußpfad entlangritt, *wie heimisch ich mich inzwischen unter diesen Leuten fühle und wie sehr ich mich an ihre Lebensweise gewöhnt habe.* Er dachte daran, wie gern er Pettra mochte, Pettra mit dem strahlenden Lächeln und den grünen Augen; wie er es genoß, wenn sie ihn neckte; wie sie ihn zum Lachen bringen konnte.

»Ich reite mit Paxon«, verkündete plötzlich eines der Rotwild-Kinder, das bisher auf Pettras Schoß geritten war.

Sie blickte Paxon lächelnd an. »Macht es dir etwas aus?«

Er schüttelte den Kopf, und sie saß ab, hob Ivas dreijährigen Sohn von ihrem Pferd und setzte ihn vor Paxon. Instinktiv legte Paxon einen Arm um den Kleinen, um ihn festzuhalten. Der Redu fand es wesentlich leichter, in dem langsamen Tempo zu reiten, das die schwer beladenen Packpferde erforderlich machten.

Der kleine Junge legte den Kopf in den Nacken, um Paxon ein sonniges Lächeln zu schenken. »Ich zu groß, um mit einem Mädchen zu reiten«, erklärte er wichtig. »Ich reite mit dir.«

Paxon erwiderte sein Lächeln. »Gut.«

Eine Stunde später war der Kleine eingeschlafen. Paxon fühlte das Gewicht des warmen kleinen Körpers an seiner Brust, sah, wie er sich vertrauensvoll an ihn schmiegte, und beugte den Kopf, um mit seinem Kinn über die weichen Locken zu streifen, die an seiner Brust ruhten. Eine eigenartige Wärme durchströmte ihn, und er schaute Pettra an. *Sie könnte mein Kind tragen*, dachte er.

Sie wandte den Kopf, als hätte sie seinen Blick gefühlt, und schenkte ihm ein leichtes, intimes Lächeln.

Es gefällt mir hier, dachte Paxon plötzlich. *Ich wünschte, ich könnte bei diesen Leuten bleiben.*

Gewöhnlich trieben die Männer der Kindred eine große Stutenherde vor sich her, wenn sie im Sommer in das Helle Tal hinaufstiegen. Dieses Jahr gab es jedoch keine Herde zu treiben, da alle Pferde entweder geritten oder zum Transport der Haushaltsgegenstände des Stammes benutzt wurden. Hunderte von Pferden gingen eines hinter dem anderen, während sie dem uralten Wanderpfad folgten, der erst am Großen Fischfluß und dann am Goldfluß entlangführte. Jeder Reiter hatte zwei bis sechs Pferde an einer langen Führungsleine hinter sich, Kopf bei Schwanz aneinandergebunden. Einige der Stuten dienten zum Auswechseln, andere waren Packpferde. Alle gingen ruhig und gehorsam in der Schlange, abgesehen von den Fohlen, die munter an der Seite ihrer Mütter einhertollten.

Der Stamm verbrachte zweimal eine Nacht in großen Höhlen, die über das Tal hinwegschauten und die, wie Pettra Paxon erkärte, den Männern als Winterlager dienten. »Das Weideland ist gut hier, und die tiefe Lage garantiert milde Winter«, sagte sie. »Im Winter gibt es hier viele Rentiere am Fluß.«

Erstaunlicherweise lebten keine anderen Stämme an den Ufern des Goldflusses. Paxon betrachtete den breiten, mit Lachsen gefüllten, schnell dahinströmenden Fluß und die üppigen Wiesen zum Weiden, die seine Ufer säumten, und fragte sich, ob die Kindred eigentlich wußten, wie unglaublich reich sie waren.

Der Goldfluß bahnte sich seinen Weg südwärts, wand sich zuerst nach Westen und verlief dann in einem großen Bogen Richtung Osten. Doch erst als er schließlich direkt nach Süden floß, erblickte Paxon die schneebedeckten Gipfel des Altas.

Er war schon einmal in diesen Bergen gewesen, als er sie vom Tal des Atata aus zu erklettern versucht hatte, deshalb hätte der Anblick der gewaltigen Wand von steilen, scharfgratigen Granitblöcken, die sich gegen den kobaltblauen Himmel reckten, keine Überraschung für ihn sein sollen. In Wahrheit war er jedoch von neuem über ihre immense Höhe erstaunt. Es erschien ihm unmöglich, daß alle diese Frauen und Kinder und schwerbeladenen Packpferde den Aufstieg in dieses kalte, unwirtliche Universum aus Stein und Schnee bewältigen könnten.

Je mehr sich die Karawane den Bergen näherte, desto kälter wurde es. Der Goldfluß floß hier sehr rasch dahin, gespeist von den riesigen Schneefeldern des Altas. Der Fluß war schmal und lag tief in der steinigen Schlucht. Als der Aufstieg begann, atmete Paxon tief die klare, kalte Luft ein, und seine Nasenflügel bebten entzückt, während er erneut in dem Hochgefühl und der Erregung schwelgte, die er schon bei seinem ersten Aufenthalt im Hochgebirge empfunden hatte.

Sie kletterten in das eigentliche Herzstück des Altas, doch als Paxon jetzt zu der schwindelerregend hohen Wand hinaufblickte, die links des Pfades über ihm aufragte, kam es ihm so vor, als hätte all ihre mühselige, stundenlange Kletterei nichts bewirkt und sie kein Stückchen höher geführt. Die Pferde waren ein ständiger Quell des Erstaunens für ihn, wie sie so trittsicher wie Wildziegen die steilen, schneebedeckten Pfade hinaufklommen.

Dann bogen die Pferde an der Spitze der Karawane vom Pfad ab, verschwanden scheinbar in der Bergflanke, und Paxon erkannte, daß sie den Paß erreicht hatten.

Pettra hatte ihm den Adler-Paß nicht beschreiben können, da sie ihn selbst noch nie zuvor gesehen hatte, deshalb entpuppte sich der dunkle, schmale Spalt zwischen den gigantischen Blöcken von Fels als eine gewaltige Überraschung für Paxon. Er dehnte sich vor ihm aus, ein langer, steilwandiger Korridor durch den Berg, ein unfruchtbarer, steiniger Schacht, von glatten Felswänden gesäumt, die hoch und immer höher in den Himmel aufragten. Direkt über ihm, in trägem Rhythmus seine goldenen Flügel schlagend, schwebte einer der Vögel, die dem Paß seinen Namen gegeben hatten.

»Bei allen Göttern!« murmelte Paxon. Er starrte an den Wänden hinauf, die ihn umschlossen. An der Stelle, wo er jetzt entlangritt, war Platz für höchstens vier Pferde nebeneinander, doch weiter vorn verengte sich der Paß noch mehr. Der Redu betrachtete die enge, erstickende Schlucht und sagte fast zu sich selbst: »Dieser Ort ist eine Todesfalle.«

Pettra neben ihm schauderte unwillkürlich. »Ich finde es unheimlich hier. Die Schlucht ist so tief, daß kein Sonnenstrahl hereinfällt.«

»Frierst du?« fragte Paxon. Ein eisig kalter Wind blies den Paß herauf, und in den sonnenlosen Tiefen der Schlucht war es viel kälter als wenige Stunden zuvor auf dem Flußpfad. Der Schnee lag hier so tief, daß er den Pferden bis über die Sprunggelenke reichte.

Sie schüttelte den Kopf. Dann überlegte sie es sich anders. »Ja, ich friere. Aber es hat nichts mit dem Wetter zu tun.«

Paxon nickte in düsterem Verständnis. *Dies ist ein gefährlicher Ort,* schoß es ihm durch den Kopf. *Ich hoffe nur, daß Nardo weiß, was er tut.*

»Und dieser Paß ist der einzige Weg in euer Helles Tal?« wollte er von Pettra wissen.

»Ja, nachdem der Hohe Sattel jetzt durch eine Geröllawine versperrt ist.« Sie zwang sich zu einem Lächeln. »Warte nur, bis du das Helle Tal zu sehen bekommst, Paxon. Im Sommer ist es das reinste Paradies. Nirgendwo sonst auf der Welt gibt es so üppiges, saftiges Gras.«

»Im Sommer. Und im Winter?«

»Nichts und niemand bleibt den Winter über im Altas«, gab sie zurück. »Bis auf die Adler.« Sie blickte hinauf und fröstelte erneut.

Der Paß erstreckte sich fast über eine ganze Meile dahin, dann verbreiterte er sich, und der Boden begann allmählich abzufallen. Als Paxon aus der Schlucht herauskam, dehnte sich unter ihm ein immenses Tal aus. Die Hügel rundherum trugen Schneekappen, aber der gesamte Boden des Tals war ein wogendes Meer von saftigem Gras und bunten Wildblumen in allen Farben. Paxons Stute hob den Kopf und wieherte laut.

»Sie weiß, wo sie ist«, meinte Pettra lächelnd.

Der Abstieg vom Paß zur Talsohle hinunter war steil und mühselig, und Paxon hatte Zeit, die kleinen Herden von Ibex, Schafen und Rentieren zu beobachten, die über das dichte Gras hinwegzogen.

Dies ist also der Ort, wo die Tiere hinwandern, wenn sie die Flüsse während der warmen Sommermonate verlassen, dachte er. Helles Tal. Es war ein passender Name.

Mehrere Stunden später kam die Karawane endlich zum Halten. Die Pferde wurden von ihrer Last befreit, Zelte wurde aufgestellt und Kochfeuer angezündet. Die Kindred waren in ihrem Sommerlager angekommen.

Das Wetter wurde wärmer, und bis zu dem Zeitpunkt, als das erste Viertel des Fohlen-Mondes am Nachthimmel aufgestiegen war, hatten die Redu das Sommerlager der Norakamo am Goldfluß erreicht.

Kerk war sich durchaus bewußt gewesen, daß sie den ganzen Winter über beobachtet worden waren; er hatte die Reiter in der Ferne gesehen. Aber seit sie die Große Flußkreuzung verlassen hatten, hatte es keinerlei Überwachung mehr gegeben. Das fing an, ihn nervös zu machen. Es mußte etwas zu bedeuten haben. Nur was? Kerk konnte sich einfach nicht einreden, daß der Kindred-Häuptling kampflos bereit wäre, ihm freien Zugang zu den Reichtümern des Flusses zu gestatten.

Er diskutierte die verdächtige Abwesenheit des Feindes mit seinem Rat von Unterhäuptlingen. »Vielleicht sind sie in das Tal zurückgegangen, wo sie im letzten Sommer waren, bevor wir sie vertrieben haben«, sagte Madden. »Es gab reichlich Wild dort während der warmen Monate.«

Kerk konnte nicht glauben, daß der Kindred-Häuptling so dumm wäre. »Er weiß besser als jeder andere, daß das Tal dort eine Falle ist.«

»Um die Falle zu schließen, ist es für uns notwendig, Männer an beiden Ausgängen des Tals zu haben«, erwiderte Madden. »Sie denken vielleicht, weil wir keine Pferde haben, wären wir nicht bereit, eine so große Strecke zurückzulegen.«

»Dann würden sie richtig denken«, gab Kerk barsch zurück. »Ich bin nicht bereit, mich von diesen Pferdeleuten fangen zu lassen, wenn die Hälfte meiner Männer einen Sechstagemarsch weit entfernt ist!«

»Vergiß nicht«, warf Wain ein, »daß sie letztes Jahr nicht ihren ganzen Stamm in dem Tal hatten. Es muß noch irgendeinen anderen Ort geben, wo sie den Sommer verbringen. Vielleicht sind sie dorthin gezogen.«

»Sie müssen all die vielen Pferde füttern», gab Madden zu bedenken. »Sie werden einen Ort brauchen, wo es reichlich Weideland gibt.«

»Hier ist reichlich Gras«, meinte Leam und schaute sich um. »Zu beiden Seiten des Flusses.«

»Ich weiß«, erwiderte Kerk grimmig. »Und der Kreis von Feuerstellen weist darauf hin, daß dieser Platz vor nicht allzu langer Zeit ein Lager war. Ebenfalls ein Sommerlager, wie ich annehme. Dennoch ist nirgendwo im Umkreis eine Menschenseele zu sehen. Das gefällt mir nicht.«

»Vielleicht sind sie nach Süden gezogen, in das Hochgebirge«, schlug Wain vor.

»Was mich brennend interessiert, ist, wo lassen sie ihre Frauen?« sagte Madden in einem Tonfall, der anzeigte, daß die Sache ernst war. »Nach dem, was Paxon uns über das Hochgebirge erzählt hat, ist es kein Ort für Frauen und Kinder.«

»Es können auch nicht alle ihre Frauen gewesen sein, die letztes Jahr in dem Sommerlager waren«, warf Leam ein. »Es muß noch einen anderen Ort geben, wo sie sie lassen.«

Kerk grunzte. Ein Winter ohne Frauen hatte seine Männer nicht gerade in beste Laune versetzt. »Das erste, was wir tun müssen«, erinnerte er seine Unterhäuptlinge, »ist, die Kindred-Männer zu finden und zu töten. Nachdem das erledigt ist, wird es ein leichtes für uns sein, ihre Frauen zu nehmen.«

»Aber wo sind diese Männer?« wollte Wain wissen. »Wie sollen wir sie finden, wenn sie sich ständig vor uns verstecken? Sie können sich so viel schneller fortbewegen als wir.«

Kerk preßte seine schmalen Lippen zusammen. »Nicht im Kampf verschaffen ihnen diese verdammten Pferde einen Vorteil uns gegenüber«, sagte er, »sondern in Zeiten wie diesen.«

»Denkst du, wir sollten ein paar Kundschafter in die Berge schicken, um nach ihnen Ausschau zu halten?« fragte Madden.

»Noch nicht«, erwiderte Kerk. »Es gibt genug Fisch in diesem Fluß und genug Wild an seinen Ufern, um uns mühelos den nächsten Mond über zu ernähren. Ich werde Kundschafter in das Tal schicken, wo wir sie im letzten Sommer gefunden haben, nur um sicherzugehen, daß sie nicht dort sind. Dann werden wir Wache halten und den Kindred eine Chance geben, uns zuerst zu finden.«

»Und wenn sie es nicht tun?« fragte Wain.

»Dann«, versprach Kerk, »werden wir uns auf die Suche nach ihnen machen.«

26

Solange sich irgend jemand erinnern konnte, war der Sommeraufenthalt im Hellen Tal eine Zeit gewesen, in der die jungen Männer und Frauen des Stammes einander umwarben. Traditionsgemäß waren es die unverheirateten Männer, die die Pferdeherde ins Tal führten, während die verheirateten Männer mehr in der Nähe des Dorfes blieben und den Sommer im Lager am Schmalen Fluß verbrachten. Und ins Helle Tal waren auch die unverheirateten Mädchen gegangen, um für die Männer Beeren und Körner zu sammeln und zu kochen und die süßen Spiele des Umwerbens zu spielen, die in den meisten Fällen in einer Eheschließung gipfelten.

In diesem Sommer lagerte der gesamte Stamm im Hellen Tal, aber nicht in völliger Harmonie.

»Wir waren auch im letzten Sommer alle zusammen im Hellen Tal«, beklagte sich Nardo eines Abends bei Alane, als sie im Dämmerlicht an einem kleinen Fluß entlangschlenderten, der durch das dichte, mit Blumen übersäte Gras floß. Es wimmelte nur so von Schmetterlingen, Grashüpfern und Heuschrecken, und alle schwirrten umher und paarten sich und riefen einander zu. Die Zelte des Lagers lagen eine ganze Strecke weit hinter ihnen, hinter einer Talwand verborgen. »Und ich erinnere mich nicht, daß es letztes Jahr so viele Streitigkeiten unter den Frauen gegeben hätte. Was ist jetzt so anders?«

»Als wir im letzten Jahr ins Helle Tal gekommen sind, trauerten die Atata-Frauen immer noch um den Verlust ihrer Männer«, erwiderte Alane unverblümt. »Dieses Jahr halten sie nach neuen Ehemännern Ausschau, um die verlorenen zu ersetzen. Unsere Mädchen suchen ebenfalls einen Ehemann. Aber es gibt nun mal nicht genug ledige Männer, die dafür in Frage kommen, Nardo. Deshalb sind sie so unzufrieden.«

Sie gingen eine Weile schweigend weiter. In den Felsen über ihnen wuchsen prächtige Polster von Iris, deren tief purpurrote Blüten sich leuchtend gegen den zerklüfteten Abhang abhoben. »Ich weiß nicht, was ich dagegen tun könnte, Alane«, sagte Nardo jetzt ruhig. »Ich mußte diese Frauen und Kinder in unseren Stamm bringen.«

»Natürlich mußtest du das«, stimmte Alane ihm zu. »Niemand behauptet, du hättest etwas anderes tun sollen. Trotzdem ist dieser Überschuß von Frauen ein Problem.«

Er nickte düster.

»Und es sind auch nicht nur die unverheirateten Frauen, die davon betroffen sind. Man braucht ja nur zu sehen, was mit Bram und Iva passiert ist.«

Er blickte noch finsterer drein als zuvor. »Ich weiß.«

Das Summen der Insekten war laut im langsam dahinschwindenden Tageslicht. Ein Schwarm Schmetterlinge stieg von einer Anhäufung gelber und roter Kaiserkronen am jenseitigen Flußufer auf. Alane sagte nachdenklich: »Als ich zuerst zu euch kam, hatte ich den Eindruck, die Kindred machten es sich mit der Auflösung einer Ehe zu leicht, aber an dieser Sache zwischen Bram und Iva habe ich gesehen, daß dem nicht so ist. Es herrscht tatsächlich böses Blut zwischen dem Rotwild-Clan und dem Bären-Clan, Nardo.«

Er grunzte. »Ich mußte Bram und Dane heute trennen. Sie waren wegen der Pferde in Streit geraten, obwohl es im Grunde gar nicht um die Pferde ging, sondern um Iva. Dane glaubt, Bram hätte seine Schwester schlecht behandelt.«

»Und Nat war heute nachmittag sehr unhöflich zu Pettra. Er behauptete, die Scheidung sei allein die Schuld ihrer Mutter, weil sein Bruder Linas Genörgel nicht mehr ertragen könnte«, erklärte Alane. Sie blickte Nardo an. »Der Stamm kann nicht noch mehr Scheidungen gebrauchen.«

»Das denke ich auch«, erwiderte Nardo heftig. »Aber das Problem bleibt bestehen. Wie du schon sagtest, es gibt nicht genug unverheiratete Männer für all die vielen Mädchen und Witwen.«

Wasserrauschen war zu hören, und wenige Augenblicke später erblickten sie einen Wasserfall, der sich den Abhang hinunter in den Fluß ergoß, dem Alane und Nardo folgten. »Die Blumen sind so wunderschön«, sagte Alane erfreut, während sie die strahlend blauen Kissen von Hyazinthen bewunderte, die in den Felsritzen neben dem Wasserfall wuchsen.

»Ich nehme nicht an, daß die Frauen damit einverstanden wären, den Männern jeweils zwei Ehefrauen zuzugestehen, oder?« sagte Nardo unvermittelt. »Einige Stämme machen es so, wie ich gehört habe.«

»Was?«

Er sah das empörte Gesicht seiner Frau, und um seine Mundwinkel zuckte es belustigt. »Du bist nicht der Meinung?«

»Dann mach diesen Vorschlag und warte ab, was passiert«, sagte Alane mit einem gefährlichen Unterton in der Stimme.

Nardo zuckte die Achseln. »Dann weiß ich wirklich nicht, was ich gegen die augenblickliche Situation tun soll. Ich fürchte, wir werden eben einfach damit leben müssen.«

»Nardo.« Alanes Stimme war plötzlich ganz sanft, und sie legte eine Hand auf seinen Arm, um ihn zurückzuhalten. »Sieh doch mal«, murmelte sie.

Zwischen dem Gras und den Felsblöcken, keine vier Schritte von der Stelle entfernt, wo sie standen, lag ein Hirschkalb. Es hatte sich zusammengerollt und lag ganz ruhig da. Es bewegte sich auch nicht, als die beiden es lächelnd betrachteten, sondern erwiderte ihren Blick nur mit großen braunen Augen. Nach einem Moment gingen Alane und Nardo leise weiter.

Das Tageslicht schwand jetzt rasch dahin, und Nardo sagte: »Wir sollten umkehren und zum Lager zurückgehen.«

Alane verlangsamte ihren Schritt nicht. Statt dessen sagte sie: »Ich denke, Pettra scheint das Problem der Männerknappheit für sich selbst gelöst zu haben, Nardo.«

»Was meinst du? Ich weiß, daß Pettra sich mit Paxon angefreundet hat, aber sie kann ihn nicht *heiraten*, Alane. Sie mag zur Zeit einen Mann haben, aber er wird nicht bleiben, und danach wird Pettra wieder allein sein.«

»Warum kann sie ihn nicht heiraten?« wollte Alane wissen.

Nardo blieb stehen und starrte sie in höchster Verblüffung an. »Sie kann ihn nicht heiraten, weil er ein Redu ist. Ein Feind«, sagte er schließlich. »Er ist kein Mitglied dieses Stammes und kann es auch niemals sein.«

»Warum kann er das nicht?« Alane war jetzt ebenfalls stehengeblieben, und ihre Miene zeigte einen Anflug von Trotz, als sie Nardo anschaute.

Er fühlte allmählich Ärger in sich aufsteigen. »Wegen all der Dinge, die ich gerade aufgezählt habe. Er ist ein Redu und ein Feind. Wahrscheinlich gehören die Redu zu den Stämmen, die

Pferde essen. Beim großen Himmelsgott, Alane, hast du den Verstand verloren, daß du mir eine solche Frage stellst?«

Sie schüttelte den Kopf. »Ich habe nicht den Verstand verloren, Nardo. Ich glaube sogar, daß ich die Dinge sehr vernünftig betrachte. Wir haben ein Problem in diesem Stamm – es gibt nicht genug junge, unverheiratete Männer. Paxon *ist* ein junger, unverheirateter Mann. Darüber hinaus bin ich mir ziemlich sicher, daß es noch viele andere unverheiratete junge Männer unter den Redu gibt. Und statt nun alle diese Männer zu töten, wie du es geplant hast ... warum forderst du sie statt dessen nicht auf, sich unserem Stamm anzuschließen?«

Er spreizte die Beine und starrte auf sie herunter. »Man muß unter den Kindred geboren sein, um Mitglied dieses Stammes zu sein.«

»Ich bin nicht unter den Kindred geboren, Nardo. Willst du damit sagen, daß du mich nicht als Mitglied deines Stammes ansiehst?«

»Dein Fall liegt anders.«

»Ich verstehe nicht, inwiefern sich mein Fall von dem Paxons unterscheidet.«

»Die Norakamo waren nicht unsere Feinde!«

»Dann habt ihr das aber perfekt vorgetäuscht«, gab sie zurück.

»Wir haben uns gegenseitig Streiche gespielt, Alane, indem wir die Pferdeherden des anderen Stammes überfielen. Es ist keine wirkliche Feindschaft gewesen, und das weißt du auch.«

»Vielleicht war es das nicht. Aber ich halte es für eine traurige Verschwendung, eine Menge junger Männer zu töten, wenn wir selbst so dringend junge Männer brauchen. An Paxon gibt es nichts auszusetzen, Nardo. Es ist nicht seine Schuld, wenn sein Stamm Hunger litt und ausziehen mußte, um neue Jagdgründe zu finden. Was hättest du getan, wenn uns das gleiche Schicksal gedroht hätte? Wärst du einfach in deinem kargen Heimatland geblieben und hättest tatenlos zugeschaut, wie deine Leute verhungerten? Oder hättest du getan, was die Redu getan haben, und nach einem besseren Ort gesucht?«

»Meine Leute haben nicht den Rentier-Gott beleidigt«, erwiderte Nardo, »deshalb stellt sich uns diese Frage nicht.« Seine Augen wurden schmal. »Und ich werde es allmählich überdrüssig, dich ständig Paxons Loblied singen zu hören. Hast du vergessen, daß er der Mann ist, der dich entführen wollte?«

»Nein, und ich habe auch nicht vergessen, daß er der Mann ist, der mich hat gehen lassen«, gab sie ärgerlich zurück.

Nardos Miene nahm einen gefährlich ruhigen Ausdruck an, und Alane unterdrückte ihren aufsteigenden Zorn. Sie würde nichts bei ihm erreichen, wenn er in Wut geriet. »Nardo.« Sie legte beschwichtigend eine Hand auf seinen nackten Unterarm. »Wenn Paxon einmal voller Begehren an mich gedacht hat, so denkt er jetzt ganz sicher nicht mehr an mich. Es ist Pettra, die er jetzt will. Und sie will ihn.«

Er stand vollkommen unbeweglich unter ihrer Berührung da, sein Arm so hart wie Stein unter ihren Fingern, der Ausdruck seiner dunklen Augen nicht zu deuten. »Er mag Pettra in seinem Bett haben«, begann Nardo, »aber was glaubst du wohl, wen er sich im Geist vorstellt, wenn er seinen Speer in sie stößt?«

Noch vor einem Jahr wäre Alane bei derart unverblümten Worten zusammengezuckt. Jetzt antwortete sie mit fester Stimme: »Er denkt nicht an mich.«

Nardos Gesicht schien wie aus Granit gemeißelt.

»Er hat an dich gedacht.«

»Nun, jetzt tut er es nicht mehr.« Sie strich mit den Fingerspitzen an seinem Arm hinauf und hinunter, zerzauste die krausen, schwarzen Haare. »Ich glaube, ich habe ihm Angst eingeflößt«, gestand sie. »Zuerst habe ich ihm erklärt, ich würde ihn töten, wenn er mich zu entführen versuchte. Und dann habe ich ihm gesagt, ich würde seinen Phallus abschneiden.«

Er starrte in das schöne Gesicht, das zu ihm emporgewandt war. »Du hast *was* zu ihm gesagt?«

Sie wiederholte es.

Langsam wich der harte, unbewegliche Ausdruck, den Alane so fürchtete, von seinem Gesicht. Um seine Mundwinkel zuckte es. »Jetzt begreife ich, was seine Leidenschaft für dich abgekühlt hat.«

»Ich glaube, ich habe ihn schockiert.«

Nardos Augen glitzerten belustigt. »Mich hättest du damit ganz sicher schockiert.«

»Ich hätte es auch getan«, gestand sie. »In meinem ganzen Leben war ich noch nicht so zornig.«

»Du hattest allen Grund dazu, meine Kleine.« Er grinste. »Ich wünschte, ich hätte sein Gesicht sehen können.«

»Nachdem er begriffen hatte, daß ich es ernst meinte und unter keinen Umständen mit ihm gehen würde, hat er klein beigegeben. Ich denke, du solltest das nicht vergessen, Nardo.«

»Mmmm.« Er beugte den Kopf, um sie leicht auf die Lippen zu küssen. Dann legte er seine Hand auf ihre, die immer noch auf seinem Arm ruhte, zog Alane herum und begann mit ihr zum Lager zurückzuschlendern.

»Du könntest trotzdem noch nach deinem Plan vorgehen«, sagte sie erneut beharrlich, während sie neben ihm herging. »Der einzige Unterschied wäre, daß du die Redu nicht töten würdest, nachdem du sie sicher in der Falle hättest, sondern ihnen anbieten würdest, sich unserem Stamm anzuschließen. Ich glaube, sie würden dein Angebot mit Freuden annehmen.«

»Unter derartigen Umständen würden sie wohl jedes Angebot mit Freuden annehmen«, murmelte er trocken.

»Aber …«

Alane brach ab, als Nardo stehenblieb, sie zu sich herumschwang und seinen Arm unter ihrer Hand wegzog. »Eins sollte dir klar sein, Alane«, begann er. »Selbst wenn ich tatsächlich tue, was du vorschlägst, wird es viele Tote geben. Die Redu müssen vernichtend geschlagen werden, bevor wir es riskieren können, ihnen irgendwelche Angebote zu unterbreiten. In ihren Köpfen darf keinerlei Zweifel mehr darüber bestehen, daß sie sich nicht noch einmal gegen uns erheben können.«

Alane schluckte hart und nickte.

Sein Gesicht war streng. »Es gibt keine Garantie, daß Paxon nicht einer derjenigen sein wird, die dabei ums Leben kommen.«

»Ich verstehe.«

»Ich kann den Männern zwar einschärfen, ihn nicht zu töten, aber in der Hitze des Gefechts ist es nicht immer möglich … maßvoll vorzugehen.«

Wieder nickte sie stumm, ihre Augen dunkel und riesig.

Nardo runzelte die Stirn. »Wir werden Paxon jedoch brauchen. Er ist der einzige, der unsere beiden Sprachen beherrscht.«

»Ich bin sicher, die Männer des Rotwild-Clans werden auf ihn aufpassen«, sagte Alane. »Sie haben gesehen, wie sehr Pettra ihn liebt.«

Er grunzte.

»Dann wirst du es also tun?« fragte sie atemlos.

Er schnaubte. Dann räusperte er sich. »Ich nehme an, es ist zumindest einen Versuch wert.«

Alane schenkte ihm ein strahlendes Lächeln.

»Ich sehe allerdings ein großes Problem voraus«, warnte Nardo.

»Und das wäre?«

Er zog eine Braue hoch. »Was tun wir, wenn alle überlebenden Redu-Männer alt sind?«

Alane schlang einen Arm um seine Taille, lehnte sich an ihn und ging erneut mit ihm weiter. »Wenn ein Mann stark genug ist, in einer Schlacht zu kämpfen, dann ist er auch stark genug, mit einer Frau zu schlafen«, sagte sie.

Er legte seinen Arm um ihre Schultern. »Vermutlich hast du recht.«

Sie schmiegte ihre Wange an seine Schulter. »Es wird funktionieren. Ich weiß es einfach.«

»Das sollte es auch besser«, erwiderte Nardo humorvoll. »Sonst werde ich nachts nicht schlafen können vor lauter Angst, was du wohl mit mir tun könntest.«

Alane schmunzelte, und er zog sie noch ein wenig fester an sich. »Natürlich fallen mir da ein paar Dinge ein, die ich gern mit dir tun würde«, fügte er mit weicher, sinnlicher Stimme hinzu.

»Gut«, sagte sie heiter und drückte sich noch enger an ihn.

Die Norakamo wurden allmählich unruhig. Zum ersten Mal seit Menschengedenken hatten sie nicht ihre gewohnte Wanderung ins Sommerlager angetreten, sondern waren am Schlucht-Fluß geblieben und hatten ihre Herden weiter auf dem Plateau grasen lassen statt auf den üppigen Weiden entlang des Goldflusses. Niemand war glücklich darüber. Die Frauen beklagten sich, weil sie keinen Zugang zu der reichen Vielfalt an Früchten und Kräutern hatten, die am Goldfluß zu finden war, und die Männer schimpften, weil sie gezwungen waren, die Herde weiter und weiter vom Lager wegzuführen, um Weideland zu finden, das noch nicht abgegrast war.

»Ich weiß, es ist eine besondere Härte für den Stamm hierzubleiben«, sagte Rune so geduldig, wie er konnte, als sich die Männer eines Abends um das Lagerfeuer versammelten, um ihre Beschwerden vorzutragen. »Aber ich habe euch den Grund dafür ausführlich dargelegt. Es ist lebenswichtig, daß die Redu nichts von unserer Existenz erfahren, und da die Redu den Goldfluß hinunterziehen werden, müssen wir uns von dort fernhalten.«

»Wir kennen deine Gründe, Rune«, wandte Hagen ein. »Ich bin mir allerdings nicht so sicher, ob wir sie befürworten.«

»So ist es«, warf Vili kriegerisch ein. »Ich kann deine Gefühle für die Kindred nicht verstehen. Nach den Blutgesetzen unseres Stammes sollten wir Rache von ihnen fordern und uns nicht wie ihre Freunde verhalten!«

Stifun schnaubte verächtlich. »Vili, du bist wie ein Mann, der nur ein einziges Lied kennt.«

Vilis Gesicht lief rot an, seine Fäuste ballten sich, und er machte Anstalten, auf die Füße zu springen. Hagen legte beschwichtigend eine Hand auf den Arm seines Neffen, um ihn zurückzuhalten. »Vili empfindet tiefe Zuneigung für jene, die von seinem Blut sind«, sagte der Schamane leise. Seine eigenartigen, lichtlosen Augen musterten der Reihe nach die Gesichter der Männer im Kreis, während er die Reaktion der anderen auf seine Worte abzuschätzen versuchte. »Meine eigene Befürchtung ist, daß Rune uns von den Kindred abhängig machen wird, und als euer Schamane würde ich die Regel eines Stammes, der Verwandtschaft nach der Blutslinie der Frauen zählt, aufs schärfste ablehnen.«

Die Männer der Norakamo bekundeten ihr Einverständnis mit grimmigem Kopfnicken, und Hagen blickte mit kaum verhülltem Triumph zu Rune hinüber.

Rune erwiderte den Blick, seine blauen Augen kalt wie Eis. »Ich habe nicht die Absicht, diesen Stamm der Herrschaft der

Kindred zu unterwerfen«, sagte er. »*Ich* bin der Häuptling der Norakamo, und ich habe vor, meine Autorität weiterhin zu behaupten.« Er beugte sich leicht vor, während sich seine Augen in die des Schamanen bohrten. »Ist das klar, Hagen?«

Das Lächeln des Schamanen war messerscharf. »Vollkommen klar, Rune«, sagte er. »Wenn du dazu in der Lage bist.«

Unter Hagens Anweisung begann Loki mit den Männern zu reden, die der Schamane als stark befremdet von Runes gegenwärtiger Politik eingestuft hatte und die folglich am ehesten Hagens Lockworten erliegen würden. Als der Sommer verging, hatte der Schamane acht ruhelose und unzufriedene Männer in seine Falle gezogen, die allesamt von der Untätigkeit im Lager gelangweilt waren und sich über den Verlust ihres Lieblingssports ärgerten.

Pferdediebstahl war für die Männer der Norakamo immer wichtiger gewesen als für die Männer der Kindred. Zum einen war es unerläßlich für einen Norakamo-Mann, eine große Anzahl von Pferden zu besitzen – denn wenn er nicht genügend Tiere hatte, würde er nicht in der Lage sein, den geforderten Brautpreis zu bezahlen –, und die sicherste Art, seine Herden aufzustocken, war, Pferde von den Kindred zu stehlen. Zum anderen waren die Norakamo aggressiver in ihrer Männlichkeit als die Kindred, und eine der Hauptmöglichkeiten für einen Norakamo-Jungen, Prestige zu erlangen, war durch Erfolg beim Pferdediebstahl. Da die Norakamo-Jungen inzwischen dieser Chance beraubt waren, fiel es ihnen immer schwerer, ihre Kühnheit auf andere Art zu beweisen und zu der ersehnten Ehre zu kommen.

Solche jungen Männer waren ideal für Aufstände.

»Was wir tun müssen, ist ganz einfach«, erklärte Hagen seinen Rekruten, als sie sich eines Morgens im Zelt des Schamanen versammelten. »Nardo hat erklärt, er wird einen Boten schicken, um Rune zu sagen, wann wir losmarschieren sollen, um den Kindred zu Hilfe zu kommen. Alles, was wir zu tun haben, ist, nach diesem Kindred-Boten Ausschau zu halten, ihn dann rechtzeitig abzufangen und ihn zu töten, bevor er zu Rune gelangen kann. Dieser Plan, den Kindred zu helfen, ist Wahnsinn. Sollen sich die Kindred und die Redu doch gegenseitig abschlachten, wir können dann anschließend in Erscheinung treten, um die Arbeit zu beenden.«

»Und um die restlichen Kindred-Pferde einzusammeln«, fügte Noli grinsend hinzu.

Seine Feststellung wurde von Gelächter und zustimmenden Rufen quittiert.

»Nun denn«, sagte Hagen gewichtig. »Wir werden abwechselnd Wache halten. Mein Plan steht fest.«

27

Noch nie zuvor hatte Paxon sich so zufrieden gefühlt wie in diesem Sommer im Hellen Tal. Manchmal während der kühlen, von Wohlgerüchen erfüllten Gebirgsnächte, wenn er wach in seinem Zelt lag, nachdem er Pettra geliebt hatte, schlichen sich Erinnerungen an seinen Vater und an seinen verlorenen Stamm in seine Gedanken ein und störten seinen inneren Frieden, doch er tat sein Bestes, um sie zu verdrängen. Es gibt nichts, was ich für die Redu tun könnte, sagte er sich selbst energisch. Alles, was ich gegenwärtig tun kann, ist, jeden Tag so zu leben, wie er kommt.

Als er zuerst im Tal angekommen war, hatte er sorgfältig darauf geachtet, immer in der Nähe des Lagers zu bleiben. Er war dankbar, nicht länger in einer Hütte hocken zu müssen, und er hütete sich davor, irgend etwas zu tun, was den Kindred Gefahr signalisieren und sie veranlassen könnte, ihn erneut einzusperren. Aber als die Wochen vergingen, kam ihm das Lager mit den vielen Frauen und Kindern, die geschäftig um ihn herumarbeiteten, mehr und mehr wie ein Käfig vor. Dann beobachtete Paxon die Männer, wie sie ins Lager hinein- und herausritten, in so vollkommener Harmonie mit ihren Pferden, daß sie zu einem Wesen verschmolzen schienen, und eine Sehnsucht stieg in ihm auf, so stark, daß sie an körperlichen Schmerz grenzte. Wie prächtig sie anzusehen waren, diese Reiter! Wie er sich danach verzehrte, einer von ihnen zu sein!

Eines Nachmittags, nachdem die Männer von der Jagd zurückgekehrt waren, stand Paxon gerade neben dem kleinen, mit Seilen umzäunten Korral, der eine Gruppe der Reitpferde beherbergte, als Nardo zu ihm trat. Der Redu straffte die Schultern, als er sah, wer neben ihm stand. »Ich schaue mir nur die Pferde an«, sagte er sich rechtfertigend. Er warf einen Blick auf die Stuten, und ein sehnsüchtiger Unterton schwang in seiner Stimme mit. »Sie sind so wunderschön.«

Nardo ließ seinen Blick über die Pferde im Korral schweifen. Die Sonne war ein glühender Feuerball am Horizont, und ihr graues Fell und die stolzen, feingeschwungenen Köpfe hatten einen rötlichen Schimmer unter dem purpurfarbenen Himmel angenommen. Ein Windstoß fuhr durch das Tal und zerzauste sanft die langen, glatten Mähnen und buschigen Schweife. Der Geruch nach Pferden und Dung, vermischt mit dem würzigen Duft von Gras und Wildblumen, lag wie ein Hauch in der warmen Sommerluft. Nardo wandte sich wieder zu Paxon um, mit einem Blick, der fast freundlich war. »Ich glaube, du magst Pferde«, erwiderte er. »Würdest du gern reiten lernen?«

Paxon sperrte vor Verblüffung den Mund auf. »Ja«, krächzte er, als er sich von seiner Überraschung erholt und seine Sprache wiedergefunden hatte. »Das würde ich sehr gerne.«

»Ich werde Pettras Bruder Dane bitte, dich zu unterrichten«, sagte Nardo. Blauvogel, eine der Stuten im Korral, hörte seine Stimme und kam an die Umzäunung, um ihn zu begrüßen. Nardo streckte die Hand aus und rieb ihre Kruppe an genau der Stelle, wo sie es am liebsten hatte.

Paxon konnte nicht glauben, daß Nardo ihm gerade seinen Herzenswunsch zu erfüllen versprochen hatte, und ihm schoß der Gedanke durch den Kopf, daß der Kindred-Häuptling ihn wahrscheinlich ermorden würde, wenn er wüßte, was er, Paxon, mit seiner Ehefrau vorgehabt hatte.

»Danke«, brachte Paxon mit gepreßt klingender Stimme hervor.

Nardo lächelte ihn an. »Die Frauen meines Stammes sind wundervoll, aber ein Mann sehnt sich danach, Männerarbeit zu tun. Ist es nicht so?«

Paxon nickte sprachlos und schaute zu, wie sich Nardo unter der Korraleinzäunung hindurchduckte, um mit erfahrenen Händen Blauvogels Beine abzutasten. Dann richtete sich der Kindred-Häuptling wieder auf, und die Stute, die Juckreiz verspürte, fing an, ihren großen Kopf heftig an seiner Schulter zu reiben. Nardo stellte sich breitbeinig hin, um besseren Halt zu haben, und ließ sie gewähren.

»Hat sie sich am Bein verletzt?« wollte Paxon wissen.

»Es ist immer gut, die Beine und Gelenke eines Pferdes nach der Tagesarbeit zu überprüfen, das ist alles«, erklärte Nardo.

Paxon nickte eifrig; er hungerte geradezu nach Wissen über diese wunderschönen Geschöpfe, die ihn so faszinierten.

Richtig reiten zu lernen! Endlich fähig zu sein, schnell wie der Wind auf einem Pferderücken dahinzufliegen, wie es die Männer der Kindred taten! Paxon fühlte, wie sich ein Lächeln auf seinem Gesicht ausbreitete, und er inhalierte tief die von Gerüchen nach Pferden und Dung erfüllte Abendluft. Es gab nichts auf der Welt, was er lieber tun würde, als auf einem Pferd über die üppigen Wiesen dieses herrlichen Tals zu galoppieren.

Am folgenden Tag nach dem Frühstück schickte Nardo wie versprochen Dane zu Paxon, um ihn zu einem Ausritt mitzunehmen. Dane, der über Nardos Plan, Paxon entkommen zu lassen, unterrichtet war, erwies sich als ein fähiger und ausgesprochen ermutigender Lehrer.

Zwei Wochen lang ritten sie täglich aus, und mit jedem Tag fühlte sich Paxon sicherer auf dem Pferderücken. Gegen Anfang der zweiten Woche schmerzten auch seine Muskeln nicht mehr.

»Ich glaube, ich sollte beleidigt sein«, sagte Paxon eines Abends zu Pettra, als sie die Schlaffelle in ihrem kleinen, nach oben spitz zulaufenden Zelt ausbreitete. »Nardo denkt so gering von mir, daß es ihn nicht kümmert, was ich tue.«

»Ich glaube nicht, daß das der Grund ist, warum Nardo dich reiten lernen läßt, Paxon.« Pettra kniete, um die Felle glattzustreichen, und schaute ihn jetzt über ihre Schulter hinweg an. Er stand neben der Türklappe unter der höchsten Stelle des Daches – dem einzigen Platz im Zelt, wo ein Erwachsener aufrecht stehen konnte. »Ich bin überzeugt«, fuhr Pettra fort, »daß Nardo denkt, du wirst irgendwann zu unserem Stamm gehören, und wenn das eintreten sollte, mußt du richtig reiten können.«

Paxon starrte sie verwundert an. Pettra war keine Schönheit wie Alane, aber das Licht der Steinlampe schimmerte sanft auf ihrem kastanienbraunen Zopf, und ihr Gesicht mit der zart gebräunten Haut und ihr strahlendes Lächeln mit den weißen, ebenmäßigen Zähnen wirkten ausgesprochen anziehend. »Was meinst du?« fragte er.

»Nun.« Sie kaute auf ihrer Unterlippe und wandte den Blick von ihm ab. Nervös zupfte sie an einer Ecke des Schlaffells. »Ich vermute, er denkt, daß wir eines Tages heiraten werden.« Nachdem die Worte heraus waren, hob sie erneut mutig den Blick zu Paxon.

Er kämpfte um eine ausdruckslose Miene, denn er wollte nicht, daß sie die freudige Erregung auf seinem Gesicht sah, die ihn bei ihren Worten durchzuckt hatte. »Ich bin ein Redu«, sagte er nach einem Moment ernst. »Ich kann kein Kindred sein.«

»Vielleicht nicht«, stimmte sie ihm zu. Ihr Gesicht wirkte ängstlich in dem milden gelblichen Lampenschimmer. »Aber in unserem Stamm folgen die Kinder der mütterlichen Blutslinie, Paxon. Unsere Kinder würden zum Clan der Rotwild gehören, und als mein Ehemann würdest du ohnehin mit meiner Familie leben. Du siehst also, es würde wirklich keine Rolle spielen, wenn du ein Redu bist.«

»Du …« Pause. Sein Blick schweifte in dem kleinen Zelt umher, das so warm und gemütlich in dem sanften Licht wirkte. »Du *willst* mich heiraten?«

»Ja«, sagte sie und nickte heftig. »Ja, das wünsche ich mir sehr.«

Langsam trat Paxon vor, um neben ihr niederzuknien. Er hob eine Hand und berührte ihre Wange mit harten, vom langjährigen Umgang mit Pfeil und Bogen schwielig gewordenen Fingerspitzen. Dann murmelte er: »Ich will dich auch heiraten.«

Pettra legte ihre Hand auf seine und bewegte sie, bis sie leicht auf ihren Lippen ruhte. Sein Körper war erregt, aber seine Stimme war rauh vor Zärtlichkeit, als er fragte: »Sind die Schlaffelle fertig?«

Sie küßte seine harten Finger. »Ja.«

Es wurde Hochsommer, bis Paxon aufging, daß er vielleicht im Laufe der Nacht ein Pferd stehlen und über den Adler-Paß entkommen könnte. Unter Danes Anleitung hatten sich seine Reitkünste sehr verbessert, und an diesem Tag hatte Nardo ihm tatsächlich erlaubt, mit einigen der Männer zur Jagd auszureiten. Die kleine Jagdgesellschaft, die er begleitete, hatte sieben Rothirsche in der Nähe des Passes erlegt, und schließlich sagte Dane: »Es wird spät, und ich bin müde. Wir können diese Hirsche morgen früh zerteilen und sie dann ins Lager transportieren.«

Paxon, in Gedanken bei Pettra, erwiderte: »Es wird noch ein paar Stunden hell bleiben. Warum zerteilen wir die Hirsche nicht gleich jetzt und reiten noch heute abend zurück?«

Paxons Vorschlag war vernünftig. Die Kindred zerlegten das Wild, das sie getötet hatten, nicht komplett, bevor sie es nach Hause geschafft hatten. Statt dessen wurden die Tiere »vorläufig hergerichtet« – das heißt, die Eingeweide und inneren Organe wurden herausgenommen, um die Haltbarkeit des Fleisches zu gewährleisten, bis sie es ins Lager bringen konnten. Den Männern blieb sicherlich noch genügend Tageslicht, um die erlegten Hirsche herzurichten, sie auf ihre Packpferde zu laden und zurück zum Hauptlager zu reiten. Sie würden die Kadaver noch nicht einmal zerteilen müssen, denn ein Packpferd konnte einen einzelnen Rothirsch tragen. Hätten die Männer Rentiere erlegt, wäre der Arbeitsaufwand größer gewesen, denn es waren zwei Packpferde nötig, um das Fleisch eines Rentieres zu transportieren.

Deshalb war Paxons Vorschlag durchaus vernünftig. Aus irgendeinem unerfindlichen Grund stimmten die übrigen Männer jedoch alle Dane zu, und der Jagdtrupp errichtete ein kleines Lager für die Nacht.

Zuerst war Paxon lediglich verstimmt. Er sah keinen Sinn

darin, auf dem harten, felsigen Boden zu schlafen, wenn er längst hätte zu Hause sein und mit Pettra schlafen können. Erst als ihm das Schnarchen der anderen Männer sagte, daß sie tief und fest schliefen, und ihm selbst ebenfalls die Augen zuzufallen begannen, erkannte er mit einem Ruck, daß er nur eine Meile vom Adler-Paß entfernt war. Und Pferde zur Verfügung hatte.

Ich könnte fliehen. Der Gedanke war da, klar und deutlich in seinem Kopf, und er konnte ihn diesmal nicht verdrängen. Er wußte, sein Vater und die Männer seines Stammes lagerten am Ufer des Goldflusses. Alles, was er zu tun hätte, war, über den Paß zu reiten und den Flug entlang, dann würde er sie mühelos finden.

Das Bild des Passes stieg vor seinem inneren Auge auf. Eine Todesfalle, so hatte er ihn genannt. Und wenn die Redu den engen Felskorridor blockierten und die Kindred in diesem herrlichen Tal einsperrten, würde der Stamm der Kindred elendiglich zugrunde gehen, wenn der Schneefall einsetzte.

Die Nachtluft war kalt, dennoch fühlte Paxon, wie ihm am ganzen Körper der Schweiß ausbrach. Er wollte nicht, daß die Leute der Kindred starben. Er wollte nicht, daß Pettra starb. Andererseits – wenn er diese Chance zur Flucht nicht nutzte, wenn er im Tal blieb, würde er möglicherweise seine eigenen Leute zum Tode verurteilen. Seinen Vater. Die Freunde, mit denen er aufgewachsen war.

Langsam und vorsichtig setzte sich Paxon auf. Der Rest der Männer schlief tief und fest, lag im Kreis um das Feuer, das sie der Wärme wegen und zum Schutz vor wilden Tieren angezündet hatten. Paxon starrte in die rotgoldenen Funken, die knisternd in den schwarzen Himmel aufflogen, und hätte fast laut gestöhnt in seiner Qual.

Was ist mit den Kindred-Männern los? dachte er wütend. Was ist mit Nardo los? Erkannten sie denn nicht die Gefahr?

Gestatteten sie ihm deshalb soviel Freiheit, weil sie einfach nicht glauben konnten, daß er einen neuen Fluchtversuch machen würde, nur weil sein erster Versuch gescheitert war? Sie verdienten es wirklich, hintergangen zu werden, weil sie so dumm waren.

Der Geruch des Feuers stieg in seine Nase. Er sagte sich, daß es der Rauch sei, der ihm plötzlich Tränen in die Augen trieb.

Was tun? Was soll ich nur tun?

Niemals in seinem jungen Leben hatte Paxon sich so hin und her gerissen gefühlt. Er wußte nicht, was er tun sollte, aber eins wußte er mit Sicherheit: Für welchen Weg auch immer er sich entscheiden würde, er würde der Verlierer sein.

Nardo hatte Paxon mit Dane und den Männern ausgeschickt, die den Clan-Rat bildeten, und als der Jagdtrupp früh am nächsten Morgen erwachte, rechneten sie fest damit, daß Paxon sich in der Nacht aus dem Staub gemacht hatte. Folglich waren sie sowohl überrascht als auch bestürzt, als sie die Augen aufschlugen und den verhärmt aussehenden Paxon neben den Resten des Feuers hocken sahen.

»Er ist einfach nicht geflohen«, erklärte Dane Nardo später am Tag, als die beiden durch einen feinen Sprühregen wanderten, angeblich, um nach den Pferden im Korral zu sehen.

»Bist du sicher, daß ihr ihm ausreichend Gelegenheit zur Flucht gelassen habt?«

»Nardo, *noch* leichter hätten wir es ihm wirklich nicht machen können. Wir haben knapp eine Meile vom Adler-Paß unser Nachtlager aufgeschlagen. Wir haben die Pferde in seiner Reichweite gelassen. Wir haben uns schlafen gelegt und laut geschnarcht. Er ist trotzdem nicht gegangen.«

Nardo trat angewidert nach dem nassen Gras zu seinen Füßen.

»Er hat allerdings daran gedacht«, fuhr Dane fort. »Er sah schrecklich aus am nächsten Morgen, als hätte er überhaupt kein Auge zugetan und die ganze Nacht gegrübelt. Er wußte, daß er mit Leichtigkeit fliehen konnte, o ja, aber er hat es vorgezogen zu bleiben.«

Nardo gab keine Antwort. Sie begannen, den Abhang hinunterzusteigen, strebten auf die ebene Fläche zu, wo der Korral errichtet war. Das Gras war naß und schlüpfrig unter ihren Mokassins. Der Nebel war so dicht, daß die Pferde im Korral nur als milchig verschwommene Schatten zu erkennen waren, eine Nuance dunkler als die Nebelschwaden.

Dane räusperte sich. »Heute morgen nach unserer Rückkehr hat Pettra mich darauf angesprochen, daß sie Paxon heiraten möchte. Ich denke, Pettra ist vielleicht der Grund, warum er nicht geflohen ist, Nardo. Sie ist ihm sehr zugetan, und sie sagt, er fühlt dasselbe wie sie.«

Die beiden Männer waren am Fuß des Abhanges angekommen, wo der Nebel noch dichter war und seine schwere Feuchtigkeit den unverkennbaren Geruch von Pferden trug. »Er muß gehen«, sagte Nardo grimmig, »sonst werden uns die Redu vielleicht nie finden, und wir werden nicht in der Lage sein, die Falle zuschnappen zu lassen.«

Dane warf einen Seitenblick auf Nardo, seine schläfrigen haselnußbraunen Augen glänzten in der feuchten Luft. »Ich verstehe das durchaus«, sagte Dane. »Aber Pettra ist meine Schwester, und mir gefällt die Idee nicht, den Jungen, den sie liebt, in den Tod zu schicken. Ich denke auch nicht, daß es fair gegenüber Paxon ist. Er *ist nicht* geflohen, Nardo. Er *hat* uns *nicht* verraten.«

Sie standen jetzt vor dem Korral, der eine Gruppe der zweijährigen Fohlen enthielt, die gerade lernten, ein Halfter zu tragen und auf Befehle zu hören. Die Männer betrachteten die

Jungtiere eine Weile, tauschten Bemerkungen über besondere Eigenschaften und Persönlichkeitsmerkmale der Tiere aus, die sie während der Übungsstunden bemerkt hatten, bis Nardo schließlich meinte: »Diese Knappheit an heiratsfähigen Männern im Stamm wird allmählich zum ernsten Problem.« Dann beschrieb er Alanes Idee, einige der Redu-Männer in den Stamm aufzunehmen.

»Es ist wahr, daß die Männerknappheit ein Problem ist«, erwiderte Dane. »Und nicht nur für die unverheirateten Mädchen. Man braucht sich ja nur anzusehen, was mit der Ehe meiner Schwester Iva passiert ist.«

Eines der Fohlen hatte sich Stück für Stück näher an die beiden Männer herangewagt, und jetzt war die kleine Stute in ihrer Reichweite. Nardo lächelte und streckte langsam seine Hand aus, einen Leckerbissen auf seiner Handfläche. »Es sind auch nicht nur die Frauen, die darunter leiden«, sagte er zu Dane. »Es herrscht böses Blut zwischen den Männern des Rotwild-Clans und den Männern des Bären-Clans wegen dieser Scheidung.«

»Bram hat meine Schwester gedemütigt und beleidigt«, erwiderte Dane steif.

Ein feines Maul reckte sich vor, weiche, samtige Lippen berührten Nardos Handfläche, und die Wurzel war verschwunden. »Ich weiß, daß er das getan hat, Dane«, sagte Nardo ruhig.

Der Nebel war jetzt so dicht, daß die Männer kaum die Züge des anderen erkennen konnten. Das einzige Geräusch war das Kauen des Fohlens, während es die Wurzel zwischen seinen starken, jungen Zähnen zermalmte. »Weder Pettra noch Iva sind Frauen, die den Rest ihres Lebens ohne einen Mann verbringen wollen«, sagte Dane schließlich.

Die kleine Stute hatte ihren Leckerbissen verzehrt und

streckte erneut das Maul vor, begierig auf einen weiteren. Nardo tat ihr den Gefallen. »Dann vermute ich also richtig, daß du über eine Eheschließung zwischen Pettra und Paxon nicht bekümmert sein würdest?« fragte er.

»Er ist vielleicht ein bißchen arrogant, aber er ist noch jung.« Dane rieb sich gedankenverloren die Nase. »Ich wäre nicht verärgert.«

Nardo nickte, zog seine leere Hand zurück und drehte sich zu Dane um. »Der Stamm braucht dringend mehr Männer«, sagte er. »Und wenn die übrigen Redu wie Paxon sind, könnten wir eigentlich ganz zufrieden sein.« Durch den Nebel konnte Dane Nardos Zähne aufblitzen sehen, als er lächelte. »Ich denke, sie könnten uns beibringen, wie man mit diesen großen Bogen schießt.«

Dane schob nachdenklich die Lippen vor. »So ist es«, stimmte er zu.

»Nun«, meinte Nardo, als er kehrtmachte und in Richtung Lager zurückzugehen begann, »wenn wir alle diese Pläne in die Tat umsetzen wollen, müssen wir Paxon irgendwie dazu bekommen, daß er geht.«

»Ich weiß nicht, was wir sonst noch tun sollen«, sagte Dane unwirsch, als er seinem Häuptling folgte. »Glaub mir, wenn ein Mann jemals eine Chance zur Flucht bekommen hat, so haben wir sie diesem Redu letzte Nacht gegeben!«

Nardo blickte stirnrunzelnd in den wallenden Nebel. »Wir müssen ihm einen größeren Anreiz bieten als lediglich eine Möglichkeit zur Flucht. Wir müssen ihn auf den Gedanken bringen, sein Stamm sei in Gefahr.«

Dane rutschte leicht auf dem nassen Gras aus, fing sich jedoch gleich wieder. »Und wie sollen wir das anstellen?«

Nardo sprach bedächtig. »Wir könnten ihm Gelegenheit geben, Bruchstücke eines Gesprächs zu belauschen, während wir über einen Plan beratschlagen, um die Redu zu vernichten. Wir werden natürlich nicht über unseren wahren Plan sprechen, verstehst du? Ihn nur erkennen zu lassen, daß wir einen Plan haben, sollte schon genügen.« Mit dem Handrücken strich Nardo sich die Wassertröpfchen fort, die an seinen langen Wimpern hafteten. »Wenn Paxon glaubt, er müsse die Wahl treffen zwischen dem Überleben seines Stammes und unserem, dann wird er sich für seine eigenen Leute entscheiden, davon bin ich fest überzeugt.«

Dane grunzte. »Unter diesen Umständen glaube ich nicht, daß ihm überhaupt eine Wahl bleibt.«

»Wir wollen ja auch nicht, daß er eine Wahl hat«, erwiderte Nardo nüchtern. »Wir wollen, daß er geht.«

Dane befolgte Nardos Anweisungen, und während der folgenden zwei Wochen sorgte er dafür, daß Paxon Teile zweier Unterhaltungen mithörte, die einen Kindred-Plan zur Vernichtung der Redu betrafen. Dann, am Ende dieser zweiwöchigen Frist, schickte Nardo Paxon wieder mit demselben Jagdtrupp aus wie zuvor, um in der Nähe des Adler-Passes nach Rotwild zu suchen. Als die Männer der Kindred dieses Mal am Morgen erwachten, war der Redu verschwunden.

28

Vier Tage nach Paxons Flucht erschien eine große Abordnung von Redu am Berghang des Adler-Passes. Daraufhin führte Nardo eine Gruppe seiner eigenen Männer in den Paß hinein bis zu einem Punkt knapp außerhalb Bogenschußweite, und dann traten die Kindred-Männer und -Pferde in aller Eile den Rückzug an. Nachdem sie wieder sicher innerhalb der Talwände waren, grinste Nardo triumphierend. Sie hatten sie!

Früh am Morgen verließen Mano und Dane das Lager, um durch den Hohen Sattel zu reiten und dann den Großen Fischfluß hinunter, um Rune und die Norakamo aufzusuchen. Ihre Botschaft war simpel: Am Tag des vollen Mondes Wenn der Bulle mit den Hörnern stößt, spätestens zwei Stunden nach Morgengrauen, sollten die Norakamo am Adler-Paß sein. Sie sollten die Berge von Westen her ersteigen und sich den Redu von der rückwärtigen Seite nähern, um die Bogenschützen auf diese Weise zwischen den beiden Stämmen festzunageln. In der Zwischenzeit – um sämtliche Redu in den Paß hineinzulocken – würde Nardo die zwei Tage bis Vollmond so tun, als bereiteten die Kindred einen Großangriff auf die Redu vor. Wenn der Redu-Häuptling die Kindred weiterhin in der vermeintlichen Falle gefangenhalten wollte, würde er alle seine Männer herbeirufen müssen, um die Verteidigung auf dem Paß zu verstärken. Dann, am Tage des vollen Mondes Wenn der Bulle mit den Hörnern stößt, würden die Männer der Kindred tatsächlich ihren Angriff starten, und die Männer der Norakamo würden an Ort und Stelle sein müssen, um ihren Teil dazu beizutragen, daß die Falle zuschnappte.

* * *

Varic war immer noch gegen Nardos Plan und hatte auch nicht gezögert, dies im Clan-Rat zu sagen, als sie sich am Morgen nach dem Auftauchen der Redu zur Beratung zusammensetzten, um ihren nächsten Schritt zu planen.

»Rechnest du wirklich ernsthaft damit, daß uns die Norakamo zu Hilfe kommen werden, Nardo?« fragte Varic zornig. »Ich sage dir, nichts würde diesen Stamm mehr erfreuen, als die Leute der Kindred vernichtet zu sehen.«

»Ich erwarte, daß Rune sein Wort hält«, gab Nardo zurück. »Er hat gesagt, er wird kommen, und dann kommt er auch.«

Nats helle braune Augen ruhten auf Varics Gesicht. »Ich verstehe deine Gefühle, Varic, und ich respektiere sie. Die Norakamo haben deinen Vater getötet, und du hast allen Anlaß, mißtrauisch zu sein. Aber der Grund, weshalb Rorig eine Heirat zwischen Nardo und der Tochter des Norakamo-Häuptlings arrangierte, war, für einen Augenblick wie diesen vorzusorgen und Sicherheit zu schaffen. Wenn unsere beiden Stämme zusammenhalten, können wir diese Eindringlinge vernichten. Wenn wir alleine vorgehen, können wir es nicht.«

»Nevin war der Bruder deiner Mutter«, sagte Varic verbittert zu Nardo. »Ich kann deine Denkweise einfach nicht verstehen.«

Ein Muskel zuckte in Nardos Mundwinkel, aber ansonsten verriet seine Miene keinerlei Reaktion auf Varics Bemerkung. »Für Nevins Tod ist Vergeltung geübt worden«, sagte er. »Es ergibt keinen Sinn, an einer Fehde festzuhalten, die längst beigelegt ist.« Varic runzelte finster die Stirn und öffnete den Mund zu einer Erwiderung, aber Nardo brachte ihn mit einer gebieterischen Handbewegung zum Schweigen. »Rune ist der Bruder meiner Frau, und ich würde ihm mein Leben anvertrauen.«

»Du tust wesentlich mehr als das«, gab Varic hitzig zurück. »Du vertraust ihm das Leben aller Mitglieder dieses Stammes an!«

»Nicht ganz«, warf Freddo ein. »Wenn es schiefgehen sollte, wenn die Norakamo tatsächlich nicht kommen, dann können wir jederzeit über den Hohen Sattel in das Tal des Großen Fischflusses entkommen.«

Das Gras war immer noch feucht vom Morgentau, und die Männer des Clan-Rats saßen auf einem Kreis von Felsblöcken unterhalb einer der Talwände, ein kurzes Stück vom Lager entfernt. Samu hockte neben Nardo, seine Schnauze ruhte auf Nardos Schenkel. Auf der Felswand über ihnen sprang eine Herde agiler Gebirgsschafe von Vorsprung zu Vorsprung auf der Suche nach den schmackhaften Flechten in den Spalten.

»Vielleicht wäre es ratsam, die Kinder und Frauen aus dem Tal zu schicken, bevor es Vollmond ist«, schlug Nat vor. »Wenn uns die Norakamo tatsächlich aus irgendeinem Grund im Stich lassen, besteht die Möglichkeit, daß die Redu durch den Paß brechen und ins Tal einfallen.«

Nardo streichelte gedankenverloren Samus Kopf zwischen den spitzen, aufgerichteten Ohren. »Wenn die Norakamo nicht kommen, werden wir nicht kämpfen«, sagte er. »Ich habe Rune gebeten, ein Rauchsignal zu geben, wenn seine Leute in Angriffsposition sind. Wenn kein Rauchsignal erfolgt, dann werden wir nicht angreifen.«

Die Gebirgsluft war schon empfindlich kalt an diesen Morgen, der Sommer neigte sich dem Ende zu. Die Männer trugen alle langärmlige Hemden, und einige von ihnen hatten die Arme vor der Brust verschränkt, um sich zu wärmen. Über ihnen schob sich eine dicke Bank grauweißer Wolken vor die Sonne, was die Luft noch kälter machte.

»Nardo hat recht«, erklärte Freddo. »Wenn wir die Frauen und Kinder fortschicken, dann werden wir ihnen auch Männer mitgeben müssen, die für sie jagen und sich um die Pferde kümmern.« Er zog eine Grimasse. »Die Frauen werden nicht ohne ihre Besitztümer gehen wollen, Nat, und das bedeutet, daß sie den größten Teil der Herde mitnehmen werden, um ihre Sachen zu transportieren.«

Matti und Hamer lachten, und Nat meinte bedauernd: »So ist es. Die Frauen und Kinder sollten besser hierbleiben.«

Varics schlanker Körper war so angespannt wie eine Bogensehne. »Ich bin immer noch der Meinung, daß du falsch handelst«, sagte er zu Nardo.

»Nun, da du als einziger gegen den Plan bist, Varic«, gab Nardo mit seiner liebenswürdigsten Stimme zurück, »bist du hiermit überstimmt.« Die Wolkenbank war inzwischen weitergezogen, und jetzt strömte erneut wärmendes Sonnenlicht vom Himmel herab. »Wir werden uns auf die Norakamo verlassen«, erklärte Nardo.

Es war spät am Nachmittag eines warmen, dunstigen Tages, als Dane und Mano schließlich die Große Furt überquerten und den Waldpfad hinaufritten, der nach Norden und Westen in Richtung des Schlucht-Flusses und zum Norakamo-Lager führte.

»Es sieht nach einem Gewitter aus«, bemerkte Dane, während er zu dem rapide dunkler werdenden Himmel hinaufblickte.

Mano brummte zustimmend. Dann, einen Moment später, als sich das Dämmerlicht des Waldpfades plötzlich in zuckende Helligkeit verwandelte, rief er bestürzt: »Holla! War das ein Blitz?«

Eines von Danes beiden Ersatzpferden wieherte schrill und warf nervös den Kopf hoch. Die Stute, die er ritt, keilte mit den Hinterhufen aus. »Allerdings, das war es«, meinte Dane grimmig.

Donner grollte dumpf in der Ferne. »Am Fluß südlich der Furt sind Felsklippen«, sagte Mano. »Vielleicht finden wir dort eine Höhle, wo wir Schutz suchen können.«

Dane schüttelte den Kopf. »Bis wir dort angekommen sind, wird das Unwetter genau über uns sein.«

Der Wind hatte inzwischen aufgefrischt; heftige Böen bliesen die Stirnfransen und Mähnen der Pferde zurück und peitschten die Äste der Eichen und Birken, die den Pfad zu beiden Seiten säumten. »Vielleicht sollten wir Deckung unter den Bäumen suchen«, rief Dane mit lauter Stimme, um sich über das wilde Rauschen der Bäume hinweg verständlich zu machen.

Plötzlich hellte sich der Himmel auf, leuchtete grellgelb wie Flammen, wenn alles Anmachholz auf einmal Feuer fängt. Sommertau, Danes Stute, bäumte sich angstvoll auf, und die Pferde, die er mitführte, wichen hastig zurück, um ihren Hufen auszuweichen. Manos Stute rollte wild mit den Augen und tänzelte nervös auf der Stelle. Dann öffneten sich die himmlischen Schleusen, und Regen prasselte wie ein Sturzbach herab.

Es war Sommertaus Aufbäumen, das Dane das Leben rettete, ihn aus der Ziellinie des Speeres beförderte, der sich statt dessen in den elegant geschwungenen Hals des Pferdes bohrte. Mano hatte kein solches Glück. Der Speer, der nach ihm geschleudert worden war, fand sein Ziel, und Mano glitt langsam zu Boden, die Speerspitze tief in der Brust.

Danes Stute, tödlich getroffen, brach seitwärts zusammen, wobei Dane es gerade noch schaffte, sich mit einem Sprung von ihrem Rücken zu retten, um nicht von dem massiven Gewicht des Tieres erdrückt zu werden. Sommertau stürzte zu Boden und schlug in ihrer Todesqual wild mit den Hufen um sich. Einer ihrer Hufe traf Dane genau in die Rippen. Er schnappte keuchend nach Luft, und durch den Nebel von Schmerz sah er zwei Männer zwischen den Bäumen südlich des Pfades auf sich zugaloppieren. Im nächsten Moment zuckte wieder ein Blitz über den Himmel. Der heftige Donnerschlag, der unmittelbar darauf folgte, versetzte alle Pferde in helle Panik. Während die Angreifer noch versuchten, ihre zu Tode erschrockenen Tiere unter Kontrolle zu bekommen, rannte Dane auf den Wald im Norden zu. Vornübergebeugt, wimmernd vor Schmerz und beide Arme um seine verletzten Rippen geschlungen, duckte er sich in den Schutz der Bäume. Hinter ihm schrie Sommertau erneut in Todesqual.

Eine Männerstimme erhob sich über das Tosen des Unwetters. »Einer von ihnen versucht zu entkommen!«

»Ich reite ihm nach!« rief Vili zurück. »Du bleibst hier und erlöst die Stute von ihrer Qual.«

Dane stolperte tiefer in den Wald hinein, immer weiter vorwärts, wich Baumstämmen aus und sprang über heruntergefallene Äste, ohne sich um das verdächtige Knacken der Zweige unter seinen Füßen zu sorgen, denn er wußte, Regen und Donner waren seine Verbündeten. Seine Verfolger konnten ihn unmöglich über das Brüllen des Sturms hinweg hören.

Sie hatten in der Sprache der Kindred gesprochen, allerdings nicht mit dem richtigen Akzent. Sie sind Norakamo, dachte Dane bestürzt. Und sie würden erwarten, daß er nach Norden und Westen ging, auf den Schlucht-Fluß und das Norakamo-Lager zu. Ohne zu zögern, wandte Dane sich nach Osten. Er mußte eine so große Strecke zurücklegen, wie er konnte, solange das Unwetter ihn noch schützte. Es kam ihm wie eine Ewigkeit vor, während er durch den Wald kletterte, Felsen erklomm, in nasse, schlammige Rinnen glitt und tiefhängende Zweige sein Gesicht zerkratzen fühlte. Nach ungefähr zwanzig Minuten war das Unwetter vorübergezogen, und Dane lag da, flach an den Boden gepreßt, und lauschte angestrengt.

Jeder Atemzug schmerzte unerträglich. Sommertau mußte ihm die Rippen gebrochen haben, als ihr Huf ihn getroffen hatte. Er fühlte sich schwindelig und krank, und er lag auf dem schlammigen Boden und murmelte seine Dankesgebete an den Himmelsgott, weil er ihm den Donner geschickt hatte. Und dann verlor Dane das Bewußtsein.

Zu Pferd hätten Dane und Mano während der ersten Woche des vollen Mondes Wenn der Bulle mit den Hörnern stößt im Norakamo-Lager eintreffen sollen. Damit hätte Rune mindestens noch eine Woche Zeit gehabt, um seine Männer um sich zu sammeln und sie zum Adler-Paß zu führen. Dane hatte jedoch nicht nur sein Pferd eingebüßt, er selbst war auch schwer verletzt. Halb verhungert, schmutzbedeckt und von Schmerz gepeinigt, kroch er schließlich zwei Tage vor Vollmond in das Norakamo-Lager, wo er Rune atemlos seine Geschichte vortrug.

»Wenn du so sicher gewesen bist, daß diese Männer Norakamo waren, warum bist du dann trotzdem hierhergekommen?« wollte Rune wissen.

»Sie waren Norakamo. Ich habe ihren Akzent erkannt.« Dane lag flach auf dem Boden von Runes Zelt ausgestreckt, während Nita ihm behutsam den Schmutz vom Gesicht wusch. Er hatte gierig das Essen hinuntergeschlungen, das sie ihm nach seiner Ankunft vorgesetzt hatte, und jetzt begann sich seine Erschöpfung bemerkbar zu machen. »Ich bin trotzdem gekommen, weil ich mir dachte, daß du Nardos Boten nicht aus dem Hinterhalt zu töten brauchtest, wenn du dein Versprechen ihm gegenüber nicht einhalten wolltest, Rune. Du hättest einfach nicht auf seinen Hilferuf zu reagieren brauchen. Deshalb bin ich zu dem Schluß gekommen, daß diese Männer eigenmächtig gehandelt haben müssen.«

Rune gab keine Antwort, aber seine blauen Augen blickten hart, als er Danes erschöpftes, schmerzverzerrtes Gesicht betrachtete.

»Nardo hat keine Sekunde an dir gezweifelt«, fügte Dane hinzu, »und Nardo ist ein guter Menschenkenner.«

Rune strich sich mit der Hand durch seine langen Ponyfransen; die Geste verbarg wirksam den Ausdruck auf seinem Gesicht. »Würdest du die Männer wiedererkennen?« fragte er nach einem Moment.

»Nein. Es ging alles viel zu schnell.« Nita hatte ihn inzwischen gesäubert, und Dane schenkte ihr ein dankbares Lächeln.

Dann starrte er zu dem hohen, spitz zulaufenden Zeltdach hinauf, Verzweiflung in jede müde Linie seines Gesichts eingegraben. »Ich bin so schnell gekommen, wie ich konnte, aber ich bin dennoch zu spät gekommen.«

»Vielleicht nicht«, meinte Rune. »Die Norakamo sind schnelle Reiter.«

Danes Fäuste öffneten und schlossen sich. Er schüttelte den Kopf. »Vollmond ist schon übermorgen. Wenn ihr hart reitet, schafft ihr es vielleicht, bis morgen abend gegen Einbruch der Dunkelheit den Fluß hinunterzukommen, aber es wird weitere sechs Stunden dauern, um die Berge zu überqueren. Der Schafspfad, den Nardo entdeckt hat, ist lang und gewunden auf der Nachmittagsseite des Berges, obwohl er schnell in die Tiefe führt, nachdem er den Grat erreicht hat. Meine Anweisungen lauteten, daß ihr in der Nacht vor Vollmond auf dem Pfad knapp unterhalb des Gipfels kampieren solltet, um dann im ersten Licht des folgenden Tages anzugreifen.« Dane schloß die Augen. »Wir brauchen noch einen weiteren Tag, und den haben wir nicht.«

»Ich kann am Tag des vollen Mondes bis Mittag über den Berg sein«, erwiderte Rune.

»Es hat keinen Zweck«, sagte Dane hoffnungslos. »Der Wind durch den Paß flaut gewöhnlich zwei Stunden nach der Morgendämmerung ab, und Nardo muß diesen Wind haben.«

Runes schmales Gesicht veränderte seinen Ausdruck nicht. »Dann werden wir den Berg bei Nacht bewältigen müssen. Der Mond ist voll; solange keine Wolken aufziehen, wird das Licht ausreichen.«

»Mit Männern und Pferden, die keine Ruhepause hatten? Es ist ein heimtückischer Pfad« – Dane ließ seine Faust verzweifelt auf das Fell niedersausen, auf dem er lag –, »und ich bin nicht in der Verfassung, um euch zu führen.«

»Wir brauchen dich nicht«, erwiderte Rune ruhig. »Ich kenne den Weg.«

Dane starrte ihn an. »Nardo sagte, du würdest den Weg nicht kennen, und ich müßte ihn euch zeigen.«

Rune entblößte seine Zähne in einem Lächeln, das nicht gutmütig war. »Da du kaum in der Verfassung bist, mir irgend etwas zu zeigen, Dane, ist es da nicht gut, daß ich den Pfad inzwischen selbst ausgekundschaftet habe?«

»Das solltest du eigentlich nicht«, brachte Dane mühsam hervor. »Du solltest dich von den Redu fernhalten.«

Rune blickte seine Frau an, die sich in eine Ecke des Zelts zurückgezogen hatte. »Gib ihm etwas von deiner Medizin aus Mohnblumen, Nita. Er hat starke Schmerzen.«

Dane versuchte, sich aufzusetzen, war aber nicht dazu in der Lage. Rune beugte sich zu ihm herab und legte ihm beschwichtigend eine Hand auf die Schulter. »Ruh dich aus. Du hast deine Sache gut gemacht, Dane. Den Rest kannst du mir überlassen.«

Dane schaute auf in die kalten blauen Augen von Alanes Bruder und dachte, daß er es vielleicht könnte.

Sobald Rune Danes Bericht gehört hatte, wandten sich seine Gedanken Hagen zu. Er hatte vom Machthunger des Schamanen gewußt, aber er hätte sich niemals träumen lassen, daß sich Hagen derart heimtückisch verhalten würde.

Die Sonne ging unter, färbte die langgezogenen, dünnen Wolken am Horizont rot und violett, als Rune alle Männer des Stammes zu einer Besprechung an ihren gewohnten Versammlungsort vor der großen Höhle einberief, die über die Ebene hinausblickte. Mit nüchterner, emotionsloser Stimme berichtete Rune ihnen, was mit Dane und Mano geschehen war. Er wußte, Hagen mußte mehr Männer als nur Vili in seine Verschwörung mit einbezogen haben, und während er sprach, ließ er seinen

Blick unablässig über den Kreis von Gesichtern vor sich schweifen. Wenigstens drei der etwas jugendlicheren Gesichter sahen höchst verdächtig aus.

»Eine Tat wie diese hat Schande über den gesamten Stamm gebracht«, schloß Rune.

Angespanntes Schweigen herrschte um das Lagerfeuer. Rune machte seinen Standpunkt noch etwas nachdrücklicher klar. »Ich habe Nardo mein Wort gegeben, und jetzt wird es so aussehen, als wäre ich ihm in den Rücken gefallen.«

Das war zuviel für Vili. »Du empfindest mehr Zuneigung für Nardo als für die Männer deines eigenen Stammes, Rune!« platzte er wütend heraus.

»*Vili*«, zischte der Schamane, aber sein Neffe war viel zu erregt, um auf ihn zu hören.

»Wenn du ein getreuer Häuptling der Norakamo wärst, hättest du die Kindred und die Redu sich gegenseitig umbringen lassen«, fuhr Vili aufgebracht fort. »Warum sollten wir uns in ihren Kampf hineinziehen lassen?«

Der ganze Himmel hatte jetzt die gleiche blutrote Farbe angenommen wie die untergehende Sonne. Alle Männer des Stammes blickten ihren Häuptling an. Runes helles Haar wies einen feurigen Schimmer auf, als er Vili jetzt in maßvollem Ton antwortete. »Begreifst du denn nicht, daß es nur die Kindred sind, die niedergemetzelt werden, wenn wir ihnen nicht zu Hilfe kommen und die Redu von der Rückseite aus angreifen? Die Kindred werden dabei draufgehen, und danach werden die Redu frei sein, kehrtzumachen und über uns herzufallen.«

»Wir brauchen die Kindred nicht!« schrie Vili. Er blickte sich im Stammeskreis um, richtete seinen Appell an die Männer, die ihn so finster anschauten. »Wir sind die Pferdeesser ohne fremde Hilfe losgeworden. Dasselbe wird uns auch mit den Redu gelingen!«

»Die Pferdeesser hatten nicht die Waffen, die dieser andere Stamm hat«, hielt Irek dagegen.

Stifun ergriff als nächster das Wort. »Nardo hat Seite an Seite mit uns gegen die Pferdeesser gekämpft. Wie kannst du von uns erwarten, daß wir ihn im Stich lassen, wenn er uns um unsere Hilfe gebeten hat!«

»Nardo hat meinen Cousin getötet!« Vili brüllte fast.

»Dein Cousin hat zuerst Nardos Onkel getötet«, erinnerte Irek ihn. Er wandte sich zu seinem Häuptling um und fügte mit ernster Stimme hinzu: »Vili kann nicht allein gehandelt haben, Rune.«

Die meisten Männer blickten daraufhin Hagen an. Rune heftete seinen Blick jedoch auf die jungen Männer, die er zuvor als Verdächtige eingestuft hatte. »Mal«, sagte er.

Die Sonne war jetzt ein glühender Feuerball am Horizont.

»Wer war der Anführer dieser Verschwörung, Mal?« fragte Rune.

Der Junge blickte mit nervös flackernden Augen zu Vili hinüber.

»Es war nicht Vili«, erklärte Rune. »Er hat nicht die Intelligenz, um sich einen Plan wie diesen auszudenken.«

Hagen saß schweigend da, sein ausgemergeltes Gesicht verriet nichts.

»Ich weiß nicht, was du meinst, Rune«, sagte Mal atemlos. »Warum fragst du ausgerechnet mich?«

»Weil du in die Verschwörung verwickelt warst«, entgegnete Rune. »Du hast dich daran beteiligt, und durch deine Taten hast du deinem Häuptling den Gehorsam verweigert und ihn entehrt und obendrein den ganzen Stamm in Gefahr gebracht. Du verdienst den Tod.« Mals Adamsapfel hüpfte sichtbar in seiner Kehle hinauf und hinunter, als er schluckte. »Aber du bist noch jung«, fuhr Rune fort, »und ich wäre möglicherweise geneigt, dir eine zweite Chance zu geben, wenn du deinen Anführer nennst.«

Es schien, als wagte niemand zu atmen. Dann sagte Mal: »Es war Hagen. Es war seine Idee!«

»Ah ...« Rune wandte den Kopf. »Hagen.«

Das Gesicht des Schamanen wirkte bleigrau im Licht der sinkenden Sonne. »Jemand mußte etwas unternehmen«, sagte er verächtlich zu Rune. »Dein Plan wäre eine Katastrophe für den Stamm.«

»Ich denke eher, du bist es, der eine Katastrophe ist, Hagen«, ließ Irek sich vernehmen. »Wir alle haben gesehen, wie du beständig versuchst, Runes Autorität zu untergraben. Du bist der Schamane, nicht der Häuptling, aber du scheinst das nicht zu begreifen.«

»Was nützt uns ein Schamane, der nicht Schamane sein will?« fragte Stifun.

»Gar nichts«, antwortete einer der Männer.

»Ich habe die Geister befragt, und sie sagten mir, was ich tun müßte, um den Stamm zu retten«, erklärte Hagen. Seine Miene ließ jedoch zum ersten Mal eine gewisse Unsicherheit erkennen.

»Der einzige Geist, den du befragt hast, war deine Gier nach Macht«, gab Stifun ärgerlich zurück.

Rune ließ seinen Blick langsam von Gesicht zu Gesicht wandern. »Hagen ist unser Schamane«, sagte er. »Wenn wir ihn hinrichten, wer wird uns dann vor bösen Geistern schützen?«

Bei dem Wort »hinrichten« wurde Hagen aschfahl.

»Hagen ist der böse Geist, vor dem wir am meisten Schutz brauchen«, sagte Irek hart.

»Meine Mutter ist eine ebensogute Heilerin wie Hagen«, warf Stifun ein. »Und der junge Veden hat bereits die Anfangsprüfungen bestanden. Ich denke, er wird uns ein besserer Fürsprecher bei den Geistern sein als Hagen.«

Die Männer knurrten zustimmend.

»Richte ihn hin, Rune«, drängte Irek. »Er ist zum Verräter an unserem Stamm geworden.«

Plötzlich sprang Hagen auf die Füße, aber Stifun war ebenso schnell. Der Schamane blieb keuchend stehen, als er die Spitze von Stifuns Speer an seinen Rippen fühlte.

»Was ist mit Vili?« fragte Irek.

Rune schaute Vili an. »Hagen hat dich benutzt, Vili«, sagte er kalt.

Vili fletschte die Zähne. »Ich hoffe, die Redu zerreißen dich in Stücke«, zischte er haßerfüllt.

Runes Gesicht wurde zu einer steinernen Maske. »Vili ebenfalls«, sagte er zu Irek.

»Ich werde mich darum kümmern, Rune«, erwiderte Irek energisch und bedeutete den Männer, Vili und Hagen gefangenzunehmen und mit ihm zu kommen.

* * *

Rune verbrachte die halbe Nacht damit, die Pferde auszuwählen und die Ausrüstung zusammenzutragen, die er für die bevorstehende Reise brauchen würde. Im ersten Licht des folgenden Morgens brachen die Norakamo auf, um am Goldfluß entlang in südlicher Richtung zu der Stelle zu reiten, wo er sich gabelte. Der Stamm hatte vor, die südwestliche Abzweigung zu nehmen und dann einem Schafspfad über die Berge zu folgen, um kurz vor dem Adler-Paß wieder auf den Hauptstrom des Goldflusses zu treffen. In hartem Galopp gelang es Rune und seinen Männern, bis zum Schafspfad zu gelangen, kurz bevor das letzte Tageslicht verblaßt war.

»Wir werden hier eine Pause einlegen, bis der Mond hoch genug am Himmel steht, um unseren Weg zu beleuchten«, sagte Rune. »Dann werden wir den Berg ersteigen.«

Zum Schlafen blieb nicht mehr genug Zeit, aber die Männer zündeten Kochfeuer an und aßen, während die Pferde hungrig das Gras zu rupfen begannen, das zwischen den Felsblöcken sprießte. Ein Bach floß den Berghang hinunter und ergoß sich in den Fluß, der, wie Rune erklärte, entlang des ganzen Weges verlief, so daß sie sich um das Tränken der Pferde nicht zu sorgen brauchten. Schließlich, als der Mond hoch genug am westlichen Himmel stand, machten sich die Männer der Norakamo mit ihren Pferden an den Aufstieg.

Der Weg war steil, schmal und gefährlich. Die Pferde, die seit Morgengrauen gelaufen waren, waren am Ende ihrer Kräfte. Es war ein grimmig dreinschauender Rune, der schließlich die Entscheidung traf, Rast zu machen, als sie noch knapp zwei Stunden vom Gipfel entfernt waren.

»Wenn wir jetzt anhalten, werden wir nicht mehr rechtzeitig am Paß sein und zu dem Zeitpunkt angreifen können, den Nardo festgelegt hat«, sagte Stifun zu seinem Bruder.

»Wenn wir nicht anhalten, werden die Pferde nutzlos sein«, gab Rune zurück. »Die Männer ebenfalls. Keiner von uns wird Nardo irgend etwas nützen, wenn wir keine Ruhepause haben.«

Als Stifun die Männer und Pferde hinter sich betrachtete, mußte er wohl oder übel zustimmen. Auf Runes Befehl hin hielt die erschöpfte Kette von Männern und Tieren an. Die Pferde blieben stehen, wo sie waren, die Köpfe tief gesenkt, die Ohren hängend, die Augen geschlossen. Die Männer wickelten sich gegen die kalte Gebirgsluft in ihre Schlaffelle, legten sich auf den steilen, felsigen Pfad und schliefen wie die Toten.

Es war schon später als zwei Stunden nach Morgengrauen, und immer noch war kein Rauchsignal zu sehen, um Runes Ankunft zu verkünden. Nardo und seine Männer standen auf ihrer Seite des Passes und spähten angestrengt auf die Stelle am Himmel, wo sie eine Säule schwarzen Rauches zu sehen erwarteten. Doch das einzige, was sich am tiefblauen Himmelszelt bewegte, war ein einzelner Adler, der seine eleganten Kreise über den steilen Felswänden zog. Einige Augenblicke lang schwebte er bewegungslos in der Luft, dann schoß er im Sturzflug hinab und verschwand außer Sichtweite.

»Ich habe dir ja gesagt, daß er nicht kommen würde«, sagte Varic hämisch. Er und der Rest des Clan-Rats standen mit Nardo am Eingang des schmalen Felskorridors, der der Adler-Paß war. »Du bist ein Narr gewesen, Nardo, dein Vertrauen in einen Norakamo zu setzen.«

»Der Wind hält immer noch an«, erwiderte Nardo. »Wir haben noch etwas Zeit.«

»Vielleicht sollten wir ohne die Norakamo angreifen«, schlug Nat vor. »Wenn wir Nardos Plan folgen, sollten wir sicher durch den Paß kommen. Wenn wir das tun, werden wir sie zu gleichen Bedingungen bekämpfen können, Mann gegen Mann.«

Nardo schüttelte energisch den Kopf. »Wir würden auf zu engem Raum kämpfen müssen. Die Redu sind uns zahlenmäßig überlegen, und sie brauchen lediglich ihre Stellung zu halten, um zu gewinnen. Wir müßten ihre Reihen durchbrechen, und das ist ohne einen großen Verlust von Kindred-Leuten nicht möglich. Nein, wenn die Norakamo nicht kommen, werden wir nicht angreifen.«

Schweigen breitete sich aus, während die Männer weiter den Himmel beobachteten. Der Wind, von dem sie so abhängig waren, zersauste Nardos Haar und wehte ihm eine schwarze Strähne ins Gesicht. Ungeduldig strich er sie zurück.

»Meine größte Befürchtung ist, daß sie aufgehalten wurden und versuchen werden, später am Morgen anzugreifen«, sagte Freddo grimmig.

Nardos Miene war angespannt. »Ich habe Mano und Dane eingeschärft, Rune unmißverständlich klarzumachen, daß er bis spätestens zwei Stunden nach Morgengrauen hier sein müßte.«

»Der Zeitpunkt ist bereits verstrichen, und sie sind nicht gekommen«, warf Varic ein.

Nardo preßte die Lippen zusammen und wandte sich ab, blinzelte in die tief stehende Morgensonne, um die Reihen von Männern hinter sich zu betrachten. Sie hatten ihre Pferde heute zurückgelassen; die Männer der Kindred würden diesen Kampf unberitten austragen.

Wo bist du, Rune? dachte er fieberhaft. *Dieser Wind wird nicht mehr sehr viel länger anhalten!*

Das einzige Geräusch im Tal war das Zwitschern der Vögel. Niemand sprach. Alle Augen waren zum Himmel erhoben.

»Nardo!« Freddos Finger schlossen sich fest um seinen Unterarm. »Sieh doch nur, Nardo!«

Nardo wandte sich wieder zum Paß um, hob den Kopf, und da – wie ein Fleck auf dem makellos klaren Blau des Morgenhimmels – war eine einzelne schwarze Wolke. Nur daß es keine Wolke war. Nardo ballte die Fäuste und schloß einen Moment die Augen. Als er sie wieder öffnete, war die Wolke immer noch da.

Leise, zu leise, als daß die anderen ihn gehört hätten, sagte er: *»Danke, Rune.«* Dann fuhr er zu seinen Männern herum.

»Die Norakamo, meine Brüder! Die Norakamo sind gekommen! Und der Wind hält immer noch an! Sie sind rechtzeitig gekommen!«

Die Männer der Kindred grinsten breit. Nardo grinste zurück und rief: »Vorwärts! Zu den Barrikaden!«

Paxon stand an seinem Platz am Kopf der Redu-Reihen, eine Viertelmeile tief in den Adler-Paß hinein. Sein Vater glaubte,

Nardo würde heute aus dem Tal auszubrechen versuchen, und Paxon fürchtete sehr, daß Kerk recht hatte. Während der letzten Woche war es den Kindred gelungen, eine hölzerne Barrikade ungefähr auf dem halbem Weg durch den Paß zu errichten, und der Redu-Häuptling war überzeugt, sie würden sich dahinter verschanzen und von dort aus einen Angriff starten.

Es war natürlich hoffnungslos. Nardo mußte das wissen. Wenn die Kindred ihre Pferde benutzten, würden die Redu-Bogenschützen die Vorhut töten, und ihre Leichen würden den Paß so verstopfen, daß die nachfolgenden Reiter nicht hinüberspringen konnten und leichte Ziele für ihre Feinde abgaben. Wenn sie zu Fuß vorstürmten, würde den Pfeilen reichlich Zeit bleiben, ihr Ziel zu finden. Die Kindred-Truppen würden so geschwächt sein bis zu dem Zeitpunkt, wo es zum Kampf Mann gegen Mann käme, daß sie keine Chance hätten.

Sie hatten so oder so keine Chance. Paxon verstand vollkommen, was Nardo zuvor zu Nat gesagt hatte: In einer Situation wie dieser lag der Vorteil immer auf seiten der Männer, die lediglich ihre Stellung halten mußten.

Alles meine Schuld, dachte Paxon. Es war ein Refrain, der sich wieder und wieder in seinem Kopf abspielte, seit er zu seinen Leuten zurückgekehrt war und ihnen von dem Paß erzählt hatte. Gleich darauf folgte unausweichlich der Gedanke, der fast noch schmerzlicher war: *Wie Pettra mich hassen wird*.

Es dauerte einen Moment, bis die überraschten Rufe seiner Gefährten Paxons bittere Gedanken durchdrangen. Er fuhr herum und schaute hoch, folgte den Blicken der Männer um sich herum. Da, hoch oben am unendlich weiten, blauen Himmelszelt, stand eine einzelne schwarze Wolke.

»Im Namen des Donners!« hörte er Madden fluchen. »Das ist ein Signal. Sie müssen jemanden von hinten an uns heranrücken lassen!«

Paxon runzelte die Stirn.

»Paxon.« Es war Kerks Stimme, die gleich darauf an seiner Schulter ertönte. »Wer ist das?«

Er schüttelte verwirrt den Kopf. »Ich weiß es nicht, Vater. Ich könnte schwören, daß der gesamte Kindred-Stamm innerhalb des Tales war.«

»Nun, irgend jemand schickt ihnen ein Rauchsignal.«

Kerk drängte sich zurück durch die Reihen seiner Männer, und kurz danach erfuhr Paxon, daß er ein Kontigent von Redu-Schützen abkommandiert hatte, ein kurzes Stück flußabwärts vorzurücken, um aufzuhalten, wer auch immer den Pfad heraufkommen mochte.

Paxon blickte durch den schmalen, dunklen Felskorridor, der sich vor ihm erstreckte. »Da kommen sie«, murmelte der Mann neben ihm.

Nardo marschierte an der Spitze. Selbst auf die Entfernung war es unmöglich, die hochgewachsene, breitschultrige Gestalt zu verwechseln. Paxon fühlte, wie sich sein Magen krampfhaft zusammenzog, als er die Reihen der Kindred-Männer auf die Barrikade vorrücken sah, die sie eine Viertelmeile von der Redu-Position entfernt errichtet hatten.

Hätte Paxon in diesem Moment die Seiten wechseln können, hätte er es vorgezogen, mit den Kindred zu sterben. Denn er wußte, daß sie sterben würden. Selbst wenn Nardo gerissen genug gewesen war, eine Abordnung von Männern zu veranlassen, die Redu von der anderen Seite aus anzugreifen, würde diese Maßnahme die Kindred dennoch nicht retten. Sie erreichten die Barrikade und hielten an.

Es war kalt im Paß. Der Wind, der frühmorgens von Osten her wehte, peitschte durch den Paß in die Gesichter der Redu, und Paxon fröstelte.

Seine Nase registrierte den Brandgeruch, noch bevor seine

Augen die Flammen sahen. Dann überwältigte ihn der Rauch, dicke Schwaden beißenden Rauches, die dichter und dichter wurden, während der Ostwind sie durch den Paß vor sich herwirbelte.

Im Namen des Donners! Nardo mußte die hölzerne Barrikade mit getrocknetem Gras ausgepolstert und es in Brand gesteckt haben! Der Adler-Paß wirkte wie ein riesiger Rauchabzug und leitete den Rauch direkt in die Gesichter der wartenden Redu!

Durch den dichten Qualm vor den Blicken seiner Kameraden verhüllt, grinste Paxon breit.

»Ich kann nichts sehen!« Schreie ertönten von den Männern um ihn herum. Seine eigenen Augen tränten, und er mußte den Arm heben, um sie zu schützen. Er wußte, Nardo würde unter dem Schutz des Rauches vorrücken. Diese völlig unerwartete Wende der Dinge hob Paxons Stimmung enorm. Endlich konnte er freien Herzens handeln!

»Schießt einfach«, rief er, hob seinen Bogen und schickte einen Pfeil in die Luft. »Es ist nicht so schlimm, wenn ihr nichts sehen könnt, Hauptsache, ihr schießt. Wir werden ganz sicher einige von ihnen treffen.«

Flüche stiegen von den Redu-Reihen auf, aber dann begannen einige Männer zu feuern.

Nardo und die Männer der Kindred krochen auf den Bäuchen durch den Paß, ihre gereizten Augen tränenüberströmt. Über sich konnten sie die Pfeile schwirren hören, während die Redu blindlings in die Rauchwolken hineinschossen. Bis die Bogenschützen begriffen, was passierte, regneten bereits die Kindred-Speere auf sie nieder.

Die beiden Stämme prallten mit Wucht aufeinander und begannen, Mann gegen Mann zu kämpfen, zusammengepfercht zwischen den Felswänden des engen Passes. Die Redu, die den Rauch voll im Gesicht hatten, waren im Nachteil, aber sie kämpften verbissen, um ihre Stellung zu halten. Beide Seiten wußten, wenn sich die Kindred ihren Weg aus dem Paß heraus erzwingen konnten, würde der Sieg ihnen gehören.

Eine Ewigkeit lang schienen die beiden Stämme in tödlichem Kampf miteinander verstrickt. Die Redu waren nicht so geübt mit Speer und Axt wie die Kindred-Männer, und sie verloren etwas an Boden; aber es war fast augenblicklich klar, daß die Kindred nicht in der Lage sein würden, sie eine Viertelmeile weit zurückzudrängen.

Es waren Rune und die Männer der Norakamo, die die entscheidende Wende bewirkten. In Nardos V-Formation galoppierten sie in halsbrecherischem Tempo den Gebirgspfad hinunter und in das Kontingent von Männern, die Kerk fortgeschickt hatte, um nach ihnen Ausschau zu halten. Die Redu hatten erwartet, die Verstärkungstruppen würden den Goldfluß herunterkommen und nicht etwa von der anderen Seite des Berges her, daher kam Runes Angriff völlig überraschend für sie.

Als nächstes führte Rune seine Männer den Pfad hinauf, und bevor die Redu begriffen, was geschah, galoppierten seine Pferde in den Paß hinein und geradewegs in den Schwanz von Kerks Truppe. Die Redu, eingesperrt in dem engen Paß zwischen Nardo und Rune, mußten sich jetzt nach beiden Seiten verteidigen und begannen verzweifelt um ihr Leben zu kämpfen.

Paxon unterlag ziemlich früh in dem Kampf. Er stürmte vorwärts, wie ein Wahnsinniger schreiend, als sich die Reihe der Kindred vor ihm abrupt öffnete. Ohne nachzudenken, schoß er vorwärts und fand sich Sekunden später umzingelt. Jemand versetzte ihm einen gewaltigen Schlag auf den Arm, und sein Speer fiel aus plötzlich tauben Fingern. Er verengte seine tränenden, geschwollenen Augen, blickte in das nicht minder rußverschmierte, rotäugige Gesicht von Pettras Bruder und bereitete sich innerlich auf seinen Tod vor.

Zu seiner größten Verblüffung grinste Freddo jedoch, seine Zähne blitzten in seinem rauchgeschwärzten Gesicht auf. »Dem Himmelsgott sei Dank, wir haben dich!« sagte er. »Pettra würde mir bei lebendigem Leib die Haut abziehen, wenn dir bei diesem Kampf etwas zugestoßen wäre.«

Sie standen inmitten der Kindred-Reihen, während überall um sie herum Männer vorstürmten. Niemand machte einen Versuch, Paxon anzurühren.

»Du wirst mich nicht töten?« brüllte er, um sich über den Lärm des Kampfgetümmels hinweg verständlich zu machen.

Tyr, der an seiner anderen Seite war, schüttelte den Kopf. »Bleib lieber aus dem Weg, Paxon. Wir werden deine Sprachkenntnisse noch brauchen, um mit dem Rest zu reden, der von deinen Leuten übrigbleibt.«

Freddo legte einen Arm um die Schultern des jungen Redu und drängte ihn zum rückwärtigen Ende des Passes. Paxon hustete von dem Rauch und krächzte: »Aber ich habe euch verraten!«

Freddo schüttelte den Kopf. »Niemand hegt Groll gegen dich.« Er drängte Paxon auf die schwelenden Überreste der Barrikade zu. »Und nun sei ein guter Junge und warte dort auf uns.«

Nachdem er sich vergewissert hatte, daß Paxon tatsächlich von dem Kampfgetümmel fortstrebte und in Sicherheit war, kehrte Freddo wieder zurück in den Kampf.

Sobald die Norakamo in die Schlacht eingriffen, war die Niederlage der Redu unausweichlich. Auf ihrer Vorderseite befanden sich die Männer der Kindred, wobei sich jeder Mann auf den Mann vor ihm stützte, so daß sie eine immense menschliche Walze bildeten, die vorwärts und immer weiter vorwärts rollte und die Redu zurück ans Ende des Passes schob. Auf ihrer Rückseite waren die Norakamo und ihre Pferde, eine massive Wand von lebendigen Leibern, die von hinten nachdrängte. Viele der Redu, gefangen in der Mitte, starben, als sie von ihren Gefährten zu Tode gequetscht wurden.

Dennoch kämpften die Redu immer noch tapfer, obwohl die Mehrzahl ihrer Speere zerbrochen war und sie sich darauf beschränken mußten, den Feind mit Steinen zu töten, die sie vom Boden des Passes aufgehoben hatten. Sie kämpften mit erbarmungsloser Wut, aber es dauerte nicht lange, bis nur noch ein kläglicher Rest des einst so stolzen Stammes von Bogenschützen übrig war, der sich verzweifelt gegen die Attacken von vorn und von hinten zu behaupten versuchte. Das war der Moment, wo Nardo Paxon herbeiholte und seine Bedingungen diktierte.

Nachdem die Redu verstanden hatten, was von ihnen verlangt und ihnen angeboten wurde, zögerten sie nicht lange und legten ihre Waffen nieder.

Mittags, wenn die Sonne den höchsten Stand am Himmel erreicht hatte, reichten ihre Strahlen bis auf den Grund des Passes. An diesem Tag schien sie auf das heillose Durcheinander von Toten und Sterbenden. Blut hatte sich in Pfützen auf dem Boden angesammelt. Die Stelle, wo die Redu ihre Position zu behaupten versucht hatten, war mit Leichen übersät.

Nardos Kleider und Hände und Gesicht waren blutbesudelt. Er stand schweigend da und betrachtete die Toten vor sich, und plötzlich überkam ihn eine so große Erschöpfung, daß er das Gefühl hatte, seine Beine vermochten sein Gewicht nicht länger zu tragen.

So viele Tote, dachte er. Er strich sich mit einer blutbefleckten Hand durch sein bereits blutverschmiertes Haar. *So schrecklich viele Tote.*

Durch den Nebel der Erschöpfung, der plötzlich seinen Blick trübte, sah er ein Pferd auf sich zutraben. Er holte tief Luft und blinzelte mehrmals, um wieder einen klaren Blick zu bekommen.

»Rune«, sagte er.

Einen Moment später war Alanes Bruder an seiner Seite. Nardo umschlang ihn mit beiden Armen und drückte ihn sekundenlang fest an sich, und Rune erwiderte seine Umarmung ebenso heftig. »Dem Himmelsgott sei Dank, daß du gekommen bist!«

»Es tut mir leid, daß wir so spät gekommen sind«, erwiderte Rune. »Dein Bote hat es nicht eher geschafft, unser Lager zu erreichen. Er kam erst vorgestern an.«

»Was?«

Rune drückte flüchtig Nardos Arm. »Ich erkläre dir später alles. Das Wichtigste ist jetzt, daß wir die Toten von hier wegschaffen.« Er blickte zu dem riesigen Aasgeier hinauf, der langsam an der Steilwand des Passes entlangglitt.

»Ja«, murmelte Nardo. »Wir werden die Gräber im Tal ausheben, wo der Boden weicher ist.«

»Wirst du auch die toten Redu begraben?«

»Ja. Wir werden sie alle begraben«, sagte Nardo und winkte seine Clanführer zu sich her, um die entsprechenden Befehle zu erteilen.

29

Im Kindred-Lager warteten die Frauen voller Unruhe auf Nachricht von ihren Männern. Sie hatten keine Vorbereitungen für eine Flucht im Falle der Niederlage getroffen. Denn sie erwarteten keine Niederlage. Entweder die Norakamo würden kommen – in diesem Fall würde eine Schlacht stattfinden, und die Redu würden besiegt werden –, oder die Norakamo würden nicht eintreffen, worauf die Kindred-Männer ihre Frauen und Kinder über den Hohen Sattel in Sicherheit bringen würden.

Die schlimmste Möglichkeit, eine Vorstellung, über die niemand zu sprechen wagte, wäre, wenn die Männer der Kindred niedergemetzelt würden. Dann würden die Redu in das Tal einfallen und die Kindred-Frauen und -Kinder für sich beanspruchen, und die Frauen würden sich wohl oder übel in ihr Schicksal fügen müssen. Wenn ihre eigenen Männer tot wären, hätten sie keine Chance, sich allein durchzubringen. Eine so große Anzahl von Frauen und Kindern konnte sich nicht ohne Fleisch selbst ernähren, und die Frauen wären nicht in der Lage, soviel Fleisch heranzuschaffen, wie sie benötigen würden.

Nardo hatte Alane eingeschärft: »Sollte dieser Kampf für mich oder den Stamm nicht gut ausgehen, dann mußt du tun, was das beste für dich und Nevin ist.«

Sie war den Tränen nahe gewesen. *Niemals. Niemals werde ich einen anderen Mann in mein Bett nehmen, niemals will ich in anderen Armen liegen als in deinen. Wenn du tot bist, dann bin ich auch tot.*

Aber sie hatte diese Gedanken nicht laut aussprechen wollen. Und, um ehrlich zu sein, es wäre auch nicht die volle Wahrheit gewesen. Die Ehefrau in ihr mochte so empfinden, aber die

Mutter in ihr wußte, sie würde ihr Kind niemals verlassen. Sie würde tun, was immer sie müßte, um Nevin zu beschützen.

Am Morgen der Schlacht ritten mehrere junge Mädchen mit den Männern den Paß hinauf, um nach dem Rauchsignal der Norakamo Ausschau zu halten. Als es dann kam, kehrten sie ins Lager zurück, um den übrigen Frauen zu sagen, daß der gemeinschaftliche Angriff der Kindred und der Norakamo begonnen hätte.

»Nardo hat niemals daran gezweifelt, daß dein Bruder kommen würde«, sagte Mara zu Alane, als sie zusammen im Zelt der Matriarchin saßen und Babykleider für das Kind nähten, das Lora erwartete.

»Am Tag unserer Eheschließung«, erwiderte Alane, »spannten sich zwei Regenbögen über den Goldfluß. Sie wären ein Omen, meinte meine Mutter, daß Nardo und ich eine Brücke zwischen unseren beiden Stämmen bilden würden.«

»Ich denke, deine Mutter hatte recht«, sagte Mara.

Die Stimmen beider Frauen klangen ruhig und beherrscht. Ihre Hände zitterten nicht, während sie Knochennadeln durch das weichgeschabte Rehkitzleder schoben, an dem sie arbeiteten. Es lag Trost in der gewohnten Arbeit, Trost in der ruhigen Nähe des anderen. Draußen vor dem Zelt hatten sich die übrigen Frauen des Haushalts versammelt, um Mutmaßungen über die Dinge anzustellen, die sich unterdessen auf dem Paß abspielen mochten. Nur Alane und Mara saßen im Inneren und nähten.

Die Zeltklappe wurde beiseite geschoben, und Nevin krabbelte herein. Er strahlte seine Großmutter an und sagte: »Ich bin hungrig.«

Mara erwiderte sein Lächeln. »Möchtest du einen von meinen Honigleckerbissen?«

Die großen braunen Augen des Kindes leuchteten auf. »Ja!«

Dann, als Mara sich erheben wollte, rief der Kleine: »Ich hole sie schon, meine Mutter. Ich weiß, wo sie sind.«

»Davon bin ich überzeugt«, meinte Alane mit leicht ironischer Stimme.

Mara streckte die Hand nach dem Lederbeutel aus, den Nevin ihr gebracht hatte, holte zwei kleine Kuchen aus Honig und Körnern heraus und reichte sie ihrem Enkel. Nevin stopfte sich sofort einen davon in den Mund.

»Paß auf, daß du gründlich genug kaust«, warnte Alane.

Er warf ihr einen entrüsteten Blick zu. »Ich weiß, wie man kaut, Mama. Ich bin jetzt ein großer Junge.« Das Funkeln in seinen Augen verstärkte sich noch. »Bald lerne ich kämpfen wie Dada.«

Alane gab keine Antwort, sondern ließ nur ihre Näharbeit in den Schoß sinken und starrte in die Flammen von Maras kleinem Feuer. Nevin kroch wieder zum Zelt hinaus, und Mara sagte leise: »Er erinnert mich sehr an Nardo in diesem Alter. Die gleichen Augen, das gleiche strahlende Lächeln.«

Alanes Augen begannen zu brennen. Sie blinzelte mehrmals, um die aufsteigenden Tränen zurückzudrängen, und blickte dann wieder auf ihre Näharbeit. Es gab sonst nichts mehr, was sie tun konnten, um die Zeit herumzubringen. Sie hatten die Moospolster und Kräutertinkturen vorbereitet, die zur Behandlung von Wunden benötigt wurden. Sie hatten Stapel von Wildleder bereitgelegt, um sie als Bandagen zu benutzen. Jetzt gab es nichts mehr zu tun, als zu warten.

»Ich muß immer daran denken, wie Nardo darauf besteht, als erster vorzustürmen, weil er der Häuptling ist.«

Ein raschelndes Geräusch war zu hören, und Alane wandte sich überrascht um und sah, daß Mara sich neben sie gesetzt hatte. Die ältere Frau legte ihr einen Arm um die Schultern. »Ihm wird nichts geschehen, meine Tochter«, sagte sie begütigend. »Ich fühle es in meinem Herzen. Er wird zu dir zurückkommen.«

Alane hatte sich unwillkürlich versteift, als Mara sie zuerst berührte, aber bei diesen Worten schmolz all ihr Widerstand dahin, und einen flüchtigen Moment lang preßte sie ihre Stirn gegen Maras Schulter. Dann richtete sie sich energisch auf. »Er muß zurückkommen«, sagte sie, »weil ich nicht weiß, wie ich ohne ihn leben soll.«

Es war eine grausige Arbeit, all die vielen Gräber auszuheben. Über dreihundert Redu waren im Paß getötet worden, und die Männer ihres Stammes, die überlebt hatten, halfen mit, eine riesige Grube zu graben, die als Massengrab für ihre weniger glücklichen Brüder diente. Paxon, der sich inzwischen zusammengereimt hatte, warum seine Flucht so leicht gewesen war, arbeitete unter seinen Stammesgenossen, bittere Reue und Kummer im Herzen.

Alles meine Schuld. Der vertraute Refrain ertönte wieder und wieder in seinem Kopf, obwohl das Objekt seiner Reue inzwischen ein anderes war. Als er auf den blutigen Leichnam seines Vaters stieß, starrte er einen Moment lang in Kerks unverletztes, stolzes Gesicht, dann brach er neben ihm zusammen und weinte zum ersten Mal, seit seine Mutter gestorben war.

Aven, einer der Freunde seiner Kindheit und Jugend, sah ihn und kam zu ihm, um ihm tröstend eine Hand auf den Arm zu legen. »Es war nicht deine Schuld, Paxon«, sagte er und beantwortete damit die Selbstanklagen, von denen er wußte, daß sie in den Gedanken seines Freundes unablässig widerhallten. »Du hast gedacht, du würdest uns zum Sieg verhelfen, als du uns zu diesem Paß brachtest. Du konntest unmöglich von der Existenz dieses anderen Stammes wissen. Niemand macht dir einen Vorwurf.«

Aber Paxon machte sich selbst Vorwürfe. Wie hatte er so dumm sein können, dieser allzu mühelosen Flucht nicht zu mißtrauen? Er hatte Nardo für einen Narren gehalten, obwohl er, Paxon, die ganze Zeit derjenige gewesen war, den man hereingelegt hatte.

Über dreihundert Redu waren tot! Von den Kindred waren nur siebenundzwanzig Männer getötet worden und elf der Noramkamo-Männer und zwanzig Pferde. Es war ein Abschlachten gewesen.

»Sie hätten uns alle töten können.« Avens Stimme drang wieder in Paxons qualvolle Gedanken. »Ich kann immer noch nicht so recht glauben, daß sie uns angeboten haben, diejenigen von uns, die übrig sind, in ihren Stamm aufzunehmen. Wenn sie uns nicht gerade so entscheidend geschlagen hätten, würde ich annehmen, ihr Häuptling müßte ein Dummkopf sein.«

»Nardo ist alles andere als ein Dummkopf«, erwiderte Paxon bitter.

»Woher will er wissen, daß er uns vertrauen kann?« fragte Aven verwirrt. »Woher weiß er, daß wir nicht mitten in der Nacht über sie herfallen und sie alle töten?«

»Er wird dir gute Jagdgründe anbieten. Er wird dich lehren, auf dem Rücken eines Pferdes zu reiten. Du wirst eine Frau haben. Warum solltest du ein solches Leben aufs Spiel setzen wollen?« Paxons Stimme klang noch verbitterter als zuvor.

Aven starrte trostlos auf die Leichen, die in dem tiefen Grab lagen. »Aus Rache«, murmelte er.

»Ich denke, du wirst feststellen, daß das Leben unter den Kindred süßer ist, als es jede Rache sein kann.«

Aven wandte sich ab, um über das herrliche, fruchtbare Tal zu blicken, das sich weiter vor ihm ausdehnte, als er sehen konnte. Er seufzte. »Wahrscheinlich hast du recht.«

Nardo hatte die Leichname der Kindred-Männer auf Pferde laden und zum Lager zurücktransportieren lassen, damit ihre Frauen sich um die Bestattung kümmern konnten. Die Verwundeten – Kindred, Norakamo und Redu – wurden ebenfalls schnellstens dorthin gebracht, wo sie die entsprechende Pflege bekommen würden. Der Rest der Männer blieb zurück, um beim Begraben der Massen von Redu-Toten zu helfen. Die Norakamo, die die toten Körper der Redu angsteinflößender fanden, als es die lebenden Männer gewesen waren, arbeiteten schneller und härter als jeder andere.

Die Schatten wurden schon lang, bis der Rest der Männer ins Lager zurückkehrte. Nardo hatte zuerst angeordnet, daß sich alle im Fluß säubern sollten, um die Kinder nicht mit ihrem blutbeschmierten Äußeren zu ängstigen, und die Männer sahen in der Hauptsache durchgefroren und erschöpft aus, als sie ins Lager strömten und ihre Familien aufsuchten.

Paxon war so müde, als er das Lager erreichte, daß er sich kaum noch aufrecht halten konnte. Er hatte das Pferd verschmäht, das Freddo ihm angeboten hatte, und marschierte statt dessen in der Schar der besiegten Redu.

»Dieses Lager sieht nicht übel aus«, sagte Aven neben ihm. Er reckte die Nase in die Luft und sog hungrig die Essensgerüche ein. »Ich hoffe, es gibt auch etwas zu essen für uns.«

»*Paxon!*« Es war eine Mädchenstimme, laut und jubelnd. Er blieb stehen und beobachtete die Gestalt, die über das plattgetretene Gras des Lagerplatzes auf ihn zugeflogen kam.

»Wer ist das?« wollte Aven wissen.

»Das ist …« Paxon schnappte nach Luft, als sich das Mädchen mit Schwung an seine Brust warf und ihre Arme fest um seine Taille schlang. »… Pettra«, sagte er zu seinem Freund über den braunen Kopf hinweg, der sich an seine Schulter preßte.

»Ich habe meinen Brüdern erklärt, wenn sie dich mir nicht heil und unversehrt zurückbringen, würde ich sie alle umbringen«, sagte Pettra mit leicht hysterischer Stimme.

Sie drückte sich mit ihrem ganzen Körper an ihn, und so erschöpft, wie Paxon war, fühlte er seinen Körper dennoch augenblicklich auf sie reagieren. Aber er machte keine Anstalten, sie zu umarmen. Statt dessen sagte er: »Du hättest wissen müssen, daß ich keine Chance gegen deine Brüder habe, Pettra.«

Sie hörte den bitteren Beiklang in seiner Stimme und hob den Kopf von seiner Schulter, lehnte sich etwas zurück, um in sein Gesicht aufzuschauen. »Ich habe nichts von ihrem Plan gewußt, Paxon«, murmelte sie. Ihre grünen Augen schimmerten von unvergossenen Tränen. »Als sie mir sagten, du wärst geflohen, dachte ich, es würde mir das Herz brechen. Als sie mir dann sagten, wohin sie dich hätten gehen lassen – nein, wohin sie dich zu gehen *gezwungen* hätten –, hat mein Herz um dich geweint. Es war nicht recht von ihnen, dich auf diese Weise zu benutzen! Es war nicht fair!«

»Das war es nicht«, sagte Paxon rauh.

Eine kurze Pause entstand, während sie ihn mit ihren schimmernden grünen Augen anblickte und in seinem Gesicht zu lesen versuchte. Sie biß sich auf die Lippen bei dem verzweifelten, trostlosen Ausdruck, den sie in seinen Augen sah. »Weißt du, daß du der Grund warst, warum Alane Nardo dazu überreden konnte, das Leben dieser Männer zu verschonen? Ihnen sogar anzubieten, sie in den Stamm aufzunehmen?« Pettra wies mit einer Handbewegung auf die ungefähr hundert Redu, die Paxon und das Kindred-Mädchen mit großem Interesse anstarrten. »Nardo sagte, wenn die übrigen Redu wie du wären, dann würden wir gute Männer bekommen. Du siehst also«, schloß sie eifrig, »du warst das Mittel, um Böses über deine Leute zu bringen, aber auch Gutes.«

Nach einem Moment antwortete Paxon: »Ich komme mir nicht gut vor.« Aber es war ihr gelungen, das eine zu sagen, was zu hören er sich am meisten gesehnt hatte. Seine Arme, die bis jetzt steif herabgehangen hatten, hoben sich langsam, um sie zu umarmen. Sie vergrub ihr Gesicht an seiner Schulter und flüsterte: »Ich habe dich so schrecklich vermißt.«

Aven, der kein Wort der Unterhaltung verstanden hatte, betrachtete Pettra grinsend. »Ich sehe schon, du hast die Zeit nicht verschwendet, die du unter diesen Leuten verbracht hast, Paxon.«

»Dies ist das Mädchen, das ich heiraten werde«, erklärte Paxon steif.

Ein Mann hinter Paxon sagte eindringlich: »Paxon. Ihr Häuptling kommt!«

Behutsam schob Paxon Pettra von sich weg und straffte die Schultern, um Nardo anzusehen.

Niemals werde ich ihm verzeihen, daß er mich benutzt hat, um meine eigenen Leute zu vernichten, dachte Paxon, während er beobachtete, wie sich der große Kindred-Häuptling der Gruppe von Redu näherte. *Er hält sich für so schlau. Nun, vielleicht ist er das. Aber ich werde ihm niemals vergeben, was er mich zu tun gezwungen hat.*

Als Nardo noch eine Armeslänge von Paxon entfernt war, blieb er stehen. Paxons Nasenflügel bebten unter einem Anflug seines alten Hochmuts, und er schob trotzig das Kinn vor und starrte mit steinernem Ausdruck in Nardos Gesicht auf, weigerte sich, sich von der überragenden Größe des anderen Mannes einschüchtern zu lassen.

Das erste, was er bemerkte, war, daß Nardo fast so erschöpft aussah, wie er, Paxon, sich fühlte. Es fand sich keinerlei Anzeichen von Triumph in den großen, dunklen Augen, die ihn so ernst musterten. Paxons Fäuste ballten sich. *Wenn er mich her-*

ablassend behandelt, wenn er mir sagt, daß die Redu tapfer gekämpft haben, schlage ich ihm ins Gesicht! dachte er grimmig.

»Es tut mir unendlich leid, Paxon«, sagte Nardo, und in seiner ruhigen Stimme schwang ein Unterton mit, der Paxon plötzlich das Herz zusammenschnürte. Der Redu konnte nicht antworten, brachte keinen Ton heraus. »Es war unverzeihlich, so etwas zu tun. Ich weiß das«, fuhr Nardo mit derselben, Paxon bis ins Innerste treffenden Stimme fort. »Aber ich hatte keine andere Wahl.«

Ich werde nicht weinen. Paxon kämpfte mit sich, um nicht die Kontrolle über sich zu verlieren. *Nein, ich werde nicht weinen!* Seine Miene war wie versteinert, seine Lippen bewegten sich nicht. Er nickte. Einmal. Dann fühlte er, wie Pettra seine Hand nahm.

»Die Männer deines Stammes sind uns willkommen«, erklärte Nardo.

Endlich war Paxon wieder in der Lage zu sprechen. »Wenn das der Fall ist, warum hast du dann diese Schlacht erzwungen?« Seine Stimme klang krächzend, und er konnte sich selbst nur mit großer Mühe davon abhalten, sich hilfesuchend an Pettras Hand zu klammern.

»Wir können zehn Handvoll Männer aufnehmen«, erwiderte Nardo, »aber es hätte unsere Kräfte überstiegen, die volle Anzahl deiner Leute zu ernähren. Du hast unter uns gelebt, Paxon. Du weißt, wie viele Menschen unsere Jagdgründe ernähren können.«

Zwischen Nardos schwarzen Brauen stand eine schmale Furche, und er sah völlig erschöpft aus. Als Paxon keine Antwort gab, fuhr der Kindred-Häuptling leicht reserviert fort: »Alane und meine Mutter und Lina haben Essen für dich und deine Männer vorbereitet, und sie haben genügend zusätzliche Kleidung gesammelt, so daß ihr alle die Kleider wechseln und etwas Trockenes anziehen könnt.«

Schließlich begann Paxons Atem wieder normal zu gehen. »Lina?« brachte er hervor. »Dann ist es vielleicht ganz gut, daß meine Männer nicht eure Sprache sprechen.«

Nardos Gesicht verzog sich zu einem strahlenden Lächeln, und Paxon fühlte mit einem Mal neue Zuversicht in seinem Herzen aufsteigen. »Ich glaube nicht, daß sie dich geängstigt hat«, gab Nardo grinsend zurück. »Bei der Großen Erdenmutter, eine Weile habe ich gedacht, ich würde dich niemals dazu kriegen, daß du gehst!«

Aven und die Männer hatten sich entspannt, als sie Nardo lächeln sahen. »Was sagt er?« wollte Aven von Paxon wissen.

»Er sagt, seine Frau hat Essen für uns gekocht.«

Die Männer der Redu grinsten.

»Sie sind hungrig«, meinte Paxon zu Nardo.

Nardo wandte sich an Pettra. »Zeig ihnen, wo sie hingehen sollen.«

Es war sehr spät, als Nardo schließlich das Zelt betrat, das er mit Alane und Nevin teilte. Den ganzen Abend lang hatte das leise und unablässige Schluchzen trauernder Frauen im Lager widergehallt. Am folgenden Tag kurz nach Sonnenaufgang würden die Kindred ihre Toten in die Erde des Tals legen. Gemäß den uralten Bräuchen würden die Leichen so begraben werden, daß sie nach Westen blickten, zum Mondland hin und zum westlichen Tor der Großen Mutter.

Während des ganzen langen, schmerzlichen Abends war Nardo von Zelt zu Zelt gegangen, um seinen Respekt für jene zu bezeugen, die in der Schlacht am Paß gefallen waren. Wieder und wieder hörte Alane seine tiefe Stimme, zum starken, reinen Refrain des Trauergesangs erhoben.

Es gab keinen Clan, der von Todesopfern verschont geblieben war. Der Wolfs-Clan hatte Mano, seinen Anführer, durch Vilis heimtückischen Hinterhalt verloren, und von den Männern, die Maras Haushalt bildeten, war Adun, Nessas Ehemann, getötet worden, und Pier hatte eine Verletzung davongetragen. Alane hatte einen guten Teil des Abends damit verbracht, ihren Bruder Stifun zu pflegen, der eine tiefe, klaffende Stichwunde im Oberschenkel hatte.

Aber nun war es vorbei. Zum ersten Mal in zwei langen Jahren konnte der Stamm in die Zukunft blicken, ohne ständig die Bedrohung der Redu vor Augen zu haben. So schlimm und beklagenswert die einzelnen Verluste auch waren, so ging doch ein unleugbarer Seufzer der Erleichterung durch das gesamte Lager.

»Du siehst erschöpft aus«, sagte Alane weich, als Nardo kam, um sich neben sie vor das kleine Feuer zu setzen, das sie schürte.

Er rieb sich seine blutunterlaufenen Augen, als schmerzten sie. »Ich werde wohl langsam alt«, sagte er.

Sie schüttelte energisch den Kopf. »Du hast so lange auf diesen Tag hingearbeitet und geplant, und jetzt, nachdem alles vorbei ist und du erreicht hast, was du wolltest, fühlst du, was für eine ungeheure Belastung es gewesen ist.«

»Wie geht es Stifun?«

»Ich glaube, er wird wieder genesen. Ich habe das Moos auf die Wunde gelegt, das deine Mutter mir empfohlen hatte. Er schlief, als ich ihn im Krankenzelt verließ.«

»Rune hat das Unmögliche wahr gemacht, um noch rechtzeitig bei mir einzutreffen, Alane. Wenn er nicht diesen harten Marsch gemacht hätte ...«

»Ich weiß«, sagte sie leise.

Nevin drehte sich im Schlaf auf die andere Seite. Samu erhob sich und trottete zur Türklappe des Zelts und schob sie mit der Nase beiseite. Dann ging er hinaus.

»Ich glaube, die Redu werden sich bei uns einfügen«, sagte Nardo. »Ich habe einige meiner Männer angewiesen, sie zu bewachen, aber ich denke nicht, daß sie auf Rache sinnen. Ich werde sie jedoch morgen sicherheitshalber auf verschiedene Haushalte aufteilen. Besser, man gibt ihnen nicht zuviel Gelegenheit, sich zu verschwören.«

Alane lehnte ihren Kopf an seine Schulter, und Nardo schlang einen Arm um sie und zog sie an sich. »Ich glaube auch, daß sie sich einfügen werden«, murmelte sie. »Sie schienen dankbar für das Essen und die Kleidung zu sein, die wir für sie hatten. Wenn sie erst einmal die Kindred-Sprache lernen, werden sie sich heimischer unter uns fühlen.«

Nardo brummte, dann gähnte er ausführlich.

»Leg dich in dein Schlaffell, Nardo«, sagte sie. »Ich werde mich um das Feuer kümmern.«

Nardo schenkte ihr ein schläfriges Lächeln und legte sich hin. Alane bedeckte das Feuer mit etwas Asche, damit es die Nacht hindurch nur schwach glimmen würde, dann legte sie die Gerätschaften zurecht, die sie am nächsten Morgen für die Zubereitung des Frühstücks brauchen würde. Samu kehrte von seinem Gang nach draußen zurück. Schließlich, nachdem sie Nardos Mokassins unter das Trockengestell gelegt hatte, kroch Alane in das Schlaffell, unendlich dankbar, daß Nardo es bereits angewärmt hatte.

Sie dachte an die Nacht zuvor, dachte daran, welch schreckliche Angst sie ausgestanden hatte, daß er in dem Kampf getötet werden würde. Die ganze Nacht lang hatte sie wach gelegen, ihre Wange an seinen starken Rücken geschmiegt, ihr Herz mit Furcht und Qual erfüllt. Und die Große Mutter hatte ihre Gebete erhört und ihr Nardo gesund und wohlbehalten zurückgeschickt.

Alane zuckte leicht überrascht zusammen, als sie fühlte, wie

Nardo seine Arme nach ihr ausstreckte und sie an sich zog. »Ich dachte, du wärst eingeschlafen«, flüsterte sie.

»Ich habe auf dich gewartet«, flüsterte er zurück und beugte den Kopf, um sie zu küssen. Nach einer Weile glitten seine Hände zu der Schnur, die ihre Hosen in der Taille festhielt.

»Ich dachte, du wärst erschöpft!« sagte sie.

Er streifte ihr die Hosen von den Hüften. »Alane, an dem Tag, an dem ich zu erschöpft bin, um dich zu begehren, werde ich tot sein«, erwiderte er fest.

Aber er war nicht tot. Sie schlang ihre Arme um Nardos Hals und fühlte seinen warmen Körper an ihrem, stark und lebendig und voller Potenz. *Und in Sicherheit.* Alane zog seinen Kopf zu sich herunter und preßte ihre Lippen auf seine, dann hob sie ihre Hüften, um ihn sehnsüchtig in ihrem Schoß zu empfangen.

GOLDMANN

Bestseller

Tom Clancy und Sidney Sheldon, Utta Danella und Danielle Steel, Heinz G. Konsalik und Marie Louise Fischer, Colleen McCullough und Gillian Bradshaw, Charlotte Link und Irina Korschunow – internationale Weltbestseller garantieren Spannung und Unterhaltung auf höchstem Niveau.

Tanja Kinkel, Die Löwin von Aquitanien 41158

Susanne Scheibler, Der weiße Gott 41514

Régine Colliot, Die Geliebte des Sultans 41521

Gillian Bradshaw, Der Leuchtturm von Alexandria 9873

Goldmann · Der Bestseller-Verlag

GOLDMANN

Bestseller

Tom Clancy und Sidney Sheldon, Utta Danella und Danielle Steel, Heinz G. Konsalik und Marie Louise Fischer, Colleen McCullough und Gillian Bradshaw, Charlotte Link und Irina Korschunow – internationale Weltbestseller garantieren Spannung und Unterhaltung auf höchstem Niveau.

Peter Forbath,
Der letzte Held 9605

Margaret George,
Heinrich VIII. 9746

Frank Baer,
Die Brücke von Alcántara 9697

Robert Shea,
Der Schamane 41519

Goldmann · Der Bestseller-Verlag

GOLDMANN TASCHENBÜCHER

Das Goldmann Gesamtverzeichnis erhalten Sie im Buchhandel oder direkt beim Verlag.

Literatur · Unterhaltung · Thriller · Frauen heute
Lesetip · FrauenLeben · Filmbücher · Horror
Pop-Biographien · Lesebücher · Krimi · True Life
Piccolo Young Collection · Schicksale · Fantasy
Science-Fiction · Abenteuer · Spielebücher
Bestseller in Großschrift · Cartoon · Werkausgaben
Klassiker mit Erläuterungen

* * * * * * * * * *

Sachbücher und Ratgeber:
Gesellschaft / Politik / Zeitgeschichte
Natur, Wissenschaft und Umwelt
Kirche und Gesellschaft · Psychologie und Lebenshilfe
Recht / Beruf / Geld · Hobby / Freizeit
Gesundheit / Schönheit / Ernährung
Brigitte bei Goldmann · Sexualität und Partnerschaft
Ganzheitlich Heilen · Spiritualität · Esoterik

* * * * * * * * * *

Ein SIEDLER-BUCH bei Goldmann
Magisch Reisen
ErlebnisReisen
Handbücher und Nachschlagewerke

Goldmann Verlag · Neumarkter Str. 18 · 81664 München

Bitte senden Sie mir das neue kostenlose Gesamtverzeichnis

Name: ______________________________

Straße: ______________________________

PLZ / Ort: ______________________________